荷花淀派

名家名作精读 上册

苗雨时　许振东◎主编　　王　宁◎编著

花山文艺出版社
河北·石家庄

图书在版编目（CIP）数据

荷花淀派名家名作精读：全2册 / 苗雨时，许振东主编. —石家庄：花山文艺出版社，2017.8（2023.8 重印）

ISBN 978-7-5511-3612-9

Ⅰ.①荷… Ⅱ.①苗… ②许… Ⅲ.①中国文学—当代文学—作品综合集 Ⅳ.①I217.1

中国版本图书馆CIP数据核字(2017)第194987号

书　　名：荷花淀派名家名作精读（上下）
主　　编：苗雨时　许振东
编　　著：王　宁　贺　莹

策　　划：张采鑫
责任编辑：李　爽　梁　瑛　刘燕军
责任校对：李　鸥
封面设计：景　轩
美术编辑：胡彤亮
出版发行：花山文艺出版社（邮政编码：050061）
（河北省石家庄市友谊北大街330号）
销售热线：0311-88643299/96/17
印　　刷：北京一鑫印务有限责任公司
经　　销：新华书店
开　　本：710毫米×1020毫米　1/16
印　　张：50
字　　数：720千字
版　　次：2018年8月第1版
2023年8月第2次印刷
书　　号：ISBN 978-7-5511-3612-9
定　　价：168.00元（上下）

Contents | 目　录

目　录 | Contents

Contents | 目　录

荷花淀派综论

□ 苗雨时

一

荷花淀派，在中国现当代文学史上此起彼伏的各种文学派别中，是一个不大但却重要并且影响深远的文学流派。其特异性在于，它不是由几个作家共同发动，一开始就有明确的宗旨和纲领，如创造社和文学研究会那样，而是以一个作家为先导，他的创作风格独特而鲜明，引起部分青年作家的倾慕、学习、效仿，通过师承关系而逐渐形成的有大致相同或相似的思想倾向、美学追求和艺术趣味的文学群体。

考察起来，荷花淀派肇始于20世纪40年代的抗日战争时期，经过演化发展，成型于20世纪50年代。流派的命名，是后来文学史的追认。

孙犁是荷花淀派的主要代表作家和艺术旗帜。他1913年5月生，河北安平人。14岁时，曾在保定读中学，后流落北平。1936年，到安新县同口镇小学教书。1937年，抗日战争全面爆发后，投身于抗战救亡工作，开始走上了文学与革命之路。1944年到延安，在鲁迅艺术文学院学习和工作。期间，发表小说《荷花淀》《芦花荡》等。1946年，抗战胜利后，他回到冀中，写了《嘱咐》《碑》《钟》等小说。1939年至1953年间，孙犁所写的小说、散文后结集为《白洋淀纪事》，1958年由中国青年出版社出版。

《荷花淀》是孙犁的成名作和代表作。它的发表，在当时炮火硝烟的氛围中，以少有的荷花出水般的清新、质朴的艺术风格，震惊了延安的文艺界。时任《解放日报》副刊编辑的方纪回忆说："读到《荷花淀》原稿时，我差不多跳起来了，还记得当时在编辑中议论——大家都把它看成一个将要产生好作品的信号。"又说，"《荷花淀》无论从题材的新鲜、语言的新鲜和表现方法的新鲜上，在当时的创作中都显得别开生面。"（方纪：《一个有风格的作家》，《新港》1959年第4期）孙犁本人也在《关于〈荷花淀〉的写作》中说："我在延安的窑洞里一盏油灯下，用自制的墨水和草纸写成这篇小说。我离开家乡、父母、妻子，已经八年了。我很想念他们，也很想念冀中。"他正是在这种心境下，深情地记写了冀中人民在抗日战争中经受的磨难和勇敢抗争的事迹。他说："《荷花淀》所反映的，只是生活的一鳞半爪。关于白洋淀的创作，正在方兴未艾，后来者应该居上。"也许正是当年的这种期许，成了历史的先兆，"荷花淀派"也因小说《荷花淀》而得名。

荷花淀派的真正成型，是中华人民共和国成立以后。1949年，孙犁从冀中来到天津，任《天津日报》编辑，并继续坚持抗战题材的写作。《山地回忆》《吴召儿》等篇是这时期较为重要的作品。同时，他又开始了长篇小说《风云初记》的创作。也是这段时期，他还创作了反映土改后互助合作化运动的中篇小说《村歌》和《铁木前传》。孙犁的这些代表他成熟风格的作品，在广大读者中引起了热烈的反响，特别是对一些文学青年产生了极大的吸引力和感召力。而他在担任《文艺周刊》编辑期间，又以《文艺周刊》为园地，致力于联系、扶持、培养青年作者。他对待作者的稿件，像对待自己的作品一样，认真为他们修改，悉心了解他们的生活，并通过谈话、通信、办讲习班等方式，激励他们的创作热情，提高他们的写作水平。而这些文学青年，也以孙犁的小说为典范，逐渐走上了坚实的文学道路。后来成名的青年作家刘绍棠、从维熙、韩映山、房树民等人，都是从这份周刊上起步并走向文坛的。

关于青年作家与《天津日报·文艺周刊》的关系和孙犁对他们

的影响，可参见他们的回忆文字。刘绍棠在《重印〈运河的桨声〉和〈夏天〉的后记》中写道："我还要深深感激对我的创作影响最大的孙犁同志。因为，没有孙犁同志的作品的熏陶，没有孙犁同志对我的扶持，我是不会写，更写不好的。孙犁同志主编的《天津日报·文艺周刊》，从1951年9月到1957年春，不到六年，发表了我十万字以上的作品……孙犁同志培养和影响了我这一代的许多人，也在更广泛更深入地影响着比我年轻的同志们。孙犁同志的巨大艺术成就和培植后生的劳绩，应该大书特书于当代文学史上。"韩映山也在《绿荷集·后记》中回忆："五十年代初，开始写作时，由于受作家孙犁同志的影响和指导，知道文学是要写生活、写人的……美是应该追求的。"这里，不可否认，师生情谊、文脉传承，对荷花淀派的形成与发展所具有的巨大的推进作用和意义。

当然，一个文学流派的产生和出现，不可能是完全无意识的混沌状态，总是要借重某种机缘和助力。尽管孙犁对荷花淀派的存在与否，一再持模棱两可的态度。在《再论流派——给冯健男的信》中，他说："荷派云云，社会虽有此议论，弟实愧不敢当。自顾无暇，何言领带？"但是，他在办《文艺周刊》时，却有自己的宗旨和识见。他主张："刊物要往小而精里办，不往大而滥里办"，"刊物要有地方特点，地方色彩。要有个性。要敢于形成一个流派，与兄弟刊物竞争比赛。"（《关于编辑与投稿》，见《秀露集》）这种办刊方针和实践，无疑会形成一种创作格局，一种精神气候，一种艺术风貌，这就是一个文学流派。荷花淀派正是在这块园地上生枝、展叶、开花、结实的。

任何文学流派的出现，都离不开特定的时代背景、文化历史语境和它得以生长的地域环境。荷花淀派作为一个乡土文学流派，更是如此。孙犁的创作，跨越两个时代，他带着战争年代的历史云烟，进入共和国的新生与建设时期。冀中人民也从觉醒、抗争到掌握自己的命运，开始新的生活，创造新的世界。然而，连接两个时代、一脉相承的，却是昂扬向上、积极进取、艰苦奋斗的理想主义的历史精神。这就是荷花淀派所处的时空坐标。孙犁中华人民共和国成立后的小说，一方面继续书写抗日战争的记忆，另一方面也密切关注现实的社会变革。前者有《风云初记》的出版，后者有《铁木前传》的问世。而刘绍棠等一批青年作家，他们从过去战地的孩子成长起来，在风华正茂时，赶上了新的时代，因此，他们在仰慕中传承上一代作家的文学血脉，面对新的生活，开始各自的创作，讲述土地上新的人民的故事，也就是很自然的事了，完全合乎历史发展的规律。此外，荷花淀派的生成，一个不容忽视的艺术要素，是它的地域特点和地方色彩。因为作家所写的人和事，都发生在以白洋淀为中心辐射的京、津、保所在的扇面形的冀中平原以及冀西山地。不管称不称他们的创作为“乡土文学”，但这一区域的自然景色、民间习俗和人文气质，都直接滋育着荷花淀派的生长。法国19世纪文艺理论家丹纳曾说：“作品与环境必然完全相符。不论什么时代，艺术品都是按照这条规律产生的。”（《艺术哲学》）荷花淀派也必然描绘他们所处地域的风景画和风俗画，从而呈现出它不同于别处的特有的地理风情。

二

荷花淀派的形成，与其他文学流派的差异性是，它不是团体的共同发动，而是以孙犁小说的艺术风格为范型，把它的艺术精神化作流派的基因和血脉，而动态地发展起来的。那么，孙犁创作的艺术风格是怎样的呢？它又怎样泽被和滋润了一代青年作家呢？

风格，是一个综合的美学概念。它包括作家的生活与思想、创作的内容与形式等多种因素。但这些因素不是彼此孤立的，而是以作家的个性为核心结合起来的一个有机的生命体。正像别林斯基所说：风格“是才能本身，思想本身”，是在“思想和形式密切融汇中按下的自己的个性和精神的独特性的印记”（《别林斯基论文学》）。

可见，文学风格的确立，作家的个人主体性是关键的支撑。孙犁以自己卓尔不群的个性，把生活融入时代，又以优异的才华和深厚的文学素养从事创作，这便形成了他独树一帜的艺术风格。关于这种风格的艺术特质，我认为主要是：对乡土和人民的挚爱，立足生活的坚韧，鲜亮的理想主义色彩以及柔美细致的抒情、质朴清新的话语修辞，而这些又都被置放在美的光辉映照之下，并力求抵达完美和极致。同时，它的道德力量、精神境界和人格气质，统一寄寓于自然与人文的各种事物之中，由此构成一个缤纷的意象世界。如果打比方，这种艺术风格，犹如白洋淀中长出的一枝荷花，带着露珠的晶莹、朝霞的光彩，摇曳着历史的风云，不染尘埃，不随流俗，卓然特立，刚健、清奇、明丽、隽永，在自由的风中，传递脉脉幽香，播撒着东方风神。正是这种诗意的征象，使他与同时代描写同类题材的作家严格区别开来，而显示出了另一种风韵和境界。

孙犁的“文学和生活的路”，是现实主义之路。他所理解和实践的现实主义，不是旧现实主义，也不是批判现实主义，而是人道主义的现实主义，是美学意义上的现实主义。这种现实主义，催生了他小说创作的绚丽的艺术花束。

他在现实主义创作中，高标“真、善、美”。他说：“文学作品的职责是反映现实，主要是反映现实中真的美的善的。”（《文学和生活的路》）这是他回顾创作历程的总结。但他的整个实践却也印证了此种文学理念和艺术精神。

（一）生活与艺术

文学创作应该根植于真实的生活，只有真实的生活，作品才可能有饱满的生机。孙犁说：我从不写不熟悉的东西，“我出生在河北省农村，我最熟悉、最喜爱的是故乡的农民，……我写农民的作品最多，包括农民出身的战士、手工业者、知识分子。”（《孙犁文集·自序》）他深入现实生活，在现实生活中提炼思想，深化感情，发现生活中的美好事物。但是，生活并不等于作品，从生活到艺术，需要一个加工、提炼、概括的创造过程。这往往体现在小说的构思与结构中。孙犁采取的方法是：“要看一个事物的最重要的部分，最特殊的部分，和整个故事内容故事发展最有关的部分，强调它、突出它，更多地提示它，用重笔调写它，使它鲜明起来、凸现出来，发射光亮，照人眼目……就这样即使写的只是生活中的一个小小环节，但是读者也可以通过这样一个鲜亮的环节，抓住整个环链，看到全面的生活。”（吕剑：《孙犁会见记》）因此，他的小说，总是写得那么短，那么单纯，那么明净，其原因就是这种以小见大的锻炼的才华和功夫。他的作品，不以故事的曲折见长，而是从平凡的日常生活中发现美和向上的力量。但在“儿女情、家务事”的背后，却能开掘出深广的社会历史内容。在他的笔下，荷花淀里的一次小小的战斗，反映了人民历史性的觉醒和抗争，高昂的信念和热情（《荷花淀》）；一桩儿女的婚事，概括了新旧两个时代，展现了妇女解放的道路（《正月》）；夫妻一晚的夜话和清晨送别，使我们体味到了抗战的苦难和人民坚信解放战争胜利的“深藏的志气”（《嘱咐》）；即使一双“袜子”，也凝结了军民间血肉相连的无限深情……由此可见，他的短篇小说，都是从生活的泥土里发掘出来的珍珠。

这种转换生活真实为艺术真实的创造性，不仅表现在短篇小说中，也表现在中长篇小说的创作上。中篇小说《铁木前传》，是一部以农业合作化为题材的作品，但它不是直接去记录合作化的进程，而是侧重写土改后由于经济条件的变化而引发的人与人关系的变异，并把这种变异投射到人性和人的灵魂的深处。它没有轰轰烈烈的事件，而是先从童年的回忆落笔，然后娓娓地讲述了铁匠与木匠之间友情的变化，年青一代的爱情的波折。线索单纯，情节婉转，“它从容不迫地进展着，表面上并不凌厉热烈，但就在这看似平缓的水面之下，蕴藏着社会生活急剧壮阔的波涛”（吕剑：《孙犁会见记》）。在普通的友谊和爱情的纠葛中，作者集中地写出了历史的深刻性和人生的严肃性。长篇小说《风云初记》，也是同样。正如茅盾所说：“他是用谈笑从容的态度来描摹风云变幻的。”整部小说以春儿的成长为引线，贯穿了抗日武装和根据地建设等多幅历史画面，着力描写时代风云在人民心头的震荡，所以“虽多风趣而不落轻佻”（《反映社会主义跃进的时代，推动社会主义时代的跃进》）。这种散文式的结构，挥洒自如，行云流水，表现了极大灵活性和跳跃性。有人把它比成“一串连贯得不甚紧密的珠子”。但正是这样的珠串，提升了生活的美的本质，使之成为独创性的艺术作品。

（二）典型塑造的“景物一体”

典型人物的塑造，是现实主义文学的一项任务。孙犁说：“凡是成功的典型，都有一个真人作它的模特儿，作创作的依据。”（《关于中篇小说》）他塑造典型人物，一般选择一个他最熟悉、最有兴趣、最有感情的原型，然后在这个人物身上，发现他的主要性格特点，并参考和他性格相近的人们，加以凝聚、升华，使之个性化并有概括性。运用这种方法，他塑造了各种各样的人物典型，特别是他塑造了一个多姿多彩的农村女性系列。这里，有女孩子，有媳妇，有知识分子，也有游荡于新旧边缘的女性人物。例如，吴召儿、春儿、双眉、李佩钟、小满儿等。总的价值取向是，表现她们人性中美善的“极致”。孙犁说：“至于那些青年妇女，我已经屡次声言，她们在抗日战争年代，所表现的识大体、乐观主义以及献身精神，使我衷心敬佩到五体投地的程度。”（《关于〈荷花淀〉的写作》）这些妇女，不仅具有传统的美德，更充满了对新生活的热望，质朴善良、纯洁多情、坚强勇敢。作者写出了沉压几千年的中国妇女的灵魂，在新时代的觉醒和闪光，充分展现了她们的高尚情操和美好心灵。写她们的时候，“用的多是彩笔，热情地把她们推向阳光照射之下，春风吹拂之中”（孙犁：《关于〈山地回忆〉的回忆》）。而且，致力于“形色神态和环境”的统一，人与自然、人与社会的和谐一致。这就是所谓“景物一体”，完全符合恩格斯“典型环境中的典型性格”的论述，但更增添了一种情景交融的诗意的色彩。试以《风云初记》中春儿和老温妻子在瓜园里一起商量给各自在部队的爱人写信一节为例：

媳妇说：“山里不知道离我们这里到底有多远，这样看着是多么近啊，云彩下边就是山，可走起来一定很远。人要是能像鸟儿一样多好啊。我们早该给他们写封信了。”

“我给你写一封。”春儿说。

“我们写在一块儿。”媳妇儿说，“话是一样的，末了落上我们两个的名儿就行了。”

这是在抗战风云初起的年代一个刚刚觉悟的普通农村妇女的心声，对前线的丈夫那么情深、那么信赖，从自己的切身体验中懂得了民族解放战争的意义。那真挚的话语、那纯朴的神态，映衬在远山和飞鸟之间，是多么和谐完美，充盈着诗情画意。这不能不说是典型塑造的艺术极致。

（三）优美洗练的话语形态

语言是小说风格的基础，甚至可以说，语言的风格就是小说的风格。孙犁的语言来自母亲，来自妻子，也来自书本，是口语和现代书面语的融汇：素朴、鲜活、清隽、秀逸。有人说：“它像蓝天中的星星，清水中的砂石。”在语言技法上，他善于“白描”，用简练的笔墨描写和表现出完整的形象。他说：“所谓白描，在写作上，就是避免浮夸，要简练，但这是很难的。”（《〈作画〉》）在这方面，他师法鲁迅，但又与鲁迅的白描明显不同。鲁迅是沉郁的，而他是明快的。随便举个例子，比如《投宿》中对那个农村少妇的描写：“……是年岁小的缘故还是生得矮小一些，但身体发育得很匀称，微微黑色的脸，低垂着眼睛。除去做饭或是洗衣服，她不常出来，对我尤其生疏，从跟前走过，脚步紧迈着，斜转着脸，用右手抚摸着那长长的柔软的头发。”这里没有华丽藻饰，没有陪衬映托，寥寥几笔，就勾勒出了那么娇憨可掬的神态，而且满含着生活的情趣。孙犁的语言，不仅简练，而且含蓄，常能做到“言有尽而意无穷”。尤其是那些人物个性化口语，更是妙趣横生。例如《荷花淀》中那几个女人的对话：

女人们到底有些藕断丝连。过了两天，四个青年妇女集在水生家里来，大家商量：“听说他们还在这里没走。我不拖尾巴，可是忘下了一件衣裳。”“我有句要紧的话得和他说说。”水生的女人说："听他说鬼子要在同口安据点……""哪里就碰得那么巧，我们快去快回来。""我本来不想去，可是俺婆婆非叫我再去看看他，有什么看头啊！"

这里没写神态，没写场景，没有直接剖析内心隐秘，也没有交代他们各自的阅历、性格、禀性，然而几句话，围绕着一个"去"字，但闻其声，如见其人，写尽了"世态人情"。

在话语修辞上，孙犁大量而巧妙地使用比喻。可以写景，可以叙事，可以抒情，也可以描摹人物，刻画心理，甚至可以点染气氛，过渡情节。它已上升为一种艺术表现方式。例如，那白洋淀上的"小船活像离开了水皮的一条打跳的梭鱼"（《荷花淀》）；那"日光草影"里割草的孩子"一低一仰，像一群群放牧的牛羊"（《光荣》）；而那穿红袄给八路军带路的小姑娘，"她爬得很快，走一截就坐在石头上望着我们笑，像是在这乱石山中，突然开出一朵红花，浮起一片彩云来"（《吴召儿》）；而清晨送丈夫上前线的大嫂，"她轻轻地跳上冰床子后尾，像一只雨后的蜻蜓爬上草叶"（《嘱咐》）；那春天去田野里种地的人们呢，则"像是一盘子好看的走马灯"（《光荣》），如此等等。这些比喻来自生活，表现生活，贴切传神，清新得像早晨的露珠，美妙得像雨后的彩虹，读了令人心旷神怡。总之，孙犁语言的特色是：洗练而不雕琢，明丽而不浓艳，平中见奇，柔中带刚，恬淡而浓郁，质朴而光鲜。这一切浸透着作者的情思，便形成了他作品中那种特有的抒情格调和艺术风采。

孙犁的现实主义小说，之所以被称为美的文学、诗的艺术，是由于他在反映生活时投入了真挚的感情。不仅有对人、事、景、物的深切的爱，而且有对它们感同身受的体验。情感在审美活动中，总是最强大的内动力。他说："在现实生活里，充满伟大的抒情，在现实主义的作品里，作家的丰盛的情感含蕴在描写和人物的对话里。"（《作品的生活性和真实性》，见《文学短论》）然而，这种生命的激情，不是浅层次、无向度的，它的深厚的哲学底蕴是人道主义精神。他说："凡是伟大的作家，都是伟大的人道主义者，他们是富于人情的，富于理想的。他们的作品，反映了他们对于现实生活的这种态度。把人道主义从文学中拉出去，那文学就没有什么东西了。"（《文学和生活的路》）不难认知，所谓文学上的人道主义，不是浅薄的普度众生、惩恶扬善，而是指作家深刻、广泛地观察现实生活，了解和思考人类的生存状态，带着希望改变和扬弃这世界的伟大理想；在作品中，通过对社会生活的刻画、对典型人物的创造，表现出对人的命运的终极关怀。只有真正的现实主义作家，才能成为真正的人道主义者。而一旦成为伟大的人道主义者，他的现实主义作品就成为天地良心。这样的作品，就具有穿越时空的高远的精神境界和永恒的艺术魅力。古今中外伟大纯正的文学经典，毫无例外。应该说，孙犁的作品是进入了这种经典序列的。

三

（一）刘绍棠论

刘绍棠，1936年2月出生于河北省通县（今北京通州区）儒林村，是位于京东大运河边的一个村庄。10岁到通州城内上高小，就表现出了写作方面的天赋，在报刊上发表了十几篇作品。1951年被邀请到河北省文联，在《河北文艺》编辑部当见习编辑，同期接触到孙犁作品。半年以后，被保送到通县潞河中学读高中。读书期间，在孙犁主编的《天津日报·文艺周刊》上，接连发表了以家乡运河滩为背景的反映农村社会变革和建设中新人新事的小说二十多篇，也因此和主持"文艺周刊"编辑的孙犁建立了长达三十多年的师友之谊。

1953年，刘绍棠出版了第一部短篇小说集《青枝绿叶》，里面收录了《红花》《修水库》《青枝绿叶》《大青骡子》四个短篇。作者自述"短篇小说集《青枝绿叶》是我从习作进入创作，从萌芽进入成长，从试探进入定向的标志"（《我是刘绍棠》）。作者通过学习孙犁的小说创作经验，确立了自己的创作风格——写农民、写家乡的乡土文学之路。《红花》1952年在《中国青年报》以整版篇幅加编者按刊出，受到报社编委兼文艺部主任柳青的赞赏。

1954年刘绍棠考入北京大学中文系。在同年暑期和1955年发表了中篇小说《运河的桨声》《夏天》。后加入中国作家协会，成为当时最年轻的会员。1955年秋离开北大，到当时中国作家协会主办的文学研究所学习，开始专业创作的道路。

刘绍棠的创作深受孙犁的影响。由于不少短篇小说都刊登在孙犁主编的《天津日报·文艺周刊》，因此被称为以孙犁为代表的“荷花淀派”的主要成员。他的早期作品描写了20世纪50年代初期农村农业合作化的新气象，字里行间充溢着清新优美的田园牧歌情调，令人强烈地感受到50年代那个美好的时代风情，语言生动活泼，含蓄优美，擅长写景；描绘、讴歌了走在时代前列的美好人物和事物，从跃动的日常生活入手折射时代的变迁。这些作品具有鲜明的时代色彩。例如短篇小说《红花》和《修水库》讲述了50年代的运河大平原上，农村男青年去修水库以后，村中姑娘们克服旧思想的影响，晚上住在大堤上承担护苗保堤任务的故事，塑造了以井兰子、白窗花为代表的农村新人的形象。《青枝绿叶》和《大青骡子》写的是农村成立互助合作社时新观念、新事物和旧观念、旧事物的碰撞和斗争。作者后来曾经这样评价自己这个时期的作品：“展示了我从1949年到1956年所走过的创作道路。这些作品，是刚刚破土的幼苗，吐绿的嫩芽，绽蕾的小花，充满着儿童的天真、少年的热情和刚刚跨入青年时代的不成熟的思考，也保存着由于时代原因而难免的失误，正是50年代的我和我的创作的真实写照。”（《新版〈青枝绿叶〉序》）尽管如此，我们仍然不能不肯定这些作品所留存的蒸蒸日上的时代影像和人民奋发向前的历史情绪，尤其是较为充分地展现了荷花淀派的精神气韵和艺术风采。

在创作的过程中，刘绍棠也初步形成了自己的创作理念，“忠实于生活”，“遵照自己的心的指示写作’，反对公式化、概念化的图解政治的做法，追求作品的艺术性和美的感染力。1957年，发表了小说《田野落霞》《西苑草》，也发表了一系列的理论文章。同年5

月，刊于《文艺学习》第5期的《我对当前文艺问题的一些浅见》，指出文艺直接为政策条文服务虽然具有一定的特定时期的功用，但大多数不具有长久的生命力，倡导作家们探索追求尽可能完美的艺术形式，写作具有艺术性、艺术感染力和艺术魅力的作品。6月13日，由《文艺报》发起，全国报刊响应，对刘绍棠展开了两个多月的批判。8月21日，被错划为“右派”；1958年回到家乡务农，从此进入二十多年的蛰伏期。

1979年重返文坛，致力于大运河乡土文学创作。代表作品《蒲柳人家》以20世纪30年代的抗日斗争为背景，展现了运河滩上充满诗情画意的乡风水色、习俗人情。仍然可以看出浓烈的《荷花淀》的影响，但是正如同为荷花淀派代表人物韩映山对他的评价：“绍棠虽未进大墙之内，但放逐回乡，其心情和思想已不是当年写《摆渡口》时的情景了。他虽竭力提倡‘乡土文学’，然其作品已失掉了原先作品中那馨香的泥土气息、高雅的诗情画意了。他的中、长篇增添了传奇色彩，故事见长，然失真之处，亦约略可见。其风格，与荷派艺术，变异颇大矣！”（见《韩映山文集》第三卷）。的确，此后刘绍棠开辟了运河文学的新生面，被称为“运河之子”，成为“大运河乡土文学体系的创立者”。他所创作的大量短篇、中篇和长篇小说，以及很多理论和回忆著作，最后结集为《刘绍棠文集》12卷。

1997年3月12日，刘绍棠病逝于北京，年仅61岁。一个天才作家谢幕，完成了从荷花淀到大运河的历史转型，其创作业绩也将永留在我国的当代文学史册上。

（二）从维熙论

从维熙，1933年出生于河北省玉田县代官屯。1950年，入读于北京师范学校。毕业后，分配到青龙桥小学教书。1954年，调入《北京日报》工作，当编辑、记者。他从小喜爱读书，上师范时，萌生了文学冲动，而引导他踏上文学之路的是孙犁。他几乎读遍了孙犁所有的作品，痴迷于那种清新、淡雅的风格和对乡土的热爱。18岁时，开始在孙犁主持的《天津日报·文艺周刊》上发表作品，从此，与孙犁结下了师生情缘。1955年出版小说散文集《七月雨》，1956年，出版短篇小说集《曙光升起的早晨》，1957年，出版反映农业合作化的长篇小说《南河春晓》。

从维熙的作品主要以冀东广袤的乡土为背景，用农民熟悉的语言，讲述中华人民共和国成立后农民的新生活、农村的新气象；着重表现了合作化运动中，由于人与土地归属关系的变化，导致新的人与人、人与社会关系的调整，以及由此而生成的新的道德风尚。尤其是农村妇女，在这方面，首当其冲。她们从长期封建桎梏下解放出来，更展现了一种自主、新生的精神状态。例如，《故乡散记》中编席组组长翠枝儿，在给供销社供货时，因父亲以二等苇席充一等苇席，而骑马冒雨追换的故事，表现出一种新人的品格；又如，《鸡鸭委员》中那个十四五岁的女孩子，为合作社养鸭，她那种不辞辛苦、不怕危险的疯丫头的个性，令人喜爱；再如，《夜过枣园》中，一个乡村女医生先人后己，先给别村妇女接生，后给自家孩子看病的事迹，也让人感动。如此等等，都是那个时代才能出现的新的女性形象。从维熙这时期的小说创作，充分表现了农村社会变革中的新人和新的故事，语言纯朴、自然，带着泥土的芬芳和生活的气息，凸现了一种平原上热气蒸腾的景象和南河水波涛涌进的情韵。

正当文学创作处于旺季之时，从维熙却遭遇了一系列的挫折和冲击，1957年被打成“右派分子”，开始了二十多年的底层劳动生活，让他体验了人生的种种磨难。直至1978年，他才重新提笔创作。1979年中篇小说《大墙下的红玉兰》在《收获》上发表，他曾给孙犁去信，请他注意一下这部作品。有感于多年的精神联系，孙犁很快回了一封信，信中说：你的小说，“它的生活的真实的背景，情节的紧凑衔接，人物的矛盾冲突，都证明你近来在小说艺术探索方面的努力和成就”。但也提到了故事结局的悲剧性，认为尽管写了人物“美的灵魂”“美的形象”，但悲惨的结局，却令人叹惋。从这里，我们可以看出从维熙小说前后的巨大变化：从清浅走向深沉，还有荷花淀派的艺术余绪，但已转换成一种反思性的批判现实主义。

（三）韩映山论

韩映山，1933年5月出生于河北省高阳县城北街。七七事变后，全家从高阳县城迁居白洋淀边的教台村外祖母家，在此他度过了童年和少年时代。1950年至1953年就读保定一中期间，接触了孙犁在《天津日报·文艺周刊》发表的作品和文学短论，又受到刘绍棠描写运河作品的启发，开始练习写作自己熟悉的生活，写自己的故乡白洋淀的父老乡亲。1952年，处女作《鸭子》由孙犁编辑发表于《天津日报·文艺周刊》，随后在《文艺周刊》上发表了大量作品。1955年出版了第一本短篇小说集《水乡散记》。因为孙犁主编的《文艺周刊》发表了大量年轻作家反映新社会乡村生活的作品，荷花淀文学流派一时蔚起，韩映山与刘绍棠、从维熙、房树民被并称为荷花淀派四杰。四人之间也因为共同的文学追求，建立了比较密切的联系。

1953年冬天，在河北省文联（当时河北省会在保定）组织的文学报告会上，韩映山初识孙犁，由此拉开了一生的师友之谊的序幕。孙犁对文学的美学追求也成为他终生创作的基调。

1956年6月，韩映山调入河北省文联《蜜蜂》文学月刊编辑部工作。1959年河北省文联随省会迁到天津，任《河北文学》编辑部编辑，初次拜访了孙犁。1960年，又调到天津市文联《新港》文学月刊编辑部，和孙犁开始因为工作关系有了较多往来。1960年、1962年、1963年连续出版了《跃进图》《作画》《一天云锦》三部小说散文集。1972年8月，从天津调入保定市群众艺术馆文学创作组，在《莲池》月刊社任编辑。

韩映山的作品，质朴、清新，比如，他在《苑苇和小芝》开篇写道："三台村是白洋淀南的一个小村庄。村东是河套，种着满洼的红高粱；村西淀沿上，庄稼常常被水淹没。现在，水退下去，生了满地的三菱草和芦苇。草儿挨着水沿，拼命地长，水灵灵地有半人高。"他描绘的始终是自己生活的白洋淀边熟悉的农村风貌和乡亲们火热的生活。他认为，写自己熟悉的生活，就像鱼儿在水里游浮一样的自由。他自述："我对故乡有着真挚的爱。我热爱那里的勤劳朴实的人民，热爱那里的河堤淀水，热爱那里的风光空气以及一草一木。我把这种感情溶进了自己的作品里，想使作品真实、朴素地记录下故乡人民的思想情操，反映这一带的风俗人情。这是我最初练习写作的一种淳朴的动机。”（《我是怎样开始写作的》）这些作品，虽不乏幼稚、天真，但具有浓郁的生活气息，格调积极向上，烙下了那个时代的鲜明印记。他对自己作品的评语是：“按照生活的本来面目，朴素地描绘了一些生活画面，如实地记录了一些常见的人物肖像”，“都是些小说式的‘散文’，散文式的‘小说’”。

由于1957年的反右斗争和后来的“文革”动乱，韩映山把主要精力放在编辑工作上，创作基本上停止了。新时期又重新开始了创作，但自认为“我因生活经历平淡，又总是写水乡生活，故创作风格，变化不大”。他始终如一地学习孙犁的艺术风格，用秀丽的文笔勾勒白洋淀水乡人民新生活的优美画卷，成为荷花淀派在新时期的余响。

（四）房树民论

房树民，1935年生于河北省通县一个半矿区半乡村的小镇。1949年至1956年，靠国家助学金在通县读完初中和师范。师范毕业后，先后在《中国青年报》文艺部当编辑、主任，在作家出版社任副总编辑等职。求学期间，读了很多反映解放区生活的文学作品，萌发了写作念头，于是，尝试着文学创作。他说：“被《文艺周刊》栽培的作者中，我也算是其中的一个。”他回忆：“我是1952年上初中时，给《天津日报》副刊投稿的，凭着少年的兴趣和热情，不料从那时起，所写多以乡村为背景的习作，不断得以刊出。”到了1956年，“居然能够编一本小说集，并由新文艺出版社出版了”。“我虽知道我所崇敬的《文艺周刊》主编是孙犁同志，却从未给他写信，更谈不到拜望”，“第一次与孙犁同志见面，大约是1963年与冉淮舟同去的，此前十年中，孙犁同志不知耗心费眼地看了、退了和用了我多少稿子，而见面时我竟想不出用几句话感谢他”。而不论是作为作家，还是编辑，“孙犁同志都是默默耕耘，厌恶张扬，不求闻达，面对他是无须多话的”。（《熏陶》，《天津日报》2002年8月8日）这是知心之言，文字之交，恬淡而珍贵。

房树民上世纪50年代的小说，多以运河平原农村为背景，记写了新一代和老一代农民，在农村互助合作化运动中，旧的意识消退、新的思想风尚成长的故事，反映了时代脉动对农民精神面貌的重塑。例如《一天夜里》，写儿子和父亲对没入社的单干户生活陷入衰落和困难的不同态度，暗地里展开的思想交锋，虽没写结果，但结果已经不言自明；又如《花花轿子房》，写新时代男女青年结婚已不再沿袭旧俗坐轿子，老轿工只能改弦更张，适应新的风俗；再如《引力》，写一个老人因不同意入社与儿子、儿媳闹翻而出走他乡，但半年后的中秋月圆之日，被孙子接回家，一家人团聚的故事。这里的“引力”，是亲情，也是合作社兴旺发达的吸引。这些小说，满含着对乡土的挚爱，文笔清新流畅、委婉细腻，带着浓郁的泥土气息，犹如运河边的芦苇在阳光下、春风里，挺拔、摇曳……

房树民从1954年到1964年，活跃于文坛，出版过四部小说集：《诞生》《九月的田园》《樱桃园村》《雪打灯》；此外还写过一些报告文学，如《为了六十一个阶级兄弟》（合作）等。但由于长期做编辑，为他人作嫁衣裳，后来自己的文学创作较少。1985年，他曾与孙犁有书信往来。孙犁告诫他：“你好久没有写东西，现在是否还把笔拿起来，写小说一时还有困难，可写些散文、读书评论之类的文章，这和你看稿也有联系。总之，我希望不断看到你的文字。你的文字朴实而简洁，文法修辞也有素养，我一向是很喜欢的。”（《致房树民》）殷殷之言，感人肺腑，足见荷花淀派中师生情谊，历久而弥新。

四

关于“荷花淀派”的形成，1956年是一个很值得注意的时间节点。这一年全国青年文学创作会议在北京召开。刘绍棠、从维熙、房树民、韩映山共同与会，都在华北组。会上，中国作家协会主席茅盾在讲话中，就把他们四个人放在一起，称赞他们创作的青春活力。这可能是对荷花淀派的初步认定。“文革”结束后，出于文学繁荣的热望和文学发展多样化的吁求，重新唤醒沉寂已久的审美意识，人们不约而同地忆起了孙犁，孙犁这一时期写的一系列文学短论，也引起了大家的关注。于是，1980年，河北文联邀请京、津、冀的作家、学者，评论家，齐集河北——荷花淀派的敀乡，开展了一场以荷花淀派为中心议题的学术讨论。由此，一个“孙犁研究热”“荷花淀派研究热”顺时而生，几乎形成一种学术潮流。鲍昌在《中国文坛上需要这个流派》的文章中，确认了荷花淀派的存在、艺术特点和文学史上的地位。1988年，保定地区文联创办《荷花淀》杂志（双月刊），5月11日举行创刊座谈会，刘绍棠任名誉主编，并撰写了创刊词。他十分明确地认定：“在20世纪的中国文学史上，具有鲜明的河北地方特色的作品，曾有突出的成就，产生巨大影响；创作这些作品的作家，也因之而在国内外享有盛名。它的集中体现．公认的标志，便是‘荷花淀流派’。”

新时期以来，孙犁除写散文和文学短论之外，曾给当时很多作家的作品写序或评论，跟许多文学青年有书信往来。后来成名的贾大山、铁凝、贾平凹等，都从孙犁的文学理念和作品中汲取了营养。贾大山的小说，与孙犁的风格极其相似。孙犁十分欣赏贾大山，1992年10月12日，在致徐光耀的一封信中，他这样谈到了贾大山：“我也看了贾大山的短篇，还诌了四句顺口溜：小说爱看贾大山，平淡之中有奇观；可惜作品发表少，一年只见五六篇。”铁凝小说的成名作《哦，香雪》，深受孙犁的影响，也深得孙犁的称赞。铁凝认为，孙犁是她的精神和文学上的导师，引领她去探究文学的本质，去领悟小说审美层面的魅力，去琢磨语言在千锤百炼之后所呈现的润泽、力量和奇异神采。孙犁的确在书信中给了她很多具体的指导。在看了《哦，香雪》之后，他给予了这样的评价：“这篇小说，从头到尾都是诗，它是一泻千里的、始终一致的。这是一首纯净的诗，即是清泉。它所经过的地方，也都是纯净的境界。”（《谈铁凝的〈哦，香雪〉》）贾平凹的前期小说，也曾受到孙犁的深刻影响，他尊孙犁为文学大师，通读过孙犁的全部作品。贾平凹的小说《腊月·正月》在1984年《十月》第4期发表后，孙犁在《致苏予》信中这样评价这部小说："贾平凹的这篇小说，没有色情的成分，也没有武侠的成分。从现实生活取材，写的是家务事，平凡的农民，却也能引人入胜、趣味横生、发人深思，有时代和社会的深刻意义。"此外，莫言以及河北的许多青年作家，都不同程度地浸染了孙犁作品的美学精神和艺术风范。

任何艺术风格和文学流派，都不能长时间存在。随着时代的演进、现实生活的发展，作用于文学的内在规律——"诗文随世运，无日不趋新"，孙犁主导的荷花淀派也必然从萌芽、生长、茁壮、成熟，最终走向淡远与消歇。然而，艺术即历史，有历史就有传统。传统是源头活水，必将滋润着现在和未来。孙犁和他的荷花淀派，可以随风远逝，但他们作为历史的见证者和讲述者，他们在作品中所体现出来的包涵着个人的文字、性情、禀赋和风骨的人道主义精神，和置身时代、贴近现实，真实、真诚、向美、向善的理想主义的现实主义诉求，以及把艺术当艺术，为艺术而献身，力求把语言文字锤炼成神秘的生命存在的极致高标的匠心，这一切都将永远地激励和影响着一代又一代的作家，推动文学从一个高峰攀上又一个高峰，不断迎接一次又一次东方文明的精神日出！

这就是孙犁与荷花淀派的文学史价值和意义。

孙 犁 / 作品精读

孙犁（1913~2002），原名孙树勋，河北安平人。现代著名作家，“荷花淀派”创始人。1942年加入中国共产党。曾任河北抗战学校教官，晋察冀通讯社、晋察冀边区文联、晋察冀日报社编辑，华北联合大学、延安鲁迅艺术文学院教师。中华人民共和国成立后，历任中国作协天津分会副主席、主席，天津市文联名誉主席，中国作协第一至三届理事、中国作协顾问，中国文联第四届委员。主要作品有短篇小说集《芦花荡》《嘱咐》《采蒲台》，小说散文集《荷花淀》《白洋淀纪事》，长篇小说《风云初记》，中篇小说《村歌》《铁木前传》，散文集《秀露集》《晚华集》《耕堂散文》，文学评论集《文学短论》等。百花文艺出版社出版有《孙犁文集》8卷，人民文学出版社出版有《孙犁全集》11卷。

芦　　苇

敌人从只有十五里远的仓库往返运输着炸弹，低飞轰炸，不久，就炸到这树林里来，把梨树炸翻。我跑出来，可是不见了我的伙伴。我匍匐在小麦地里往西爬，又立起来飞跑过一块没有遮掩的闲地，往西跑了一二里路，才看见一块坟地，里面的芦草很高，我就跑了进去。

“呀！”

有人惊叫一声。我才看见里面原来还藏着两个妇女，一个三十多岁的妇人，一个十八九岁的姑娘，她们不是因为我跳进来吃惊，倒是为我还没来得及换的白布西式衬衣吓了一跳。我离开她们一些坐下去，半天，那妇女才镇静下来说：

“同志，你说这里藏得住吗？”

我说等等看。我蹲在草里，把枪压在膝盖上，那妇人又说：

“你和他们打吗？你一个人，他们不知道有多少。”

我说，不能叫他们平白捉去。我两手交叉起来垫着头，靠在一个坟头上休息。妇人歪过头去望着那个姑娘，姑娘的脸还是那样惨白，可是很平静，就像我身边这片芦草一样，四面八方是枪声，草叶子还是能安定自己。我问：

“你们是一家吗？”

“是，她是我的小姑。”妇人说着，然后又望一望她的小姑：“景，我们再去找一个别的地方吧，我看这里靠不住。”

“上哪里去呢？”姑娘有些气恼，“你去找地方吧！”

可是那妇人也没动，我想她是有些怕我连累了她们，就说：

“你们嫌我在这里吗？我歇一歇就走。”

“不是！”那姑娘赶紧抬起头来望着我说，“你在这里，给我们仗仗胆有什么不好的？”

“咳！”妇人叹一口气，“你还要人家仗胆，你不是不怕死吗？”她就唠叨起来，我听出来她这个小姑很任性，逃难来还带着一把小刀子。“真是孩子气，”她说，“一把小刀子顶什么事哩！”

姑娘没有说话，只是凄惨地笑了笑。我的心骤然跳了几下，很想看看她那把小刀子的模样。她坐在那里，用手拔着身边的草，什么表示也没有。

忽然，近处的麦子地里有人走动。那个妇人就向草深的地方爬，我把那姑娘推到坟的后面，自己卧倒在坟的前面。有几个敌人走到坟地边来了，哇啦了几句，就冲着草里放枪，我立刻向他们还击，直等到外面什么动静也没有了，才停下来。

不久天也快黑了，她们商量着回到村里去。姑娘问我怎么办，我说还要走远些，去打听打听白天在梨树园里遇到的那些伙伴的下落。她看看我的衣服：

“你这件衣服不好。”再低头看看她那件深蓝色的褂子，“我可以换给你。先给我你那件。”

我脱下我的来递给她，她走到草深的地方去。一会儿，她穿着我那件显得非常长大的白衬衫出来，把褂子扔给我：

“有大襟，可是比你这件强多了，有机会，你还可以换。”说完，就去追赶她的嫂子去了。

一九四一年于平山

（收录于短篇小说集《芦花荡》，上海群益出版社1949年7月版）

【作品赏析】

《芦苇》创作于1941年，这篇千字小文可以看作孙犁“荷花淀”风格正在形成的标志。

叙事显然存在一个残酷的战争背景，开篇即做了说明，“敌人从只有十五里远的仓库往返运输着炸弹，低飞轰炸，不久，就炸到这树林里来，把梨树炸翻。”可见，这是一场从兵力到装备都悬殊之非常的战斗。更何况“我跑出来，可是不见了伙伴”，这失散了队伍的“孤兵”时刻存在着生命危险。但是，战争只有一次在后文中再度闪现，“有几个敌人走到坟地边来了，哇啦了几句，就冲着草里放枪，我立刻向他们还击，直等到外面什么动静也没有了，才停下来。”明明是身处险境，千钧一发，然而仅仅以三言两语做轻描淡写。还击后竟没了动静，这草草的收束甚至令人怀疑真实性。这意味着，叙事千方百计将战争的背景淡化到最大限度，尽管这是故事必不可少的背景。

那么，有意强化的是什么？“我”从树林跑出来，匍匐过小麦地，飞跑过闲地，跑进了一片芦草地，芦草地是叙事的中心场域，芦草地中的故事正是有意强化的。那是怎样的芦草，又是怎样的姑娘！“就像我身边这片芦草一样，四面八方是枪声，草叶子还是能安定自己”，两个妇女被我的白布西式衬衣吓了一跳（当年这样的装束意味着可能是敌人），很快镇静下来。特别是那位十八九岁的姑娘，不但不怕“我”牵累到她们，还仗以“壮胆”。那是战争年代普通百姓对战士的信赖与亲近。姑娘的亲信又源自内心反抗强暴、不屈不挠的精神。那把羞于展示的小刀子或许没有杀伤力，却是手无寸铁的人民能握住的唯一的武器。可谓是“斩木为兵，揭竿为旗”，彰显着不可挫败的民族精神。这种精神化作对战士的信赖，继而是不因思虑个人安危而离开，在“我”只身退敌后，姑娘表现出更多的热情。她以女性独到的细腻观察战士所需，竭尽所能提供仅有的帮助——用自己深蓝色的褂子换下战士白色的衬衣。对于要夜行寻找战友的“我”，这是很好的掩护，更是温暖的力量。冀中人民抗战的坚定与热情，蕴含在人性的善与美中，这个主题在孙犁“荷风”写作中占据着首要的地位。

最重要的一个问题是，风土与人的独特情韵已然成为作品的灵魂。具有地域性的自然之美开始在小说中有所展现，树林、麦地、芦草构成了独特的布景。芦苇，既是小说的篇名，又象征着坚韧、沉静的品格，是突出的意象。故事中人开始显露出慷慨的燕赵之风，孙犁的独到在于将地方人民性的美集中体现在女性身上。姑娘身藏唯一的“武器”，那把小刀子是要在关键时刻和敌人拼死相搏的，哪怕结束自己的生命也不会束手就擒。姑娘又主动和“我”换衣服，显然不合乎“男女授受不亲”的礼法，况且荒郊野外，嫂子先行，只有孤男寡女。可见姑娘纯真而坦荡，无视世俗。她是把褂子“扔”给我，不是“递”，不是“送”，不是“拿”，这个“扔”字透出三分率真，七分豪爽，善良而细腻，直率而无邪。《芦苇》初绘了燕赵女儿的灵魂。女性的美依存于乡村风物，成为孙犁小说的灵魂。在后来的作品中，孙犁又持续地赋文字以空灵、悠远，超越。

早在1930年，孙犁已经开始创作小说。《孝吗？》《弃儿》带有明显的“问题小说”的痕迹，尚未形成自己的风格。1939年以后，参加了革命的孙犁以《一天的工作》《邢兰》《战士》表现蕴蓄在人民中的抗战热情，彰显人性的纯美与厚朴，显露出独到之处。但是，在《芦苇》中，那淡化的战争背景，那人性的美，那具有地域性的女性的美，才一一突显，初成“荷花淀”风格。

女人们（三篇）

红 棉 袄

风把山坡上的荒草，吹得俯到地面上、砂石上。云并不厚，可沉重得怕人，树叶子为昨夜初霜的侵凌焦枯了，正一片片地坠落。

我同小鬼顾林从滚龙沟的大山顶上爬下来。在强登那峭峻的山顶时，身上发了暖，但一到山顶，被逆风一吹，就觉得难以支持了。顾林在我眼前，连打了三个寒噤。

我拉他赶紧走下来，在那容易迷失的牧羊人的路上一步一步走下，在乱石中开拔着脚步。顾林害了两个月的疟疾，现在刚休养得有了些力气，我送他回原部队。我们还都穿着单军服，谁知一两天天气便变得这样剧烈。

虽说有病，这孩子是很矜持的。十五岁的一个人，已经有从吉林到边区这一段长的，而大半是一个人流浪的旅程。在故乡的草原里拉走了两匹敌人放牧的马，偷偷卖掉了，跑到天津，做了一家制皮工厂的学徒。事变了，他投到冀中区的游击队里……

“身子一弱就到了这样！”

像是怨恨自己。但我从那发白的而又有些颤抖的薄嘴唇，便觉得他这久病的身子是不能支持了。我希望到一个村庄，在那里休息一下，暖暖身子。

风还是吹着，云，凌人地往下垂，我想要下雨了，下的一定是雪片吧？天突然暗了。

远远的在前面的高坡上出现一片白色的墙壁，我尽可能地加快了脚步，顾林也勉强着。这时，远处山坡上，已经有牧羊人的吆喝声，我知道天气该不早了，应是拦羊下山入圈的时分。

爬上那个小山庄的高坡，白墙壁上的一个小方窗，就透出了灯火。我叫顾林坐在门前一块方石上休息，自己上前打门。门很快地开了，一个姑娘走了出来。

我对她说明来意，问她这里有没村长，她用很流利的地方话回答说，这只是一个小庄子，共总三家人家，过往的军队有事都是找她家的，因为她的哥哥是自卫队的一个班长。随着她就踌躇了。今天家里只有她一个人，妈妈去外婆家了，哥哥还没回来。

她转眼望一望顾林，对我说：

“他病得很重吗？”

我说：“是。”

她把我们让到她家里，一盏高座的油灯放在窗台上，浮在黑色油脂里的灯芯，挑着一个不停跳动的灯花，有时并碎细地爆炸着。

姑娘有十六岁，穿着一件红色的棉袄，头发梳得很平，动作很敏捷，和人说话的时候，眼睛便盯住人。我想，屋里要没有那灯光和灶下的柴火的光，机灵的两只大眼也会把这间屋子照亮的吧？她挽起两只袖子，正在烧她一个人的晚饭。

我一时觉得我们休息在这里，有些不适当。但顾林躺在那只铺一张破席子的炕上了，显然他已是筋疲力尽。我摸摸他的额，又热到灼手的程度。

“你的病不会又犯了吧？”

顾林没有说话，我只听到他牙齿的“嘚嘚”声，他又发起冷来。我有些发慌，我们没有一件盖的东西。炕的一角好像是有一条棉被，我问那正在低头烧火的姑娘，是不是可以拿来盖一下，姑娘抬着头没听完我的话，便跳起来，爬到炕上，把它拉过来替顾林盖上去。一边嘴里说，她家里是有两条被的，哥哥今天背一条出操去了。把被紧紧地盖住了顾林的蜷伏的身体，她才跳下来，临离开，把手按按顾林的头，对我蹙着眉说：

“一定是打摆子！”

她回去吹那因为潮湿而熄灭的木柴了，我坐在顾林的身边，从门口向外望着那昏暗的天。我听到风还在刮，隔壁有一头驴子在叫。我想起明天顾林是不是能走，有些愁闷起来。

姑娘对我慢慢地讲起话来。灶膛里的火旺了，火光照得她的脸发红，那件深红的棉袄，便像蔓延着火焰一样。

她对我讲，今年打摆子的人很多。她问我顾林的病用什么法子治过。她说有一个好方法，用白纸剪一个打秋千的小人形，晚上睡觉，放在身下，第二天用黄表纸卷起来，向东南走出三十六步，用火焚化，便好了。她小时便害过这样的病，是用这个方法治好的。说完便笑起来：“这是不是迷信呢？”

夜晚静得很，顾林有时发出呻吟声，身体越缩拢越小起来。我知道他冷。我摸摸那条棉被，不只破烂，简直像纸一样单薄。我已经恢复了温暖，就脱下我的军服的上身，只留下里面一件衬衫，把军服盖在顾林的头上。

这时，锅里的饭已经煮好。姑娘盛了一碗米汤放在炕沿上，她看见我把军服盖上去，就沉吟着说：

“那不抵事。”她又机灵地盯视着我。我只是对她干笑了一下，表示，这不抵事，怎样办呢？我看见她右手触着自己棉袄的偏在左边的纽扣，最下的一个，已经应手而开了。她后退了一步，对我说：

“盖上我这件棉袄好不好？”

没等我答话，她便转过身去断然地脱了下来。我看见她的脸飞红了一下，但马上平复了。她把棉袄递给我，自己退到角落里把内衣整理了一下，便又坐到灶前去了，末了还笑着讲：

“我也是今天早上才穿上的。”

她身上只留下一件皱褶的花条布的小衫。对这个举动，我来不及惊异，我只是把那满留着姑娘的体温的棉袄替顾林盖上，我只是觉得身边这女人的动作，是幼年自己病倒了时，服侍自己的妈妈和姐姐有过的。

我凝视着那暗红的棉袄。姑娘凝视着那灶膛里一熄一燃的余烬。一时，她又讲话了。她问我从哪里来，尽走过哪些地方，哪里的妇女自卫队好。又问我，什么时候妇女自卫队再来一次检阅。一会儿我才知道，在去年，平山县妇女自卫队检阅的时候，打靶，她是第三名！

瓜的故事

马金霞又坐在那看瓜园的窠棚里了。已经吃过了晌午饭，肚子饱饱的，从家里跑来的满身汗，一到这里就干了，凉快得很呢。窠棚用四根杨树干支起来，上面搭上席子，中间铺上木板，一头像梯子一样横上木棍，踏着上去，像坐在篷子车里。

好凉快呀。马金霞把两只胳膊左右伸开一下，风便吹到了袖子里、怀里。窠棚前后是二亩地的甜瓜和西瓜，爹租来种的。甜瓜一律是“蛤蟆酥”和“谢花甜”种，一阵阵的香味送过来。西瓜像大肚子女人，一天比一天笨地休养在长满嫩草的地上。那边是一个用来从河里打水浇地的架子，“斗子”悬空着。

一带沙滩，是通南北的大道，河从中间转弯流过。

村边上，那个斜眼的铁匠的老婆，又爬上她那蔓延在一棵大柳树上的葡萄架了。从马金霞这里也会看见那已经发紫的累累的葡萄。马金霞给这个铁匠老婆起了一个外号，一看见她便叫起来：“馋懒斜！”是因为这个老婆顶馋（不住嘴地偷吃东西），顶懒（连丈夫打铁的风箱也不高兴去拉），顶斜（眼斜，脾气性情儿也斜）。

那女人从葡萄架上转过身子来，用手护着嘴像传声筒喊：

“金霞又卖俏哩吗？看过路的哪个脸子白，招来做驸马吧！”

“放屁，放屁，放屁！”马金霞回骂着。

“你看你不是坐在八人抬的大轿里了吗？要做新媳妇了呢！”斜眼女人扯着嗓子怪叫。

马金霞便不理睬她了。理她干吗呢，狗嘴里掉不出象牙来，满嘴喷粪。

水冲着石子，哗啦啦地响着。

马金霞把鞋脱掉了，放在一边。把右腿的裤脚挽到了膝盖上面，拿过一团麻，理了一理，在右腿上搓起麻绳来，随口唱一支新鲜小曲儿：

> 小亲亲，
> 我不要你的金，
> 小亲亲，
> 我不要你的银，
> 只要（你那）抗日积极的一片心！

一架担架过来了，四个人抬着急走，后面跟着两个人挥着汗。马金霞停止了唱。

“住下，住下。”后面一个人望了一望瓜园嚷着。

“什么事，这里晒得很哩！”抬的人问着，脚也没停，头也没回。

“王同志不是说要吃瓜吗，这里又有甜瓜又有西瓜，住下，住下……”

担架住下了。在一床白布罩子下面，露出了一个脸。黄黄的，好大的眼睛啊。头歪到了瓜园这边，像找寻着什么，微笑了。一个民兵跑上来喊：

“下来，小姑娘，买瓜。”

马金霞赤着脚下来了，快得像一只猴子。两步并作一步，跑到伤兵的面前，望了望那大眼睛，又看见那白布罩角上的一片血迹，就哎呀了一声。

她带那个人去挑选瓜了，告诉他还是给同志一个西瓜吃罢。受了伤吃甜瓜不好，肚子痛还不要吃甜瓜呢。那个人以为这女孩子要做“大宗买卖”，也便没说话。马金霞在瓜园里践踏着，用手指一个个地去弹打着瓜皮，细听着声响。然后她问：

“是百团大战受的伤吗？”

“是，真是英雄呢。”那个人赞叹着，“可是你会挑选瓜吗？”

“你瞧着吧。”

马金霞想起在西北角上那个血瓤的西瓜了，那是她前天就看准的，她把它摘下来，亲手抱过去。

抬担架的小伙子们还不相信，就地把那瓜用一把小刀剖开来。

瓜瓤是血红的，美丽的，使人想起那白布罩上的光荣的战士的血迹了。几个小伙子夸奖着，问价钱。

“送给同志们吃的，不是卖的。”

虽然那战士也用微弱的声音诉说着这不好，但马金霞跑上窠棚了。她对那远远的葡萄架上的女人喊：

“馋懒斜，把你的葡萄送些来，有位受伤的同志呢。”

可是斜眼女人问了：

“买几毛钱的呀？”

有什么意味呀！马金霞气恼了。总是“几毛钱”。她常见斜眼女人烦絮地和来买葡萄的同志们要着大价钱，赚了钱来往自己坏嘴里填，吃饱了和不三不四的坏男人嚼舌头，有什么意味呀！

子弟兵之家

从前，村里的人称呼她“三太家的”，现在，妇女自卫队分队长找上她的门子时喊：

“李小翠同志！”

丈夫是子弟兵。临入伍那天，大会上小翠去送他；临走，三太用眼招呼她。小翠把手一扬：

“去你的吧！”

两个人都笑了。李小翠便一边要逗着怀里的孩子，一边想着心思，回家了。

在边区，时光过得快。打了一个百团大胜仗，选举了区代表、县议员、参议员，打走鬼子的捣乱……就要过年了。

天明便是大年初一了。

天还没亮，鸡只叫了两遍，“申星”还很高呢。

孩子闹起来，小手抓着小翠的胸脯，小脚蹬着肚子。

“他妈的！”小翠一边骂着，一边点起灯来。

窗纸上糊着用彩色纸剪成的小人们，闪耀着……

小纸人是西头叫小兰的那女孩子剪的。那孩子昨天早晨捧着这些小人们跑来，红着脸对小翠说：

“小翠婶婶，我剪了两个戏剧，一个捉汉奸，一个打鬼子，送给你贴在窗子上。”

“呀，你费了半天工夫，拿去叫你娘贴吧！”小翠客气着。

“为的是，”小兰睁大眼睛，“我家三太叔上前线了。”

小兰还怕她贴错，帮她贴好才走了。

小翠给孩子穿衣裳，打开一个小匣子，拿出一顶用红布和黄布做成的小孩儿帽，是个老虎头的样子，用黑布贴成眼，用白布剪成虎牙。

孩子一戴上新帽子，觉着舒服，便在小翠的腿上跳起来，小翠骂：

“小家子气！”

小翠又想起心思来了。前年死了一个孩子，没戴过新帽子。这个孩子三岁了，这还是头一顶。虽说裤子还破着，可是今年过年没有别的花销，村里优待了一小笸箩白面，五斤猪肉，三棵白菜，便也乐开了。她把孩子举起来，叫孩子望着她的放光的大眼，她唱着自己编的哄孩子的曲儿：

孩子长大，
要像爹一样
上战场……

孩子便“马，马”叫起来。小翠叫孩子骑在自己脖子上，接着：

骑大马，
背洋枪！

唱到这里，小翠又想起心思来了："诈知道他骑上马没有呢？"三太那大个子大嘴大眼睛便显在她眼前对她笑了。她喃喃地好像对孩子说，又好像对三太说：

"你呀！多打好仗呀！就骑大马呀！"

风吹窗纸动起来，小人们动起来了。妕愿意风把这话吹送到三太的耳鼓里去……

一九四一年于平山

（原载晋察冀《五十年代》1941年1卷2期）

【作品赏析】

《女人们（三篇）》创作于1941年，平山。与《芦苇》创作的时期和地点是大致相同的，内容和风格也大致相似，聚焦于乡村女性来表现民众的抗战热情，呈现人性之美。《女人们》三篇结成一束，集中地书写了貌似不同的"女人们"，但又是相同的，她们都有着单纯的心性，都有对抗战的热情。

《女人们》更加鲜明地显现出孙犁小说的一个特征：独特的意象。意象凝聚着情感，又推动着情节的发展。《红棉袄》中，"我"带着发疟子的小战士顾林住进了一个女孩子的家，尽管是"不方便"的——家里只有这个十六岁的姑娘。姑娘穿着一件红棉袄。她慷慨地把"我们"让进家，利索地给病人盖上家里唯一的被子，饶有趣味地同"我"谈话。红棉袄凝聚着姑娘的热情，"灶膛里的火更旺了，火光照得她的脸发红，那件深红的棉袄，便像蔓延着的火焰一样。"当病人冷得缩成一团时，姑娘"断然"脱下了她的红棉袄，为他盖上。篇末，"我凝视着那暗红的棉袄，姑娘凝视着那灶膛里一熄一燃的余烬"，他们谈起抗战的足迹，谈起妇女自卫队。这时候，"红棉袄"何以由一个姑娘脱给一个陌生男子的真正原因浮现出来，那就是抗战的共同目标。正因如此，姑娘让"我"想起了幼时生病时的母亲和姐姐。姑娘和我、顾林之间又何谈"男女大妨"，那是军民团结抗日的亲密无间。同样，《瓜的故事》中那个血瓤的西瓜，《子弟兵之家》中那捉汉奸、打鬼子的窗纸作为核心意象，也凝聚着民众支持抗战的热情，推动着故事情节指向中心意图。

《女人们》进一步描画了燕赵女性的风貌。曾国藩曾以三个词描述燕赵游侠："急人之难""刚而不摇""质而好义"，孙犁小说中的燕赵女性多具有这样的特征。首先，行为方式的豪爽。孙犁小说中的燕赵女儿言语行为无伪饰、少华彩，不作小儿女状。性之所至，情之所及，豪放爽直，甚至有时带着几分泼辣。《红棉袄》中，"姑娘抬起头没听完我的话，便跳起来，爬到炕上，把它拉过来替顾林盖上"，"我看见她右手触着自己棉袄的偏在左边的纽扣，最下的一个，已经应手而开了"，可见急人之难而不拘礼法之一斑。《瓜的故事》中，看到受伤的战士，"马金霞赤着脚下来了，快得像一只猴子。"看到受伤的战士，她转身就去挑瓜了，先是在瓜园里"践踏"着，然后决然摘下最好的一个送给战士。她是那么鄙视"懒馋斜"，不客气甚至有些粗野地调侃她，气恼于她的吝啬，连连责怨"什么意味呀"。《子弟兵之家》中，丈夫从军相别，妻子竟是"把手一扬"，说道"去你的吧"。小翠笑骂着孩子，心里怀着"骑大马，背洋枪"的憧憬。"好义"是核心，言行之"质"彰显出别样的风采。燕赵之地自古又是多民族文化交汇地，或许也是女性的言行不甚拘于礼法的原因之一。

核心性格则是慷慨重义。燕赵文化中蕴含着急人危难，拔刀相助的因素。司马迁的《刺客列传》记载了四位侠士，豫让、荆轲两位长养于燕赵之地。在孙犁的小说中，燕赵女儿将重义升华为民族大义，表现为慷慨大方，仗义相助。姑娘将身着的棉袄脱给生病的战士；少女将最好的瓜摘给受伤的战士，是不要钱的；少妇将对丈夫的思念化为哄孩子的话："孩子长大/要像爹一样/上战场。"

诚然，豪爽为美，却仍旧要归结为重义——民族大义的内核。《瓜的故事》中"铁匠的老婆"可以作为一个对照。原本是马金霞出语不敬，一句"懒馋斜"引起相互之间的笑闹。为什么"铁匠的老婆"被写到极丑，言语粗鄙，"扯着嗓子怪叫"？原因就是她不具备慷慨重义的精神内核，小说中直接表现为对抗日战士小气，贪图小利。孙犁同年还创作了《懒马的故事》三则记事。马兰不到四十岁，好吃懒做，做抗日鞋也不积极，被戏称为“懒马”，甚至遭到丈夫责骂去上吊，同样只遭到讽刺，得不到半点同情。根本原因也在于与民族大义、与抗日相违。

孙犁从不否认文学的政治性，早在1938年他就曾经这样讲：“做诗人，这是浪费，在还不是社会主义的国家里面仅能使自己有钱与有闲，至于在你的国家里的一切职业是那么需要着，我认为特殊地成为诗人简直是罪恶。”直至晚年，他仍然直言“我是信奉政治决定文艺这一科学的说法的”。这对于一个成长于革命队伍的作家来讲，再自然不过。孙犁是坦诚的。在孙犁的写作中，政治性是毫无疑问地存在，是文学之美与超越情怀的基础。

走出以后

南郝村虽然说不上什么山光湖色，有出奇的风景可看，却是大平原田园本色。围村一条堤，堤外接连不断已经收割起庄稼的田亩，杨柳树也很多。村西有一条大河绕过，隔河望去，又是一围村庄，一片田亩苇坑麻地。倘在夏秋两季，也一定有些风光景致。

正是冬天，快要过旧历年了，我在这村子住下。房东老伴儿两个，待我很好。那男的，属于乡村的要看女人眼色行事的那一种，但对熟人也能谈论一番。女的干净利落，能说会道，顶多半个男人，据说事变前有些“潦倒气”，可也没有大不好，只是成成女人赌局，取乐抽头，现在连这个也免了。

房东只有个女儿，今年十八岁。从小娇惯，抗战以来，更当男孩子看待，说一不二。我们不久就熟起来。这姑娘，在多么生人面前也没红过脸，忸怩过。听说我又是一个乡亲同志，就更随便一些。

我的习惯，不喜欢女人那一种张狂，她却以张狂为能事，也是她的习惯。说话哼哼唧唧，不撇嘴就跺脚。我最不喜爱她那走路的样子，特别在大街之上，两只手垂直，手心向后，稍稍外张，两个脚尖向里靠，两只眼睛看着脚尖前行，两手就急急摆动。远远望去，使人想到鸭子浮水，我一见，就笑。既然在空气里走动，为什么把两只手当作蹼来运动呢？难道以为人会在空气里沉底，害怕淹死吗？

她却交游很广，认识许多女孩子，不但本村，外村也有许多姐妹。同时，她的好处也很多。为人慷慨，大有母亲作风，对抗日工作热心，敢出头，所以也着实令人赞佩。

不久，她一定要去升学。我写了一封信，介绍她到抗属中学附设的卫生训练班去试试，却录取了。回来，和她母亲说了没三句话，搬起脚来叫我看看鞋底，说是磨破了；就跑到街上去，找她的伙伴们去了，气得她母亲埋怨半天。到夜晚回来，带来一个同她年岁差不多，比起她那细长个子，算个中等身材，比起她那尖长脸，算是圆脸，细眉大眼的女孩子来。说是她一个干妹妹，也要去升学，叫我写介绍信。

当时我不明底细，只随便谈了谈，房东姑娘却在一边笑。那个新来的叫王振中，自己说十七岁，家里愿意叫她出去。这个女孩说话声音低，但听来很清楚响亮，老是微笑着，还有些害羞。说话和房东姑娘不同，很少流行的新名词，但是道理说得也很明白，叫人相信；只是在说话中间，有时神气一萎，那由勇气和热情激起的脸上的红光便晦暗下来，透出一股阴暗；两个眉尖的外梢，也不断簌簌跳跃，眼睛对人有无限的信赖。她把要说的说完，就要走；我也随便答应，明天再说，可以写个信去考考。

女房东是没事，也要一天找我谈上一个甚至两个钟头的。她的道理是：同志住在家里不分彼此，这样才显得亲近，何况我是一个乡亲，和别人就更不同些，有东西随便拿着吃就是了　她有什么话也就全告诉我，叫我出个主意。这回，王振中走了，她就过来，和我讲说了王振中的家：王振中是这村北头赶大车王六儿的女孩子，也是独生女，家里虽然穷，但也因为这孩子从小就仁义懂事，爹娘也娇养惯了的。前几年王六儿死在保定城了。她是从小许给本村在北平开店发家的黄清晨的儿子了，趁着那年荒乱，她母亲就把女儿送过婆家去，那时女婿不能回来，就叫小叔子代娶了一下，这样算交卸了为娘的责任

但那婆家并不叫这女孩子应心满意。女孩子很要强，处处怕落在人后面，处处怕叫人说不好，经不起一个背后的指点；一句闲话，可以使她盖起被子哭上半夜。可是公公在村里名声最不好，没人愿意招惹。事变以前，仗着那座店，臭酸臭美不和凡人说话，没缝也要下蛆，霸人霸地全干过。年月变了，这就不时兴，可是架子放不下。先是明着说坏话，村里送

了他一次公安局，回来就变了样，见了骑马的挂枪的，区里的县里的，就狗舔屁股突地奉承，背地里却还是冷言冷语，最瞧不起村干部；这样，在村里人缘坏透了，有名的顽固分子。

这孩子的苦处就多了，在家里怕他们，整天整夜听那些没盐没醋的淡话，又不能塞住耳朵；出门见人就害臊，这年月，年轻妇女又不能不见人，在那些会场上总是看着她不像别人那样舒展，可是对抗日工作很要强，小姐妹们也知道她好。她说起话来就要离开这个家。

果然第二天太阳还没出来，王振中就来了。换了一身黑棉袄棉裤，袄很长大可体，裤脚很瘦，头发修剪得更短了，脖里围一条新毛巾，按着冀中区流行的青年妇女打扮起来，挟了一个包裹。我说：

"信可以写，上学是好事，可是你和你婆家说好了没有？"

她红着脸说：

"这是我情甘乐意，谁也管不了我。我和他们讲好了。你看我才从婆家出来，这鞋还是在那里拿的呢。"

我终于写了封简单的信，叫她去试试。临走，我说用不着带包裹，这是去考啊，不一定能录取。但她没答话，便催着房东的女儿走了，从门前堤上跳过去，走得非常快。

第二天后半天我刚回到家里，就有那村的小学教员找来。是一个女教员，原也见过，但没说过话。一进门，她就哭丧着脸，一靠，坐在临隔扇门的炕沿上，吞吞吐吐地说："同志，我有个问题和你谈谈。"

"什么问题？"我靠在迎门橱上。

"杏花和王振中全是你介绍她们出去的吗？"

"我写了封介绍信去叫她们投考。"

"这有点儿不合组织系统吧？"

我说："杏花录取以后要去上学的时候，我叫她去和你、妇救会主任商量过，去考的时候，我问过村教委。我不会忘记组织系统。杏花走的时候，你还送她好远，不能说不知道。至于王振中，因为她走得匆忙，也不过是试一试，你不愿意让她去？"因为她是一个女同志，我竟有些气愤。

"我倒没什么，只是学校里，就是她两个大些，有些工作要她们做。

还有王振中的婆婆，找我哭过好几次，我没法应付啊。”

“要那样，怎样办呢？”

结果倒是她先转悲为喜说：

“她出去很好，我还能拦着！只是来问问，请你不要误会。”

我把她送走，女房东又照例过来了。她说女先生也很明白，不过杏花和王振中和她很好，在校里也帮她做做饭做做针线，这一走，不免就像失了膀臂。可是抗日是件大事，谁也不该拦着啊。我听了这些话，想道：“倒是这老太太比这个女教员明白些。”自己就坐在炕上看起书来，不多一会儿有一个小孩子脸从窗户的小玻璃镜往里一探，等我回过头来，他已经抱着房东那只新下的小黑羊羔跑出去了。

不到一顿饭工夫，就有一个三十多岁的女人来到院里。我从小镜子望出去，她头上罩着一条红色包头，像是新病起来，或是坐了月子。她先放轻脚步到房东屋里去，和女房东嘟哝了一会儿，就故意张扬着到我房子里来，一进门就是：“主任在屋里吗？”

“我不是主任。”我说，让她坐。女房东也跟过来说：“这是振中的婆婆。”

那婆婆小心小意地挑拣着话说：

“我是说打听打听振中她们在哪村住，想去看看她。她走我也不拉她，你问问我这个嫂子，我是多么疼她。就不该走时连句话也不讲。”

女房东也就笑着插进来说：

“那天她竟没说，和她娘说到婆家去，到了婆家拿了一双鞋，又说娘身子不舒服，过几天再来长住，这样就走了，我也不知道她这样，杏花也不知道。这孩子捣鬼。”

我说：“依我看，王振中同志的认识和她那程度，出去上上学好啊，比你们待在家里，一辈子围着锅台、磨台转不好？我们要看远一些，出去对她好，对国家也好。”

那婆婆挂着笑紧接上来：

“这道理我还不明白？你问她大娘，我可是不明白的？我们当家的以前糊涂，我还常劝他呢。对街面上的事，我可没落过后，就是俺当家的也不过嘴直心快，得罪了人，才出了那桩子事。抗日谁不赞成，八路军谁说不好，像主任……”

“我不是主任！”我再度申明。

“像你们这么斯文、好说话，谁不赞成？上级都好，我们家里也常住上级。只是我们得罪了村里的人……我们当家的就吃了亏。”

“你们当家的为什么不来呢？”我问。

“他，他身子不舒服，也是想振中想的。他叫我来问问，求……你写封信，他去看看振中。”

我心里突然一紧缩，一冷。她却跟上前来，拿起我那蘸水钢笔：

“怎么你还使这个钢笔？现在就是那些村干部，大字认不到一升，也还使支有打水机的钢笔呢！”

“我使用惯了，也一样能写。”

“还是你们艰苦。”她叹口气，又摸摸我炕上铺的破棉被，“哎呀，你怎么就用这个铺盖，像你们这上过大学堂，走京串卫的人，丝绸被子也盖过不少了吧，这是从村公所借来的？”

“唔。”

她转身望望女房东：

“他大娘也不知道照应人！就该把咱家那拆洗过的被褥拿出来叫同志盖呀！我们家住了上级，我总是把待客用的被褥给他们。你们，还没个枕头，枕什么呀？”

“枕书，枕不惯枕头了。”

女房东显然有些不高兴，就说：

“俺家比不上你方便呀。可是对待同志，咱也没小气过，谁在俺家住过谁知道我这个人实在，只是不会花言巧语罢了。这同志来我也拿出过新拆洗的被子给他，他不要。”

好像那婆婆并没理会，就又拿起我那钢笔来左看右看，一会儿说：

“这也不丑啊，俺家那老二，非要他爹买支打水机钢笔，我看这也做得很精致。”紧接着就眼望着我恳求，“你这里纸笔砚台既然这样方便，就给俺们写个信吧，要不就用——”她慌忙从怀里拿出一个红签信封，一张八行信纸，“俺们这个。”

我拒绝了她！我说我不知道那学校今天转移到哪里去了；再说王振中是去投考，考不上，就会回来。她却抓住了理：

“那俺们振中不是也没了踪影吗？”

“丢不了她，丢了我赔。”

“不过是为老人的瞎操心罢了。”

这样，我在南郝村过了旧年。正月间，冀中各地非常热闹，抗属中学驻的村子里，有五千个中学生参加大检阅，其中有一千七百个是女生。早晨，在会场上，我看见王振中穿了黑色棉军装，外罩一件长大的棉背心，背包、挂包、小碗、防毒口罩，一色齐全，和那些小同学一样站在队里。她的脸更红、更圆，已经洗去了那层愁闷的阴暗；两个眉梢也不再那样神经质地跳动，两片嘴唇却微微张开，露着雪白的牙齿，睁着大眼望着台上讲话的程子华同志的脸，那信赖更深了。

那个村庄，正在滹沱河和沙河之间。村边便是一片沙滩，上面一排高大的白杨树，道旁有一座小小的新建筑，长方形，青色石头的，本县阵亡烈士的纪念碑，上面题着新体诗句。一天早晨我正在杨树林里和一个老乡谈这一带的白菜和红薯的产量，王振中穿了护士的白布罩单，戴着翻卷的白布单帽走过，手里还托了一个药瓶。看见我，大远跑来，敬了礼，问过我怎样到这里来，我的女房东身体好不好，小羊羔长大了没有，才微笑着听我对她的问话：

“听说你婆家从北平把你叫回来，像有什么打算，来找过你吗？”

“找过。”她又红了脸，但随着就平静流利地谈下去，“他们一家人全来了，男兵女将，就是把北平来的打起埋伏，直找到队长跟前去，要我回去。起先队长还要我回去看看，等我把事情说明白，说回去了就不会再有王振中了，队长才说你自己解决吧。可不是我自己解决，我已经向县政府告了状，和他们离婚；不是离婚，是解除婚约。这就一干二净，再说我也还不到结婚年龄……”

临走时，她说今天是看护实习，刚给一个伤员上了药。我问她那是什么药，她用德文告诉我那药的名字。

（原载《新群众》1946年2卷4期）

【作品赏析】

《走出以后》创作于1942年8月，讲述乡村女性王振中摆脱旧家庭的束缚，成长为一位革命新女性的故事。虽然情节简单，但是涉及民族解放与女性解放的重要命题，呈现出革命乐观主义与深沉的生命关怀的双重色调。

孙犁在青少年时代深受五四新文化的影响，他订阅过《文学月报》《北斗》《奔流》《萌芽》《拓荒者》《世界文化》等刊物，鲁迅的乡土小说、叶圣陶的问题小说、早期的革命文学深深影响了他。孙犁曾经回忆到自己最早的作品，第一篇写“一家盲人的不幸”，第二篇是“写一个女戏子的，也是写她的不幸”。两篇均已佚失。五四文学“人”的发现、社会问题的关怀为他播下了文学的种子。即便孙犁后来成了革命作家，政治功利性发生着难以规避的影响，“人”的关怀也一直是孙犁作品的终极指向。《走出以后》特别关注了一个女性的命运，既源自“五四”文学透过女性探讨底层问题的传统，更是孙犁写作的一大特点。

王振中“走出”的原因是一个非常有趣的问题。在战争背景下，由小叔代娶，嫁到黄家。她所以要“走出”，并不是类同杨小梅（《新儿女英雄传》）受到婆权与夫权在精神、物质上的凌虐。王振中的丈夫是一个缺席的存在，不过既然王振中是“从小许给”的，似乎谈不上自由恋爱。五四意义上的“冲出没有爱情的婚姻牢笼”的因素或许存在，但文本回避了这个问题。王振中出走的直接原因是婆家的“落后”。公公人品本来就不好，“仗着那座店，臭酸臭美不和凡人说话，没缝也要下蛆，霸人霸地全干过”。从阶级论的观点看，这似乎是“北平开店发家”的小业主属性导致的。但是，在抗日民族统一战线的语境下这个问题没有必要强调。于是，对抗战“说坏话”就成了最核心的问题。先是被送了公安局，后是阳奉阴违，背后冷言冷语，公公是“人缘坏透了，有名的顽固分子”。王振中报考后，她的婆婆来找“我”，则可以看作这户人家整体品性的登台亮相。那不合身分的红色包头，那声声“主任”的奉承，那虚伪的对房东不提供棉被的指摘，那物质化的、虚荣地对钢笔的评议，统统为“我”所厌恶，根源是与“革命”的价值观存在抵牾。显然，革命是不可撼摇的核心价值，新人的成长自然是奔赴革命，背弃一切与革命不和谐的因素是理所当然的。这是孙犁作为一个革命作家毋庸置疑而持有的政治观念。

同时，孙犁又敏锐地将一个青年女性的生命关怀纳入文本的视野。如果说王振中出走的直接原因是婆家的落后，那么根本上的原因则是个人的尊严无法实现，年轻的生命遭到压抑。“女孩子很要强，处处怕落在人后面，处处怕叫人说不好，经不起一个背后的指点；一句闲话，可以使她盖起被子哭上半夜。”可以想见一个如此自尊的女孩子遭遇一个不合时代潮流的落后家庭的痛苦，这种痛苦继而造成生命的压抑，她“出门见人就害臊”，“不像别人那样舒展”。孙犁的敏锐正在于他从“人”的关怀出发去理解一个青年女性的生命逻辑，发现了王振中出走的根本原因。

在孙犁的革命乐观主义视野中，社会解放得以与女性解放相合一。新文化运动并未深入古老中国的乡村大地，祥林嫂仍然是族权、夫权（婆权）与神权重重压制下悲哀的牺牲。当侵略者的铁蹄践踏了中国的土地，沉滞的乡土文化被搅动起波澜，每一个中华儿女都有责任担当起民族的危亡。当他们从宗族、从家庭出走、奔赴革命的时候，对女性而言却是同时迎来个人解放的重大契机，她们获得了在社会领域参与与实现的可能。因而，王振中理直气壮地走了，打起包袱，毅然决然抱定了不再回头的决心。她的决心得以实现有着强有力的保障，那就是“我”、队长、县政府所代表的组织与背后强大的革命逻辑。因而，在乡土社会中对王振中据有所有权的夫家是无力的，派出的代表——王振中的婆婆“拣着话说”，近乎恳求，数次找到学校只能是哭诉。“我”曾经赌气说“丢不了她，丢了我赔”，最终王振中向县政府“告状”，要解除婚姻，她真的“丢了”，夫家没有理由找到任何责任人来“赔”。这意味着夫权在走向解体，而解体提供了新女性成长的可能。

王振中走向何方？她之所以不再是“子君”，就是因为社会解放提供了平台。在滹沱河和沙河之间的小村庄，在白杨树旁边的沙滩上，在题着新诗的烈士纪念碑旁，“穿了护士的白布罩单，戴着翻卷的白布单帽”，“手里还托着一个药瓶”的王振中走来了。她会给伤员上药，会用德文说出药名，王振中正在社会公共领域实现自我的价值。她坚定地要解除婚约，有着鲜明的自我意识；她热情大方，问东问西，是快乐的、爱生活的；“她的脸更红、更圆，已经洗去了那层愁闷的阴暗”，“睁着大眼睛望着台上讲话的程子华同志的脸，那信赖更深了”，成为一个身心健康的现代女性。在社会解放的契机下，一个自主自为的、充满热情与爱的“人”伴随着社会价值的实现成长起来，同时又在积极、有力地促进着民族解放的实现。这样，在革命乐观主义的叙事中，民族解放的意识形态话语与女性解放的个人关怀达成了完满的统一。

解放区文学中，社会革命与女性个体命运相交汇的主题较少得到关注。除去孙犁，值得关注的是丁玲。同样是“五四”叙事在新的时代语境下的延伸，对比丁玲复杂、沉重的叙事，《走出以后》是那么明朗、乐观，这是属于孙犁的“荷花淀派”的风格。同样持有革命乐观主义的《新儿女英雄传》（孔厥和袁静合作）以讲述平凡的小人物成长为革命英雄的故事著称，是在1949年5月才开始在《人民日报》连载的。《新儿女英雄传》中涉及杨小梅的出走与成长，而杨小梅缺少了王振中的自尊、决绝、独立和诗意，成为一个崇拜英雄、结婚生子的“新传统女性”。要算能够与王振中相媲美的人物还是春儿（《风云初记》），那是孙犁自我的超越。

琴 和 箫

去年，我回到冀中区腹地的第三天，就托了一个可靠的人到河间青龙桥去打听那两个孩子的消息。过了一个星期，送信人回来说，她姐妹两个在今年春天就参加了分区的剧社，姐姐已经登台演奏过，妹妹也会跳舞。社长很喜欢她们。抚养她们的衰老的外祖父，也带给我一封用旧账篇写的信，谢过我的费心，好像很愉快。在信的末尾他又想起死去的姑爷，久不通音讯的女儿……泪痕还可以辨认。但是那总的感情，我看出来，老人是很振奋的。

这老人也是个音乐爱好者。直到今天他还领导着本村的音乐队。他钟爱自己独生的女儿，和钟爱他那笙笛胡琴一样。他竭力供给女儿上学，并且鼓励她要和一个音乐能手结婚，哪怕是一个穷光蛋，只要十个手指能够拨弄好丝弦，两片嘴唇能吹好竹管。这样我那朋友钱智修就入选了。

接到老人的信，我也长出一口气，这代表我自己，也代表我那死去的朋友。这样他可以瞑目了。而我也像那老人了却一件挂心事一样，甚至不想去看看她们。我想她们既是入了这个园地，就会有人浇灌培养，热情和关照不会比我差。人多，伙伴多。一定比我还要周到。算来，大的孩子已经十三岁，小的是十一岁了。

我同她们的父亲虽然是同乡，但是在抗战刚开始，家乡正在混乱的时候才搅熟了。那时候，我闷在家里得不到什么消息就常到他那里去，一去就谈上半天，不到天晚不回家。在那些时候，我要求几次，他才肯把挂在墙上的旧南胡，拉去布套，为我，在他也许是为他自己，奏几支曲子。在那些时候，女人总是把一个孩子交到我的怀里，从床头上拉出一支黑色的竹箫来吹。我的朋友望着他那双膝间的胡琴筒，女人却凝视着丈夫的脸，眼睛睁得很大，有神采随着音韵飘出来。她那脸虽然很严肃，但我详细观察了，总觉得在她的心里和在那个男人的心里，有一种共同的东西在交流。女人的脸变化很多，但总叫微笑笼罩着。

他们之间，看来已经养成这样一种习惯，女人与其和丈夫诉说什么，是宁可拉过箫来对丈夫吹一支曲子的。丈夫也能在这中国古老的乐器的音节里了解到爱人的要求和心情。这样把生活推演下去。但是，过去的二十八年里，他们的生活如同我的生活一样，是很少有任情奔放的时候。现在，生活才像拔去了水闸的河渠一样，开始激流了。所以，我的友人不愿意再去拉那只能引起旧日苦闷的回忆的胡琴。

不久，他就参加了那风起云涌一样的游击队。女人却留在家里一个时期，因为还有两个孩子，就是现在我说的大菱和二菱。那个女人比起我的朋友来，更沉默些，但关于她的孩子的事，是很爱谈论的。就在那些时候，我去拜访他们，也常从孩子的病说到奶的不够用，说到以后的日子。她很少和我谈音乐上的事，因为我虽然常自称很懂得音乐并且也非常爱音乐，她总不相信。她说一个人爱什么早就应该学习了，早就应该会唱会奏了，不会唱不会奏，那就是不爱。

有一次，我指着怀里的大孩子说：

“你说大菱爱好音乐么？”

“爱！”

“她也不会唱不会演奏啊。”

“好，这么大人和孩子比。”

我也觉得这孩子将来能够继承父母的爱好，也能吹唱。她虽然才八岁，当母亲吹箫的时候，她就很安静，眼里也有像她母亲那样的光辉放射出来了。

那母亲说的，爱好什么就该去做什么。不久，她就同丈夫一同到军队里去了。把孩子送到河间的年老的父亲那里去。大菱爱好音乐不久也证明了，那时已经丧失了南胡的演奏者，孩子们还不能即刻去射击，但也知道爱好复仇的战争了。

敌人进攻我们的县城，我的朋友同他的部队在离县城十五里地的沙滩迎击，受伤殒命。那时正是春天。孩子们的母亲赶回来，把他埋葬了。在我看来，这样一个丈夫对她是不能失去，失去就不能再有，甚至连她也就失去了生活的主持，在心里失去了主张。她把孩子们接来，又到家里整理了一下我的朋友的遗物。她和我商议，把大菱交给我看管，她带着二菱去。因为孩子们要受教育了。临走，她把那个布满灰尘的南胡给我们留下，她和二菱带走了箫。我想箫对她或者有用。至于胡琴只是在第一个夜晚，大菱从梦里醒来，哭着叫妈的时候，我扯去布套，拉了几声，哄她上床去睡。

等到大菱和我熟惯了以后，一天夜晚，或者是什么中秋节日，我给她讲了一个故事，虽然说在教育心理学上，我不应该用这样的撕裂人的心肺的悲哀的故事，去刺那样稚小的孩子的心灵，但我终于讲完了。我努力看进她的眼睛，当看到从那小眼睛里逐渐升起了怨恨的火，我才抱起她到临街的窗前。

“珂叔叔，你把爹的南胡放到哪里了？”

孩子找到了南胡。我帮她定好弦，安放在她那小膝盖上，孩子就也望着那胡琴筒开始演奏了，但那声音简直是泣不成声，我支持不住自己，转过身去，探身窗外，月色多么皎洁，天空多么清冷啊！

冬天，母亲带了二菱来看我们。母亲已经能够镇静，只是当从包裹里拿出一双白色的小鞋给大菱换上的时候，她才哭了。

我叫大菱拉南胡给母亲听。母亲大大惊异地望着我，半天没说出话来。当她又从包裹里拉出那支箫来，交给二菱，那九岁的孩子就慢慢地送到微微突起的嘴边去，我才知道她为什么那样惊异了。但我想，只是这样来叫孩子们纪念父亲吗？

这一次，母亲又把二菱强留给我，说是要到延安去了。箫交在二菱的手里。那时，村庄后面就是一条河。我常带她们到河边去，讲一些事情给她们听。我说人宁可以像一棵水里的鸡头米，先刺那无礼的人一手血，不要像荷花那样顺从，并且拿美丽的花朵来诱人采撷。两个孩子高兴听我讲，我也愿意她们完全愉快。有时甚至感觉，虽然我不到三十岁，在这上面，已经有些唠叨了！

不久，我只得把她们又送到河间去，因为我要到别处去工作。

今年五月，敌人调集了有四五万兵力，说要用“拉网战术”消灭我们。我用了三个夜晚的时间，跳过敌人在滹沱河岸的封锁，沙河的封锁，走过一条条的白色蛇皮一样的汽车路，在炮楼前面踱过去。我想，叫敌人去拉滹沱河和沙河里的鱼吧，我可是提着驳壳枪在他们身边走过来了。每逢在雨露寒冷的夜间踏上一条汽车路，我就想：敌人像一个愚呆恶毒的蜘蛛，妄想用那个肚子里拉出来的脆弱的残网，绞杀有五年幸福生活的人民和有五年战斗历史的子弟兵吗？我看见敌人那些炮楼在夜色里摇摇欲倾，因为它们没有根底。

我们又在白洋淀里集合了。已经是秋初，稻子比往年分外好，漫天漫野的沉重低垂的稻穗。在田埂上走过，稻穗扫着我的腿，我就像每逢跳到那些交通沟里一样，觉到振奋了。

我重新看见了那无底洞一样的苇地，一丈多高的苇子全吐出荻花，到处有苇喳子鸟的噪叫，我们那些把裤脚卷得高高的，不分昼夜在泥泞里转动、战斗的士兵们，静静地机警地在那里面出没，简直没有声响，苇叶划破他们的脸皮，蔓延的草绊住了腿脚，他们轻轻地把它挪开了。

一个夜晚，我和一个专摆渡游击战士的船夫约好，到淀北边一个偏僻的小庄子上去，我顺着羊肠小道摸到了泊船的处所，对好口令、暗号，跳了上去。借助星光和经验，我知道那是一只以前放鱼鹰捉鱼的尖底的小艇，只能坐两三个人。我倒坐在艇的前面，船夫站在后尾上撑起篙来。

船夫默默地拨弄着小艇前进，离了岸到水深处就加快起来。十几天来，在炮火毒气里工作，已经使我十分的神经质，身体的各部分受到一个近似枪炮呼喊的声音，就立时反应动作起来，每一条神经像多日因为焦躁失眠的人一样，简直容纳不了什么刺激，对什么刺激，也立刻会有本能的抵抗。现在坐在船上了，眼前是一片茫茫的水，船划过荷茎菱叶，嚓嚓地响，潮气浸到眼皮上来，却更有些清醒了。我开始想到这也是和大菱二菱旧游之地，现在淀不是闲游处所，我们就要在这里和敌人决战了。我忽然小声问：

“同志，你这是只鹰船吧？”

“是啊！”他的声音更小。

“白天还放鹰吗？”

“看事。有了抗日的事儿，别的全二五眼！”

“鱼还多吗？”

“多个屁，鬼子一来，人间百物全都晦气，鱼鹰，他们看见了全要抢去杀掉，捉鱼儿弄屁！”

他即刻制止了我说话，他用篙尖敲了敲我，连船划水的声音全寂然了。一会儿，我看见在西边远处，一个火亮一闪，就是一梭机枪。

“我们的队伍。”他低低地讲了一句。

当船将要靠近北岸的时候，他告诉我说：

“就在这个地方，”他用篙触一触一个久已作废的渔人撒网站立的棚台架，“两个女孩子死得好惨。”

他说过，身子很像就站不稳，船也摇摆起来，他继续说：

“同志，我也是五十岁的人了，也伤过几个儿女，可是没比这一次伤了我的老心。她们，就坐着我的船啊。刚上船来，你没见过那股欢喜劲儿，她们大的也不过十三四岁，那小的也就有十岁，还有像你这样一个同志带领她们。一上船那大孩子就说：可不怕了，在这里我们就不怕他们。你知道，那些孩子也是和我们一样，在敌人的炮火里爬过来跳过去啊。那孩子说了就趴在船帮上洗了一个脸，把一个多月小脸上带着的烟火气汗土，眼上的泥污，全洗了个干净。那带她们的大同志还说不要洗脸，战斗没完啊，那孩子不管，把头发也洗了洗。我没见过那样俊气的孩子，我看见了这样可爱的孩子，我就忘去了我那死去的孩子了。我也高兴，就说洗吧，咱们不怕他们。可是就在这个地方，没提防岸上那片苇地里一小队鬼子跑出来，就用机枪向我们扫射，那大同志把那个小女孩子拉到自己怀里，卧倒下去，他是第一个死的，当我赶紧拨转船想跑，那大女孩子就直栽到水里去了，临死我还看见她那新洗过的俊气的脸，就是我这老没死的倒钻到水里逃了命。”

我听下去，无数我认识的孩子们的脸就一一出现在眼前，我检阅着她们，我也一一检阅自己的心、志气。我在孩子们的脸上，像那老船夫的话，我只看见了一股新鲜的俊气，这俊气就是我的生命的依据。从此，我才知道自己的心、自己的志气，对她们是负着一个什么样誓言的约束，我每天要怎样在这些俊气的面孔前面受到检查。

那老船夫最后一篙把船撑到岸上，临别他又说一句：

“就为了这两个孩子，我也要干到底啊！”

我在岸上停了一刻，看见他急转回船去，箭似的走了。我再看看那久已作废的渔人撒网站立的棚台架，但已经不能辨认，我从那茫茫的一片水里像看见了大菱和二菱。

我走向那约定工作的小庄子上去，我甚至忘记了那附在我裸露的腿上像马蝇一样厉害的蚊虻，我不是设想那殉了难的就是大菱姐妹，那也许是她们，也许不是她们，但那对我是一样，对谁也是一样，像那老船夫说的。

当然，我想起那些死去的同志和死去的那朋友。但是这些回忆抵不过目前的斗争现实。我想，我不是靠过去的回忆活着，我是靠眼前的现实活着。我们的眼前是敌人又杀死了我的同志们、朋友们的孩子。我们眼前是一个新局面，我们将从这个局面上，扫除掉一切哀痛的回忆了。

我，整天就在那一个小庄子上工作，一股力量随时来到我的心里，无数花彩来到我的眼前。晚间休息下来的时候，我遥望着那漫天的芦苇，我知道那是一个大帐幕，力量将从其中升起。忽然，我也想起在一个黄昏，不知道是在山里或是平原，远远看见一片深红的舞台幕布，飘卷在晚风里。人们集齐的时候，那上面第一会出现两个穿绿军装的女孩子，一个人拉南胡，一个人吹箫，演奏给人们听。

一九四二年八月二十五日晨

（原名《爹娘留下琴和箫》，载《晋察冀日报》1943年4月10日）

【作品赏析】

《琴和箫》原名《爹娘留下琴和箫》，文末自注：1942年8月25日晨，发表在1943年4月10日《晋察冀日报》的副刊《鼓》上。1945年，孙犁的另外两篇小说，《白洋淀边的一次小斗争》发表在重庆《新华日报》上，《芦花荡》发表在《解放日报》上，有学者把这两篇小说看作对《爹娘留下琴和箫》的改写。然而，这并不妨碍《琴和箫》作为一篇独立并且独特的小说存在。

《琴和箫》可以看作孙犁最忧伤的叙事。情感的低沉悲切、挥之不去的怅惘区别于《荷花淀》的明朗乐观，也不同于《铁木前传》的跳跃迷离、《风云初记》的深沉感怀。小说的主人公是大菱和二菱姐妹俩，大的十三岁，小的十一岁。她们的父亲在战斗中"受伤殒命"，她们的母亲奔赴延安，久无音信。姐妹两个在战火中辗转流离，"也许"死在了鬼子机枪的扫射下。叙事中萦回不去的是爱与美被摧残的哀伤，或许还内蕴着更复杂的情绪。

叙事存在着巨大的张力。叙事者"我"的朋友钱智修夫妇热爱音乐，琴瑟和谐。他们的婚姻带有传承音乐的意味，朋友是在岳父"要和一个音乐能手结婚，哪怕是一个穷光蛋"的瞩望下入选的。果然，音乐这共同的语言成就了一对心有灵犀的夫妻。丈夫演奏南胡琴的时候，"女人总是把一个孩子交到我的怀里，从床头上拉出一支黑色的竹箫来吹。我的朋友望着他那双膝间的胡琴筒，女人却凝视着丈夫的脸，眼睛睁得很大，有神采随着音韵飘出来。"他们的交流是默契的，是甜蜜的，又是庄严的，那是灵魂之间的对话。"她那脸虽然很严肃，但我详细观察了，总觉得在她的心里和在那个男人的心里，有一种共同的东西在交流。女人的脸变化很多，但总叫微笑笼罩着。"然而，当时代风潮席卷，生活的河渠就变成了激流。丈夫先去，"这样一个丈夫对她是不能失去，失去就不能再有，甚至连她也就失去了生活的主持，在心里失去了主张。"知己之爱与被摧毁存在着巨大的张力，这显然是忧伤的一个缘由。

在两个孩子身上形成的张力更为紧张。如果说孩子的成长是可喜的，她们参加了分区的剧社，那么她们不确实的死讯则令人悲伤并且愤恨。然而，还有希望，“我遥望着那漫天的芦苇，我知道那是一个大帐幕，力量将从其中升起。忽然，我也想起在一个黄昏，不知道是在山里或是平原，远远看见一片深红的舞台幕布，飘卷在晚风里。人们集齐的时候，那上面第一会出现两个穿绿军装的女孩子，一个人拉南胡，一个人吹箫，演奏给人们听”。即便是这样一个“光明”的尾巴仍然难以排遣忧伤，张力呈现出巨大的感情空间。那么，在复杂的情绪中究竟蕴含了什么？

一方面，叙事终极指向了对艺术与美的伤怀。音乐是几代人的传承，也是“我”所热爱的，却几度遭遇灭顶之灾。十几岁女孩子的生命本身就是美的，更何况她们是那么“俊气”、那么单纯，个性坚强，或许她们死了，或许和她们一样美好的孩子死了。对于“我”来讲，“俊气是我生命的依据”，“每天要怎样在这俊气的面孔前受到检查”，对于老船夫大概也如此。尽管叙事者决心活在当下，扫除掉哀痛的记忆，但似乎愈是决心，愈是不能。并且，靠回忆活着，还是靠现在活着，本质上是对生命存在的追问，对已逝青春的追怀。那热爱艺术、崇尚美的青春与这艺术的载体、爱与美的象征俱去，怎能不伤怀！

另一方面，有研究者认为《琴和箫》中朋友的原型乃是孙犁的同学侯士珍、朋友刘大。果若如此，结合二友复杂的历史遭遇，《琴和箫》叙事中复杂、沉重的情绪倒是能够得到解释。

孙犁在《琴和箫》之后顺次创作了小说《丈夫》《老胡的事》《黄敏儿》《第一个洞》《山里的春天》《杀楼》等士气昂扬的抗战小说。然后，《荷花淀》《芦花荡》等明朗、空灵的“荷花淀”名篇就次第绽放了。这样看来，《琴和箫》可以看作29岁的孙犁与执着于理想、迷醉于爱与美的青春自我的一个告别。此后，爱与美的追求被更深沉、内敛地置于为政治服务的话语体系下，尽最大可能地消匿了冲撞与不和谐，直到《铁木前传》。那泣不成声的演奏和支持不住的“自己”成熟练达起来，文中不到三十岁的“我”的那段“絮叨”：“人宁可以像一棵水里的鸡头米，先刺那无礼的人一手血，不要像荷花那样顺从，并且拿美丽的花朵来诱人采撷”，化为了更坚忍的内在的力量。

丈夫

今天是中秋节日，可是还有一场黑豆没打。上午，公公叫儿媳妇把场摊上，豆叶上满带着污泥，发着臭气。日本黑心鬼，偷偷放了堤，淹了老百姓，黑豆没长好，豆子是秕秕的。草不好，黄牛也瘦了。儿媳妇站在场里没精打采的。年景没有了，日子不好过，丈夫又没消息。去年，他还在近处，八月十三那天还抽空回家来看了看，她给他做了一件新棉袄，两个人欢天喜地。八月节，应该团圆团圆；她给他做了猪肉菜，很丰富。今年，鬼子从四月里翻天搅地，丈夫不知道到哪里去了。去年他留给她一个孩子，在地洞里生产下来，就死掉了。她没有力气，日子过着没心思。

吃过中午饭，她带着老二孩子，要去娘家看看，解解闷。和公公说了说，公公也没阻挡。只说早去早回来，路上不安静。她什么也没拿，拉起孩子的手，向东走去了。孩子去姥姥家，很高兴，有一句没一句地问娘：

“今儿个八月十五吗？娘。”

“是啊！”

“叫我吃什么？”

“什么也不叫你吃！”

她说过，又怜惜起孩子来。孩子才七岁，在炮火里跟着跑了四五年了，不该这么斥打她，就转过话来笑着说：

“还记得爹吗？”

“记得呀！”

“爹在哪里呢？”

“在铁道西啊！”

“在那里干什么？”

“打日本啊！”

娘笑了。丈夫在家就喜欢这个孩子，临走总嘱咐她好好教养着。她想，那个人倒不恋家，连对她也像冷冷的，对这个孩子却连住了心。就为这个，她竟觉着有保障了，又和孩子说：

“爹什么时候回来？”

“过年的时候回来。”

“你知道？”

“可不是，我知道。”

“爹回来干什么？”

“回来打日本。”

孩子念叨起爹那枪来。爹叫她看过枪，爹对她说枪是打日本的。她想现在日本很多了，常到村里来，爹该回来打日本了！这里日本多，不到这里打，到哪去打哩！

娘儿俩说着，就到了娘家村里，本来只离着三四里地。

到家里，姥姥正坐在炕上。

“你看人家多么热闹，人家也都是养儿养女的。”姥姥说，嘴角却有些讥笑。

“谁家？”女儿问。

“你婶子家。”

“热闹什么？”

“你大姐来了，她女婿也来了。”

“她女婿不是在这里当伪军？”

“现在人家敢出来了，三天一来，两天一来，来了就嘻嘻哈哈。”

姑娘想起她是和这个大姐一年出嫁的。她两个同岁，她大姐嫁了一个独生子，她也嫁了一个独生子。她大姐的女婿在绸缎店里当学徒，她的女婿在保府上中学。那年正月里，两个女婿来住丈人家，大姐的女婿好赌钱，整天在家里成局；自己的女婿好念书，整天在家里翻书本。她那时候还不高兴自己的女婿这么呆气，人家那么好玩，好说笑，街上的青年子弟都找人家去热闹，自己的女婿这么孤僻，整天没个人来，只有几个老头子称赞。她想，现在该是玩的，在学堂里有多少书念不了，倒跑到这里来用功？晚上，她悄悄地对他说：

“你也玩玩去，书里有什么好东西，你那么入迷？”

“你不知道。”

“不是我不知道，你看人家多快活？”

“你叫我和他们比呀？”

“和人家比比，你丢什么人，人家比你少什么？”

“你不懂事。”

丈夫睡了，她也不好意思再问，新婚的夫妻，她只有柔顺。夜半醒来，她又说：

“我说错了话吗？”

“你知道的事很少。”

“我怎么就知道的多了？”

“你念念书，可是来不及了。”

“我不念那个，可是，我要说错了话，你可别记在心里呀！”她靠近靠近他。

后来丈夫走了，很少家来，不在北平，就在上海。大姐的女婿却常来，穿得好，一来就住下，嘻嘻哈哈；她很羡慕大姐幸福，自己倒霉，埋怨丈夫不家来，忘了她。可是丈夫并没有忘了她，有时家来，也很爱她，她生了一个小孩，丈夫也很喜欢，只是怨她不识字，知道的事少。她说：

“你不会待在家里？”

“我不能。”

“怎么人家能呢？”

“谁？”

“大姐的女婿。”

“咳，你又叫我和他比！”

女婿又生气了。她就害怕他生气，赶紧解释：

“家里又不缺吃不缺穿，你非出去干什么？”

“你不知道。”

“你出去又不挣个大钱。”

“非挣钱不能出去吗？”

“家里不舒服？”

“不舒服。”

这回是生气了。家里不舒服，外边有什么舒服的事情？她疑心了。可是看看丈夫还是整天看书，书一箱一箱的，翻翻这本，又翻翻那本，破的就包上个皮，不嫌个麻烦。她觉得丈夫喜欢书，就像她喜欢布似的，她喜欢各色样花布，丝的，麻的，她把它们包在一个一个小包裹里，没事就翻着玩，有时找出一块来给孩子做件小衫裤，心里很高兴。她想，丈夫写字，念书，就和她找布做衣服一样。

抗战了，丈夫立时参加了军队。把洋布衣服脱下来，换上粗布军装。两条瘦腿，每天跑百八十里路，也有了劲了。她大姐的丈夫店铺叫日本鬼子抢了，也回到家来，守着女人孩子过日子，看看地，买买菜，抱抱孩子，烧烧火，替大姐做很多事。她可不明白自己的丈夫的心思，有一天她问他：

“为什么你出去受罪？”

“抗日是受罪？你真糊涂透了。”

“可是为什么人家不出去？”

“谁？”

“大姐的女婿。”

“呸，呸，你又叫我和他比。”

渐渐，她也觉得丈夫不能和那个人比。村里人说自己的丈夫好，许多人找到家里来，问东问西。许多同志、朋友们来说说笑笑，她觉得很荣耀。日本鬼子烧杀，她觉得不打出去也没法子过。大姐的女婿在村里人缘很不好，一天夜里叫土匪绑了票，后来就不敢在家里待，跑到天津去了，大姐整天哭，没离开过丈夫，不知道怎么好。过了一年，那个人偷偷回来了。抽上了白面儿，还贩卖白面儿，叫八路军捉了，押了两个月，罚了一千块钱，他就跑到城里当了伪军，日本鬼子到他媳妇的娘家村里来抢东西，他也跟着来，戴着黑眼镜。后来，又反了正，坐在欢迎大会的戏台上看戏，戴着黑眼镜，喝着茶水，吃花生。

那天她也去看戏，有人指给她说：

“你看见那个人吗？”

“谁？”

“你大姐夫啊！你都不认识了！”

“呀，那是他？”

她脸上红红的了。

自己的丈夫越来越忙，脸孔虽然黑了，看来，倒壮实了些。仗打得越紧，她越恨日本鬼子了，他也轻易不家来了。她守着孩子过日子，侍候着公公。上冬学，知道了一些事，其中就有她以前不知道的丈夫的心里的事，现在才知道了些。

今年，日本鬼子占了县城附近的大村镇，听到她的大姐夫又当了伪军。从此，她就更瞧不起他，这是个什么人呀！今天，娘却提到了他。正提到了他，大姐就来了。大姐听说妹子来了，姐妹好几年不见面，来看望她，手里托着一包点心。身上穿着花丝葛，脸孔白又胖，挺着大肚子，乍一见面很亲热，大姐说：

“你家他爹可有信？”

“没有啊！”

“说起来，人家他有志气，抗日光荣，可是留下了这些孩子们。”大姐说着就拉过孩子，叫孩子吃点心，问孩子：

“你想爹吗？”

“想啊！”

“快叫娘把他叫回来。”

“叫回来，打日本吧！”孩子兴奋地说。

大姐立时没话说，脸也红红的，像块生猪肝。姥姥也笑了。

“听说你女婿又来了。”

“早走了。”

“怎么这么快就走了？”

“有事。”大姐坐不住，告辞了出去。走到屋门口又回来，小声说：“大妹子，你家他爹回来，你顺便和他学学，就说俺家他爹是不得已，还想出来的。”说过就慌慌地走了。

姥姥说：

“看起这个来可就不光荣。准是又有什么风声吓走了。”

天已经晚了，姑娘带着孩子回来，在路上，她看见一小队人背着枪过去了。她知道一到天晚，就是自己的人；也不害怕，带着孩子走过去。后来回头一看，那一小队人进了她娘家的村了。

到了村头，大孩子正在村边等，见了娘就跑上来小声说：

“大队长到咱家来了！”

“哪个大队长？”

“县游击大队长，黑脸大个子老李呀，娘忘了，去年和爹一块来拿过书，吃过羊肉饺子的。”

“说什么来？”

“有爹的信，爷正看哩。”

母子两个人赶紧到了家里，公公正坐在场里碌碡上，戴着花镜念信，儿媳妇回来，就说：

“信来得巧，今年的节我又过痛快了！”

媳妇当然更快活，快活了一晚上，竟连那圆圆的月亮也忘了看。

一九四二年中秋节夜记于阜平

（原载《晋察冀日报》1942年12月23日）

【作品赏析】

1941年春天，针对日军的文化控制、奴化教育，冀中的党组织发起了“冀中一日”写作运动，动员群众记录5月27日这一天的抗日活动。这是一次规模浩大的运动，参加写作的人数近十万。孙犁参加了编选工作，并在这年冬天写作了《区村和连队的文学写作课本》（即《文艺学习》）。他进一步坚定了文艺的政治功用的观念，在《文艺学习》中讲道：“今天应该把文学看作一种事业，中国人民的事业。过去，有人嚷着文学无用论，把文学书叫作闲书，把作家看成狂生，我们觉得这个时期已经老远过去了。”这也是斗争极为残酷的时期，冈村宁次推行残酷的“三光”政策，继而实行“治安强化”，从1941年到1942年的两年内，日军对华北解放区出动千人以上的“扫荡”就达174次，冀中地区的“五一大扫荡”惨绝人寰。血与火的现实斗争和冀中人民的抗战热情鼓舞着孙犁，《丈夫》《老胡的事》《黄敏儿》《第一个洞》就是这一阶段的作品。其中，《丈夫》具有一定的代表性。

《丈夫》讲述一个女子对比别人丈夫与自己丈夫的心理变化，敏锐地指向民众抗战意识的提升，传达了积极乐观的情绪。女子和邻家大姐同一天结婚，自己的丈夫是个读书人，不像大姐的丈夫是个生意人那样“有趣”。丈夫参加了抗日队伍，生活艰难，但是赢得了乡亲们的尊重；大姐的丈夫做了伪军，虽然生活宽裕却东躲西藏。女子渐渐明白丈夫为什么耻于同他相比，认识到“日本鬼子烧杀”，“不打出去也没法子过”，认识到丈夫做的事是光荣的。女子的心理变化凝缩了民众认识抗战、投身抗战的过程。在中国古老的乡村社会中，农民习惯了春种秋收，农耕文化的保守、隐忍深深渗透进深层意识。生活的柴米油盐、宗族的血缘关系对他们来讲更为切近，国族意识往往是欠缺的。拿起武器来反抗侵略者，对于朴厚的农民来讲，需要一个认识的过程。文中的女子是这样，民众也是这样。在残酷的现实面前，在党的领导下，他们终于觉醒、抗争，“村里人说自己的丈夫好，许多人找到家里来，问东问西”。

孙犁在《文艺学习》中写道：“在这个风起云飞、广大农村激情动荡的时代，因为是由共产党掀起和领导，新的人民的、革命的文化，也就在春雷中播下了种子。”确实，农民奋起抗战既是保卫家园、保全性命的抗争，也是现代国家意识的启蒙、个人参与社会历史的契机。女子被丈夫反复嗔怪“你不知道”“你不懂事”“糊涂透了”。她确实更注重安稳的日子、两厢厮守，这是人的基本生存欲求，在和平年代是完全合情合理的。

战争促使她明白更多，她也在逐渐地觉醒，最终理解了丈夫，并为他自豪。“媳妇当然更快活，快活了一晚上，竟连那圆圆的月亮也忘了看”，充满乐观的诗意。

非常有趣的是，对比“五四”叙事中男性婚恋对象往往作为启蒙者出现，《丈夫》中的“女婿”虽然读过书，知大义，投身革命，但并不担负启蒙的职责。女子在时代的浪潮中，在乡亲的言行中自己去思索、判断。更重要的是，大队长的到来令她明白了是非。在孙犁的小说中，往往是这样：那些善良、单纯的女性，无论温顺还是泼辣，都不再是男性的启蒙对象，而是在时代潮流中、在党的领导下，自然而然地“深明大义”，甚至有的时候比男性的觉悟还要提早和彻底。在孙犁的小说中，尽管男性，尤其是男性知识分子仍然掌握着时代话语权，但是男性启蒙者的叙事已经终结。美的女性代表着民众，接受着更强大的意识形态话语的启蒙。

在这一时期，孙犁小说的政治意图似乎更突显一些。《老胡的事》赞扬爱劳动、爱革命的女孩子，《黄敏儿》称许一个机智勇敢的男孩儿。《山里的春天》从一个侧面阐释抗属政策，解除战士从军的后顾之忧。《第一个洞》则如同曲径通幽，抛出一个个谜团，最后揭示杨开泰原来是去挖地道了，充分肯定冀中人民的创造性与抗战决心。相比前期的作品，“问题小说”的色彩减弱了，而相对炉火纯青阶段的“荷花淀”小说来讲，空灵、悠远的风格还有待成熟。

荷 花 淀

——白洋淀纪事之一

月亮升起来，院子里凉爽得很，干净得很，白天破好的苇眉子潮润润的，正好编席。女人坐在小院当中，手指上缠绞着柔滑修长的苇眉子。苇眉子又薄又细，在她怀里跳跃着。

要问白洋淀有多少苇地？不知道。每年出多少苇子？不知道。只晓得，每年芦花飘飞苇叶黄的时候，全淀的芦苇收割，垛起垛来，在白洋淀周围的广场上，就成了一条苇子的长城。女人们，在场里院里编着席。编成了多少席？六月里，淀水涨满，有无数的船只，运输银白雪亮的席子出口，不久，各地的城市村庄，就全有了花纹又密、又精致的席子用了。大家争着买：

"好席子，白洋淀席！"

这女人编着席。不久在她的身子下面，就编成了一大片。她像坐在一片洁白的雪地上，也像坐在一片洁白的云彩上。她有时望望淀里，淀里也是一片银白世界。水面笼起一层薄薄透明的雾，风吹过来，带着新鲜的荷叶荷花香。

但是大门还没关，丈夫还没回来。

很晚丈夫才回来了。这年轻人不过二十五六岁，头戴一顶大草帽，上身穿一件洁白的小褂，黑单裤卷过了膝盖，光着脚。他叫水生，小苇庄的游击组长，党的负责人。今天领着游击组到区上开会去来。女人抬头笑着问：

"今天怎么回来得这么晚？"站起来要去端饭。水生坐在台阶上说：

“吃过饭了，你不要去拿。”

女人就又坐在席子上。她望着丈夫的脸，她看出他的脸有些红涨，说话也有些气喘。她问：

“他们几个哩？”

水生说：

“还在区上。爹哩？”

女人说：

“睡了。”

“小华哩？”

“和他爷爷去收了半天虾篓，早就睡了。他们几个为什么还不回来？”

水生笑了一下。女人看出他笑得不像平常。

“怎么了，你？”

水生小声说：

“明天我就到大部队上去了。”

女人的手指震动了一下，想是叫苇眉子划破了手，她把一个手指放在嘴里吮了一下。水生说：

“今天县委召集我们开会。假若敌人再在同口安上据点，那和端村就成了一条线，淀里的斗争形势就变了。会上决定成立一个地区队。我第一个举手报了名的。”

女人低着头说：

“你总是很积极的。”

水生说：

“我是村里的游击组长，是干部，自然要站在头里，他们几个也报了名。他们不敢回来，怕家里的人拖尾巴。公推我代表，回家和家里人们说一说。他们全觉得你还开明一些。”

女人没有说话。过了一会儿，她才说：

“你走，我不拦你，家里怎么办？”

水生指着父亲的小房叫她小声一些。说：

“家里，自然有别人照顾。可是咱的庄子小，这一次参军的就有七个。庄上青年人少了，也不能全靠别人，家里的事，你就多做些，爹老了，小华还不顶事。”

女人鼻子里有些酸，但她并没有哭。只说：

“你明白家里的难处就好了。”

水生想安慰她。因为要考虑准备的事情还太多，他只说了两句：

“千斤的担子你先担吧，打走了鬼子，我回来谢你。”

说罢，他就到别人家里去了，他说回来再和父亲谈。

鸡叫的时候，水生才回来。女人还是呆呆地坐在院子里等他，她说：

“你有什么话嘱咐嘱咐我吧！”

“没有什么话了，我走了，你要不断进步，识字，生产。”

“嗯。”

“什么事也不要落在别人后面！”

“嗯，还有什么？”

“不要叫敌人汉奸捉活的。捉住了要和他拼命。”这才是那最重要的一句，女人流着眼泪答应了他。

第二天，女人给他打点好一个小小的包裹，里面包了一身新单衣，一条新毛巾，一双新鞋子。那几家也是这些东西，交水生带去。一家人送他出了门。父亲一手拉着小华，对他说：

“水生，你干的是光荣事情，我不拦你，你放心走吧。大人孩子我给你照顾，什么也不要惦记。”

全庄的男女老少也送他出来，水生对大家笑一笑，上船走了。

女人们到底有些藕断丝连。过了两天，四个青年妇女集在水生家里来，大家商量：

“听说他们还在这里没走。我不拖尾巴，可是忘下了一件衣裳。”

“我有句要紧的话得和他说说。”

水生的女人说：

“听他说鬼子要在同口安据点……”

“哪里就碰得那么巧，我们快去快回来。”

“我本来不想去，可是俺婆婆非叫我再去看看他，有什么看头啊！”

于是这几个女人偷偷坐在一只小船上，划到对面马庄去了。

到了马庄，她们不敢到街上去找，来到村头一个亲戚家里。亲戚说：你们来得不巧，昨天晚上他们还在这里，半夜里走了，谁也不知开到哪里去。你们不用惦记他们，听说水生一来就当了副排长，大家都是欢天喜地的……

几个女人羞红着脸告辞出来，摇开靠在岸边上的小船。现在已经快到晌午了，万里无云，可是因为在水上，还有些凉风。这风从南面吹过来，从稻秧上苇尖上吹过来。水面没有一只船，水像无边的跳荡的水银。

几个女人有点失望，也有些伤心，各人在心里骂着自己的狠心贼。可是青年人，永远朝着愉快的事情想，女人们尤其容易忘记那些不痛快。不久，她们就又说笑起来了。

“你看说走就走了。”

“可慌（高兴的意思）哩，比什么也慌，比过新年，娶新——也没见他这么慌过！”

“拴马桩也不顶事了。”

“不行了，脱了缰了！”

“一到军队里，他一准得忘了家里的人。”

“那是真的，我们家里住过一些年轻的队伍，一天到晚仰着脖子出来唱，进去唱，我们一辈子也没那么乐过。等他们闲下来没有事了，我就傻想：该低下头了吧。你猜人家干什么？用白粉子在我家影壁上画上许多圆圈圈，一个一个蹲在院子里，托着枪瞄那个，又唱起来了！”

她们轻轻划着船，船两边的水哗，哗，哗。顺手从水里捞上一棵菱角来，菱角还很嫩很小，乳白色。顺手又丢到水里去。那棵菱角就又安安稳稳浮在水面上生长去了。

“现在你知道他们到了哪里？”

“管他哩，也许跑到天边上去了！”

她们都抬起头往远处看了看。

“哎呀！那边过来一只船。”

“哎呀！日本，你看那衣裳！”

“快摇！”

小船拼命往前摇。她们心里也许有些后悔，不该这么冒冒失失走来；也许有些怨恨那些走远了的人。但是立刻就想，什么也别想了，快摇，大船紧紧追过来了。

大船追得很紧。

幸亏是这些青年妇女，白洋淀长大的，她们摇得小船飞快。小船活像离开了水皮的一条打跳的梭鱼。她们从小跟这小船打交道，驶起来，就像织布穿梭，缝衣透针一般快。

假如敌人追上了，就跳到水里去死吧！

后面大船来得飞快。那明明白白是鬼子！这几个青年妇女咬紧牙制止住心跳，摇橹的手并没有慌，水在两旁大声地哗哗，哗哗，哗哗哗！

“往荷花淀里摇！那里水浅，大船过不去。”

她们奔着那不知道有几亩大小的荷花淀去，那一望无边际的密密层层的大荷叶，迎着阳光舒展开，就像铜墙铁壁一样。粉色荷花箭高高地挺出来，是监视白洋淀的哨兵吧！

她们向荷花淀里摇，最后，努力地一摇，小船窜进了荷花淀。几只野鸭扑棱棱飞起，尖声惊叫，掠着水面飞走了。就在她们的耳边响起一排枪！

整个荷花淀全震荡起来。她们想，陷在敌人的埋伏里了，一准要死了，一齐翻身跳到水里去。渐渐听清楚枪声只是向着外面，她们才又扒着船帮露出头来。她们看见不远的地方，那宽厚肥大的荷叶下面，有一个人的脸，下半截身子长在水里。荷花变成人了？那不是我们的水生吗？又往左右看去，不久各人就找到了各人丈夫的脸，啊！原来是他们！

但是那些隐蔽在大荷叶下面的战士们，正在聚精会神瞄着敌人射击，半眼也没有看她们。枪声清脆，三五排枪过后，他们投出了手榴弹，冲出了荷花淀。

手榴弹把敌人那只大船击沉，一切都沉下去了。水面上只剩下一团硝烟火药气味。战士们就在那里大声欢笑着，打捞战利品。他们又开始了沉到水底捞出大鱼来的拿手戏。他们争着捞出敌人的枪支、子弹带，然后是一袋子一袋子叫水浸透了的面粉和大米。水生拍打着水去追赶一个在水波上滚动的东西，是一包用精致纸盒装着的饼干。

妇女们带着浑身水，又坐到她们的小船上去了。

水生追回那个纸盒，一只手高高举起，一只手用力拍打着水，好使自己不沉下去。对着荷花淀吆喝：

“出来吧，你们！”

好像带着很大的气。

她们只好摇着船出来。忽然从她们的船底下冒出一个人来，只有水生的女人认得那是区小队的队长。这个人抹一把脸上的水问她们：

“你们干什么去来呀？”

水生的女人说：

“又给他们送了一些衣裳来！”

小队长回头对水生说：

“都是你村的？”

“不是她们是谁，一群落后分子！”说完把纸盒顺手丢在女人们船上，一泅，又沉到水底下去了，到很远的地方才钻出来。

小队长开了个玩笑，他说：

“你们也没有白来，不是你们，我们的伏击不会这么彻底。可是，任务已经完成，该回去晒晒衣裳了。情况还紧得很！”

战士们已经把打捞出来的战利品，全装在他们的小船上，准备转移。一人摘了一片大荷叶顶在头上，抵挡正午的太阳。几个青年妇女把掉在水里又捞出来的小包裹，丢给了他们，战士们的三只小船就奔着东南方向，箭一样飞去了。不久就消失在中午水面上的烟波里。

几个青年妇女划着她们的小船赶紧回家，一个个像落水鸡似的。一路走着，因过于刺激和兴奋，她们又说笑起来，坐在船头脸朝后的一个噘着嘴说：

“你看他们那个横样子，见了我们爱搭理不搭理的！”

“啊，好像我们给他们丢了什么人似的。”

她们自己也笑了，今天的事情不算光彩，可是：

“我们没枪，有枪就不往荷花淀里跑，在大淀里就和鬼子干起来！”

“我今天也算看见打仗了。打仗有什么出奇，只要你不着慌，谁还不会趴在那里放枪呀！”

“打沉了，我也会浮水捞东西，我管保比他们水性好，再深点儿我也不怕！”

“水生嫂，回去我们也成立队伍，不然以后还能出门吗！”

“刚当上兵就小看我们，过二年，更把我们看得一钱不值了，谁比谁落后多少呢！”

这一年秋季，她们学会了射击。冬天，打冰夹鱼的时候，她们一个个蹬在流星一样的冰床上，来回警戒。敌人围剿那百顷大苇塘的时候，她们配合子弟兵作战，出入在那芦苇的海里。

一九四五年五月于延安

（原载延安《解放日报》1945年5月15日）

【作品赏析】

1944年，孙犁到延安，在鲁迅文学艺术学院工作和学习。此后，他艺术上的成熟期到来了。在延安的窑洞里，他追忆多年生活、战斗过的白洋淀地区的风光与人事，创作了《荷花淀》《芦花荡》等堪称进入艺术化境的作品。《荷花淀》是孙犁“荷花淀”风格的作品中最晶莹剔透的，空灵、悠远，也是最珠圆玉润的，传统的美与时代的感召达成了完满的结合。晶莹剔透的一面与珠圆玉润的一面最突出地体现在“女人”的身上。

区别于孙犁小说中的“少女们”（散布于《吴召儿》《山地回忆》等篇），《荷花淀》中的“女人”具有温柔贤德的品性，而这种品行恰恰成就了政治话语。她一出场就不同于女孩子们跳着、闹着，而是朴实、勤劳、恬静的。明月当空，干净的院子，“女人坐在小院当中，手指上缠绞着柔滑修长的苇眉子。苇眉子又薄又细，在她怀里跳跃着。”劳动的同时，她在安静地等待着丈夫，“她像坐在一片洁白的雪地上，也像坐在一片洁白的云彩上。她有时望望淀里，淀里也是一片银白世界。水面笼起一层薄薄透明的雾，风吹过来，带着新鲜的荷叶荷花香。但是大门还没关，丈夫还没回来”。丈夫回来以后，“女人”恪守妻子的职责，忙着端饭。

如果说到这些仅仅是尽妻子的“本分”，那么，听到丈夫要参军的消息，“女人”的顺从则恰恰与政治需求相结合，上升为“大义”。虽震惊，却不多言，“女人的手指震动了一下，想是叫苇眉子划破了手，她把一个手指放在嘴里吮了一下”。虽然不堪重负，也只是低着头说“你总是很积极的”，“你走，我不拦你，家里怎么办？”不舍和压力都化作一句话：“你明白家里的难处就好了。”这个女性典型地带有中国传统女性的隐忍和克制的品性，就连悲伤的表达方式也是委婉的，“女人的鼻子里有些酸，但她并没有哭”。《嘱咐》是《荷花淀》的续篇，水生八年始归，“女人”一如当年温柔、娴静，多少艰难只化作“抽抽搭搭”的哭，她安置着孩子，拉着风箱，感怀着公公，诉说着思念。水生在家的时间也只有半个夜晚。早上，她划着飞一样的冰床去送丈夫，温顺及大义一如当年。

《荷花淀》中存在一个有争议的细节，妻子请丈夫“嘱咐”自己，丈夫讲了简单的三句话：“你要不断进步，识字，生产”，“什么事也不要落在别人后面”，和“不要叫敌人汉奸捉活的。捉住了要和他拼命”，最后一句是“最重要的一句”，“女人流着眼泪答应了他”。论者或认为存在“值得重新反思的政治与文化因素”，或从宁死不屈的道德情操的角度阐释。如果从后者的角度看待，很容易发现反证，那就是妻子对丈夫并未做这样的“嘱咐”，倒是《嘱咐》中，妻子这样“嘱咐”丈夫：“你应该记着爹的话，向上长进，不要为了别的事情分心，好好打仗。八年过去了，时间不算长。只要你还在前方，我等你到死！”从另一个侧面证明了贞操观念的存在。当生命与贞操形成对立，舍前者而取后者是再自然不过的叙事取向，“拼命”是毫不犹豫、说到做到的选择。后文中，妻子们给丈夫送衣服被敌人发现，“她们想，陷在敌人的埋伏里了，一准要死了，一齐翻身跳到水里去”，准备实践对丈夫的诺言。《荷花淀》清新优美，并不涉及殉节而死，但是轻生死、重贞操的价值倾向是确凿无疑的。

关于这个问题，对比《烈火金刚》（刘流）中的“抗强暴妇女尽忠贞逞淫凶敌伪小火并”，可以发现男性叙事者类同的贞操观，而参照丁玲的《我在霞村的时候》则明显见到审视贞操观的别样角度。颇有意味的是，在孙犁的少女书写中并没有明显涉及贞操问题。大概和已婚女性明确的归属有关，她们有义务向明确的所属者保证贞操。贞操问题也被纳入国族叙事的逻辑中，毫无罅隙。对于这个现象，已有论者做出了表述：“女性的性贞操由对丈夫、家族负责，变为革命时期的向国家、民族、家庭、丈夫负责，最核心的是向革命负责”，或者说“妇女的性和身体成为国家民族主义斗争的场所之一”。

当然，《荷花淀》中的女人们有独特的风采。那七嘴八舌的“不服气”是不容忽视的。少妇们合礼教的外表之下，蕴含着慷慨与执拗。在小说结尾，语言已然付诸出色的行动：“这一年秋季，她们学会了射击。冬天，打冰夹鱼的时候，她们一个个蹬在流星一样的冰船上，来回警戒。敌人围剿那百亩大苇塘的时候，她们配合子弟兵作战，出入在那芦苇似的海里”。联系《嘱咐》，水生已是副教导员，而“女人”的成长亦不可小觑。送别水生，冰床“像受了惊的小蛇一样，抬起头来，窜出去了”，连水上长大的水生都感到担心，她却说：“这八年里，你知道我用这末子，送过多少次八路军。”八年中，“女人”在战乱和饥馑中拉扯着孩子，守护着家园，协助着战士，她没有上前线，但是对抗战的贡献是不容忽视的。她的政治觉悟、政治敏锐性是强的，急着送丈夫上战场，因为只有赶走了敌人，才能“快快地回来，和我见面”。她一路“嘱咐”着丈夫，深明大义地将“国”与“家”、责任与爱联系起来。

显然，孙犁小说中的少妇形象带有传统文化规约的深深烙印，同时被不着痕迹地整合进政治话语中，柔顺之德与现代之美成就了一个理想化的女人——“抗属”。这在研究界已基本达成共识。值得注意的是，孙犁笔下的女性具有燕赵文化的独特风采，两性的尊卑观念尽管存在，但是在慷慨之气、勇武之风的濡染中，她们具有独特的神采。这个特征在《荷花淀》中再次呈现。

芦　花　荡

——白洋淀纪事之二

夜晚，敌人从炮楼的小窗子里，呆望着这阴森黑暗的大苇塘，天空的星星也像浸在水里，而且要滴落下来的样子。到这样的深夜，苇塘里才有水鸟飞动和唱歌的声音，白天它们是紧紧藏到窠里躲避炮火去了。苇子还是那么狠狠地往上钻，目标好像就是天上。

敌人监视着苇塘。他们提防有人给苇塘里的人送来柴米，也提防里面的队伍会跑了出去。我们的队伍还没有退却的意思。可是假如是月明风清的夜晚，人们的眼再尖利一些，就可以看见有一只小船从苇塘里撑出来，在淀里，像一片苇叶，奔着东南去了。半夜以后，小船又漂回来，船舱里装满了柴米油盐，有时还带来一两个从远方赶来的干部。

撑船的是一个将近六十岁的老头子，船是一只尖尖的小船。老头子只穿一条蓝色的破旧短裤，站在船尾巴上，手里拿着一根竹篙。

老头子浑身没有多少肉，干瘦得像老了的鱼鹰。可是那晒得干黑的脸，短短的花白胡子却特别精神，那一对深陷的眼睛却特别明亮。很少见到这样尖利明亮的眼睛，除非是在白洋淀上。

老头子每天夜里在水淀出入，他的工作范围广得很：里外交通，运输粮草，护送干部；而且不带一支枪。他对苇塘里的负责同志说：你什么也靠给我，我什么也靠给水上的能耐，一切保险。

老头子过于自信和自尊。每天夜里，在敌人紧紧封锁的水面上，就像一个没事人，他按照早出晚归捕鱼撒网那股悠闲的心情撑着船，编算着使自己高兴也使别人高兴的事情。

因为他，敌人的愿望就没有达到。

每到傍晚，苇塘里的歌声还是那么响，不像是饿肚子的人们唱的；稻米和肥鱼的香味，还是从苇塘里飘出来。敌人发了愁。

一天夜里，老头子从东边很远的地方回来。弯弯下垂的月亮，浮在水一样的天上。老头子载了两个女孩子回来。孩子们在炮火里滚了一个多月，都发着疟子，昨天跑到这里来找队伍，想在苇塘里休息休息，打打针。

老头子很喜欢这两个孩子：大的叫大菱，小的叫二菱。把她们接上船，老头子就叫她们睡一觉，他说：什么事也没有了，安心睡一觉吧，到苇塘里，咱们还有大米和鱼吃。

孩子们在炮火里一直没安静过，神经紧张得很。一点轻微的声音，闭上的眼就又睁开了。现在又是到了这么一个新鲜的地方，有水有船，荡悠悠的，夜晚的风吹得长期发烧的脸也清爽多了，就更睡不着。

眼前的环境好像是一个梦。在敌人的炮火里打滚，在高粱地里淋着雨过夜，一晚上不知道要过几条汽车路，爬几道沟。发高烧和打寒噤的时候，孩子们也没停下来。一心想：找队伍去呀，找到队伍就好了！

这是冀中区的女孩子，大的不过十五，小的才十三。她们在家乡的道路上行军，眼望着天边的北斗。她们看着初夏的小麦黄梢，看着中秋的高粱晒米。雁在她们的头顶往南飞去，不久又向北飞来。她们长大成人了。

小女孩子趴在船边，用两只小手淘着水玩。发烧的手浸在清凉的水里很舒服，她随手就舀了一把泼在脸上，那脸涂着厚厚的泥和汗。她痛痛快快地洗起来，连那短短的头发。大些的轻声吆喝她：

“看你，这时洗脸干什么？什么时候啊，还这么爱干净！”

小女孩子抬起头来，望一望老头子，笑着说：

“洗一洗就精神了！”

老头子说：

“不怕，洗一洗吧，多么俊的一个孩子呀！”

远远有一片阴惨的黄色的光，突然一转就转到她们的船上来。女孩子正在拧着水淋淋的头发，叫了一声。老头子说：

“不怕，小火轮上的探照灯，它照不见我们。”

他蹲下去，撑着船往北绕了一绕。黄色的光仍然向四下里探照，一下照在水面上，一下又照到远处的树林里去了。

老头子小声说：

“不要说话，要过封锁线了！”

小船无声地，但是飞快地前进。当小船和那黑乎乎的小火轮站到一条横线上的时候，探照灯突然照向她们，不动了。两个女孩子的脸照得雪白，紧接着就扫射过一梭机枪。

老头子叫了一声“趴下”，一抽身就跳进水里去，踏着水用两手推着小船前进。大女孩子把小女孩子抱在怀里，倒在船底上，用身子遮盖了她。

子弹吱吱地在她们的船边钻到水里去，有的一见水就爆炸了。

大女孩子负了伤，虽说她没有叫一声也没有哼一声，可是胳膊没有了力量，再也搂不住那个小的，她翻了下去。那小的觉得有一股热热的东西流到自己脸上来，连忙爬起来，把大的抱在自己怀里，带着哭声向老头子喊：

“她挂花了！”

老头子没听见，拼命地往前推着船，还是柔和地说：

“不怕。他打不着我们！”

“她挂了花！”

“谁？”老头子的身体往上蹿了一蹿，随着，那小船很厉害地仄歪了一下。老头子觉得自己的手脚顿时失去了力量，他用手扒着船尾，跟着浮了几步，才又拼命地往前推了一把。

他们已经离苇塘很近。老头子爬到船上去，他觉得两只老眼有些昏花。可是他到底用篙拨开外面一层芦苇，找到了那窄窄的入口。

一钻进苇塘，他就放下篙，扶起那大女孩子的头。

大女孩子微微睁了一下眼，吃力地说：

“我不要紧。快把我们送进苇塘里去吧！”

老头子无力地坐下来，船停在那里。月亮落了，半夜以后的苇塘，有些飒飒的风响。老头子叹了一口气，停了半天才说：

“我不能送你们进去了。”

小女孩子睁大眼睛问：

“为什么呀？”

老头子直直地望着前面说：

“我没脸见人。”

小女孩子有些发急。在路上也遇见过这样的带路人，带到半路上就不愿带了，叫人为难。她像央告那老头子：

“老同志，你快把我们送进去吧，你看她流了这么多血，我们要找医生给她裹伤呀！”

老头子站起来，拾起篙，撑了一下。那小船转弯抹角钻入了苇塘的深处。

这时，那受伤的才痛苦地哼哼起来。小女孩子安慰她，又好像是抱怨，一路上多么紧张，也没怎么样。谁知到了这里，反倒……一声一声像连珠箭，射穿老头子的心。他没法解释：大江大海过了多少，为什么这一次的任务，偏偏没有完成？自己没儿没女，这两个孩子多么叫人喜爱！自己平日夸下口，这一次带着挂花的人进去，怎么张嘴说话？这老脸呀！他叫着大菱说：

“他们打伤了你，流了这么多血，等明天我叫他们十个人流血！”

两个孩子全没有答言，老头子觉得受了轻视。他说：

“你们不信我的话，我也不和你们说。谁叫我丢人现眼，打牙跌嘴呢！可是，等到天明，你们看吧！”

小女孩子说：

“你这么大年纪了，还能打仗？”

老头子狠狠地说：

“为什么不能？我打他们不用枪，那不是我的本事。愿意看，明天来看吧！二菱，明天你跟我来看吧，有热闹哩！”

第二天，中午的时候，非常闷热。一轮红日当天，水面上浮着一层烟气。小火轮开的离苇塘远一些，鬼子们又偷偷地爬下来洗澡了。十几个鬼子在水里泅着，日本人的水式真不错。水淀里没有一个人影，有只一团白绸子样的水鸟，也躲开鬼子往北飞去，落到大荷叶下面歇凉去了。从荷花淀里却撑出一只小船来。一个干瘦的老头子，只穿一条破短裤，站在船尾巴上，有一篙没一篙地撑着，两只手却忙着剥那又肥又大的莲蓬，一个一个投进嘴里去。

他的船头上放着那样大的一捆莲蓬，是刚从荷花淀里摘下来的。不到白洋淀，哪里去吃这样新鲜的东西？来到白洋淀上几天了，鬼子们也还是望着荷花淀瞪眼。他们冲着那小船吆喝，叫他过来。

老头子向他们看了一眼，就又低下头去。还是有一篙没一篙地撑着船，剥着莲蓬。船却慢慢地冲着这里来了。

小船离鬼子还有一箭之地，好像老头子才看出洗澡的是鬼子，只一篙，小船溜溜转了一个圆圈，又回去了。鬼子们拍打着水追过去，老头子张皇失措，船却走不动，鬼子紧紧追上了他。

眼前是几根埋在水里的枯木桩子，日久天长，也许人们忘记这是为什么埋的了。这里的水却是镜子一样平，蓝天一般清，拉长的水草在水底轻轻地浮动。鬼子们追上来，看看就扒上了船。老头子又是一篙，小船旋风一样绕着鬼子们转，莲蓬的清香，在他们的鼻子尖上扫过。鬼子们像是玩着捉迷藏，乱转着身子，抓上抓下。

一个鬼子尖叫了一声，就蹲到水里去。他被什么东西狠狠咬了一口，是一只锋利的钩子穿透了他的大腿。别的鬼子吃惊地往四下里一散，每个人的腿肚子也就挂上了钩。他们挣扎着，想摆脱那毒蛇一样的钩子。那替女孩子报仇的钩子却全找到腿上来，有的两个，有的三个。鬼子们痛得鬼叫，可是再也不敢动弹了。

老头子把船一撑来到他们的身边，举起篙来砸着鬼子们的脑袋，像敲打顽固的老玉米一样。

他狠狠地敲打，向着苇塘望了一眼。在那里，鲜嫩的芦花，一片展开的紫色的丝绒，正在迎风飘洒。

在那苇塘的边缘，芦花下面，有一个女孩子，她用密密的苇叶遮掩着身子，看着这场英雄的行为。

一九四五年八月于延安

（原载延安《解放日报》1945年8月31日）

【作品赏析】

《芦花荡——白洋淀纪事之二》创作于1945年8月，与《琴和箫》是同一个故事原型，但是过滤掉了忧伤与复杂，满纸单纯乐观，诗情画意。小说写人物更加出神入化，写景物更加优美、深情，意境更加灵动、悠远。值得注意的是，小说的神韵很大程度上源于地域性的彰显。

白洋淀地处“燕南赵北”，民风淳朴，遗有任侠之气。《中庸》有言，“宽柔以教，不报无道，南方之强也，君子居之。衽金革，死而不厌，北方之强也”。具体到白洋淀地区，受燕赵遗风的影响明显。讨论燕赵文化，常冠之以“慷慨悲歌”。据考证，荆轲壮别之地就在安州以北——白洋淀边上，白洋淀地区有多处遗址，流传着荆轲的故事。白洋淀又是多年征战之地，曾作“水长城”，北拒辽兵。近代，人民虽然以农耕为主，勇武任侠仍然是地方性格的重要构成。这样，《芦花荡》中老船夫的侠义之风就不难理解了。

“老头子浑身没有多少肉，干瘦得像老了的鱼鹰。可是那晒得干黑的脸，短短的花白胡子却特别精神，那一对深陷的眼睛却特别明亮。很少见到这样尖利明亮的眼睛，除非是在白洋淀上。”这是一幅精神的肖像，刻画了老船夫的灵魂。老船夫是自信的，悠然地完成着一项又一项艰巨的任务，内心充满自豪感。他重守信义，虽谈不上“三杯吐然诺，五岳倒为轻”，但组织交付的任务，一定要圆满完成，并且很大程度上出自不辜负信托的理念。他又是极度自尊的，不能容忍任何不圆满。听说女孩子受伤了，他的反应是震惊的，自尊心遭受到沉重的打击，以至于“手脚顿时失去了力量”，“老眼有些昏花”，“无力地坐下来”，声称“我不能送你们进去了”，“我没脸见人”……他内心的逻辑是“大江大海过了多少，为什么这一次的任务，偏偏没有完成？自己没儿没女，这两个孩子多么叫人喜爱？自己平日夸下口，这一次带着挂花的人进去，怎么张嘴说话？这老脸呀！”这对信托的执守、对尊严的异常维护，本源上与荆轲的感于知遇而应允，不能容忍质疑，明知“一去不复还”，还是慨然前行，是一脉相承的。

这是古侠义精神的内核，而勇武则是侠义的外在表现。如果说“老头子”能“纵一苇之所如”，穿梭往返完成任务主要凭技艺，那么诱打鬼子则称得上有勇有谋了。以莲蓬的清香引诱鬼子来，又“小船旋风一样绕着鬼子们转”，结果每个鬼子的腿肚子也就挂上了钩。这时，“老头子把船一撑来到他们的身边，举起篙来砸着鬼子们的脑袋，像敲打顽固的老玉米一样”。加上有仇必报的精神，“他们打伤了你，流了这么多血，等明天我叫他们十个人流血！”勇武任侠的精神与抗战精神完美地融合，成就了出神入化的英雄故事。

《芦花荡》的景色描写是优美、深情的，与人浑融一体。苇塘是白洋淀儿女的家园，对于入侵者来讲很难展示美：“夜晚，敌人从炮楼的小窗子里，呆望着这阴森黑暗的大苇塘，天空的星星也像浸在水里，而且要滴落下来的样子”，动物也有爱憎，“到这样深夜，苇塘里才有水鸟飞动和唱歌的声音，白天它们是紧紧藏到窠里躲避炮火去了”。但芦花荡终归还是美的，而美在生命。草木有着强劲、韧性，甚或是愤怒的生命力，“苇子还是那么狠狠地往上钻，目标好像就是天上”，一如这里的人民。然而，“老头子”一方面是强悍精神、刚劲性格的凝聚、力的代表，一方面又是柔情的。“老头子很喜欢这两个孩子”，“把她们接上船，老头子就叫她们睡一觉，他说：什么事也没有了，安心睡一觉吧，到苇塘里，咱们还有大米和鱼吃。”一种独特的柔情，出自人性本身的善美与刚强结合在一起，竟是完美无隙。

是什么协助完成了二者的转换？是灵动、明澈的景色书写。水和月映照着人的心，“芦花荡月亮落了，半夜以后的苇塘，有些飒飒的风响”，“弯弯下垂的月亮，浮在水一样的天上。”景色穿插、流动在人的一举一动中，美而多情。而女孩子观战的苇塘，“鲜嫩的芦花，一片展开的紫色的丝绒，正在迎风飘洒”，一如那个女孩子。这芦花又在老头子的眼睛里，在复仇的间隙，“老头子”投去的这一瞥是多么温情。侠骨须柔情才是真正的侠义，刚柔相济的书写中，人性的尊严与美得到深度彰显。风景不是陪衬，而是白洋淀本身的组成部分，如同人民性一样，充满爱与智慧、力量与自尊。其实，何止是白洋淀，孙犁最美的文字中，景物从来是生命的写照："她们在家乡的道路上行军，眼望着天边的北斗。她们看着初夏的小麦黄，看着中秋的高粱晒米。雁在她们的头顶往南飞去，不久又向北飞来。她们长大成人了。"这时候，小说整体构成了灵动、悠远的意境，堪称"荷花淀"派的经典。

回顾《琴和箫》则发现，它与《芦花荡》是不同意境的写作，前者忧怀，后者乐观，前者复杂，后者明净。二者各具优长。《芦花荡》美则美矣，因之而否定《琴和箫》，是不妥的。研究者往往把《荷花淀》与《嘱咐》放在一起讨论，但是从审美上讲，《芦花荡》才是《荷花淀》的姊妹篇，空灵澄澈，不染纤尘，将人美与景美结合到圆融。

钟

一

林村村西有个南海大士庙。庙很久远了，许多关于庙的事，在冀中平原，除去想到那些砖瓦可以利用，庙里的田产可以分种，全都忘记了。眼前的新事情很多，新话柄很多，谁肯再去谈过去的事？这个庙，人们一时却忘不下。早年间，这个庙的特点，第一是因为它里面住的不是和尚，而是尼姑。周围几十里，尼姑庵只有这一个。庵里的尼姑又多长得俊，春秋两季过后，她们到各村里敛化，人们对这个庙更熟悉了。

人们能记得起的庙里的尼姑，也只有两三代，一般年轻人，就只记得慧秀了。至于十岁以下的孩子们，在我们冀中区，就不知道什么叫尼姑。因为尼姑的特点是女人落发，现在还活着的慧秀，却是满脑袋黑油油的头发。

慧秀的师父叫什么，已经很少有人提起。这是个很泼辣狠毒的人。她活着的时候，孩子们不能到庙里去玩，偷偷进去了，她会拿拐杖把你赶出去，还骂到街上来。人们不明白，为什么她在大士面前那么修福行善，嘴里却有这么一大堆尖酸刻薄的语言。就是这些，人们也忘记了。人们所以还提念一下，也不过是因为她的敛化，庙里才有了一个小铁钟。

这钟挂在庙的西墙里面。西墙外面是一个芦苇坑，村里的水都流在这里，苇子长得很好。到了春天，苇锥锥像小牛犊头上钻出来的紫红小犄角，水灵灵地充满生气。到夏天，雨水涨满，是一片摇动的绿色的大棚帐。到冬天，它点缀着平原单调肃杀的气象，黄白的芦花从这里吹起来。

钟紧挨着尼姑们睡觉的房，两间小小的土坯平房。从房子的样子看，从屋里的锅碗盆灶和一切的陈设看，这和平民的住家实在没有丝毫的分别。凡是女人们用的东西，爱好的东西，她们都有也都爱好。

那时候，师父老了，瞎了一只眼睛，抽着一口大烟。慧秀才十八岁。她不久交结了村里一个年轻人。

既是爱上了，就真心爱，慧秀第一次对那年轻人的誓言，是我要为你死。在那些时候，每逢夜深人静，村里的人们看见，在那两间小屋的南间，还点着一盏明亮的灯。好心肠的人们说，那是尼姑念经卷呢。慧秀却在把针线凑在灯头上，给她那相好的缝衣服。她敛化了钱换成漂白的布，给那个年轻人缝小褂。夜很深，灯灭了，人才睡了。

这个年轻人叫大秋。是村里麻绳铺的一个工人，才二十八岁。因为一个穷人既是仗着手艺吃饭，他就学会了各种在农村里有用的手艺，并且样样精通。这个年轻人成了村里顶有用的人，也是顶漂亮的人。人缘好，好交朋友，可是一直娶不上个媳妇。

媳妇都给有地的人娶去了。地多的娶个俊的年轻的；地少的娶个丑的年岁大的。在农村，女人和土地结合，没有一垄园子地，就好像也没有犁耙绳套一样，打光棍没女人。

可是对于慧秀，她需要的只是一个真心的人，一个漂亮的人。她和他好了。并且立时就怀上了身孕。

这一年，是抗战的第一年。滹沱河涨了一次水，水撤了，麦苗满地的时候，出现了一支小小的队伍。这队伍是很小，直到现在人们还说：“那时候你们才有几个人呀！”可是这支小队伍在这个时候出现在平原上，就像投了一星什么奇怪的东西在一缸水里，立时一缸水就变了颜色，并且沸腾起来了。

林村成立了人民自卫团的大队部。在集合人的时候，敲庙里的铁钟。不错，那个时候，林村的年轻人还没有对自己力量的自信，就像那只小铁钟长年挂在那里，不自觉自己的声音的号召力量一样。可是钟响了，人来了，八年战争而且胜利了。那个敲钟的人还活着吗？如果在这几年残酷的战斗里他没有死，人们要记住：是他抡起了那个榆木棍，敲得铁钟像海啸一样响啊！

村里的农会成立了，集合的时候敲着铁钟。工会成立了，大秋当选了主任，当他被一村的长工们选举出来，站在那高高的台上宣誓的时候，钟又洪亮地响了。

这是振奋，是鼓励，是铁的誓言。同是这个钟，第二次响的时候，却把大秋的心敲碎了。

二

那个老尼姑，慧秀的师父，想当年也是风流过的。她交结过不少朋友，施主或者叫善人。有些人三天好，两天又不好了；一直取着联系的，却只有麻绳铺的东家林德贵，林村有名的地主和大乡绅。林德贵用自己在村里的特殊地位，和手中比别人富足的钱，排挤了竞争者，差不多是霸占了这个女人。

在那些年间，女人，就是一个尼姑，看重的也是势力和财帛。林德贵给她撑腰，就没人敢来招惹她的庙产。尼姑在社会上并没有特殊地位，可是因为她既是林德贵的知己，她竟能调词架讼，成了村里政治舞台上的要人。

可是她渐渐地老了，并且瞎了一只眼睛，她和林德贵的关系，就只剩下了那一小包大烟土的情分了。抗战前，林德贵常到庵里抽大烟，老尼姑陪着；慧秀是一个奴仆，一个丫鬟，一个还没有长成的窑姐儿。

林德贵眼看着炕沿下边这一朵小花渐渐开放，就又想伸手抓一把。可是一个尼姑，就是穷人家最苦的孩子，送到庙里，只不过比扔在野地，稍微好一点。在苦难里长大的孩子，知道忍受自己的苦难，也坚定着自己的心。林德贵在她眼里是仇恨不是爱情。在慧秀，一个十几岁的孩子，她从没有想过把自己拴在那个狭小的桩子上。她心里的天地很宽阔，她的希望很高；既没有母亲的抚爱，她就默默地修理着嫩小的羽毛。她觉得一旦自己的羽毛长成，谁能猜想她会飞到多么高的地方，多么远的地方呢？

按说林德贵的力量可以把这个孩子制服。但是，假如我们来不及为上一代人们庆幸，就为眼下这一代庆幸吧。平原的人民一举起了武器，并且组织起来，天地就改变了那长久灰暗肃杀的颜色。大地上起了风，尼姑庵里的铁钟响了。

人民起义的第二年春天，苇塘的冰解了，苇笋撒开了第一个叶子；慧秀十九岁。

这些日子人们不常见到这个年轻的尼姑了，她不常出门，人们传说她病了。村里的人正在忙着战争动员的事，也不大注意这些，只有一些年轻的姑娘们常常想起她来：

“怎么这些日子看不见慧秀？抗战了，妇女们要解放，她不能解放出来呀？那么一个聪明伶俐的人，当尼姑不像埋在坟里一样，唉！”

可是按照习惯，姑娘们不爱到尼姑庵里去。人们又讨厌她那个坏烂舌头的师父，也就忘记她了。

没有忘记她的人只有两个吧，一个是大秋，一个是林德贵那老东西。

一天晚上，一弯月亮在天边出现了，云空很昏迷，月亮周围浮动着一圈云雾，预告半夜以后就要起风了。这是平原上春天的风，刮起来整天整夜的风，一种遮盖天地，屋子里都要昏暗起来的黄风。

老尼姑拄着拐杖从村里走回来，探手到怀里摸一摸，又喃喃地骂了一句。远处已经有了风声，她紧了紧脖子里那条缎子围巾。

到了庙门口，她推开那沉重的油漆剥落的山门进去了，随手又关上。她看一看南间的窗子，灯光在闪动。

她进到屋里，把怀里的一包东西掏出来，往炕上一丢，狠狠地说：

“去熬熬，吃了！”

慧秀正侧在炕上面对着窗户，看着那个空花露水瓶子做成的煤油灯。灯光很小，却很亮，像一个刚刚解剖出来的小青蛙的心脏，活泼地跳动着。

她转过身子来。她的脸有些苍白，衬托的那两只眼睛更黑更大了。眼里有些湿润，微微眨动眨动那薄薄的眼皮，两颗眼泪滴落在她那浅色月白缎子道袍领的棉袄上。她的棉袄虽然特意做得肥了一些，现在的胸部和腹部也还是按压不住地突露出来。她一低头，心里就搅痛。

那些幸福的人，那些红媒正娶有钱有主的人，那些新婚不久就怀上了孩子的人，身体的膨胀和突出对于她们是一种多么新鲜，多么幸福的感觉。就是在母亲的身边，她们也会微闭着眼睛，用手抚摸着肚子，心里微笑着，去感觉那里面小小的生命的跳动。她们默默祝告着这个小小的生命快快地平安地出世吧！那是她的一场天才的创造，光荣和名誉的源泉。她们比任何人都着急着看一看自己身上分裂下来的这一块骨肉的可亲的面貌。他是个什么长相呢？他的眼睛还是像爹还是像娘呢？一个年轻美貌的小媳妇，怀里再抱一个肥胖的大娃娃，该是多么冠冕呀！

可是对于眼前这个女人，这个时时刻刻要在人面前掩饰着自己的肚子的女人，这个戴着黑色比丘帽的，还不到二十岁的女人，却为这肚里的小小生命折磨得快死了。她自怀上了这个东西，整天整夜地焦心慌乱。她忘记了一切，她曾经想到过，把他打下来吧！她想，既然为幸福冒了险，为不幸也可以冒险，她什么痛苦不能忍受呢？她可以用一只很长的铁针把这块东西扎下来！

她几次想这样做，几次拿起那只纺线的铁锭子，放下了，她没有这么忍心。她觉得自己虽说命苦，孩子有什么罪呢？害死这不能说甚至不会想的孩子，她不应该。有什么罪，我一个人担当起来吧，就是死，我也要叫肚里的孩子生下来见见天日，看看受难的母亲吧。她甚至没有埋怨过留下这个冤孽种子的人，她觉得都是命苦的人，不这样作孽，不这样犯罪，不这样胡作非为，不也是活不了吗？

七个月，八个月，孩子越在肚里生长，越成了形状，在睡里梦里，她觉得这个孩子有了五脏，有了眉眼，有了四肢胳膊腿，她就越不忍心这样做了。

这以前，她是用腰带把肚子抽紧，后来又用宽长的布把肚子扎起的。后来她不愿这样残害这孩子了，她坦然地把肚子呈现在太阳的光里。

师父痛骂了她一顿。根据她自己的经验，到村里药铺先生那里取来一服药，逼着她吃。

慧秀用那大眼睛呆呆望着师父说：

“我不吃！”

那声音很低，但是很坚定地传到师父的耳朵里。这声音像是要全世界都听到，不是羞臊，是决心。

“你不吃，就得给我死！”

满脸横肉的师父，举起拐杖，就敲在那肚子上去。

慧秀一手护着肚子，转过身去，趴在炕上哭了。

师父还压低声音骂：

“你不吃药，我就用乱棒给你砸下来。你知道吗？这是佛门清静的地方，能叫你在这里仰着生孩子？你说是哪个杂种给留下的这个坏种子？”

慧秀啼哭着，却刚强地说：“你管不着。”

“我管定了。你有了这个浪孩子，你腆着这个大肚子，你在屋里修行着，你不去敛化。我们吃什么？花什么？叫我去叼食来喂你这蠢东西吗？说，是谁这么坏？”

慧秀流着眼泪，没说话。一时，她连哭都不想哭了。有了死的决心，就什么也可以不表示。她沉默起来。她听见外面起了风，佛殿上的铁马，叮当乱响。

师父一把抓起那个小包来说：

“好，我从小养大你，你是祖奶奶。我给你熬去，你不吃我灌死你。”

师父到灶间去了。

她有些难过，为什么他竟不来一趟看看她！她没有希望世界上有任何人心疼她，惦记她，可是如果他也把她忘记，负了心，她还有什么活头呢？快来救救我吧！她用两只手紧按着肚子。

这一晚大秋没来，林德贵却来了。他摸到师父屋里去，师父一见就骂：

“阿弥陀佛，你这兔崽子，这些日子哪里去来？”

“别骂！我给你带来了一包烟灰，叫你过过瘾。”

林德贵那连笑带说的声音，就像一个夜猫子，他问：

“慧秀哩？”

“快别提她，人家有了，快添了！”

“有了什么？”

“你别装蒜，是你这老东西施的坏不？”

“别冤枉人。”

林德贵只冷冷地说了一句，就没有下文了。

三

林德贵是憋着满肚子气，到这里散心的。从村里成立了工会，接二连三的事情，使他看着不顺眼，更不随心。他看出在这个村里，他要下台，而那些穷光蛋们要站上去。一个人感觉到别人动摇他的根基、他的统治的时候，他最怀恨也最恐怖。他曾经想到抵抗，想用过去村里的声威，压服他们，可是看来这些穷小子们并不怕。他也曾想到用自己走动官场的能耐，到区里县里去，可是那些县长区长也只是以这些穷光蛋们的一面之词为准，不给他丝毫的面子和主张。他也想过逃到南边去吧！可是他舍不下自己那三顷五十亩祖业地。

而且他手下的人，像大秋也反对起他来。渐渐没有过去对他的尊敬，他领导组织工会，还要求增加工资，半实物制，还要年节送礼，一年三个节气送三个盒子。在林德贵看来，送闺女送女婿也不过如此。而且这些人吃了你的东西并不说你好，挑碴拣刺，你有一点毛病，他还向上级反映，给你难看。

现在一听慧秀又有了孩子，更给他添了烦恼。原先，他以为一个女孩子，一时不答应，早晚还是他的；他的条件有利的多，林村还没有一个可以和他相比，慢慢磨吧，就是自己磨不上吧，反正也没叫别人沾上，那怨女孩子贞节。现在一听，这场梦也空了，他抢着抽了两口烟，着急地问：

“到底是谁的呀？”

“算我瞎了眼，一点风声也没听到，前日个才看见她的肚子那么大了。”

“快添了吗？”

“我看快了。”

老尼姑抽了两口烟，有点心平气和的样子。那盏快死灭的烟灯，照着这陈腐阴暗的屋子。外面的风声更大了，窗外的铁钟发出丝丝的声响。

“你真是个老混蛋，你平日就没看见过谁和她来往，来往的不相当，过于亲密……”

“你叫我想一想，”老尼姑有点困了，“啊！有那么一回，是谁来？你看我这个记性。看见我一进来，他两个人的神气全不对。啊！想起来了，是你铺子里那个大秋。”

“啊！”林德贵的心里，沉重地跳动了一下。他想，这年头，什么也是他们占先了，这一点便宜也叫他们占了去。他酸酸地说：

“你该去告他，告到县衙门里去。”

“我可不是得去告他！可是，听说他当了什么主任，常在衙门里跑动，这招惹得了吗？”

“别看他们那一套，”林德贵愤愤地说，“日头爷只能从东边出来，不能从西边出来，凤凰窝多早晚也是垒在梧桐树上，老鸹窝多早晚也得垒在那歪杈子的榆树上。叫他们闹吧！叫他们花红一时，兔子的尾巴长不了！”他说着就站起来，奔着南间去。南间的灯快灭了，屋里很暗。慧秀一阵肚痛过去，又一阵肚痛，正趴在炕上低声呻吟。林德贵一进来就说：

“你病了？”

慧秀没答声。林德贵又奸笑着说：

“我问你病了吗？我会治这个病。”

慧秀支了支身子，想坐起来，张了张嘴想骂一声“杂种”。可是她又伏下身子去了。她觉得决定她的命运的时候，就要来了，叫这老王八蛋快离开这里吧！她忍耐下去了。

紧接着又是一阵痛，这一阵痛得这样厉害，慧秀把头死顶在枕头上，叫了声娘。一个生命就要诞生了，在这平原的春天的夜晚，在这阴暗的小房子里，一个女人生产她的第一胎。偷偷地生产，母亲在痛苦里，没有希望，婴儿也没有诞生的喜悦的生产。母亲要流一样多的血，或者要流更多的血，因为代替那丈夫的关切，母亲的安慰，她那肚子上刚刚挨过了致命的一棒。

而在这最不方便的时候，眼前还站着一个把她的痛苦当稀罕热闹看的仇人！慧秀强挺起身子，瞪起那充满血丝的眼，狠狠地说了一声：

“你出去！”

本来林德贵也想走了，他想起了一件事，他觉得他得到了一个把柄。他觉得今天这一趟没有白来，他甚至立时觉得他的财产和他的地位，也有了小小的保障。

可是，从慧秀的眼里，林德贵看到了他在这女人的心里的地位。他冷笑了一声走出来。他在外间屋里转了两转，走到院里又转了两转，他的心里突然出现了一个念头。他从台阶上掀起了一个砖，在那钟上连击了三下。

钟发出了嗡嗡的要碎裂一样的吼叫，大地震动起来，风声却被淹没了。

正在生产的女人的心被震碎了，栽倒在地下，血不住地从她的下体流出来，婴儿降生在那冰冷的地上，只微弱地啼哭了两声。

四

在这天夜里，大秋正和他的工人同志们挤在一间牲口棚里听一个上级同志的报告，他们都红着脸，流着汗兴奋地听着。我们工人这样重要吗？我们工人的力量这样大吗？只要我们动员起来，组织起来，就能打败日本帝国主义和村里的封建势力吗？

他们从没经过别人这样看重自己，这样的知心和爱护。这样一来，大秋更自重起来了。他想，自己要一切都积极，一切都勇敢，一切都正确，不要有一点对不起上级。他无比激动地向上级说明了他的志愿。

当散会回来，他听到了那震耳的钟声。从这钟声他想起一个女人，一件事情，和一个日子。他想去看一看，她快要生产了。但是走了几步以后，他又想：这不正确的，不要再做这些混账事；就转到他的下处睡觉去了。

任何女人在生产的时候，受到这样的震惊，也要死去的。可是慧秀在半夜以后，又苏醒过来了。时代还需要她做一个助手，做一个见证，看看将来的事变。她挣扎着爬到炕上去，就又昏迷不醒地睡去了。师父狠狠地骂着，从地上捡起孩子来，不管死活，隔着墙就丢到苇坑里去了。

这以后的几年，是冀中的黄金时代。人民狂热的战争扫荡了人民心里的悲哀的回忆，和大地上那些冤屈的血迹。老尼姑死了，慧秀大病一场，但不久就恢复了健康，分种了几亩田产，算是还了俗。她还是那么安静聪明，一头新生的油黑的头发把她的比以前苍白一些的面孔，衬托得更美丽了。她还住在她那间小屋里，没有去跟大秋，大秋也没娶她。大秋从工会主任当了村长，现在也种着五六亩地。慧秀没有嫁人，有人去说媒，她全笑着拒绝了；她说离开那个坟坑，她就满足了，不想再嫁人。

慧秀参加了村里的抗日工作，每逢遇见大秋，她总是那么不动声色地望一望，眼睛里充满一种在别人看来莫名其妙，在大秋却深深感伤的热情。这是对过去的珍惜，不是引诱，是一种鼓励，不是责备。大秋却常常低头走过去了。他不是薄情，他也打算把慧秀娶过来的，他又觉得这样做影响不好，不正确。在这个事情上，他觉得对不起慧秀，总觉得对她负着一笔债似的。他害怕当面遇着她，却好在背地里问她的生活，到地里去，首先注意慧秀那块地耕种了没有？锄了没有？粮食能打多少？能拉多少柴火？

至于慧秀，却一向没到他家里去过一次，也没求过他的帮助。她在村里工作很好，人缘很好，人们全愿意给她帮忙。

林德贵的麻绳铺却关了门，他自己不愿意干了；几个工人离开了他，在村里另组织了一个麻绳合作社。林德贵的地也减少了一些，是他很快地给孩子们分了家，自动“分散”了土地，还实行了女子继承，女儿外甥全有份儿。

只有一次，慧秀到大秋的家里去了。那是“五一扫荡”以后，林村的南头安上了岗楼。“五一”在冀中来说，比“七七”的印象还深，老百姓常说的“事变”那一年，就是指的“五一”这一年。经过敌人这一场残酷的“大扫荡”，在平原上安上了点线，冀中的环境大变了。人们在习惯上甚至说冀中变了质，其实想起来，只要人心不变，就是质没变。事实上，人们对冀中“五一”以后的环境，不是害怕而是重视。是“五一”以后这几年，冀中区的人民才真正锻炼了出来，任凭它再来什么事变吧！

从夏天到秋天，林村的人民，是在风里雨里、毒气和枪弹里过的。慧秀整天东奔西跑，当尼姑没给了她别的好处，只留给她一双天然的脚。常常在半夜里，突然被枪声惊醒，爬起来就往野外里跑，在那伸手不见掌的黑夜，在那四面都有枪声的黑夜，她跑到远远的野地里，坐下来，才望着低垂的星星喘口气。有时候也觉得心里一酸，滴两滴眼泪。人家那有丈夫的人们，就是扶一把拉一把，在这个危险时候做做伴吧，抱抱孩子吧，就是受苦受难吧，也觉得甘心啊！

五

一天夜里，她忽然想起那口钟来。敌人这几天正在征集破铜烂铁，她想把它坚壁起来。她蹬在一条板凳上，试着摘了摘，钟虽不很大，她却摘不动。她想去叫一个人，不知怎么想起大秋来，她走到大秋的家里，说明这个事情，大秋跟她来了。两个人努着力把钟摘下来了，想了想还是坚壁到庙外面那个苇坑里去。他两个抬上，拿了一把铁铲，天很黑，那一片苇子更是黑得怕人。现在苇坑里灌满了水，依着大秋，埋在坑边就算了，慧秀说：

“埋在坑当间水深的地方去。就让它埋着去吧，什么时候敌人走了，什么时候再叫它出世，反正水是泡不坏铁的。”

她先脱下了袜子，卷起了裤子。大秋和她把钟抬到苇子密水又深的地方，埋到污泥里去。

几只藏在苇坑里过夜的水鸟，叫他们惊动起来飞走了。

慧秀忽然觉得一阵心酸，回到屋里，她再也忍不住，伏在炕上哭了。

大秋也跟进来了。这个年轻人，头上箍一块白毛巾，穿一身白单衣，披了一件黑棉袍。在脸上，长期不得休息的工作和焦心，显得有些阴沉。

见他进来，慧秀赶紧坐起来，把眼泪擦了。

“为什么哭？”大秋靠在迎门橱上，望着门帘说。

“我看见那口钟，我就难过起来了。你记得我那场病吗？”

“记得。”

“那个孩子呢？”

大秋凄惨地不自然地笑了笑。

“这你该忘了吧？我把他生下来，又把他埋了。我一醒过来，就挣扎着到野地里去找他，他躺在那苇坑里，我用两只手刨开土，把他埋了。我一看见那钟就难过起来。”慧秀说着，还是那么看着大秋，“我净想，一个女人要只是依靠着男人，像我，那就算是白费了心。”

“你说我是个忘恩负义的人？”大秋的脸惨白了。

“谁说你来呀？丢人现眼是我的事，你不会为我去得罪人。”

“你说什么？”大秋转过脸来盯着慧秀的眼睛。一种光在他眼里跳动着。是受了刺心的侮辱以后，混合着仇恨和毒意的光。这种光燃烧得是那么强烈，慧秀有些害怕起来。她赶紧笑着说：

“你看，我知道你没忘了我的冤仇，你记着哩！我全知道。在这个时候，就是你要报仇，我也不让你去。工作重要，工作比你重要，你又比我重要。我不能叫你去瞎闹……”

大秋强笑着说：

“咱不去报仇，人家可记恨哩。敌人在村里一安炮楼，这些王八蛋又活跃起来了。这场雨是给他们下了，人家漂到水皮上来，我们却要钻到泥底下去。”

“你要时刻小心，不要露面。”慧秀小声叮咛着。

“你不用惦记，我不会落在他们手里。我不胆小，有人向敌区跑了，我哪里也不去。我要坚持工作，流尽最后一滴血。”

他告辞要走，慧秀送他到院里来。八月的半圆的月亮照得庙顶上的琉璃瓦放光。大秋站住脚小声说：

“闹情况的时候，你净往哪里跑？我总是找不着你。”

慧秀笑着说：

“你不用管我，好好小心着你自己吧。”

大秋出去，她无力地关上了山门。

外面静得怕人，人们逃了一天难，摸回村来，望一望炮楼枪眼里射出的蓝色的灯光，轻轻推开门走进家里，胡乱吃点东西，躺到炕上休息了。

只听墙角里的蟋蟀断断续续地叫两声，苇坑里那个老青蛙，像人在梦里突然惊醒一样，叫了一声又停止了。

六

慧秀睡着了没有，自己也不知道。天一扑明的时候，她起来，开开房门，院里还是那么静，夜里下了一些露水，天空还残留着几粒星星。她去开山门，山门一开，门外站着一个汉奸两个鬼子，用刺刀又把她逼进来。村庄和她一时大意就陷在敌人的网里了。敌人在半夜的时候封锁了各家的大门。敌人逼她到屋里去，各处搜查了一下，就逼到街上来了。在路上那个汉奸问：

“你们庙里那个铁钟呢？”

慧秀说：

“我不知道，我不是庙里的人。”

“你不是庙里的人，为什么住在庙里面？”

“我借房子住。”

“你没有家？”

“没有。”

“拿着你这样的模样、人才。”汉奸斜着眼睛笑了笑，“我认识你。我在你们庙里上过布施。”

慧秀没有说话，汉奸又说：

“钟哩？坚壁起来了？”

“我不知道。”

“那钟可灵验哩！听说那年庙里有个小姑子坐月子，那钟自己就响起来了。”汉奸贱声贱气地拉着声音，“是真的吗？”

“我不知道。”

“你不知道，你的头发长得不短了啊，嘿嘿！”

当他们走到大街中间那个广场的时候，已经有一群男女老少站在那里，敌人在周围密密地布着哨，慧秀抽空钻到那些妇女群里去了。

天越发亮起来。慧秀向那青年人群里一看，她的心里发了一阵冷。天爷，怎么他也叫敌人围住了？那里面有大秋。她又偷偷望了他一眼，他却没有注意，他不动声色地在那里站着，嘴闭得很紧。慧秀赶紧低下了头。她身上有些冷，不住地抖颤。

敌人的三个头目，在她们身边走动，里面有一个汉奸。走到中间，站住了，汉奸向俘虏住的老乡们扫了一眼，说了话。

他说"皇军"到了附近的村庄全多少有些支应，为什么林村不支应？诚心不要脸，看你们跑到哪里去！他大声问道：

"哪个是抗日村长？"

人们的心全抖动了一下，但全没有答声，广场里什么声音也没有，只能听见妇女和孩子们短促的呼吸。天大亮了，但很阴沉。风凭空吹起来，慧秀觉得身上冷得不能忍耐。

敌人和汉奸商议着，叫他们那些青年人坐到场中间去，叫老年人和妇女孩子们在外面围成一个圈子坐下来。然后，汉奸改成了一个笑脸，像做游戏一样绕着人们转。人们心惊肉跳地听着他的脚步声，当他一走到自己背后，就闭着气等着，谁知道他要弄什么花样呢！

他走着，看看这个又看看那个。他笑着，走着，说着：

"谁是抗日村长，我们知道。我们不指出来，叫你们自己指出来。这么看你们的忠心如何？抗日村长有什么关系？我们不杀他，不打他，我们还叫他做官哩。你们不说我们也知道。"他说着走着，走到慧秀的背后，突然向里面一指说：

"他就是抗日村长，他叫大秋，是不是？"

慧秀的心立刻停止了跳动，她知道她会这么一闭塞就死去了。可是她又立时清醒了。她的头不知道是一种什么力量推着，越想不往大秋那边看，它却越想往那边扭。她明白了，这是计，这是敌人和汉奸的诡计。他们不认识大秋的，她放心了。她安静地低着头。

全场的老百姓全低着头，全都用眼睛看着自己的心。他们暗暗问自己："你坚定么？你想出卖大秋吗？你想当汉奸吗？"这样一问，他们全坦然了。因为他们全在心里生起这样一个根，长起这样一棵树，就是死吧，也光明正大地死。

这是在民族的心灵里交流着，生长和壮大的一种正气，一种节烈感，一种对灵魂的约束力量。这么一种力量，使得哪一个坏蛋也不敢在群众面前，伸手指一指大秋。

这激恼了汉奸，他一抓慧秀的肩，一把就提起来，吓唬着说：

“你说，哪是大秋？”

慧秀身子哆嗦着，却清楚地说：“我不知道！”汉奸提着她走到场子里，一脚踏倒在地下。

一个鬼子端着刺刀跑到她的跟前，一阵难当的寒冷，划过全场的人的心。

汉奸说：

“她是庙里的姑子，她和大秋把钟坚壁起来，还说不知道。早有人报告了，她不说，别人指出大秋来，叫她看看！”

慧秀听说，用一只手支起身子来，望了林德贵一眼。林德贵坐在人群前面，刚刚抬了抬头，看见了慧秀射过来的冷冷的子弹一样的眼光，赶紧又把头垂下。

慧秀的脸焦黄，她咬着牙一个字一个字地说：

“我看着，大伙也看着，看着谁敢当汉奸！”

鬼子一刺刀穿到她的胳膊上，她倒下去，血在地上流着。

七

难道这个女人就这样死去？带着林德贵给她的伤害、侮辱，带着汉奸敌人的打骂和刀痕，就这样死去？

她不会死的。当她的血流在地上，这就是一声号令，一道檄文。全场的老百姓都不能忍耐，大秋第一个站起来，从背后掏出了火热的枪。在他后面紧跟着站起来的，是一队青年游击组。

一场混乱的、激烈的战争，敌人狼狈退走了。人们救起了慧秀，抬到大秋的家去。

不久，慧秀伤好了，身体还很弱，但是大秋提出来和她结婚。组织上同意，全村老百姓同意，就在一天夜晚，吹打着举行了婚礼。

那时情况还很紧张，敌人经常到这村来“扫荡”，人们还要经常到地里去过夜。结婚以后，慧秀身子软弱，变得很娇惯，她一步也离不开大秋。现在她活像一个孩子了，又贪睡，每逢半夜以后，大秋警觉地醒来，叫她推她，她还是撒迷怔，及至走到道沟里了，走到野地里来了，大秋走在前头，她走在后头，她还是眯着眼小声嚷脚痛、腿痛，大秋就拉着她走。

他们在远远的密密的高粱地里，自己有一个洞。洞是大秋一手建造的，又秘密又宽敞，里面放了水壶干粮，铺着厚厚的草。洞口边还栽上几棵西瓜，是预备一旦水短，摘下一个来就吃。一到洞里，她才醒了，也精神了，她强要大秋睡一下：

“不！你得睡一觉，我给你站岗。”

这样安置着大秋睡了，盖好了，她就坐在洞口侧耳细听着。是那么负责任，风来她背着身子给大秋遮风，雨来，淋湿她的衣服头发，也不叫淋在她丈夫的身上。

抗战胜利以后，林村又实行了清算复仇，土地改革，土地复查和平分，彻底斗倒了汉奸恶霸地主豪绅的林德贵。

慧秀的身子也结实了，和大秋一同做林村里的工作，还是那样活泼和热情。

大庙那地方，改成了农民开会议事演戏跳舞的大广场。广场前面长起一棵枝叶茂盛的小榆树，这棵小树向南伸出一个枝干，它顽强地伸出又固执地微微向上，好像是专为悬挂什么东西的。悬挂什么呢？村里的人把那口小钟挂在上面。这样，不管在平原秋天的夜晚，还是冬天的早晨，春季的风，夏季的雨里，它清脆洪亮的响声，成了全村男女老少的号令，是鼓励和追念，是在祝贺一个女人，她从旧社会火坑里跳出来，坚决顽强，战胜了村里和村外的仇敌。

一九四六年三月写于蠡县刘村

（原载《文艺劳动》1949年第6期）

【作品赏析】

《钟》创作于1946年，抗日战争胜利不久。抗战仍然是小说的背景，民族解放仍然是突出的主旨，但是个人解放、阶级解放的主题也融合进来。相对于抗战时期的作品，《钟》更加丰富，也更加耐人寻味。

首先，阶级解放的命题在孙犁的小说中首次被郑重提出。虽然在之前的小说中，孙犁主要将热心抗战的主体固定为普通民众——特别是贫苦农民，偶尔涉及商人、富农的消极、落后，（如《走出之后》）但是没有突显过阶级的主题。这个问题在抗战期间显然不是首要的，抗战过后才浮现出来，甚至上升到首要的位置。

在小说《钟》里，慧秀的苦难首要地归结为阶级原因。因为穷苦才成为尼姑，“可是一个尼姑，就是穷人家最苦的孩子，送到庙里，只不过比扔在野地，稍微好一点儿”，又因为乞食于师父任其宰割，被林德贵觊觎。慧秀生育的悲剧之所以酿成，还和另一个饱受阶级压迫的人——大秋相关。大秋是林德贵麻绳铺的工人，尽管漂亮、能干，却地无一垄，因此不能婚娶。当慧秀和大秋相爱，两个人都没有经济基础，更何况慧秀是师父掌控下的小尼姑，不能成就世俗文化认同的婚姻。而老尼姑和林德贵的特殊关系，导致压迫的力量成为一个整体。慧秀和大秋、老尼姑和林德贵就此成为两个阵营，他们之间的对抗成为阶级之间的对抗。这样的关系存在致使抗战书写复杂了许多。并且，在孙犁的《风云初记》中，复杂的因素被再度强化，一方面时代之风起云涌得到更全面的书写，另一方面即阶级得到更突出的强调。这显然与不同历史阶段党的政策有关，从又一个角度证明了孙犁写作的政治性。

其次，文本中的阶级解放与民族解放达成了一体。抗战热情与阶级属性相关，这是解放区文学的共同特色，《钟》也不例外。林村成立了人民自卫团的大队部，成立了农会，成立了工会，大秋当选为工会主任，又成为抗日村长；慧秀大病初愈，随即参加了村里的抗日工作，她主动坚壁了钟，面对寒光凛凛的刺刀掩护大秋。拥有土地与店铺的林德贵则是汉奸，串通日本人陷害大秋，破坏抗战。在这样一种对应关系下，抗战胜利与阶级解放存在着难解难分的关系。抗战的爆发赋予了大秋权力，抗战的进行促成了他们的结合，抗战的胜利则顺理成章完成了两个阶级的权力再分配，“抗战胜利以后，林村又实行了清算复仇，土地改革，土地复查和平分，彻底斗倒了汉奸恶霸地主豪绅的林德贵。”民族解放和阶级解放相合一，与主流意识形态达成了完美的契合。

个人解放的书写则显现出一定的游离。即使对大秋来讲也是这样。从表层来看，“抗战的第一年”，大秋与慧秀相爱似乎不是偶然，但是个人与革命之间却产生了隐性的冲突。慧秀失去孩子的夜晚，“大秋正在和他的工人同志们挤在一间牲口棚里听一个上级同志的报告”，他们兴奋着、冲动着，自信并“自重”起来，大秋产生了坚定的归属感。奇怪的是，面对慧秀的灾难和屈辱，他的想法是“这不正确的，不要再做这些混账事”，然后径自去睡觉了。大秋自觉地将革命与个人对立起来并义无反顾选择了革命，他的做法缺乏起码的责任感与同情心，恐怕也与自我的情感相违。只有在慧秀保护了他，或者说为革命做出了贡献之后，大秋才能够接纳她。

可见，在民族解放、阶级解放的话语体系中，个人解放的启蒙是缺失的。这种缺失在作为战士的大秋这里戕害了个人性而遮蔽了自私与逃避，在慧秀那里则表现为可以抚平的伤疤。

小说结尾以诗意的语言写到清脆响亮的钟声，“成了全村男女老少的号令，是鼓励和追念，是在祝贺一个女人，她从旧社会火坑里跳出来，坚决顽强，战胜了村里和村外的仇敌”。可见在《钟》里，慧秀才是解放的主体，她所以能“从旧社会火坑里跳出来”，是因为“战胜了村里和村外的仇敌”。或者说，是民族解放和阶级解放带来了慧秀个人的解放。但是，又有一个必要的因素：“坚决顽强”，这可以看作是慧秀个人意识的作用。慧秀是具有主体性的，自尊自爱，有对未来的愿景，“在苦难里长大的孩子，知道忍受自己的苦难，也坚定着自己的心。林德贵在她眼里是仇恨不是爱情。在慧秀，一个十几岁的孩子，她从没有想过把自己拴在那个狭小的桩子上。她心里的天地很宽阔，她的希望很高；没有母亲的抚爱，她就默默地修理着嫩小的羽毛。她觉得一旦自己的羽毛长成，谁能猜想她会飞到多么高的地方、多么远的地方呢？”更难得的是，慧秀还有现代性的婚恋观。不同于那些嫁给田地的女人，她爱的是“一个真心的人”“一个漂亮的人”，并且无所畏惧，“既然爱上了，就真心爱”。慧秀的生命意识也是强的，她怀着悲悯坚持生下孩子，哪怕拼出了性命也要坚持。

颇有意味的是她对大秋的包容，小说中有一段，也是唯一一段二人的对话，饶有意味。她只有些微地嗔怪：“我净想，一个女人要只是依靠着男人，像我，那就算是白费了心。”大秋也并不愧疚，“‘你说我是个忘恩负义的人？’大秋的脸惨白了。”他的目光“是受了刺心的侮辱以后，混合着仇恨和毒意的光。”接下来，二人同仇敌忾了。在慧秀的理解中，大秋的逃避变成了韬光养晦，忘我工作，“工作重要，工作比你重要，你又比我重要。我不能叫你去瞎闹……”大秋则进一步表明决心：“你不用惦记，我不会落在他们手里。我不胆小，有人向敌区跑了，我哪里也不去。我要坚持工作，流尽最后一滴血。”个人与革命的矛盾再次浮现出来，这正是大秋选择逃避的原因。这对矛盾委实经不起推敲。然而，大秋的认识和慧秀的理解是契合的，其中蕴含的或许是隐含作者固有的男性中心意识，或许是革命话语对个人性的忽视，或许二者兼而有之。

此外，慧秀的师父是怎样的一种生命存在，或许被稍嫌武断地遮蔽了；大秋的队伍怎样战胜了日军救出了慧秀，情节设置的乐观色彩似乎过于强烈；慧秀在结婚后缘何表现得小鸟依人？都是值得探讨的问题。

矛盾和问题恰恰说明，《钟》的个人意识与社会解放、阶级解放的主题产生了龃龉。这样，小说经过反复修改，在创作后三年多的1949年才发表，也就丝毫不为奇怪了，在1951年遭到批判也绝非偶然。其实，早在1945年，孙犁的“小资情调”就已经遭到批评。那是在《荷花淀》发表的十几天后，延安《解放日报》刊登的读者来信《我们需要文艺批评》提出的。直至中华人民共和国成立后的“十七年”间，批评的声音持续存在，并不断增强。实际上，抗日战争的残酷现实还是过滤了“小资情调”，距离战争岁月越远，作为一个知识分子对人性的复杂性的思考就越深沉，也越明晰地浮出文本。

“藏”

这一家就住在村边上。虽然家里不宽绰，新卯从小可是娇生惯养，父亲死得早，母亲拧着纺车把他拉扯大，真是要星星不给月亮。现在他已经是二十五岁的人，娶了媳妇，母亲脾气好，媳妇模样好，过的是好日子。媳妇叫浅花，这个女人，好说好笑，说起话来，像小车轴上新抹了油，转得快叫得又好听。这个女人，嘴快脚快手快，织织纺纺全能行，地里活赛过一个好长工。她纺线，纺车像疯了似的转；她织布，挺拍乱响，梭飞得像流星；她做饭，切菜刀案板一齐响。走起路来，两只手甩起，像扫过平原的一股小旋风。

婆婆有时说她一句：“你消停着点。”她是担心她把纺车抡坏，把机子碰坏，把案板切坏，走路栽倒。可是这都是多操心，她只是快，却什么也损坏不了。自从她来后，屋里干净，院里利落，牛不短草，鸡不丢蛋。新卯的娘念了佛了。

刚结婚那二年，夫妇的感情好像不十分好。母亲和别人说：“晚上他们屋里没动静，听不见说说笑笑。”那二年两个人是有些别扭，新卯总嫌她好说，媳妇在心里也不满意丈夫的“话贵”和邋遢。但是很快就好了，夫妻间容易想到对方的好处，也高兴去迁就。不久新卯的话也多些了，穿戴上也干净讲究了。

浅花好强，她以为新卯不好说不算什么，只要心眼实在，眉里眼里有她也就够了。而且看来新卯在她跟前话也真是不少。她只是嫌他当不上一个村干部。年上冬天，新卯参加了村里的工作，并且人们全说他是个顶事的干部，掌着大权，是村里的“大拿”。可是他既不是村长，又不是农会主任，不是治安员，也不是调解委员。浅花问他他不说，晚上问，他装睡着了，呼呼地打鼾睡。浅花有气，“什么话这样贵重，也值得瞒着我？”她暗施一计：在黑暗里自言自语地说：“唉，八路军领导的这是什么世道啊！”“你说这是什么世道，八路军哪一点对不起你？”新卯醒了，他狠狠地给她讲了一番大道理，上了一堂政治课，粗了脖子红了脸，好像面对着仇人。浅花暗笑了，她说：

“你是这里边的虫，好坚决，和我也不说实话。”

“你嘴浅。”新卯说。

他又转过身去睡了，这样常常气得浅花一直睁眼到天明。今年春天，春耕地耘上了，出全了苗，该锄头遍了，新卯却什么活也不愿意去做。在家里的时候更少了，每天黑更半夜才家来，早晨天一亮，就披上袍子出去了，家不像他的家，家里的人见他的面也难。浅花又是六七个月的身子，饭熟了还得挺着大肚子满街去找他，也不一定找得来，找回来像赴席一样喝上一碗粥，将筷子一摆，就披上那件破棉袍子出去了。一顿饭什么话也不说。他的母亲虽然心疼儿子，可是对他近来的行动也不满意，只是存在心里不说；浅花可憋着一肚子气等机会发泄。她倒不是怨他不到地里去做活，她伤心的是近来对家里的人太冷淡，他那嘴像封起来的，脸上满挂着霜，一点笑模样也看不见。半夜人家睡醒一觉了，他才家来，什么也不说，倒头便睡，你和他念叨个家长里短吧，他就没好气地说：

“你叫人歇一下子吧，我累。”

浅花说：

“你累什么呀？水你不挑，柴你不抱，地你不锄，草苗快一般高了！”

“你不知道我有工作？”

他倒发火了。浅花只好冷冷地一笑，过半天自己又忍不住地小声问道：

“你近来做什么工作呀？”

“你没听说风声不好？”

“风声不好，我看又是谣言。就是吧，你也得照顾自己的身子呀，你近来脸色不好，身上又瘦多了。”

这时她才心疼起他来。他近来吃饭很少，眼都陷了下去，叫他睡觉吧，她不言语了。

又过了两天，他竟连夜不家来睡觉，天明了才家来，累的不像个人样子，进家就睡了，睡上多半天才起来；可是天一擦黑便又精神起来，央告着说：

“给我做点好吃的吧。”

母亲听见了便说：

“你给他炒个鸡蛋烙张饼。”

媳妇虽然不高兴他出去，却也照样给他做了，看着他一边吃，她一边问：

“吃了好东西干什么去？”

他咧着油光的大厚嘴唇说：

“这可不能告诉你！”

乡下的夫妇，有这么三天五天不在一条炕上，浅花就犯了疑心。她胡猜乱想，什么工作呀，夜间出去白天回来？她家住在顶南头村外，不常有人来；她想，村里干部多着呢，别人不一定这样。这一天，大街上刘喜的媳妇来借梭来，浅花就问她：

“大嫂子，你听见说敌人又要出来‘扫荡’吗？”

“没听见说呀！‘扫荡’怕什么呀，我就不怕。”

“可是俺家他爹没事忙，现在连黑夜间也不家来睡觉了！”

“哈！不家来睡觉，到哪里睡呀？”这女人大吃一惊，张着嘴问。

“谁知道，有这么三四宿了，人家说工作忙。”浅花叹了一口气。

“准是工作忙呗！”那女人说着，却撇了撇嘴，“工作忙，一天家是男女混杂，咱也不知道那是干什么工作！”

“大嫂子，你听见什么风声了吗？”浅花直着眼问。

“没有，你家他爹很老实，不像那些流氓蛋，你们夫妻的感情又不错！不过你要留点神，年轻的人说变心可快哩！街上那些小狐狸们可能勾引着哩！说句不嫌你见怪的话吧，哪一个不比你年轻。”

这一晚浅花留上心，心里也顶生气。做晚饭了，丈夫从炕上爬起来眯着眼走出来说：

“擀点白条子吃吧？”

浅花的脸唰地拉下来，嘴噘得可以拴一匹小驴，脸上阴得只要有一点风吹就可滴下水来；半天才丧声丧气地说：

“吃好的吧，你是有了功的了！”

“有功没功，反正尽自己的责任。”丈夫认真地说。

“瓮里没水！”浅花把手里的空水瓢往瓮里一丢，大声地说。

“我去担。”丈夫不紧不慢地担起水桶出去了。

等他担了水来，浅花还是生气，在灶火前低着头，手里撕着一根柴火叶。丈夫说：

“快烧吧，你也知道发愁？别发愁，只要我们有准备，多么困难的环境也能通过去。”

浅花越听越没有好气，她想，你念什么咒呀！她打起火来，可是手有些颤，火镰凿在火石下，火星却落不到火绒上。丈夫接过去给她打着了，咧着大嘴笑了笑说：

“真笨。”

“我们是笨。”浅花把火点着，一手拉动风箱，“你去找精灵的去啊！”丈夫也听不出头绪，他以为女人也正在不高兴，他就坐在台阶上去，看着野外的高粱在晚风里摇摆。近来天旱，高粱长得才一尺来高，他想，下场透雨吧，高粱长起来，就是敌人“扫荡”也就不怕了。他望着那里发呆，浅花又忍不住，她扭转头来问：

“你别又装傻，我问你，这几日夜里你出去干什么来？”

“搞工作。”丈夫回过头来，还是心平气和地说。

“什么工作？”

“抗日工作。”

“你不用和我花马掉嘴，你好好地告诉我没事！”

女人是那么横，直眉瞪眼脸发青，丈夫也有些恼了。恼的是，女人为什么这么糊涂，这么顽固，这么不知心，这么不心疼人！我黑间白日累个死，心里牵挂着这些事，她不知道安慰我，还净找斜碴！他也嚷着说：

“我不能告诉你！你为什么这么横？你审我吗？”

母亲听见他们吵嘴，赶紧出来说了两句，两人才都不言语了。这一顿晚饭，一家人极不痛快，谁也没说话。

等新卯吃完饭，母亲将他叫到屋子里说：

“你整天整夜忙的什么，也不在家里照顾照顾。”

新卯没有说话，守着母亲坐了一会儿。天已经大黑了，他走到外间屋里，想出去，浅花正在门帘外渗着，一伸手就把他拉到自己屋里来；她在炕沿上一坐，哭着说：

“今黑夜你就不能出去，你出去我死在你手里！”

新卯瞪了瞪眼，想发火，但转眼看了看她，他忍下去了。他在屋里转了一会儿，浅花汪着两眼泪盯着他，他叹了一口气说道：

“我再出去一晚上。”

“不行！”

“你行行好，我算向你告假。”

“不行。”

浅花转过脸去啼哭起来，那脸在灯光下是那样的黄，过了一会儿，转动那笨重的大肚子仄到炕上去了。新卯又在屋里转了半天，他一边脱衣裳一边向媳妇解释：

“听你的话茬儿，好像我在外边有男女关系。绝没有那回事，你怎么这样猜疑呢，我是那样的人吗？”

浅花转过脸来说：

“没有那回子事，为什么净夜里出去，为什么一出去就是一宿，一回来就是那么乏，还向我要好的吃，我没那些个好东西来养着你！”

新卯说：

“你不信就罢，这反正和你说不着。”他钻进被窝睡去了。浅花爬起来脱了衣服吹灭灯也睡了。外面起了风，吹得窗户纸响，外边的柴火叶子也飞着。不久，浅花翻过身去呼呼地睡着了。

新卯静静地躺着，静静地坐起来，穿好衣服。下炕来，摸到外间，轻轻地开了门。外面很黑，风很大，但是春天的风吹到脸上是暖的，叫这样的风吹着，人的身上也懒起来，身子轻飘飘的，反倒有些睡意了。他集中了一下精神，振作了一下，奔着村南走去。他顺着那条窄窄的通到菜园子的小道走去，野外也很黑，但他可以看见那一望无边的高粱地在风里滚动，在远处柳树林的风很大，呼呼地响。

在他后面，浅花像一片轻轻的叶子从门里飘出来。她的身子虽然很笨重，但是她提着一口气走得很轻妙，她的两只眼什么也顾不得看，只望定了前边的黑影子紧跟着。她怕他一回头看见，又轻轻地躲闪，她走几步就停一下，常常很快地蹲下去，又很快地站起来。她心里又糊涂又害怕，他是到哪里去呢？

她看见新卯走到菜园子里站住了。她一闪就进了高粱地，坐下去，一尺高的高粱，正好遮住她的身子，但遮不住她的眼睛，她看见他冲着井台走过去了。她心里猛然跳了一下，半夜三更他到井边去干什么？要浇园白天浇不了吗？他又没带着水斗子，莫非有什么发愁的事或者是生了我的气要寻短见？这个人可是死心眼。她一挺就立起来。他真的一转身子掉到井里去了。

浅花叫了一声奔着井沿跑去，她心里一冷，差一点没有栽倒地上死过去。她想，竟来不及拉他一把，自己也跳到井里去吧。忽然新卯从井内把头伸出来，举着一只手大声问："你是谁？"浅花没听清他说的什么，她哭着喊着跑过去，拉住自己丈夫的那只手，他手里抓着一支橛枪。她紧紧地攥他的手，死力往上拉，她哭着说："你不能死，你先杀了我吧！"新卯一把推了她三尺远，耸身跳出来，狠狠地压低声音说道："你这是干什么？"浅花又跑过去拉住他不放，她躺在新卯的怀里，哭得是那么伤心，那么动情，以致使新卯的心热起来，感觉到在这个女人心里，他竟是这么重要。他的嘴唇动了两动，真想把真情实话告诉给她，但他心里一转想道：一个女人在你身边滴这么几点泪，就暴露了秘密，那还算什么人？可是，告诉她不是告诉别人，她不会卖我；假如她叫敌人抓住了呢，能够在刺刀前面、烈火上面也不说出这个秘密吗？谁能断定？这样一想他又把嘴闭紧了。他说：

“我不死，你回去吧。”

“你和我一起回去。”

“你看你又是这样，你总是这么缠磨我，耽误我的工作，那我就不再见你了。”

浅花待在黑影里，好像也看见丈夫那生了气的老实样子。她是聪明人，她想到了一些来由，她轻轻笑了，擦了擦眼泪，坐正了说：

“你不对我说，我不怪你。该知道的就知道，不该知道的我也不强要你告诉我。”

“这才算明白人！”新卯肯定地说。

“你也得早些回去。”女人站起来要走，她转眼又看了看丈夫，忽然心里一酸。她觉得自己是错怪了他，他是为了工作，才不回家吃饭，不进家睡觉，夜里一个人在地里偷偷地干活。她觉得丈夫有这么一个别人赶不上、自己也赶不上的大优点。她好像上到了摩天的高山，走进了庄严的佛殿，听见了煽动的讲演，忽然觉得自己的心胸也一下宽阔了，忘记了自己，身上好像来了一股力量，也想做那么一些工作，像丈夫一样。

“我能帮助你吗？”她立定了问。

“不用，你看你那么大肚子。”丈夫催她走了。

浅花转身走了几步。既然知道丈夫夜间出来不是为了男女关系，倒是为了抗日工作，不觉涌出了一种放下了心的愉快，一种因为羞愧引起的更强烈的爱情，一种顽皮的好奇心。她走到丈夫看不到的地方停了一会儿，又轻轻绕了回来，走到井边，已经看不见丈夫了。

她一个人坐在井台上。风渐渐小了，天空渐渐清朗，星星很稀，那几颗大的星星却很亮。她探望井里，井虽然深，但可以看见那像油一样发光，像黑绸子一样微微颤抖的泉水。一颗大星直照进去，在水里闪动，使人觉得水里也不可怕，那里边另有一个小天地。

田野里没有一点声音，村里既然没有狗叫，天还早也没有鸡鸣。庄稼地里吹过来的风，是温暖的，是干燥的，是带着小麦的花香的。浅花坐在井台上，静静地听着想着。

一个在这里等着想着，那一个却在远远的一块小高粱地里，一棵小小的柳树下面，修造他避难和斗争的小道口。他把几夜来掘出的土，匀整地撒到更远的地里去，在洞口，他安好一块四方的小石板；然后他倚在那小柳树上休息了。他赤着膀子，叫春天的夜风吹着，为工作的完成高兴，为同志的安全放宽了心，为那远远的胜利日子急躁，为那就要来到的大“扫荡”不安。

然后他把那方小石头掀开，伏下身像条蛇一样钻了进去。他翻上翻下弯弯曲曲地爬着，呼吸着里面湿潮的土气，身上流着汗。他在那个大堡垒地方休息了一会儿，长好的草上已经汪着一层水。他又往前爬，这里的洞，更窄更细了，他几乎拉细了自己的身子，才钻到了那最后一个横洞。他抽开几个砖，探身出来，看见了那碧油油的井水，不觉用力吸了一口清凉的空气，两只脚蹬着井砖的错边，上了井口。那一个还在那里发呆，没有发觉哩。

“怎么你还没走？”

“我守着你。”

“你这人！”丈夫唉了一声。

“我知道了。你这里是个洞，叫谁藏在里面？”浅花笑着问。

丈夫不高兴，他说：

“你问这些事干什么，想当汉奸？”

浅花还是笑着说：

“我想起了一件事，自己的事得自己惦记着，你是不管的。”

丈夫披上他的衣服没有答声。

“我快了，要是敌人‘扫荡’起来，能在家里坐月子？我就到你这洞里来。”

“那可不行，这洞里要藏别的人。”新卯郑重地说，“坐月子我们再另想办法。”

以后不多几天，这一家就经历了那个一九四二年五月的“大扫荡”。这残酷的战争，从一个阴暗的黎明开始。

能用什么来形容那一月间两月间所经历的苦难，所眼见的事变？心碎了，而且重新铸成了；眼泪烧干，脸皮焦裂，心脏要爆炸了。

清晨，高粱叶黑豆叶滴落着夜里凝结的露水，田野看来是安静的。可是就在那高粱地里豆棵下面，掩藏着无数的妇女，睡着无数的孩子。她们的嘴干渴极了，吸着豆叶上的露水。如果是大风天，妇女们就把孩子藏到怀里，仄下身去叫自己的背遮着。风一停，大家相看，都成了土鬼。如果是在雨里，人们就把被子披起来，立在那里，身上流着水，打着冷战，牙齿嘚嘚响，像一阵风声。

浅花的肚子越沉重了，她也得跟着人们奔跑，忍饥挨饿受惊怕。她担心自己的生命，还要处处留神肚里那个小生命。婆婆也很担心浅花那身子，她计算着她快生产了，像这样整天逃难，连个炕席的边也摸不着，难道就把孩子添在这潮湿风野的大洼里吗？

在一块逃难坐下来休息的时候，那些女伴们也说：

"你看你家他爹，就一点也不管你们，要男人干什么用呀！这个时候他还不拉一把扯一把！"

浅花叹了一口气说："他也是忙。"

"忙可把鬼子打跑了哇，整天价拿着破橛枪去斗，把马蜂窝捅下来了，可就追着我们满世界跑，他又不管了。"一个女伴笑着说，"现在有这几棵高粱可以藏着，等高粱倒了可怎么办哩？"

"我看我恐怕只有死了！"浅花含泪道。

"去找他！他还能推得这么干净……"女同伴们都这样撺掇她。

浅花心里明白，现在她不能去麻烦丈夫，他现在正忙得连自己的命也不顾。只有她一个人知道新卯藏在小菜园里，每天下午情况缓和了，浅花还得偷偷给他送饭去。

和丈夫在一块的还有一个年轻的人，浅花不认识，丈夫也没介绍过。刚见面那几天，这个外路人连话也不说，看见她来送饭，只是笑一笑，就坐下来吃。浅花心里想，哪里来的这么个哑巴；后来日子长了，他才说起话来，哇啦哇啦的是个南蛮子。

从浅花眼里看过去，丈夫和这个外路人很亲热。外路人说什么，丈夫很听从。浅花想：真是，你要这么听我说也就好了。

这天她又用布包了一团饭，揣在怀里，在四外没有人走动的时候，跑进了对面的高粱地，从一人来高密密的高粱里钻过去，走到自家的菜园。高粱地里是那样的闷热，一到了井边，她感觉到难得的舒畅和凉快。

太阳光强烈地照着，园子里放散着黑豆花和泥土潮热的香甜味道。

这小小的菜园，就做了新卯和那个人退守的山寨。他们在井台上安好了辘轳，还带着一把锄，将枪掖在背后的腰里，这样远远看去，他们是两个安分的农夫，大大的良民。虽然全村广大的土地都因为战争荒了，这小小的菜园却拾掇得异常出色。几畦甜瓜快熟了，懒懒地躺在太阳光下面。

人还没有露面，这沉重凸胀的大肚子先露了出来。新卯那大厚嘴唇就动了动，不知道因为是喜爱还是心疼。

“那边没事吗？”他问。

浅花说：“没有。”

新卯和那人吃着饭，浅花坐在一边用褂子襟扇着汗，那个人问：

“这几天有人回家去睡觉了？”

“家去的不少了，鬼子修了楼，不常出来，人们就不愿再在地里受罪了。”浅花说。

“青年人有家去的吗？”那人着急地问。

“没有。”新卯说，“我早下了通知。”

那个人很快地吃完饭，站起身来，望望她的肚子笑着说：

“大嫂子，快了吧，还差多少日子？”

浅花红了脸看着丈夫。那人又问新卯，新卯说：

“谁闹清了她们那个！”

“你这个丈夫！”那个人说，“要关心她们么！我考虑了这个问题，在家里生产不好，就到这洞里来吧，我们搬到上面来睡，保护着你，你说好不好？”

浅花笑着说：

“那不成了耗子吗？”

“都是鬼子闹的么！”那个人愤愤地说。

新卯吃完了饭，跑去摘了几个熟透了的大甜瓜，自己吃着一个，把那两个搬到浅花面前，他说：

“还是这个玩意儿省事，熟透了不用摘，一碰自己就掉下来了。”

浅花狠狠地斜了他一眼。

她回到家里，心里犹豫着，她不愿去扰乱丈夫，又在家里睡了。

这一晚上，敌人包围了他们。满街红灯火仗，敌人把睡在家里的人都赶到街上去，男男女女哆里哆嗦走到街上，慌张地结着扣子提上鞋。

敌人指名要新卯，人们都说他不在家，早跑了。敌人在人群里乱抽乱打，要人们指出新卯家的人，人们说他一家子都跑了。那些女人们，跌坐在地上，身子使劲往下缩。央告着前面的人把自己压在下面。当母亲的用衣襟盖住孩子的脸，用腿压住自己的女儿。在灯影里，她们尽量把脸转到暗处，用手摸着地下的泥土涂在脸上。身边连一点柴火丝也没有，有些东西掩盖起自己就好了。

敌人不容许这样，要人们直直地跪起来，把能找到的东西放在人们的手里，把一张铁犁放在一个老头手里，把一块门扇放在一个老婆手里，把一根粗木棍放在一个孩子手里，命令高高举起，不准动摇。

敌人看着人们在那里跪着，托着沉重的东西，胳臂哆嗦着，脸上流着汗。他们在周围散步、吸烟、详细观看。

浅花托着一个石砘子，直着身子跪着，肚子里已经很难过，高举着这样沉重的东西，她觉得她的肠子快断了。脊背上流着冷汗，一阵头晕，她栽倒了。敌人用皮鞋踢她，叫她再跪好，再高举起那东西来。

夜深了，就是敌人也有些困乏，可是人们还得挣扎着高举着那些东西。

灯光照着人们。照在敌人的刺刀上，也照在浅花的脸上，一点血色都没有，流着冷汗。她知道自己就要死了，她想思想点什么，却什么也不能想。她眼里冒着金星，在眼前飞，飞，又落下，又飞起来。

谁来解救？一群青年人在新卯的小菜园集合了，由那外路人带领，潜入了村庄，趴在房上瞄准敌人脑袋射击。

敌人一阵慌乱，撤离了村庄。他们把倒在地下的浅花抬到园子里去。

不久，她就在洞里生产了。

洞里是阴冷的、潮湿的，那是三丈深的地下，没有一点光，大地上的风也吹不到这里面来。一个女孩子在这里降生了，母亲给她取了个名，叫“藏”。

女孩子的第一次哭声只有母亲和那深深相隔不远的井水能听见，哭声是非常悲哀和闷塞的。

在外面的大地里，风还是吹着，太阳还是照着，豆花谢了结了实，瓜儿熟了落了蒂，人们还在受着苦难，在田野里进行着斗争。

一九四六年十月重改于河间

（收录于短篇小说集《芦花荡》，上海群益出版社1949年7月版）

【作品赏析】

《“藏”》于1946年修改完毕。与创作于1943年5月的《第一个洞》主题类似，讲人民发挥创造力，挖地洞掩护革命干部的故事；情节也类似，通过妻子的询问、怀疑、追踪来揭开丈夫夜夜不归的谜底。但是，《“藏”》凸显了人物性格，更添谐趣。

新卯忠诚、朴厚，不善言语。他本是一个“话贵”的人，当上党的干部之后，绝不泄露党的秘密，最初是不告诉妻子自己的职务，后来是瞒着妻子去挖洞。新卯还是忠诚而朴厚的。妻子故意“施计”，说道：“唉，八路军领导的这是什么世道啊！”装睡的新卯果然上当了，“粗了脖子红了脸”给她上政治课。半夜偷偷出去挖地洞，不小心被妻子尾随，也是“生了气的老实样子”。新卯的忠厚也表现为对妻子的心疼，他拒绝了妻子的帮助，“不用，你看你那么大肚子。”但是，相比之下，党的工作要比妻子重要。为了挖洞，新卯把家里、田里的事务全部交给了妻子，并且拒绝了妻子在洞里坐月子的要求，“那可不行，这洞里要藏别的人。”新卯的忠诚、朴厚和地方性格有着莫大的关联，可以看作古燕赵文化的“重义”与农耕文化的结合。同时，新卯还是勇武的。乡亲们——包括即将生育的妻子在敌人的刺刀下遭受侮辱，命悬一线之际，新卯与一群年轻人集合起来，“趴在房上瞄准敌人的脑袋射击”。

新卯的话语方式也是地方性的。他老实本分，没有花言巧语，容易当真，往往生气起来，呵斥妻子“你不知道我有工作”。当他被问到妻子的产期时，他的一句“谁闹清了她们那个”带有北方农村的对家事、男女情、亲子情不屑的大男子主义意味。新卯有时又是有趣的，他一边给妻子摘来甜瓜，一边调侃道：“还是这个玩意儿省事，熟透了不用摘，一碰自己就掉下来了。”总之，新卯是孙犁小说中具有代表性的男主人公，与邢兰（《邢兰》）、水生（《荷花淀》）、《战士》中的残疾军人以及杨开泰（《第一个洞》）的品质是相似的，但是他更丰富、更生动，是活画出的一个北方农民的性格。

当然，《“藏”》中性格更鲜明的人物是新卯的妻子浅花。浅花活泼、能干，说起话来“像小车轴上新抹了油，转得快叫得又好听”，“她纺线，纺车像疯了似的转；她织布，挺拍乱响，梭飞得像流星；她做饭，切菜刀案板一齐响。走起路来，两只手甩起，像扫过平原的一股小旋风。”孙犁对这个爱劳动的女性充满赞美，“自从她来后，屋里干净，院里利落，牛不短草，鸡不丢蛋。新卯的娘念了佛了。”但是，丈夫起初却嫌她爱说话。孙犁是受到中国古典文学熏陶的，浅花带着三分快嘴李翠莲的神采。“快嘴”、能干自然是最突出的相似点，精神上的相似却体现在主体意识上。李翠莲个性十足，自认“从小生来志气广”，即便被休也不低头，径自削发为尼，“散淡又逍遥，却不自在了”。浅花的主体意识则体现在抗日活动的积极参与上。她怨责丈夫不向她透露工作情况，想方设法向丈夫探听消息，临产出逃得不到丈夫的照顾却丝毫没有怨言，还乐得去给丈夫送饭。因此，浅花能为婆婆喜爱，后来也为丈夫接受，更重要的是为隐含叙事者称赞。浅花这快嘴李翠莲的现代版发生了重要的命运改变，新时代女性的社会参与意识起到了重要的作用。当然，浅花也是具有地方性格的女性，她是《芦苇》中的姑娘、《山地回忆》中的妞儿、吴召儿（《吴召儿》）的姊妹。这是所以借鉴快嘴李翠莲书写，而不是其他女性形象的根本原因。

浅花的书写还存在一些耐人寻味之处。她的可爱因为善良、能干、率真，还一定程度上缘于单纯乃至无知。她简单地将新卯的夜夜不归怀疑为男女关系，跟踪到菜园后，竟以为新卯投井自杀，大哭大喊“你不能死，你杀了我吧”，这就未免可笑了。继而她羞愧、自豪，丈夫有着“别人赶不上”“自己也赶不上的”大优点，油然而生敬意。于是，浅花成为新卯身后的女人，她通过顺从新卯变得“算个明白人”，通过支持新卯来支持抗战。浅花的局限自然是有时代性的，同时与孙犁的女性审美也不无关系。从这个角度来讲，浅花就是一个活泼一些的水生嫂。

总之，《“藏”》最突出的特点是写出了丰富、生动、具有地域性的人物性格。相对孙犁其他小说中的男性主人公而言，新卯是鲜活的，而浅花在女性群像中，也算得特别。人物的朴实的美仍然和风景书写相浑融。浅花在地洞里生产了，流露出压抑而坚忍的生命力，是悲哀，也是喜悦。这时，“在外面的大地里，风还是吹着，太阳还是照着，豆花谢了结了实，瓜儿熟了落了蒂，人们还在受着苦难，在田野里进行着斗争。”

嘱咐

水生斜背着一件日本皮大衣，偷过了平汉路，天刚大亮。家乡的平原景色，八年不见，并不生疏。这正是腊月天气，从平地上望过去，一直望到放射红光的太阳那里，他深深地吸了一口气。把身子一挺，十几天行军的疲劳完全跑净，脚下轻飘飘的，眼有些晕，身子要飘起来。这八年，他走的多半是山路，他走过各式各样的山路：五台附近的高山，黄河两岸的陡山，延安和塞北的大土圪埮山。哪里有敌人就到哪里去，枪背在肩上、拿在手里八年了。

水生是一个好战士，现在已经是一个副教导员。可是不瞒人说，八年里他也常常想到家，特别是在休息时间，这种想念，很使一个战士苦恼。这样的时候，他就拿起书来或是到操场去，或是到菜园子里去，借游戏、劳动和学习，好把这些事情忘掉。

他也曾有过一种热望，能有个机会再打到平原上去，到家看看就好了。

现在机会来了。他请了假，绕道家里看一下。因为地理熟，一过铁路他就不再把敌人放在心上。他悠闲地走着，四面八方观看着，为的是饱看一下八年不见的平原风景。铁路旁边并排的炮楼，有的已经拆毁，破墙上洒落了一片鸟粪。铁路两旁的柳树黄了叶子，随着铁轨伸展到远远的北方。一列火车正从那里慢慢地滚过来，惨叫，吐着白雾。

一时，强烈的战斗要求和八年的战斗景象涌到心里来。他笑了一笑，想，现在应该把这些事情暂时地忘记，集中精神看一看家乡的风土人情吧。他信步走着，想享受享受一个人在特别兴奋时候的愉快心情。他看看麦地，又看看天，看看周围那像深蓝淡墨涂成的村庄图画。这里离他的家不过九十里路，一天的路程。今天晚上，就可以到家了。

不久，他觉得这种感情有些做作，心里面并不那么激动。幼小的时候，离开家半月十天，当黄昏的时候走近了自己的村庄，望见自己家里烟囱上冒起的袅袅的轻烟，心里就醉了。现在虽然对自己的家乡还是这样爱好、崇拜，但是那样的一种感情没有了。

经过的村庄街道都很熟悉。这些村庄经过八年战争，满身创伤，许多被敌人烧毁的房子，还没有重新盖起来。村边的炮楼全拆了，砖瓦还堆在那里，有的就近利用起来，垒了个厕所。在形式上，村庄没有发展，没有添新的庄院和房屋。许多高房，大的祠堂，全拆毁修了炮楼，幼时记忆里的几块大坟地，高大的杨树和柏树，也砍伐光了，坟墓暴露出来，显得特别荒凉。但是村庄的血液，人民的心却壮大发展了。一种平原上特有的勃勃生气，更是强烈扑人。

水生的家在白洋淀边上。太阳平西的时候，他走上了通到他家去的那条大堤，这里离他的村庄十五里路。

堤坡已经破坏，两岸成荫的柳树砍伐了，堤里面现在还满是水。水生从一条小道上穿过，地势一变化，使他不能正确地估计村庄的方向。

太阳落到西边远远的树林里去了，远处的村庄迅速地变化着颜色。水生望着树林的疏密，辨别自己的村庄，家近了，就要进家了，家对他不是吸引，却是一阵心烦意乱。他想起许多事。父亲确实的年岁忘记了，是不是还活着？父亲很早就是有痰喘的病。还有自己女人，正在青春，一别八年，分离时她肚子里正有一个小孩子。房子烧了吗？

不是什么悲喜交加的情绪，这是一种沉重的压迫，对战士的心的很大的消耗。他在心里驱逐这种思想感情，他走得很慢，他决定坐在这里，抽袋烟休息休息。

他坐下来打火抽烟，田野里没有一个人，风有些冷了，他打开大衣披在身上。他从积满泥水和腐草的水洼望过去，微微地可以看见白洋淀的边缘。

黄昏时候，他走到了自己的村边，他家就住在村边上。他看见房屋并没烧，街里很安静，这正是人们吃完晚饭，准备上门的时候了。

他在门口遇见了自己的女人。她正在那里悄悄地关闭那外面的梢门。水生亲热地叫了一声：

“你！”

女人一怔，睁开大眼睛，咧开嘴笑了笑，就转过身子去抽抽搭搭地哭了。水生看见她脚上那白布封鞋，就知道父亲准是不在了。两个人在那里站了一会儿。还是水生把门掩好说：“不要哭了，家去吧！”他在前面走，女人在后面跟，走到院里，女人紧走两步赶到前面，到屋里去点灯。水生在院里停了停。他听着女人忙乱地打火，灯光闪到窗户上了。女人喊：“进来吧！还做客吗？”

女人正在叫唤着一个孩子，他走进屋里，女人从炕上拖起一个孩子来，含着两眼泪水笑着说：

“来，这就是你爹，一天价看见人家有爹，自己没爹，这不现在回来了。”说着已经不成声音。水生说：

“来！我抱抱。”

老婆把孩子送到他怀里，他接过来，八九岁的女孩子竟有这么重。那孩子从睡梦里醒来，好奇地看着这个生人，这个“八路”。女人转身拾掇着炕上的纺车线子等等东西。

水生抱了孩子一会儿，说：

“还睡去吧。”

女人安排着孩子睡下，盖上被子，孩子却圆睁着两眼，再也睡不着。水生在屋里转着，在那扑满灰尘的迎门橱上的大镜子里照看自己。

女人要端着灯到外间屋里去烧水做饭，望着水生说：

“从哪里回来？”

“远了，你不知道的地方。”

“今天走了多少里？”

“九十。”

"不累吗？还在地下溜达？"

水生靠在炕头上。外面起了风，风吹着院里那棵小槐树，月光射到窗纸上来。水生觉着这屋里是很暖和的，在黑影里问那孩子：

"你叫什么？"

"小平。"

"几岁了？"

女人在外边拉着风箱说：

"别告诉他，他不记得吗？"

孩子回答说：

"八岁。"

"想我吗？"

"想你。想你，你不来。"孩子笑着说。

女人在外边也笑了。说：

"真的！你也想过家吗？"

水生说：

"想过。"

"在什么时候？"

"闲着的时候。"

"什么时候闲着？"

"打过仗以后，行军歇下来，开荒休息的时候。"

"你这几年不容易呀？"

"嗯，自然你们也不容易。"水生说。

"嗯？我容易，"她有些气愤地说着，把饭端上来，放在炕上。"爹是顶不容易的一个人，他不能看见你回来……"她坐在一边看着水生吃饭，看不见他吃饭的样子八年了。水生想起父亲，胡乱吃了一点，就放下了。

"怎么？"她笑着问，"不如你们那小米饭好吃？"

水生没答话。她拾掇了出去。

回来，插好了隔山门。院子里那挤在窝里的鸡们，有时转动扑腾。孩子睡着了，睡得是那么安静，那呼吸就像泉水在春天的阳光里冒起的小水泡，愉快地升起，又幸福地降落。女人爬到孩子身边去，她一直呆望着孩子的脸。她好像从来没有见过这个孩子，孩子好像是从别人家借来，好像不是她生出，不是她在那潮湿闷热的高粱地，在那残酷的“扫荡”里奔跑喘息，丢鞋甩袜抱养大的，她好像不曾在这孩子身上寄托了一切，并且在孩子的身上祝福了孩子的爹：“那走得远远的人，早一天胜利回来吧！一家团聚。”好像她并没有常常在深深的夜晚醒来，向着那不懂事的孩子，诉说着翻来覆去的题目：

“你爹哩，他到哪里去了？打鬼子去了……他拿着大枪骑着大马……就要回来了，把宝贝放在马上……多好啊！”

现在，丈夫像从天上掉下来一样。她好像是想起了过去的一切，还编排那准备了好几年的话，要向现在已经坐到她身边的丈夫诉说了。

水生看着她。离别了八年，她好像并没有老多少。她今年二十九岁了，头发虽然乱些，可还是那么黑。脸孔苍白了一些，可是那两只眼睛里的光，还是那么强烈。

他望着她身上那自纺自织的棉衣和屋里的陈设。不论是人的身上，人的心里，都表现出是叫一种深藏的志气支撑，闯过了无数艰难的关口。

“还不睡吗？”过了一会儿，水生问。

“你困你睡吧，我睡不着。”女人慢慢地说。

“我也不困。”水生把大衣盖在身上，“我是有点冷。”

女人看着他那日本皮大衣，笑着问：

“说真的，这八九年，你想起过我吗？”

“不是说过了吗？想过。”

“怎么想法？”她逼着问。

“临过平汉路的那天夜里，我宿在一家小店，小店里有个鱼贩子是咱们乡亲。我买了一包小鱼下饭，吃着那鱼，就想起了你。”

“胡说。还有吗？”

“没有了。你知道我是出门打仗去了，不是专门想你去了。”

“我们可常常想你，黑夜白日。”她支着身子坐起来，“你能猜一猜我们想你的那段苦情吗？”

“猜不出来。”水生笑了笑。

“我们想你，我们可没有想叫你回来。那时候，日本人就在咱村边。可是在黑夜，一觉醒了，我就想：你如果能像天上的星星，在我眼前晃一晃就好了。可是能够吗？”

从窗户上那块小小的玻璃上结起来冰花，夜深了，大街的高房上有人高声广播：

“民兵自卫队注意！明天，鸡叫三遍集合。带好武器，和一天的干粮！”

那声音转动着，向四面八方有力地传送。在这样降落霜雪严寒的夜里，一只粗大的喇叭在热情地呼喊。

“他们要到哪里去？”水生照战争习惯，机警地直起身子来问。

“准是到胜芳。这两天，那里很紧！”女人一边细心听，一边小声地说。

“他们知道我们来了。”

“你们来了？你要上哪里去？”

“我们是调来保卫冀中平原，打退进攻的敌人的！”

“你能在家住几天？”

“就是这一晚上。我是请假绕道来看望你。”

“为什么不早些说？”

“还没顾着啊！”

女人呆了。她低下头去，又无力地仄在炕上。过了好半天，她说：

“那么就赶快休息休息吧，明天我撑着冰床子去送你。”

鸡叫三遍，女人就先起来给水生做了饭吃。这是一个大雾天，地上堆满了霜雪。女人把孩子叫醒，穿得暖暖的，背上冰床，锁了梢门，送丈夫上路。出了村，她要丈夫到爹的坟上去看看。水生说等以后回来再说，女人不肯。她说：

“你去看看，爹一辈子为了我们。八年，你只在家里待了一个晚上。爹叫你出去打仗了，是他一个老年人照顾了咱们全家。这是什么太平日子呀？整天价东逃西窜。因为你不在家，爹对我们娘俩，照顾得唯恐不到。只怕一差二错，对不起在外抗日的儿子。每逢夜里一有风声，他老人家就先在院里把我叫醒，说：水生家起来吧，给孩子穿上衣裳。不管是风里雨里，多么冷，多么热，他老人家背着孩子逃跑，累得痰喘咳嗽。是这个苦日子，遭难的日子，担惊受怕的日子，把他老人家累死。还有那年大饥荒……”

在河边，他们上了冰床。水生坐上去，抱着孩子，用大衣给她包好脚。女人站在床子后面，撑起了竿。女人是撑冰床的好手，她逗着孩子说：

“看你爹没出息，当了八年八路军，还得叫我撑冰床子送他！”

她轻轻地跳上冰床子后尾，像一只雨后的蜻蜓爬上草叶。轻轻用竿子向后一点，冰床子前进了。大雾笼罩着水淀，只有眼前几丈远的冰道可以望见。河两岸残留的芦苇上的霜花飒飒飘落，人的衣服上立时变成银白色。她用一块长的黑布紧紧把头发包住，冰床像飞一样前进，好像离开了冰面行走。她的围巾的两头飘到后面去，风正从她的前面吹来。她连撑几竿，然后直起身子来向水生一笑。她的脸冻得通红，嘴里却冒着热气。小小的冰床像离开了强弩的箭，摧起的冰屑，在它前面打起团团的旋花。前面有一条窄窄的水沟，水在冰缝里汹汹地流，她只说了一声“小心”，两脚轻轻地一用劲，冰床就像受了惊的小蛇一样，抬起头来，蹿过去了。

水生警告她说：

“你慢一些，疯了？”

女人擦一擦脸上的冰雪和汗，笑着说：

“同志！我们送你到战场上去呀，你倒说慢一些！”

“擦破了鼻子就不闹了。”

“不会。这是从小玩熟了的东西。今天更不会。在这八年里面，你知道我用这床子，送过多少次八路军？”

冰床在霜雾里，在冰上飞行。

“你把我送到丁家坞，”水生说，“到那里，我就可以找到队伍了。”

女人没有言语。她呆望着丈夫。停了一会儿，才说：

“你给孩子再盖一盖，你看她的手露着。”

她轻轻地喘了两口气。又说：

“你知道，我现在心里很乱。八年我才见到你，你只在家里待了不到多半夜的工夫。我为什么撑得这么快？为什么着急把你送到战场上去？我是想，你快快去，快快打走了进攻我们的敌人，你才能快快地回来，和我见面。

“你知道，我们，我们这些留在家里当媳妇的，最盼望胜利。我们在地洞里，在高粱地里等着这一天。这一天来了，我们那高兴，是不能和别人说的。

“进攻胜芳的敌人，是坐飞机来的；他们躺在后方，和妻子团聚了八九年。他们来了，可把我们的幸福打破了，他们打破了我们的心。他们造的罪孽是多么重！一定要把他们完全消灭！”

冰床跑进水淀中央，这里是没有边际的冰场。太阳从冰面上升出来，冲开了雾，形成一条红色的胡同，扑到这里来，照在冰床上。女人说：

“爹活着的时候常说，水生出去是打开一条活路，打开了这条活路，我们就得活，不然我们就活不了。八年，他老人家焦愁死了。国民党反动派又要和日本一样，想来把我们活着的人完全逼死！

“你应该记着爹的话，向上长进，不要为别的事情分心，好好打仗。八年过去了，时间不算不长。只要你还在前方，我等你到死！”

在被大雾笼罩、杨柳树环绕的丁家坞村边，水生下了冰床。他望着呆呆站在冰上的女人说：

“你们也到村里去暖和暖和吧。”

女人忍着眼泪，笑着说：

“快去你的吧！我们不冷。记着，好好打仗，快回来，我们等着你的胜利消息。”

一九四六年于河间

（原载天津《进步日报》1949年3月24日）

【作品赏析】

《嘱咐》是《荷花淀》的续篇。水生八年始归，走过了多少地方，经过了多少次战斗，赶走了日本侵略者，已经是一名成熟的战士。然而，他的归来只有半个夜晚，还要匆匆赶往解放战争的战场。小说具有孙犁小说的主要特征，是“荷花淀”小说的代表作品。

《嘱咐》创作于1946年，正好是抗日战争胜利而解放战争开始不久的历史阶段，小说的主题切合政治意识形态的需求。简单来讲，《嘱咐》就是一个妻子送郎上战场的故事。抗日战争期间，人民饱受骨肉离散、颠沛流离之苦。战士再上战场，无论对个人，还是家庭来讲，都容易产生一定的畏难情绪。水生的再次出发代表着多少战士的选择，这个家庭的离合凝聚着多少家庭的命运。《嘱咐》的整体气氛是乐观的，是坚定的。这种气氛本身就是一种政治表达。

水生昂扬地表示“打退进攻的敌人”的豪情，妻子则带着急切的热情将冰床子撑得飞快，并解释道：“我为什么撑得这么快？为什么着急把你送到战场上去？我是想，你快快去，快快打走了进攻我们的敌人，你才能再快快地回来，和我见面。”继而她从几个层面“论证”了战争的必要性。战争是必要的，首先由于敌人争夺抗战的胜利果实的无理性，“进攻胜芳的敌人，是坐飞机来的；他们躺在后方，妻子团聚了八九年”。其次，缘于对一个群体、一个阶层的损害，“他们来了，可把我们的幸福打破了，他们打破了我们的心。他们造的罪孽是多么重！一定要把他们完全消灭！”叙事继而将这次战争与抗日战争相等同，上升到家仇的层面，“爹活着的时候常说，水生出去是打开一条活路，打开了这条活路，我们就得活，不然我们就活不了。八年，他老人家焦愁死了。国民党反动派又要和日本一样，想来把我们活着的人完全逼死！”在这样的论证中，战争是必要的。接下来就要解除战士的后顾之忧：“你应该记着爹的话，向上长进，不要为别的事情分心，好好儿打仗。八年过去了，时间不算不长。只要你还在前方，我等你到死！”这是一种非常中国化传统的情感表达，又触及战士生活中的现实问题。显然，水生的豪情和“女人”对“大义”的“深明”政治性非常强，极具针对性地鼓舞了士气。

但是，《嘱咐》和孙犁的很多作品一样，将政治化主题隐含在艺术美的表达中，并显露出人性与生命的美。

小说注重人物性格的塑造。“女人”的形象承续了《荷花淀》，柔顺、通情达理，所不同的是更加刚毅，政治意识增强了。她也在成长。听说阔别八年的水生一早就要走，只有短暂的失望和矛盾，“女人呆了。她低下头去，又无力地仄在炕上。”随即表示，“那么就赶快休息休息吧，明天我撑着冰床子去送你。”她是那么果敢、乐观地送别了水生，在飞驰的冰床子上谈到八年里用冰床子送过多少次八路军，谈到别情和坚定的信念，这次轮到她来嘱咐水生。可见战争陶冶了人、历练了人，不仅是前方的战士，还有后方的群众。但是毕竟这是一个传统的女人，尽管做了不少抗日工作，她的身份仍然是“水生的女人”。她是一个温柔的妻子，她一次次追问着水生，是否想家、想念自己，并诗意地表达了对丈夫的思念和斗争的决心：“我们想你，我们可没有想叫你回来。那时候，日本人就在咱村边。可是在黑夜，一觉醒了，我就想：你如果能像天上的星星，在我眼前晃一晃就好了。可是能够吗？”她善良、感恩、孝顺，深刻地理解公公对家、对自己和孩子的责任感与爱护之情，感念着，执意要水生去坟上。八年中，她在孩子身上寄托着思念；八年后，她借助孩子表达着爱恋。水生归来，她抱起孩子，送别水生时，随着“你给孩子再盖一盖，你看她的手露着”展开了爱憎分明的抒怀。在《女人们》中这样的情思已见端倪，《嘱咐》《纪念》《风云初记》都有类似的书写，这与孙犁个人的婚姻观有关系。同时，这又是一种中国女性特有的、母性的情感表达方式，是真切、感人的。

《嘱咐》对人的情感的书写是深切、细腻的。水生刚刚走在回家的路上是何等轻快和愉悦，看着故乡的景物心情复杂逐渐起来。家越近情更怯，多年的战争，不知家人怎么样了，不知父亲是否还活着，于是他竟决定坐下来……“女人”的情感更是细致入微。暮色中，“女人”猛然见到离别八年的丈夫，“女人一怔，睁开大眼睛，咧开嘴笑了笑，就转过身子去抽抽搭搭地哭了。”她抱起已经八岁的孩子时，心情又是何等复杂：温情的、欣喜的、感伤的、嗔怪的；她问起丈夫的想念穷追不舍，其中蕴含着自己的思念，恐怕还有莫名的忧心；她听到丈夫马上要走时那失望、不舍和担当；她送别丈夫时，那深情、仇恨与希冀……

人的情感的书写又与情景的书写融为一体。水生看着荒凉的家乡的土地仿佛看着创伤累累的母亲，又感到升腾的力量，“但是村庄的血液，人民的心却壮大发展了。一种平原上特有的勃勃生气，更是强烈扑人”。回到家中，这种感情更加强烈，“他望着她身上那自纺自织的棉衣和屋里的陈设。不论是人的身上，人的心里，都表现出是叫一种深藏的志气支撑，闯过了无数艰难的关口。”当然，最值得称道的还是“女人”送别水生，“她轻轻地跳上冰床子后尾，像一只雨后的蜻蜓爬上草叶”，大雾的水淀，芦花飒飒，银白世界，她黑布包头，冰床飞驰。白洋淀的美景与摧起团团冰花的冰床，飒爽英姿的“女人”是一体的，难以分开景与人。当“前面有一条窄窄的水沟，水在冰缝里汹汹地流，她只说了一声‘小心’，两脚轻轻地一用劲，冰床就像受了惊的小蛇一样，抬起头来，蹿过去了”，她分明是身怀绝技的女侠，又带有几分孩子的调皮，白洋淀是属于她的世界，她恣意舞蹈。

总之，《嘱咐》的政治性是强的，并且标志着从抗战主题向解放战争主题的转向，之后的《纪念》《光荣》数篇都在特定历史时期突显了此类主题。同时，孙犁的艺术技巧进一步提升，一贯的创作特点得到进一步的发展和精进。

纪　念

一

住在定县的还乡队回村复辟。为了保卫农民的斗争果实，我们队伍开来了。

一清早，我又到小鸭家去放哨。她家紧靠村南大堤，堤外面就是通火车站的大路。她家只有两间土坯北房，出房门就是一块小菜园，园子中间有一眼小甜水井，井的旁边有一棵高大的柳树。这些年，每逢情况紧张的时候，我常常爬到柳树上去监视敌人的来路，这柳树是我的岗位，又是我多年的朋友。

柳树的叶子黄了，小菜园里满是整整齐齐的大白菜。小鸭的娘刚刚起来，正在嘱咐小鸭，等门楼醒了给他穿好衣服。随后她就“呼”的一声把门开开，嘴里叼着用红铜丝扭成的卡子，两手梳理着长长的头发，一看见我，就笑着说：

“呀！又是老纪同志，怨不得小鸭说你们来了。先到屋里暖和暖和。”

“你好吧，大嫂！”我说，“今年斗争，得到了什么果实？”

她把头发卡好，用手指着前面的园子说：

“分了这三亩园子。它在人家手里待了十年，现在又回来了。

“后面那深宅大院高门楼，是大恶霸陈宝三的住宅。东边，那是陈宝三的场院。西边，那是陈宝三的水车井大园子。三面包围，多少年俺家就住在这个老虎嘴里。

“早先俺家也并不这么穷。陈宝三，今年想这个办法硬挤一块去，明年又想那个办法圈哄一块去，逼得俺家只剩下这两间坯房，一出门限，就没有了自己的站脚之地。陈宝三还是死逼。小鸭的爷是个硬性汉子，他看出来陈宝三是成心把俺一家挤出去，就高低也不干了。陈宝三发下大话说：他不去，我有的是钱，我用洋钱把他的房顶填一寸厚，看他去不去！

“小鸭的爷正病在炕上，年关近了，要账的人又不离门，就有人来说合：你就去给他吧！俺家他爷说：办不到！除非他先吃了我！

“到了晚上，陈宝三打发人往俺家房顶上扔些那不时兴的小铜钱，叮当乱响，气得俺一家人发抖。这还不算，大年三十，陈宝三的场里失了一把火，烧了麦秸垛，陈宝三告到官府，说是小鸭的爹放的，抓进衙门去。老头子心疼儿子，又没有说理的地方，就把庄基写给了他，活活气死！临死的时候，对我说：‘记着！记着！’就断了气！

“第二年就事变了，俺家他爹争这口气，参加了八路军，九年了没有回来。前几天开斗争会，俺家小鸭登台讲了话，说得陈宝三闭口无言，全村的老乡亲掉泪。这口气总算争回来了！”

“小鸭记得这些事吗？”我问。

“她不记得？自从她爷死了，每天晚上睡下了，我就提着她的耳朵学说一遍，她记得清清楚楚！好吧，纪同志，咱们回来再说话，我赶集去！”

她回手关上门。我问：“去买什么？大嫂！”

“看着什么便宜，就买点什么！”她微微一笑，“地多了，明年咱要好好儿种！不能叫那些地主恶霸笑话！他们不是说，地交到咱手里是白费吗？叫他们看看，是他们种得好，还是咱穷人种得好！”

说完她转身走了，我望着她那壮实的身子和那比男子还要快的脚步！

母亲刚走，小鸭也起来了。她哼着唱着穿好衣服，还故意咳嗽一声，才轻轻开了门。接着一闪就跳了出来，笑着说：

“你又来了！”

我看见小鸭穿一件黑红格子布新棉袄，浅紫色棉裤，只有脚下的鞋，还是破破烂烂的。头发留得像大人一样，长长的，后面用一个卡子束起来，像小鸟展开的尾巴。我说：

“呀，小鸭阔气了，穿得这么讲究。”

“你没见门楼哩，人家穿得更好！”她有点儿不服气地说一转身，“我去给你叫起他来！”

我赶紧叫住她：

“你别去制作人家了，叫他睡吧！”

她不听话，跑进屋里，立时我就听见她把门楼的被窝掀开，听见她那丁零丁零的笑声，和门楼那瓮声瓮气的叫骂。

门楼在我的印象里，是一个光屁股的孩子，从二月惊蛰河里刚刚解冻，他就开始光屁股，夏天，整天地到村南那苇坑里洗澡，来回经过一块高粱地，他就总是一身青泥，满脑袋高粱花。一直到十月底，天上要飘雪花了，才穿上棉裤袄。他这光屁股的长期奋斗，正和我这八路军光脚不穿袜子一样。

小鸭在后面推着，门楼一摇一摆走出来。他穿着一件新做的毛蓝粗布棉袍，加上他那肥头大耳，短粗身子，就像一个洋靛桶。

小鸭撇着薄薄的嘴唇说：

“他这新棉袍，也是我们斗争出来的钱买的！”

门楼还撒着迷怔，不住地嘟哝着。

二

老远传来了母亲喊小鸭的声音。母亲回来了，提着一个大柳罐，满脸红光，头发上浮着一层土。她说：

“鸭，我在集上买了几十斤山药，我们娘儿俩去把它抬回来。”

正赶上我要下岗，小鸭就说：

“叫纪同志和我抬去！”

我拿着筐，她扛着杠，到集上去了。集不远，就在十字街上。今天赶集的人很多，街上挤不动的人。刚刚斗争以后，农民们有的拿钱到集上置买些东西，有的把斗争的果实拿到集上来变卖。集上新添的估衣市、木货市，木器嫁妆很多。农民背着拿着买好的东西，说说笑笑。线子市里妇女特别多，叽叽喳喳，卖了线子又买回“布接”，一边夸奖着自己的线子细，一边又褒贬着人家的布接粗。

小鸭指着那些好皮袄、红漆立柜和大条案说：

“这都是斗争的陈宝三家的，谁家能有这么好的家什，净是剥削的穷人的。纪同志，你买了那个小红吃饭桌吧！很便宜。”

我笑一笑，说：

“我买那个干什么呀，我一个八路军！”

“放在炕上吃饭呗！我说买了，娘不愿意，她说等爹回来，才买！我爹就不是八路军？”

“你爹有信来吗？鸭。”

“没有哩！纪同志你给打听打听吧，给登登报。”

“他在什么队伍？”

“八路军队伍么，还有什么队伍？”

“我知道是八路军队伍，哪个团呀？”

“这个我们也不知道，反正是那年跟吕司令走的。”

“那好办，”我说，“我给你打听打听吧！”

我和小鸭把山药抬回来。我这么高，她那么小，我紧紧拉着筐系，不让筐滑到她肩上去。她一路走着笑着，到了家里，她娘留我吃饭，我在她家屋里坐了一坐。屋里比夏天整齐多了，新安上一架织布机，坑上铺着新席，母亲说，都是用斗争款买的。迎门墙上贴着一张墨描的毛主席像。门楼那家伙却不言不语地摘下他自己造的木枪来。那枪做得很不高明，只是一根弯榆木棍，系上了一条红布条子。我只能夸好，小鸭在一旁笑了，母亲也笑着说：

“纪同志，你知道他是什么心思吗？”

我说不知道。母亲说：

“夏天，你在这里不是答应给他一支枪吗？后来你就走了，他整天磨翻你记性坏，赌气自己做了一支，这是拿出来叫你看看，羞臊你哩！”

我赶紧说：

“这怨我记性坏，回头我们做一支！”

门楼就又不言不语把枪挂到墙上去了，那意思好像说：

“不叫你看这个，你还记不起来呢！”

小鸭在背后狠狠地说：

“看你那尊贵样子吧！”

母亲这时才红着脸说：

“纪同志，有个事和你商量商量，俺家他爹，出去了这就九年了，老也没个音讯，也费心给打听打听！”

我说：

“刚才小鸭和我说了，这好办，我们去封信打听打听。大嫂，不要结记，队伍开远了，交通又不方便，接不到信是常有的事。我也是八九年没和家里通信了。”

“纪同志不是东北人吗？有人说俺家他爹也跟着吕司令开到东北去了。”

“很有可能，那里来信不容易。”

我说着告别了出来。我想着，一定要给小鸭的爹——我的同志写封信，告诉他：他的孩子长大了，这样聪明；老婆进步了，这样能干；家里的生活变好了，一切是这么可羡慕，值得尊敬。他该是多么愉快。

这时嗡啊嗡啊地，过来了几架飞机。门楼跑出来看，小鸭骂他：

“看那个干什么呀！那是蒋介石的飞机！”

我回到连里，知道情况紧了，我们要加紧警戒。

晚上，我又到小鸭家放哨，小鸭听见我来了，就跑出来说：

“纪同志，俺爹来信了！”

“怎么这样巧，拿来我看看净写的什么？”

母亲也掩饰不住那快乐的心情，把信交给我，并且把灯剔亮，送到我的面前。我在灯明下面，把信看了一遍，这是走了很远的路程的一封信，信封磨破了，信纸也磨去了头，还带着风霜雨露的痕迹。可是，别提信上的言辞是多么兴奋动人，多么热情激动，我拿着信纸，好像握着一块又红又热的炭。不只小鸭的母亲吓得脸烧红了，我的心也跳起来。上面写着：

他在这八九年里，走遍了河北、河南、山西、陕西，现在又开到了冰天雪地的东北；上面写着他爬过多么高的山，渡过多么险的河，现在已经升为营长。上面写着他怎样和日本鬼子作战，现在又和国民党反动派作战；上面写着他们解放了东北多少万苦难的人民，那里的人民十四年经历的是什么样的苦难！上面写着他身体很好，胜利的日子就要到来。上面写着希望妻子进步，积极参加土地改革和反顽的斗争；上面问到小鸭长得怎么样了……

小鸭嘻嘻笑着，指一指门楼说：

“上面没提他！”

“那时他……”娘像是要安慰门楼，说着脸红了。我明白那意思是，爹走的时候，门楼还在娘肚子里，出远门的人，恐怕是忘记临行时遗留的这块血肉了。

门楼垂头丧气，对于这使母亲姐姐这么高兴的新闻，好像并不关心，也莫名其妙，不言不语地吃着饭。

我回到我的岗位上去。想到我的同志们解放了我的家乡，我分外兴奋，对于眼前的敌人，我分外觉得有彻底消灭他们的把握。我轻轻地爬到柳树上面去。

天已经黑了，星星还没出全，天空没有一丝云彩，树枝也纹丝不动。只有些干黄的叶子，因为我的震动，轻轻落下来。我把身子靠在那根大干上，把背包架在老鸹窠里，把枪抱紧，望着堤坡那里。

堤坡外面那条汽车路，泛着灰白色，像一条刚刚蜕皮的大蛇。我想起，这八九年，多少敌人从这条路上踏过，多少灾难在这条路上发生，多少人死在这条路的中间和旁边的深沟里。多少次，我们从这条路上赶走了敌人。

这时，屋里吹灭了灯，母亲打发孩子们睡下了，对于紧张的情况，好像并不在意。

这是八九年来一家人最快乐的一个夜晚了，这个夜晚，当母亲的想来是很难入睡。她会想起许多不愿再想也不能不想的事。夜深了，天空飞过一只水鸟，可是天并没有阴。月亮升上来，照亮半个窗户，我听见门楼像大人一样呼呼地酣睡，像是小鸭翻了一个身说：

“多讨厌呀，人家越睡不着，他越打呼噜！”

“鸭，你还没睡着吗？”母亲问。

“没有呀，怎么也睡不着了！”

“鸭，明天我们给你爹写一封信吧！”

“叫他回来吗？”

“干么叫他回来，把家里的事情和他学说学说。写上咱新添了三亩地。”

“对！给爹写封信，我老是想不起爹的模样来了！”

“他走的时候你还小。”

“我们给他写封信。娘，我们给他缝一个布信封吧，布信封就磨不破了，我见人家都做一个小布袋。”

“对。鸭，要不是顽军来进攻，你爹也许就家来了。”

“王八老蒋！”

过了一会儿，小鸭又说：

“娘！我看还是叫爹回来吧，听说陈宝三的大儿子参加了还乡队，要领着人回来夺地哩！”

“不要听他们胡嚷嚷！”母亲说，“有八路军在这里，他们不敢回来。天不早了，快睡吧。”

我不禁心里一震。原来在深深的夜晚，有这么些母亲和孩子，把他们的信心，放在我们身上，把我们当作了保护人。我觉得肩头加上了很重的东西，我摸了摸枪栓。西边远远的一声火车叫，叫得那么凄惨吓人，在堤坡外面的麦地里过宿的一群大雁，惊慌地叫着，向着月亮飞，飞上去又飞回来。接着是轰的一声雷，震得柳树摇动，窗户纸乱响。小鸭大声说：

“好，又炸了老蒋的火车，我叫你来回送兵！”

从此就听不见母女两个的交谈，月亮也落下去。我望一望那明亮的三星，很像一张木犁，它长年在天空游动，密密层层的星星，很像是它翻起的土花，播撒的种子。

母子三个睡熟了，听他们的鼻息睡得很香甜，他们的梦境很远也很幸福。我想到战斗在我们家乡的雪地里的同志们，我望着很远的西方。

三

黎明，我放了报警的第一枪。

真的来了，这一群黄鼬一样的还乡队。立刻就接了火。敌人靠堤坡掩护着包围村庄，我们一班人上到小鸭家的屋顶上。

敌人冲着小屋射击，小鸭一家人并没有向别处转移。我在屋顶上喊：

“小鸭，趴到地下去，不要在炕上！”

小鸭叫道：

“纪同志，不要叫敌人攻进来呀！”

一直打到吃饭的时候，子弹不住地从窗子里打进去，我非常担心，我喊：

“小鸭，躺在炕沿底下，不要抬头。”

“不要管我们，管你打仗吧！”她母亲说。我们见小鸭在一边哧哧地发笑。

听见我们的枪声密了，小鸭就高兴地喊：

“纪同志，你看看来的那些王八里面有陈宝三的儿子没有？他是回来夺我们的园子的！”

我说：

“小鸭，放心吧，他回不来！”

敌人已经不敢抬头，新的命令还没来，我们就三枪两枪地顶着。

太阳走得那样慢，可是也过晌午了。我有些饿，渴得更难受，很想喝点水，我喊着问：

“小鸭，你们水缸里有水没有？”

“我看着去！”是她母亲的声音。

“爬着去呀！”

我听见她在外间屋里掀瓮盖的声音。“哎呀，怎么一点儿也没有了，小鸭这孩子！我昨天叫你提水，怎么没提呀！”

“不是爹来信了吗，我就没顾得去提。”小鸭说。

“你们渴得厉害吗？”母亲问。

“渴得厉害！”我失望地说，“没有就算了，快趴下吧！”

我紧紧盯着堤坡上的敌人，我也看见了园子中间那一眼小甜水井，辘轳架就在那里放着，辘轳绳还在井口上摇摆。我想，能有个什么管子通到我这里来就好了，痛痛快快喝它两口，那井水多么甜呀！

我听见房门吱的一声响，我吃惊问：

“谁开门？”

小鸭的娘提着昨天买来的新柳罐，从屋里爬出来，我急忙压低嗓子喊：

“大嫂，不要去，快回来！”

“不要紧，”她轻轻说，爬到井边去，把柳罐挂到井绳上，她是那样迅速地绞起了一罐水。当敌人发觉，冲着她连开三枪，她已经连跑带爬提进屋里来。

“兔崽子们，你们打不着我！”她喘着气连笑带骂，“用刺刀掏个小窟窿吧！”她向我们喊。

我从屋里系上一小罐水，小鸭还嘻嘻地笑着叫我系上一包干粮，她说：

“吃了，喝了，要好好儿地顶着呀。”

这水是多么甜，多么解渴。我怎么能忘记屋子里这热心的女人和把一切希望都寄托在我们身上的孩子？我要喝一口水，她们差不多就献出了自己的生命。她们的生命是这样可贵，值得尊敬，这生命经过长期的苦难，正接近幸福的边缘。我的责任是什么？我问着自己。我大声说：“小鸭，我们就要冲锋了！”

一九四七年十一月修改于博野史家佐村

（收录于短篇小说集《嘱咐》，北平天下图书公司1949年8月版）

【作品赏析】

《纪念》修改完成于1947年11月，博野史家佐村。与《嘱咐》相似的是解放战争的背景下，战士多年不归，妻儿的生活与成长，所不同的是土改带来的“翻身”与战争的关系成为最核心的思想。

抗日战争胜利后，党中央为适应广大农民的土地要求，实现“耕者有其田”，于1946年5月4日发出了《关于土地问题的指示》。到1946年冬，河北各解放区凡是环境许可的地方，土改运动都开展起来了。1947年7月至9月，中国共产党在河北省平山县西柏坡村召开全国土地会议，制定和通过了彻底实行土地改革的《中国土地法大纲》，并于10月10日经中共中央批准正式公布。其中规定：“废除封建半封建剥削的土地制度，实行耕者有其田的土地制度。”在《大纲》的指引下，土地改革运动在解放区广大农村迅速掀起。

在这样的历史语境下，《纪念》强化了阶级话语。阶级压迫上升为战士（小鸭的爹）从军的首要原因。文本突出强调了这个问题，不惜有失突兀。开篇老纪和小鸭的娘宾主寒暄，老纪随即问到“今年斗争，分到了什么果实”，小鸭的娘于是回答分了三亩院子，滔滔不绝说起多少年如何处于恶霸陈宝三的欺压之下，如何被占了土地、被诬陷告官、老人活活气死以及小鸭的父亲“为争这口气，参加了八路军”，自己如何叮咛孩子记住家仇。就叙述来看，他们是站在院门口进行这一番谈话的，突兀之余，阶级得到强调。

接下来，小鸭和我的谈话妙趣横生，归根到底是土改给生活带来的变化，阶级话语仍然是绕不开的核心。穿上新袄裤的小鸭是“阔气”“讲究”的，原本从二月惊蛰到十月底都光屁股的门楼穿上新棉袍是那么憨实可爱。她们的母亲则兴奋地拿出大柳筐，张罗着去抬刚刚买下的几十斤山药。可见，“斗争”给这一家带来物质的变化和精神的力量。当“我”和小鸭去集市抬山药则将叙事的聚焦推移开去，观照农民的生活发生的普遍的变化。“街上挤不动的人”，“说说笑笑”，“叽叽喳喳”，分享着“斗争”的成果。那么，农民的新生活来自什么？来自土改斗争。按照1947年的《中国土地法大纲》的规定，“乡村农会接收地主的牲畜、农具、房屋、粮食及其他财产，并征收富农上述财产的多余部分”，“乡村中一切地主的土地及公地，由乡村农会接收，连同乡村中其他一切土地，按乡村全部人口，不分男女老幼，统一平均分配”。地主恶霸以及富农的土地、财产的重新分配是农民新生活的物质基础。小鸭明确地指出那些器物正是陈宝三家的，就毫不为怪了。如果对照之前小鸭母亲的痛诉家史，很容易发现小鸭一家获得的还不仅仅是物质上的翻身，还有精神翻身、命运改变的可能。而小鸭一家则可以看作是一个阶级的写照。

那么，“翻身”依靠什么？饶有意味的是，在小鸭“整齐”的家中，门楼拿出一把自制的木枪，这个男孩对枪的热爱恐怕与父亲的枪有着莫大的关联。恰好晚上就接到父亲的来信，他转战全国多地，和“日本鬼子”作战，和“国民党”反动派作战，已经是营长。“胜利的日子就要到来”，而他特别提到“希望妻子进步，积极参加土地改革和反顽的斗争”。可见，战争的胜利和土改的成果有着密切的关系。显然，战争胜利是土改成果的必要的保障。那么保卫胜利果实就需要战争的进一步胜利，最终的胜利。

小鸭一家通过日常斗争懂得当下的战争和土地、命运的关系，战士的信加深了他们的认识，小鸭和母亲在深夜的对话证实了这一点。她们认为陈宝三的儿子参加了还乡队，要来夺地，而父亲所属的八路军则保卫着胜利的果实，她们坚定地信任着八路军。这一切激励了“我”。小鸭的父亲解放了“我”的家乡，我则在他的家乡保卫着土地和人民，“我”和小鸭一家的关系由于这个共同的目标实现了再建构。在接下来的斗争中，“我”忠于职守，而母女两个给了我莫大的鼓舞。当小鸭的母亲冒着生命危险来给我送水，叙事达到高潮。文末的一段抒情文字情感充沛，阐释了战士与人民的关系，“我要喝一口水，她们差不多就献出了自己的生命”，战士感到了沉重的责任；也阐释了战争与命运，“她们的生命是这样可贵，值得尊敬，这生命经过长期的苦难，接近幸福的边缘”，“小鸭，我们就要冲锋了”，这还是捍卫生命尊严的战争啊。

小鸭一家的认识代表了广大农民的认识，当她们意识到只有战争才能保卫胜利果实这个问题，对战争的支持将是不遗余力，无论是浴血奋战，还是提供支援。小鸭的父亲，我，小鸭和母亲、弟弟正是这样。正如有学者指出：“广大农民在经济上获得了解放，也由此有了充沛的革命热情，为迎接中华人民共和国的到来，提供了人力、物力的全方位支持。”《纪念》对这个问题做了文学化的阐释。

值得称道的是，《纪念》是妙趣横生、充满活泼的生命力的，很大程度上得益于“我”借助了孩子以及女性的视角来观照问题。门楼这个父亲走后出生的孩子成长起来，更显现出强盛的力量的勃发，这样的细节在《嘱咐》中也出现过。就景色描写来讲，《纪念》承续了孙犁小说一贯的优美与抒情。那高大的柳树上藏着瞭望的战士，那小小的甜水井涌出人民对战士的深情，而那汽车路则“泛着灰乌色，像一条刚刚蜕皮的大蛇”。在艺术美的协助下，《纪念》得以达成对政治主题的文学化表达。

《纪念》是孙犁较早涉及土改的作品，当时仍处在解放战争较为艰难的时期。小说的人物与关系单纯、明朗，迫切地表达着必胜的信念，传达着鲜明的政治话语，这与他创作于中华人民共和国成立前夕的《村歌》、创作于中华人民共和国成立初期的《铁木前传》存在着一定的差异。《纪念》是一篇短篇小说，反映时代生活的广度比不上完成于1948年的《太阳照在桑干河上》和完成于1949年的《暴风骤雨》，但是其敏锐和迅即、艺术的美显然超越了绝大多数同主题的文学作品。

光　荣

饶阳县城北有一个村庄，这村庄紧靠滹沱河，是个有名的摆渡口。大家知道，滹沱河在山里受着约束，昼夜不停地号叫，到了平原，就今年向南一滚，明年往北一冲，自由自在地奔流。

河两岸的居民，年年受害，就南北打起堤来，两条堤中间全是河滩荒地，到了五六月间，河里没水，河滩上长起一层水柳、红荆和深深的芦草。常常发水，柴火很缺，这一带的男女青年孩子们，一到这个时候，就在炎炎的热天，背上一个草筐，拿上一把镰刀，散在河滩上，在日光草影里，割那长长的芦草，一低一仰，像一群群放牧的牛羊。

七七事变那一年，河滩上的芦草长得很好，五月底，那芦草已经能遮住那些孩子们的各色各样的头巾。地里很旱，没有活做，这村里的孩子们，就整天缠在河滩里。

那时候，东西北三面都有了炮声，渐渐东南面和西南面也响起炮来，证明敌人已经打过去了，这里已经亡了国。国民党的军队和官员，整天整夜从这条渡口往南逃，还不断骚扰抢劫老百姓。

是从这时候激起了人们保家自卫的思想，北边，高阳肃宁已经有人民自卫军的组织。那时候，是一声雷响，风雨齐来，自卫的组织，比什么都传流得快，今天这村成立了大队部，明天那村也就安上了大锅。青年们把所有的枪支，把村中埋藏的、地主看家的、巡警局里抓赌的枪支，都弄了出来，背在肩上。

枪，成了最重要的、最必需的、人们最喜爱的物件。渐渐人们想起来：卡住这些逃跑的军队，留下他们的枪支。这意思很明白：养兵千日，用兵一时；大敌压境，你们不说打仗，反倒逃跑，好，留下枪支，交给我们，看我们的吧！

先是在村里设好圈套，卡一个班或是小队逃兵的枪；那常常是先摆下酒宴，送上洋钱，然后动手。

后来，有些勇敢的人，赤手空拳，站在大道边上就卡住了枪支；那办法就简单了。

这渡口上原有一只大船，现在河里没水，翻过船底，晒在河滩上。船主名叫尹廷玉，是个五十多的老头子，弄了一辈子船，落了个“车船店脚牙”的坏名儿，可也没置下产业。他有一个儿子刚刚十五岁，名叫原生，河里有水的时候，帮父亲弄弄船，现在船闲着，他也就整天跟着孩子们在河滩里看过逃兵，看过飞机，割芦苇草。

这一天，割满了草筐，天也晚了，刚刚要煞紧绳子往回里走，他听得背后有人叫了他一声。

“原生！”

他回头一看，是村西头的一个姑娘，叫秀梅的，穿着一件短袖破白褂，拖着一双破花鞋，提着小镰跑过来，跑到原生跟前，一扯原生的袖子，就用镰刀往东一指：东面是深深一片芦苇，正叫晚风吹得摇摆。

“什么？”原生问。

秀梅低声说：

“那道边有一个逃兵，拿着一支枪。”

原生问：

“就是一个人？”

“就是一个。”秀梅喘喘气咬咬嘴唇，“崭新的一支大枪。”

“人们全回去了没有？”原生周围一看，想集合一些同伴，可是太阳已经下山，天边只有一抹红云，看来河滩里是冷冷清清的没有一个人了。

“你一个人还不行吗？”秀梅仰着头问。

原生看见了这女孩子的两只大眼睛里放射着光芒，就紧握他那镰刀，拨动苇草往东边去了。秀梅看了看自己那一把弯弯的明亮的小镰，跟在后边，低声说：

“去吧，我帮着你。”

“你不用来。”原生说。

原生从那个逃兵身后过去，那逃兵已经疲累得很，正低着头包裹脚上的燎泡，枪支放在一边。原生一脚把他踢趴，拿起枪支，回头就跑，秀梅也就跟着跑起来，遮在头上的小小的白布手巾也飘落下来，丢在后面。

到了村边，两个人才站下来喘喘气，秀梅说：

“我们也有一支枪了，明天你就去当游击队！”

原生说：

“也有你的一份呢，咱两个伙着吧！”

秀梅一撇嘴说：

“你当是一个雀虫蛋哩，两个人伙着！你拿着去当兵吧，我要那个有什么用？”

原生说：

“对，我就去当兵。你听见人家唱了没：男的去当游击队，女的参加妇救会。咱们一块去吧！”

“我不和你一块去，叫你们小五和你一块去吧！”秀梅笑一笑，就舞动小镰回家去了。走了几步回头说：

“我把草筐和手巾丢了，吃了饭，你得和我拿去，要不爹要骂我哩！”

原生答应了。原生从此就成了人民解放军的战士，背着这支枪打仗，后来也许换成“三八”，现在也许换成“美国自动步”了。

小五是原生的媳妇。这是原生的爹那年在船上，夜里推牌九，一副天罡赢来的，比原生大好几岁，现在二十了。

那时候当兵，还没有拖尾巴这个丢人的名词，原生去当兵，谁也不觉得怎样，就是那登上自家的渡船，同伙伴们开走的时候，原生也不过望着那抱着小弟弟站在堤岸柳树下面的秀梅和一群男女孩子们，嬉笑了一阵，就算完事。

这不像是离别，又不像是欢送。从这开始，这个十五岁的青年人，就在平原上夜晚行军，黎明作战；在阜平大黑山下沙石滩上艰苦练兵，在盂平听那滹沱河清冷的急促的号叫；在五台雪夜的山林放哨；在黄昏的塞外，迎着晚风歌唱了。

他那个卡枪的伙伴秀梅，也真的在村里当了干部。村里参军的青年很多，她差不多忘记了那个小小的原生。战争，时间过得多快，每个人要想的、要做的，又是多么丰富啊！

可是原生那个媳妇渐渐不安静起来。先是常常和婆婆吵架，后来就是长期住娘家，后来竟是秋麦也不来。

来了，就找气生。婆婆是个老好人，先是觉得儿子不在家，害怕媳妇抱屈，处处将就，哄一阵，说一阵，解劝一阵；后来看着怎么也不行，就说：

“人家在外头的多着呢，就没见过你这么悖晦的！”

“悖晦，人家都有个家来，有个信来。”媳妇的眼皮和脸上的肉越发耷拉下来。这个媳妇并不胖，可是，就是在她高兴的时候，她的眼皮和脸上的肉也是松鬈地耷拉着。

“他没有信来，是离家远的过。”婆婆说。

“叫人等着也得有个头呀！”媳妇一转脸就出去了。

婆婆生了气，大声喊：

“你说，你说，什么是头呀？”

从这以后，媳妇就更明目张胆起来，她来了，不大在家里待，好在街上去坐，半天半天的，人家纺线，她站在一边闲磕牙。有些勤谨的人说她：“你坐得落意呀？”她就说：“做着活有什么心花呀？谁能像你们呀！”等婆婆推好碾子，做熟了饭，她来到家里，掀锅就盛。还常说落后话，人家问她：“村里抗日的多着呢，也不是你独一份呀，谁也不做活，看你那汉子在前方吃什么穿什么呀？”她就说：“没吃没穿才好呢。”

公公耍了半辈子落道，弄了一辈子船，是个有头有脸好面子的人，看看儿媳越来越不像话，就和老婆子闹，老婆子就气得骂自己的儿子。那几年，近处还有战争，她常常半夜半夜坐在房檐上，望着满天的星星，听那隆隆的炮响，这样一来，就好像看见儿子的面，和儿子说了话，心里也痛快一些了。并且狠狠地叨念：怎么你就不回来，带着那大炮，冲着这刁婆，狠狠地轰两下子呢？

小五的落后，在村里造成了很坏的影响，一些老太太们看见她这个样子，就不愿叫儿子去当兵，说：“儿子走了不要紧，留下这样娘娘咱搪不开。”

秀梅在村里当干部，有一天，人们找了她来。正是夏天，一群妇女在一家梢门洞里做活，小五刚从娘家回来，穿一身鲜鲜亮亮的衣裳，站在一边摇着扇子，一见秀梅过来，她那眼皮和脸皮，像玩独角戏一样，呱嗒就落下来，扭过脸去。

那些青年妇女们见秀梅来了，都笑着说：

“秀梅姐快来凉快凉快吧！”说着就递过麦垫来。有的就说：“这里有个大顽固蛋，谁也剥不开，你快把她说服了吧！”

秀梅笑着坐下，小五就说：

“我是顽固，谁也别光说漂亮话！”

秀梅说：

“谁光说漂亮话来？咱村里，你挨门数数，有多少在前方抗日的，有几个像你的呀？”

“我怎么样？”小五转过脸来，那脸叫这身鲜亮衣裳一陪衬，显得多么难看，“我没有装坏，把人家的人挑着去当兵！”

“谁挑着你家的人去当兵？当兵是为了国家的事，是光荣的！”秀梅说。

“光荣几个钱一两？”小五追着问，“我看也不能当衣穿，也不能当饭吃！”

“是！”秀梅说，“光荣不能当饭吃、当衣穿；光荣也不能当男人，一块过日子！这得看是谁说，有的人窝窝囊囊吃上顿饱饭，穿上件衣裳就混得下去，有的人还要想到比吃饭穿衣更光荣的事！”

别的妇女也说：

“秀梅说的一点也不假，打仗是为了大伙，现在的青年人，谁还愿意当炕头上的汉子呀！”

小五冷笑着，用扇子拍着屁股说：

“说那么漂亮干什么，是‘画眉张’的徒弟吗，要不叫你，俺家那个当不了兵！”

秀梅说：“哈！你是说，我和原生卡了一支枪，他才当了兵？我觉着这不算错，原生拿着那支枪，真的替国家出了力，我还觉着光荣呢！你也该觉着光荣。”

“俺不要光荣！”小五说，“你光荣吧，照你这么说，你还是国家的功臣呢，真是木头眼镜。”

“我不是什么功臣，你家的人才是功巨呢！”秀梅说。

“那不是俺家的人。”小五丝声漾气地说，“你不是干部吗？我要和他离婚！”

大伙都一愣，望着秀梅。秀梅说：

“你不能离婚，你的男人在前方作战！”

“有个头没有？”小五说。

“怎么没头，打败日本就是头。”

“我等不来，”小五说，“你们能等可就别寻婆家呀！”

秀梅的脸腾地红了，她正在说婆家，就要下书定准了。别人听了都不忿，说：“碍着人家了吗？你不叫人家寻婆家，你有汉子好等着，叫人家等着谁呀！”

秀梅站起来，望着小五说：

“我不是和你赌气，我就不寻婆家，我们等着吧。”

别的人都笑起来，秀梅气得要哭了。小五站不住走了。有人就说：“像这样的女人应该好好打击一下，一定有人挑拨着她来破坏我们的工作。”秀梅说：“我们也不随便给她扣帽子，还是教育她。”那人说：“秀梅姐！你还是佛眼佛心，把人全当成好人；小五要是没有牵线的，挖下我的眼来当泡踏！”

对于秀梅的事，大家都说：

“你真是，为什么不结婚？”

“我先不结婚。”秀梅说，“有很多人把前方的战士，当作打了外出的人，我给她们做个榜样。你们还记得那个原生不？现在想起来，十几岁的一个人，背起枪来，一出去就是七年八年，才真是个好样儿的哩！”

“原生倒是不错，”一个姑娘笑了，“可是你也不能等着人家呀！”

“我不是等着他，”秀梅庄重地说，“我是等着胜利！”

小五到村外一块瓜园里去。这瓜园是村里一个粮秣先生尹大恋开的。这人原是村里一家财主，现在村中弄了名小小的干部当着，掩藏身体，又开了个瓜园，为的是喝酒说落后话儿，好有个清净地方。

尹大恋正坐在高高的窠棚里摇着扇子喝酒，一看见小五来了就说：

“拣着大个儿的摘着吃吧，你那离婚的事儿谈得怎样了？”

小五拨着瓜秧说：

“人家叫等到打败日本，谁知道哪年哪月他们才能打败日本呀！”

“唉！长期抗战，这不是无期徒刑吗？喂，不是有说讲吗，五年没有音讯就可以。这是他们的法令呀，他们自己还不遵守吗？和他打官司呀，你这人还是不行！”

小五回来就又和公婆闹，闹得公婆没法，咬咬牙叫她离婚走了，老婆婆狠狠啼哭了一场。老头说：“哭她干什么！她是我一副牌赢来的，只当我一副牌又把她输了就算了！”

自从小五出门走了以后，秀梅就常常到原生家里，帮着做活。看看水瓮里没水，就去挑了来，看看院子该扫，就打扫干净。伏天，帮老婆拆洗衣裳，秋天帮着老头收割打场。

日本投了降，秀梅跑去告诉老人家，老人听了也欢喜。可是过了好久，有好些军人退伍回来了，还不见原生回来。

原生的娘说：

“什么命呀，叫我们修下这样一个媳妇！”

秀梅说：

“大娘，那就只当没有这么一个媳妇，有什么活我帮你做，你不是没有闺女吗，你就只当有我这么个闺女！”

“好孩子，可是你要出聘了呢？”原生的娘说，“唉，为什么原生八九年就连个信也没有？”

“大娘，军队开得远，东一天，西一天，工作很忙，他就忘记给家里写信了。总有一天，一下子回来了，你才高兴呢！”

“我每天晚上听着门，半夜里醒了，听听有人叫娘开门哩，不过是想念得罢了。这么些人全回来了，怎么原生就不回来呀？”

“原生一定早当了干部了，他怎么能撂下军队回来呢？”

“为国家打仗，那是本分该当的，我明白。只是这个媳妇，唉！”

今年五月天旱，头一回耩的晚田没出来，大庄稼也旱坏了，人们整天盼雨。晚上，雷声忽闪地闹了半夜，才淅沥淅沥下起雨来，越下越大，房里一下凉快了，蚊子也不咬人了。秀梅和娘睡在炕上，秀梅说：

“下透了吧，我明天还得帮着原生家耩地去。”

娘在睡梦里说：

“人家的媳妇全散了，你倒成了人家的人了。你好好地把家里的活做完了，再出去乱跑去，你别觉着你爹不说你哩！”

“我什么活没做完呀！我不过是多卖些力气罢了，又轮着你这么嘟哝人！”

娘没有答声。秀梅却一直睡不着，她想，山地里不知道下雨不，山地里下了大雨，河里的水就下来了。那明天下地，还要过摆渡呢！她又想，小的时候，和原生在船上玩，两个人偷偷把锚起出来，要过河去，原生使篙，她掌舵，船到河心，水很急，原生力气小，船打起转来，吓哭了，还是她说：

“不要紧，别怕，只要我把得住这舵，就跑不了它，你只管撑吧！”

又想到在芦苇地卡枪，那天黑间，两个人回到河滩里，寻找草筐和手巾，草筐找到了，寻了半天也寻不见那块手巾，直等月亮升上来，才找到了。

想来想去，雨停了，鸡也叫了，才合了合眼。

起身就到原生家里来，原生的爹正在院里收拾“种式”，一见秀梅来了，就说：

“你给我们拉砘子去吧，叫你大娘拿耧。我常说，什么活也能一个人慢慢去做，唯独锄草和耩地，一个人就是干不来。”

秀梅笑着说：

“大伯，你拉砘子吧，我拿耧，我好把式哩！我们那几亩地，都是我拿的‘种式’哩！”

“可就是，我还没问你，”老头说，“你那地全耩上没有？”

秀梅说：“我前两天就耩上了，耩的‘干打雷’，叫它们先躺在地里去求雨，我的时气可好哩！”

老头说：

“年轻人的时运总是好的，老了就倒霉，走吧！”

秀梅背上“种式”就走。她今天穿了一条短裤，光着脚，老婆子牵着小黄牛，老头子拉着砘子胡卢在后边跟着，一字长蛇阵，走出村来。

田野里，大道小道上全是忙着去种地的人，像是一盘子好看的走马灯。这一带沙滩，每到春天，经常刮那大黄风，刮起来，天昏地暗人发愁。现在大雨过后，天晴日出，平原上清新好看极了。

耩完地，天就快晌午了，三个人坐在地头上休息。秀梅热得红脸关公似的摘下手巾来擦汗，又当扇子扇，那两只大眼睛也好像叫雨水冲洗过，分外显得光辉。

她把道边上的草拔了一把，扔给那小黄牛，叫它吃着。

从南边过来一匹马。

那是一匹高大的枣红马，马低着头一步一颠地走，像是已经走了很远的路，又像是刚刚经过一阵狂跑。马上一个八路军，大草帽背在后边，有意无意挥动着手里的柳条儿。远远看来，这是一个年轻的人，一个安静的人，他心里正在思想什么问题。

马走近了，秀梅就转过脸来低下头，小声对老婆说：“一个八路军！”老头子正仄着身子抽烟，好像没听见，老婆子抬头一看，马一闪放在道旁上的石砘子，吃了一惊，跑过去了。秀梅吃惊似的站了起来，望着那过去的人说：

“大娘，那好像是原生哩！”

老头老婆全抬起头来，说：

“你看差眼了吧！”

“不。”秀梅说。那骑马的人已经用力勒住马，回头问：“老乡，前边是尹家庄不是？”

秀梅一跳说：

"你看，那不是原生吗，原生！"

"秀梅呀！"马上的人跳下来。

"原生，我那儿呀！"老婆子往前扑着站起来。

"娘，也在这里呀！"

儿子可真的回来了。

爹娘儿女相见，那一番话真是不知从哪说起，当娘的嘴一努一努想把媳妇的事说出来，话到嘴边，好几次又咽下去了。原生说：

"队伍往北开，攻打保定，我请假家来看看。"

"哎呀！"娘说，"你还得走吗？"

原生笑着说：

"等打完老蒋就不走了。"

秀梅说：

"怎么样，大娘，看见儿子了吧！"

"好孩子，"大娘说，"你说什么，什么就来了！"

远处近处耩地的人们全围了上来，天也晌午了，又尾随着原生回家，背着耧的，拉着砘子的。

刚到村边，新农会的主席手里扬着一张红纸，满头大汗跑出村来，一看见原生的爹就说：

"大伯，快家去吧，大喜事！"

"什么事呀？"

"大喜事，大喜事！"

人们全笑了，说：

"你报喜报得晚了！"

"什么呀？"主席说，"县里刚送了通知来，我接到手里就跑了来，怎么就晚了！"

人们说：

"这不是原生已经到家了！"

"哈，原生家来了？大伯，真是喜上加喜，双喜临门呀！"主席喊着笑着。

人们说：

“你手里倒是拿的什么通知呀？”

“什么通知？原生还没对你们大家说呀？”主席扬一扬那张红纸，“上面给我们下的通知：咱们原生在前方立了大功，活捉了蒋介石的旅长，队伍里选他当特等功臣，全区要开大会庆祝哩！”

“哈，这么大事，怎么，原生，你还不肯对我们说呀，你真行呀！”人们嚷着笑着到了村里。

第二天，在村中央的广场上开庆功大会。

天晴得很好，这又是个热天，全村的男女老少，都换了新衣裳，先围到台下来，台上高挂全区人民的贺匾：“特等功臣”。

各村新农会又有各色各样的贺匾祝词，台上台下全是红绸绿缎，金字彩花。

全区的小学生，一色的白毛巾，花衣服，腰里系着一色的绸子，手里拿着一色的花棍，脸上擦着胭脂，老师们擦着脸上的汗，来回照顾。

区长讲完了原生立功的经过，他号召全区青壮年向原生学习，踊跃参军，为人民立功。接着就是原生讲话。他说话很慢，很安静，台下的人们说：老脾气没变呀，还是这么不紧不慢的，怎么就能活捉一个旅长呀！原生说：自己立下一点功；台下就说：好家伙，活捉一个旅长他说是一点儿功。原生又说：这不是自己的功劳，这是全体人民的功劳；台下又说：你看人家这个说话。

区长说：老乡们，安静一点吧，回头还有自由讲话哩，现在先不要乱讲吧。人们说：这是大喜事呀，怎么能安静呢！

到了自由讲话的时候，台下妇女群里喊了一声，欢迎秀梅讲话，全场的人都嚷赞成，全场的人拿眼找她。秀梅今天穿一件短袖的红白条小褂，头上也包一块新毛巾，她正愣着眼望着台上，听得一喊，才转过脸东瞧瞧，西看看，两只大眼睛，转来转去好像不够使，脸飞红了。

她到台上讲了这段话：

“原生立了大功，这是咱们全村的光荣。原生十五岁就出马打仗，那么一个小人，背着那么一支大枪。他今年二十五岁了，打了十年仗，还要去打，打到革命胜利。

“有人觉得这仗打得没头没边，这是因为他没把这打仗看成是自家的事。人们光愿意早些胜利，问别人：什么时候打败蒋介石？这问自己就行了。我们要快就快，要慢就慢，我们坚决，我们给前方的战士助劲，胜利就来得快；我们不助劲，光叫前方的战士们自己去打，那胜利就来得慢了。这只要看我们每个人尽的力量和出的心就行了。

“战士们从村里出去，除去他的爹娘，有些人把他们忘记了，以为他们是办自己的事去了，也不管他们哪天回来。不该这样，我们要时时刻刻想念着他们，帮助他们的家，他们是为我们每个人打仗。

“有的人，说光荣不能当饭吃。不明白，要是没有光荣，谁也不要光荣，也就没有了饭吃；有的人，却把光荣看得比性命还要紧，我们这才有了饭吃。

“我们求什么，就有什么。我们等着原生，原生就回来了。战士们要的是胜利，原生说很快就能打败蒋介石，蒋介石很快就要没命了，再有一年半载就死了。

“我们全村的战士，都会在前方立大功的，他们也都像原生一样，会带着光荣的奖章回来的。那时候，我们要开一个更大更大的庆功会。

“我的话完了。”

台下面大声地鼓掌，大声地欢笑。

接着就是游行大庆祝。

最前边是四杆喜炮，那是全区有名的四个喜炮手；两面红绸大旗：一面写“为功臣贺功”，一面写“向英雄致敬”。后面是大锣大鼓，中间是英雄匾，原生骑在枣红马上，马笼头马颈上挂满了花朵。原生的爹娘，全穿着新衣服坐在双套大骡车上，后面是小学生的队伍和群众的队伍。

大锣大鼓敲出村来，雨后的田野，蒸晒出腾腾的热气，好像是叫大锣大鼓的声音震动出来的。

到一村，锣鼓相接，男男女女挤得风雨不透，热汗齐流。

敲鼓手疯狂地抡着大棒，抬匾的柱脚似的挺直腰板，原生的爹娘安安稳稳坐在车上，街上的老头老婆们指指画画，一齐连声说：

“修下这样的好儿子，多光荣呀！”

那些青年妇女们一个扯着一个的衣后襟，好像怕失了联络似的，紧跟着原生观看。

原生骑在马上，有些害羞，老想下来，摄影的记者赶紧把他捉住了。

秀梅满脸流汗跟在队伍里，扬着手喊口号。她眉开眼笑，好像是一个宣传员。她好像在大秋过后，叫人家看她那辛勤的收成；又好像是一个撒种子的人，把一种思想，一种要求，撒进每个人的心里去。她见到相熟的姐妹，就拉着手急急忙忙告诉说：

“这是我们村里的原生，十五上就当兵去了，今年二十五岁，在战场上立了大功，胸前挂的那金牌子是毛主席奖的哩。”

说完就又跟着队伍跑走了。这个农民的孩子原生，一进村庄，就好把那放光的奖章，轻轻掩进上衣口袋里去。秀梅就一定要他拉出来。

大队也经过小五家的大门。一到这里，敲大鼓的故意敲了一套花点，原想叫小五也跑出来看看的，门却紧紧闭着，一直没开。

队伍在平原的田野和村庄通过，带着无比响亮的声音，无比鲜亮的色彩。太阳在天上，花在枝头，声音从有名的大鼓手那里敲打，这是一种震动人心的号召：光荣！光荣！

晚上回来，原生对爹娘说：“明天我就回部队去了。我原是绕道家来看看，赶巧了乡亲们为我庆功，从今以后，我更应该好好打仗，才不负人民对我的一番热情。”

娘说：“要不就把你媳妇追回来吧！”

原生说：“叫她回来干什么呀！她连自己的丈夫都不能等待，要这样的女人一块儿革命吗？”

爹说：“那么你什么时候才办喜事呢？以我看，咱寻个媳妇，也并不为难。”

原生说：“等打败蒋介石。这不要很长的时间。有个一年半载就行了。”

娘又说：“那还得叫人家陪着你等着吗？”

“谁呀？”原生问。

“秀梅呀！人家为你耽误了好几年了。”娘把过去小五怎么使歪造耗，秀梅怎样解劝说服，秀梅怎样赌气不寻婆家，小五走了，秀梅怎样体贴娘的心，处处帮忙尽力，原原本本说了一遍。

在原生的心里，秀梅的影子，突然站立在他的面前，是这样可爱和应该感谢。他忽然想起秀梅在河滩芦苇丛中命令他去卡枪的那个黄昏的景象。当原生背着那支枪转战南北，在那银河横空的夜晚站哨，或是赤日炎炎的风尘行军当中，他曾经把手扶在枪上，想起过这个景象。那时候，在战士的心里，这个影子就好比一个流星，一只飞鸟横过队伍，很快就消失了。现在这个影子突然在原生心里鲜明起来，扩张起来，顽强粘住，不能放下了。

在全村里，在瓜棚豆架下面，在柳荫房凉里，那些好事好谈笑的青年男女们议论着秀梅和原生这段姻缘，谁也觉得这两个人要结了婚，是那么美满，就好像雨既然从天上降下，就一定是要落在地上，那么合理应当。

一九四八年七月十日于饶阳东张岗

（原载1948年《华北文艺》创刊号）

【作品赏析】

《光荣》创作于1948年7月，饶阳。小说将时代的新伦理与乡风民俗、与童年的幻想和欢乐结合在一起，热烈而率真，深情而隽永。

“光荣”是《光荣》要彰显的时代新伦理。“光荣”来自国族叙事，有着政治的高度，秀梅的演讲指出了个人的光荣和群体、国族的关系，“有的人，说光荣不能当饭吃。不明白，要是没有光荣，谁也不要光荣，也就没有了饭吃；有的人，却把光荣看得比性命还要紧，我们这才有了饭吃”。小说中，原生十五岁参军，已经十年，还要打到革命胜利，是“光荣”的，因为“当兵是为了国家的事”。秀梅也是光荣的，她是村里的干部，做工作是在给前方的战士“助劲”，目的是“胜利就来得快”。叙事特别强调了这一点。秀梅做小五的工作，并不是出于私心，而是为了消除她的落后带来的负面的影响——“一些老太太看见她这个样子，就不愿叫儿子去当兵，说：

‘儿子走了不要紧，留下这样的娘娘咱搪不开。’”秀梅不结婚，照顾原生的父母也不是出于儿女情长，她说：“我们要时时想念着他们，帮助他们的家，他们是为我们每个人打仗。”乡亲们对原生的立功表现出节庆般的兴奋，推举秀梅讲话表现出集体的认同，在小五门前的炫耀无异于一致性的羞辱。“光荣”的观念成为普遍的道德尺度，大家逐渐用它来度量是非——小五是错误的，而原生和秀梅是正确、光荣的。正如孙犁所言：“在这个风起云飞、广大农村激情动荡的时代，因为是由共产党掀起和领导，新的人民的、革命的文化，也就在春雷声中播下种子。”

婚姻也被纳入时代新伦理当中去。原生和秀梅都是光荣的，他们具有时代性的结合点。尽管从小青梅竹马，但是这并不是结合的首要的合理性所在。叙事特意强调原生走后，“她差不多忘记了那个小小的原生”。秀梅庄重地表达“我不是等着他”，“我是等着胜利”。反而是在劳动中，秀梅心中浮现出原生，原生也是在得知妻子背弃而秀梅默默奉献之后，心里出现了秀梅的影子，“是这样可爱和应该答谢”。而之所以说他们的结合符合新时代的伦理，更在于公众的认识，“谁也觉得这两个人要是结了婚，是那么美满，就好像雨既然从天上降下，就一定是要落在地上，那么合理应当”。“新的人民的、革命的文化”支持志同道合的结合，而“志”和“道”如果建立在革命话语、建立在“光荣”的基础上则是值得彰显的。

秀梅和原生的结合显然是顺理成章的，时代性与个人性完好地结合在了一起。当然，时代性是突出强调的，但是个人性也不能忽视。两人有着情感的基础，想必曾经一同在河滩荒地、日光草影中割草，又曾经一个使篙，一个掌舵闯过湍流。秀梅鼓励原生卡了逃兵的枪，鼓励他上战场，原生在夜晚陪同秀梅去找丢失的草筐和手巾。原生还饶有意味地提出两个人“伙着”那条枪，秀梅的打趣显然带有小儿女间的情感意味。这些情景后来成为青年男女梦中浮现的情愫。更重要的是二人的共同成长。“男的去当游击队，女的参加妇救会”是时代的号召，原生在部队成长为勇敢的战士，作为“特等功臣”被表彰，秀梅则在村里当了干部，成了青年妇女爱戴的“秀梅姐”。很大程度上，时代激发下的个人成长成就了原生和秀梅的婚姻。

实际上，个人成长本身也是一个极为重要的问题。原生原本是一个普通的农村家庭的孩子，脾气不紧不慢，胆子有点小。战争历练了他，成为优秀的战士，光荣的功臣。时代同样激励着女性走向公共领域，改变传统身份，赢得尊重和爱。孙犁在《文艺学习》中讲道：“那时在冀中人民的生活里，充满了新生的新鲜的热情，人民对一切进步现象寄托无限的热爱与拥护，这种战斗的新生的气质，深深留在了我的记忆里。”秀梅的感觉是真切的：“战争，时间过得多快，每个人要想的、要做的，又是多么丰富啊。”人成就了革命，革命也造就了人，多少再普通不过的青年人在革命的时代更新了自我，成就了不同以往的人生。

一个有趣的问题是，小五为什么是“落后”的。显然，她是不革命的，表现在不支持原生打仗，不“做活”来支持革命，经常和婆婆吵架，与消极革命者沆瀣一气，终于离婚。这些“不革命”的表现又恰恰与女性的传统美德相违背，完全可以置换为不服从、等待丈夫，不孝敬公婆，不劳动，并且有不贞之嫌。而秀梅恰恰是革命的，她的革命表现与传统文化对女性（妻子）的要求是符合的，可见，革命文化与传统文化不但不相悖，而且高度一致。通过《光荣》，可以窥见时代语境下，女性解放的进展与局限。尽管一部分女性开始改变自己的命运，但是革命伦理与传统美德界定了一个限度。

《光荣》明确指出什么是光荣，对当时现实存在的“小五们”是规劝，也是警示，也激励着更多的青年成为原生，成为秀梅。在1948年这解放战争的关键阶段，政治性是强的。然而，孙犁晚年说《光荣》是他最喜欢的小说，却是因为小说充满童年的幻想与欢乐。小说忘情地写到乡村的孩子们在河滩割草，“像一群群放牧的牛羊”，写到秀梅和原生怎样慌乱又勇敢地卡了逃兵的枪，秀梅怎样鼓励原生去游击队。那是诗情的岁月、畅想的岁月，只要敢于想、敢于做，一切皆有可能。舞动小镰的秀梅与朴实忠厚的原生走向新生，现实比幻想还要天马行空。当年也确实存在人民截下逃兵的枪支，投入抗战的激情故事，可以想见真实存在着无数个原生和秀梅。抗战是孙犁创作的情结，恐怕童年的单纯的欢乐、无拘的热情是晚年孙犁更珍视的情愫。

蒿 儿 梁

一九四三年，敌人冬季“扫荡”开始了，杨纯医生带着五个伤员，和一个小女看护，名叫刘兰，转移到繁峙五台交界地方，住在北台脚下的成果庵里。五台山有五个台顶，北边的就叫北台。这是有名的高山，常年积雪不化，六月天走过山顶，遇见风雹，行人也会冻死。

一条石沟小河绕着成果庵的粉墙急急流过。站在成果庵的大殿台阶，可以看到北台顶上雄厚的雪堆。

这几天情况紧急，区委书记夜里来通知杨医生，叫他往山上转移，住到蒿儿梁去。

他们清早出发，杨医生走在前面，招呼着担架，轻抬轻放，脚下留神，不要叫冰雪滑倒。他看好平整的地方，叫大家放下擦擦汗休息一下，就又往上爬。

刘兰跟在担架后面，嘴里冒着热气，一步一步挨上来。杨医生把她的卫生包接过来，挂到自己身上。

他的身上，东西已经不少。一支大枪，三十粒子弹，五个手榴弹，一个皮药包。两条米袋像围巾一样缠在他的脖子里。背上，他自己的背包驮着刘兰的背包。他挺身走着，山底子鞋啪啦啦沉重地响着。

“杨医生，我们的药棉又不多了。”刘兰跟在后面说。

“到蒿儿梁，我们做。”

“怎么着弄个消毒的小锅吧，做饭的大锅，真不好刷干净，老百姓也不愿意叫使！”

“这也要到蒿儿梁想办法。”

刘兰又问：

“伤号光吃莜麦不好吧？”

“到蒿儿梁，弄些细粮吃。”

“蒿儿梁，蒿儿梁！到了蒿儿梁，我们找谁呀？”

“找妇救会的主任。区委书记没说她叫什么名字，只说一打听女主任，谁也知道。”

他们顺着盘道往上走，转过三四个山头才看见在前面的山顶上，有一个小村庄。这小村庄叫太阳照得发光，秃秃的没有一棵树，靠它西边的山上，却有一大片叫雪压着的密密的杉树林；隔着山沟，可以听见在树林边缘奔跑的麅子的尖叫。村庄里有一只雄鸡也在长鸣。再绕过一个山头，看见有一洼泉水，周围结了厚冰，一条直直的小路，通到村里去。村里的人吃这个泉的水。村庄不远了。

这个不到三十户的小村，就叫蒿儿梁。

女主任去住娘家了，还没有回来，主任的丈夫，一个五十来岁的粗壮汉子，把他们安排到一间泥墙草顶的小小的南屋里，随着粮秣送来了茅柴，就点火烧起炕来。

杨纯到村庄周围转了一转。都是疏疏落落的草顶泥墙小房，家家也都没有篱笆。村里村外，只有些小小的莜麦秸垛，盖着厚雪。街道上，担水滴落，结了一层冰。全村只有一棵歪把的老树，但遍山坡长着那么一丛丛带刺的小树，在冰天雪地，满挂着累累的、鲜艳欲滴的红色颗粒。

人们轻易不出门，坐在炕上，拨弄着一盆红红的麦秸火。妇女们出来一下子，把手插在腰里，又赶紧跑到屋里去。

女主任的丈夫，在院里备好一匹小毛驴，出门去了。第二天，把主任接了回来。

到了院里，主任才从毛驴上跳下。她不过二十五岁，披着一件男人的深黑面的黑羊皮袄，紫色的圆顶帽子装饰着珠花。她嘻嘻地笑着跑到南屋里来。她的相貌，和这一带那些好看的女人一样，白胖胖的脸，鲜红的嘴唇和白牙齿。她看了刘兰一眼，又看了杨纯一眼，笑着不说话。刘兰让她到炕上暖和，她说：

“这是俺的家，我要让你们哩！”

杨纯说：

“你就是主任呀？我们把你的房子占了。”

“不要紧！”主任说，“老头子说你们来了，我真高兴。”她伸过手去摸了摸炕席说：“好，炕还热。不行哩，我们这个地方冷呀！有人给你们做饭？”

刘兰说：“有。”

“一会儿，我给你们搓窝窝吃，别看我们蒿儿梁村小，我搓的窝窝可远近知名哩！”

晌午，主任推门进来。她脱去了羊皮衣，穿一件破旧的红棉袄，怀抱着一大块光亮的黄色琉璃瓦，这是搓莜面窝窝的工具，她说是托人到台怀买来的。她站立在炕边，卷起袖子。搓的窝窝又薄又小，放得整整齐齐。

“好妹妹！”主任笑着对刘兰说，“我叫你头一回吃这么讲究的饭食，你离开蒿儿梁，你要想蒿儿梁哩！”

“我不想蒿儿梁，这个冷劲我受不了！”刘兰也笑着说。

杨纯说：

“你要想蒿儿梁的窝窝吃哩！”

“对了，你要想我这手艺哩！”主任笑着把手掌拍一拍。

“为什么你的胳膊那么胖？”刘兰问，“是吃莜麦吃的？”

“享福享的吧！”主任说，“这几年我是胖了，那几年，我比你还瘦哩，我的好妹子！有工夫，我要和你说一说我受的苦哩！”

夜间，主任叫刘兰搬到她新拾掇好、烧了炕的小东屋里去睡，打发她的男人，到别人家去睡了。这一夜，主任把头放在刘兰的枕上，叙说她的身世。她说：

“我家在川里，从小给地主家当丫头使唤。十六岁上，娘才把我领回家，嫁给这里，我今年二十五，男人比我大一半。他是个实落人，也知道疼我。我觉着比在地主家里受人欺侮强多了。这几年，减了租子，我们也能吃饱，又没有孩子累着，我就发胖了。”

“我问问你，”主任从枕上抬起头来，“我们的仗，又打得不好吗，怎么你们又跑到这个野地方来？”

“仗打得好。”刘兰说，“这是伤号，要找个安稳地方。”

“我就怕咱们的仗打败了！”主任长舒一口气，“我们种的是川里地主家的地，咱们胜了，他就不敢山上来，你们一走，他就派人来吓唬我。我就盼咱们打胜仗，要把川里也占了，咱们的日子会更好过哩！那时，这地，就成了咱自己的吧？”

“对了，以后，谁种的地就是谁的。”

“我想，总得是那样。”主任说，“不把敌人打走，我的命还在人家手心里攥着哩！”

“为什么？”

“我娘把我领出来，嫁给了这里。那家地主看见我出息得好了，生了歪心哩！他叫人吓唬我，叫我回去，又吓唬我的男人，说叫三亩地换了我。他杂种想算着吧！他觉着我还是那几年，给他当奴才的时候哩！”

停了一会儿，她说：“妹子，我就靠着你们，把仗打好了，我们就都熬了出来。你困了吧，靠近我点睡，就会暖和些。”

刘兰每天的工作，是烧开水，煮刀剪铗子消毒，团药棉。这些事情，主任全帮她做，她好问，又心灵手巧，三两天，就学会了。她帮着刘兰给伤号们去换药，和他们说笑，伤员们听刘兰说，主任搓的窝窝好，就争着求她做饭，这样一来，她就整天卷着两只袖子，带着两手面，笑出来，笑进去。

在这小庄上，也还只有莜麦面和山药蛋吃。不管怎样变，也还是莜麦面和山药蛋，不久伤员们就吃腻了，想吃点别的。杨纯到处打听，想给他们弄些白面、羊肉、白菜和萝卜吃。可是在这小庄上，你休想找到这些东西，问到那些老人，老人们说：庄子上有的东西，凭是多么贵重，我们也给你们吃；要讨换这些东西，除非是到川里。

自从添了这么七个生人，小庄上热闹起来，两盘碾子整天不闲，有时还要点上灯推莜麦，青年人要去放哨、坐探，小孩子要去送信砍柴，妇女们拆洗伤员的药布衣服，分班做饭。全村每个人都分担了一点责任，快乐并且觉得光荣。

整个小村庄在热情地支援帮助这个小小的队伍，杨纯不愿再多麻烦他们。他和主任商量，主任笑着说：

“你站在这个梁上想大米白面吃，那就难死了，你可以到川里去找。”

杨纯说：

“情况这么紧，怎么能到川里去？”

主任说：

“敌人都到山里‘扫荡’了，川里这会儿空着哩，不要紧，你去吧，那里什么都现成！”

“你看，我是离不开！”杨纯说。

“离不开你的伤员，怕他们受了损失？”主任说，“你还是不信服我们这小庄子。你把他们交给我，放心去吧！”

杨纯没有答声。他不能离开这些伤员，他觉得就像那些母亲，在极端困难的时候，也不能放下那拖累着的孩子一样。主任望着他说：

“要不，你给我写个信，我去。”

杨纯说：

“那也不好。”

“你这人，这样也不好，那样也不好，你可就拿出你那巧妙办法来呀！”

“我怕你遇见危险。”

“我遇不见危险。”主任说，“就是遇上我也认了。你怕我碰上鬼子？碰上他们，他们也没办法，他们捉不住那满山野跑的麅子，就捉不住我。”

“那就让你跑一趟吧！”杨纯说。

他给川里负责的同志写了信，主任看着他把图章盖得清清楚楚，才收起来，放在棉袄的底襟里，披上她那件大皮袄，就向杨纯告辞。杨纯把她送到村北口那棵歪老的树下面，对她说：

“去到川里，见到熟人，千万可别说，咱这庄上住着八路！”

主任笑了一笑，用她那胖胖的手掌把嘴一盖，说：

“我这嘴严实着哩！”她看了杨纯一眼，接着说，“杨同志，我不佩服你别的，就佩服你这小小的年纪，办事这么底细，心眼这么多！”

她转身走了，踢着路上的雪和石子。转过山坡，她好像又想起了什么，转身回来，喊道：“杨同志，我们当家的病了，你去给他看看吧！”

杨纯问：

“什么病呀？”

“准是受了风寒，你给他点洋药吃吧！”

她那清脆的声音，在山谷里，惊起阵阵的回响。

杨纯回到家里，带上药包，去给主任的丈夫看病。他住在游击组员名叫青儿的小屋里。杨纯推门进去，老人笑着让他坐。杨纯说：

“不舒服吗？我给你带了药来。”

老人说：

“不要紧。只有些头痛，不用吃药。药很贵的，我一辈子没吃过药。”

青儿笑着说：

“哥哥吃点药吧，吃了药，同志也不跟我们要钱！”

杨纯爬过去，摸一摸他的横着深刻皱纹的前额，又摸一摸他的暴露着粗筋的脉，说：

“不要紧，叫兄弟给你烧些水，吃点药就会好了。”

杨纯给老人包出药来，青儿点火烧水。

老人说：

“一定是她告诉了你。”

杨纯说：

“你说的是主任呀？”

老人说：

“是她。黑间她来了，我说不要紧，叫她回去了。同志，她还年轻，我愿意叫她多给咱们做些事！”

停了一会儿，老人又说：“同志，什么时候，我们的天下就打下来？什么时候，把川里的敌人也打走就好了。同志，穷人过着日子，老是没有个底确哩！”

青儿烧着火说：

“哥哥光担心他这几亩地，怕地主再上山来逼人。这两天，看见情况不好，就又病了。”

杨纯安慰鼓励了老人一番。

隔了一天，老人的病好了，可是情况更紧了，他和杨纯商量，在附近山里，找个严实地方，预备着伤员们转移。

吃过晌午饭，他带着杨纯，从向西的一条山沟跑下去。

到了山底，他们攀着那突出的石头和垂下来的荆条往上爬，半天才走进了那杉树林。树林里积着很厚的雪，向阳的一面，挂满长长的冰柱。不管雪和冰柱都掩不住那正在青春的、翠绿的杉树林。这无边的杉树，同年同月从这山坡长出，受着同等的滋润和营养，它们都是一般茂盛，一般粗细，一般在这刺骨的寒风里，茁壮生长。树林里没有道路，人走过了，留下的脚印，不久就又被雪掩盖，主任的丈夫指给杨纯：“那边有一个地窖。”又说，“从这后面上去，就是北台顶，敌人再也不能上去！”

他找着那条陡峭的小路，小路已经叫深雪掩盖，他扒着杉树往上走，雪一直陷到他的大腿那里。他往上爬，雪不断地从他脚下滚来，盖住杨纯。杨纯紧紧跟上去，身上反倒暖和起来，流着汗。主任的丈夫转脸告诉他：把你的扣子结好，帽子拉下来，到了山顶，你的手就伸不出来了。

他们爬到一个能站脚的地方，站在那里喘喘气。他们就要登上那大山顶，可是从西北方向刮过一阵阵的风，这风头是这样劲，使他们站立不稳。看准风头过去，主任的丈夫才赶忙招呼杨纯跑上去。

站在这山顶上，会忘记了是站在山上，它是这样平敞和看不见边际，只是觉得天和地离得很近，人感受到压迫。风从很远的地方吹过来，没有声音，卷起一团团的雪柱。

走在那平平的山顶上，有一片片薄薄的雪。太阳照在山顶上，像是月亮的光，没有一点暖意。山顶上，常常看见有一种叫雪风吹干了的黄白色的菊花形的小花，香气很是浓烈，主任的丈夫采了放在衣袋里，说是可以当茶叶喝。

薄薄的雪上，也有粗大的野兽走过的脚印。深夜在这山顶上行走，黄昏和黎明，向着山下号叫，这只配是老虎、豹。

在这里，可以看见无数的、像蒿儿梁那样小小的村庄，像一片片的落叶，粘在各个山的向阳处。可以看见台顶远处大寺院的粉墙琉璃，可以看见川里的河流，河流两岸平坦的稻田，和地主们青楼瓦舍的庄院。

主任的丈夫说："我们住的这些小村子，都是穷佃户，不是庙里的佃户，就是川里的佃户！"

杨纯站在山顶上，他觉得是站在他们作战的边区的头顶上。千万条山谷，纵横在他的眼前，那山谷里起起伏伏，响着一种强烈的风声。冰雪伏藏在她的怀里，阳光照在她的脊背上。瀑布，是为了养育她的儿女，永远流不尽的乳浆，现在结了冰，一直垂到她的脚底！

杨纯想道：他的同志们，他的队伍，正在抵挡这寒冷的天气，熬受着锻炼，他们穿着单薄的军衣，背着粗糙食粮，从这条山谷，转战到那个山头，人民热望他们胜利。

远处，那接近冀中平原的地方，腾起一层红色的尘雾。那里有杨纯的家。他好像看见了他那临河的小村庄，和他那两间用土坯垒起的向阳的小屋，那里面居住着他的母亲。

忽然，主任的丈夫喊："不好，你来看，敌人到了成果庵吗？"

杨纯看见，在远远山脚下面，成果庵那里点起火，他断定敌人到了那里，天气还早，敌人可能还要往上赶，到蒿儿梁。他隐隐约约听见了山的下面有枪声，那是放哨人的警号！

他们慌忙寻找下山的道路，主任的丈夫跑在前边。他们从雪上往下滑，石头和荆条撕碎了他们的衣裳，手上流着血。

杨纯心里阵阵作痛，他离开了受伤的同志，使他们遭受牺牲！

当他们跑进那通到村里去的山沟，他们迎见了主任！她满脸流着汗，手拉着踉跄跑来的刘兰！在她旁边是由蒿儿梁老少妇女组成的担架队，抬来了五个伤员。村里听见了警号的枪声，男人们全到了去成果庵的路上。（主任说，她刚回到家里，去伏击敌人了）妇女们跑来和她商量把伤员转移到哪里去，她决定到这个地方来。凡是有力量的，都在担架上搭一把手，把伤员送了出来！

她们把伤员抬到了杉树林的深处，安置在地窖里。她们还抬来主任从川里弄来的粮食和菜蔬，妇女们也都带了干粮来。

主任的丈夫回到村里探消息。

夜晚，飘起雪来，妇女们围坐在地窖旁边，照顾着伤员。杨纯到前面放哨，主任和刘兰在杉树林的边缘站岗。

她们靠在一棵杉树上，主任把羊皮大衣解开，掩盖着刘兰的头。她们前面有一条小河，河面上已经结了冰，还盖上了很厚的雪，但是那小小的山溪冲激得很厉害，在厚厚的冰下面，还听到它那淙淙的寻找道路流向前去的声音。

主任紧紧抱着刘兰。雪飘在她们头上，雪不久掩没了她们的脚；雪飘在她们脸上，但立刻就融化了。刘兰呼吸着从她的胸怀放散的热气，这孩子竟有些困倦。

主任望着前面，借着她的好眼力和雪光，她看见杨纯，那个青年人，那个医生，那个同志，抱着一支大枪，站在山坡一堆突出的尖石上。他那白色毡帽，成了一顶雪帽，蓝色的大棉袄背后，也落上一层厚雪。杨纯站在那里，尖着耳朵，听着山谷里的一切声音。不久，他跺一跺脚上的雪，从石头上轻轻跳下来，走到主任的面前说：

“蒿儿梁什么声音也没有，敌人想是在成果庵过夜了，看黎明的时候吧！”

主任说：

“要紧的时候，我们就转移到山顶上去，原班人马都在这里！”

又说：“刘兰睡着了，就叫她这么着睡一会儿吧！”

杨纯说：

“你们帮助了我们！”

“我们不是自己人？”主任笑着问。

“这就叫鱼帮水，水帮鱼吧！”杨纯也笑着说。

主任问：

“谁是水，谁是鱼？”

“老百姓是水，我们是鱼！”杨纯说。

“你这比方打错了！”主任说，“老百姓帮助你们，情愿把心掏给你们，为什么？这为的是你们把我们救了出来！”

一九四九年一月十二日于胜芳河房

（收录于文集《芦花荡》，上海群益出版社1949年7月版）

【作品赏析】

《蒿儿梁》创作于1949年1月，当时孙犁随队伍集中在胜芳，等候攻打天津。回忆起1943年冬季反“扫荡”时期住在蒿儿梁的一段经历，写下了《蒿儿梁》。

《蒿儿梁》以烘云托月的方法着重塑造了一位个性鲜明的妇救会主任。那是一次艰难的转移，杨纯医生带着年轻的看护刘兰和五个伤员，踏着冰雪负重前行，要转过四五个山头到山顶的蒿儿梁去。刘兰提出药棉、消毒、伤号饭的种种困难，杨医生一律回答她“到蒿儿梁去”，找那里的妇救会主任。终于到了蒿儿梁，却并没有见到主任，她的丈夫接待了“我们”。第二天，千呼万唤的女人公才正式登场。二十五岁的主任是漂亮的，也是热情开朗的。她笑着看炕热不热，笑着问有没有人做饭，笑着搓莜面窝窝，但逢伤员爱吃，“她就整天卷着两只袖子，带着两手面，笑出来，笑进去”。她又心灵手巧，不但窝窝做得好，还很快学会了看护的工作，成了刘兰的帮手。这又是一个敢于担当的女性，自信能够照管伤员，又主动请缨执行任务，“他们捉不住那满山跑的鹿子，就捉不住我”。当敌情出现时，不待命令，她迅捷地指挥老少妇女组成担架队把伤员送出村，组织男性村民去阻断敌人。

然而，这个外表热情、勇敢，不失刚毅的女性却有着伤痛的内心。她从几个层面叙说了自己的家世，幼年遭遇地主的剥削，十六岁嫁给一个大自己二十五岁的男人，地主常常来夺地、夺人。这显然是阶级压迫的书写。她害怕“咱们”打败仗，憧憬彻底的胜利，希望巩固分得的土地，成为不受压迫的自由的人。她和丈夫之间显然谈不上自主婚姻，更不能奢谈爱情，但是“他是个实落人，也知道疼我”，又是支持革命、支持她工作的。她也关爱丈夫，请杨纯为他看病，“吃点洋药”。不能不注意到，叙事称他为“老人”，经不起担惊受怕就病了，这与女主任“白胖胖的脸，鲜红的嘴唇和白牙齿”对比可谓鲜明。尽管如此，夫妻俩的阶级属性是一致的，有着共同的担忧与愿望，因而这个问题被隐秘地压抑到了叙事的底层。在《蒿儿梁》的叙述中，阶级矛盾成为劳苦民众、特别是女性内心的沉忧隐痛，也成为她们支持共产党的抗战的基本出发点。即便民族矛盾也相对淡化，成为一个背景。这是在接近全国胜利的1949年，孙犁在小说中表现出的主题倾向性。

刘兰似乎不是主要人物，她的职责是看护，在叙述中却数次作为女主任的依偎者出现。女主任对刘兰有着特殊的信任与热情。夜晚，她让刘兰同寝，打发丈夫到别人家去睡，“主任把头放在刘兰的枕上，叙说她的身世”。主任是把女性的党的工作者当成知心的姐妹，可以信托的人。但是又不尽然，刘兰还是个女孩子，以下几个片段是值得品味的。转移伤员，她满脸流汗，“手拉着踉跄跑来的刘兰”；风雪中，“主任把羊皮大衣解开，掩盖着刘兰的头”；“主任紧紧抱着刘兰。雪飘到她们的头上，雪不久淹没了她们的脚；雪飘到她们的脸上，但立刻就融化了。刘兰这孩子竟有些困倦。”分明是女主任照护着刘兰，两人有着深厚的感情。可以推测，她们的亲密或许来自命运的相似性。

刘兰似乎带着王振中（《走出以后》）的影子，如果确实有着类似王振中的经历，就很容易理解和女主任之间的同病相怜了。《蒿儿梁》并未涉及刘兰的身世，而《看护》也讲述了蒿儿梁的经历，主人公恰恰也叫刘兰。《看护》是1950年护士节孙犁在天津中西女中讲的少年革命故事。刘兰是一个童养媳，在伙伴的动员下做了看护，受到婆婆的阻挠，这些显然和王振中是一致的。刘兰热情、坚毅，富有同情心，果决甚至有些执拗，这样的性格则与《蒿儿梁》中的女主任可以看作精神上的姐妹。《看护》还直接写到刘兰在蒿儿梁与老四的交往，她们也是夜晚说着知心话，老四也是童养媳，相似的遭遇、相通的命运促使二人情同姐妹，“你疼我，我疼你地闹了多半夜才睡觉”。老四显然和女主任的原型人物同一。

这样看来，女主任不可言状的内心伤痛很容易在刘兰身上找到寄托。在与《走出之后》《看护》的互文性阅读之下，可以见得，女主任对刘兰的感情寄托着对自我命运的思考，或许还有对挣脱婚姻、投身革命的潜意识寄托。但是，女主任不能“走出”，成为王振中（刘兰）。根本原因在于，后者的婆家是在北平开店发家的，并且是不支持革命的，而女主任的丈夫是朴厚的农民，是支持革命的。在《看护》中，叙事削删了她与丈夫的“恩爱”与共同理想，进一步诉说着痛苦、病痛以及“十四岁上成的亲，今年二十四岁了，还没有一个小孩儿”。但是，女主任的“走出”必然不能获得时代话语的支持，她的内心隐痛只能寄托于对刘兰的特殊感情，那是她不能实现的另一种命运的可能。并且，通过刘兰的命运也能隐隐约约观照到她的境遇的艰难，虽然叙事者将对于她的隐忧同样做了尽可能的遮蔽，但是文本的缝隙仍然流露出不同于《走出以后》的乐观叙事的情绪。孙犁对人性、命运的深刻关注始终存在，往往在政治话语的边缘发出低沉而执拗的声音。

《蒿儿梁》结束于女主任与杨纯关于军民鱼水关系的讨论，强化了老百姓与军队的亲密关系，或者说阶级解放、个人“翻身”与民族解放的关系。这正是《蒿儿梁》的核心主题。结合人性与命运的深刻思考，地方特色的风俗人情，独特深情的风景书写，小说富有“荷花淀”派小说的神韵。

吴 召 儿

得胜回头

这二年生活好些，却常常想起那几年的艰苦。那几年，我们在山地里，常常接到母亲求人写来的信。她听见我们吃树叶黑豆，穿不上棉衣，很是担心焦急。其实她哪里知道，我们冬天打一捆白草铺在炕上，把腿舒在袄袖里，同志们挤在一块，是睡得多么暖和！她也不知道，我们在那山沟里沙地上，采摘杨柳的嫩叶，是多么热闹和快活。这一切，老年人想象不来，总以为我们像度荒年一样，整天愁眉苦脸哩！

那几年吃得坏，穿得薄，工作得很起劲。先说抽烟吧：要老乡点兰花烟和上些芝麻叶，大家分头卷好，再请一位有把握的同志去擦洋火。大伙围起来，遮住风，为的是这唯一的火种不要被风吹灭。然后先有一个人小心翼翼地抽着，大家就欢乐起来。要说是写文章，能找到一张白报纸，能找到一个墨水瓶，那就很满意了。可以坐在草堆上写，也可以坐在河边石头上写。那年月，有的同志曾经为一个不漏水的墨水瓶红过脸吗？有过。这不算什么，要是像今天，好墨水，车载斗量，就不再会为一个空瓶子争吵了。关于行军：就不用说从阜平到王快镇那一段讨厌的砂石路，叫人进一步退半步；不用说雁北那蹚不完的冷水小河，蹬不住的冰滑踏石，转不尽的阴山背后；就是两界峰的柿子，插箭岭的风雪，洪子店的豆腐，雁门关外的辣椒杂面，也使人留恋想念。还有会餐：半月以前就做精神准备，事到临头，还得拼着一场疟子，情愿吃得上吐下泻，也得弄它个碗净锅干；哪怕吃过饭再去爬山呢！是谁偷过老乡的辣椒下饭，是谁用手榴弹爆炸河潭的小鱼？哪个小组集资买了一头蒜，哪个小组煮了狗肉大设宴席？

留在记忆里的生活，今天就是财宝。下面写的是在阜平三将台小村庄我的一段亲身经历，其中都是真人真事。

民　校

我们的机关搬到三将台，是个秋天，枣儿正红，芦苇正吐花。这是阜平东南一个小村庄，距离有名的大镇康家峪不过二里路。我们来了一群人，不管牛棚马圈全住上，当天就劈柴做饭，上山唱歌，一下就和老乡生活在一块了。

那时我们很注意民运工作。由我去组织民校识字班，有男子组，有妇女组。且说妇女组，组织得很顺利，第一天开学就全到齐，规规矩矩，直到散学才走。可是第二天就都抱了孩子来，第三天就在课堂上纳起鞋底，捻起线来。

识字班的课程第一是唱歌，歌唱会了，剩下的时间就碰球。山沟的青年妇女们，碰起球来，真是热烈，整个村子被欢笑声浮了起来。

我想得正规一下，不到九月，我就给她们上大课了。讲军民关系，讲抗日故事，写了点名册，发了篇子。可是因为座位不定，上了好几次课，我也没记清谁叫什么。有一天，我翻着点名册，随便叫了一个名字：

“吴召儿！”

我听见哧的一声笑了。抬头一看，在人群末尾，靠着一根白杨木柱子，站起一个女孩。她正在背后掩藏一件什么东西，好像是个假手榴弹，坐在一处的女孩子们望着她笑。她红着脸转过身来，笑着问我：

“念书吗？”

“对！你念念头一段，声音大点。大家注意！”

她端正地立起来，两手捧着书，低下头去。我正要催她，她就念开了，书念得非常熟快动听。就是她这认真的念书态度和声音，不知怎样一下就印进了我的记忆。下课回来，走过那条小河，我听到了只有在阜平才能听见的那紧张激动的水流的声响，听到在这山草衰白柿叶霜红的山地，还没有飞走的一只黄鹂的叫唤。

向　　导

十一月，老乡们披上羊皮衣，我们反“扫荡”了。我当了一个小组长，村长给我们分配了向导，指示了打游击的地势。别的组都集合起来出发了，我们的向导老不来。我在沙滩上转来转去，看看太阳就要下山，很是着急。

听说敌人已经到了平阳，到这个时候，就是大声呼喊也不容许。我跑到村长家里去，找不见，回头又跑出来，才在山坡上一家门口遇见他。村长散披着黑羊皮袄，也是跑得呼哧呼哧，看见我就笑着说：

“男的分配完了，给你找了一个女的！”

“怎么搞的呀？村长！”我急了，“女的能办事吗？”

“能办事！”村长笑着，“一样能完成任务，是一个女自卫队的队员！”

“女的就女的吧，在哪里呀？”我说。

“就来，就来！”村长又跑进那大门里去。

一个女孩子跟着他跑出来。穿着一件红棉袄，一个新鲜的白色挂包，斜在她的腰里，装着三颗手榴弹。

“真是，”村长也在抱怨，“这是反‘扫荡’呀，又不是到区里验操，也要换换衣裳！红的目标大呀！”

“尽是夜间活动，红不红怕什么呀，我没有别的衣服，就是这一件。”女孩子笑着，“走吧，同志！”说着就跑下坡去。

“路线记住了没有？”村长站在山坡上问。

“记下了，记下了！”女孩子嚷着。

“别这么大声怪叫嘛！”村长说。

我赶紧下去带队伍。女孩子站在小河路口上还在整理她的挂包，望望我来了，她一跳两跳就过了河。

在路上，她走得很快，我跑上前去问她：

“我们先到哪里？”

“先到神仙山！”她回过头来一笑，这时我才认出她就是那个吴召儿。

神仙山

神仙山也叫大黑山，是阜平最高最险的山峰。前几天，我到山下打过白草；吴召儿领导的，却不是那条路，她领我们走的是东山坡一条小路。靠这一带山坡，沟里满是枣树，枣叶黄了，飘落着，树尖上还留着不少的枣儿，经过风霜，红得越发鲜艳。吴召儿问我：

“你带的什么干粮？”

“小米炒面！”

“我尝尝你的炒面。”

我一边走着，一边解开小米袋的头。她伸过手来接了一把，放到嘴里，另一只手从口袋里掏出一把红枣送给我。

“你吃枣儿！”她说，“你们跟着我 有个好处。”

“有什么好处？”我笑着问。

“保险不会叫你们挨饿。”

“你能够保这个险？”我也笑着问，“你口袋里能装多少红枣，二百斤吗？”

“我们走到哪里，吃到哪里。”她说。

“就怕找不到吃喝哩！”我说。

“到处是吃喝！”她说，“你看前头树上那颗枣儿多么大！”

我抬头一望，她飞起一块石头，那颗枣儿就落在前面地下了。

“到了神仙山，我有亲戚。”她捡起那颗枣儿，放到嘴里去，“我姑住在山上，她家的倭瓜又大又甜。今儿晚上，我们到了，我叫她给你们熬着吃个饱吧！”

在这个时候，一顿倭瓜，也是一种鼓励。这鼓励还包括：到了那里，我们就有个住处，有个地方躺一躺，有个老乡亲切地和我们说说话。

天黑的时候，我们才到了神仙山的脚下。一望这座山，我们的腿都软了，我们不知道它有多么高；它黑得怕人，高得怕人，危险得怕人，像一间房子那样大的石头，横一个竖一个，乱七八糟地躺着。一个顶一个，一个压一个，我们担心，一步蹬错，一个石头滚下来，整个山就会天崩地裂房倒屋塌。她带领我们往上爬，我们攀着石头的棱角，身上出了汗，一个跟不上一个，落了很远。她爬得很快，走一截就坐在石头上望着我们笑，像是在这乱石山中，突然开出一朵红花，浮起一片彩云来。

我努力跟上去，肚里有些饿。等我爬到山半腰，实在走不动，找见一块平放的石头，就倒了下来，喘息了好一会儿，才能睁开眼：天大黑了，天上已经出了星星。她坐在我的身边，把红枣送到我嘴里说：

"吃点东西就有劲了。谁知道你们这样不行！"

"我们就在这里过一夜吧！"我说，"我的同志们恐怕都不行了。"

"不能。"她说，"就快到顶上了，只有顶上才保险。你看那上面点起灯来的，就是我姑家。"

我望到顶上去。那和天平齐的地方，有一点红红的摇动的光；那光不是她指出，不能同星星分别开。望见这个光，我们都有了勇气，有了力量；它强烈地吸引着我们前进，到它那里去。

姑　家

北斗星转下山去，我们才到了她的姑家。夜深了，这样高的山上，冷风吹着汗湿透的衣服，我们都打着牙噤。钻过了扁豆架、倭瓜棚，她尖声娇气叫醒了姑。老婆子费了好大工夫才穿好衣裳开开门。一开门，就有一股暖气，扑到我们身上来，没等到人家让，我们就挤到屋里去，那小小的屋里，简直站不开我们这一组人。人家刚一让我们上炕，有好几个已经爬上去躺下来了。

"这都是我们的同志。"吴召儿大声对她姑说，"快给他们点火做饭吧！”

老婆子拿了一根麻秸，在灯上取着火，就往锅里添水，一边仰着头问：

“下边又‘扫荡’了吗？”

“又‘扫荡’了。”吴召儿笑着回答，她很高兴她姑能说新名词，“姑！我们给他们熬倭瓜吃吧！”她从炕头抱下一个大的来。

姑笑着说：

“好孩子，今年摘下来的顶数这个大，我说过几天叫你姑父给你送去哩！”

“不用送去，我来吃它了！”吴召儿抓过刀来把瓜剖开，“留着这瓜子炒着吃。”

吃过了香的、甜的、热的倭瓜，我们都有了精神，热炕一直热到我们的心里。吴召儿和她姑睡在锅台上，姑侄俩说不完的话：

“你爹给你买的新袄？”姑问。

“他哪里有钱，是我给军队上纳鞋底挣了钱换的。”

“念书了没有？”

“念了，炕上就是我的老师。”

截　击

第二天，我们在这高山顶上休息了一天。我们从小屋里走出来，看了看吴召儿姑家的庄园。这个庄园，在高山的背后，只在太阳刚升上来，这里才能见到光亮，很快就又阴暗下来。东北角上一洼小小的泉水，冒着水花，没有声响；一条小小的溪流绕着山根流，也没有声响，水大部分渗透到沙土里去了。这里种着像炕那样大的一块玉蜀黍，像锅台那样大的一块土豆，周围是扁豆，十几棵倭瓜蔓，就奔着高山爬上去了！在这样高的黑石山上，找块能种庄稼的泥土是这样难，种地的人就小心整齐地压石块把地包镶起来，恐怕雨水把泥土冲下去。奇怪！在这样少见阳光、阴湿寒冷的地方，庄稼长得那样青翠，那样坚实。玉蜀黍很高，扁豆角又厚又大，绿得发黑，像说梅花调用的铁响板。

吴召儿出去了，不久，她抱回一捆湿木棍：

“我一个人送一把拐杖，黑夜里，它就是我们的眼睛！”

她用一把锋利明亮的小刀，给我们修着棍子。这是一种山桃木，包皮是紫红色，好像上了油漆；这木头硬得像铁一样，打在石头上，发出铜的声音。

这半天，我们过得很有趣，差不多忘记了反“扫荡”。

当我们正要做下午饭，一个披着破旧黑山羊长毛皮袄，手里提着一根粗铁棍的老汉进来了；吴召儿赶着他叫声姑父，老汉说：

“昨天，我就看见你们上山来了。”

“你在哪看见我们上来呀？”吴召儿笑着问。

“在羊圈里，我喊你来呀，你没听见！”老汉望着内侄女笑，“我来给你们报信，山下有了鬼子，听说要搜山哩！”

吴召儿说：“这么高山，鬼子敢上来吗？我们还有手榴弹哩！”

老汉说：“这几年，这个地方目标大了，鬼子真要上来了，我们就不好走动。”

这样，每天黎明，吴召儿就把我唤醒，一同到那大黑山的顶上去放哨。山顶不好爬，又危险，她先爬到上面，再把我拉上去。

山顶上有一丈见方的一块平石，长年承受天上的雨水，给冲洗得光亮又滑润。我们坐在那平石上，月亮和星星都落到下面去，我们觉得飘忽不定，像活在天空里。从山顶可以看见山西的大川，河北的平原，十几里、几十里的大小村镇全可以看清楚。这一夜下起大雨来，雨下得那样暴，在这样高的山上，我们觉得不是在下雨，倒像是沉落在波浪滔天的海洋里，风狂吹着，那块大平石也像要被风吹走。

吴召儿紧拉着我爬到大石的下面，不知道是人还是野兽在那里铺好了一层软软的白草。我们紧挤着躺在下面，听到四下里山洪暴发的声音，雨水像瀑布一样，从平石上流下，我们像钻进了水帘洞。吴召儿说：

“这是暴雨，一会儿就晴的，你害怕吗？”

“要是我一个人我就怕了，”我说，“你害怕吧？”

“我一点儿也不害怕，我常在山上遇见这样的暴雨，今天更不会害怕。”吴召儿说。

“为什么？”

“领来你们这一群人，身上负着很大的责任呀，我也顾不得怕了。”

她的话，像她那天在识字班里念书一样认真，她的话同雷雨闪电一同响着，响在天空，落在地下，永远记在我的心里。

一清早我们就看见从邓家店起，一路的村庄，都在着火冒烟。我们看见敌人像一条虫，在山脊梁上往这里爬行。一路不断响枪，是各村伏在山沟里的游击组。吴召儿说：

“今年，敌人不敢走山沟了，怕游击队。可是走山梁，你就算保险了？兔崽子们！”

敌人的目标，显然是在这个山上。他们从吴召儿姑父的羊圈那里翻下，转到大黑山来。我们看见老汉仓皇地用大鞭把一群山羊打得四散奔跑，一个人蹬着乱石往山坡上逃。吴召儿把身上的手榴弹全拉开弦，跳起来说：“你去集合人，叫姑父带你们转移，我去截兔崽子们一下。”她在那乱石堆中，跳上跳下奔着敌人的进路跑去。

我喊：“红棉袄不行啊！”

“我要伪装起来！”吴召儿笑着，一转眼的工夫，她已经把棉袄翻过来。棉袄是白里子，这样一来，她就活像一只逃散的黑头的小白山羊了。一只聪明的、热情的、勇敢的小白山羊啊！

她蹬在乱石尖上跳跃着前进。那翻在里面的红棉袄，还不断被风吹卷，像从她的身上撒出的一朵朵的火花，落在她的身后。

当我们集合起来，从后山上跑下，来不及脱鞋袜，就跳入山下那条激荡的大河的时候，听到了吴召儿在山前连续投出的手榴弹爆炸的声音。

联　想

不知她现在怎样了。我能断定，她的生活和历史会在我们这一代生活里放光的。关于晋察冀，我们在那里生活了快要十年。那些在我们吃不下饭的时候，送来一碗烂酸菜；在我们病重行走不动的时候，替我们背上了行囊；在战斗的深冬的夜晚，给我们打开门，把热炕让给我们的大伯大娘们，我们都是忘记不了的。

一九四九年十一月

（原载《天津日报》1949年11月25日）

【作品赏析】

《吴召儿》是孙犁在中华人民共和国成立后创作的第一篇小说，洋溢着胜利的喜悦，融合着淡淡的忧伤，胜利者的追忆是基本的叙事姿态。战争年代的生活和人物在回望中被过滤得快乐、单纯。

小说开篇有“得胜回头”一段话，从三重视角确定了叙事的基调。当年虽然艰苦，但是年轻、热情，充满热闹、趣味与欢乐。这是第一重：当事者的感知。第二重：母亲的牵肠挂肚。她的担心焦急，令叙事的幸福感倍增。第三重：回忆。“留在记忆里的生活，今天就是财宝”，在无限怀恋中，困难变得有趣，地方美食回味悠长，人的情感尤其纯粹。当叙事沉浸在快乐的回忆中，又不免产生淡淡的失落和忧伤。正是在这样的基调下，吴召儿在深情的讲述中浮现出来。

吴召儿是孙犁小说中少女系列的代表人物，纯净，精明强干，又倔强、调皮。吴召儿的任务是给“我”带路。这个女孩子爱美，把带路看作光荣的任务，尽管任务紧急，也要换了衣服才跑出来，“穿着一件红棉袄，一个新鲜的白色挂包，斜在她的腰里，装着三颗手榴弹。”她是不柔顺的，“泼辣”地抢白了村长，容不得批评却也不在乎批评。吴召儿满怀热情去完成任务，又外向、要强，时代决定她拥有更强的社会性。在社会事务中，她仍然展现出热情与率真。吴召儿天真无邪，丝毫没有矫揉造作，甚至没有羞涩和世故，坦诚而明澈，即便是对“老师”。她问我带的什么干粮，提出要尝尝炒面，于是，“我一边走着，一边解开小米袋的头；她伸过手来接了一把，放到嘴里，另一只手从口袋里掏出一把红枣送给我。”她“尖声娇气”地叫醒了姑姑，拿出当时的“盛宴”招待我们。吴召儿主动提出：“姑！我们给他们熬倭瓜吃吧！”随即“从炕头抱下一个大的来”。“‘不用送去，我来吃它了！’吴召儿抓过刀来把瓜剖开，‘留着这瓜子炒着吃。’”这种热情也是率真的，带有反客为主的意味。

吴召儿还是机敏、勇敢的。攀登“黑得怕人，高得怕人，危险得怕人”的神仙山，战士们一个跟不上一个，她却“走一截就坐在石头上望着我们笑”。“我”提出停在半山过夜，她果断地否决了：“不能。”当敌人摸上山梁的时候，她毅然让姑父带队伍转移，自己去阻击敌人。“吴召儿笑着，一转眼的工夫，她已经把棉袄翻过来”，作者深情地叙述，“她就活像一只逃散的黑头的小白山羊了”，并抒发感情，“一只聪明的、热情的、勇敢的小白山羊啊！”“她蹬在乱石尖上跳跃着前进，那翻在里面的红棉袄，还不断被风吹卷，像从她的身上撒出一朵朵的火花，落在她的身后。”吴召儿是率真的，在乡野之间璞玉天成，没有心机和算计；吴召儿是热情的，带着机敏的灵性，带着勇武之气。古燕赵的慷慨之风在这个女孩子身上得到别致的、时代性的表现。

吴召儿和孙犁小说中的其他女孩子具有相似的美：纯净、热情。她又是独特的，比《芦苇》等早期小说中出现的女孩子更真切，又比秀梅、香菊更天真，没有王振中、刘兰、慧秀长期压抑下的隐痛与忧伤。她倒是更像《聊斋志异》中的婴宁，天真纯美不染纤尘。这取决于《吴召儿》的叙事基调，又和主题密切相关。《吴召儿》要诉说的不是政治话语，而是一种情绪，吴召儿因而不是一个具象的存在，而是抽象的美的个性，是回忆当中单纯的快乐。

吴召儿作为一种审美情绪融合在整体叙事氛围中。不仅是吴召儿，回望叙事对“故事”进行了整体的过滤。战争年代的艰难在“得胜回头”中已然是“过去的一切变得可爱”（普希金），所有的艰苦都融化在青春的热情中。当故事的帷幕拉开，艰难就成了一个背景。叙事时间与故事时间拉开，危险与困境不再具有威胁而成为审美的存在。敌人来“扫荡”，战士要攀登到山顶去，“像一间房子那样大的石头，横一个竖一个，乱七八糟地躺着。一个顶一个，一个压一个，我们担心，一步蹬错，一个石头滚下来，整个山就会天崩地裂房倒屋塌。”“畏途巉岩”却并非不可攀，上面往往坐着吴召儿，像是“突然开出一朵红花，浮起一片云彩来”。艰险被审美化成了崇高，与优美相得益彰。此外，“这半天，我们过得很有趣，差不多忘记了反‘扫荡’”，是愉快的；望着“扪参历井仰胁息”的山顶，也不必“以手抚膺坐长叹”，而有了勇气和力量；在山顶遇大雨，听着山洪暴发的声音，看着雨水像瀑布一样流下，竟然像“钻进了水帘洞”。没有畏惧，只有美。回忆所具有的时间距离使艰难成为审美意义上的崇高。尽管孙犁抗战时期的小说也往往省略艰险与血腥，但与这里的审美化书写具有微妙的差别。

此外，对细节的情感化延宕书写，也是《吴召儿》的一个特点。吴召儿认真念书的态度和声音印进了“我”的记忆，我听到紧张激动的小河流水，听到山草衰白柿叶霜红中的黄鹂声声。从“熟快动听”的声音一笔荡开去，引起一圈圈涟漪，形成了一个小小的漩涡。类似的笔法写到吴召儿掩护战士撤离，吴召儿姑家不大的庄园里青翠结实的庄稼。在山顶的平石上遇雨，吴召儿说：“领来你们这一群人，身上负着很大的责任啊，我也顾不得怕了。”那认真的声音“同雷雨闪电一样响着，响在天空，落在地上，永远记在我的心里。”叙事不断停留，在一个个细节处翩飞，抒写无限怀恋。结尾的“联想”进一步强化了这种怀恋，这里很显然不是出于政治需要讲述军民鱼水情，而是抒写在回望中的情绪，美好的、快乐的，又因其远去萦回着淡淡忧伤。

《吴召儿》是单纯的、美的，那是胜利之初的回望。同时期的小说还有《山地回忆》。孙犁常常讲到自己的抗战情结，讲到对抗战的回忆，更多的时候那是对纯净情感的回忆，对青春的怀念。这种感情在《吴召儿》《山地回忆》中写来是单纯的，随着孙犁在“城市”生活日久，又淡泊名利，不喜应酬，怀念愈加沉重。及至经历了土改，经历了大病，经历了“文革”，渐次变得复杂起来。

山地回忆

从阜平乡下来了一位农民代表，参观天津的工业展览会。我们是老交情，已经快有十年不见面了。我陪他去参观展览，他对于中纺的织纺，对于那些改良的新农具特别感兴趣。临走的时候，我一定要送点东西给他，我想买几尺布。

为什么我偏偏想起买布来？因为他身上穿的还是那样一种浅蓝的土靛染的粗布裤褂。这种蓝的颜色，不知道该叫什么蓝，可是它使我想起很多事情，想起在阜平穷山恶水之间度过的三年战斗的岁月，使我记起很多人。这种颜色，我就叫它"阜平蓝"或是"山地蓝"吧。

他这身衣服的颜色，在天津是很显得突出，也觉得土气。但是在阜平，这样一身衣服，织染既是不容易，穿上也就觉得鲜亮好看了。阜平土地很少，山上都是黑石头，雨水很多很暴，有些泥土就冲到冀中平原上来了——冀中是我的家乡。阜平的农民没有见过大的地块，他们所有的，只是像炕台那样大，或是像锅台那样大的一块土地。在这小小的、不规整的，有时是尖形的，有时是半圆形的，有时是梯形的小块土地上，他们费尽心思，全力经营。他们用石块垒起，用泥土包住，在边沿栽上枣树，在中间种上玉黍。

阜平的天气冷，山地不容易见到太阳。那里不种棉花，我刚到那里的时候，老大娘们手里搓着线锤。很多活计用麻代线，连袜底也是用麻纳的。

就是因为袜子，我和这家人认识了，并且成了老交情。那是个冬天，该是一九四一年的冬天，我打游击打到了这个小村庄，情况缓和了，部队决定休息两天。

我每天到河边去洗脸，河里结了冰，我蹬在冰冻的石头上，把冰砸破，浸湿毛巾，等我擦完脸，毛巾也就冻挺了。有一天早晨，刮着冷风，只有一抹阳光，黄黄的落在河对面的山坡上。我又蹬在那块石头上去，砸开那个冰口，正要洗脸，听见在下水流有人喊：

“你看不见我在这里洗菜吗？洗脸到下边洗去！”

这声音是那么严厉，我听了很不高兴。这样冷天，我来砸冰洗脸，反倒妨碍了人。心里一时挂火，就也大声说：

“离着这么远，会弄脏你的菜！”

我站在上风头，狂风吹送着我的愤怒，我听见洗菜的人也恼了，那人说：

“菜是下口的东西呀！你在上流洗脸洗屁股，为什么不脏？”

“你怎么骂人？”我站立起来转过身去，才看见洗菜的是个女孩子，也不过十六七岁。风吹红了她的脸，像带霜的柿叶，水冻肿了她的手，像上冻的红萝卜。她穿的衣服很单薄，就是那种蓝色的破袄裤。

十月严冬的河滩上，敌人往返烧毁过几次的村庄的边沿，在寒风里，她抱着一篮子水沤的杨树叶，这该是早饭的食粮。

不知道为什么，我一时心平气和下来。我说：

“我错了，我不洗了，你在这块石头上来洗吧！”

她冷冷地望着我，过了一会儿才说：

“你刚在那石头上洗了脸，又叫我站上去洗菜！”

我笑着说：

“你看你这人，我在上水洗，你说下水脏，这么一条大河，哪里就能把我脸上的泥土冲到你的菜上去？现在叫你到上水来，我到下水去，你还说不行，那怎么办哩？”

“怎么办，我还得往上走！”

她说着，扭着身子逆着河流往上去了。蹬在一块尖石上，把菜篮浸进水里，把两手插在袄襟底下取暖，望着我笑了。

我哭不得，也笑不得，只好说：

“你真讲卫生呀！”

“我们是真卫生，你们是装卫生！你们尽笑话我们，说我们山沟里的人不讲卫生，住在我们家里，吃了我们的饭，还刷嘴刷牙，我们的菜饭再不干净，难道还会弄脏了你们的嘴？为什么不连肠子肚子都刷刷干净！”说着就笑得弯下腰去。

我觉得好笑。可也看见，在她笑着的时候，她的整齐的牙齿洁白得放光。

“对，你卫生，我们不卫生。”我说。

“那是假话吗？你们一个饭缸子，也盛饭，也盛菜，也洗脸，也洗脚，也喝水，也尿泡，那是讲卫生吗？”她笑着用两手在冷水里刨抓。

“这是物质条件不好，不是我们愿意不卫生。等我们打败了日本，占了北平，我们就可以吃饭有吃饭的家伙，喝水有喝水的家伙了，我们就可以一切齐备了。”

“什么时候，才能打败鬼子？”女孩子望着我，“我们的房，叫他们烧过两三回了！”

“也许三年，也许五年，也许十年八年。可是不管三年五年，十年八年，我们总是要打下去，我们不会悲观的。”我这样对她讲，当时觉得这样讲了以后，心里很高兴了。

“光着脚打下去吗？”女孩子转脸望了我脚上一下，就又低下头去洗菜了。

我一时没弄清是怎么回事，就问：

“你说什么？”

“说什么？”女孩子也装没有听见，“我问你为什么不穿袜子，脚不冷吗？也是卫生吗？”

“咳！”我也笑了，“这是没有法子么，什么卫生！从九月里就反‘扫荡’，可是我们八路军，是非到十月底不发袜子的。这时候，正在打仗，哪里去找袜子穿呀？”

“不会买一双？”女孩子低声说。

“哪里去买呀，尽住小村，不过镇店。”我说。

“不会求人做一双？”

“哪里有布呀？就是有布，求谁做去呀？”

“我给你做。”女孩子洗好菜站起来，“我家就住在那个坡子上，”

她用手一指，“你要没有布，我家里有点儿，还够做一双袜子。”

她端着菜走了，我在河边上洗了脸。我看了看我那只穿着一双“踢倒山”的鞋子，冻得发黑的脚，一时觉得我对于面前这山，这水，这沙滩，永远不能分离了。

我洗过脸，回到队上吃了饭，就到女孩子家去。她正在烧火，见了我就说：

“你这人倒实在，叫你来你就来了。”

我既然摸准了她的脾气，只是笑了笑，就走进屋里。屋里蒸气腾腾，等了一会儿，我才看见炕上有一个大娘和一个四十多岁的大伯，围着一盆火坐着。在大娘背后还有一位雪白头发的老大娘。一家人全笑着让我炕上坐。女孩子说：

“明儿别到河里洗脸去了，到我们这里洗吧，多添一瓢水就够了！”

大伯说：

“我们妞儿刚才还笑话你哩！”

白发老大娘瘪着嘴笑着说：

“她不会说话，同志，不要和她一样呀！”

“她很会说话！”我说，“要紧的是她心眼儿好，她看见我光着脚，就心疼我们八路军！”

大娘从炕角里扯出一块白粗布，说：

“这是我们妞儿纺了半年线赚的，给我做了一条棉裤，下剩的说给他爹做双袜子，现在先给你做了穿上吧。”

我连忙说：

“叫大伯穿吧！要不，我就给钱！”

“你又装假了，”女孩子烧着火抬起头来，“你有钱吗？”

大娘说：

“我们这家人，说了就不能改移。过后再叫她纺，给她爹赚袜子穿。早先，我们这里也不会纺线，是今年春天，家里住了一个女同志，教会了她。还说再过来了，还教她织布哩！你家里的人，会纺线吗？”

“会纺！”我说，“我们那里是穿洋布哩，是机器织纺的。大娘，等我们打败日本……”

“占了北平，我们就有洋布穿，就一切齐备！”女孩子接下去，笑了。

可巧，这几天情况没有变动，我们也不转移。每天早晨，我就到女孩子家里去洗脸。第二天去，袜子已经剪裁好，第三天去她已经纳底子了，用的是细细的麻线。她说：

“你们那里是用麻用线？”

“用线。”我摸了摸袜底，“在我们那里，鞋底也没有这么厚！”

“这样坚实。”女孩子说，“保你穿三年，能打败日本不？”

“能够。”我说。

第五天，我穿上了新袜子。

和这一家人熟了，就又成了我新的家。这一家人身体都健壮，又好说笑。女孩子的母亲，看起来比女孩子的父亲还要健壮。女孩子的姥姥九十岁了，还那么结实，耳朵也不聋，我们说话的时候，她不插言，只是微微笑着，她说：她很喜欢听人们说闲话。

女孩子的父亲是个生产的好手，现在地里没活了，他正计划贩红枣到曲阳去卖，问我能不能帮他的忙。部队重视民运工作，上级允许我帮老乡去作运输，每天打早起，我同大伯背上一百多斤红枣，顺着河滩，爬山越岭，送到曲阳去。女孩子早起晚睡给我们做饭，饭食很好，一天，大伯说：

“同志，你知道我是沾你的光吗？”

“怎么沾了我的光？”

“往年，我一个人背枣，我们妇儿是不会给我吃这么好的！”

我笑了。女孩子说：

“沾他什么光，他穿了我们的袜子，就该给我们做活了！”

又说：

“你们跑了快半月，赚了多少钱？”

“你看，她来查账了，”大伯说，“真是，我们也该计算计算了！”他打开放在被摞底下的一个小包袱，“我们这叫包袱账，赚了赔了，反正都在这里面。”

我们一同数了票子，一共赚了五千多块钱，女孩子说：

“够了。”

“够干什么了？”大伯问。

“够给我买张织布机子了！这一趟，你们在曲阳给我买架织布机子回来吧！”

无论姥姥、母亲、父亲和我，都没人反对女孩子这个正义的要求。我们到了曲阳，把枣卖了，就去买了一架机子。大伯不怕多花钱，一定要买一架好的，把全部盈余都用光了。我们分着背了回来，累得浑身流汗。

这一天，这一家人最高兴，也该是女孩子最满意的一天。这像要了几亩地，买回一头牛；这像置好了结婚前的陪送。

以后，女孩子就学习纺织的全套手艺了：纺，拐，浆，落，经，镶，织。

她卸下第一匹布的那天，我出发了。从此以后，我走遍山南塞北，那双袜子，整整穿了三年也没有破绽。一九四五年，我们战胜了日本强盗，我从延安回来，在碛口地方，跳到黄河里去洗了一个澡，一时大意，奔腾的黄水，冲走了我的全部衣物，也冲走了那双袜子。黄河的波浪激荡着我关于敌后几年生活的回忆，激荡着我对于那女孩子的纪念。

开国典礼那天，我同大伯一同到百货公司去买布，送他和大娘一人一身蓝士林布，另外，送给女孩子一身红色的。大伯没见过这样鲜艳的红布，对我说：

“多买上几尺，再买点黄色的。”

“干什么用？”我问。

“这里家家门口挂着新旗，咱那山沟里准还没有哩！你给了我一张国旗的样子，一块儿带回去，叫妞儿给做一个，开会过年的时候，挂起来！”

他说妞儿已经有两个孩子了，还像小时那样，就是喜欢新鲜东西，说什么也要学会。

一九四九年十二月

（原载上海《小说》杂志1950年第3卷第4期）

【作品赏析】

《山地回忆》创作于1949年12月，1950年刊载在茅盾、巴金主编的《小说》杂志第3卷第4期上。《山地回忆》从来津开会的农民代表起笔，就此将思绪抛开去，追忆到阜平农家纺染的布，阜平的穷山恶水与坚毅、慷慨的人民。小说在展现战争时代人情人性的同时寄予了对新中国的希冀，整体萦绕着欢乐、怀念的情绪，又有几分谐趣。

《山地回忆》的主人公是一位唤作“妞儿”的女孩子。这个女孩子和她的家庭体现了作者对地方文化性格有意识的观照。这个女孩子与“我”竟是不打不成交。在初识的大段对话中，女孩子的形象惟妙惟肖，突出体现在她的话语中。“严厉”的声音，可谓无理的要求，原来缘于一个误会，“我们是真卫生，你们是装卫生！你们尽笑话我们，说我们山沟里的人不讲卫生，住在我们家里，吃了我们的饭，还刷嘴刷牙，我们的菜饭再不干净，难道还会弄脏了你们的嘴？为什么不连肠子肚子都刷刷干净！”这是妞儿性格的一个侧面，极度自尊，快口直言，稍嫌“泼辣”。说着自己也觉得有些过分，“就笑得弯下腰去”，“整齐的牙齿洁白地放光”。一笑泯恩仇，可谓快意，这是妞儿性格的又一个侧面。然而，这也仅仅是她的性格表层。

更进一层，小说展现了妞儿的热情。热情来自什么？来自谈话间她得知“我”是“打日本”的。因而，在热情的内里是支持抗日，是民族大义。吵、嚷之后，她竟主动提出要替我做一双袜子。而当我到了她的家，才知道一双袜子意味着什么。老大娘说：“这是我们妞儿纺了半年线赚的，给我做了一条棉裤，下剩的说给她爹做袜子，现在先给你做了穿上吧。”袜子凝聚着多少辛勤的劳动，就寄寓着多少对胜利的希冀。女孩子细针密线做着，“这样坚实”，她说，“保你穿三年，能打败日本不？”袜子也确确实实转化为抗战的力量、军民之间的深情，“走遍山南塞北，那双袜子，整整穿了三年也没有破绽。”妞儿的热情也是“加枪带棒”的，“我”到了她家，她竟说：“你这人倒实在，叫你来你就来了。”“我”帮着背枣，女孩子早起晚睡，倾其所有准备饭食，同时又说：“他穿了我们的袜子，就该给我们做活了！”

慷慨率真、热情重义，妞儿分明是古燕赵文化任侠精神的凝聚。同时，变革图强这一燕赵文化的精髓在她身上也有体现。燕赵之地古有胡服骑射之变，作为一种精神传承下来。妞儿爱学新方法，喜欢新事物，显然与这种文化分不开。阜平，春秋时代属鲜虞国，战国时代属中山国，后融入燕赵文化区。地方性格中遗留着燕赵之风。具体来讲，地理上的苦寒又增添了坚毅、自强、勇敢。这是妞儿性格的文化土壤，她家人的性格不妨作为佐证。大娘说起纺线的艰难，似乎“过于直率”，同时又说“我们这家人，说了就不能改移”，坚持要给我做袜子。中华人民共和国成立后，女孩子的父亲到天津与“我”相见，“我”买布给这一家三口。他没有客气、推托、感谢，而且见到鲜艳的红布时还说：“多买上几尺，再买点黄色的！”女孩子的性格难道不是父亲的一个翻版？那率真、那坦诚真是如出一辙，而内里隐含的同样是火样的热情：“这里家家门口挂着新旗，咱那山沟里准还没有哩！你给了我一张国旗的样子，一块儿带回去，叫妞儿给做一个，开会过年的时候，挂起来！”

孙犁在1978年写下一篇《关于〈山地回忆〉的回忆》，讲到一个有趣的情节。他确实有凿冰洗脸的往事，却是因为破坏分子在锅下放了手榴弹，炸得满脸菜汤；确实因洗脸和一个人吵过架，却是和一个非常蛮横无理的妇女，并没有后面的谈话和交往。可见，《山地回忆》把当时遭遇的不愉快乃至愤怒统统过滤掉了，选择用“彩笔”在绵长的怀念中留存快乐与有趣。正如文章所言：“进城以后，我已经感到：这种人物，这种生活，这种情感，越来越会珍贵了。因此，在写作中间，我不可抑制地表现了对她、对这些人物的深刻的爱。”这显然和中华人民共和国成立之初，胜利者回望的叙事姿态有关。

《山地回忆》又洋溢着怀念的心绪：“黄河的波浪激荡着我关于敌后几年生活的回忆，激荡着我对那女孩子的纪念。”然而，丝丝缕缕的怀念最终又整合在快乐的希冀中。在战争年代，对胜利的向往饱含着对美好生活的向往。中华人民共和国成立后，新布料、新技术寄寓着对发展、国富民强的向往。“妞儿已经有两个孩子了，还像小时候那样，就是喜欢新鲜东西，说什么也要学会”的结尾带来光明和力量。

秋千

张岗镇是小区的中心村，分四大头。工作组一共四个人，一人分占一头，李同志还兼着冬学的教员。他在西头工作，在西头吃派饭，除去地主富农家，差不多是挨门挨户一家三天。不上一个月，这一头的大人孩子就全和他熟了。

这几天，冬学里讨论划阶级定成分。人们到得很多。西头有一帮女孩子，尤其是学习的模范。她们小的十四五，大的十七八，都是贫农和中农的女儿。她们在新社会里长大，对旧社会的罪恶知道得很少。她们从小就结成一个集团，一块儿纺线，一块儿织布；每逢集日，一块儿抱着线子上市，在人群里，她们的线显得特别匀细。要买你就全买，要不就一份也不卖，结果弄得收线的客人总得给她们个高价儿。卖了线，买一色的红布做棉裤，买一个花样的布做袄，好像穿制服一样。

吃过晚饭，就凑齐了上学去，在街上横排着走。在黑影里，一听是她们过来了，人们就得往边上闪闪。只许你踏在泥里，她们是要走干道的，晚上也都穿着新鞋。

冬学设在小学校的大讲堂里，她们总是先到，等着别人。

这天，李同志拖着一双大草鞋，来到学校里，灯已经点着了。

女孩子们挤在前边一条长凳上，使得那条板凳不得安闲。一会儿翘起这头，一会儿翘起那头，她们却哧哧地笑。

李同志笑着问：

“今天谁点的灯啊？”

“是大绢！——大绢是模范。”她们喊着。

“咱们的冬学越来越热闹！”李同志说。

“这是——因为你讲话讲得妙！”那个叫大绢的女孩子回答，简直像是唱歌儿。

“我看是这个问题很重要！”李同志说。

“大家都想知道知道自己是什么成分。”大绢笑了半截，强忍耐住了。

说着屋里已经挤满了人，女的也不少。男人把板凳让出来，有的就坐到窗台上去。

“人到得差不多了，开讲吧！”

李同志站到大碗油灯前面。他讲什么叫地主富农，什么叫剥削。他讲到那些要紧的关节，叫大家记住，叫大家举本村的例子，叫大家讨论和争辩。那时我们的政策，有些部分还不如后来那么十分明确，比如确定成分的年月是“事变前三年到六年”。

先讨论村里明显的户，谁家是地主，谁家是富农。最后李同志叫人们再想一想，他严肃地说：

“根据我们讲的，大家看看还有遗漏的没有？”

人们沉静了一会儿。有几声咳嗽，有几声孩子哭，有几个人出去走动了走动。忽然有一个人报告：

“我不怕得罪人，我说一户：西头大绢家，剥削就不轻，叫我看就是富农。大家可以争取争取（就是讨论讨论）！”

李同志静静地听着。说话的人站在人群的后面，看不见他的脸，李同志听出是东头扎花炮的刘二壮，他的嗓门很高。人们都望着大绢。李同志觉得在他的面前好像有两盏灯刹地熄灭了，好像在天空流走了两颗星星。他注意了一下，坐在他前面长凳上的大绢低下了头，连头发根都涨红了。

同大绢坐在一条凳子上的女孩子们，也都低下了头。停了一会儿，那个叫喜格儿的扭动一下身子，回过头去红着脸说：

“你报告报告她家的情况！”

“当然我得有根据，”刘二壮说，“咱们谁也别袒护！”

“什么袒护啊？你说这话就不正确，李同志不是说叫讨论吗？咱们这是学习哩！”女孩子们全体转过身去对抗着。

“你看你们那方式方法！”刘二壮说，“好，我就报告报告她家的情况：她爷爷叫老灿，当过顺兴隆缸瓦店的大掌柜；家里种到过五十亩地，喂过两个大骡子，盖了一所好宅子，这谁不知道？”

“有没有剥削？”李同志问。

“怎么没有？他当着掌柜，家里又没有别人，问问他那五十亩地谁给他种的？那剥削准有百分之二十五！”

“什么时间？”李同志问。

“不多几年儿！反正出不了三年六年那一段。”刘二壮说。

“同志！我说一说行不行？”大绢站起来，转脸望着后面，忍着眼泪。李同志点一点头。她说：

“乡亲们！谁也知道日本人把俺家烧了个一干二净。从我记事起，我们过的是多么寒苦的日子？我从小就两只手没有闲着过，十三上织布，十岁就纺线卖；地里的活，我敢说不让一个男孩子。你们横竖都见来着，现在刘二壮说我们剥削过人，我哪见过大骡子大车呀？”

人们都望着她。她才十五岁，起初人们心里想，这么大的一个孩子，能当着这么些个人说这么几句，像干爆豆似的，可真算不错了。刘二壮也很平和地说：

“反正我说的句句是实，要不叫她那一头的人们说说！”

可是，西头的几个老年人不说话。那几个女孩子也真闹不清这老辈里的事，有钢也使不到刃上。大绢坐在板凳上哭了，她站起来，往外就走，一边走一边哭着说：

“我去叫我爷爷去，看他剥削过人没有？”

“他能来吗，你叫他干什么！”人们拦不住，她走了，到院里就放声哭了。

“这孩子从小可没享受过，”一个壮年妇女对李同志说，“从小爹娘全死了，他爷爷报了估又得了半身不遂，事变那年日本人烧得她家只剩了几间房筒子，家里地里，就仗她一个人！”

“你们上了岁数的人说说，她爷爷到底是怎样一个人？”李同志又问西头那几个老头儿。

“我说说吧！”麻子老点抽完了一锅烟，把烟袋杆里的烟和油子用大劲吹了出来，说，“她爷爷是这样一个人：从小是个穷底，可是个光棍儿，不好生过日子，整天在街上混混儿。后来碰上了一个硬茬儿，栽了一个跟头，就回心转意了。浪子回头，千金不换，他在张岗街上开了一个小杂货店，起先就卖些针头线脑，火绒洋取灯，烧纸寒衣纸，碱面香油醋……每天打个早起，在大道上去跑一趟，拾回满满一筐粪。不上几年，小买卖越来越红火，人们看着他有本事，就有的拿出股本，叫他领东，开了一座缸瓦瓷器店，这就是顺兴隆。用了几个伙计，很是赚钱，三年一账，三年一账，他要了几十亩地……”

“这时就雇了长工？”李同志问。

麻子老点说：

“他没有雇长工。柜上有一辆大车，也用着把式，秋麦两季，铺子里的伙计们帮他收割打场。”

“双层剥削！”刘二壮在后面放低声音说，可是人们还全能听得见

“他又盖了一所住宅，”麻子老点接着说，“这算到了顶儿。就在那一年，和天津的洋人做买卖，一下受了骗，铺子关门，家里报了估。日本人来了，又给他点上一把火，烧了个片瓦无归……”

“在哪一年报的估？”李同志问。

“不多几年儿！”麻子老点说，“反正也在三年六年那一段里。”

那天晚上，大绢并没有把她爷爷叫来。时间晚了，冬学就散了。

以后，大绢没有上学来，虽说并没人限制她。和她一伙的女孩子们这几天到得也不齐，有几个早来，有几个迟到。坐在板凳上也不那样哄笑打闹了。

李同志到西头吃派饭，这天轮到喜格儿家里，喜格儿又给他炒了鸡

蛋。李同志一边吃一边进行教育，说是一家人，不该给他做好的吃。喜格儿只是笑着听着，也不反对。喜格儿的娘说："你说得有理，我们做得也不歪，好东西不叫一家人吃，难道叫外人吃？"说笑中间，有人在外间叫了一声，喜格儿放下碗筷就出去了，随手拉进一个女孩子来，是大绢。

一眼看来，大绢好像比平时矮了一头，浑身满脸要哭的样子。喜格儿说：

"你和老李说说么！光哭顶事？"

说话一掀门帘又进来了一群，都是她们那一帮，有的靠着隔山门，有的立在炕沿边，有的背着迎门橱，散布开了，好像助阵似的。

大绢说："李同志，你再到我们家里去看看，我们是地主富农吗？我能和人家那孩子们比吗？"

喜格儿说：

"我们从小在一块儿拾柴挑菜。从前是地主富农的闺女瞧不起我们，不跟我们在一块儿，眼下是我们不跟她们在一块儿。为什么平白无故把大绢打进仇人的伙里？"

"你们想不通！"李同志说。

"想不通，她一点儿也不像。"喜格儿说。

"李同志你再考察考察！"

"老李，你再到她家去看看，看看像个富农不？"

她们是在苦苦求情了。李同志说：

"这是学习，你们不同意，就在学校里提意见呀！"

"提意见，我们是得提意见。我们觉得不能追那么远，不是不许追三代了吗？"一个女孩子说。

李同志说：

"人家没有追三代。她家有剥削，时间又在三年六年那一段里，这是个成分问题。家里没什么了，自然也就不再斗争你的东西。"

"我没剥削过人，怎么能担这个名儿呀？"大绢又哭了。

李同志放下饭碗说：

"我们是要消灭人剥削人的制度。这个制度存在几千年了，你们想想有多少人，在这个制度下面含冤死去，有多少人叫这个制度碾个粉碎？你们都听过老年人诉苦了，该明白剥削是多大的罪恶！多少年来，人们怀抱一个理想，就是要消灭这个制度，好叫人们像春苗一样，不受旱涝，不受践踏，自由地生活生长生存。有很多人为这个理想牺牲一切，献出了自己的生命。你们村里就有过两位坐狱被杀的共产党员。这不是随随便便的事，也不是求情的事。自然，我们也要慎重，不能把自己的人当成敌人！”

女孩子们说：

“李同志，你说得对，她要真是地主富农，就是亲生姐妹，我们绝不袒护她！我们觉着她不是，她是我们一群里的！”

正月里，工作组学习了一九三三年两个文件，读了任弼时同志的报告，李同志又拿到冬学里去讲解，重新讨论了几家的成分。这一帮女孩子就提出来：大绢家有过剥削，是老年间的事了，也没有连续三年，按新精神定成分，她还是农民。

大绢也来上学了。她瘦了些，可是比以前更积极更高兴了，就是：火色更纯净，刚性也更坚韧了。她说：她爷爷剥削过人是他的罪过，经过这回事情，她要记着：一辈子也不要剥削别人一点点。

正月里，只有剥削过人的家庭，不得欢乐。喜格儿她们在村西头搭了一个很高的秋千架。每天黄昏，她们放下纺车就跑到这里来，争先跳上去，弓着腰用力一蹴，几下就能和大横梁取个平齐。在天空的红云彩下面，两条红裤子翻上飞下，秋千吱呀作响，她们嬉笑着送走晚饭前这一段时光。

秋千在大道的边沿，来往的车辆很多，拉白菜的，送公粮的。戴着毡帽穿着大羊皮袄的把式们，怀里抱着大鞭，一出街口，眼睛就盯在秋千上面。其中有一辆，在拐角的地方，碰在碌碡上翻了，白菜滚到沟里去，引得女孩子们大笑起来。赶车的人说：

“别笑了，快过来帮忙搬搬吧，咳！光顾看你们打秋千了。你们打那么高，眼看就从大梁上翻过来了！”

天黑下来，她们才回家去吃饭，吃过饭又找到一块儿上冬学去了。

一九五〇年一月

（原载《人民文学》1950年第1卷第5期）

【作品赏析】

《秋千》创作于1950年1月，与孙犁在张岗镇参加土改工作的背景有关。孙犁在此前的多篇小说中，将土改作为战争叙事的背景，如《纪念》《蒿儿梁》。1949年创作的《村歌》《石猴儿》开始以土改作为主题，体现了现实主义与人道主义的结合。创作于1950的《秋千》可以看作与《村歌》具有互文性的作品，凝练精缩的篇幅、跃动空灵的笔触，透露着深沉的人道主义关怀。

孙犁曾谈道：“凡是写文章的人，都希望自己的作品能够传世。能否传世，现在姑且不谈。如果我们能够，在七十年代，把自己六十年代写的东西，再看一看，或是隔上几年，就把自己过去写的东西，拿出来再看。看看是否有愧于天理良心，是否有愧于时间岁月，是否有愧于亲友乡里，能不能向山河发誓，山河能不能报以肯定赞许的回应。”这段话字字珠玑，日月可鉴，表达了孙犁的文学观。文学是人的文学，是求真的文学，孙犁的写作是在真诚地关怀人、关怀现实。在土改政策和人道主义情怀之间，《秋千》呈现出了张力结构。《秋千》从人道主义的角度肯定了土改。土改“是要消灭人剥削人的制度”，给农村带来了新气象。同样从人道主义的角度，《秋千》关怀着个人。

大绢是一群女孩子中的一个，她们勤劳、爱美、要强、活泼，有着纯洁的友谊，她们上冬学，积极、认真，又快乐。将其中的一个分离出来，成为异类是难以接受的。然而，“大绢家”被提出来“剥削不轻”，是“富农”。这对于一个从小被日本人烧了房子，死了爹娘，还要照顾半身不遂的爷爷的女孩子来讲是何其不公，更何况这个女孩子受尽穷困、乱离，却勤于耕作、坚忍顽强。当有人揭发她的成分问题，要强的大绢先是万分羞惭，继而“像干爆豆儿似的”辩解，并在伙伴的陪同下去找李同志说明情况。大绢不是由人“可怜”的，而是有着令人敬重的生命的庄严。也正是从这个意义上，大绢的爷爷的相关叙事是双声部的。在刘二壮的揭发中，他拥有田产，“剥削不轻”，麻子老点却将他浪子回头、聪明、勤勉而生意兴隆，做生意遭洋人欺骗，房子被日本人烧毁的大半生娓娓道来。这也是一个强韧的、有尊严的生命。显然是叙事的安排，他的个人命运才获得了言说的机会。孙犁在小说中写到过多少美好的生命，之所以闪耀着人性的光辉，重要的原因即在于灵魂的坚韧不拔。

那群女孩子也不是温柔恭顺为美的。她们甚至“霸道”地令收线的客人总得给高价儿，“嚣张”地“只许你踏在泥里”，笑闹着“使那条板凳不得安闲”，隐含叙事者却似乎满含赞许地守望着她们。矛盾和苦恼即便存在，也最终消匿在她们的笑闹声中。她们的秋千张扬地在大道边“飞”，来往的车把式看着她们，大有“来归相怨怒，但坐观罗敷”之势。甚至有的车翻了，白菜滚到沟里去，她们却大笑起来。叙事何以对女孩子们充满宽容与赞许？要知道孙犁在《走出之后》中讲过“不喜欢女人那一种张狂”的。小说戛然而止在飘荡的秋千后一起上冬学的场景，“在天空的彩云下面，两条红裤子翻上飞下，秋千吱呀作响，她们嬉笑着送走晚饭前这一段时光”是青春飞扬的定格。这群女孩子的书写可以看作是对青春精神的礼赞。

《秋千》的人道主义还体现在女孩子们的友谊上。这群女孩子笑笑闹闹在一起，结下了最纯洁的友谊。及至大绢的问题被提出，她们没有因此疏远她，而是集体感到苦恼。她们帮她对抗、为她辩解，寻找机会陪同她澄清问题。这无关利害的，毫不自私的友谊是因为坚信“我们觉得她不是，她是我们一群里的”。“她要真是地主富农，就是亲生姐妹，我们也绝不袒护她”倒更像是担保，不必追究可信度了。

《秋千》是关怀现实的，看到土改中的一些问题，如群众关系的复杂性，政策与实际之间的距离，对农民财产积累的不同态度等。在这些问题上，很容易见得和丁玲的《太阳照在桑干河上》的相似之处。老灿之于顾涌，大绢之于黑妮，之所以相似缘于对现实的观察与洞透，源于人道主义的人性关怀。孙犁同期还创作有土改题材的短篇小说《正月》。女孩多儿在土改政策下获得“翻身”，这是小说的主题。她与两个姐姐，与母亲的根本区别却在于她主宰了自己的命运，挣脱了一代代女人周而复始的苦难。《正月》从另一个侧面彰显了孙犁现实关怀与人道主义的共在。

孙犁的家乡在河北安平县孙遥城村，他的父亲早年购置了土地房屋。1947年，孙犁的父亲去世，孙犁在外参加革命，家中只剩下母亲和妻子，曾经雇人来帮忙种地。土改中，孙犁家被定为富农，家产遭到贫农团分割。孙犁曾大为恼火，也曾为此作过检查。显然这是一个心理的动因。小说更直接的原型则来自孙犁在张岗的时候的一段见闻。富农边凤歧找到孙犁，讲述她的家史。爷爷边老谭凭借个人才智与劳动发家致富，后遭遇土匪绑票，只得将家财全部变卖掉；抗战期间，又被怀疑是八路军家属，房子被烧掉。土改时，只有孙女跟着老两口过活，这一家人很积极，但是在定成分时被说成富农。在孙犁的坚持下，工作组最终将这一家认定为了中农。这些现实生活中的问题触发了孙犁的艺术想象。孙犁在《文学和生活的路中》讲：“只有真正的现实主义作家，才能成为真正的人道主义者。而一旦成为伟大的人道主义者，他的作品就成为伟大的观念形态，这种观念形态，对于人类固有的天良之心，是无往而不通的。”正是在这个意义上，孙犁的现实主义与人道主义达成了深刻的融合。

亡人逸事

一

旧式婚姻，过去叫作“天作之合”，是非常偶然的。据亡妻言，她十九岁那年，夏季一个下雨天，她父亲在临街的梢门洞里闲坐，从东面来了两个妇女，是说媒为业的，被雨淋湿了衣服。她父亲认识其中的一个，就让她们到梢门下避避雨再走，随便问道：

“给谁家说亲去来？”

“东头崔家。”

“给哪村说的？”

“东辽城。崔家的姑娘不大般配，恐怕成不了。”

“男方是怎么个人家？”

媒人简单介绍了一下，就笑着问：

“你家二姑娘怎样？不愿意寻吧？”

“怎么不愿意。你们就去给说说吧，我也打听打听。”她父亲回答得很爽快。

就这样，经过媒人来回跑了几趟，亲事竟然说成了。结婚以后，她跟我学认字，我们的洞房喜联横批，就是“天作之合”四个字。她点头笑着说：

“真不假，什么事都是天定的。假如不是下雨，我就到不了你家里来！”

二

虽然是封建婚姻，第一次见面却是在结婚之前。订婚后，她们村里唱大戏，我正好放假在家里。她们村有我的一个远房姑姑，特意来叫我去看戏，说是可以相相媳妇。开戏的那天，我去了，姑姑在戏台下等我。她拉着我的手，走到一条长板凳跟前。板凳上，并排站着三个大姑娘，都穿得花枝招展，留着大辫子。姑姑叫着我的名字，说：

“你就在这里看吧，散了戏，我来叫你家去吃饭。”

姑姑的话还没有说完，我看见站在板凳中间的那个姑娘，用力盯了我一眼，从板凳上跳下来，走到照棚外面，钻进了一辆轿车。那时姑娘们出来看戏，虽在本村，也是套车送到台下，然后再搬着带来的板凳，到照棚下面看戏的。

结婚以后，姑姑总是拿这件事和她开玩笑，她也总是说姑姑会出坏道儿。

她礼教观念很重。结婚已经好多年，有一次我路过她家，想叫她跟我一同回家去。她严肃地说：

“你明天叫车来接我吧，我不能这样跟着你走。”我只好一个人走了。

三

她在娘家，因为是小闺女，娇惯一些，从小只会做些针线活；没有下场下地劳动过。到了我们家，我母亲好下地劳动，尤其好打旦起，麦秋两季，听见鸡叫，就叫起她来做饭。又没个钟表，有时饭做熟了，天还不亮。她颇以为苦。回到娘家，曾向她父亲哭诉。她父亲问：

“婆婆叫你早起，她也起来吗？”

“她比我起得更早。还说心疼我，让我多睡了会儿哩！”

“那你还哭什么呢？”

我母亲知道她没有力气，常对她说：

“人的力气是使出来的，要伸懒筋。”

有一天，母亲带她到场院去摘北瓜，摘了满满一大筐。母亲问她：

“试试，看你背得动吗？”

她弯下腰，挎好筐系猛一立，因为北瓜太重，把她弄了个后仰，沾了满身土，北瓜也滚了满地。她站起来哭了。母亲倒笑了，自己把北瓜一个个捡起来，背到家里去了。

我们那村庄，自古以来兴织布，她不会。后来孩子多了，穿衣困难，她就下决心学。从纺线到织布，都学会了。我从外面回来，看到她两个大拇指，都因为推机杼，顶得变了形，又粗、又短，指甲也短了。

后来，因为闹日本，家境越来越不好，我又不在家，她带着孩子们下场下地。到了集日，自己去卖线卖布。有时和大女儿轮换着背上二斗高粱，走三里路，到集上去粜卖。从来没有对我叫过苦。

几个孩子，也都是她在战争的年月里，一手拉扯成人长大的。农村少医药，我们十二岁的长子，竟以盲肠炎不治死亡。每逢孩子发烧，她总是整夜抱着，来回在炕下走。在她生前，我曾对孩子们说：

“我对你们，没负什么责任。母亲把你们弄大，可不容易，你们应该记着。”

四

一位老朋友、老邻居，近几年来，屡次建议我写写“大嫂”。因为他觉得她待我太好，帮助太大了。老朋友说：

“她在生活上，对你的照顾，自不待言。在文字工作上的帮助，我看也不小。可以看出，你曾多次借用她的形象，写进你的小说。至于语言，你自己承认，她是你的第二源泉。当然，她瞑目之时，冰连地结，人事皆非，言念必不及此，别人也不会做此要求。但目前情况不同，文章一事，除重大题材外，也允许记些私事。你年事已高，如果仓促有所不讳，你不觉得是个遗憾吗？”

我唯唯，但一直拖延着没有写。这是因为，虽然我们结婚很早，但正像古人常说的：相聚之日少，分离之日多；欢乐之时少，相对愁叹之时多耳。我们的青春，在战争年代中抛掷了。以后，家庭及我，又多遭变故，直至最后她的死亡。我衰年多病，实在不愿再去回顾这些。但目前也出现一些异象：过去，青春两地，一别数年，求一梦而不可得。今老年孤处，四壁生寒，却几乎每晚梦见她，想摆脱也做不到。按照迷信的说法，这可能是地下相会之期，已经不远了。因此，选择一些不太使人感伤的片断，记述如上。已散见于其他文字中者，不再重复。就是这样的文字，我也写不下去了。

我们结婚四十年，我有许多事情，对不起她，可以说她没有一件事情是对不起我的。在夫妻的情分上，我做得很差。正因为如此，她对我们之间的恩爱，记忆很深。我在北平当小职员时，曾经买过两丈花布，直接寄至她家。临终之前，她还向我提起这一件小事，问道：

“你那时为什么把布寄到我娘家去啊？”

我说：

“为的是叫你做衣服方便呀！”

她闭上眼睛，久病的脸上，展现了一丝幸福的笑容。

一九八二年二月十二日晚

（原载《人民文学》1982年第4期）

【作品赏析】

《亡人逸事》创作于1982年2月。作为孙犁“新时期”的作品，带有清苦、寂寞中凝练出的沉郁的特点，同时又萦绕着缕缕空灵、隽永的“荷风”。小说在回忆中展开，穿过了悠长、迷离的岁月，一些珍贵的记忆仿佛经过了情感的发酵，别具深长而甘醇的意味。细微的神情与动作浮现出来，愈加精准而传神。

“天作之合”的叙事，在双重回忆的视点下展开。妻子讲述当年下雨天的姻缘巧合，自然是夫妻琴瑟相和的私密话语。夫妻恩爱随即与天作之合的叙事一并融入天人两隔的怀念中，幸福与伤感汇聚，如同山泉汩汩流淌。

孙犁的女儿孙晓玲在回忆散文《摇曳秋风遗念长》中也谈到类似的情节，似乎更详细。在媒人介绍后，两位父亲曾下地时相遇，在地头各揣心事聊了起来，甚为投机，亲事就定了下来。她的叙事采用了第三人的视角，似乎多了一些“旧式的”“包办婚姻”的意味，而没有如此复杂的深情。

婚前相见妙趣横生。在姑姑“出坏道儿”的安排下，借村里唱大戏的机会戏台下相见，这是不合礼数的，因而姑娘匆匆离去。笔墨极为俭省，仅是：“板凳中间的那个姑娘，用力盯了我一眼，从板凳上跳下来，走到照棚外面，钻进了一辆轿车。”那“用力”地“盯”，似乎含有对姑姑做法的不满，实则是传统农村一个姑娘对未来能投注的所有瞩望，也是初次相见的深深爱意。而“我”的感受，虽未着一词，也可见钟情。关于“我”眼中姑娘的相貌并无一字提及，但在其他资料中，二姑娘的品貌端庄、心灵手巧是村人尽知的，媒人的一句“你家二姑娘怎么样？不愿意寻吧？”也并非仅仅是试探，而潜藏着对姑娘相貌、品格的肯定。并且，比起相貌，姑娘的用力一盯与匆匆离去似乎更符合孙犁对女性的审美。实则，孙犁的妻子确实在衣着、品格上更令孙犁满意。孙晓玲回忆道：“印象中的母亲，稍圆的脸盘儿，双眼皮儿大眼睛，宽脑门儿”，“白净皮肤，中等个头儿，待人亲切，乡音极浓。她总是穿得素素净净的，是家做的那种偏襟布衣，鞋也总是自己纳底儿做。”韩映山也曾记述过孙犁的妻子：“她，中溜儿个儿，圓盘脸，眼睛明亮，透着善良、柔和的光。”这样的气质与孙犁一生的节俭、朴实是相合的。她的重的礼教观念也是孙犁女性审美的一个重要方面。《荷花淀》《嘱咐》中，孙犁对“女人”的美出神入化地书写显然很大程度上有着妻子的影子。妻子也渐渐明白大是大非，《丈夫》中的“她”显然正是以妻子为原型人物，在思念中写下的。

叙述妻子婚后从娇弱到坚韧，仍然平淡如水，却交织了赞美、疼惜和愧疚。孙犁的岳父较有见识，算是村里的能人，妻子家境宽裕，且娇生惯养。出嫁以后，经历了种种不适应。但是，经历了生活的磨砺，特别是有了孩子，为母则刚，妻子拉扯着孩子纺线织布、下场下地，独立担负起生活的重担。战争岁月，独自养育孩子，劳力劳心，还经受了痛失爱子的折磨。字里行间充满了对妻子坚忍品格的赞美，疼惜之情自然流溢出来，妻子的承负如此之重显然和自己作为一个“不称职”的丈夫是分不开。“我”对孩子们的嘱咐“我对你们，没负什么责任。母亲把你们弄大，可不容易，你们应该记着”，融合了这三种复杂的情感。

做媒、婚前相见、婚后生活的讲述是节制的，将丰富的感情抑制在波澜不惊下。而讲起“写写”妻子的情绪，叙事者却失声哽咽，“写不下去”。对妻子的怀念自然是主要的，愧疚也是明确讲到的原因。同时，身世际遇的感伤亦不能排除。孙犁对韩映山沉痛地讲道：“我有很多地方对不住她，她跟着我，好像没得过什么好处。八年战乱，她一个人在家里；新中国成立后，我又大病了十年，在外面养病；如今，她又赶上了这样的时候……”“这样的时候”正是指妻子死去的“文革”中。中华人民共和国成立后，孙犁的作品遭到数次批判，并经历了批判“胡风反革命集团”“丁玲、陈企霞反党集团”事件。1956年，孙犁得了严重的神经衰弱，休养了十年。妻子承受着巨大的精神压力，终于在1965年病倒。毁灭性的打击来自“文革”，孙犁被打倒、批斗、逐出家门，数次试图自杀，妻子一方面劝慰他：“咱不能死，咱还要活着看这世界呢！”“这人啊，十年河东，十年河西，十年过来看高低！”一方面病情加重，终于在1970年去世。复杂的悲伤在《报纸的故事》《新年悬旧照》《三马》等作品中也有表达，而《幻觉》则对妻子进行了别样的追怀，可谓“曾经沧海难为水”。

《亡人逸事》对亡妻的坚忍、劳苦的感念与愧疚颇似朱自清的《给亡妇》，却因情趣而空灵。与“文革”经历相关的沉郁悲愤又三分类似巴金的《怀念萧姗》，但孙犁仍然将《亡人逸事》收束在“幸福的笑容”。孙犁屡屡称妻子为“老妻”，则恰与杜甫相同，饱含着对结发之妻的疼惜，却多了几分歉疚。当然，身世乱离而失知音的沉痛思念更像是苏轼的《江城子·乙卯正月二十日夜记梦》，却少几分“纵使相逢应不识，尘满面，鬓如霜”，增添几分患难与共。《亡人逸事》是孙犁式的。当然，不可否认当年夫妻两地，复杂的人事，更没必要品评情感世界。就文本来说，《亡人逸事》美在平淡、深情与空灵，是孙犁晚年为数不多的具有“荷风”的作品。

村　　歌

上篇　互助组

一

老邴区长和县妇救会王同志到张岗组织农民生产，住在妇女生产部长香菊家里。王同志整天去开会，老邴实际上只处理着村里的事务问题，整天忙得下不来炕。村里陈年烂芝麻的老账，都找他来解决，他觉得这也是自己分内的工作。另外，他自己是个工农干部，最害怕在群众面前讲话。他讲话准备了半天，三言两语就完了，又好发脾气；所以什么召集大会，组织识字班的事，他就乐得叫王同志去。

村生产委员会的妇女生产小组，已经组织了八组。今天又开会，王同志同香菊吃过早饭就走了，香菊临走告诉老邴给她看门。

老邴留在家里，一个人在台阶上坐着看文件。

香菊家院里什么东西也没有，只有一棵枣树。旱枣潦梨，今年枣儿挂得很密，树尖上的已经全红，有的裂纹了。窗台下疏疏拉拉种着几棵扁豆，没有多少花。

香菊是贫农，老邴觉得这和自己的家里仿佛完全一样，他想起了还在冀南老家一个人过日子的母亲。他想香菊的爹娘早早死去，一个小姑娘，还养活着一个妹妹，过这样的日子，多么艰难。

他听见哧哧的笑声。转过脸来，看见一个姑娘抱着一个小孩儿，正用青秫秸打枣，逗着小孩儿笑。这姑娘细长身子，梳理得明亮乌黑的头发，披在肩上；红线白线紫花线合织的方格子上身，下身穿一条短裤，光脚穿着薄薄的新做的红鞋。

她仰着头望着树尖，像是寻找哪一个枣儿红得透，吃着可口，好动手去打。

那姑娘准备好一个姿势，才回过脸来。她好像早就测量好了方位距离，一眼就望到区长的脸上，笑了笑，扔下青秫秸，和孩子哼哈说笑着转身走了。

老邴看准了她的脸，她的脸在太阳地里是那么白，眼睛是那么流动。老邴想：为什么不认识这个妇女？她为什么不去开会？

那姑娘走出院，往东去了，拐进一个白梢门，又回头望了望。

老邴觉着奇怪，跟到那里看看。一进白梢门，是三间土坯北房，新糊的洒油的窗纸，镶着小玻璃镜。那姑娘在屋里脸贴着镜子，望着老邴。

老邴站在院当中，问：

"你们在这里住呀？"

"嗯。"那姑娘笑了一下说。

"你家里尽有什么人呀？"

"他们全不在家。你有事吗，区长？"

"没有事。"老邴一时觉得不好意思，要转身出来。那姑娘却爬下炕走出来，站在门台上，回身取过一个小板床，放在老邴面前，笑着说：

"区长，坐一坐吧，你轻易不到我们家里来。我有个问题，和你讨论讨论。"

"什么问题？"老邴坐下来。

姑娘没有说话。老邴看见这姑娘的脸上搽着粉，两道眉毛虽然那么弯弯的，左边的一道却只有一半，在眼睛上面，秃秃地断了。

老邴说：

"你家里的人，都到地里去了吗？"

“没有。”

“去开会了？”

姑娘的脸一红，她说：

“没有，我正要和你讨论这个问题。”

“你说吧！”老邴有些不耐烦，“你叫什么名字？”

“我叫双眉。”姑娘说。

“你们也姓李，和香菊是一家子？”

“不是，我们姓郭。”

“你们常在一处做活吧？”

“不在一处，”双眉说，“我正要和你讨论这个。我问区长，凭什么，她们不叫我参加？”

“参加什么？”老邴问。

“参加生产组。”双眉的嘴唇有点儿发白，“不是讲生产吗？我们可以比一比呀，她们一天卸一个半布，我一天卸三个，她们不叫我参加。你看看！”她一扯自己的花褂子，“她们能织这样的布？一道街上，都到我这里来淘换布样子；可她们不叫我参加。”

“谁不叫你参加？”老邴问。

“她们！”双眉的眼里噙着泪。

“她们说什么？”

“说我参加过剧团，有男女问题。”双眉的声音放低了。

“有错误，纠正了就完了！”老邴站起来想走。双眉又高声说：

“我没有问题。我问区长：什么叫流氓？”

老邴笑了笑。

“这里说得明白！”双眉跑到屋里，拿出一张报纸，交给老邴。在问事处栏里，有关于流氓的解释。

“我得叫她们看看报，她们为什么给我扣帽子！”没等老邴看完，双眉就把报纸扯了回去。

“我问区长：登台演戏算不算流氓？”

“那是宣传么，怎么能叫流氓？”老邴说。

“夜晚演戏算流氓吗？”

“那也不是。”

“出村演戏算流氓吗？出村体操算流氓？”

“不是那么个问题。”老邴说。

“什么问题？”双眉说，“她们就根据这个叫我流氓！我问区长：好说好笑，算不算流氓？赶集上庙算不算流氓？穿干净点儿算不算流氓？”

“报上说得明白，”老邴很郑重地说，“流氓主要是不生产。”

“却又来！”双眉扬眉一笑，“我一天能卸三个布。好说好笑是我的脾气，赶集上庙是我要买线卖布，穿的花布是我自己织纺的。我问问她们还能说出我什么来！”

“你家是什么成分？”老邴问。

双眉一转身就进屋里去了，走到外间，她回过头来叫：

“区长，你进来看看俺们的家。”

老邴跟了进去。外间屋一只木板床，上面放一摞大花碗，一块大案板，一条大擀杖，油瓶醋瓶盐罐，墙上挂一个大笊篱。双眉撩起西间的门帘，一条头打外的大炕一领新炕席，屋里是任什么也没有。双眉又把他领到东间，迎门就是一架顿机，机上还安着没织完的花格布，别的陈设也不多，可是拾掇打扫擦洗得明亮干净。

“你们家里有几口人？”老邴问。

“四口。”

“种多少地？”

“五亩半。”

“牲口？”

“和别人插着一个小驴，”双眉笑一笑，“区长你说我们叫什么农？”

“按地亩和人口说，你们该是贫农。可是你们生活不错吧，你家案板那样大，敢是常吃白面？”

“俺家开的是起火小店。”双眉笑了，“你没看见那头那大炕？吃的就从这里边赚出来；穿的就凭我这两只手，织织纺纺。”

“我回去和王同志谈谈。”老邴说着走出来。双眉把他送到大门外边，站了好久才进去。

二

老邴回到香菊家，王同志和香菊全开会回来了，正等着他吃饭。

在当屋放下白木桌，听姐姐支使，小二菊用水把桌面洗了一下，又拣那两个大的完整的黑碗，给王同志和老邴盛上饭。

王同志文化高，上过抗战学院，下乡来，饭量很小，可是好吃乡下的“鲜儿”。香菊特别给她预备的有：大青豆角，新刨的没长好的山药，嫩棒子——王同志叫它老玉米，小二菊一听就笑。有些东西是香菊自己地里种的，有的就是小二菊随手从别人家地里摘来。

王同志、老邴和小二菊在桌上吃，香菊端着碗坐在屋门限上吃。

老邴说：

“香菊，我今日个到一家开小店的家去了，那是谁家？”

“哪头呀？我们村里三家开小店的哩！”香菊仰着头问。

“东头路南那个白梢门里。”

“那是郭忠家。”香菊说。

“你不要到那里去吧，同志！”王同志剥着毛豆，“她家是破鞋哩！”

“我问问香菊，”老邴说，“他家那个姑娘，叫双眉的，到底怎么样？”

“很坏么，同志！”王同志啃着老玉米，“是个流氓！”

“香菊把她的历史谈谈。”老邴说。

“说起来，那话就远了。”香菊安稳地说。

“你从近处说。”老邴一看见香菊谈问题的时候那么老老实实，就笑了。

“双眉的姥姥家是拉大宝局的，双眉的娘从小就在那场儿里长大。听说小的时候就跟双眉一样，长得很好，有多少人想算着。她爹是街面一个光棍，却看准了开小店的郭忠，就把她嫁给郭忠了。郭忠是个有名的老实头，村里那些乱七八糟的人，就短不了往小店里跑，双眉的娘又是那么个不在乎的脾气，人们就说她的坏话，可是人家开的是店，那也不能比平常住家。”

“双眉哩？”老邴问。

“也有人说她的闲话，我看不准。”香菊说。

“毫无问题！”王同志说，“什么娘什么女，什么桌子什么腿！”

“过去，她当过女自卫队的队长，那时我们都怕她。可是哪一次我们也是考第一。她好胜。她也参加过剧团，剧团里黑间排戏，回来得晚，她又好说笑，好打闹，好打扮，闲话就来了。今年整组，把她撤了，那时王同志在这村里。”香菊又补充了一段。

“那是一点儿也不冤枉的，双眉横着哩！”王同志吃饱，站起来到里间屋歇晌去了。

“当时是谁提出来撤双眉的职？”老邴问。

“那是小组会上提的，听说是西头大器提的劲大。”香菊说。

“大器不是真破鞋么？”

“那倒是！”香菊笑了，“近来才听说她是叫郭环指使。郭环是大地主郭老太的侄子，他把家业糟了，年上没斗他。过去，他常往双眉家跑，在整组以前，听说双眉把他骂了出来！”

“啊，是这样一个人说双眉是流氓！为什么你们就听信？”老邴问。

“双眉也有她的缺点。她强迫命令，她瞧不起不如她的人，她说话刻薄，这样得罪的人就多了。有一个人一吹气，就刮起风来。”香菊笑了笑，站起来去拾掇桌子。

“你们为什么不叫她参加生产组？”老邴问。

“就为这个呗！她是撤过职的，人们不愿意和她成组，我们也怕影响不好，就没叫她参加。你的意见，叫她参加？”

“我的意见，叫她参加，也批评教育她。我们不能把真正坏蛋的话，当成金口玉言，把自己的人推在外边。”老邴也站起来，“你们再讨论讨论！”

“王同志！”香菊叫了一声，王同志在屋里睡着了，没有答声，“恐怕王同志不叫她参加哩，双眉当场和他顶过嘴！”

“那不是重要问题，”老邴说，“明天，你把我的饭派到双眉家去，我了解她家一下。”

“嗯。”香菊笑着答应了。

三

第二天，双眉很早就来叫老邴吃饭去。桌子放在炕上，双眉的娘和双眉的小弟弟和老邴一块儿吃，双眉盛饭。双眉的爹不好说话，和区长笑着打个招呼，就端着碗街上吃去了。

在她家一连吃了三天饭，老邴知道了这家人家的风俗和历史。

原来这个张岗镇是河间府通保定府的大道，事变前，村里的地主们在街上开了五六家绸缎店和两家大钱庄，造成村里无数的穷人，吸引来很多流氓。村里添了十几处赌局烟馆，在人民的生活上，也造成一种浮华和轻视正当劳动生产的风气。

那时张岗街上像唱着一台戏：街上热热闹闹，哄哄吵吵；种地的苦一年十二个月，除了直着送到地主家门的，还有拐个弯送到地主手里的，那就是经过各种摊派，经过当铺、钱庄、失盗、赌局……地主撒出粗的细的、弯的直的吸血管，扎进农民的生活，肥壮他自己。

事变以后，一场暴雨，把张岗街面上的乌烟瘴气，打下去了。消灭剥削，就斩断了烟犯、赌徒、暗娼、偷盗的根基。绸缎庄不开了，钱庄关门，街上出现了广大的土布摊。游手好闲的人少了，大家知道劳动生产是光荣。

郭家这个小店，从郭忠的爷爷开起来。小店的历史这样长，祖父孙三代又保持着分量大作料足的卖面方针，老主顾就特别多。店门口也不挂笊篱，也不写“招待客商草料俱全”，可是每逢张岗三八大集，那些推车的小贩，担挑的匠人，就像奔回自己家里一样，来住他家的店。

郭忠是个老实人，客人也多是熟主顾。客人进了门，他有时也不打什么招呼。客人放好车子、担子，就帮着内掌柜去挑水、做饭。

四

为了叫双眉参加生产组，老邴和王同志争吵了好几次。王同志一口咬定这影响不好，批评老郧不了解情况，认识人不深刻；老郧批评她单凭印象，不从阶级关系上分析问题。最后王同志允许双眉她们单独成立一个组，这一组里，包括双眉，双眉的娘，东头说媒的大顺义，西头好抹牌的小黄梨。把她编到这么一个组里，双眉又找了老郧来，老郧对她说：

“做工作么，不能挑拣同伴。她们落后，我们帮助她们，要紧的是做出成绩来。”

“是，我要叫她们看看！”

“也不能赌气做工作。”老郧笑着说。

“区长，不要光和我讲大道理。”双眉也笑了，“这几个人管保连个会也召集不成。”

“你怎么能管保？回去你就把她们叫到一块儿，我也参加。”

“啊，”双眉松了一口气，“区长要参加，她们不敢不来！”

“唔！”老郧说，“要好好儿和她们商量。你有一个缺点，就是强迫命令，不要再犯这个毛病。”

双眉回去了，晚上老郧去参加她们的会。

王同志说笑话：

“郧区长不是不好领导开会？怎么对这个模范组发生了兴趣！”

老郧说：

“唉！这是你们妇女的事，你还开玩笑！你说她们落后，难道我们的任务光是领导那些骨干积极分子？”他望望香菊，“世界上要都是香菊，我们就吃不上一斤四两小米了。”

“区长又夸奖我！”香菊正点着灯纺线。

小组的会在大顺义家开，区长一到，那几个妇女早坐在炕上围成一圈等着了。双眉坐在炕沿上，看起来很是高兴。

老郧一进屋就笑着说：

“看，你们坐的，中间就缺一幢牌。”

“区长尽揭我们的老底！”大顺义笑着说。

老郧坐在迎门橱旁一个小木凳上，望着双眉说：

“你看，到得多齐，做工作不能主观。”

双眉笑了笑。大顺义说：

“人家把我们几个落后顽固编成一组，我们越得争气，不能叫俺们姑娘现眼，栽在她们手里！”

“栽在谁手里？”老邴说，“我们都是一家人，工作做好了，大家好，做坏了大家都有责任！不能把自己当外人看待！”

“区长说得对！”双眉的娘说，“我们欢迎区长给我们讲讲话！”

大家就啪啪地鼓起掌来。老邴的脸登时红了，他站起来说：

“我不会讲话，我讲一点。张岗街上的事，我也明白了一点儿。过去，在旧社会，张岗街上坏人很多。人家说：张岗街上从这头数过去，隔一个门一个破鞋；再从那头数回来，又是隔一个门一个！这都是胡说八道！坏人是地主封建阶级造成的，他们剥削穷人，他们逼着穷人做下贱，他们又有钱，又有的玩。这群王八蛋！现在是新社会，为什么没有那些坏地方、坏人了？劳动是光荣的，赌钱是可耻的，我看谁再敢赌钱，我把他抓起来！这些坏蛋，天这么旱，他不到地里浇园，他赌钱……”

老邴喊叫着，头上流着汗，拉下头上包着的手巾来回擦，吓得几个妇女坐在炕上纹丝不敢动。讲着讲着，他想起来，又发脾气了，就坐下来，笑着说：

“我一讲就着急，你们自己谈一谈吧，双眉你领导开会吧！”

说完，他站起来，出去了。

大顺义说：

“区长好大脾气呀！”

“不，”双眉说，“他和人闲说话，慢言可语，顺情顺理，可好脾气哩，他是一讲话就——”

“你看，”小黄梨说，“这才没有的事哩，叫他把我们骂了一顿！”

“个人的秉性，”大顺义说，“人家说的不都是实话吗！说咱们的吧，双眉你说吧，叫你娘们儿怎么着？”

“怎么着？”双眉立起身转过脸来，“就是组织起来呗！”

“咱这不是组织起来了吗？”大顺义直直地坐着笑着说，“咱这不是到了一块儿吗？组织起来就是叫我们这几个老婆围在炕上坐着吗——我想该还有下文。”她把嘴一撇。

“敢情要光叫这么坐着才好哩！”小黄梨也笑笑拍拍大腿说。小黄梨连牙都是黄的。

“组织起来就是叫咱们一块儿做活，大伙帮着，我给你做，他给我做呗！”双眉说。

“那就是插伙着做活呗，咱们这里叫攒忙。”双眉的娘说。

“要是攒忙，还用着这么大折腾，是长年的吧？”小黄梨说。

“长年的，”双眉说，“咱们谁也不能散劲！”

“不能散劲！”大顺义说，“咱们要和他们挑战哩！”她在炕上欠起身子来。

“对！”双眉低声轻轻地说，“大娘们，咱们可得要做出个样叫他们看看，争这口气！”

五

这个组算成立起来了，第二天互助组长联席会，香菊也通知双眉参加了。

王同志带着讽刺的口吻，称呼这个小组叫“模范组”。其实在村里，在当时王同志的出心用意上，这就是一个“流氓组”。在村中小学里，有所谓“调皮组”，那是把调皮的孩子们编到一起，叫他们自相攻打，叫别的同学歧视他们，叫他们小小的心里感到孤单，有时还会自暴自弃。在村中还有落后组，那是把地主富农被斗户们组织在一起的。

双眉觉到了这一点，在会场上她那弯弯的眉毛一直簌簌地挑动。她在会上和全村认为顶棒的李三互助组挑了战，使全场的人都吃了一惊。

李三是大顺义的男人，这人是个木匠，可是除了木工活样样做得好，他还能盖房，烧窑，打磨，全梢，锔盆，锔碗，糊裱房子。他是全村最有用的人，并且脾气好，做活实落。

他这组的人包括：李大印，是长年打柚坯的小伙子；李小亮，有名的身大力不亏，做一天活回来，还要和人在场里比赛搬倒碌碡；只有一个小兴，是个高级班学生，参军以后，几天就跑了回来，光会唱歌演戏吹口琴，地里的活不通把，是生产委员会看着李三这个组太壮了，才给了他这个“饶头”。

双眉和李三挑了战，李三组里的兵马，感到有些侮辱了自己的威名。和你们挑战，就是赢了你们，还能增加多少光彩？可是李三老老实实答应了。别人说：

“双眉那组里有大顺义，李三你可得小心点……”

李三在地下磕磕烟袋，笑了笑说：

“这是开会哩，别闹。”

他们挑战的条件是：订好计划，坚持全年，带动副业，争取模范。

李三的副业是：春天打坯盖房，冬天开木货厂。双眉她们是纺线，织花布。

六

两组的生产计划都叫小兴写。歇晌的时候，给自己组写好，兴儿就走到村西水坑旁边的大柳树下面，躺在那块大石板上。

这块大石板，在下雨的时候，村里流过水来，从这里泻到大坑里去。今年天旱短雨，坑里的水很浅很浑，有几只鸭子在里面搅。

这个小青年有点儿心事。原先他和双眉很好，两个人一块儿上高级班，一块儿参加剧团演戏，老是配角，两个人合演过《兄妹开荒》，也演过《夫妻俩》，两个人一上台，真是越唱嗓子越亮越高，演得越来越讨彩。兴儿参军那天，那时双眉正受了打击，还是跟在人群后面，一直把他送到村外。第二天，兴儿从城里回来看家，正赶的双眉在集上卖了一个布，就偷偷塞给他两万。

现在，兴儿想，一切都完了。自己跑回来，成了黑人，她也不愿意理他。又挑的什么战，订的什么生产计划呀！

头吃晚饭，兴儿把头上的新白毛巾箍了箍，把腰里的新皮带紧了紧。他估计在这个时候，双眉是常常站在门口的。他往东走，很远就望见双眉在那里往这边看，随着就转过身子去。兴儿慢慢走到她跟前说：

“双眉，你们不是订计划吗？”

“订吧！”双眉连头也没转过来。

“在哪里订？你们有纸没有？”

“什么也齐全。”双眉往东走。

“到哪去呀？”

“到大顺义那里去。”

兴儿跟在后面，心里有点儿火。大顺义家在村子外边，走出村去，双眉的脚步就慢了，她说：

“好好儿的你跑回来干什么！”

兴儿没有答声。

“嘿嘿！”双眉在前边笑。

兴儿想转身回去，双眉并没回头，可是她说：“走啊！”

兴儿又跟上去。双眉说：

“你为什么跑回来？你不怕丢人，你怕死！”

转过一个大苇坑，她又说：

“我要是你，我就扎在这水坑里死了！”

“你别激我！”兴儿喊。

“我激你什么，”双眉小声说，“你激得起来？你有脸箍着新手巾去，你还有脸箍着新手巾来？抽皮带．上前方打仗那才有用，那才好看；在家门口抽上那个给谁看，给谁看着生气呀！”

兴儿忍不住，他转身就往回走，他想找个地方去痛哭一场。双眉却跑过来把他抓住：

“你上哪去？和我去订计划。”

兴儿只好又跟她走。天大黑了，天上长了云彩，大顺义在喊叫她男人吃饭。

七

大顺义和李三吃着饭，双眉把她那一组人叫齐。吃过饭，李三擦擦他那连鬓胡子的嘴，往后一退，靠在被摞上抽烟。大顺义赶紧把吃饭桌子擦了擦，把灯往兴儿面前一推说：

“给我们写着吧，先生。”

“纸！”兴儿丧丧地说，从怀里掏出钢笔。钢笔不强,却装在一个非常华丽精致的钢笔套里，用一条红丝线系在身上。兴儿很快把笔套掖到怀里，偷偷看了双眉一眼。双眉背着脸坐在炕沿上，也正在怀里掏什么；她掏出一张叠好的糊窗户纸，往桌子上一扔。

“怎么订法呀？”她转脸笑着问。

“我们是这么订的，”李三说，“那就像个章程一样。先把你们几个人的名字写上。”

兴儿已经开始在那里写，他一笔一画地先写上郭双眉，抬起头来问小黄梨：

“你怎么写？”

“我怎么写，她们怎么写我就怎么写！”小黄梨说。

“你姓什么？”

“这里姓李，俺娘家姓黄。”

兴儿就写上了，笑了一笑。

“你给我写的什么？”小黄梨爬过去问。

“写的你的姓名呀！”

“你写的我叫什么？你娘的！你没有好事！”小黄梨退回去说。

“下边写上你们各人家里的地亩、牲口、农具。”李三说。

兴儿又挨个问着写好。

“你们要带动副业，”李三又说，“还得把机子、纺车、落车、落子、杼、缯，全写上。”

“纺车家家都有，”双眉说，“机子就俺们家有一张。”

“今年冬天，我再给你们组里打一张。”李三说。

“你家不是有棚缯？”双眉问小黄梨，“你怎么不报？”

“那是从俺娘家借来的，能入在这个伙里？”小黄梨说。

“什么你娘家借来的，不是你那年在集上买的？”双眉说。

“写上吧！”小黄梨说，“反正我也不还她们了，要不显着我多么自私似的！”

“还写什么？”双眉问。

李三说：“你们到地里做哪些活，到家里又做哪些活！”

“到地里，无非是锄个小苗儿，卡个棉花杈儿，薅个菜苗儿，摘个豆角儿。”小黄梨说。

“耕地拉耠子，我们也去！”双眉说。

“家里有男人的，重活还是叫男人们去做；没有男人的，就你们帮助去做，或是和男组换工。”李三说。

这些全写上。李三又说：

“按上级说的，最好是计工清工，或是按季说，或是按这一畔活说，这样又清楚，又没有话说。可是俺们那组，都说大家既是合适，才组织到一块儿，不愿意分斤拨两的，显着薄气，又嫌麻烦。我看你们还是讨论讨论，计工清工的办法，日子长了，一家子还有话说哩！”

“俺们也不那么小气，俺们也不弄那个！”小黄梨说。

“那你们就再写上几句话在后边，这计划就行了。”

“写什么话？”双眉说，“俺们就写上咱两组挑战的条件！”

她们决定明天先给大顺义家去打棉花杈儿。

八

夜里下了一场雨，虽说不大，农民们很高兴。第二天，人们起得很早，都到地里去了。互助组们更起劲，都说这场雨是给他们助威。他们排队走着，背着大锄，光着肩膀。雨过天晴，庄稼精神起来了。大道小道，充满男男女女的说笑声音。

双眉天不亮就起来，把人叫齐，到大顺义地里去。她换上一件新褂子，地里露水很大，她卷着裤腿。走在路上，小黄梨赶上来说：

“双眉，俺家那山药该翻蔓，要不先给俺们干一天吧！”

大顺义说：

“可别，吃喝我都给你们预备下了。”

“下了这么场雨，山药不翻可不行！”小黄梨说。

“棉花不打杈，不也会疯？”大顺义出气都粗了。

“你要那么说，”小黄梨说，“不给俺解决困难？”

“谁说不给你解决困难？”大顺义说，“开会怎么讨论的？你那时还假张支，推推让让哩！下了一场雨，就不认账了？日子长着哩，像这样说了不算，算了不说还行！”

“你别教训我！”小黄梨气得脸上像又糊上一层金纸，“你要这么说，就各干各的吧，我去翻俺的山药蔓！”说完，转身就走。

“你就去！”大顺义也喊起来，“没你俺也不能不种地！”

双眉急了，她喊住小黄梨：

“别走，你回来，这是干什么呀？给我脸上不搁呀！”

双眉的娘也劝说，才把小黄梨拽到大顺义地里去。

几个人在地里拿棉花杈，小黄梨很快就到地头了，在小柳树下去坐着。大顺义满脸不高兴，一个劲拿眼斜楞小黄梨。到了地头，大顺义说：

“给人家做活，心也得出个公平，得像给自己做活一样，不能糊弄人！”

“我怎么糊弄人了？”小黄梨顶上来。

“你给俺拿净了吗？”大顺义拍着巴掌问。她两步就跑到小黄梨把着的那几个垄里去，劈着棉花看。她说：“你们来看看，这是给俺做的活，这么些杈都没拿，成心叫俺再拿一回？这组成不上来了，散了吧！”

“谁离了谁过不了呀，不成组不也是过了半辈子吗？”小黄梨拍拍身上的土，走了，双眉再也叫不回来。

在近处地里做活的人们，都望这里笑。双眉的脸红到脖颈子上，她喊：“这不是耍猴给人家看！”她直直地望着小黄梨那后影。

小黄梨走得很快，到自己地里去翻山药蔓。双眉跑过去，她娘在后面喊她：

“双眉，你可不许和人家闹！”

双眉在漫地里跑了两步站住了。她一下记起区长那句话：“你有个缺点！就是强迫命令，不要再犯。”

双眉心里很是难过，她想：“难道说，头一天就散了吗！”

她又叫了两声，小黄梨只装听不见，蹲在地里翻她的山药蔓。

“那就先不要叫她了，”双眉对组里人们说，“我们先把棉花打完！”

双眉做活又仔细又快。可是，半天她也没讲一句话，她在心里想事：

“做工作是一定要碰钉子的，”她想，“你得想想为什么碰了钉子！”“想什么！还不都是自私自利！”“可是，”她又想，“我们的任务就是要把自私自利的人组织起来，叫他慢慢变得不再自私．你得想法！”“上哪去想法呀？”她抬抬头。“看报纸？我们的报纸就告诉我们做工作的办法。”“有时候，那些办法在我们这个坏村子里用不上。”她皱皱眉。“还得领着去做！比如说，我们这个组，今天为什么闹意见？还不是为的下了这场雨，都愿意先把自已地里的活做完，多打粮食！那我就说服大家加油干，活要做得地道，又要出快，谁的地也耽误不了。”她在心里决定下来，和人们说笑着，她说：

“这点棉花，用不了一天工夫！’

几个妇女，看见双眉卖力，她们也就笑着加油！双眉说：

“咱们落后多着哩，人家苏联用机器摘棉花哩！人家那棉花，什么颜色的也有！”

“那就不用染布，”大顺义说，“这会儿颜色这么贵！”

“不是说：推碾子拉磨都是机器吗？”双眉的娘说、“到了那时，我就不用老围着磨转了，开着这么个小面铺，成天价地磨面。”

“什么时候才到人家那样呀，”大顺义说，“听说解板有机器哩！俺当家拉一天大锯，黑间就喊腰痛！”

“到那时候，才好哩，听说村里都有电影看！”双眉说，“我就是没见过电影！”

“咱这辈子，不知道赶得上不？”双眉的娘说。

“为什么赶不上？”双眉说，“那很快哩！我再考考你们：你们说毛主席号召的组织起来怎么讲？”

“组织起来，就是成组呗！”双眉的娘说，“组织起来，就是叫我们慢慢人大伙。”她高声笑了。

“对么！”双眉说，“娘说对了，学习毛主席的话，你不能光看字眼，你得往大处想，往远处看，那才是毛主席的意思。他一步一步领着我们往前走，我们的步得迈大点儿！我们加油！”

几个妇女快活地努力工作着，受着感动。她们渐渐忘记是在谁家的地里工作。她们觉得是为那毛主席指示的大伙的幸福生活工作着。

不到晌午，她们就把这一块棉花打完了。双眉说：

“我们去帮小黄梨翻山药蔓吧！”

“她不帮人，帮她干什么！”大顺义说。

“她一个人翻不完那么一块山药蔓，我们去帮她。”

九

双眉的互助组没有垮台。晚上，她们开了一个检讨会。过了几天，组里又添了两家抗属，工作更热闹了。双眉工作得很起劲。她每天看报，学习各地方互助组的经验，又给大家讲。

老邴把双眉互助组当作一个经验，叫王同志给县里写个汇报。王同志说：

“介绍个好的组吧，她们这个组没有什么介绍头！”

“什么组算好组？”老邴问。

“你不了解情况，”王同志说，“昨天晚上，村里贴了一张黑帖。”

“什么黑帖？”

“黑帖上画着一个女的，打扮得很好看，站在梢门口。远处有一个青年小伙八路军，从队伍里跑回来。人们都说跑回来的就是兴儿，站在门口的是双眉，因为门口上面还挂着一个笊篱。”

“这都是无聊，叫他贴吧！我们不要光注意这个，他挡不住我们革命！”

“可是，”王同志说，“还有谣言哩，说双眉和你有问题哩！”

“有他娘的问题！”老邴骂着。他想了想又说，“我们不管这些，晚上开会，还是介绍双眉她们的经验。同志，你记着，我们是来给穷人办事，那些人自然要反对破坏我们哩！”

这天晚上，张岗全村开生产大会，还请了邻村的剧团来演戏。

区长在大会上介绍了双眉的互助组。他要说的是互助结组，要出于自愿，要有骨干领导，要有教育批评；要计工清工；要发挥力量，提高农业技术，几个问题。可是第一个问题还没说完，他就对村里一些坏蛋，贴黑帖子，造谣破坏，发起脾气来。还是李三上去才把那几个问题讲完。

双眉站在台下。区长介绍她们这个组，她仰头听着，不断压下嘴角的笑纹。听到贴黑帖子的事，她紧紧皱着眉毛，低下头去。

晚上闷热。台上演着一出冬天的戏，一个演员穿得很厚，戴着大皮帽子，唱得又卖力气，唱着唱着满脸流汗，退到后台去了。剧团团长跑到前台来，俯着身子向观众喊：

“老乡们，我们的演员穿得太厚了，太热了，他到后台凉快凉快，请大家唱个歌好不好？”他就鼓起掌来，台下也鼓掌。

双眉走了出来。今天晚上有月亮，她顺着村外那条小道回家去。当她走到那个大水坑的时候，她听见有个人叫她。

转回头一看，是兴儿。

兴儿紧跟上几步说：

“双眉，我明天就回部队上去！”

“你有这个志气？”双眉站住脚。

“我下了决心。”

“你知道人家给我们造的什么谣？”双眉望着兴儿的脸。

“我知道。”兴儿说。

“那你就走吧！”

“我问问你，”兴儿说，‘我们还好不好？”

“你还往家里跑不？”双眉问。

“我不了。到了部队上，我要好好儿学习、工作。”

“那我们还是好。你走吧。”

兴儿笑了笑就跑了，跑了两步又站住说：

“他们演的这是什么戏呀，不嫌丢人！我走了，你还是把咱们的剧团成立起来吧。我知道你就看不上他们这个戏。”

十

自从那天夜里下了一场雨，天就又旱起来。天暴晴，夜里连滴露水也没有。高粱叶子，下边几个已经黄了，上边几个一见太阳，就耷拉下来。谷，有的秀出半截穗子就卡住了，像难产的孩子，只从母亲身上，舒出一只手来。

人们的眼，盼雨盼得发蓝。李三每天半夜里，就叫起他那一组的人来，背上水斗子到井上去。

井在小亮家地里，是眼老土井。天不下雨，井里的水也不愿意长，浇不到吃早饭，水就浅了，只好停下来，等着。就像那眼前的庄稼，等着，盼着，能有些雨水，浇在它们头上，流到它们脚下。庄稼不会说话，它们盼水盼得是多么焦急!

他们每天起来，就先看天，天上还是一丝云彩也没有。有时，他们浇着园，一抬头看见天角上，长起一块黑云彩，他们就盼望着那块云彩，快快飞到头上来。他们等待那一声雷响，等待那雨淋到他们的头上。

只有他们的汗流不完，那块黑云慢慢地消散了。浇园的人从辘轳上拉下那汗湿的手巾，擦擦涨红的脸，无力地坐在井台上。

十一

王同志还是每天晚上召集人们开会。人们浇了一天园，又累又没心思。在一个大场院里，王同志守着一盏大油灯讲着，人们却四散在墙角睡着了。王同志讲起话来，至少是三点钟。等到她讲完了，走了，人们才相互叫醒，看看天上的三星，说：

“不早了，又该到地里去了！”

王同志回到家里和老邴发牢骚，有时还和香菊发脾气，说张岗的群众落后、疲沓。老邴说：

“我看眼前还是少开些会吧，人家都忙着浇地。”

“那我们就完不成任务。”王同志说。

“什么任务？”老邴问。

“我们组织起来的还不到百分之五十。”王同志说，“就是已经组织起来的这些组，不好好儿教育，我看也不巩固。”

“这几天，我们要多给他们想点儿浇地的办法。”老邴说。

老邴看出来，这些天，就是香菊也常常愁眉不展。她吃得很少，可还是照样给王同志和区长蒸些好干粮，炒点儿熟菜，她和小二菊却一口也不肯吃。这天吃饭的时候，老邴说：

“香菊，天旱了，年景不保，我们都省细着点儿，把这棒子干粮和熟菜免了吧！”

香菊笑笑说：“不在乎你们吃，你两个可能吃多少？就是这个坏老天爷和我们穷人作对，它就是不下雨，我这两天浇着也没劲了！”

老邴没有说话。吃完饭他找李三去了。王同志刚要回到屋里歇晌，大顺义赶来说：“王同志，我和你讨论个事，人们想着求求雨，叫我问问你许可不？”

“求雨？”王同志说，“经过八九年的教育，你们这里还这么落后？我们那里连庙都早拆了！”

“我们这里也拆了！”大顺义说，“可是，老不下雨，人们实在急了！”

“急了也不能求！”王同志坚决地说，“我在这村里工作，你们求雨，嚷出去，那不是笑话吗？”

“附近的村子有求的哩！”

“他们求，求他们的，我们不求。”

“那我就去告诉他们一声。”大顺义又慌慌张张地出去了。

香菊也同小二菊浇地去了。王同志躺在炕上，刚一合眼，她听见街上“哇——哇”“哇——哇”地叫着，像一群小青蛤蟆在街上路过。随着，她听见有一个人吆喝：“小兔崽子们，你们还叫！王同志就住在香菊家里！”

哇哇的声音就一个个低下来，过去了。

王同志从炕上跳下来，走到街上。一群小孩子，头上围着柳枝圈，手里举着一根芦苇，拥挤着走过去了，前边的几个已经又哇哇哇哇地叫唤起来。

一群壮年老年的妇女跟在后面，小黄梨走在她们前边，托着香盘。

一看见王同志出来，跟在后边的几个妇女，就从大道上闪开，退到墙根去。小黄梨也站住了。

王同志问："你们这是干什么？"

"我们求求雨，天这么旱！"小黄梨说。后边几个上年纪的老大娘说："同志，不让求，我们就回去吧！"

王同志问："谁组织的？谁的头？"

小黄梨说"王同志，谁也没组织，这是群众的意见。"

"群众的意见？群众的意见也得先通过我！"王同志说。

"你看看哪，这里边尽是抗属！"忽然有一个男子的声音，王同志转脸一看，是地主郭老太的侄子郭环，穿着一件白背心，叉着腰站在高坡上。他向那些退到墙根的老大娘们说："你们这些人！求雨有什么罪过，也值得害怕？要是不下雨，丢了年景，还不是老百姓饿肚子！"说完，就愤愤地转身走了。

"你们不要受坏蛋分子的挑拨！"王同志喊，把小黄梨手里的香盘夺过来，扔在地下，"赶快散了回家去！我看谁敢求雨，我把他送到区里！"

"你就送我们到区里去吧！"一个白了头发的老大娘，从墙根那里颤动着腿走过来，"我的儿子在前方十年了，你把他娘送到区里去，你送送吧！"

"你抗属有什么脸！"王同志也急了。

"你说抗属没脸，这是你说的！"老大娘们全围上来，指着王同志，"我们没你的脸大！你白吃了八路军的公粮了！"

王同志觉到自己说错了话，脸涨得通红。她转身往香菊家里走，那些大娘们在她身后指点着、数说着：

"你看你穿得干干净净的，你说的话正确吗？"

"不管她！"小黄梨拾起香盘，"我们还是求雨！看她能把我们怎么了！"

"求雨！求雨！"老大娘们拥着小黄梨往前走。那群小孩子们站在远处看热闹，看见奶奶们胜利了，就又排成队转过身去，哇哇地学起蛤蟆叫，往大水坑那里去了。

郭环牵着大黑驴从梢门里出来，紧紧跟在后面，对老大娘们说：

“求，求定了，三天下了透雨，我们唱大戏！区里县里，一天一斤四两米，敢情他们不着急！”

“你这是干什么去呀？”一个老大娘问他。

“我去套水车。”郭环拉着牲口，噔噔从她们身旁过去了。

十二

大顺义气昂昂回到家里，看见李三正在外间屋里锛一块木头，就问：

“你也不睡会儿觉？这又是做什么？”

李三抬起头来，脸上的汗在一条条深深的皱纹里横流，用手抹一把，笑着说：

“我们组里只有一把小辘轳，一个人浇，一个人就得闲着。我们几个人又都闲不住，家里有这么点儿材料，我做一把对浇的花辘轳！”

“你给我放着！”大顺义跑过去就把那块槐木拉过来，“我还留着打纺车哩，你又做辘轳！”

李三说：

“你看你这人，天干火燎，是做纺车要紧，还是做辘轳要紧？”

“那你们还不叫求雨哩！”大顺义把木头丢在地下，一屁股坐在上面，“我看这个王同志主观劲就不小！”

“谁叫你们去求雨呀？”

“不叫求雨，你们就别叫地里旱。你们领导，你们可叫领导的下雨呀！叫我说，光凭王同志这个领导，老天爷就不会下雨！老天爷看见她在这村里领导，有块下雨的云彩，也得隔着张岗村刮过去！”大顺义说。

“得自己想办法，不能干等着下雨！”李三过来拉那块木头。

“你就是不能做！”大顺义用劲坐了坐，推了李三一把，“你想往他们身上填多少东西呀？就是你这么着急，东西叫你一个人出，活叫你一个做，敢情他们便宜！”

“你填的什么东西呀？”李三问。

“什么东西？我气糊涂了，记不清了，你叫我想想，对！添了一把锄杠，是不？”

“锄杠安在你自己的锄上呀！”

“早晚不得入到伙里？”大顺义仰着头问，“那天修理辘轳架，叫你出工还不算，还使了咱五个大蘑菇头钉子，他们给过钱吗？修理水斗子，也是用的咱的材料，还有麻绳！”

“修理好了，你就不使？你家那地就不浇？”

“可是，”大顺义冷冷地说，“总是先浇别人家的，我们是做活抢在前头，沾光躲在后头！”

“我是干部呀！”李三喊起来。

“你模范！”大顺义也喊叫，“模范能当饭吃？我看今年冬天就够你过！”

“什么年月我也过来了。”李三坐在板凳上去抽烟。

“我不是不叫你做，”大顺义一下变得很和气，“我问你：天旱水浅，小辘轳还不够浇，你忙着做大辘轳干什么用？”

“那井该淘了，淘一淘，水不就旺了！”

“你该死了？我不叫你淘井！你一天价喊腰痛，激病了谁侍候你？”

“你侍候他呗！”后边有人说话。大顺义回头一看，区长来了，就笑着说：

“我呀，我不侍候他。男女平权了，我也侍候他好几十年了，该换换班了！区长，吃过饭了？”说着斜了李三一眼，就到里间歇晌去了。

李三笑着让区长坐在板凳上，走过去，拉过那块木头，闭上一只眼睛照了照，放在脚底，举起了锛，说：“区长，当个干部真不容易呀！里外夹攻，又得受群众的气，又得受家里的气！”

老郄笑了笑。

李三说：

“老百姓看得近，光愿意六月里摘瓜，不愿意二月里种子。什么事也不愿意下本钱。这几天，大伙浇着园，越来越劲小了，都说是白费力。我说换大辘轳，他们说没水；我说淘井，他们说胶泥底白淘；我说安管子，他们说安不起。我说托人到端村去买竹子，我自己学做，自己学安，可以省下很多钱。就是这样，组里人们还是不大乐意。”停了一会儿，他又笑着说，“一步一步来呗，着急不行！可是天这样旱，不着急行吗！”

“等着你做好辘轳，淘好井，安好管子，地里的庄稼也就旱光了！”大顺义还没睡着，在里间插一句。

“就为的这一年？哪年不旱，哪年不红着眼盼雨？就算今年不见功，还有来年哩！”李三说。

“等到来年？”大顺义说，“一年得不到实惠，来年看谁还和你成组！”

李三没有说话。他低下头，手扶着锛，站在木头上。他想：内当家这句话说得对，得不到实惠，这互助组，就很难巩固。

“你不要灰心呀，老李！”老邴说。

“我不灰心。”李三抬头，又举起锛来，“我是怕别人灰心。”

“就按照你的计划一步一步做，我帮助你。”老邴说，“要紧的是我们不能泄气，越困难，我们越要猛干。什么时候淘井，你告诉我一声。”

十三

起了晌，李三和他那一组去淘井。双眉听说了，也把她那一组调过来帮着浇水浇泥。她对李三说：

“三哥，我们帮你们淘，你也得给我们淘淘。你做好了大辘轳，把小辘轳给我们。”

男女八个人到了井上，李三头一个下井。他说：

“这井我知道，年久了，我下去看看。要有危险，你们就不用下去。”

大顺义仰头望着他说：

“你上点岁数了，又好腰痛，就叫他们年轻的下去吧。”

“怕什么？”李三笑一笑，坐在斗子上把着绳下去了。

双眉和大顺义浇泥浇得满脸流汗，大顺义恨不得一下把井里的泥淘完。她对双眉说：

“好侄女，我们卖点儿力气，快着浇，你叔好腰痛呢！”

“他不是刚和你吵过架，你还这么心疼他？”双眉笑着说。

“打了骂了，也是心疼他呀！”大顺义笑着，不断地探着身子向着井里问：

“有闪失没有？”

“没有，快浇！”李三在井里喊。

人们在井台上说着笑着，换班浇着。不到天黑，把井淘完，水长得很好。李三提议：就着把小亮的地也浇了。大家全高兴叫着“三哥”。

大顺义先回到家里，给李三煮了热汤面，叫他吃了早些睡觉。她躺在他的身边，用一把破蒲扇给他扇着蚊子。她说：

“你累了吧？”

李三闭着眼没说话，她又说：

“这样一淘，我看水长得很好。明天你们再换上花辘轳对浇，我看咱那块小晚谷准长好了！”

“还要下上管子。”李三似睡不睡地说。

“还叫我们帮着下吧，我们也不少做活哩！”

“得叫你们，下管子很费力气！”

“我刚才听见说别的组，看见我们淘了井，出水出得好，他们也张罗着要淘哩！他们说也要安管子，也求你帮着做哩，你有那么些工夫吗？”

“怎么没有！少歇会就有了。全村的生产弄好了，叫人们闯过这个灾年，比什么也好。”李三笑一笑说。

“过了这阵子，”大顺义说，“你得给我打个纺车！”

“给你打，谁说不给你打呀！”

“过了大秋，你还得给我们组里打张机子。双眉她们，都说叫我抽空求求你哩！”她笑着把头扎在李三的胳肢窝里。

李三在睡梦里喃喃地说：

“快睡觉吧，明天还要早起。”

“你睡吧，我不麻烦你了！”大顺义拉过被单盖在李三的身上，自己也睡着了。

她睡着，大声打着呼噜。她做了一个梦，梦见李三从井里淘出很多东西，里面有李三使用的洋锯洋刨，有她使用的洋机子和洋纺车。她坐在井台上试一试，那纺车转得是那样快，出的线是那样匀、那样细，双眉她们围着她跳着笑着、夸奖着。纺车转着，变成了大水车，水像瀑布一样涌出来，流到她家那块小晚谷地里去；小晚谷一喝水，立时抬起头来，在风里摇摆着，小晚谷变成一群小孩子，穿着花红柳绿的衣裳，打着花棍扭秧歌。孩子们也围着她跳，也围着李三跳；她抱起一个男的，李三抱起一个女的。她凑近李三说：我们都是四十开外的人了，还没有一个孩子，我们就要了这两个小孩儿吧！

她睡着，把一只胖胖的胳膊放在李三的胸膛上。

下篇　复查以后

一

土地改革的复查工作传达到张岗。经过诉苦，农民们行动起来，是阴历七月十五。高粱全晒红米了，漫地一片红。敲打着锣鼓，农民的队伍，从村里出来，绕过大水坑，先到郭老太的四十亩水车园子来。

这一套红漆牛皮大鼓，一直在家庙的西厢房里叫尘土漫封，农民不能随便动用。抗战以来十多年，还保留了这个习惯，村剧团只能敲那套小的。这一天，大会开过，一个农民提议：把家庙的门开开，把鼓拿出来，我们敲敲。十几个人跑去了，怀锣抱鼓，把全套家伙拖出来，在太阳地晒晒。大鼓的声音是震天的焦响！

人们喊：“欢迎双眉来指挥！”

双眉从斗争大会上下来，通红的脸上流着汗，手里提着一根粗粗的青秫秸。她跑过来，就用青秫秸指挥。她说：“一，二，将军令！”

大鼓敲起来，这是胜利鼓！

大鼓走在前面，双眉的花褂子，汗湿透了。两旁艳红的高粱穗，一低一扬，拂着人们的脸。大鼓的声音，震得那珊瑚珠一样的高粱粒实，簌簌下落；落到地下，落到人们的头上、脖子上。

男人们把褂子脱下来，卷一卷，斜背在肩上。

复查从山地里一开始，消息很快就传来。那时天还很早，地主们把水车停下来，叫庄稼旱着。七月半，下了透雨，草也不除。现在，郭老太这块四十亩水浇支谷，野草齐到谷子的脖里。可是，谷子还是很好，沉甸甸地弯下来，在太阳里闪着金光。

一个农民在地头上插上一块牌子，上面写：贫农组没收谷地四十亩。他喊了一句："这地是我们的了！"人们一齐喊！大鼓更响了，好像是土地自己发出来的声音。

队伍奔东去，在每块应没收的土地上，插上牌子。天晚了，太阳在一大块红云里滚动着。

大平原的田野，叫庄稼涨满，只有在大平原上才能见到的圆大鲜红的太阳，照着红的高粱、黄的谷、正在开放的棉花。一切都要成熟。红光从大地平铺过来，一直到远远的东方去。

双眉倒转着身子，指挥着大鼓，从村东的大道回村。在村口，大鼓的声音更激烈，农民们奔着地主的家门跑去，地主们仓皇从家里走出来。农民告诉他们：你们什么也不许动！

农民们激动、紧张地度过七八两个月。李三当选了全村贫农总代表，双眉成了张岗妇女的领导人。从地主富农斗争出五顷地，全要收割，村里成立了秋收大队，双眉是妇女大队长。

二

每天，双眉摸黑集合妇女们下地，天很晚才收工。人们回到家里胡乱吃点东西，双眉又在月亮下尖声吹着哨子，集合人们开会了。

"选了这么一个大队长，连叫孩子吃口奶的工夫都没有了！"

一个妇女扔下孩子，结着怀里的纽扣走出来，"她一个姑娘家，敢情干净利落，也不替别人想想！”

前边一个妇女答了腔：

“连撒尿的空都没有。到家里，脑袋放不到炕沿上，就睡着了。有两个月没和俺当家的说句话了。”

地主们开始破坏庄稼。他们销毁那还没有灌好粒实的高粱和谷子，偷窃成熟的，他们掘出还没长好的山药，拔走花生，踏倒棉花。

武委会的人们，夜晚背上枪，到地里看青。

双眉有一支小橛枪。这天晚上，她到没收的郭老太的地里去。她远远就放轻脚步，拨开两旁的庄稼，不叫它哗啦哗啦响。她看见有一个黑影，从谷地里站起，手里有一弯放光的东西，在空中一闪。她听到削倒谷子的声音。她跑了过去，喊：

“谁呀？”

那黑影立时蹲了下去。当双眉跑到地头的时候，那黑影站了起来，是郭老太那老头子。老头子四处张望一下，说：

“双眉吗，就你一个人？”

“就我一个又怎么样？”双眉说。

“我说就你一个，我就不害怕。”老头子阴森森地笑了。

“你为什么削我们的谷子？”双眉说。

“削你们的谷子？你们的谷子？”老头子狠狠地说，“这是我的谷子！我全把它削了！”

“我看你削削试试，你再削一棵！我把你送到代表会去！”

“不要吓唬我，双眉，不管怎样，我们还是一姓一家，我还是你的一个爷爷！”

“你是谁的爷爷？”双眉尖声问，“你是地主，我是贫农，我们不是一家子，你不要和我拉近乎。”

老头子无力地坐在地下，他说：

“就算我们不是一家子。我也不敢高攀，我求求你们，叫我收了这一季谷子，不行吗？”

“你凭什么收割？这地是你剥削来的！”双眉说，“我长了十八岁，没见你捅过镰把锄柄，今儿个是头一摸！只在破坏我们的庄稼的时候，你才抓起镰来！”

“你们不要赶尽杀绝！”老头子忽地站起来，镰刀在他手里抖颤，像伤了鳞的鱼，“我和你们拼了！”他转过身去，向谷子乱砍一阵！

“停下来！”双眉把背在后面的枪冲着老头子一扬，“你再砍，我放枪了！”

随着就往上一举，砰！

听见枪声，一大群农民跑了来，把老头子带到武委会去。

回来的路上，双眉和李三走在一块儿。月亮升上来，田里流着一股热气，通身燥热。

双眉说：

“这一天过得真热闹，这么晚了，还有一出戏。”

李三说：

“我们没有到战场上打过仗，今天算看见阵势了！你看人们从村里敲着鼓出来，那股劲！就有一座山挡在前面，也冲倒了！”

“要成年过这样的日子才快活！三哥，我今儿个心里像着了火一样。”

“到了这个时候，谁也沉不住气了！”李三也笑着说。

“三哥，我和你要求一件事！”双眉低声说。

“什么事？你说吧！”

“我要求入党，我要好好儿干一场，你介绍我吧！”双眉扬着手，好像要到天上摘下什么东西来。

她唱着歌：

七月里来呀高粱红，
高粱红又红；
姐妹们呀
集合齐了，
开大会呀
来斗争！

姐妹们
诉苦呀
泪双流。
拾庄稼
不敢走
你家的地边头；
穷人们
携儿抱女
风吹日头晒，
你家的
大小姐
不用下炕头！

七月里来棉花开了花，
你家穿罗又穿纱；
拾你一朵棉花，
挨死棍打。
那时候
你不认咱是当家……

三

好容易把庄稼弄到场上，就开始分果实。刚分了一部分红货和衣裳，县里就来了指示，停下来。老郎和王同志也回县去了。代表会把粮食、红货、衣裳，点清入库封存，成立了保管股，李三是负责人。

保管股设在大三班的宅院里，这是一所大庄院，紧靠村南。这里原先是并排三处宅子，都是五进卧板灌灰砖房。东边的两座日本鬼子拆去修了炮楼，旁边的大场、碾磨棚、长工屋，也倒塌了不少。

现在，只留下了这一座。前两进的正房和偏房，全盛满了果实。过厅里是账房和伙房。第三进是木料和农具。

在保管股睡觉的，有原先给地主管过账的侯先生，衣服布匹保管李双进，牲口车辆保管郭老改是扛了一辈子长工的老光棍，还有做饭的小黑，过去也侍候过地主家。

第一次分果实，双眉分了一个小红漆方凳，一件紫色丝绒旗袍。她对这两件果实，非常满意。她说：东西不多，是个提念。她把小凳擦得透亮。这件旗袍，只要她知道谁家的姑娘要娶，就自动去说：

“我借给你件衣裳，是胜利果实呀，颜色好，穿上也吉兴。”

她又要成立剧团。按照本村复查斗争的真人实事，她编了一个剧本，把自己编进去，当主角。每天晚上找了过去剧团里那些人，在保管股的大过厅里练习。

过厅里可以容二三百人开会，李三说，到了冬天，就在这里开识字班。现在每天晚上，双眉拿一个大黑碗，叫小黑从大油缸里舀上半碗花生油，点着，和人们排戏。村里的人，吃了晚饭，也都凑到这里来。

小黑点上灯，顺便就对人们说：

“双眉就是行，能文能武。斗争地主，是好样的；你说文化娱乐吧，又能编能唱！”

双进也跟着说：

“就是男人，有多少比得上？你看戏词，你听唱腔，从小又没坐过科，真是天分！”

唱到夜深，碗里的油干了，灯花干爆，人们还不愿意散。有的说：

“小黑！去添油，大伙里的东西，斗争出来的，咱们不点小灯！”

李三从院里慢慢走进来，说：

“乡亲们，天不早了，散了吧！”

“可不是天不早了，该回去睡觉了，明天还有明天的工作哩！”人们说着走散了。

李三过去坐在方桌旁边，在油灯上抽着烟，看见双眉卷起剧本要走，就说：

“双眉，坐一会儿，我们谈谈！”

双眉远远站着，满脸不高兴，哑着嗓子说：

“我知道你对我有意见。”

“有意见。”李三笑一笑。

双眉走过来，把灯拨了拨，去添上点油，说：

“我就不明白，演演戏，唱唱歌，算什么毛病！”

李三说：

“我是说不该在这个时候，整宿隔夜地在这个地方演戏。眉，你知道这是个什么地方。屋子里，我们放着三百个包袱，足有三千件衣裳，这是全村农民斗争出来的东西。你知道，斗争并不容易。你听过人们诉苦，这些包袱里，不是地主们的衣裳，里面有我们的汗，也有我们的血。老一辈的苦处在里头，下一辈的好光景也在里头。你说地主富农甘心吗？每天夜里，我总捏着一把汗，在这宅子周围，不知道要转多少趟。这责任过重，人家扔进一根洋火来，就毁了我们。万一出了事，我们对不起全村的农民，更对不起上级。”

双眉望着灯花，她说：

“三哥，你看着我不行，那就算了。我觉得在斗争地主的时候，我还不赖！”

“你敢说敢做，这一点比我强十分。”李三说，“这是你的大长处。可是在后一个阶段，你又犯了过去的毛病！”

“什么毛病？斗争地富是毛病？走在前头、站在前面是毛病？”双眉盯着李三。

“就是妇女们对你有点儿意见。”

“群众对我这人总有意见！这我早想通了，那不怨我，那怨她们落后！”

“眉，我们说个笑话。就说那些日子你手里捉的青秫秸吧，捉着那个有什么用？”

“有什么用？你说有什么用？在斗争大会上，我拿它训教那些地主富农；在地里训教那些落后顽固队！”

“可是，我看见你带领妇女大队，手里也是捏着那个家伙。”

“我没有打过农民！”

“我见过你把青秫秸指到小黄梨的鼻子上。”李三说，“一举一动都要分个里外码才行！”

“那是我一时性急。”双眉低头笑了。

李三说：

“经过斗争，群众的认识提高了，多数的，并不比我们落后。我们再欺压他们，他们会找机会训教我们。”

“就是为这个，我和你提的事，不能解决吧？”双眉问。

“不全是为这个。这些日子事情多，支部还没讨论。”李三严肃地回答。

“说句实话，三哥，我觉得我在工作上，比起你们里面一些人，并不弱！”双眉扬扬眉毛。

“不能那么比。”李三说，“里面有些人，工作能力小，可也是在里面受了八九年的教育，经了考验。我们要常想到别人的长处。你就是净看着别人不如自己。”

“就凭这次复查，我自己觉得就够入党条件。”双眉说。

“不能抱着功劳来入党。党会注意到你这些功劳，最近我们要讨论一下你的问题。刚才我们谈的不要在这里演戏的事，怎么办？”

“不演就不演吧，我听三哥的。”双眉站起来，“可是我有时间自己练习练习，你可不要管我。”

“别引逗很多人来就行了。”李三说，“还有，把你们的互助组拾掇起来。”

“什么互助组？”双眉说。

“我们的互助组。我们不是挑过战，要坚持全年吗？”李三说。

“哎呀！”双眉笑着，“我们不是有了秋收大队，还要那个小互助组干什么使？”

“秋收大队是临时的。”李三说。

“拖拖拉拉干什么呀，赶紧入了大伙算了！”双眉说，“秋收大队多醒脾，一声哨子吹，人们就到齐，又好领导，又没意见。想起那个小互助组，就叫人头痛，满共不到四五个人，鸡一嘴，鸭一嘴，事情还是满多！”

李三说：

“秋收大队，为的是不叫庄稼烂在地里，秋耕种上麦子，那些日子，我们正在斗争，力量组织得越整齐越大越好。以后，地要分，粮食也要分，明年春天，还得是互助组。”

双眉不耐烦地说：

“不分就不行？我就不明白，为什么走一步又退一步！已经走出村去了，又退回炕头上去，有这样的理？以后反正是要集体吧，现在已经集起来了，东西在一块儿，人也在一块儿，大锣大鼓也敲过了，又要哼哼吱吱吹细乐了！油干了，三哥，我们明天再谈！”

四

她刚下台阶，就和一个提着雪亮的马灯的人撞了个满怀。

“谁呀？这个冒失鬼，撞洒油了！”提马灯的是牲口车辆保管郭老改。

“你这是干什么，慌里慌张？”双眉笑着说。

“双眉呀！我当是谁哩，咱们有了大喜事。”老改笑得合不上嘴，“咱那小牸牛要添小牲口了，咳！就是身子弱，不准好添。小黑！”他冲着过厅高声喊叫，“快起来！”

“我去帮着你！”双眉双脚跳着，“我们又多一头小牛了，我就待见小牲口。走！别叫他了！”

她拉着老改跑了出去，屋里的人们也听见了，跟着起来，明灯火仗跑到牲口棚里去。

直闹到天快亮，小牛才添下来。

第二天，支委会上，李三提出双眉入党的问题。七个支委有三个不同意，一个不表示意见。不同意的说：

“咱村的党也成立九年了，她很早就参加了工作，人们也想把她吸收，就为她这个作风，实在没个分寸。群众对她有意见。”

李三说：

“打春天受了批评，参加了互助组，也总算好多了。一个女孩子，咱们说的：从小呼吸着新民主主义空气长大的，也不能叫她像我们这些上点儿岁数的人一样。群众对她有意见，有时也是群众的老理。我们看一个人，要从他的立场上看、工作上看。按工作说，成立了互助组，双眉的工作不错。在立场上说，这次复查，她不顾情面，斗争积极，带动大伙。那些日子，我们都觉着少不得这样一个人，就好比出兵打仗，这是一员闯将。我觉着可以讨论她的问题。”

副支书说：

“不好办。这个人好反油。春天批评了一下，好些了；这些日子，一当秋收大队长，又闹起来了。”

李三说：

“一个人总有一好，好唱歌唱戏也不是什么毛病。脱离群众的缺点，我给她指出来了，好好儿帮助，她可以改好。”

“有些地方实在不成话！一个十八九岁没出门的大闺女，黑更半夜，跑到牲口棚里，帮助老改去接小牛！这个作风，我怎么着也看不惯！”另一个支委气愤愤地说。

别的支委全笑了，李三说：

“这不是原则问题。”

最后算拧拧支支地通过了：交小组讨论双眉的组织问题。

五

支委会散会出来，李三来到街上，看见大庙跟前围了一大群人，小黄梨在里面指手画脚大声喊着。

和她对吵的是牲口车辆保管老改。泥洼里翻倒一辆大车，一头牛卧倒在乱泥里。走近一看，是昨天晚上刚下了小牛的那头犉牛。

老改气得浑身乱动，追着小黄梨：

“走！走！咱们到区上去说。”

小黄梨一边躲闪，一边喊：

“你这个穷光棍，你拉扯我干什么！有话，你站远点说！”

老改喊叫：

“乡亲们！这不是乡亲们都在这里！你们看看这辆车，这是五班那辆头号大车，空车也要四套才拉得动，她把这小牛套上！这牛，这两个月，人们光使不喂，弱得不行，到了月，小牛都养不下来。我们忙了一宿，才保住了大牛小牛的命。你单把它套出来！你成心吃牛肉是不？”老改狠狠地指着小黄梨，“你添了孩子，也得在炕上坐个十天半月；牛，不会说话，它，就不是性命？”

“你放屁！你满嘴喷粪，你这个穷光棍！你一辈子娶不上媳妇，把牛当成至亲！”小黄梨拍手骂着。

“我是穷！”老改说，“眼下穷人并不下三烂，你是地主！”

“你是地主！”小黄梨喊，“你不要出口伤人！”

“还有这车！”老改指着掉下来的一个车脚说，“人们光使不拾掇，有两月没抹过油，干磨，风吹雨洒，现在网也裂了，瓦也脱钉，我看你们使个蛋！”

“你不叫人们使，你放着它下小的呀！”小黄梨在做防御性的进攻。

人们说：

“别吵了，这不是三哥来了！”

李三赶紧和人们把车辕抬起来，把牛卸下；叫人们把车脚安上，赶到院里去。他说：

“再吵一会儿，就把牛压死了！乡亲们，这牛和车不是咱们的东西吗？”

老改拉了半天，才把牸牛拉起来，牛站了好几站才立定。老改二话不讲，怒气冲冲牵着牛走了。

他把牛拉到了保管股的牲口棚里，长长的槽口全空着，牲口都借出去了。只有那小牛躺在街角晒日头，不知谁给它脖里缠着一条长有四尺的红绫，有一头在地上曲卷着。

老改正在奇怪，看见双眉在槽那头走过来，手里端着一个漂亮的小铜锅，没有看见老改。

“来！喝了这点米粥！谁知道老改把你娘弄到哪去了哇？”她对小牛说着，抱着小牛的脖子，叫它喝粥。

老改站着不动。双眉又说：

“你还不喝？你这饭碗不错吧？这是二举人熬燕窝的家伙哩，咱没见过燕窝，咱拿它来叫你喝粥！”

老改偷偷笑着。老牛看见了小牛，叫着跑过去，老改牵不住，才暴露了目标。

双眉看见了老改。老改擦洗老牛身上沾着的污泥，指着小牛说：

“谁给它脖子里缠上那个？”

“我呀！”双眉笑着说，“不好看？”

“哪里找的绸子？”

“保管股要的。”

“好看是好看，就是可惜了儿的。”老改说。

“别那么小家子摆式了，”双眉说，“牛是我们的胜利果实，小牛添在保管股，又是一件大喜事哩！”

六

晚上，人们又来看排戏。一进保管股，看见过厅里黑洞洞，没有双眉，人们就回去了。大顺义和小黄梨也来了，出了保管股的大门，大顺义说：

“戏是看不成了，咱们去看老改吧！听说他那老牛添了一头小牛，老改像侍候坐月子的，把大人孩子全打扮得像新媳妇一样！”

小黄梨说：

“你去吧，我不去，白天我才和他吵了架，那么没昂气？”

“唉，”大顺义拉着她，“咱们多会儿不和他争争吵吵，记恨这些还有完吗？听说老改这些日子，分了点东西，手里很富裕，想寻个人儿，咱们去探探他的口气。这个年头，人们手里全有些尺头，说成了，比纺一集线子不赖！”

小黄梨就跟她去了。

一到老改住的小南屋，只点着一根熏蚊子的蒿绳，没有老改。大顺义给他把灯点着，两个人在屋里坐了一会儿，又端着灯出来，看见那老牛闭着眼卧着，小牛趴在怀里睡着了。小黄梨扯拉那小牛脖里的红绫子说：

“真糟年景！你看拿回去，过年给小孩子们做个帽子，多好看。”

正说着，老改提着一个马灯嗵嗵地回来了，后面还跟着一个人，不认识。老改问：

“谁们？”一看见是小黄梨，他喊，“啊！你干什么？你又来刨治它们！你想偷我的红绫子！”

大顺义站起来说：

“你这个兔子！狗咬吕洞宾，不识好歹人！我们给你解决困难来了！”

老改说：

“我有什么困难，叫你来解决？”

我们来给你说媳妇来了，官还不打送礼的，你倒撵起媒人来了！

“顾不上！牛病得快死了，”老改愤愤地说，“你死了到阎王爷那里去告一状，叫她来个眼前报！快走！快走！”他推着小黄梨，“再不走，我就叫武委会了！”

小黄梨和大顺义赶紧跑出去。

老牛回来就不吃草。老改到大官亭去请来一位兽医，这位兽医在这一带是很行通的。老改给三班扛活的时候，常套了轿车或是鞴了走马去请的。这天，老改去了，正赶的兽医有事，又见老改走着去请，就说没空不能来。老改说：

“我喂不起牲口，当真是我的牲口，死了就死了！这是贫农组的牲口，又有一头小牛，无论如何请你走一趟！”

兽医一听是贫农组的牲口，就说：

“那没说的！我有多么要紧的事，也得放下先去瞧牲口！”

老改又说：

“论说我们张岗贫农组的牲口可不少，车辆也多，全借给农民去秋耕地了，只好屈你走一趟！”

兽医说：

“天下农民是一家，现在不能像过去。过去是给地主财东做事，现在是给咱们穷哥们儿服务，再不能拿架子摆谱！”

来到槽上，兽医翻开牸牛的眼皮看了看，又摸了肚子，掏出舌头看了。问了问情由，就摇了摇头。老改心里凉下来，就问：

“先生，你看还有治没治？”

兽医说：

“开个方试试吧，不准见效。”

老改领他到了账房，开了药方，也顾不得送先生，就到药铺去抓药。这里管账的侯先生原和兽医认识，叫小黑烧火沏茶。又问：

“大官亭那边的牲口怎样？”

“情形差不多！”兽医说，“因为牲口还没分，没确定所有权，人们只知道瞎使，不结记喂饮。其实牲口这玩意儿娇气着哩！它的生理和人一样，哪里照顾不到，也容易出毛病。再说医治牲口，比起人来还难。人会说话，饥思食，渴思饮，你不给他，他自己会说，会要会找。牲口不会说话，要全凭人去照顾，这就难了。可是人们不想这个！”喝了两口茶，又说，“这还得教育，人们的自私自利劲还是不小——这茶叶不错，这几年敌人封锁，很不容易喝到好叶子，这也是果实吧？”

又说了几句闲话，兽医才告辞走了。

老改到药铺抓好药，回来叫小黑熬好，帮着灌下去；他又守了一夜。

七

第二天早晨，牸牛才慢慢捣嚼了。老改还是气不忿，找了李三去，叫他开个会，批评小黄梨。

李三召集代表们商量一下，都主张晚上开个会。各个代表回去，分头分街通知了小组长，小组长又通知了各个户，说晚上在保管股过厅里开会。

吃过晚饭，李三先到会场，找好几个油灯，添上油点着。跟着进来一个老大娘，手里拄着拐杖，吧嗒吧嗒响。

李三笑着说：

“这老大娘倒积极！”

老大娘望着李三说：

“我这积极是真积极，你该给我登登黑板报。从六月底，咱们就白天一个会，晚上一个会，你说我哪次晚到过，早退过？我纺着线，一听见说开会，放下就来，不打误阵。风雨无阻，不怕黑道。我净说：家里多么忙，也不如大伙的事情要紧。开开会，听听章程，心里多么明白？我就不喜欢那样，开会不到，会开完，遇到要分东西了，才东打听，西打听，光怕自己吃亏！意见又多，会上吞吞吐吐不说，四下里张扬！像这样的人，你也该批评批评！”

说得李三笑了，老大娘又说：

“你说我说的这是真理不是？正确不正确？”

李三说：

“是真理，正确。”

慢慢人到齐了，坐着的站着的。姑娘们在一块儿，特别她们那里嚷嚷得欢，又欢迎双眉唱歌。双眉望着李三那里挤眼，姑娘们说：

“三哥呀？他老好了一辈子，怕他干么？”

李三站在一张桌子前面，旁边坐着贫农组的秘书。秘书翻开花名册挨名叫着，人们报着“到”。不到的，小组长赶紧派人去叫了。

李三说：

“现在开会，各组的人往一块儿凑凑吧，回头还要讨论哩！谁先说说？”他回头望着代表们问。

“三哥念叨念叨吧！”代表们说。

“我就说说。”李三转过身来，“今天开会，是为咱们贫农组的牲口和车辆的事。这些东西，是咱们农民斗争出来的。这不是地主的东西，这是咱们祖祖辈辈给地主当牛马，拿血汗换来的。现在咱们从他们手里要回来自己使唤。以后是要确定所有权的，现在因为地还没分，先借给大家用着。可是有的人不知道爱惜它，都说往后还不知道分到谁手里。牲口也不喂，狠死地使，咱们的牲口全弱了，车全坏了。这样下去，损失完了，还是咱农民吃亏，也叫地主们看咱的笑话，叫群众对我们不满意。我们都是辛辛苦苦的农民，我们都知道爱惜东西，就是有点儿落后。拿到手里，抱在炕上，才叫自己的东西。其实，现在什么不是我们的？代表会是我们的，区级县级是我们的，前方打仗的战士是我们的，我们都要爱惜他们。你们说对不对？”

“对！”人们喊着。最后是谁喊了一句：“对极了！”

李三接着说：

“就拿小黄梨使牲口吧。不经过保管就牵牲口，单挑了那个牸牛，又不会使性口，牛勾槽歪到牛脖子下面，差一点儿没把个牸牛送了命。车轴的辖掉了，也不看看，就套出车去，闹了个人仰马翻！也不只是她一个人，别的人也要检讨检讨。昨天晚上，我们内当家的，犯了老病，不在家里纺线，跑去给老改说媒。我在家里批评了她，我想了想，也该在这大会上提出来！”

人们哄地笑了，乱拿眼找大顺义。大顺义冷不防李三给她来这么一手，早臊得缩到桌子底下去了。接着各个代表补充。然后就分开小组围着灯讨论，各个代表分头掌握。

大家的意见说完了，各个代表小组长在一块儿凑了凑，就由李三做结论说：

“各组讨论的办法是：按地亩自由结组，把牲口车辆先分配下去，这算是个草稿，以后确定所有权，变动也不大了，大家安心喂养牲口，使用车辆。各组选个组长，牲口喂坏了、车损坏了，由他负责；谁坏的，就不确定给他所有权。各代表还要就近检查。各头竞赛。”

八

把牲口车辆分配下去，村里事情少些了，李三有时就去照看照看他那互助组开办起来的木货厂。和他们刨树，拉锯解板，垒炭窑。他和伙计们说：

“今年我们烧炭准赚。煤过不来，附近大宫亭、苌刘庄都住着伤兵医院，冬天炭总是要用的。”

大印说：

“听说要平分了，咱这厂子弄半天，还不准怎么着哩。”

“什么平分？”李三问。

“你还是头目人，消息还不如我灵通。区里发下报纸，上面说要平分，每人一份，一份三亩地儿！”

“那报哩？”

“又收回去了，我也没见。是秘书和我说的，他说不叫对外人讲。”

小亮蹬在架子上和全福拉着大锯，听见说就停下来，用手背擦着脸上的汗，问：

“什么也平分吗？”

大印说：

“平分吗，可不就什么也分！上级准是知道几次分东西，人们都有意见，这回就爽利地来一个平分。”

小亮说：

“地亩好分，牲口车辆也好分，犁耙绳套，叉笆扫帚也好分，就连锅碗盆灶，桌椅板凳，箱匣橱柜也好分。你猜怎么样，就是一样物件不好分——衣裳。”

大印说：

“什么也好分。我觉着这回准做好了，谁也不会有意见、有反映。不管大人孩子，一人一份。衣裳也是一样　一人一件！”

小亮说：

“你说的那个不行，你知道有多少件衣裳？”

大印说：

“这都在账簿上哩，咱们一共是三百一十二个包袱，单夹棉皮，一共是三千多件！”

小亮说：

“你说的是保管股的东西。我问你，既是平分，各人家里的东西算不算？”

大印说：

“你算人家家里的东西干什么？”

小亮说：

“不算家里的东西，那叫什么平分哩？那一辈子也分不平啊！比如拿咱两家来比：地亩不成问题，咱俩一样，牲口也一样。可是家具上，你比我多一个立柜，多两个箱。打着这都是摆在眼面前的东西，谁也瞒不了谁。衣裳布匹就难了，我不能到你家翻箱倒柜去一件一件数啊！就是数吧，件数一样，那好坏可就差得天上地下了！要不我说不好分哩！”

大印想了想说：

“可不是，这里面复杂着哩。要这么着，把一件件的东西都合成钱，一个人该分多少钱的东西就行了。”

小亮说：

“那也不好办，现摆着成物，怎么着分钱哩。我看准得归成那个理：把全村的东西，都搬出来，掺和了，再一个人一个人地分。”

大印说：

“那你三辈子也分不清——这倒叫人作难。算了吧，反正上级得有办法，怎么指示怎么做！”

小亮说：

“可不。咱们穷光蛋不怕，反正分不出去，多多少少得分他们点儿进来。”

九

坐在地上的老木匠全福，一直没有说话。他那光着的铁板一样的脊梁上浮着一层大汗珠，就像滴滴的黑油。他侧着耳朵听了半天，不断望望李三。李三在那边用尺子排着一块木头，眉头皱得很紧。到了这时，全福才仰着头问小亮：

“亮兄弟，我们中农怎么办？”

小亮没来得及说话，大印说：

“这回是拉齐。省得一回一回分，又麻烦，又有意见。有人到山里卖布，人家那里已经开始分了。你家里有什么东西也得登记上，是个针头线脑也得算上！”

小亮说：

“中农不准有事，来，我们干吧！”

说着就扶正了锯，望着全福。全福低着头，随后抹了一把脸上的汗，站起来说：

“我不干了。还干着有什么劲？咱伙计四个，你三个都知道：我三辈子木匠，三辈子受苦，三辈子弄不上吃穿。我又拉了快一辈子大锯，我大伯下了十八年关东，死在关外，我承了他那一股，才扒上了个碗边，现在成了中农。分地主的，那理当，他们吃过喝过，糟过耍过，欺压过人。我哩？我算是个富户吗？人家地主的月炕里的孩子都使绸缎尿布，我哩？一辈子了，你们谁见过我穿一件囫囵衣裳？”

李三立时回过身来，说：

“全哥，不能动中农，你放心。别说没有人要动你的东西，就是有那个说法，我头一个就反对！”说着他望着大印，“报上有这个指示吗，什么东西也平分？”

大印低着头说：

“报上准是光说分地，什么也平分，不过是我的个估计！”

李三说：

“闹不清楚，不要瞎说。上级绝不会叫那么乱分一气。分是分地主的东西，我们——连上全福哥，满共可有多少东西，也要拿出去分？我们别听闲杂，还是好好儿生产要紧。我觉着咱们这个小木货厂，望头很大。今年冬天，把地主的地分了。人们添了地，过日子有心花，谁也得添置点儿农具，这就是咱们的买卖。咱村一共是三千四百多口人，地是一人合三亩挂零。满打着把地主的牲口农具全分下去，还是差很多。四家合一个牲口，五家一辆车，这车和牲口要挡着七十亩地。三家合不到一张犁，五家合不到一张耙，二十家才有一架种式，八十家才有一架扇车。这是那些大家式，那些小家具：三五个人也不准合到一张镰，一张小板镐！再算一下，几家一张木锨？几家一柄铁耙？我们分到了地，就要种啊，就要耕耩锄耪，就要收割打场。那农具哩？我们买下的这些材料，就做这些东西。你们看着：明年一开春，到咱们这里来买农具的，要挤破了这梢门哩！”

十

每天晚上，李三就睡在保管股院里一张石条桌上。他从家里拿来一条破褥子，枕着一截小木头。

他先到武委会去转了转，分派了岗哨，才回来睡。天上有一块黑云，慢慢渡过天河去；他想江猪拱河了，正在种麦子，下场透雨也好。又起来，把院里怕淋的东西拾掇起来。

衣服保管双进睡在西屋门口，挂了一个花蚊帐。双进说：

“三哥，今晚上冷，我到屋里给你拿条被子吧。丝绵绸缎，有的是被子，放着也是放着！”

李三说：

“不用。”

正说着，外边嗵嗵敲门。双进起来去开，李三说：

“问清楚了，再开！”

进来的是老王、老郝两个荣军，四条拐杖在地上响着，来势不善。李三赶紧坐起来：

“两个同志，一定有事？”

“有点儿事，事情也不大！”老郝把拐在两边一放，坐在条桌上，“咱们村里照顾荣军有点儿不够！”

“什么地方不够？”李三笑着问。

“你自己想想呀！”老王喊，“有人到肃宁去来，人家那里照顾得好！”

“我们在保管股要了些家具，怎么还给我们落账？干么？还想拿回？”老郝接着。

“那都是没有分的东西，记记账也好。”李三说。

“要记就记！”老郝举起拐来在地上一拍，“我们再要一个骡子、一辆车！我们都是折胳膊断腿的人，走动不便，要辆车坐坐！”

李三说：

“要是同志们生产，就借给你们一个骡子一辆车。同志，你们替我们效过力，流血受伤，又离家在外，我可是从心里想多照顾你们。从你们来了，住房吃饭，使用家具，都是尽量给你们想法。群众有时说闲话，我给他们解释。现在咱村里的事，你们不了解。地主富农到处破坏我们，恨不得把我打死，不敢明出明入，他们就进行挑拨，想叫穷人打穷人，我们乱了营，他们才快意。同志们在前方，经过多少年锻炼，比我们知道得多，这个情况，该比我看得明白。咱们是一家人，你们的血是给穷人流了的。比方说：今天，你们打了我，谁快活哩？是穷人哩，还是那些地主富农？”

一番话说得两个荣军全低下了头。老郝说：

“主席，我们态度不好，你批评得对！可是，主席，你也不要怕那些地主富农捣乱，蒋介石的大兵都叫我们消灭，这小小的张岗镇上，几个地主还捣得了什么蛋！”

李三笑着说：

“希望同志们帮助村里的工作！”

老郝说：

“主席，前天我托你的事情办妥了没有？”

“什么事？”李三问。

“给我找个做饭的！”

“说媳妇的事呀？”李三笑着，“我已经叫妇女部给介绍了，这事不能着急，找好了对象，得先和人家谈谈。”

“这一个困难，无论如何你得给我解决！”老郝说着把那受伤的胳膊动了动，“咱们自己做不了饭，长期叫老百姓帮忙，也不落意呀！”

说着走了。双进送出去把门上好，回来说：

“有些荣军难办，说话就想打人。那天来要蚊帐，三句话没交代完，就冲着我的脑袋双拐齐下！”

李三说：

“他们都是受了伤的，你看那伤有多重？是在战场上和敌人拼过命的，有时发发脾气，难怪他们。你记着，再催催香菊，给老郝对付个人！”

“老郝有三十老几了吧？不好办。”双进说。

“是个老红军，”李三说，“经过长征的。十七岁上参加了红军，一离家，一家大小，都叫蒋介石给杀了。打日本的时候，受了重伤才退伍。这样一个同志，我们要给他安个家，叫他在张岗街上住下来，村子也有光彩。”

刚刚倒下，外边又敲门，这回是轻轻地。进来的是东头一家烈属，老婆子进门就说：

“三兄弟，我知道你早了没空，这么晚了才来。我有个困难，你得给我解决。”

李三让她坐下，说：

“地，我叫优属队给你耕去了。”

“不是地的事，是房的事。”老婆子说，“我那一间房老朽得不行了，下雨老是个漏，我一个老婆子家，自己又不能修。”

“等两天，闲空了，我去给你拾掇拾掇，保险不能再漏！”李三说。

老婆子笑了笑，说：

“我今年春天，不是纺了点儿线赚了点儿钱，叫你给买了些坯？我是想再把它支架一下，里面的木料全不行了。咱们贫农组，有的是木料，我是说，把那细小的，哪怕先借给我几根哩。我和你商量商量，看行不行。要有你侄子，我就不叫你操这个心了。”老婆子说着流下泪来，用衣襟擦了擦。

李三想了一会儿，说：

“嫂子！咱这东西还都没有分，怎么个分法，也还没个准章程。我想反正得多照顾烈属。侄子在前方牺牲了，是有功的人，咱家里又实在贫寒，就是多照顾你一些，人们也不会有什么反映。开会的时候，我和代表们讨论讨论，就先借给你几根木头，把屋子支架上。以后，老嫂子坐在炕上纺个线，打个盹的，也就不用担惊受怕了！”

“三兄弟费心吧！”老婆子很高兴，站起来走了。李三去关门，门洞里有个黑影一闪，李三一抓腰里的枪问：

“谁！”

“是我！”那个黑影往前走了两步，是个青年妇女的声音。李三听不出是谁来，老婆子说：

“你不认识她，她们过去大门不出，二门不迈的，你怎么见得着？她是俺们那头七班的大少奶奶。”说过，笑了笑走了。

“你偷偷摸摸地来干什么？”李三问。

“主席，我来求求你。”那个女人小声说。

“有什么事，明天再来吧，你家的男人们哩？”李三问。

“是我自己的事，”女人说，“就在这儿说吗？主席。”

“就在这说吧，”李三站在门口，“院里很黑，这里明快些！”

“你们斗争了俺婆家，我没意见。我从过门来就受俺婆婆的气、小姑的气，没好过一天。我又年轻，也不记得剥削过人。这回，就是拿的我的东西多。主席，冤有头，债有主，谁作的谁受么！我也和他们反对，我的东西，你们不该拿走啊！”

李三说：

“你是七班的大房，我想起来，你娘家是苌刘庄四班。两头都是地主，你的东西不会是自己劳动来的。你们，从小老妈子抱着，丫鬟搀扶着。你们娶聘，骑马坐轿，绫罗绸缎，跟房跟班，你们享过福。怎么说是你的东西？穷人的东西，血汗换来，才是自己的。你们都是吃闲饭的人！你想想：给你们种地的是谁？给你们赶车的又是谁？小时，抱你们的是谁？大了，扶你们的是谁？谁把饭做好，又给你们送到手里？谁把衣裳做好，又给你们披在身上？都是穷人！你们的福享得过分了。你还说没享过福！你受气不受气，提说不着，我们是按成分办事！”

女人啼哭起来。李三说：

“今天，你啼哭了，以前在你家地头地边，在你家墙角门口，有多少人啼哭过，你知道吗？你们心疼过这些人吗？有多少人叫地主逼得寻死上吊，跳井投河，卖儿卖女？你最好想想这些事，想想你们家的东西是怎样来的。你们还年轻，也给你们留着吃的穿的，种地的家什，回去好好儿生产吧，不要净想歪的了！”

女人走了，李三把门上好，回来睡觉。刚一合眼，鸡就叫了。

十一

大顺义一早就来叫门，一开门，两个人就吵起来。

大顺义说：

“你这个老家伙，家你算是不要了，你算是卖给这里面了！”

李三说：

“你这么早跑来干什么？”

大顺义说：

“你说我跑来干什么？我来请你吃饭去！”

“今儿个饭这么早？”李三笑了笑。

“吃过饭，你给我耕地去！”大顺义说，“人家的麦子都快出齐了，你那么二亩半地高粱茬还没有刨！小高粱都快秀穗了，你成心叫地荒了吗？”

“我得有了空呀！”李三说。

“你是无事忙，天生的自找罪受！”大顺义说，“这么多大骡子大马，这么多代耕队，你替群众服务，群众就不该给你解决困难？你支一支嘴，一顿饭的工夫用不了，就给咱耕了！你懒得说话！”

“啥！”李三说，“叫你这么一说，我成了大总统了！”

“你不是大总统，人家可叫你土皇上！你工作工作，弄得猪八戒照镜子，里外不够人。穷的富的都不说你好，人叫你得罪完了，你还工作！”

大顺义一屁股坐在双进的床头起，双进还在睡觉，一下叫她坐醒了，赶紧起来劝架。

大顺义在院里转转悠悠，李三跟在后面。大顺义扭回头来说：

“你没见过我？这么紧跟着干什么！”

李三不说话。大顺义转到西夹道，那里堆放着乱七八糟的东西，什么破字画、枕头、小匣子、不成对的瓷器铜器……大顺义在一个破箱子里翻了翻，看见有一串大铜钱，拿起来，望着双进说：

“我要了这串大钱，去给我那干儿配个锁！”

“你赶快放下！”李三吆喝着，“一个线头，你也不能从这院里拿出去！”

“你把我当贼提防，”大顺义扔下铜钱走出来，“你别小看人，这么点道理我不明白？能叫你跟着我背黑锅！逗逗你，就当真的了！”

大顺义回家去。李三一时觉得又累又烦。他忽然想起毛主席。他想：他领导革命，指挥千军万马，教育着这么些个党员群众，他是怎么着工作哩？他会不会累，会不会烦？李三在心里笑了，他自己有点羞惭，勇气和力量也在这时振作了。他到木货厂里去。

十二

大官亭的野战医院里，新来了一批伤兵。是在大清河北作战受伤的，里面有几个饶阳县今年春天参军的战士。战士们给家里写了信，母亲和妻子们都去看望了。张岗贫农组也买了一筐鸭梨，募了一篮鸡蛋，送去慰劳，李三同双眉是代表。

在伤兵里，双眉看见了兴儿，挂着一只胳膊。兴儿和李三说是参加机枪班冲锋受了伤。双眉一句话也说不出，红着脸笑了。兴儿用那只好手轻轻拍着受伤的胳膊，好像是叫双眉看。双眉明白，这意思是说：你看我怎么样，我受伤了。

第二天，区里送来一封信说：野战医院的伤兵同志们要求张岗剧团给他们演演戏，叫李三加紧准备。

李三拿着信找了双眉去，笑着说：

“你的工作来了！”

双眉接过信来看了看，抬头问：

“伤兵同志们为什么单找咱村？”

李三说：

“周围几十里，谁不知道张岗剧团？在冀中区，除了‘火线’，恐怕就数咱们了，人家军队上能没有听说过？”

双眉说：

“那可演什么节目哩？咱不演俗戏，新编又一下排不出来。全怨三哥，那两天还批评我哩！”说完把嘴一噘。

李三说：

“这怨三哥没远见。双眉，这事全交给你，你用什么东西，使唤哪些人，告诉我，我给跑腿！反正，人家既然指名请咱们，咱们就得露一手，不能丢人！”

双眉想了想说：

“我看还是演《比武从军》。这个戏别的剧团演不了，咱们又是熟戏，稍微拉拉场，吊吊嗓就行。三哥，你看怎么样？”

李三说：

“对，就演这出。给军队演，又符题。我就喜欢这出戏，末了那一大段唱，别的剧团，就是没法演，两个人接着也唱不下来。你唱起来，可是从从容容，越到后来越有劲。不过那个武委会主任叫谁演哩？兴儿不在家。”

双眉说：

“就叫小三成替他，排的时候，小三成一块儿学会了。”

“好。”李三说，“带着咱们那汽灯、好帐子好幕去。演的时候，还得叫我干那个！”

“什么那个？”双眉问。

“拿着大喇叭站台！”李三比画一下，笑着走了。

演戏的那天是十月革命节。会场就在大官亭街当中那大场院里。吃过晚饭，周围几十里，道路上满是人，紧走紧说：

“今晚上是张岗的《比武从军》！”

“喂，那个女角叫什么？”

“你这人！双眉呗！”

“对。真好嗓门儿，好长相，好走相，真，真比不了！”

“有一年不唱了。听说为唱戏受过批评哩。”

“咳！不批评别的，单批评唱戏！”

汽灯还没挂起来，会场里就挤满了人，卖糖的，烙馅饼的，老豆腐挑子也赶来了。

伤兵同志们坐在场子当中，汽灯点着了，张岗剧团的人马在台上忙着。打鼓的老头子郭老珍，架着腿，把雪白的手巾搭在膝盖上，嘴里叼着一支只有在这个当口才肯抽的好烟卷。

兴儿挂着胳膊，走到后台来和人们说话。在一个大油灯下边，双眉坐着她那小红凳，正对着镜子化妆。见兴儿来了，就问：

“你在哪看？”

兴儿说：

“在台下边呗！”

“有坐物没有？”

“没有。”

“我给你带来了一个。”双眉说着站起来，往后一推那小红凳。

“咱们这剧团，越来越阔了，还置了家具？”兴儿说。

“这是我分的果实。”

“你参加斗争了啊？”兴儿笑着。

“你参加战争，我参加斗争！”双眉低声说，在镜子里轻轻一笑。

“入党了没有？”兴儿庄重地问。

“快批准了。”双眉的脸一红，“你哩？”

“我今天满了候补期。”

“我来演戏给你道喜！”双眉笑着说。

“先唱的时候，嗓子不要太高，这个地方是街心，容易收音。”兴儿关照了双眉几句，就下去了。

同志们看见兴儿提着个小凳下来，有两个人跑过来说：

“王小兴，哪来的小凳？”

兴儿说：

“借的剧团的。”

“还是你们本地人好啊！”

“来！咱们三个挤着坐。”兴儿说，“快开戏了，听着吧！”

今晚上没有月亮，是个好晴天。星星像有喜事的人们的眼睛。一声锣响，开幕了。

台下的人挤着跟前云，说：

“《比武从军》！”

“不要挤，不要碰着伤员同志们！”李三拿着个大喇叭，在台上猫着腰喊叫。

“双眉！”台下看见双眉一上场，挤得更欢。前边的人用死力顶着，像钉木桩，不让挤过去。

双眉一出来，是在梨树底下，里面有这么几段：

风吹枝儿树猫腰，
今年梨儿挂得好。

上好的梨儿谁先尝哪，
我提着篮儿上前方呀。

送梨的人儿回去吧，
前方的战斗正紧张啊。

双眉唱着，眼睛望着台下面。台下的人，不挤也不动，整个大广场叫她的眼睛照亮了。

她用全部的精神唱。她觉得：台上台下都归她，天上地下都是她的东西。

一九四九年

（《村歌》，北京天下图书出版公司1949年10月出版）

【作品赏析】

1947年下半年，孙犁先到冀中博野县，后到饶阳县参加土改试点工作。“饶阳张岗小区”是他的工作地点，有三个月左右的时间，孙犁每天往返于“张岗大街”之上。《村歌》的叙事背景正是“张岗”的土改，可见和这段经历有关。1949年，天津解放，孙犁开始主持《天津日报·文艺周刊》。4月，孙犁完成了小说《村歌》的上篇，5月6日、12日的《天津日报·文艺周刊》以《互助组》为题发表了第一至第九节，7月1日《劳动文艺》第一卷第一期以《抗旱》为题发表了第十至十三节。9月1日，《村歌》的下篇《复查以后》完成。1949年10月，全书以《村歌》为名由北京天下图书公司初版。《村歌》相对客观地呈现了土改的图景，是书写土改的珍贵文本。

双眉是《村歌》中最具个性，也是争议最多的人物。双眉是个十七八岁的姑娘，她的美显然与时代的审美存在一定的差异。呈现在区长老邴眼中的她身材、衣着、脸庞具有一种介于野性生命与知识女性之间的美。双眉的美是独特的，经过修饰而不失天然风采，特别是“眉毛虽然那么弯弯的，左边的一道却只有一半，在眼睛上面，秃秃地断了”。这样的美接近于庄子的生意为美，因具有个性特点而勃发着生机。她的个性是突显的，之所以被撤了妇女自卫队队长的职，有三个原因：一是爱打扮、爱说笑，在剧团排戏，所谓“流氓”；二是“瞧不起不如她的人”，“说话刻薄”，“强迫命令”；三是当场顶撞领导（王同志）。她的抗争精神是强烈的，被拒绝参加生产组后，双眉在精心设计好的场景中出现，“准备好一个姿势”，“好像早就测量好了方位距离”，随即转身离去，又“回头望了望”，不着一词就将老邴吸引到自家庭院中。这样，双眉成功地获得了在较为私密的场所、在较为充裕的时间中向领导倾诉、争取的机会。这个姑娘爱美，个性突出，而且心灵手巧，“木秀于林”的她显然出离了时代审美的轨道。双眉主动地、坚持不懈地努力跻身主流与中心于是成为《村歌》的叙事动力。

双眉为参加、搞好互助组尽了最大的努力。她只好和说媒的大顺义、爱抹牌的小黄梨组成互助组，忍受着村民的歧视、王同志的嘲笑，还要协调着组内自私、落后的成员。但是双眉勇敢地向全村人认为最棒的李三组挑战，经历了抗旱的考验。如果说双眉在《上篇　互助组》中成功地完成了跻身主流的愿望，那么在《下篇　复查以后》则进一步努力成为中心。村里成立了秋收大队，双眉成为妇女大队长。她以鲜明的阶级意识对抗了亲缘关系，扭送了偷割稻谷的本家爷爷，积极争取加入了党组织。但是，双眉仍然是格格不入的，她一方面激进甚至冒进，粗暴对待群众，意欲坚持秋收大队的组织，冲撞到革命的规约，另一方面又无视流俗，作为一个姑娘帮助接生小牛、夜晚排演戏剧，冒犯了传统文化的禁忌。叙事鼓励了双眉对传统文化的冲撞，又一定程度上宽容了她工作上的不妥。这样，《村歌》中双眉的声音不仅仅是土改工作胜利展开的一个代言，而且是真切的个人解放的吁求。

《村歌》以及双眉招致了不少批评，如“把农村妇女的性格强行分裂，写成了有着无产阶级革命行动和小资产阶级感情、趣味的人物”，更严厉的观点认为小说“歪曲地塑造了”新人物的典型形象，缺乏生活与内在的真实，“从这样一个阶级出身的农村妇女的身上，却看不到半点农民阶级朴质的影子，相反地，作品里的双眉，却是一个道道地地的小资产阶级的典型人物。不论她的思想、感情、性格、姿态等方面，都是如此。”倒是方纪写于1958年的《一个有风格的作家———读孙犁同志的〈白洋淀纪事〉》虽认为双眉会产生“不协调”，却也承认是真实的存在，并准确地指出了双眉的“个人英雄主义”。双眉确实是“个人英雄主义”的，这恰恰是孙犁的个人关怀对时代性的超越。

当然，《村歌》对双眉的包容并不意味着政治性的削弱，而是以遵循主流价值为前提的。双眉被指摘的首要问题是“流氓”，而流氓是什么？主流意识形态的代言人老邴引用“报上”的定性，肯定地说“流氓主要是不生产”。双眉恰恰是“生产”的，不仅格外能干，而且组织生产。她的价值与中华人民共和国成立之际的社会需求存在高度的契合。双眉还以是否参加战斗来决定是否和兴儿保持关系。当兴儿负伤归来，作为恋人的双眉“红着脸笑了”。她演出的《比武从军》强化了对恋人的价值判断，再一次与新社会的价值观高度契合。

双眉是《村歌》的灵魂，隐含作者对她的态度是叙事观念的凝缩。实际上，政治化与个人化的矛盾与整合遍布在《村歌》中。孙犁敏锐地发现了土改中的问题。比如，对可团结对象的排斥，这和他的个人家庭命运有关，在《秋千》等小说中也有反映。王同志则是一个问题性的存在，这个知识女性“文化高”但工作武断，重个人享乐而多空谈，搞形式主义并不解决实际问题。此外，斗争财产的分配中显然出现了问题，荣军“借”财产是一方面，要“做饭的”实在细思极恐。但是小说又极力将问题消解掉，恰如不被团结的双眉融入了主流，存在问题的王同志调走了，财产的分配被搁置……那么，王同志从哪里来，到哪里去，她的生命逻辑如何？荣军的境遇怎样？谁将成为他们的“做饭的”？这在《村歌》中来不及伸展，但是并未被武断地遮蔽掉。如此种种，显示了难得的敏锐和客观。

《村歌》的客观呈现和深入思考是可贵的，也是有一定限度的。难得的是，在后来的《铁木前传》《风云初记》中，观察更加细致，思考在延续，《村歌》中徘徊的个人的灵魂得到了更多的正面关怀。

铁木前传

一

在人们的童年里，什么事物，留下的印象最深刻？如果是在农村里长大的，那时候，农村里的物质生活是穷苦的、文化生活是贫乏的，几年的时间，才能看到一次大戏，一年中间，也许听不到一次到村里来卖艺的锣鼓声音。于是，除去村外的田野、坟堆、破窑和柳杆子地，孩子们就没有多少可以留恋的地方了。

在谁家院里，叮叮当当的斧凿声音，吸引了他们。他们成群结队跑了进去，那一家正在请一位木匠打造新车，或是安装门户，在院子里放着一条长长的板凳，板凳的一头，突出一截木楔，木匠把要刨平的木材，放在上面，然后弯着腰，那像绸条一样的木花，就在他那不断推进的刨子上面飞卷出来，落到板凳下面。孩子们跑了过去，刚捡到手，就被监工的主人吆喝跑了：

“小孩子们，滚出去玩。”

然而那嗞嗞的声音，多么引诱人！木匠的手艺，多么可爱啊！还有生在墙角的那一堆木柴火，是用来熬鳔胶和烤直木材的，那毕剥毕剥的声音，也实在使人难以割舍。而木匠的工作又多是在冬天开始，这堆好火，就更可爱了。

在这个场合里，是终于不得不难过地走开的。让那可爱的斧凿声音，响到墙外来吧；让那熊熊的火光，永远在眼前闪烁吧。在童年的时侯，常常就有这样一个可笑的想法：我们家什么时候也能叫一个木匠来做活呢？当孩子们回到家里，在吃晚饭的时候，把这个愿望向父亲提出来，父亲生气了：

“你们家叫木匠？咱家几辈子叫不起木匠，假如你这小子有福分，就从你这儿开办吧。要不，我把你送到黎老东那里学徒，你就可以整天和斧子凿子打交道了。”

黎老东是这个村庄里的唯一的木匠，他高个子，黄胡须，脸上有些麻子。看来，很少有给黎老东当徒弟的可能。因为孩子们知道，黎老东并不招收徒弟。他自己就有六个儿子，六个儿子都不是木匠。他们和别的孩子一样，也是整天背着柴筐下地捡豆茬。

但是，希望是永远存在的，欢乐的机会，也总是很多的。如果是在春末和夏初的日子，村里的街上，就又会有叮叮当当的声音，和一炉熊熊的火了。这叮叮当当的声音，听来更是雄壮，那一炉火看来更是旺盛，真是多远也听得见，多远也看得见啊！这是傅老刚的铁匠炉，又来到村里了。

他们每年总是要来一次的。像在屋梁上结窠的燕子一样，他们总是在一定的时间来。麦收和秋忙就要开始了，镰刀和锄头要加钢，小镐也要加钢，他们还要给农民们打造一些其他的日用家具。他们一来，人们就把那些要修理的东西和自备的破铁碎钢拿来了。

傅老刚被人们叫作“掌作的”，他有五十岁年纪了。他的瘦干的脸就像他那左手握着的火钳，右手抡着的铁锤，还有那安放在大木墩子上的铁砧的颜色一样。他那短短的连鬓的胡须，就像是铁锈。他上身不穿衣服，腰下系一条油布围裙，这围裙，长年被火星冲击，上面的大大小小的漏洞，就像蜂窠。在他那脚面上，绑着两张破袜片，也是为了防御那在锤打热铁的时候迸射出来的火花。

傅老刚是有徒弟的。他有两个徒弟，大徒弟抡大锤，蘸水磨刃，小徒弟拉大风箱和做饭。小徒弟的脸上，左一道右一道都是污黑的汗水，然而他高仰着头，一只脚稳重地向前伸站，一下一下地拉送那呼呼响动的大风箱。孩子们围在旁边，对他这种傲岸的劳动的姿态，由衷地表示了深深的仰慕之情。

“喂！”当师傅从炉灶里撤出烧炼得通红的铁器，他就轻轻地关照孩子们。孩子们一哄就散开了，随着叮当的锤打声，那四溅的铁花，在他们的身后飞舞着。

如果不是父亲母亲来叫，孩子们是会一直在这里观赏的，他们也不知道，到底要看出些什么道理来。是看到把一只门吊儿打好吗？是看到把一个套环儿接上吗？童年啊！在默默地注视里，你们想念的，究竟是一种什么境界？

铁匠们每年要在这个村庄里工作一个多月。他们是早起晚睡的，早晨，人们还躺在被窠里的时候，就听到街上的大小铁锤的声音了；天黑很久，他们炉灶里的火还在燃烧着。夜晚，他们睡在炉灶的旁边，没有席棚，也没有帐幕。只有连绵阴雨的天气，他们才收拾起小车炉灶，到一个人家去。

他们经常的下处，是木匠黎老东家。黎老东家里很穷，老婆死了，留下六个孩子。前些年，他曾经下个狠心，把大孩子送到天津去学生意，把其余的几个，分别托靠给亲朋，自己背上手艺箱子，下了关东。在那遥远的异乡，他只是开了开眼界，受了很多苦楚，结果还是空着手儿回来了。回来以后，他拉扯着几个孩子住在人家的一个闲院里，日子过得越发艰难了。

黎老东是好交朋友的，又出过外，知道出门的难处。他和傅老刚的交情是深厚的，他不称呼傅老刚“掌作的”，也不像一些老年人直接叫他“老刚”，他总称呼“亲家”。

下雨天，铁匠炉就搬到他的院里来。铁匠们在一大间破碾棚里工作着。为了答谢“亲家”的好意，傅老刚每年总是抽时间给黎老东打整打整他那木作工具。该加钢的加钢，该磨刃的磨刃。这种帮助也是有酬答的，黎老东闲暇的日子，也就无代价地替铁匠们换换锤把，修修风箱。

“亲家”是叫得很熟了，但是，谁也不知道这亲家的准确的含义。究竟是黎老东的哪一个儿子认傅老刚为干爹了呢，还是两个人定成了儿女亲家？

“亲家，亲家，你们到底是干亲家，还是湿亲家？”人们有时候这样探问着。

“干的吧？”黎老东是个好说好笑的人，“我有六个儿子，亲家，你要哪一个叫你干爹都行。”

“湿的也行哩！”轻易不说笑的傅老刚也笑起来，“我家里是有个妞儿的。”

但是，每当他说到妞儿的时候，他那脸色就像刚刚烧红的铁，在冷水桶里猛丁一蘸，立刻就变得阴沉了。他的老婆死了，留下年幼的女儿一人在家。

“明年把孩子带来吧。”晚上，黎老东和傅老刚在碾棚里对坐着抽烟，傅老刚一直不说话，黎老东找了这样一个话题。他知道，在这个时候，只有这样一把钥匙，才能捅开老朋友紧紧封闭着的嘴，使他那深藏在内心的痛苦流泻出来。

“那就又多一个人吃饭，”傅老刚低着头说，“女孩子家，又累手累脚。”

“你看我。”黎老东忍住眼里的泪说，“六个。”

这种谈话很是知心，可是很难继续。因为，虽然谁都有为朋友解决困难的热心，但是谁也知道，实际上真是无能为力。就连互相安慰，都也感到是徒然的了。

这时候，黎老东最小的儿子，名字叫六儿的，来叫父亲睡觉。傅老刚抬起头来，望着他说：

“我看，你这几个孩子，就算六儿长得最精神，心眼儿也最灵。”

“我希望你将来收他做个徒弟哩。”黎老东把六儿拉到怀里说，“我那小侄女儿，也有他这么大？”

“六儿今年几岁了？”傅老刚问。

“九岁。”六儿自己回答。

“我那女儿也是九岁。”傅老刚说，“她比你要矮一头哩，她要向你叫哥哥哩。”

二

第二年头麦熟，傅老刚真的从老家把女儿带来了。他在小车的一边，给女儿安置了一个座位。这座位当然很小，小孩子用右手紧把住小车的上装，把脚盘起来，侧着身子坐在垫好的一小块破褥上。他们在路上走了五六天，住了几次小店，吃了很多尘土。然而女孩子是很高兴的，她可以跟父亲，这唯一的亲人，常住在一起，对她说来是最幸福的了。

到了村里，先投奔了黎老东家。黎老东很是高兴，招呼左邻右舍的女孩子们来和小客人玩。

“你叫什么名儿呀？”那些女孩子们问她。

“我叫九儿。”小客人回答。

“你姐妹九个？”女孩子们问。

“就我一个哩。”小客人说。

“那你为什么叫九儿？”女孩子们奇怪了，“在我们这里，谁是老几就叫几儿，比如六儿，他就是老六。”

“这是我娘活着的时候，给我起的名儿。”小客人难过地说，“我是九月初九的生日哩。”

“啊。”女孩子们明白了，“那么，你们那里还兴留小辫儿吗？”

“唔。”小客人有些害羞了，缠在她那独根大辫上的绳儿，红得多么耀眼呀！

和女孩子们玩了几天，和六儿也就熟了。九儿看出，六儿和她很亲近，就像两个人的父亲在一起时表现得那样。傅老刚活儿忙，女孩子跟在身边不方便，他打夜作，给六儿和九儿每人打了一把拾柴的小镐儿，黎老东给他们拾掇上镐柄，白天就打发他们到野外去。六儿背着红荆条大筐，提着小镐儿，扬长走在前头，九儿背一个较小的筐子，紧跟在后面，走到很远很远的野地里去。

六儿不喜欢在村边村沿拾柴，他总是愿意到人们不常到、好像是他一个人发现的新地方去。可是，走出这样远，他并不好好儿地工作，他总是把时间浪费在路上。他忽然轰起一个窠卵儿鸟，那种鸟儿贴着地皮飞，飞不远又落下，好像引逗人似的，六儿赶了一程又一程。有时候，他又追赶一只半大不小的野兔儿，他总以为这是可以追上的，结果每次都失败了。

“我们赶紧拾柴吧。”九儿劝告地说。

“忙什么？”六儿说，“天黑拾满一筐回去就行。”

“我们不许一人拾两筐吗？”九儿说。

“就是一天拾三筐，也过不成财主！”六儿严肃地驳斥着。

他慢慢地走在草地里，注视着脚下。在一处做个记号，又察看着。后来，他把柴筐扔在一旁，招呼着九儿：

“你守住这个洞口，不要叫它从这里跑了。”

他回到做记号的那里，弯下腰，用小镐儿飞快地掘起来。

这天，他们高兴地捉住了一只短尾巴的小田鼠，晚上带回家里来，装在一只小木匣里。木匠家总是有好多木匣子的。

第二天，风很大。他两个没有到地里去，在六儿家里玩儿。父亲出去做活了，六儿拿出小田鼠来，对九儿说：

“它在匣里住了一夜，一定很闷，我们叫它在地下跑跑吧。”

“捉不住了，怎么办？”九儿说。

“不要紧，你把水道守住就行了。”六儿把小田鼠放在地下。起初小田鼠伏在他的脚下，一动也不动。六儿“嘘”它，跺脚轰它，它跑开了，绕着房根儿转，突然钻进了一个洞。

六儿发急了，他命令九儿：

“你看瓮里有水没有？”

瓮里干着。六儿抓起瓢来，跑到咸菜缸那里，淘来一瓢盐水，灌进了鼠洞。看看不顶事，又要去淘。

“大叔回来要骂了，”九儿说，“盐是很贵的。”

六儿用力把瓢扔在地下，瓢摔裂了。

这一回，两个人玩得很不好。六儿失去了小田鼠，心里很难过。九儿心痛那一瓢盐水，她也是个穷人家的孩子，她在家里，是一针一线也不敢糟蹋的。

风越刮越大，他俩躲到破碾棚里去。那座不常有人使用的大石碾，停在中间。碾台上蒙着一层尘土，九儿坐在上面。六儿爬到那架大空扇车里面，蜷起身子像只虾米一样，仰天睡下了。他招呼九儿：

“你也进来吧，盛得下。”

“我不进去。”九儿说。

她在思想，面对着现实。外面的风，刮得天黑地暗，屋顶上的蜘蛛网抖动着，一只庞大的蜘蛛，被风吹得掉下来，又急遽地团回去了。她没有母亲，她的父亲，现时在外面的大风里工作着。她新结交的小伙伴，躺在扇车里睡着了。童年的种种回忆，将长久占据人们的心，就当你一旦居住在摩天大楼里，在这低矮的碾坊里的一个下午的景象，还是会时常涌现在你沉思的眼前吧？

三

就在这一年，开始了抗日战争。这是在平原上急骤兴起的，动摇旧的生活基础的第一次大风暴。从这一年起，人们在战争的考验里，接受了阶级斗争的新道理，广大的劳苦半生的人们，包括他们那从前以为累赘、无法养教的儿女们，开始打破有形无形、传统久远的束缚和枷锁。黎老东在家的两个较大的儿子，都参军去了。

在兵荒马乱里，傅老刚没有能够按时回到老家去，好在女儿也在身边，他不想去冒那长远路途上的危险了。在这些年月里，木匠、铁匠除去为农业生产服务，还都要为战争服务。傅老刚的两个徒弟，不久也参加了八路军附设的兵工厂。在这一年冬天，傅老刚和女儿，给来往不断和越聚越多的骑兵打钉马掌。九儿兴奋地工作着，有一次她只顾观望那过往的部队，被一匹性劣的马踢了一脚，从此在额角上留下一块小小的伤痕。当时，部队上的卫生员替她包扎好，她连一声也没哭。以后，大家公认，这块小伤痕，不但没有损害九儿的颜面，反而给她增加了几分美丽。

孩子们在风雨里、炮火里、饥饿和寒冷的煎熬里，战斗和胜利的兴奋里，完成了他们的童年，珍贵的童年的历程。傅老刚在村里人缘很好，附近村庄的人们也都认识他。在逃难的时候，那些妇女们看到九儿，都自动地愿意带着她，跑到哪个村庄，人们一听说是铁匠的女孩子，也愿意收留吃饭和安排住宿。在战争的最后二年，因为年岁大些了，游击经验也丰富些了，九儿总是好和六儿一同走。六儿胆子很大，很机警，照顾九儿也很周到。当他们在一块儿的时候，在九儿那刚刚懂事的心里，除去有人做伴仗胆，感到幸福，还产生了一种相依相靠的感情。当她和六儿在一块儿的时候，也真的没有遇到什么大的危险。因此，她有时也真的相信六儿自我吹嘘的话了。

六儿常常对她说：

"你谁也不要跟着，就跟着我吧，日本鬼子不敢着我的边。"

"你净瞎说。"九儿跟在他身后边说。

"你跟着我，饥不着也渴不着，"六儿自信地说，"我会像一只大老家（雀）给你打食儿吃。"

在九儿的眼里，六儿的办法就是多一些。下雨的时候，他总是能很好地把九儿安置起来，就是在野地里，也淋不湿。在九儿觉饿的时候，他能跑出多远，找些吃的东西回来。那时候，在野外躲藏的人很多，人们是愿意帮助孩子们的。而更重要的是，九儿从心里发生的那一种感激和喜欢的心情，也确实能战胜一时的饥饿和寒冷。

日本投降以后，因为多年不回老家，老铁匠急于要带女儿回去看望一下。

临走的那天晚上，黎老东打了一壶酒，给傅老刚送行。平日，傅老刚即使在喝酒的时候，话也是很少的；黎老东酒一沾唇，那话就像黄河开了口子一样，滔滔不绝。可是今天晚上，两个老朋友中间放上一盏菜油灯，一把酒壶，在快要分别的时候，黎老东只是勉强地说了几句普通话。以后，就也把头低下来，一直沉默着。

这是很稀奇的现象。傅老刚问：

"亲家，你心里有什么事？"

"有点事儿。"黎老东突然兴奋起来，他是单等着老朋友这句问话的。"亲家，我想向你请求一件事。你看，我有六个儿子，穷得这样，我这一辈子也不打算什么了。不过六儿这孩子，我看还许有些出息。”

“亲家，”傅老刚插断他的话，“你就是娇惯了他一些。孩子们是要管得严紧些的。”

“是这样。”黎老东急于要把话说完，“咱也别绕圈子，据我冷眼观看，九儿和六儿，两个人的感情还合得来。按说，像我这个穷光蛋，还想支使儿媳妇？不过，咳！”

他一口把壶里的酒喝干了，就又低下头去。

“我明白你的意思了。”傅老刚说，“你穷，我就富吗？”

“不过，不过，养女儿总是要攀个高枝儿的。”黎老东低着头说。

“孩子们年纪还小。等我们从老家回来再定规，你说好不好？”傅老刚这样冷漠地结束了这场本来应该激动人心的交谈，使得老朋友的心冷了半截。

这一晚上，九儿在附近的婶子大娘家里辞行。姐妹们留恋她，在这家停一会儿，又一群一伙地到另一家去。六儿也一直跟在后面，就有姐妹们说他：

“老是跟着干什么？一个小子家。这又不是打游击的时候了。”

“人家也是来送九儿哩。”有的姑娘说。

“快家去睡觉吧，六儿。”有的大娘斥责他。

“我就是跟着！”六儿有些气愤地在心里说，我就是不去睡觉！你们管得着吗？

九儿一直和别人说笑着。

第二天，打早起，六儿跟着父亲，帮九儿家收拾小车。在黑影儿里，九儿小声对他说：

“我们还要回来的呀。”

四

傅老刚和九儿走了以后，就一直没有音讯。听说在他们家乡那一带，是蒋匪军盘踞着。这二年，平原上进行着解放战争，人们又经历了许多重大的事件。土地改革以后，黎老东因为是贫农，又是军属，分得了较多较好的地。后来，二儿子在解放战争里牺牲了，领到一笔抚恤粮。天津解放了，在那里做生意的大儿子又捎来一些现款，家里的生活，突然提高了很多。黎老东听到二儿子牺牲的消息以后，悲痛了一个时期。他想起这个老二从小没有得过一点儿好，母亲死了以后，还曾带着四兄弟讨要过一个时期的饭。现在，黎老东是将近六十岁的人了，身边只有四儿和六儿。但是，不知道为了什么，黎老东不大喜爱四儿，只喜爱六儿。老人的心里想：自己受了一辈子苦，没有过出头之日，几个大孩子，小的时候也没有赶上好年月，现在既然生活好了，应该叫六儿多享些福。

这样，六儿就越发娇惯起来了。他已经长大成人，他不愿意像四哥一样到地里去做活，起猪圈送粪这些事，他连边也不愿沾。可是，也不好净闲着，他就学做些小买卖。秋后，搓大花生仁儿，炒了到街上卖；冬天煮老豆腐，晚上在大街十字路口敲着梆子。卖不完的，就自己吃。每天夜里，父亲已经钻被窠了，他盛上一大碗老豆腐，多加蒜、姜，送到老人脑袋头起说：

“爹，吃了吧，热的。”

老人爬起来，喝完老豆腐，心里想，这孩子多懂事儿，多孝顺呀！

有时，六儿也盛上一碗送给在夜里喂着牲口的四哥，老四是从小知道省细的，总是不愿意吃。他对六儿说：

“多卖一碗，就多赚一碗，我这就要睡觉了，喝一碗这个有什么用？”

这使得六儿有时想：这个人真不知好歹哩。

但是，不管卖花生仁儿，还是卖老豆腐，六儿总是赚不下钱。在街面上，他的朋友多，这个抓一把，那个喝一碗，就是记上账，六儿也拉不下脸皮儿去要，到年底，还是得老四去讨账。特别是那些姑娘们，看见六儿提着花生仁儿来了，就说：

“你这花生仁儿脆不脆？香不香？”

“你们尝尝呀！”六儿赶忙张开布袋口儿笑着说。

“尝”是不要钱的，可是姑娘们很多，又都下得手，一个人一大把不算，六儿还自己抓着送到她们手里，替她们装进那口儿虽小底儿却深的衣裳口袋里去。

六儿长得个儿适中，脸皮儿很白，脾气儿又好，他在街上成了姑娘们十分喜欢的对象。六儿已经能够自觉到这一点，他就更加注意去巩固和扩大这个良好的影响。战争结束以后，在这个村里，他第一个留起大分头，还不叫担挑的剃头匠理发，总是在集日跑到县城南关的理发店去。夜晚，村里只有他有一筒手电，在街上一晃一晃地，姑娘们嬉笑着围着他：

“看你，六儿，照坏了我的眼！”

“来，六儿，给我拿拿！”

在雨天，他有一双双钱牌胶鞋，故意穿上去串门儿，谁家的姑娘好看，谁家庭院里积的雨水深，他就特别到谁家去。那家的姑娘在窗户眼儿里看见他进来，就赶紧爬下炕来说：

“六儿，你来得正好，来脱下给我穿穿，我正要到茅房里去！”

“你穿着正合适。”六儿说，一边脱下胶鞋来递给她，“你也该买一双。”

“我哪里有这些钱呀？”姑娘笑着说，“六儿，你什么时候再进城，给我捎一双袜子来吧！”

“什么色儿的？”六儿问。

“你看着吧，你常买东西，又懂眼。”姑娘信任地说，在腰里掏摸着，“你带着钱吧！”

“不用。”六儿说，“买回来，再说吧。”

等到买回来，姑娘们只称赞他买得货色好，尺寸合适，就再也不提钱的事了。

五

黎老东目前也顾不上管教他，老人正在为新兴的家业操心。新近他把那匹老灰驴换成了一匹红马。这匹马虽然口齿老一些，但蹄腿毛色都很好，架上那辆分来的破车，实在显得不调和。老人四处去观看，买回几棵榆树槐树，想自己打一辆大车。黎老东打的大车是远近知名的，一辈子给人家打了无数的车，现在年老了，也给孩子们打一辆吧，他的心情是十分愉快的。在转悠着买树的时候，他还得到一棵小檀木树的秧子，做木匠的最喜爱这种树，他把它栽到自己的窗台下，小心养护着，作为自己新的生活开始的标志。院里养了一群鸡，猪圈里新买来两个猪崽儿。

他叫老四和他解树，在院子里，被解的树木斜竖起来，像一架高射炮。老人蹬在上面，俯身向下，老四坐在地下，仰身向上，按着墨线拉那大锯，一推一送。老人总是埋怨老四笨，不是说他走了线，就是说他不会送锯。老四建议叫六儿来拉锯，老人又不肯。老四说他有偏心，父子两个争吵起来，老人甚至举起锛斧，绕院子追赶。

老四最不喜欢人家说他笨。他从抗日战争以来，学习很努力，每天看书看报上夜校，积极参加村里的青年工作，他觉得在家庭里，他比父亲和六儿都进步得多、懂事得多。

吵过架，老人又不甘寂寞，说：

“我像你这个年纪，早就出师了。我的手艺，不用说在这一县，就是在关外，在哈尔滨，那里有日本木匠，也有俄国木匠，我也没叫人比下去过。阿拉索，有钱的苏联人总是这样对我说。”

“那时他们不是苏联人，那时他们是白俄。”老四说。

“县城南关福聚东银号的大客厅的隔扇，是我做的。那些年，每逢十月庙会，远从云南广西来的大药商，也特别称赞那花儿刻得好。”老人越说越高兴，“这字号是卜家的买卖，老东家和我很合适。”

“卜家不是叫贫农团斗倒了吗？”老四说，“你这话只能在家里说，在外边说，人家会说你和地主有拉拢。”

“南关西后街崔家的轿车，也是我打的。”老人说，“那车只有老太太出门才肯用。”

“那也是大地主。”老四说，“那辆车早分给贫农，装大粪用了。”

老人把锯用力往下一送，差一点没把老四顶个后仰。

大车的木工程序越是接近完成的时候，黎老东越是怀念他那老朋友傅老刚，因为还要有段铁工程序，大车才能制造成功。附近当然也有其他的铁匠，但是这些人的手艺，都不中黎老东的意。过去，他是常常和傅老刚合打一辆大车的。而他们合打的大车，据说一上道，咯噔咯噔一响，人们离很远，就能判断出这是黎老东砍的轴、挑的键，傅老刚挂的车瓦。他很希望老朋友能来帮他把这一辆车成全好，成为他们多年合作中的代表作品，象征他们终身不变的深厚友谊。现在家里又有吃有喝，他想给傅老刚捎上个信儿，叫他带女儿来。孩子们的年岁也到了，凭眼下这日子光景，再求婚也就理直气壮了。

可是，听说那边还在打仗，信儿也不好捎。

想起儿女的婚姻，黎老东就想起住宅的问题，现在住的这个破院，虽说村里已经固定给他，要是儿子们结婚，还是很不够住的。当父亲的赶上这个年月，还不能替孩子们安排下几间住处，也感觉于心有愧似的。今年一个麦季，一个秋季，收成都很好。他想把粮食合起来，换处宅院。原先，他是想多买几亩田地的，听人说，这年头田地总不牢靠，宅院到什么社会，终归是自己的，他就下了决心买宅子。

关于买宅子，老四提议要和军队上的哥哥商量一下，黎老东说：“不用。他是革命干部，不同意我们置家业过活。”

他托了村里的说合人，替他物色宅院。很快，说合人就来告诉他，后街二寡妇那宅子要卖。这所宅子包括三间土坯抹灰北房，木架门窗都还很坚固，院子很大，以后可以盖三合房，现在就有一个大梢门洞儿。价格不贵，十石麦子。另外，这所宅院距离黎老东现在住的地方很近，以后来往也方便。

黎老东想了想，很中意这宅子，就要下定钱。但是老寡妇有一个附带条件，要卖“养老腾宅”，就是说要等她死了，新主人才能搬进来。对于这一点，黎老东有些犹豫，谁知道老寡妇哪年死哩，看来她还很健康。不久，说合人又来说，老寡妇有个侄儿要争这宅院，出十二石麦。黎老东一听着了急，下了定钱，还和老寡妇那个侄儿闹了一场纠纷，经过村里调解，黎老东是军烈属，才得买到了手。

买了宅子，黎老东操心的事情可就多了。他隔几天就要到那宅子里转转，看见院子里跑着一群别人家的鸡，他就轰出去，看见墙头又叫孩子们蹬倒了，他就垒起来，看见房墙上的泥皮掉了，就和泥抹上。他关心宅院的每一个细小部分，而老寡妇好像什么也不管，在东间屋里炕上喘嗽着。

冬天，黎老东想叫老四到这北屋西间来住，捎带喂牲口，马槽就安在外间。他和老寡妇商量，老寡妇不同意，说马会把粪拉到她做饭的锅里。因为这个争吵起来，老寡妇一生气，收拾东西，到女儿家住去了，声言是黎老东把她逼走，在村里影响很不好。在军队里的儿子，不知怎么也知道了，来信批评了父亲。

黎老东为这件事也懊悔了好几天，觉得是找了麻烦。但是既然买了，就搬来住吧，选择了一个日子，他和六儿、四儿搬进了这一所新居。人们还要他请酒，他也只好应酬了一下。

夜里，六儿很晚才回来，黎老东一直没睡着，在等着他。

“我为什么买这个冤孽？”黎老东说，“不就是为了你？”

“嗯。”六儿把头蒙在被窠里，“新房子怎么这样冷呀？”

“你要学点好。”黎老东又规诫着，“不要整天瞎跑。”

而六儿已经呼呼入睡了，鼾声是那样匀称和舒心，老人是喜爱听这种声音的，年老的人，身边有个小儿子甜蜜地睡着，是会感到幸福的。

六

这一年冬天，六儿和村里的一家懒人，合伙卖牛肉包子。每天晚上，他背着一个小木柜子，在大街上来回游逛。

“牛肉包儿呀！好热的牛肉包儿呀！”

一直到深夜。

包子房设在村西头黎大傻家。黎大傻的老婆，原是县城东关一户包娼窝赌不务正业的人家的长女。这女人长得既丑且怪，右脚往里勾着，黑麻脸，左眼从小瞎了，有一大块萝卜花向外冒突着。她的性情很是刁泼。在新社会里，也长期改造不好，又非常好吃，为了满足她那馋嘴，她会想出一些奇奇怪怪别人绝想不到的办法。

黎大傻行什么事，也是要看着女人的眼色，听着女人的鼻息的。抗日战争以后，经过几次社会运动，他们每次都把分得的一些东西泼洒了。过程是：把分得的土地和一些粗粮变卖了，换回麦子卖面条儿，结果，一家人把本儿利儿全吃进肚里去。

今年和六儿卖包子，就是和面擀皮儿这些极为轻微的工作，黎大傻的老婆也是不愿意担负的。她不久就从娘家接了一个妹妹来，名义上是帮忙做活，她的实际目的在哪里，谁也猜得着。

这位妹妹，外表和姐姐长得非常不同，人们传说，这孩子原是那些年从别人家领来的，和她的姐姐，并非一母所生。

她今年十九岁了，小名叫满儿。已经结了婚，丈夫长年在外面。小满儿一年比一年出脱得好看，走动起来，真像招展的花枝，满城关没有一个人不认识她，大家公认她是这一带地方的人尖儿。

刚到姐姐家，小满儿表现得很安静。她不常出门儿，每天，姐姐出去串门儿，她就盘腿卧脚地坐在炕上剁馅儿，包包子，连头也不轻易抬起。黎大傻在地下来往，装着笼屉，兼在灶上烧火。六儿没事做，放一条板凳在炕沿儿下面，呆呆地望着她抽香烟。等到天黑，姐姐回来，小满儿问做什么吃，姐姐照例是说得很干脆的："还做什么吃？熬点米汤儿，就包子吃！"

"六儿不用回家，就在一块儿吃吧？"小满儿问。

"那还用你说吗？"姐姐笑着，"人家是咱们的大东家哩，要好好照应！"

现在，六儿就黑夜白日地在这一家鬼混。

渐渐，小满儿就不能安静地坐在炕上了。她每天要抽空儿到门口儿站一站。自从她搬到姐姐家，不知道是谁传播的消息，那些卖胭脂粉儿香胰子的小贩，也都跟踪到这村里来了。他们像上市一样，常常把三副儿副的担子放在她姐姐家的门口，如果小满儿还没有出来，他们就用力摇动那小货郎鼓儿，用繁乱的、挑逗的节奏把她招引出来。

以后，小满儿又借口占碾子借磨，到大街上去。

每逢小满儿到街上来推碾，就会在这小小的村庄里引起一场动乱。当她还没有得到推碾的机会，只是放下一把笤帚在碾子旁边占着，自己一径回家去了，就有一些青年人趁到碾子附近来了。青年人越聚越多，常常使得那正在推碾的人家，感到非常的奇怪。

后来，碾子空下了，就有青年自动去给她报信。过了一会儿，小满儿从她姐姐家的胡同里转出来，青年们的眼睛就一齐转向她那里。青年们的眼神是多种多样的，有的勇敢些，有的怯弱些，然而都被内心的热情和狂想激动着，就像无数的接连爆发的一片火焰。

小满儿头上顶着一个大笸箩，一只手伸上去扶住边缘，旁若无人地向这里走来。她的新做的时兴的花袄，被风吹折起前襟，露出鲜红的里儿；她的肥大的像两口大钟似的棉裤角，有节奏地相互摩擦着。她的绣花鞋，平整地在地下迈动，像留不下脚印似的那样轻松。

她那空着的一只手，扮演舞蹈似的前后摆动着，柔嫩得像粉面儿捏成。她的脸微微红涨，为了不显出气喘，她把两片红润的嘴唇紧闭着，把脖子里的纽扣儿也预先解开了。

她通过这条长长的大街，就像一位凯旋的将军，正在通过需要他检阅的部队。青年们，有的后退了几步，有的上到墙根高坡上，去瞻仰她的风姿。

小满儿来到石碾旁边，一转身，把大笸箩放在了地下。然后，她掠了掠齐肩的油黑的头发，向青年们扫射了一眼。

她是来碾米。她把谷子铺在碾盘上，等候着她的姐姐。她姐姐叫什么事耽搁住了，一直没有来，她就一个人推动了石碾。

她心里明白，不会没有人来帮她的忙。但是今天，青年们都在观望着，做着各种丑态，甚至互相推挤，却谁也没有勇气上前。

每当小满儿推着碾子转到街道旁边，她就转身向村西头望望，看看六儿来了没有。她很希望六儿在这个时候来，他比这些孱头们懂事，会跑着过来帮她的忙。

可是，六儿也好像忘记了和她约好的这回事儿似的，一直没影儿。她实在推不动了，又不愿意在这些青年人面前示弱，她装作碾得了头合，突地停下来往回折扫着，转身抓起了簸箕。

“怕还不行吧！”这时站在最前边的一个青年叫大壮的，开了口。

这个名叫大壮而实际上非常胆小的青年，是耐不过这种沉寂的场面，又实在心疼对方，才鼓足勇气去抓起了那根闲着的推碾棍。他这种异乎寻常的举动，使得全体青年吃了一惊，连平日向他开玩笑的习惯都忘记了。但是，忽然从街东头传来一声喊叫，这一声喊叫，就像在冬天的夜晚，有黄鼬来拉鸡，孤处的女主人从梦中惊醒，喊叫出来的那种声音一样凌厉吓人。

这是大壮的媳妇。大壮早婚，她比丈夫足足大八岁。她熬过很长的一段岁月，自从大壮渐渐懂得事理，她就越发爱他，并且越发管教得严格了。大壮平日很怕她，他怕她就像怕自己的姐姐，甚至像怕自己的母亲一样。因为，在多年的印象里，她不只照顾了他的饮食起居，而且也教导着他的言语行动。但是大壮从来也没想到，在他偶尔同别的女人在一起的时候，会引起自己的女人这样大的愤怒。他扶着碾棍，呆呆地望着自己的女人。

“你这个不要脸的东西！”大壮的女人急急走过来说，“快做晚饭了，你不去担水，跑到这里来干什么？”

“唔？”在众人面前，在女人的盛怒之下，大壮不知道怎样回答才好。

“你是哑巴，是聋子？”大壮女人的声音更严厉了，“我问你跑到这里来干什么？你年下就十八岁了，不学正经！”

“他还小哩，原谅他这一次吧！”青年们在一边打哈哈。

“他还小？”大壮的女人最不喜欢别人说她的丈夫年纪小，“什么才叫大人？你们小吗？吃屎的孩子，也干不出这样没出息的事儿来！你们是一群狗，有一只小母狗儿，在街上夹着尾巴一溜达，就把你们都引出来了！就把你们的脖子勾引得硬了，就把你们的眼睛勾引得直了！我在那边瞧了老半天，看看你们那下流样子！你们自己不觉？快到井台上，弄点儿水来照照吧！”

她这种不分敌友，一律混杂的教训，引起了青年们的极度不满，但是没有人愿意在这个时候和她冲突。他们用眼睛、用咳嗽鼓励大壮，很希望大壮就手抽出那根大推碾棍来。但是大壮连丝毫反抗的意思也没有，他甚至移动脚步，要想回家去了。

青年们注视着小满儿，小满儿簸着米糠，脸涨得像块红布。这女孩子，过去在多少男人面前，也是号称难惹的，但是今天遇到这样的场面，她低着头，连一句话也没讲。

斗争总是要展开的，她的姐姐已经在西街口那里出现。她之奔赴这里来，就像抢救水火一样迫切。因为肥胖，因为她的一只脚有点毛病，特别因为她的视力不能集中，她那奔跑的姿势，就像足球场上，带着球奋勇突击的前锋一样：一时曲偻着上身，一时弯架着胳膊，一时左右脚交攀着，一时在地下滚动着。

你说谁是小母狗？她离大壮的女人还有十码远，就发出了战斗的檄文。

“谁自认，我就说的是谁！”大壮的女人挺着身子说。

“我的妹妹是黄花少女！”黎大傻的女人说，“她的屁股也比你的脸干净！你管教你的小女婿行，欺侮我的亲戚就办不到！”

她跑到石磙那里抽出一根棍，但是叫小满儿给拦住了。

“你怎么变得这样老好人？”她吆喝着妹妹，“叫你把我的人都丢尽了！”

她举着大棍，奔向大壮媳妇，大壮媳妇以逸待劳，接住棍头，往怀里一带，黎大傻的老婆就来了个嘴啃地。

七

就在这个时候，久别的傅老刚父女，回到了这个村庄。

傅老刚还是推着他那铁匠炉，前面拉车的，是九儿。

傅老刚越显得年老和消瘦，小车已经破烂不堪，吱扭的声音，也没有了当年的气派。九儿长高了，但穿的衣服也很破旧。她的脸蛋儿很是干瘦，头发上挂满尘土，鞋面儿已经飞裂，只有那一对大眼睛里射出的纯洁亲热的光芒，使人看出她对于回到这里来，是感到多么迫切和愉快。

把小车推到十字街口，傅老刚放下绊带，和人们问好。九儿拉下脖里围着的旧毛巾，擦着脸上的汗水。

“我们又回来了，”傅老刚说，“可是，你们为什么吵架呀！”

“不为什么，”青年们说，“两位女同志，吃饱了没事儿，在这里练把式。”

“不要这样。”傅老刚郑重地说，“你们一直生活在咱们的根据地，真是生活在天堂里了。你们看我们那里，在国民党占据着的时候，人们的生活困难到了什么地步！我同九儿回去，正好陷在网儿里。还好，总算是逃了个活命儿出来。”

“你们那里生产怎么样？”青年们问。

“正在恢复，今年又遇到荒年。”傅老刚说，“你们有好日子，不好生过，就对不起共产党和毛主席。这些年，我一直想念你们，我想这里是老解放区，工作一定进步得多。六儿哩，怎么不见六儿？”

傅老刚在人群里巡视着，转身望了望他的女儿。女儿好像已经寻觅过了，她现在只是站在那里，注视着正在推碾的那个长得极端俊俏，眉眼十分飞动的女孩子，她不认识这个女的，以为是谁家新娶的小媳妇。

“刚才，我看见六儿在村北边赶鸽子，这会儿，也许回家去了。”一个青年说，“你也该去看望看望你的老亲家了，黎老东这二年的生活，可提高大发了！”

傅老刚和人们告别，架起小车。九儿拉着牵绳，还不断地回头看小满儿。

见到老朋友，黎老东高兴极了。他带着亲家到他那新宅子里去看他打制的大车。

“亲家你看，就等你来了。”黎老东兴奋地说，“明天，咱们就在这院里支起炉灶来。你看，这院子多么豁亮，做起活儿来多醒脾？”

“真是好哩。”傅老刚说，“就是在这里开个木货厂，也满宽绰呢。”

“打上这辆车，我也就该休息了。”黎老东十分得意地说，“你知道，现在运销很赚钱，车轱辘儿一动，就是大把的票子。天津解放了，老大挣钱也多了，你看，刚一进冬天，就给我买来了这个。可是穿上这个，我还能做活吗？”

傅老刚打量着亲家高高翻起的新黑细布面的大毛羔皮袍，忽然觉得身上有些寒冷似的。黎老东还没有让远来的客人进屋休息的意思，他详细地说明了建设这所宅院的计划，又带着亲家去看猪圈。最后，推开北房门，叫亲家看马，这才顺便把客人让到里间坐下来。

当两位老人进了屋，九儿刚要跟进去的时候，她抬头看看，六儿站在房顶上向她招手儿，并且指给她上房的梯子所在。九儿轻轻上到房上，看见六儿躲在一排干树枝后面，引逗着一群鸽子玩儿。鸽子看到生人上来，都拍翅飞向天空，现在太阳西沉，西天的红霞映照在白灰抹平的房顶上。红色的白色的鸽子在他们头顶上奋飞着、追逐着、翻腾着。

“我早就看见你来了。”六儿说，“有我父亲，我不敢大声叫你。”

“你喂这些鸽子干什么？”九儿问。

“好玩儿呗。”六儿说，“新近，杨卯儿从北京弄来一对纯白的外国种，实在好，我还想买来哩，人家就是贵贱不卖。”

“青年团不批评你吗？”九儿问。

“我不是青年团。”六儿扬手引逗着天空的鸽子，使它们飞下来又飞上去。“你加入了吗？”

“我也是刚加入。”九儿说着沉默了。

“这东西玩熟了，最有意思。”六儿说着站立起来，向天空呼叫着，“鸽儿，鸽儿。”

鸽子们先后驯顺地落在房檐儿上。

“六儿，那个姑娘是谁？”九儿忽然看见，在西边隔几户人家的一间房上，站着刚才推碾的那个姑娘。那姑娘直直地望着这里，脸上带着那么一种逼人而又难以理解的笑容。

“那是黎大傻的小姨子小满儿。”六儿说，“包子蒸熟了，我该去装柜子了，我们下去吧。”

吃晚饭的时候，六儿也没有回家来，当四儿知道九儿也是个青年团员的时候，非常高兴地说：

“你的关系带来了吗？今天晚上，你先参加我们的学习会吧。”

“我一路上，把关系转了来。”九儿笑着说，“我很愿意参加你们的学习会，四哥在团支部负责吗？”

“我是宣传委员。”四儿说，“咱这一带地方风沙大，每年春天缺雨，上级号召人们打井栽树，变旱田为水田，这是好事儿。可是村里还有很多人认识不清楚。”

“就是他X的你认识清楚，”黎老东说，“你少在外头给我挣骂吧。”

“六儿为什么不参加青年团？”九儿问。

“谁知道他为什么？”四儿说，“他说脑筋不好，一开会就头痛。你看他像脑筋不好的人吗？”

“你要帮助他。”九儿说，“我看他把心都用到旁处去了。”

“你劝劝他也许好些。”四儿叹气说，“他一点儿也瞧不起我。我在我们家里，威信太低。”

“胡说八道。”黎老东又斥责他，“你在外边威信高，高了什么来？”

“年轻人进步是好事。”傅老刚劝说着，“亲家，要不是这个世道，你的生活能过得这样好吗？”

“你说的这话对。”黎老东说，“时代是不断前进的，可是，我们过日子，还得按照老理儿才行。”

八

由于九儿表示十分关怀，四儿提议一同找六儿谈一谈。四儿把牲口喂上，叫两位老人在家看门，装好学习文件，又带上一个小油灯，同九儿出来。

“你带个油灯干什么？”九儿问。

“这是我们团里的学习灯。不敢放在讲堂上，怕浪费油。”

黎老东在屋里听到“油”字，就冲着窗台喊：

“四儿！你又添上了咱家的油？你们青年团真成了穷人团，哪里有赔着灯油做工作的？他X的，你的威信高，还不是高在这点灯油上！”

四儿没答言，领着九儿出来，他在街上停了停，说：

“六儿晚上卖包子，不知道出来没有。”

今天晚上，六儿没有出来做买卖，代替他那清脆的声音，是黎大傻那大劈拉嗓子：

“牛肉包子咧！好热的牛肉包子咧！”

四儿问他六儿到哪里去了，他有些不屑于搭理地说：

“谁知道。我又不是他的掌柜的。”

当四儿和九儿转到西街口上，在村边一处大场院里，传来六儿说话的声音。场院的门虚掩着，隐约地看出：院里栽着很多树木，堆着几个柴垛，靠墙边，有一棵大杨树高高矗立着。在杨树下面，六儿和一个女人贴身站立着。

九儿在门口站住了。四儿性急，一推门进去，并且大声喊叫了一声：

“六儿！”

那女的好像从什么东西上撞了回来一样，很快地往旁边一闪。

“你喊叫什么！”六儿压低声音，愤怒地说。

“怎么啦？”四儿并没有调整自己的嗓门儿，“有什么秘密？”

“不许你嚷！”六儿更发急了。

四儿停止了说话。但是，忽然嚓的一声，他划着了一根火柴，把手里的小油灯点了起来，高高举起，向四下里照耀。

“天爷！”六儿跑上去，一口把他的油灯吹灭，说，“到处点你这穷灯干什么！”

“真的有什么见不得光明的勾当，在这里进行着吗？”四儿一边说着，一边大步地绕着杨树行进，冷不防撞在躲在杨树后面的小满儿的身上，两个人吵了起来。

“完了！”六儿一跺脚，大杨树上扑棱棱一响，“鸽子跑了！”

“只是跑了一只。”小满儿停止吵闹，往上观看着，“谁也别说话了！”

飞起的那只鸽子，不知是属于什么性别，它是留恋眷属的，在黑暗的天空里绕了一遭，又落到了杨树上。这时六儿才低声告诉他的四哥，杨卯儿那外国种鸽子跑出来了，他正想法上去抓住它。

在黑夜里看来。这杨树一直高到无摸着群星，而它那树皮，又像女人的肌肤一样光滑。六儿已经脱下鞋袜，在手里唾着口沫，要攀登上去了。

“这样黑天，你要玩命？”四儿说，“我回家叫父亲去！”

“少在这里拿大哥架子吧！”小满儿说，“抓住一只三十万，抓住两只，你学习好，给算算是多少钱？”

“六儿，”九儿忍不住，说，“你不要冒这样的危险吧！”

“好。”小满儿啧着嘴儿说，“心疼你的人儿发言了。”

“你是什么人，”九儿说，“我们从来又不认识，和我犯嘴？”

“我是什么人？”小满儿冷笑着说，“我是和你一模一样的那种人。”

“别吵了。”六儿哀告着，“别再吓跑了我的鸽子，鸽儿，鸽儿。”

他很快地就上到了树的老杈那里。

“我们走吧！”四儿对九儿说，“没有办法，摔死了，怨他命里活该。”

九儿的心里非常气愤和极度不安，但她还是同四儿走出来了。

“也好像是一对儿哩！”小满儿放长声音说。

“你说什么？”六儿在树上问。

“我说的是鸽子啊！它们在靠南边的那一枝儿上。”

他们听见小满儿站在树下，不停地说着淡话，并指引着六儿的冒险行动。

九

在土地改革时没收的一家地主的宅子里，九儿和这村的青年团员们会面了。很多人原先是认识的，他们热情地问候九儿。四儿点着油灯，把人们招呼进西屋里，西屋原是三间，现在已经打通，青年团和本村的剧团都利用这个地方进行活动。屋子里十分寒冷，窗子都破碎了，顶棚上的花纸一块块带着灰尘蛛网垂下来，门子也缺了一扇。北墙上挂着一块小黑板，黑板前面放着一张破旧油垢的六人桌，地下用土坯和泥，垒成一堵堵的矮墙，也不知道是要人当作桌案还是当作座位。坐在上面，感到十分冰冷，那些女孩子们，穿的衣服很单薄，但是，她们还是安详地坐在上面了。

四儿和一个叫锅灶的青年是教员，他们守着油灯，给团员们讲解怎样向广大农民进行打井造林的宣传，讲完了一节就进行讨论。

夜深了，这屋子里实在比屋子外面还要冷一些。他们还是认真地讨论着。

“同志们，我们一定要把我们的村庄，建设成一个富裕繁荣的村庄。”四儿说，“到那个时候，我们青年团就不会再在这样冷的屋子里开会，我们要盖起一座很好的礼堂来。”

“离题太远了。”锅灶警告他说，“目前是研究怎样克服宣传上遇到的阻碍。”

“依我看，在我们村里，横在我们前进道路上的，有两大障碍。”四儿转回来说，“一是黎七儿的胶皮大车，运输很发财，助长着人们只看眼前，只顾个人的资本主义思想；一是黎大傻家的包子房，男女混杂，减低着人们的生产热情。如果要想宣传得好，就得限制黎七儿出车和取消黎大傻的包子买卖。不然，我们只是空口宣传，他们那里却有实际利益，我们是白费劲儿。”

“我同意你的看法。”锅灶说，“可是，第一，六儿是你兄弟，你应该首先叫他脱离那个坏环境。第二，你家大伯正在打大车，也想要走个人发财的路。这两大障碍，不在别处，就在你们家里，你把克服它们的办法说一说吧。”

“困难就在这里。”四儿真诚地说，“我的父亲根本不听我的话。我问他：你反对党的号召吗？他说：我完全拥护。我说：我们今年冬天打一眼井吧。他说：现在还不忙。这就是我遇到的困难。但是，我绝不在困难面前低头。”

“我可以帮助你。”九儿说，“我的看法和你们不大一样，老人也是可以说服的。在老家，我的父亲就很喜欢我把新道理讲给他听。至于六儿，我们也应该帮助他进步。”

“是啊！”坐在她后面的那些姑娘们，半天没人言语，现在像有人指挥着的合唱队一样，一齐喊叫出来。

“帮助六儿进步，这又是一个难题。”锅灶笑着说，“那个叫小满儿的，对他的吸引力，要比团强烈得多。”

姑娘们反对他这种看法。

“不信，你们就去试试，看能不能把六儿从她那边拉过来。”锅灶无可奈何地从台上走下来说。

散会以后，他们歌唱着各自回到自己的家里去，九儿被姐妹们拉去一块儿睡觉。锅灶家里人口多，房屋少，每年冬天是和四儿做伴的，这样便于共同学习和互相辩论。他们一同回来，四儿喂好牲口，在灶台上捡了几块早饭剩下的凉山芋，和锅灶分吃了，两个人就去钻被窠。

“被窠好凉啊！”锅灶笑着说，“既没有柴烧炕，又没有小媳妇给暖暖，我们太困难了！”

“战胜它吧！”四儿一边吸着冷气，一边说，“要想打光棍儿，就得有这样一种克服困难的精神！”

“你以为我们一定打光棍儿吗？”锅灶说，“据我看，那可不能过早地下结论哩！”

红马在外间屋里吃草，它虽然口齿老了，但那嚼草的声音，还像斩钉截铁一样铿锵。两个青年很快就睡着了，月亮把清水一样的光亮洒到他们的窗子上来。

十

这时，六儿和小满儿，还没有离开那所空场院。鸽子六儿早已抓到。他从树上滑下来，小满儿把他拉到一个大麦秸垛后边，两个人埋在绵软温暖的麦秸里。小满儿掏出红绒绳儿，把两只外国种鸽子的翅膀别起来，欢乐地抚弄着它们。一会儿叫它们亲嘴儿，一会儿又叫它们配对儿。

“卖了它，给你买一件棉袄。”六儿对她说，“见面分一半，何况你帮了我不少的忙。”

“你和我的交情并不在吃穿上面。”小满儿认真地说，“给那位九儿，买一件吧。”

“为什么？”六儿问。

“就为她那脸蛋儿长得很黑呀，”小满儿忍着笑说，“真不枉是铁匠的女儿。”

“人家生产很好哩，”六儿说，“又是青年团员。”

“青年团员又怎样？”小满儿说，“我在娘家，也是青年团员。他们批评我，我就干脆到我姐姐家来住。至于生产好，那是女人的什么法宝？”

“什么才是女人的法宝？”六儿问。

小满儿笑着把头仰起来。六儿望着她那在月光下显得更加明丽媚人的脸，很快就把答案找了出来。

当黎明以前，天空弥漫着浓雾，树枝、草尖和柴垛的檐顶上结满霜雪的时候，六儿和小满儿才决定回家。他们站起身来，各自掸扫着头发和衣服上的草末儿，发现那珍贵的外国种鸽子，有一只压死在小满儿的身下了。那是一只大蓬头的雄鸽，六儿把它托在手里，表示了非常的沉痛。在这一时刻，他愿以任何代价挽回这只鸽子逝去的生命，但是，它的心脏确实停止跳动了，翅膀下面的部分也发了凉。

回到黎大傻的家，大门和房门都是虚掩着。小满儿和六儿在这样晚的时候同时进来，也没有引起她姐姐的任何惊怪，而黎大傻好像根本就没有听见似的，在自己的被窠里呼呼地鼾睡着。

小满儿告诉姐姐，今天夜里，她同六儿捉鸽子去了，并且说六儿正为一只鸽子被压死难过哩！

“那有什么难过的？”姐姐在被窠里笑着说，“烫一烫，拔了毛剁剁，又省下四两牛肉！这样冷的天，我以为你两个抽空儿去干点正经事儿哩，倒去捉鸟儿玩了？唉！你们快到炕上来，钻进我这被窠里暖和暖和吧。”

她说着，把自己的热被窠让了出来，光着身子爬进黎大傻的被窠里去了。

等到天明，六儿从这一家出来，在门口遇到了鸽子的主人杨卯儿。

杨卯儿个子不高，打扮得很利落，他的脑袋很小很尖，戴一顶毡帽头儿，还显得分量过重。他那脑袋不停地上下颤动着，两只又圆又小的眼睛，非常灵活地转动着：

“六兄弟，起来得早啊！”

“你也早。”六儿垂头丧气地说，“有什么事情吗？”

“来找你。”杨卯儿把两只手插进短袄上的褡包里，“咱弟兄平日交情不错，你把鸽子还给我吧。今年它们下了蛋，孵出第一窠，我就送给你，我这人说话算话。”

六儿没有答言。

“不然，”杨卯儿上前一步，“我近来玩好了一只抓兔子的鹰，现在正是行围射猎的时候，我可以把它送给你。”

六儿还是没有话。

“如果你要钱——其实咱兄弟们不过这个，”杨卯儿的嘴唇抖颤着，脑袋扭向一边，“也可以。你先把鸽子给我，我慢慢去筹划。”

“回头再说吧，”六儿拔腿就要走，“我吃饭去。”

“怎么！”杨卯儿的两眼急得发出蓝光，“你素日为朋好友，对我这样不讲交情？你趁早把鸽子还给我，不然，你就是霸占！”

“什么叫霸占？”六儿站住，回过头来问。

“霸占我的鸽子，还霸占有主的青年妇女。”

“你看见了？”六儿问。

“有人亲眼看见，不然，我们就抖搂出来！”杨卯儿喊叫着说。

“你抖搂出来，又怎样？”黎大傻家的门子一响，小满儿站了出来。她显然是刚刚梳妆打扮好，脸上的脂粉还没有擦匀，她倒背着手在门框上一靠，面对着杨卯儿，“我倒要看看你能抖搂出什么来？你有什么证据吗？你抓住了男的，还是抓住了女的？你说呀！别他X的大清早起在这里满嘴喷粪了，小心我过去拿大耳光子拍你！”

十一

杨卯儿原先也是一个卖针头线脑儿的货郎小贩。过去，每年腊月，他到保定府贩些女人年节用的物品，过铁路到山地里去卖。关于他在西山做买卖，很有一些奇异的传说。这些传说，都带有很大的浪漫性质。但是，多年来他并没有发了财，现在，在他身边遗留下的，只有那时用过的一把沙胎蓝釉小水壶。

前几天，县里介绍了一位从省里来的干部到村里来。这位干部，从各方面看，都像一个高级干部。在解决住房问题的时候，却使得村干部们觉得他有些古怪和不近人情。按照习惯，像这样的干部，应该住在村干部或是积极分子的家里，那样在相互接近和负责保卫上，都会便利一些。但是，这位干部提出要住在一个普通的人家，并且说除去先进的方面，他还要看看村里落后的部分，这就使得村里的负责同志有些踌躇，以为他负有什么特殊的使命，前来私访。而那位惯出古董主意的副村长，竟顺水推舟，把他领到杨卯儿的家里来了。

杨卯儿是个光棍儿，最初，对来客很表示欢迎，在炕上腾出一段地方，虽然那一段地方是属于炕的寒带。这位干部身体弱，在屋里又生起了一个小煤火炉。

“杨同志，火闲着也是闲着，能不能借把铁壶来，弄点开水喝呀？”干部说。

“不用去借，咱家里就有。”杨卯儿说着就从桌子底下的横板上，取出他那把水壶，到瓮里注上水，坐在炉口上。

“这是把瓷壶呀，能坐水吗？”干部问。

“这壶好就好在这里。”杨卯儿说，“瓷面沙胎，在火上坐水，就像沙吊儿一样，又快又不漏。”

但是炉口马上被水洇湿，一个劲儿斯嘶地响。最初干部以为刚从瓮里提出，是带来的水。后来提起一看，壶底裂了好儿道缝，这缝被火一烤，裂得更宽了，不但水喝不成，而且有火灭的危险。干部说：

“不行啊，杨同志，壶实在漏了，不能用。”

“不漏！”杨卯儿睁大一双小圆眼睛说，“我说不漏就不漏。”

“那不是明明在漏吗？”干部说。

“在我这屋里，你住着不合适。你搬到别人家去吧。”杨卯儿二话不说，就宣布了逐客令，这真使得干部大惑不解了。

干部指给杨卯儿看：一大滴一大滴的水，从壶底漏下来，漏到火里，嘶，嘶，嘶嘶！

杨卯儿连头也不转过来。

干部只好卷起铺盖，找了带他来的副村长，把事情发生经过讲了一遍。副村长笑着说：

“同志，你要看村里的落后部分，我不知道杨卯儿，能不能算是一个典型？关于他的出身历史，我还可以向你介绍一些比较详细的材料。我年轻的时候，和杨卯儿搭伴儿做小买卖。像你看到的，和这样一个人做伙伴，是最困难不过的了。他抬硬杠，一根筋，死赖账，翻脸不认人。但是他对西山的地理很熟，哪一条道儿也摸得清，我就忍着气和他做伴。每年，他都是吃净赔光才肯回来的。他赔光，不是好吃懒做，也不是为非作歹，只是为了那么一股感情上的劲儿。他进了山，就像打猎的进了林一样，专门要找好看的女人。至于什么女人叫丑叫俊，那全看对不对他的眼光。这个人，凡是他的东西，都是好的，别人不能批评的。他喜欢的，死小鸡子也是凤凰。每年他总会遇到一个美人儿。一旦发现了这个美人儿，他就哪里也不再去，只到这个庄儿上来。不管刮风下雨，只坐在这家门口儿上去卖货。你想，一个小庄儿上，能销多少货物？坐吃山空，他就这样赔光了老本儿。一年冬天，他又发现了美人儿。这家人住在一个高山坡上，那女人我也见到一次背影儿，倒是长得不错，穿一身干净蓝衣服，头发梳得光光的，在后面盘成一朵圆花。杨卯儿被她迷住了，一直到腊月二十几，我要回家了，他还是每天到那庄儿上去，在人家门口，一坐就是一整天，饥了就吃些干粮，提起他那把小壶，喝些冷水。他一个劲儿地摇动他那小鼓，小鼓两边的皮都打穿了，人家那女的再也不出来。有一天，他实在忍不住，跑到院里去摇，正遇上人家男人从山上回来，扯起扁担把他赶出来，把他的货箱、水壶踢到山坡下面。他是从山上滚下来的，头破血流，摔晕了过去。我赶到那里，把他救活过来，替他拾掇好东西。看了看，别的东西损失不大，就是小水壶裂了缝。我说：杨卯儿你的壶破了。他当时就很不高兴地说：没破，顶多是有点惊纹儿。我说：对，是惊纹儿，就像你这脑袋上的裂口一样！同志，杨卯儿的性格就是这样。他直到现在，还在想念那个女人，说那女人对他是有心思的，只是那男的不愿意。你不要见怪，我们另找房子搬家吧！这村里还有一处落后的地方……”

杨卯儿一生，还从来没有看见过长得这样好看的女人，他立刻被小满儿那红白焕发的容光惊呆了。他的两只脚，像冬天雪地上的麻雀一样向前跃动着，上身不动，小脑袋直伸向前。他现在的形象，和他的名称相反，正像在木匠的斧头锤击下，亢奋地塞进木骈眼儿里去的尖锐的木楔一样。他上下反复地打量着小满儿的全身，他倾听着她的斥责，就像知罪的宗教徒接受天谴一般。

但是，对他说来像乐曲一样的声音，突然停止，小满儿一摔门子进去了。

十二

黎老东的大车的铁匠工序，正式开始了。铁匠炉安设在新买来的宅院里。早晨，天晴得很好，六儿的鸽群在天空飞翔着。

黎老东最后修整着车的上装，在他心里，只等铁匠完工，就可以开始油漆了。傅老刚把铁匠炉点着，一股浓烟翻转着升向天空，然后折下来在庭院里散开。九儿拉着风箱，四儿被派练习抡大锤。

黎老东把几年来积累的烂铁和新买来的铁料，搬到炉下来。

九儿今天穿得很单薄，上身只穿了一件蓝色夹袄，她把擦脸的毛巾绺起来，齐着脑门把头发捆住，就像绣像上孙悟空戴的戒箍一样。她的脸色是更显得明朗了，充满了工作之前的热情和虔诚，轻捷而又稳重地推动着风箱。

傅老刚炼好第一块铁，用大铁钳夹着放在铁砧上，四儿赶过去抡起大锤。傅老刚用小锤敲点着砧子边教导着他，他还是不能用最适当的力量打在最适当的地方，有时把锤空落在砧子上，有时竟打在傅老刚的小锤上。九儿放下风箱把，来打给他看，在她热心的示范和帮助下，四儿抡锤的技术，开始进步了。

黎老东在一边做着木匠活，注意力主要放在这边来了。他不断地斥责着四儿，说他笨，没有出息，唠叨不休。傅老刚在休息的时候，走到黎老东的身边说：

"亲家，我看你的脾气变坏了，对孩子们不能这样。这样不能使他工作得好，反会使他工作得更坏。他工作着，你一个劲儿斥责他，他的脚手就不知道往哪里放了。"

"你怎么说这样的话，你不是说管孩子应该严格些吗？"黎老东说，"打制这辆车是我心上的大事，早打成一天，好早一天用它去赚钱。亲家，让我们老兄弟把最好的手艺都施展出来吧！"

建立友情，像培植花树一样艰难。花树可以因为偶然的疏忽而枯萎。在黎老东和傅老刚这一次合作里，两个人心里都渐渐觉得和过去有些不一样。过去，两个人共同给人家做工，那是兄弟般的，手足般的关系。这一次，傅老刚越来越觉得黎老东不是同自己合作，而是在监督着他。赶工赶得过紧，简直连抽袋烟，黎老东都在一旁表示着不满意。最使他闷气的是，自己远道赶来，黎老东却再也不说九儿和六儿的事，好像他从前没提过似的。

最后几天，黎老东只是穿着大皮袄，在院里察看着、指点着；六儿也打扮得像个客人似的，有时来在院里转悠一下，就不见了。傅老刚身体有些不舒服，在这样冷的天气里，他穿着一件破旧的小衫，还是辛勤地工作着。天天，有些参观的人，来到院里，这些人都是傅老刚的旧相识、老朋友。过去，他们来是同时观赏黎老东和傅老刚的手艺的；今天，在这些人的眼里，傅老刚的手艺，和黎老东的家业，被分别了出来。人们不再注意黎老东的木匠手艺，在新的形势下面，只在关心他的发家致富的前途。

两个老朋友，显然已经站在不同的地位上。黎老东完全觉到了这一点，傅老刚很快也完全觉到了，这就是我们的悲剧产生的根源。傅老刚感到，过去多年来，他和黎老东共同厌恶、共同嘲笑过的那种"主人"态度，现在是由他的老朋友不加掩饰地施展起来了，而对象就是自己。这当然不是新的社会制度的过错，而是传统习惯的过错。

当铁工也接近完成，一次吃饭的时候，黎老东忽然笑着说：

"亲家，我过日子越来越细了，你不要笑话我，我要积些钱给六儿他们把房子盖好。我想，你是不争这些的。"傅老刚以为他要提说九儿和六儿的事了，抬起头来听着，谁知道下文却是这么一句，"这些日子，就当你们是在老家度荒年吧！”

最后一句话，十分激怒了傅老刚，他把饭碗一推，立起身来，说：

“亲家，我不是到你这里来逃荒呀！”

他叫出女儿来，提起水桶，泼灭了炉灶。他打整好小车，推到了街上来。很多人来劝说，老头儿说什么也不回去。

两位老朋友的决裂，村里人都说不出那真正的道理。在四儿和九儿那经历较少的身世里，也还没有体验过这样伤心的事情。傅老刚是感到十分痛苦的，他把四儿叫到一边说：

“孩子，你看，这到底是怨谁呢？”

“这样正好。”四儿说，“你给我们解决了难题。”

“什么难题？”傅老刚问，“你这小子倒要看我们两个老头子的哈哈笑吗？”

“我们青年要组织一个钻井队。”四儿说，“在今年冬天，把我们村里能利用的水井都钻好下管。我们已经借到一杆锥。很多工具需要修理，我们想请你帮忙，又怕我爹不让。这样一闹，你就可以去帮助我们了。”

“你们有钢有铁？”傅老刚问。

“我们每人捐献一些，就够用了。”四儿说，“我们把小车拉到青年团办公的大院里去吧。”

到了那里，青年们对老人说：

“大伯，我们是多么需要你啊！你再不要回山东老家。我们和村干部商量好了，把这院里的东屋给你拾掇出来，把窗子糊好。你就在这里常住吧，晚上我们抱柴来给你烧炕。”

十三

黎老东一个人呆呆地坐在院里一截木头上。当傅老刚决绝地推车出门的时候，他心里也曾经想：这样的交情，断绝了也好。你晒不了我黎老东的干儿，剩下的活，我会找别人来帮助，天下又不是只有一个铁匠。他拿起斧头来，气愤地锤击着车尾板上的大钉。但是，当他渐渐平静下来，听到只有他的斧头声音，在空旷的院落里回响，失去了亲切的钢铁的伴奏的时候，他忽然不能工作了，把斧头放在一边，坐了下来。他想，同傅老刚的交情，不是一年二年建立起来的，而且经过多次患难的考验。他用手抚摸着左边这一只脚。有一年，他同傅老刚给一家做活，他心情不好，一时失手，这只脚被锛砍伤了。那时离家在外，举目无亲，手里没有多少钱。在自己养伤的几个月时间里，是傅老刚请医生，花药钱，背出背进，给水给饭。当然，这也报答过他了。同一年热天，傅老刚被热铁烫伤，自己曾经服侍了他。

他难过的是，究竟为了什么，傅老刚这样决绝？是他看我过得好些了，心里嫉恨？但想来想去，傅老刚从来也不是这样的人。是我变得嫌贫爱富，慢待了多年的朋友？他回忆着在这一段日子里，自己的言谈举动，他的痛苦就被惭愧的心情搅扰，变得更加沉重了。

这时六儿走了进来。黎老东抬头望着自己的儿子，在儿子的身上脸上，只能看见一层不成材的灰败的气象。他一时想道：自己这二年，一心要打车，要盖房，得罪亲友，都为的是他！而这个孩子，只知道自己玩乐，从来也没有想想当父亲的心情。

“做熟饭了，爹？”六儿站在窗台下太阳地里，懒洋洋地问。

“做熟了，就等你了！”老头儿跳了起来，抡着斧子赶过去。

六儿眼快，回头就跑。他刚才在街上又和杨卯儿争吵了一次，杨卯儿知道了那只雄鸽的死亡，要找黎老东来说理。六儿在门口碰上他，向他作个揖说：

“卯儿哥，咱们的事儿别闹了。你快去劝劝我爹，他要打死我哩。”

杨卯儿生来禁不住别人半点奉承、一句好话。仓促之间，他把这个委托应承下来，他快步向前，在梢门洞里，举起胳膊拦住了黎老东：

“看在侄儿面上。”杨卯儿说，“回家去，有话慢慢说。”

他把黎老东推进院里，给他找了一个坐物，又递给他一支香烟，自己蹲在一边，慢慢劝说着：

“快把车装制起来，别错过这个冬季，正是好赚钱的时候啊！你看见黎七儿了，一趟定州就是几十万，除去人吃马喂，三趟就可以盖座大砖房。老东叔，西村有座砖房要卖，价钱公道，你倒是有意思没有？”

“没有意思。”黎老东说，“我的心凉了。”

“谁家的老人也是这样。”杨卯儿说，“最恨小人儿不争气。我爹活着时，你们交情好，是知道的，管我管得多么紧？在我身上费了多大力？我当然不能说给他老人家挣来了多少光荣，平心而论，一辈子也没有给他老人家丢过什么脸面呀！咱是个正直人，从小儿走南闯北，打抱不平，为朋友两肋插刀，花钱从不分你我。到老来没落下什么，不是我不能干，是命里穷苦。六儿兄弟，我看不错，为人聪明懂事，就是荒唐点儿，这也是年轻人必经之路，你快把车打整起来，交给他，一有正经事儿，他也就不胡跑了，你说是不是？”

黎老东的气渐渐消了，杨卯儿又把他引到原来的思路上。这时四儿回来了，他一声不言语，到屋里给牲口筛了两底儿草，手里提着一件什么东西，叫棉袍掩盖着，躲躲闪闪地又要出去。

“你手里提的什么？”黎老东问。

“一把破铁锹。”四儿只好站住，把东西亮出来。

“哪里来的这个，我这些日子到处找烂铁，你怎么不言语？”黎老东又挂了火。

“这是那年拆日本炮楼，我捡来的，因为没有用，就扔在一边了。”四儿说，“现在上级号召打井，我想去修理修理它。”

“他X的，整个儿的六国反叛！”黎老东说着站起来，“从哪里拿的，还给我放回哪里去。上级号召打井，我号召打车！人家不给我干了，你快去做饭，吃饱了帮我上钉子！”

杨卯儿又赶过来劝解，四儿只好先去抱柴做饭，再慢慢想法把铁锹运出去。

十四

九儿所想的，吸收六儿参加学习或是参加工作，都是很困难的事。他轻易不接近这些集会和活动。干部去找他，他会说现在是生产第一，装模作样地背上一副柴火筐，溜溜达达到地里去了。干部们也曾讨论先从改造小满儿入手。接近小满儿是容易的，但男青年们不愿意去，有的是胆怯，有的是避嫌疑。当然，女同志们也可以和她去谈。女同志去了，小满儿总是热情地招待着，如果抱着小孩，她总得给孩子弄些好吃的东西来，并且要接到怀里，不停地在孩子的脸上亲亲吻吻。任何认生或是任性的孩子，到了小满儿的怀里，也会高兴起来的，孩子的脸也会叫她的充满青春热情的面孔，陪衬得更为出色。她会说，说笑起来，嘴上像抹上油儿似的。在这种场合，女同志们都是有些喜欢她，在批评上，那口气就自然软和多了。

“小满儿，拿着你这样聪明伶俐的人儿，好好儿学习学习吧；晚上，我来叫你，我们一块儿到民校听课去。”女同志热心地说服着。

“那很好，”小满儿笑着说，“我盼不能得儿愿意去学习呢。不用大姐来叫，黑灯瞎火，道路又不好走，你抱着个孩子，跌倒怎么办？我自己去吧，这个村子，街道都叫我磨平了，谁家我不认识呀！”

“你可一定去。”女同志又叮咛一句。

“一定。”小满儿把她送到门口，又和孩子招手要笑着。等到女同志一拐弯儿，她把脸一沉，想了想，到家里换上件衣服，就进城回娘家去了。如果村里有什么运动，连续开会，她会几天几夜不露面儿。有时，她也到民校晃晃。她总是坐在灯光不亮的地方，在讲课刚开始，人们安静不下来的时候，她装作安静地听讲。当人们渐渐入神的时候，她就偷偷溜出来了。

无论在娘家或是在姐姐家，她好一个人绕到村外去。夜晚，对于她，像对于那些喜欢在夜晚出来活动的飞禽走兽一样。炎夏的夜晚，她像萤火虫一样四处飘荡着，难以抑制那时时腾起的幻想和冲动。她拖着沉醉的身子在村庄的围墙外面、在离村很远的沙岗上的丛林里徘徊着。在夜里，她的胆子变得很大，常常有到沙岗上来觅食的狐狸，在她身边跑过，常常有小虫子扑到她的脸上，爬到她的身上，她还是很喜欢地坐在那里，叫凉风吹拂着，叫身子下面的热沙熨帖着。在冬天，狂暴的风，鼓舞着她的奔流的感情，雪片飘落在她的脸上，就像是飘落在烧热烧红的铁片上。

每天，她在夜深人静的时候，才回到家里去。她熟练敏捷地绕过围墙，跳过篱笆，使门窗没有一点儿响动，不惊动家里任何人，回到自己炕上。天明了，她很早就起来，精神饱满地去抱柴做饭，不误工作。她的青春是无限的，抛费着这样宝贵的年华，她在危险的崖岸上回荡着。

而且，她的才能是多方面的，谁都相信，如果是种植在适当的土壤里，她可以结下丰盛的果实。不管多么复杂的花布，多么新鲜的鞋样，她从来一看就会，织做起来又快又好。她的聪明，像春天的薄冰，薄薄的窗纸，一指点就透。高兴的时候，她到菜园里生产，浇起园来，可以和最壮实的小伙子竞赛，一个早晨把井水浇干。她可以担八十斤的豆角儿走出十里去上市。在这个时候，连村里一些老年人，都称赞她，希望有一种力量，能把她引纳到人生的正轨上来。今年，村里宣传婚姻法的时候，这女孩子忽然积极起来。她自动地到会，请人读报给她听，正正经经地沉默着、思想着。在那些文件上说明：女人和男人是平等的，她们已经做了很多工作，将来还会对国家有更大更多的贡献。但后来听到有些人，想把问题引到检查村里的男女关系，她就退了出来，恢复了自己的放荡的生活方式。因此，副村长向青年们提议，把那位高级干部带到黎大傻的家里。

这一天，她的母亲来了。这是一位到了五十多岁年纪，还在热心打扮的女人。可以看出在探看女儿的这次行动上，她曾经在头面上做了很细致的准备。她见到小满儿，就说：

“满儿，你男人快回来了，你婆婆找到咱家去，眼下就过年，你该到人家那里去住些时候了。”

“我不去。”小满儿说，“婚姻是你和姐姐包办的，你们应该包办到底，男人既然要回来，你们就快拾掇拾掇上车走吧。”

“你他 X 的说的这是什么话？”母亲说，“你在这村里疯跑，人家有闲话哩！”

“既是闲话，”小满儿坐在炕沿上低着头整理着鞋袜说，“我管它干什么，叫他们吃了饭没事，瞎嚼去吧！’

“名声不好听哩，”母亲拍着巴掌，“我的小祖宗。”

“名声不好听，”小满儿跳下炕来对着镜子梳理着头发，直眉立眼地说，“也不是从我开始，是你们留给我的好榜样呀！”

她这样和母亲冲突，使得姐姐也不高兴，姐姐说：

“小满儿，你不要胡说八道，谁给你留下的榜样？你够得上当我的徒弟吗？看你和小六儿，恋了一冬天，连条新棉裤也穿不上，还有脸犟嘴哩！”

“你先去挣一条来给我穿吧！”小满儿打整好，一摔门帘出去了。

她一个人走到她姐姐家的菜园子里，这个菜园子紧靠村西的大沙岗，因为黎大傻一家人懒惰，年久失修，那沙岗已经侵占了菜园的一半，园子里有一棵小桃树，也叫流沙压得弯弯地倒在地上。小满儿用手刨了刨沙土，叫小桃树直起腰来，然后找了些干草，把树身包裹起来。她在沙岗的避风处坐了下来，有一只大公鸡在沙岗上高声啼叫，干枯的白杨叶子，落到她的怀里。她忽然觉得很难过，一个人掩着脸，啼哭起来。在这一时刻，她了解自己，可怜自己，也痛恨自己。她明白自己的身世：她是没有亲人的，她是要自己走路的。过去的路，是走错了吧？她开始回味着人们对她的批评和劝告。

十五

她看见姐姐送着母亲走出村来，她才绕道儿回到家里去。到家里，看见黎大傻正帮着一个干部收拾屋子，小满儿惊奇了，她知道姐姐家因为落后、肮脏和名声不好，是从来没住过干部的。他们收拾的是东房的里间，这间屋里堆着一些乱七八糟的东西，外间，喂着一匹很小的毛驴。

她看见姐夫在这位干部面前，表现了很大的敬畏和不安，他好像不明白为什么村干部忽然领了这样一位上级来在他的家里下榻。他不断向干部请示，手足不知所措地搬运着东西。

小满儿看来，这位干部的穿着和举止，都和他要住的这间屋子不相称。从他的服装看来，至少是从保定下来的。他对清洁卫生要求很严格，自己弯腰搜索着扫除那万年没人动过的地方。小满儿不知道为什么忽然愿意帮帮他的忙，她用自己的花洗脸盆打来水，用手在那尘土飞扬的地上泼洒。

“你是这家的什么人？”那位干部直起身来问。

“她是我的小姨子。”黎大傻站在一边有些得意又有些害怕地说。

“啊，你就是小满同志。”干部注视着她说，“村干部刚才向我介绍过了。”

“他们怎样介绍我？”小满儿低头扫着地问。

“简单的介绍，还不能全面地说明一个人。”干部说，“我住在这里，我们就成了一家人，慢慢会互相了解的。”

干部在炕上铺好行李，小满儿抱来茅柴，把锅台扫净，把锅刷好，然后添上水，说：

“这屋里长年不住人，很冷。我给你烧烧炕吧。”

“我来烧。”黎大傻站在她身边说。

小满儿没有理他。她把水烧热了，淘在洗脸盆里，又到北屋里取来自己的胰子，送进里间：

“洗脸，你自己带着毛巾吧？”

晚上，干部出去开会，回来已经夜深了，进屋看见，小小的擦抹得很干净的炕桌上面，放着灌得满满的一个热水瓶；一盏洋油灯，罩子擦得很亮，捻小了灯头。摸了摸炕，也很暖和。

他听见北屋的房门在响。黎大傻的老婆，掩着怀走进屋来。她说：

“同志，以后出去开会，要早些回来才好。我们家的门子向来严紧，给你留着门儿，我不敢放心睡觉。”

说完，就用力带上门子走了。

干部利用小桌和油灯，在本子上记了些什么。他正要安排着睡觉，小满儿没有一点儿响动地来到屋里。她头上箍着一块新花毛巾，一朵大牡丹花正罩在她的前额上。在灯光下，她的脸色有些苍白，她好像很疲乏，靠着隔山墙坐在炕沿上，笑着说：

“同志，倒给我一碗水。”

“这样晚，你还没有睡？”干部倒了一碗水递过去说。

“没有。”小满儿笑着说，“我想问问你，你是做什么工作的？是领导生产的吗？”

“我是来了解人的。”干部说。

“这很新鲜。”小满儿笑着说，“领导生产的干部，到村里来，整年价像走马灯一样。他们只看谷子和麦子的产量，你要看些什么呢？”

干部笑了笑没有讲话。他望着这位青年女人，在这样夜深人静，男女相处，普通人会引为重大嫌疑的时候，她的脸上的表情是纯洁的，眼睛是天真的，在她的身上看不出一点儿邪恶。他想：了解一个人是困难的，至少现在，他就不能完全猜出这个女人的心情。

“喝完水去睡觉吧！”他说，“你姐姐还在等你哩。”

“她们早吹灯睡了。”小满儿说，“我很累，你这炕头儿上暖和，我要多坐一会儿。”

干部拿起一张报纸，在灯下阅读着。他不知道，这个女人是像村里人所说的那样，随随便便，不顾羞耻，用一种手段在他面前讨好，避免批评呢，还是出于幼年好奇和乐于帮助别人的无私的心？

“你来了解人，”小满儿托着水碗说，“怎么不到那些积极分子和模范们的家里，反倒来这样一个混乱地方？”

“怎样混乱？”干部问。

“你住在这里，就像在粮堆草垛旁边安上了一只夹子，那些鸟儿们都飞开，不敢到这里来吃食儿了。”小满儿说，“平日这里可没有这样安静。平日，每到晚上，我姐姐的屋里，是挤倒屋子压塌炕的。”

“这样说，是我妨碍了你们的生活。”干部说，“明天我搬家吧。”

“随便。”小满儿说，“我不是杨卯儿，并没有撵你的意思。我是说，你了解人不能像看画儿一样，只是坐在这里。短时间也是不行的。有些人，他们可以装扮起来，可以在你的面前说得很好听；有些人，他就什么也可以不讲，听候你来主观地判断。”

她先是声音颤抖着，忍着眼泪，终于抽咽着，哭了起来，泪珠接连落在她的袄襟上。

干部惊异地放下报纸。但是小满儿再也没讲什么，扯下毛巾擦干了眼泪，稳重地放下水碗，转身走了。

整个夜里，黎大傻并不来给小毛驴添草，小毛驴饿了，号叫着，踢着墙角，啃着槽梆。耗子们因为屋里暖和了还是因为添了新的客人，也活动起来，在箱子上、桌面上、炕头和窗台上吱叫着游行。

干部长久失眠。醒来的时候，天还很早，小满儿跑了进来。她好像正在洗脸，只穿一件红毛线衣，挽着领子和袖口，脸上脖子上都带着水珠，她俯着身子在干部头起翻腾着，她的胸部时时摩贴在干部的脸上，一阵阵发散着温暖的香气。然后抓起她那胰子盒儿跑出去了。

十六

铁匠炉在新的场所生起来。

“这回，我要当掌作的。”九儿对青年们说，“我们是青年钻井队么！”

“拥护你。”青年们说，“我们轮流抡大锤、拉风箱，叫大伯站在一边指点着就行。”

青年们捐献来的钢铁是零碎的、破旧的，它们曾经多年埋没在角落里、泥土里，现在要经过锻炼，铸接在一起，形成一杆尖利的，能钻探地下，引出泉水来的铁钻钢锥。在青年们看来，这就像要把他们各人的高涨的热情，铸炼成一股共同建设国家的力量一样。

九儿的脸，被炉火烘照着，手里的小锤，叮当地响在铁砧上。这声音，听来是熟悉的。因为，她已经不是初次接触这种沉重的劳动了。在她的幼年，她就曾经帮助父亲，为无数的战士们的马匹，打制过铁掌和嚼环。现在，当这清脆的锤声，又在她的耳边响起的时候，她可以联想：在她的童年，在战争的岁月里，在平原纵横的道路上，响起的大队战马的铿锵的蹄声里，也曾经包含着一个少女最初向国家献出的，金石一般的忠贞的心意！

当然，她可以想到更早一些的日子，她可以用今天的工作来纪念她那贫苦终身、中年丧命的母亲。当母亲生下她来，把她放在炉边的一条小炕上，她就昼夜听到这种劳动的声响了，母亲站在风箱前面，给她哼着催眠歌曲。或者说，当她还同母亲是一个躯体的时候，母亲就带着她从事这种沉重的工作了。

现在，热汗在严寒的早晨，透过了她单薄的衣服。这种同自己的伙伴们在一起，按照集体讨论的计划来工作，对她来说，还是第一次。这些青年伙伴们，在工作面前是争着做、抢着做的，是互相关怀和协同动作的。因此，九儿感到特别振奋和新鲜。据她看来，父亲也是振奋的，在他那漫长的劳苦和跋涉的一生里，现在的工作场景是做梦也不曾梦见过的啊！

当青年们在田野里工作的时候，平原上已经降过了初雪。中午，雪在附近的沙岗上闪烁着，慢慢融化着。在普遍秋耕过的土地上，泛起一层潮湿的松土。但是天气已经大冷了，大地在早上和晚上都要封冻。

青年钻井队的高大的滑车，在平原上接二连三地竖立起来了。它们给漠漠的平原，添上了一种新的使人向往并能诱发幻想的景色。它们使人想起飘扬的旗帜，使人想起外国故事里的风车，使人想起车站的水塔，矿山的竖井，都市里高大建筑的木架。青年人为开发水源，勤奋地工作着，他们的歌声和空中的滑车一同旋转飞扬着。

四儿、锅灶和九儿是一个小组，他们带来些干粮、小米，中午从坟地里砍些蒿草，捡些树枝，在井边烧起饭来。

“你是知道的，”四儿对九儿说，“我们这里是平原，可是村子的三面，都叫沙岗包围起来了。西边这条沙岗，从山地流过来，它的流沙比河水泛滥还厉害。每到春天，整天刮着遮天盖地的黄风，黄沙会滚滚地跳过墙头篱笆，灌到地里来，灌到菜园子里来。黄沙盖住刚出土的蒜苗、韭菜芽，封住麦垄，埋住小树。每年春季，大风过后，我们就不得不到地里去用笤帚扫，甚至伏在地下用口吹，使得那被沙子压得发弯发白的嫩芽儿重见天日。大风把沙子灌进街里，使人像在河滩走路，一陷多深。沙子灌进房门，打破窗户，妇女们每天要从屋里打扫出几簸箕土来。这就是我们的自然环境。上级号召打井栽树，是最适合我们这一带的情况不过了。”

“我们那里是山地，”九儿说，“也是荒旱连年。从我记事起，每年春天，干热的风沙就从西北山谷里吹过来，拼命吹打我们的小屋。我们门前有一条小河，冬天，水还在冰下哗哗地叫，到春天就干得没有了。我们那里，到春天靠糠皮树叶过日子。”

他们交谈着、向往着，如果能从他们这一代，改变了自然环境，改变了人们长久走过的苦难的路程，使庄稼丰收，树木成林，泉水涌注，水渠纵横，那对他们是太幸福了。

这时，在南面沙岗上出现了一幅和他们的谈话非常不相称的景象。六儿右胳膊上架着一只秃鹰，第一个走上沙岗来。随后而来的是黎大傻和他的老婆，夫妇两个每人手里提着一只死兔子，像侍卫一样，一左一右，站在了六儿的身旁，向远处张望着指点着。而在沙岗背后，像隐约的桃枝一样，出现了小满儿的光耀的头面。

“老四，你弟弟越发的不简单，玩起鹰来了。”锅灶说。

“这些人的事，咱弄不清。”四儿说，“和杨卯儿为鸽子吵了架，仇大得不得了。经黎七儿把三个人拉到城里吃了一顿饭，两个人又成了好朋友，把鹰借给六儿了。”

“怎么是三个人呢？”锅灶问。

“小满儿也去了。”四儿说，“那是他们的主心骨，组织中心，行动的指南。离了她是不行的。我还听到一个故事，杨卯儿现在成了黎大傻包子房的老主顾，每天晚上都要吃饱的。黎大傻的老婆对他说：卯儿哥，你只吃得好、穿得好，还不能算是完全翻了身，我要给你介绍一个对象，可是你得请请我。这样，杨卯儿就在城里请了她一次。”

“你能把他叫过来帮我们钻井吗？”锅灶撺掇着。

四儿正在犹豫的时候，那一队人马早已经从沙岗上退回，折向相反方向，望不见了。

人们惯于把偶然的见闻当作笑谈，并不注意，在当事人的心里，正像千斤石一样沉重。九儿坐在那里，望着空漠的沙岗出神。她继续回忆着幼年时的家乡的影子。在母亲去世以后，她常常一个人坐在小窗的前面。窗外有一棵枣树，因为避风向阳，常常有些小鸟儿在枝头来聚会。鸟儿们玩起来，显得非常亲密。那站在一起，叽叽喳喳的也许就是最亲密的吧。不久，有一只跳到了别的枝头。遇到一阵风，它们竟各自飞散了。门前还有一片小小的苇塘，河水小的时候，那些小鱼儿们聚在一起，环绕着一枝水草，到了夏天河水涨满，谁也不知道它们各自的前程如何！

这些回忆是使人难堪的、容易疲倦的。她站立起来说：

“吃饱喝足了，我们开始工作吧，我来蹬一会儿滑车。”

“小心掉到井里呀！”锅灶笑着说，“你们猜我在想什么？我想六儿的包子不能吃了，净是兔子肉！”

九儿上到滑车上，用力攀登着，像一个勤奋的小昆虫在清晨和黄昏的时候工作。滑车滚动着，四儿从井底望着她，一时感到这是一个奇异的动人的少女图像。

她的工作越来越熟练从容，太阳从她的前方，慢慢向西移动。她可以看得很远，可以看到县城南关药王庙前面的两根高矗的旗杆。可以望见旷野里送粪的、捡柴的、放牧牛羊的和整理园地的人。她看见六儿正和小满儿在田野里追逐，听到黎大傻和他老婆的喊叫声音。

在下面工作的锅灶和四儿，也在谈论这件事。

“老四，你的理论高，你给我解释，我们在这里受累受冷地工作，你的老弟在那里带着女人玩耍。在人生这条道路上，是我们走对了哩，还是他们走对了？”锅灶冲着井底喊叫着。

“你提出的这个问题很重要，这是个人生观的问题。”从井里冒出四儿的声音，“你羡慕他们的生活吗？”

“有时候觉得他们讨厌，有时候，也有点羡慕。”锅灶说。

“在他们看来，一定是他们走对了。但是，我一点儿也不羡慕他们。”四儿说，“他们这样生活，有时候，自己也会感到羞耻的，不然，为什么望见我们就躲开了呢？”

“可是，还有一个老问题，他为什么一直不能改变过来呢？”锅灶说。

“这两天，我又把这个问题想了一下，”四儿说，“只凭我们几个人的力量去改造人，是不容易收到效果的。人怎样才能觉悟呢？学习是重要的，个人经历也是重要的，但更重要的是社会的影响。我有这样一个比方，六儿的心，就像我们正在改造的旱地。我们工作得好，可以在这块地上开发出泉水，使它有收成，甚至变成丰产地；可是，四外的黄风流沙，也还可以把它封闭，把它埋没，使它永远荒废，寸草不长。我们要在社会上，加强积极的影响。这就是扩大水浇地，缩小旱地；开发水源，一直到消灭风沙。”

“是的，这是可能的。”九儿在滑车上想，她攀登着，一斗子一斗子的淤沙积泥，从井底提上来，她望望井底，新的清澈的水，开始翻冒出来。但是爱情呢？她严肃地思考：它的结合，和童年的伴侣，并不一样。只有在共同的革命目标上，在长期协同的辛勤工作里结合起来的爱情，才能经受得起人生历程的万水千山的考验，才能真正巩固和永久吧。当然，爱情，可以在庄严的工作里形成，也可以在童年式的嬉笑里形成。那分别就像有的花可以开在风平浪静的水面上，有的花却可以开在山顶的岩石上，它深深地坚韧地扎根在土壤里，忍耐得过干旱，并经受得起风雨。

十七

那位干部当然不是专为了解人们的生活，才跑到乡下来的。他也抱着一种多年工作积累的热情，愿意帮助一个人。他希望小满儿能在他帮助下有所改变。他并且想到，只有在学习和工作里，小满儿才能改变。这当然是很困难的，因为他明白，他还没有真正了解她。

这天晚上，就是当小满儿行围射猎胜利归来的时候，干部站在院里。黎大傻家是个破大院，西北角破围墙下面，有一个荒废的白菜窖，旁边有一棵半死的老榆树，这棵树长得十分丑陋，它的头顶干枯，树身破裂歪斜，一枝早可以拉下来做柴烧的大横干，垂到邻舍的院里，成了邻家的鸡窠，有几只鸡已经飞到上面，准备过夜了。

小满儿回到家来，一点儿也没有带着在野地里奔跑、狂欢、疲累的痕迹。她是在姐姐和姐夫回家以后才回来的，姐夫和姐姐，提回来一只死兔子，两个人浑身是土，疲惫不堪，而小满儿好像在进门之前就做了准备，她的身上整齐干净，头发也梳理过了，她用那惯常的轻捷悠闲的步伐，走过干部的面前。

“小满同志。”干部叫住她，“你吃过饭有事情吗？”

“没事，我是个大贤（闲）人。”小满儿笑着说，“干什么吧？”

“今天晚上，青年团员们学习，你也去听听吧。”

“人家叫我听吗？”小满儿狡猾地笑着，“我这个落后分子儿！”

“当然可以听，你先做饭，回头我们一块儿去。”干部说。

小满儿点点头，没有说什么。但是干部可以从她扭转过去的脸上看出，她是如何不高兴。她抱柴做饭，坐在灶前烧火，不住地用眼角溜撒着，干部一直站在门口。

“同志，你不出去吃饭吗？”小满儿说。

“你多添点儿米，”干部笑着，“我在你家吃一顿吧。”

“我们家的饭不好。”小满儿说，“你吃不下。”

“不好也一样给粮票。”干部说。他在院里一直站到小满儿把饭做熟。

小满儿这一顿饭，磨磨蹭蹭，费了有做两顿饭的工夫。她几次想从家里跑出去，但凭她的聪明，她知道干部正是防备她逃跑，才在那里监视她，她并且了解到这是一种好意，她装作十分安静地同干部吃了晚饭。

这一顿饭，她的姐夫蹲在外间没进屋，她的姐姐不明白这个干部和小满儿之间发生了什么问题，也一直在避讳着什么，没有讲话。

吃过晚饭，天已经很黑了。小满儿从被动转为主动，首先放下饭碗说：

“同志，我们走吧。”

走出大门来，小满儿跑在前面，手里拿着一个小手电。

“你有这个家当。”干部说，“太好了。”

“我给你带路，”小满儿说，“我们从村外走，可以近一些。”

她从小胡同里往北转到村外来，因为她走得太快，那个手电的光亮太小，加上一闪一晃，干部跟在后面，反而什么也看不见了，只感到脚下绊绊磕磕。

小满儿飞快地跳过一个矮沙岗，贴着寨墙里面往东走，这一带都是软沙，有很多刨了树的大坑，干部深一脚，浅一脚，跌跌撞撞，只好慢走，以便脱离她的领导，并避免了她那手电的扰乱。

“走快点儿啊！”小满儿说，“人家一定上课了，我们不要迟到。”

“你带的这是什么路？”干部半开玩笑地说，“这不是正路。”

“什么是正路？”小满儿说，“只要抄近儿就好。小心，这里有一眼井，你可千万别掉下去。”

干部小心地扶住辘轳架，从井边沿过，然后是一陡坡，小满儿跳了下去，干部差不多是滑了下去。

“小心，篱笆。”小满儿侧着身子从荆棘之间闪过去，荆棘挂住了干部的衣服。

“给你吧。”小满儿回头把手电交给干部。她仍然在前面走着，从堆着很多破砖乱瓦的道路上，走进了一座大庙的后门。这座大庙，干部是参观过了的，当他们在大殿中间走过时，干部用手电照了照那站在两旁的，歪歪斜斜，缺胳膊少腿或是失去了眼珠的罗汉们，小满儿毫不在意地走过去，她的脚步放慢了。她说：

“同志，你没有赶过四月初八的庙会吧？这个庙会太热闹了。那时候，小麦长得有半人高，各地来的老太太们坐在庙里念佛，她们带来的那些姑娘们，却叫村里的小伙子们勾引到村外边的麦地里去了。半夜的时候，你到地里去走一趟吧，那些小伙子和姑娘们就会像鸟儿一样，一对儿一对儿地从麦垄儿里飞出来，好玩极了。”

“那有什么好玩的？”干部说。

“我也是听人说的，”小满儿说，“那么热闹的时候，我并没有赶上。抗日的时候，这村的游击队很英勇，他们站到第三层大殿上，有的就坐在神像的头顶上，放哨和阻击向这里‘扫荡’的敌人。庙里的尼姑替他们搬运子弹，现在她们都还俗了，有一个最年轻最漂亮的，是副村长的儿媳妇。”

“这些抗日的故事很好。”干部说。

“那么，”小满儿停下来，转回身说，“我们不要去开会了，回到家里去，我给你讲一晚上故事吧！”

干部摇了摇头。

“他们不会斗争我吧？”走出大殿，小满儿小声问。

“绝对不会的。”干部说，“你想到哪里去了？”

“有一个尼姑，曾经吊死在这里。”小满儿指着大殿前面的一棵大树说，“因为恋爱不自由。活着的时候，我见过她，她会吹笙，长得也很好。”

干部没有说话，有一阵风扫过树尖和屋顶。

“我害怕。”小满儿忽然转回身来，几乎扑到干部的怀里。她的声音抖颤着，干部听到她的牙齿发出“嘚嘚”的打击声音。他扶住她，用手电一照，她的脸色苍白，眼睛往上翻着。她说着听不明白的话，眼里流出泪来。

“怎么回事？”干部慌了手脚。

“我看见了她，我看见了她！”小满儿大声喊叫。

“歇斯底里！”干部心里说，“没想到她有这种病症！”

听到喊声，第一个从街上跑到大庙里来的是六儿，他给杨卯儿送了一只兔子去，回来路过这里。直到六儿进来，干部才感觉到，他现在的处境，很容易引起别人的怀疑。在这样黑的夜晚，在这样荒无人烟的地方，在他的身边，一个女人发生了这种情景。他向六儿说明他同小满儿来到这里的经过。

“你救救我！你背我家去！”小满儿听到六儿说话，发出了这样的呻吟。

“好，”干部说，“你帮忙背背她吧，你知道她的住处吗？”

“知道。”六儿说着蹲下来，拉起小满儿的两只手，放到肩上。小满儿仍然在哭泣，眼泪滴在六儿的脖子里。走到街上，她安静了，她噘起嘴来轻轻地无声地吹嘘着六儿的脖子后面。起初，六儿也有些害怕，但等到她偷偷地把嘴唇伸到他的脸上，热烈地吻着的时候，六儿才知道她并没有发生什么意外。

十八

六儿出车，黎老东看成是一件头等隆重的事件。自从把车打成，他运用毕生的工作经验，使油漆在冬季提前干好。晚上，他特备了酒菜，把黎七儿请来，对他说：

“七兄弟，我把六儿和这辆新车交给你，你要好好儿带动他，把你半辈子跑车的经验教给他，叫他在正道上走，不要翻车跌脚。”

黎七儿一口答应，并且说：

“不用大哥挂念，我不能眼看着叫他吃亏。我们这次打算到石门，大叔，你看拉些什么货物回来？”

“自然是拉什么利大，就拉什么。”黎老东说，“你看着吧。可是，因为是新打的车，头一趟可不要拉煤。”

“可是，”黎七儿笑着说，“冬季还就是拉煤利钱大。到那里看吧，要不就装点儿杂货。”

酒喝到半醉的时候，黎老东又向黎七儿说了这些话：

“七兄弟，我知道，在土改的那段日子里，你和我们有些隔膜。可是，我一直并不认为你是一个富农，我一直评你是个上中农。你爷爷、你父亲那两辈，当然是富农。可是自从你弟兄们分了家，你主要是跑车，雇人不多，要评成富农，我觉得有点够不上，要说是中农，好像又冒点尖儿，当时的争论，就在这上面。”

“过去的事情了，”黎七儿说，“当时，我就是心疼我那匹骡子。后来，我变卖些东西，又把它买回来了。咱成分不好，就不愿在村里见人。现在跑着车，我的生活，你看见了，也还过得去。坦白地说，人只要有能力办法，不种园子地，也能吃香喝辣！我不省着细着。平日在家，你知道，黎大傻家卖什么我吃什么。出门打尖下店，不是焖饼就是炸酱面；出店上车，整瓶子好酒在怀里一掖，什么时候想喝了，就低头来一口。”

“我就是佩服你。”黎老东说，“那些别的户都倒下了，就是你站起来得快。”

黎七儿走了以后，黎老东几次起来喂牲口。鸡叫头遍，他就叫醒六儿，装好草料。套车时，他帮着摆正辕鞍，结好肚带，抹足车油。天不明吃了早饭，六儿把车赶到街上来。早起站在街上的人，都称赞这辆新车。黎老东在车的前面倒着走，有时用脚填平道辙，不断地指挥着六儿。

出村，黎七儿的双套大车，赶在前面。杨卯儿要到石门去办年货，坐在他的车上。出了寨墙口，黎七儿摇动鞭子，把车轰开，跟着跑了几步，然后一蹿身，坐了上去。他回头望望六儿，六儿也照黎七儿的样子蹿上了车。黎老东在村边望着，望着六儿的车转过大沙岗，才转回身来。

在十字路口，村长拦住了他，和他说了希望他加入合作社的事。为了打破他的顾虑，村长还热心地向他介绍了别的村庄办社，对于牲口车辆的折价办法。这些话，黎老东好像全然没有听进去，他往家里走，从别人看来，他那一直兴奋得意的步伐，忽然变得焦躁和不安了。

车辆转过大沙岗，突然停下来。小满儿怀里抱着一个小包裹，坐在一棵老杨树下面等候着。她站起来，爬到六儿的车上去了。

然后，黎七儿大声说笑着，摇动长鞭。两辆大车的后面，扬起了滚滚的尘土。

十九

每天，九儿回到家里，傅老刚已经做好了饭。知道女儿做的是重活，老人还是按照打铁时的习惯，做小米干饭。每天，父女两个坐在里间炕上，守着一盏小煤油灯吃着晚饭。

这两天，父亲注意到女儿很少说话，他以为她是太疲累了。他说：

“今天，有几个互助组，给我们拿来一些工钱，这些日子，我帮他们拾掇了一些零碎活儿。我不要，他们说我们出门在外，又没有园子地里的收成，只凭着手艺生活，一定要我收下，我想眼下就要过年了，你也该添些衣裳。”

“不添也可以。”女儿低着头说，“过年，我把旧衣裳拆洗拆洗就行了。爹的棉袄太破了，应该换一件。”

“我老了，更不要好看。”父亲说，“村长和我说，他们几个互助组，明年就要合并成合作社。村长愿意我们也加入，说是社里短不了铁匠活儿。我说等你回来商量商量，你帮我想想，是加入好，还是不加入好。”

“我愿意加入。”女儿笑着说，“这是最好不过的事。”

“我也是这么想。”父亲兴奋地说，“当然我们可以回老家去参加。可是，这里的工作更靠前一步，我们和这个村子又有感情，就在这里参加也好。村长还说，他们也希望六儿家参加，那样，社里有铁匠也有木匠，工作方便得多。可是黎老东正迷着赶大车，不乐意参加。这些日子，我总见不到六儿，你见到他了吗？”

女儿没有说话。

“你不舒服吗？”父亲注意地问，“怎么看你吃不下？”

“不。”女儿说，“我只是有点儿累。”

她到外间去收拾锅碗。

“我和黎老东吵翻了。”父亲在里间说，“这只是一人一家的问题，只是两个老头子的问题，算不了什么。你不要把这件事情放在心上。”

“我没有放在心上。”九儿说，“今年冬天，我看着爹的身体不大结实，我希望爹多休息休息。”

“你不要惦记我。”老人笑着说，“我这病到春天就会好起来的。今天晚上不开会，收拾好了，你早点睡觉去吧！”

九儿给父亲铺好炕，带上屋门，到女伴们那里去。

今天夜里，天晴得很好，月亮很圆，很明净，九儿在院里停站了一会儿，听了听，父亲在吹灯躺下以后，并没有像往常那样咳嗽。她的心情也明快平静下来，她觉得她现在的心境，无愧于这冬夜的晴空，也无愧于当头的明月。她定睛观望，好像是第一次看清了圆月里那只小兔儿的可爱的活泼的姿态。

二十

童年啊，你的整个经历，毫无疑问，像航行在春水涨满的河流里的一只小船。回忆起来，人们的心情永远是畅快活泼的。然而，在你那鼓胀的白帆上，就没有经过风雨冲击的痕迹？或是你那昂奋前进的船头，就没有遇到过逆流礁石的阻碍吗？有关你的回忆，就像你的负载一样，有时是轻松的，有时也是沉重的啊！

但是，你的青春的活力是无穷无尽的，你的舵手的经验也越来越丰富了，你正在满有信心地，负载着千斤的重量，奔赴万里的途程！你希望的不应该只是一帆风顺，你希望的是要具备了冲破惊涛骇浪、在任何艰难的情况下也不会迷失方向的那一种力量。

一九五六年夏

（原载《人民文学》1956年第12期）

【作品赏析】

《铁木前传》创作于1956年夏，发表在1956年第12期的《人民文学》上。《铁木前传》是珍贵的反映合作化初期世事人情的小说，对于孙犁本身和当时的农村题材书写都有着重要的意义。小说秉承了孙犁一贯的朴素与诗意，流淌的生命力更加富有热情，汇聚成汹涌的潜流，澎湃在表层的意识形态叙事之下。

《铁木前传》的主题是丰富的，不同的历史阶段有着不尽相同的阐释。木匠黎老东和铁匠傅老刚之间的纯洁的友情，在土改之后发生了变化。黎老东有了“家业”，傅老刚打量着他“高高翻起的新黑细布面的大毛羔皮袍”，感到了寒意，继而是陌生和疏远，是监督的目光。可见，“土改后的阶级分化”确实是重要的主题。在小说产生的时代，多数评论家这样认为。值得注意的是，“铁木”之间友谊的失落、六儿和九儿爱情的失落、小满儿青春的创伤在咏叹调的叙事中悠扬萦回，童年岁月、爱与美的歌唱忧伤又充满向往。因而，“乡土、父老和童年的歌”和“悲歌友情的失落，渴望人性的复归”也是题中应有之义。这是“新时期”之初，评论界主流的阐释。20世纪90年代以来，社会历史文化、生命意识、女性意识等角度为小说的阐释提供了多样的可能性。

《铁木前传》的生命意识是显而易见的，不同形态的生命因勃发的生命力得到歌颂。生命书写往往通过乡土风光的书写来实现，没有一景一物不关情，却没有丝毫的牵强、生硬的痕迹，青春的生命与乡土自然浑融为一体。在这个意义上，《铁木前传》超越了同时代农村题材的小说，并且在生命关怀的多元性与复杂性上超越了孙犁以往的写作。九儿当然是美的，她的生命温暖而明净，自然绽放。这个少女流离了家园，遗失了初恋，她曾经痛惜，又很快在新的时代潮流中找到了自我存在的价值，正保持着战争时代的热情和忠贞去践行人生。而当众多热血青年聚集在一起，青春的力量在蒸腾，“当青年们在田野里工作的时候，平原上已经降过了初雪。中午，雪在附近的沙岗上闪烁着，慢慢融化着。”六儿也是美的，他的聪敏，他的任性自有生命的逻辑。就是黎老东，置家业，疼爱小儿子也充满温情。

小满儿是最具生命力的存在。小满儿有着美丽的容颜。六儿看到她“月光下显得更加明丽媚人的脸”，九儿看到她“极端俊俏，眉眼十分飞动”，“青年们的眼神是多种多样的，有的勇敢些，有的怯弱些，然而都被内心的热情和狂想激动着，就像接连爆发的一片火焰。”她的美不在五官的标准，不在脂粉的涂饰，而来自生命内在的光辉。这个时代潮流之外的女性蕴蓄着矛盾与力量。小满儿有着“落后”的家庭，包办的婚姻，又有着反抗的精神、自由的心。小满儿既不属于她的出身，也不属于时代主流，她是黑夜中、野地里的幽灵，那高高的大杨树、黑暗的天空、翻飞的鸽子、坑坑洼洼的沙岗、阴森的破庙构成了她奔跑、笑闹的世界。在母亲要接她回去引发争吵后，她独自在沙岗哭泣，那被沙岗侵占的菜园、那倒在地上的小桃树，还有那应着雄鸡啼叫飘然入怀的枯叶都映衬着女孩身陷泥沼而追求自由的灵魂。在放任与约束之间，在旧家庭与新时代之间，她的选择是艰难的，行动更是身不由已。小满儿是《铁木前传》中说不尽的人物，是一个徘徊在旧文化与新制度之间的幽灵。

小满儿对爱情有着执拗的追求，对性爱有着自然的渴望，既不愿在腐朽的家庭中堕落，也不愿成为封建婚姻的牺牲。小满儿和六儿的交往是纯洁的，就如她的姐姐所指责的，“恋了一冬天，连条新棉裤也穿不上”。她也毫不掩饰对性爱的渴望，向干部介绍庙会：“那时候，小麦长得有半人高，各地来的老太太们坐在庙里念佛，她们带来的那些姑娘们，却叫村里的小伙子们勾引到村外边的麦地里去了。半夜的时候，你到地里去走一趟吧，那些小伙子和姑娘们就会像鸟儿一样，一对儿一对儿地从麦垄儿里飞出来，好玩极了。”小满儿对爱情的认识是灵魂和肉体的合一，自由单纯的向往，是难得的。

小满儿的内心渴望着新生。她咄咄逼人地回绝了母亲接她回婆家的要求。村里宣传婚姻法，“这女孩子突然积极起来了，她自动到会，请人读报给她听，正正经经地沉默着、思想着。”新政策宣传“女人和男人是平等的，她们已经做了很多工作，将来还会对国家有更大更多的贡献”与她自由、平等的追求是相符的。干部到她家里了解“人”，她是那么热情、坦然，“她的脸上的表情是纯洁的，眼睛是天真的，在她的身上看不出一点儿邪恶。”

那么，小满儿缘何不能成为新社会的新女性？小说写到多处细节，比如婚姻法的宣传导向“检查村里的男女关系”，小满儿“退了出来”，比如她讲到庙会中青年的性爱，干部说“那有什么好玩的？”再比如她惊心地讲到“有一个尼姑，曾经吊死在这里”，“因为恋爱不自由。活着的时候，我见过她，她会吹笙，长得也很好”。家庭给她带来沉重的负累，以往的爱情悲剧告诫着她，她向往的自由、热烈的爱又显然不符合新社会的审美。她心怀忐忑：“他们不会斗争我吧？”小满儿徘徊在新秩序之外，是新旧之间无处安身的幽灵，她属于黑夜。“她好一个人绕到村外去”的一段话深情隽永，意味深长，最朦胧、又最恰切地为小满儿“画魂”。

可见，小满儿之所以不能成为顺应时代潮流的女性，最重要的一个原因是她有着不羁的灵魂。俗儿（《风云初记》）、双眉（《村歌》）可以当作小满儿的对照性存在来看待。她们一样心灵手巧，一样美丽动人，一样背负着“过去”的负累。共产党刚一在子午镇出现，俗儿就迫不及待地参与到各种运动中去，成了妇救会主任。但是，享乐的思想、父亲的导向、丈夫的恶习形成一股合力，坠着她向下，向下，终于沉沦。双眉也是满怀激情的，她当过妇女自卫队的队长，参加过剧团。但是由于母亲的阴影，工作方式的不恰当，落后分子的反对，双眉被排挤在秩序之外。但是，双眉是执拗的。她争取到组织“互助组”的权利，并且艰难地维护由几家“落后”分子组成的特殊的互助组。双眉终于争取到了人格的尊严，“她用全部的精神唱。她觉得：台上台下都归她。”俗儿和双眉的殊异正在于是否能够克服内在欲望，跻身主流。早在1928年，《中共第六次全国代表大会关于农民问题决议案》就指出：“在农民革命运动求得胜利的斗争中，吸收农民妇女群众加入斗争有极大的意义。她们直接参加农村经济，在农民队伍中间占重要的部分，而且在农民的生活中有伟大的作用。”女性的“作用”具有核心意义，无论是在革命战争年代，还是社会主义革命年代。能转化为革命力量的女性，能贡献革命力量的女性，哪怕是有助于夯实群众基础的女性都理所当然是“解放”的对象，被纳入社会工作的范畴。爱情与生活应该以革命、劳动为核心，享乐、情感、性爱、升迁、财富等个人主义的因素被排斥，而具有这类追求的“小满儿们”必然陷入解放的悖论。孙犁挚爱小满儿，他能赋予她的最大的可能也只能是坐上六儿的马车，去往不可知的远方。

与多义、诗性的主题相应，《铁木前传》的语言是蕴藉的，如同乡间的流水，平静、甘醇，潜蕴着忧伤的抒怀与青春的力量。小说最突出的超越性正在于探索情爱的本能性力量及其存在的合理性、人性自由的可能。小满儿勇敢地坐上六儿的马车，孙犁则在小说完成后病隐十年。这部呕心沥血之作当时带来了无数的争议、批判与打击，也留给后世无尽的阐释、审美与回味。

风云初记（梗概）

1937年春夏两季，冀中平原大旱。日本侵略军侵略华北的消息传到滹沱河南岸的子午镇和五龙堂，激起人民的抗日热情。子午镇吴大印家有两个女儿，大的叫秋分，小的叫春儿。秋分嫁给了五龙堂的高庆山。1927年，这里曾发生了一次农民暴动。十八岁的高庆山和他的父亲高四海、妻子秋分都参加了暴动，可是暴动失败了，高庆山还负了伤，被迫和一起参加暴动的中学生高翔，离开了故乡。高庆山十年音信皆无，生死不明，家人十分想念他。

子午镇的地主、村长是田大瞎子，他的一只眼，就是在那次暴动中被打瞎的。时下他正为从北平某大学法律专业毕业回家的儿子田耀武谋取区上的好差使。田耀武的妻子李佩钟长期不回田家，原来已经悄悄参加了革命。子午镇有一个老蒋，游手好闲，专门“抱粗腿”吃饭，他的小女儿俗儿美艳风流，和田耀武有着暧昧的男女关系。田大瞎子为组织民团购置枪支弹药，派他家的小长工芒种去山里打听枪弹的行情。芒种是吴大印当年引到田大瞎子家做长工的，吴大印下关东后，芒种和春儿萌生了爱情。

芒种露天睡在场院里，地下铺着一领盖垛的席。天晴得很好，刮着小西北风，没有蚊虫，天河从头上斜过去，夜深人静，引导着四面八方的相思。

这孩子，已经到了入睡以前要胡思乱想一阵的年龄。今年十八岁了，在这个人家已经当了六年小工。他原是春儿的爹吴大印在这里当领青的时候引进来的，那一年大秋上，为多叫半工们吃了一顿稀饭，田大瞎子恼了，又常提秋分的女婿是共产党，吴大印一气辞了活，扯起一件破袍子下了关东，临走把两个女儿托靠给亲家高四海，把芒种托靠给伙计老常。告诉两个女儿，芒种要是缝缝补补，短了鞋啦袜的，帮衬一下。芒种也早起晚睡，抽空给她姐俩挑担子水，做做亘力气活。

农村的贫苦的青年，一在劳动上结合，一在吃穿上关心，就是爱情了。

今天，芒种去打水饮牲口，春儿在堤埝上低着头纺线，纺车轮子在她怀里转成一朵花，她的身子歪来歪去。芒种直直地望着，牲口把水喝干了，用嘴把梢桶挑起来，当啷一声，差一点没掉到井里去，春儿回过头来笑了。

芒种望着天河寻找着织女星。他还找着了落在织女身边的、丈夫扔过去的牛勾槽，和牛郎身边织女投过来的梭。他好像看见牛郎沿着天河慌忙追赶，心里怀恨为什么织女要逃亡。他想：什么时候才能置得起一身新人的嫁妆，才能雇得起一乘娶亲的花轿？什么时候才能有二三亩大小的一块自己名下的地，和一间自己家里的房？

半夜了，天空滴着露水。在田野里，它滴在拔节生长的高粱棵上，在土墙周围，它滴在发红裂缝的枣儿上，在宽大的场院里，滴在年轻力壮的芒种身上和躺在他身边的大青石碌碡上。

这时候，春儿躺在自己家里炕头上，睡得很香甜，并不知道在这样深夜，会有人想念她。她也听不见身边的姐姐长久地翻身，和梦里的热情的呢喃。养在窗外葫芦架上的一只嫩绿的蝈蝈儿，吸饱了露水，叫得正高兴；葫芦沉重地下垂，遍体生着像婴儿嫩皮上的茸毛，露水穿过茸毛滴落。架上面，一朵宽大的白花，挺着长长的箭，向着天空开放了。蝈蝈儿叫着，慢慢爬到那里去。

芒种在山里遇上了一队红军战士，得知高庆山即将回乡的消息。他回到镇上，立刻把这消息告诉了秋分。秋分、高四海和春儿都无比兴奋，并得知高翔来信，他们真的要回来了。这时，子午镇有个大贼高疤，趁国民党中央军南逃的当儿，自己拉来一些人当了团长，并娶了蒋家的俗儿为妻。

高疤看到街上贴出一张布告，号召百姓们团结起来，组织武装，抗击日寇，出布告的是人民自卫军司令部。于是派人到高阳去探听消息，才知道共产党的吕正操司令员正在改编各地的杂牌军。他怕被改编后不得自由，惶恐不安。俗儿让他和秋分一起去高阳找高庆山。他们没找到高庆山，却见到了当年暴动时高庆山的伙伴、学生出身的共产党员高翔和田大瞎子的儿媳李佩钟。

第二天，他们一同回到了子午镇，这时高庆山恰好回到了阔别十年的家乡。

秋分走进屋里来，好像十年以前下了花轿，刚刚登上这家的门限。她觉得这小屋变得和往日不同，忽然又光亮又暖和了。自己的丈夫，那个高个儿，正坐在炕沿上望着她，她忍不住热泪，赶快走到锅台那里点火去了。她家烧的是煤，埋在热灰下面的火种并没有熄灭，她的手一触风箱把，炉灶里立时就冒起青烟，腾起火苗儿的红光来。望着旺盛的火，秋分的心安静下来。她把瓦罐里的白面全倒出，用全身的力量揉和了，细心切成面条儿，把所有的油盐酱醋当了作料。水开了，她揭开锅盖，滚腾的水纷纷蹿了出来，秋分两手捧着又细又长、好像永远扯不断的面条儿，下到锅里去。

忽然，在炕角里，有一个小娃子尖声哭叫了起来。高庆山吓了一跳，回头一看，一个不到两生日的孩子睡醒了，抓手掀脚地哭着。

“唔！这是哪里来的？”庆山立起身来，望着秋分。

“哪里来的？”秋分笑着说，“远道来的。你不用多心吧，这是今年热天，一个从关东逃难来的女人，在河口上叫日本的飞机炸死了，咱爹叫把这孩子收养下来。要不，你哪里有这么现成的儿子哩！”

庆山笑了，他把孩子抱了起来，好像是抱起了他的多灾多难的祖国，他的眼角潮湿了。

高翔、高庆山按照党的指示，担负起在滹沱河两岸组织抗日武装和抗日政权的重担。他们改编了骚扰民众的杂牌军，改编了高疤率领的队伍，成立了人民自卫军第七支队，高庆山为支队长，高翔为政委，宣布三大纪律、八项注意，坚持敌后游击战争。春儿支持芒种参加人民自卫军，从自家炕洞里拿出枪，让芒种背上去投高庆山。

这是一九三七年的初冬：四野肃杀。一个十八岁的农民，开始跨到自由的天地里来。留在他身后的，是长年吃不饱穿不暖的血汗生活，是到老来，没有屋子也没有地、像一头衰老的牲口一样，叫人家扔了出来的命运。从这一天起，他成了人民的战士，他要和祖国一块儿经历这一段艰苦的、光荣的时期。

芒种想念着，走到春儿家里来。篱笆门虚掩着，他轻轻推开，又把它关好。太阳照满了院子，葫芦的枝叶干黄了，一只肥大光亮的葫芦结成了。架下面，一只雪花毛的红冠子大公鸡翻起发光放彩的翎毛，哽哽地叫着，把远处的一只麻丽肥母鸡招了来，用自己的尖嘴整理润饰着她的羽毛。

有一个红红的脸，在窗上的小玻璃后面一贴，就不见了，芒种知道春儿在家里。他推门进去，到了里间，看见她正低着头，面对着窗台做活哩。

“做什么哩？”芒种问。

“再给你做双鞋！”春儿说着转过头来，“换上二尺半了，真像个大兵了！我给做的那褂子哩？”

“这不是套在里面，还做鞋干什么，队上什么也发！”芒种说。

“发了吗？”春儿说，“我先做好你穿上，要不，穿着这么新鲜衣裳，下面露着脚指头，多不好看！”

“怎么看着你不高兴？”芒种坐在炕沿上，靠着隔扇门。对面墙上有四张旧日买的木刻涂色的年画儿，是全本《薛仁贵征东》，他望着别窑那一节。

春儿没有说话，眼圈儿有些红了。

芒种说：“你这是怎么了？舍不得你这枪吗？我还给你放下，当了兵，不愁没枪使！”

“放屁！”春儿笑了，“你这就走了，我不知道还能和你见面不？”

“为什么不能见面，我又走得不远，无非在家门子上转悠。”芒种说。

春儿说：“那可不敢定，一步一步你就离我们远了，你没见庆山，他一出去就是十年！”

“我哪里能比他！”芒种说，“我这一辈子能成了他那样，就是死了也不冤。你没见今天大会上哩，人家真有两下子！”

“你得跟他学，”春儿说，“还要比他好，别叫姐姐笑话我们！”

“我记着你的话！”芒种说。

“你出去长久了，”春儿低着头说，“别忘了我。做了官儿，也别变心！”

芒种不知道怎样回答才好，急得涨红了脸，说：“你净说些没踪没影儿的话！我怎能变心哩！”

“有什么凭据？”春儿抬起头来，红着脸，眼里有那样一种光芒，能使铁打的人儿也软下来。

芒种说：“什么凭据？我得给你立个字儿吗？”

“不用。”春儿笑了，“那天你在柳子地里拉拉扯扯，要干什么呀？”说完就用手掩着脸哭了。

芒种呆了，想了半天，才明白过来，他过去把春儿的头轻轻抱起来，把嘴放在她的脸上。

“好了！”春儿把他推起来，“就这样。你走吧，我反正是你的人了！”

芒种从春儿家出来，追赶队伍去。这年轻人，本来是任什么牵挂都没有的，现在觉得有一种热烈的东西，鼓荡着他的血液，对一个这样可亲爱的人，负起了一种必要报答的恩情。

这以后，在战争和革命的锻炼里，这孩子渐渐知道什么是精神的世界。尽管他长年只有脚下一双鞋和一身粗布衣裳，一支短短的铅笔和一个小小的白纸本，他的思想的光辉却越来越丰盛、越来越坚强。他坚持了连续十几年的、不分昼夜的艰苦战斗。在祖国广漠的幅员上，忍受了风霜雨露、饥饿寒冷和疾病的折磨。在历次的战斗受伤、开荒生产、学习文化里，他督促自己，表现了雇农出身、青年共产党员的优秀品质。在他的眼前只有一面旗帜和一个声音，飘展和召唤。祖国的光荣独立，个人的革命功绩，和来自农村的少女的爱情，周转充实着这个青年人的心。

第七支队队部设在县公安局大院。高翔不久就回高阳去了，这里的抗日武装就由高庆山指挥，李佩钟协助。李佩钟念过师范，由封建家庭包办婚姻，嫁给了田耀武，她的内心是痛苦的。投身革命后，主要抓抗日动员工作。爱画画的变吉来参加革命，受到高庆山的欢迎。春儿革命积极性很高，协助李佩钟组织了妇女救国会，号召妇女们赶做军鞋、军袜，支援前线。李佩钟让春儿讲话，春儿红着脸不肯说，俗儿却站出来讲，并被选为妇救会主任。

俗儿与春儿到田大瞎子家派做军鞋，田大瞎子的妻子坚决拒绝，并放出恶狗咬人。俗儿在老蒋的煽动下不再去。

结果，闹了半天，谁也没有去告谁。俗儿的爹老蒋听见街上吵吵，放下酒壶跑出来，骂了俗儿几句，俗儿不听他，和他一对一句地骂。老蒋没法，就跑过去劝田大瞎子："村长，别和她小人儿们一样，看在我们的交情上！"

"我还是什么村长呀！"田大瞎子跺着脚说，"我鸡狗不如！"

"到什么时候，你老人家也是一村之长，"老蒋推着田大瞎子往回走，"别人不尊服你，我尊服你！"

田大瞎子叹了一口气，也就顺坡下驴，歪歪斜斜地家去了。他心里明白：到县里去，吉凶未卜。虽说自家的儿媳妇是个委员，可也不见得就和他一个鼻孔出气儿。现在全县的大拿是高庆山，那明明是他十年以前的活对头。更要紧的是，俗儿的男人是高疤，眼下是个团长，这家伙，心毒手黑，不能得罪他。想来想去，不免又想到张荫梧亲家在时，自己在地面上的威风；儿子走了这些日子，也不知道在南边弄上了个事由儿没有。莫非真的就从此大势已去，江山难保吗？他低下头去。

老蒋把他扶到家里，坐在炕上，劝说："村长，不要这样。我回到家里，得好好把那小妮子教训教训。她人大心大，眼里连我也没有了。等我们姑爷回来，我叫他管管她吧！"

田大瞎子一猛抬起头来说：

"真的哩！那天我求你请高团长，有空到舍下坐坐，你对他说了没有啊？"

"说了，早就说过了！"老蒋说，"他也答应了，就赶上不知道从哪里来了个高庆山，当了什么支队长，半路里添了个婆婆，调到城关，他什么也不能自由了！"

田大瞎子眨巴着眼说："说也怪，高团长平日那样心高志大，怎么就服他们的辖管？队伍是谁带起来，还不是他一人的功劳？高庆山是什么人？原不过是五龙堂堤坡上的一个野小子，那年闯祸逃跑，不知道在哪里要了几年饭回来，冒充红军，既不烧柴，又不下米，人家做熟了饭，端碗就盛，也不嫌个寒碜？要是我啊，说下黄天表来，也不叫他们收编，动硬的，自己有枪有人，拉到哪里，也有官儿做，反受这帮穷小子们宰制？我说老蒋！咱们多年不错，你的亲戚，就是我的亲戚，你好了，我也能沾光。等高团长回来，你该把这理儿和他念叨念叨。也不要说是我说的，免的传出去外人生疑！"

老蒋深感知己，又劝说了老内当家一番，告辞走出。

田大瞎子送出来又说："家去，也不要和俗儿闹，我不和她一样见识，她不过是受了那些人们的愚弄！西头吴大印家那个小闺女叫春儿的，我早就看着不是正经货，十七到八了，老是和我们小做活的芒种勾勾搭搭，结果叫她给挑着当了兵！"

春儿再次勇敢地闯进田家大门，和田大瞎子争执起来。长工老温欲救春儿，竟然被田大瞎子踢伤。春儿理直气壮地向县政府控告田大瞎子，已经升为县政府指导员的李佩钟根据事实，惩罚有恃无恐的公公，罚他加倍做鞋，并向春儿和老温赔礼，承担一切医疗费及营养品的费用。她的决定令自己激动不已，并向高庆山做了汇报。高庆山告诉她要带队伍到前方去，并交给她拆城的任务，以便阻挡日军的坦克与汽车。

“你不要走，”李佩钟跳前一步用手拦住他，“晚上你就出发了，今天下午我请请你。”

“请我吃什么呀？”高庆山说。

“请你吃十字街路北的羊肉饺子，好不好？”李佩钟说，“我知道你不愿进馆子吃饭，咱们叫他煮好了送来，就在我这屋里吃。我叫老头儿要去，你可不许走！”

李佩钟跑了出去，高庆山在屋子里溜达着，他看见了放在南窗台上的那盆花儿。

等李佩钟回来，他说：“同志，真是小姐脾气，还有时间养花儿呀？”

李佩钟说：“那是刚才一时高兴弄的，现在叫你给压上了一大堆工作，什么心情也没有了。”

高庆山说：“正在打仗吗，枪炮砰啪响，花儿朵儿的就不时兴了。我并不反对文化生活，有时间唱唱歌儿，吹吹口琴还是有意思，李同志在这方面很有天才。”

“地才！”李佩钟笑了，“豁着嗓子瞎喊罢了！”

“现在我欢迎你来一个吧！”高庆山笑着鼓起掌来。“我不！”李佩钟笑着扭了扭身子，“两个人有什么唱头？”

“两个人听得清楚。”高庆山说，又接连鼓掌。

李佩钟背过身去，刚唱了一句，送饺子的就来了，赶紧红着脸停止。她坐在对面，照顾着高庆山吃饭，她拨拨拣拣，推推让让，叫高庆山吃饱。

她笑着说：

“自从上级给我们提了意见，不再吃大柜的卷子和大锅的猪肉，一下改变得过了劲儿，顿顿小米干饭，不是夹生，就是煳爆。看见你盛饭的时候一皱眉，大师傅和管理员还说你不能艰苦，享乐腐化，思想意识成问题，气都把你气饱了。还有那白菜汤，连把盐也懒得放，用勺子一搅，菜叶儿一个赶着一个跑，哪里是吃饭，简直是捞鱼。”

她自己吃得很慢很少，那样小的饺子，要咬好几口，嘴张得比饺子尖儿还小一些。高庆山是一口一个，顿时吃了一头大汗。李佩钟把自己的干净手巾送过去，带着一股香味，高庆山不好意思大擦，抹抹嘴就放下了。

吃完饭，李佩钟低着头，收拾了碗筷。她坐在床上，好久没说话。把头靠在那厚厚的松软的干净整齐的花布被子上。

高庆山站起来说：“时间不早了，我该走了，这顿饺子真香！谢谢你请客吧！”

“你不批评我就行了，还谢什么呢？”李佩钟说，“等一等再走，我有句话儿问你。是你们老干部讨厌知识分子吗？”她说完就笑着闭上了眼睛。

“哪里的话！”高庆山说，“文化是宝贝，一个人有文化，就是有了很好的革命工作的条件。我小时没得上学念书，在工作上遇到很多困难，想起来是很大的损失，遇到知识分子，我从心里尊敬他们，觉得只有他们才是幸福，哪里谈得上讨厌呢？自然知识分子也有些缺点，为了使自己的文化真正有用，应该注意克服。”

“高同志，我还有一个问题。”李佩钟说。

“什么问题？”高庆山问。

“我的婚姻问题，”李佩钟坐起来，“我想和田家离婚，你看可以吗？”

“这是你自己的事情，”高庆山说，“我很难给你提意见。可是我相信在革命过程里，你会解脱了这种苦恼，完全愉快起来。这是一个应该解决的、不能长期负担的问题。”

“你同意我离婚？”李佩钟笑着问。

高庆山点点头，走了出来，在大院里，他吸了一口冷气，整了整军装。

李佩钟送他到大堂上，又叫住了他，说：“你抬头看看我写的这四个字儿怎么样？”

高庆山回转身看了看，说：“字写得不错，不见这块匾，我还不知道你是个写家哩。不过，现在上级没这样提，我们还是叫抗日县政府吧！”

李佩钟亲自画图并领导百姓把道路挖成深沟。子午镇成立了由春儿领队的妇女自卫队，她们积极练兵，打击日寇，保卫家乡。打了胜仗的人民自卫军总部移到了子午镇，春儿看到了吕正操司令员并和他说了话，她很兴奋。春节过后，各村都准备好拆城墙的工作，李佩钟的父亲李菊人却代表城关的绅商要求县长收回拆墙令，遭到李佩钟的拒绝。李佩钟还按照破坏拆墙工作的罪行，逮捕惩处了李菊人等，保证了拆墙工作的顺利完成。

田耀武领着部分国民党中央军也来到子午镇，同人民自卫军的代表高翔和高庆山谈判。高翔和高庆山要求田耀武不要搞内战和摩擦，共同抗日。田耀武却暗中跑到俗儿家，游说高疤拉队伍脱离人民自卫军。李佩钟同他离了婚。

在日军的战斗中，春儿、高四海、芒种等人积极参加，北边高疤领导的一团人却不按命令打仗，导致损失很大。高庆山赶忙派兵切断敌人的炮火封锁。已经成为共产党员的芒种在战斗中负了伤，被送到春儿家养伤。

春儿送回医生，顺便约好医生的丈母娘来做伴儿。这位大娘，今年五十岁了。她的丈夫和春儿的爹一年下的关东。

她好和人家做伴儿，能全心全意地帮助有困难的人家。夜里，她抱着一条被子过来，指着炕上小声说：“他吃饭了没有？”

“还没有哩，”春儿说，“兵荒马乱的，咱这人家，有什么好做头儿呀？”

“我拿来了一把儿挂面，三个鸡蛋，”大娘打开被子说，“你去给他煮煮！”

春儿添水做好了饭，端到被窝头起，叫芒种吃着，大娘说：

“春儿，我嘱咐你：破伤怕响动，最怕铜器，可别再叫那些孩子们到你院子里来扭秧歌了！”

“不怕，”芒种说，“阵地上机关枪大炮都经过了，敲敲锣鼓算什么？”

“不能那样说呀，孩子！”大娘说，“打仗的时候，心里有一股火气，只想打胜了，那是天不怕地不怕的。眼下你是养病呀！”

“大娘怎么说你就怎么听好了，”春儿在一边笑着说，“还顾着抬杠哩！”

“我的伤并不要紧，是支队长一定把我留下来！”芒种叹了一口气，就翻身向里睡去了。

“你跑腾了一天，也睡吧！”大娘上炕对春儿说，“上半夜我来支应着！”

春儿把灯盏移到窗台上，打横儿躺在大娘的身后边。她用力闭着眼睛，一直睡不着，翻了几个身说：

“大娘，咱娘儿俩调换调换吧，我侍候上半夜！”“不用调换，”大娘说，“别看我老了，精神大着哩，三宿儿夜地不合眼，我也不觉困，你睡吧！小人儿家，失了觉可不行哩。”

“我睡不着。”春儿说着坐了起来。

“你睡不着，咱娘儿俩就说闲话儿吧。”大娘说。

“那不吵得他慌呀？”春儿指一指芒种，“干熬着两个人干什么，大娘你就先睡会儿吧！”

“那我就睡会儿，”大娘说，“你什么时候困了，什么时候再叫醒我！”

大娘靠着墙，把眼一闭，就轻轻打起呼噜儿来，睡着了。

她做起梦来。她梦见芒种的伤养好了，背起枪来对她说：

“大娘，这些日子，多亏你照看我，管我冷热，喂我吃喝，拿着黑间当白日，端屎端尿不嫌脏，我一辈子忘不了，我要把你当亲娘看待！”

“那你不要挂意，”大娘对他说，“你打仗是为了谁呀，还不是为你的大娘呀？你只要告诉我你现在到哪里去，什么时候回来就好了！”

“我要到东三省去，”芒种笑着说，“我要一直打到鸭绿江边，把日本鬼子完全消灭！”

“那你等一下，”大娘着急地说，“等我换上双鞋，跟你去！”

“千山万水，大娘去干什么呀？”芒种说。

“我去找你大伯！他走的时候，我的头上插着红花儿，现在头发白了，他还不回来。我要去找他，告诉他说：我们这里，因为有共产党领导，八路军打仗，穷人们全有了活路，年轻小伙子，不用再撇妻撂子受苦下关东，家来过好日子吧！”

“那就走吧，大娘！”芒种搀扶着她，跟在大队后面，走了很远的路，过了多少条河，出了山海关，穿过大森林，一天傍黑，在一司地主人家的场屋里，找到了她的年老的丈夫。

大娘的老眼里流下泪来。

“不知道队伍宿营，找到房子了没有？”芒种翻过身来说。

“睡醒了呀，”春儿笑着说，“还是说梦话？”

“睡醒了。”芒种说。

“大娘睡着了，”春儿说，“可老是说梦话。”“大娘是个苦命的人，”芒种说，“她家那个大伯，小的时候，和我一样，给人家当小做活的，后来逼得下了关东！比起老一辈儿的人们来，我们是赶上好年月了。”

“俺爹也是在关东呀，”春儿说，“你不要忘了他。”

“我怎么会忘了他哩，”芒种说，“我要好好打仗，一直打到山海关外去，把那里的人民也解放出来，把咱这一带因为穷苦、因为地主豪绅剥削逼迫，失家没业、东流西散的人们全接了回来！给他们地种，给他们房子住！”

“这是你的志向呀？”春儿笑着说。

“这是我的头一个志向。”

“第二个志向呢？”春儿问。

“第二个志向更远大，我一下还说不周全，”芒种说，“党会领导我去实现的，我只要永远做在前头，永远不掉队就行了。”

“你是一个共产党员了？”春儿低下身子笑着问。

“嗯。”芒种说，“你有志向没有？”

“为什么没有？”春儿直起身子来说，“你不要小看我！”

“说说你的吧！”芒种说。

“你等我想一想，”春儿昂起头来，“姐姐对我说，村里的支部，就要吸收我入党了，我的志向就是做一个好的共产党员！”

她说着，拉住芒种的发热的手，又轻轻抚摸着他的头。

月亮照到炕上来，三个人的热情和希望，把这间常年冷清的小屋充实了起来。

高疤受到高庆山的批评，并拒绝“受训”，一气之下投向中央军。田大瞎子也在日寇猖獗进攻之时，放肆地破坏抗日活动。俗儿把一个私生子偷放到春儿家的柴堆里，妄图造谣，败坏春儿的名声。春儿机智地辟了谣，并追查出那是老温和寡妇的孩子。按照党的政策，老温和寡妇结了婚，老温参军保卫胜利果实。

这个寡妇住在东头，平常身子很结实，走路的时候，胸脯儿狠狠往前挺着。她还不过三十岁，家里有两间瓦房，一个小场院。去年秋天，她从水里捞回几个高粱头，放在场里晒干轧了，堆起来。她坐在粮食堆边上，休息一下，准备扬场。那天闷热，抓一把粮食，扬出去试试，糠皮粮食一同落下来，望望场边的树，树叶儿一点儿动的意思也没有，她叹了口气，天越阴越沉，就要下雨了。

这时长工老温背着张大锄，从地里回来，他在这村里待了好几年，大人孩子全认识，也常和妇女们说笑，路过寡妇的场院，转脸说：

“还不快拾掇，雨就过来了。”

“哪里有风啊！”寡妇说，“你有工夫没有，帮我甩出去。”

“有工夫没工夫，这只是三簸箕两簸箕的活儿。”老温说着把锄靠在场边树上，走过来抓起簸箕，收了点粮食颠了颠，站好了位置。寡妇拿着木锨，站在他的旁边。

老温用力把粮食甩出去，很快就扬完了场。抓起扫帚来，漫去粮食上的草末儿，用推板堆在一块儿，寡妇笑着拿了布袋来。

刚刚装起粮食，大雨就过来了，寡妇赶紧收拾着家具，老温替她把粮食背进小屋。

“全亏你，”寡妇跑进来说，“再晚一点儿，我这个大秋就完了。快擦擦你身上的汗，坐下歇一会儿吧！”

她拉开一领麦秸苫子，铺在地上。雨下得大极了，天昏地暗，房里院里，什么也看不见。

“一个妇道家过日子，就是难。”老温大声说。

“那难呀，就不能提了。”寡妇说，“还算我有人缘儿，你呀，老常哥呀，全肯帮助我。”

“这些活，放在男人身上就不算什么，”老温说，“放在你们身上就难大发了。”

“难得净哭。”寡妇说，“你们也有遭难的事儿呀，缝缝补补的活儿，就拿给我吧！”

老温几次想走，都叫寡妇拦住了，她说：

“热身子，叫雨激了，可不行！”

从这一天起，老温和这寡妇发生了爱情。寡妇的肚子大起来，她用布把它缠紧，后来就不愿意出门了。前几天俗儿来她家，冷不防叫她看出来了，俗儿说：

“你知道，八路军最恨这个男女关系，知道了，小人要摔死，大人要枪崩。”

寡妇老实，叫她给想个办法，俗儿说：

“添下来，你就交给我。”

妇女们叫俗儿和田大瞎子的老婆坦白，田大瞎子的老婆摆肉头阵，站在台上，两手交叉捂着肚子，低着头高低不说话，群众的质问，她当作耳旁风。俗儿顶不住，说了。她说：“那天高疤同着一个姓白的汉奸来了，在田大瞎子家开会，叫我们破坏村里的抗日工作，谁抗日积极就破坏谁的名誉，我和她就想了这个招儿，今后改过，再也不犯了。”

从这件事情，春儿想起来，应该为村里的妇女和儿童们做些工作。她请变吉哥按照乡村的实情，画两套画儿。

听说又请他画画儿，变吉哥很是高兴。他说：“当然，现在是武装抗日第一，可是社会上的落后势力我们也要负责扫除。关于婚姻自主，我可以编排着画，可是关于生小孩子，我就有点外行。”

“这有什么困难，”春儿说，“你可以问问你家我嫂子呀！”

“她知道的那一套，都是我们要改革的对象，”变吉哥说，“关于新的接生法，我得去请教那位医生。”

当天晚上，他支架起做饭的案板，点上油灯，从老婆的梳头匣子里，找出几包颜色就工作起来。

他的创作环境，并不安静，女人有病，孩子闹得慌。可是他能专心地工作，他对躺在炕上奶着孩子的老婆说：

“你们添孩子，是坐着还是立着？”

“你问那个干什么，”他的老婆笑着说，“这些脏事情，也能上画儿呀？”

“叫你说，什么才能上画儿？”变吉哥问她。

“你还不知道吗？”他的老婆说，“你师傅怎么教你来着？你这些年不都是画的那些神仙、云彩、花鸟和大美人儿吗？”

“那都是为了侍候人，为了吃饭。”变吉哥说，“宣传迷信，粉饰太平，对人民没有什么好处。”

“那你就画吧，”他的老婆说，“我生孩子的时候，不是坐着立着，折腾了半宿吗？”

“那些偷偷和人好了的，怎么处置那肚里的孩子？”变吉哥又问。

“有的用棒槌砸下来，有的用大弯针扎下来，有的请人揉下来，吃药打下来。”他的老婆念叨着，“你这是画的什么呀，我困了，你别再问我了！”

“你先不要睡，”变吉哥说，“你听我说：我打十三岁上，替师傅背行李，学画匠，到现在快三十年了。整天价，风里来，雨里去，在那荒山野寺，面对着粉墙，一笔一画地工作。我专心地学习，千里投师；精细地描画，一笔不苟，饿了打开梢马吃一口剩饭，渴了，提起白铁壶喝一口凉水。身边围着一群光屁股的孩子，指指点点，乱加批评，说好听点儿，我也算个手艺人，说难听一点，简直连要饭的叫花子也不如！我常想：三百六十行，我为什么选中了这一行？我的工作，对人民有什么好处哩？看见村里的土财主横行霸道，气愤不过，也只能画张黑帖儿，偷偷贴到他家的门口。现在，我才觉得我的工作，是很有价值、很有意义的了。我的画儿可以贴到大街上去，也可以贴到会场上去，它能推动村里的工作，扫除落后和黑暗，助长进步和光明。这两套画儿画好了，贴出去，能改变村里的风俗习惯，能使年轻的姑娘们找到合心如意的丈夫，能叫孩子们长得美丽和胖壮。一想起这个来，你看，我的画儿就越画越精彩了！”

他的女人笑着爬起来，站在他后面，看着他画，一直到夜深。

画儿贴在识字班的讲堂的两面土墙上，妇女们看过婚姻自主的画儿，埋怨着包办婚姻大事的顽固爹娘，咒骂着胡说八道的媒人，绕到南边去看怎样生养小孩的画儿。一看见一个产妇躺在那里，嗡的一声就返回来，像逃难遇见了情况一样。后来还是你推我，我推你，三四个人拉起手儿来，像过什么危险的关口，红着脸看完了这套画儿，可真长了不少的知识。她们明白，只有积极参加抗日的工作，参加村里的民主建设，参加劳动和生产，学习文化、求得知识，才是妇女们争取解放的道路。

田耀武在高疤的帮助下，冒充八路军包围了村庄，并扬言要攻下抗日县政府。李佩钟得到春儿和芒种的报告后，未及转移就被田耀武击伤。日军也在当天下午占领了县城。春儿响应党的号召，组织民兵成功地保卫了村民的麦收。鉴于她对党忠诚，出色地完成各项工作，组织吸收她加入了中国共产党。她与芒种分别到民运学院和军事院校学习。

春儿在这里过的是军事生活。每天，天还很黑就到操场跑步，洗脸吃饭都有一定时间，时时刻刻得尖着耳朵听集合的哨音。夜晚到时就得熄灯睡觉，她没有工夫补习文化。有些课程，道理是明白了，可是因为记不住那些名词，在讨论的时候，就不敢说话，常常因为忘记一个名词，使得这孩子苦恼整天。为了记住它们，她用了很多苦功。

因为默念这些名词，她在夜晚不能熟睡。为了把想起来的一个名词写在本子上，她常常睡下又起来，脱了又穿上，打开书包抱着笔记本，站到宿舍庭院的月光下。

有时，庭院里没有月光，或是夜深了，新月已经西沉。她抱着本子走到大席棚里来，她记得那里的讲桌上有一盏油灯，里面还有些油。她把油灯点着，拿到一个角落里，用身子遮住，把那个名词记下来。

每逢这时，她的脑子很清楚，记忆力也很好。整个课堂里，只有她自己和一排排摆在黑影里的长板凳。席棚外边，有一排大杨树，一只在上面过夜的鹁鸪，在睡梦里醒来叫唤了两声。

在灯光下面看来，到学院的一个月里，这女孩子是消瘦了许多。她望着灯光喃喃地念着笔记本上的名词，当她记住了，她也就觉得困乏了。她想闭着眼休息一下再回宿舍去，可是头一低就睡着了。灯盏里的油也点完，灯头跳动了一下，熄灭了。

起初，她听见有人闯进课堂，绊倒了迎门的一条板凳，她还以为是在梦里。接着，她听见一个男人的声音："进来呀！"

"看急得你。"一个女的笑着说。

春儿立刻惊醒了，心里突然怦怦地跳动起来。

"连玩的时间都没有，我看不出在这里有什么好处。"男的说，"人们还一群群地奔这里来，简直是自找罪受！你过来呀！"

"你为什么半夜三更地去叫我，真把我吓死了！"女的说。春儿听出是她班里的一个女同志，心里就更害怕起来。

"理由不是说过了吗？"男的说，"并且我就是爱上了你。"

"你是在威胁我。"女的说。

"威胁是爱情的集中表现，是发展的最后阶段。"男的说，"你为什么穿衣裳那样慢？"

“我们班里少了一个叫春儿的，我怕她回来看见了，看样子她又是一个党员。”

“怕她干什么？”男的说，“她一定也是出去打野食儿吃了，你以为她们都是些贞节烈女吗？他X的，用大学的幌子把我们骗了来，却叫我们受大兵的训练，和一些野孩子们在一起。我知道你出身书香门第，受过的是教会办的大学教育，我们的身份教养相同，我们有相亲相爱的基础。”

“你是个流氓。”女的躲闪着，“这些早不是求婚的光荣条件了，现在人家爱的是工农老干部。”

“我并不想在他们这里待一辈子，所以还是按照我的习惯找爱人，”男的扑过去说，“这才叫生活。”

春儿很后悔自己打了一个盹儿，就陷入了这样难堪的境地。当这一对男女站起来要走的时候，男的用命令的口气说：“明天或是后天，有一个国民党的委员到这个学院里来。你要在女同学里串通一下，在委员来到的时候，表示热烈的欢迎，并高呼口号：欢迎中央派人来领导我们的学院。你一定要执行，从今天起，我直接领导你。”

明天或是后天，委员并没有来。学院正为一个新鲜的问题，争论得有趣。不久以前，有从鹿钟麟那边来的一个姓胡的教官，据说，他是一个“左倾”分子，受那边顽固分子的排斥，要求到我们这里来的。他没有担任正式课程，却主持了一种课外的讲座，就叫“生活讲座”。他背来很多马列主义的书籍，态度严肃，满嘴革命的名词，好像是一个很有理论修养的人。但细听起来，他的唯物辩证法真是海派，他惯于添油加醋，他所做的比喻非常荒谬，他所有的用意非常下流。他从不用唯物辩证法去讲解革命和抗日战争，却常常去联系他个人的“生活”，甚至吃饭喝酒、聚赌嫖娼的历史。

这一次，他在学院的告示牌上，贴出来的新题目是：“自由恋爱”。许多同志认为：在紧张的军事训练里，这个题目会分散青年的政治热情，松懈他们的生活纪律，瓦解他们的战斗要求。但前来大席棚听讲的学生很多。又因为胡教官的颠倒是非的口才，拼命一般的叫喊，他竟能一战成功，被一些学生誉为名教授！

在他的讲演里，照例以革命的词句作引，然后引证了很多下流小说弹词和唱本上的故事，有时近于丑角的打诨，有时超过花旦的骚情。使青年们觉得：那些革命的理论，好像不是先烈的热血浇灌起来的果实，不是无数次壮烈斗争积累起来的经验，不是为了阶级斗争，不是为了抗日胜利，不是为了社会改革和文化的发扬。一切都被他利用，成了他个人哗众取宠的阶梯、招摇撞骗的工具。

凡是真正为了抗日和革命来学习，并且有了初步判断能力的同学，都非常不满地退出了教室。春儿因为文化低，必修科目还学着巴结，她很少参加这些课外的讲座。但是“自由恋爱”这个题目，确实也打动了这个女孩子的心。她在课堂里挤满了人的时候，才偷偷地站在后面去听了几句。她立时认出主讲的教官，就是那天晚上为了反动的政治目的，玩弄了一个女同学的人。

她把问题反映给党的组织。回到宿舍，她就发起疟疾来。隔一天一场，冷上来浑身打噤，热上来想跳进水井。她用了一些土方子，藏到别处去躲，跑到野外去丢，但疟疾并不离开她，越来越重。这种病夺色夺力，几场过去，这女孩子就黄瘦得像蜡捏的人儿了。

她不愿意到学院的卫生所去打针。班长强迫她，医生也来劝告，她才勉强地去了。打过一针，病就显好，对医生也就非常信任起来，第二天就自动到卫生所去了。

汉奸张荫梧在衡水一带抢劫了农民的食粮，收编了一些封建势力和土匪流氓混合的武装，又突然向北进犯，到了学院附近。

毕业后，芒种回部队当了指导员，春儿因成绩好被留校担任下一期学生的小队长。武汉失守后，冀中敌情严重，学院转移。春儿受命冲破敌人的封锁线，到滹沱河沿岸慰问由贺龙率领的一二〇师。

天明的时候，春儿她们到了滹沱河边。使她们兴奋的是：她们已经知道，她们前来慰问的部队，就是那传说和盼望了很久的，贺龙将军带领的一二〇师。

更巧的是：司令部就驻在春儿的家乡子午镇。她们在村东头一家贫农的北屋里见到了贺龙将军。突然见到他，她只顾得浑身打量，好像在这位将军身上，每一个地方都带着红军时代的灿烂的传说，都是那些出奇制胜的英雄故事。

将军很是和蔼可亲。向她们致谢以后，他首先关心的是她们身体的健康。问到学校里的伙食，问到她们除去军事科目，平时还有什么运动。

她们还见到了周士第参谋长，参谋长站在悬挂着的一张军用大地图旁边，给她们详细地讲解了目前敌后战场上的形势。她们虽然缺少军事经验，也能预感到：随着这些英雄人物的到来，一场新的激烈的战争风暴，就要在她们的家乡开始了。参谋长告诉她们：敌人好像发觉我们的主力过来了，情况变化得很快，叫她们先不要离开司令部，编成一个民运小组，跟着部队转移。可是，晚上还从容地召集了一个交流经验的座谈会，主要是请她们介绍了冀中区的风习和人情。

慰问了自己的部队，见到了红军时代的人物，是春儿生平很值得纪念的一件事。她想：她出生的这个村庄，有机会驻扎了这一支革命劲旅的首脑机关，它一定也感觉着光荣。

春儿和变吉哥都到家里看望了看望。春儿家里也住着一班战士，他们看见自己部队上的客人，和这家房东这样熟识，最初还有些奇怪哩，后来才知道是春儿的家，战士们笑着说：

“好呀！这么一来，你这个女同志，就不是我们的客人，快来招待我们吧！”

乡亲们偷偷地问春儿：她会见的到底是一个什么样的大司令？春儿保守军事秘密，只是笑着说：这是一位很有名的人物，一位很能打胜仗的将军。乡亲们虽然闹不清将军到底是谁，可是他们知道：这一准是真正老牌的八路过来了。

一开始就是紧张的行军。春儿还没经历过这样的行军，行军是从每天黄昏开始，宿营是在第二天的早晨。她们编列在一支队伍的后面，一走起来，就得跟着紧跑。队伍走开了，真像一条龙，它忽东忽西，忽南忽北，有时，使得春儿她们这些本地人，也闹不清方向，只是跟着紧转。只有在第二天驻下的时候，一打听村庄的名字，才知道又出来了一百几十里。

是连续的行军。最初几天夜里，春儿是累，是腿痛，是害怕掉队。后来，也就习惯了。每天黄昏出发的时候，她觉得很有精力，脚步跟得上，也就用不着那样紧追紧赶了。行军到了黎明，才是最困最乏的时候，她常常是走着路就做起梦来了。

到了宿营地，太阳升起来，坐到大场边上就不再愿意动弹。可是她们的任务，正是要在这个时候完成。部队上的口音，老乡们听不清，有些风俗习惯又不相同。她要帮助管理员去找房子，借东西，要粮要草。她要向老乡们动员解释。等大家都进了房子，伙房里把米下了锅，她才能去休息。

敌人从东西两线向根据地压迫，调集了很大的兵力，跟在一二〇师的后面。

一二〇师好像并没有和它一决胜负的意思。这支部队只是在敌人的空隙里穿过，攻击敌人的弱点，在根据地的边缘打着回旋。这支部队也不是单纯的行军，它有很大的政治影响，有很强的吸引力量。它刚刚进入冀中的时候，听说只有两个主力团，现在它一路行军，一路扩大，谁也不知道它已经增加了多少倍的人马。

跟着这支部队，春儿走遍了冀中区。在平汉路一带，村庄很大很密，水车园子很多。定县境内，小小的清凉的水沟在村边绕过，用手就可以捕捉那潜藏在芦苇根底下的小鱼。在津浦线附近，地形宽阔，村庄很稀，农民们住在那零散的黄土筑成的小屋里，村外大洼里是一丛丛的红荆，天空里盘旋着大鹰。

她渡过了家乡的不同姿态的河流。夜晚，她跟着部队，在一个灯火繁多的镇上，通过子牙河的木桥。再往东，沿着红土河身的运粮河，它两岸都是长满了肥大白菜的园地。有时候，她趟着沙河的清澈的浅水，一直走到西边的铁路，看看就到大山的脚下，然后又返回东北，宿营在雾露很重的大清河边。她无数次在奔腾的河流上，小心地走过颤动的浮桥，她的身影和天上的星月，一同映进碧绿的水流。有时候，她静静地站立在河岸上，等候那集中起来的、穿梭一样摆渡的船只。

亲爱的家乡的土地！在你的广阔丰厚的胸膛上，还流过汹涌的唐河和泛滥的滹沱河。这些河流，是你身体里沸腾的血液，奔走和劳作的动脉！是你的奋发激烈的情感，是你生育的男孩子们的象征。你的女儿是沉静的磁河和透明的琉璃河。她们在柔软的草地上流过，娇羞得不露一点儿声色，她们用全身温暖着身边的五谷，用乳汁保证了田园的丰收。她们摇动着密密的芦苇，漂载着深夜航行的小船，她们给了人们多少慰藉和恩情啊！看见她们，就看到你的美丽，也看到你的孕育的伟大和富庶了。

春儿经过号称金的束鹿和号称银的蠡县，这里丰产棉花；她到过叫作小苏州的胜芳，那里著名的是荷菱鱼稻。农民们用秋收的新粮，供给过往的部队。

行军当中，她可以听到各个地方的民间小曲。家乡啊！你的曲调是多么丰富，为什么一支横笛，竟能吹出这样繁复变化的心情？原来只是嫁娶时的喜歌和别离时的哀调，现在被保卫祖国的情感充实激发，都变得多么急促和高亢了啊！

黎明的时候，春儿远远望见过定县的古塔，正定的大佛，起伏在大水洼里的曲折的十二连桥。

她望见过大城市里的不安的灯火，听到过人民在那里受难的呻吟。

家乡啊！一支曾在几次反“围剿”战斗里立下威名，经过雪山草地上的千辛万苦的部队，正在你富饶的土地上，急急忙忙连续不断地行军。

深夜里，春儿看见过那骑在马上的将军。他们有时停在村庄的边缘，从马上跳下来，掩遮着一个微小的光亮，察看地图和指示向导。他们骑马走在队伍中间，春儿不知道在他们前边走着的有多少人，在他们后边走着的又有多少。有时他们闪在一旁，让队伍通过，轻声安慰和鼓励着每一个人。到了宿营地点，战士们都睡下的时候，他们又研究敌情，决定行程。

仍旧是长距离的方向不定的急行军。春儿跟着部队，每天夜里，就又要经过无数的村庄，听着一起一落的犬吠鸡鸣，听着妇女们在夜间操作，因为各地的出产不同，她们有的炮制皮革，有的编筐抱篓，有的织造铜丝罗。

各个村庄的民兵都在集合，深夜里，区村的干部们还在工作。所有根据地的人民，站在门口，兴奋地欢迎他们，把必胜的信念，寄托在自己的主力部队身上。

她听到铁锤叮当的声音。在一处僻静的街道里，她看见一座打铁炉燃烧着，火苗闪在油黑的大风箱上。在火光里，那系着破油布围裙的，来自冀南或是山东的铁匠们，正在给农民打制破路的铁铲小镐，给民兵们修制枪支地雷。就是在阴雨连绵的夜里，炉火也不会熄灭，铁锤的声音也不会停止。

家乡啊！你儿女众多，你贡献重大，你珍爱节操，你不容一丝一点侵辱，你正在愤怒！

一二〇师歼灭了敌人的主力，春儿接到通知，学院暂时结束，她要留在地方工作。她遇到了带队行军的芒种，未及多谈就分手了，芒种上了前线，春儿又回后方收公粮。春儿和老温的妻子思念着前线的亲人。

五月的瓜园，是将近成熟的，丰盛茂密的，虫鸣响遍的，路人垂涎的。甜瓜，最大的一代，皮肉开始松软了，香味在夜间冒得很浓。西瓜已经从叶蔓里露出那鼓鼓的、汪着露水的肚子，懒洋洋地躺在干松的畦背上。而它们那蔓子的尖端，还是高高昂起，开放着香的、充满水分的、挑战性质的花。它们那无忧无虑的、目空一切的、充满自觉的神态，不知道我们能不能拿在路上遇到的那些昂首走过的少女们来比喻。

今天晚上，坐在瓜园里窝棚上看瓜的是春儿。春儿从部队回来，担任了妇救会的小区委。因为工作的头绪纷杂，是很久没有这样安静地坐坐和想想了。今天，父亲有事，她答应替他到这里来。

可是，她刚刚爬到窝棚上，凉风刚刚把她身上的汗吹干，一个女人就到这里找她来了，那是老温的老婆。

“你的孩子哩？”春儿问她。

“在院里床上睡着了。”那媳妇说着也爬上窝棚来，坐在春儿的身边。不知道为什么她们的脸都望着西边，有一股红云，还在那边天际留恋着。

“你找我有事情吗，嫂子？”春儿问。

“没有事情。”媳妇说，“好几天了，我就想找你在一块儿这么坐一会儿，不是你没工夫，就是我没工夫。我们这样在一块儿坐坐多好啊，你就像我的亲妯娌一样。”

春儿拉过她的手来。

“我们就是姐妹。”那媳妇说，“芒种和老温在外边也就像是兄弟一样，不知道他们现在分开了没有，我就是不愿他们离开。”

“不会离开的。”春儿说。

媳妇说：“山里不知道离我们这里到底有多远，这样看着是多么近啊，云彩下边就是山，可走起来一定很远。人要是能像鸟儿一样多好啊。我们早该给他们写封信了。”

“我给你写一封。”春儿说。

“我们写在一块儿。”媳妇说，“话是一样的，末了落上我们两个的名儿就行了。”

然后她们就不说话了，望着西面。月亮在流散的乌云里，急急地穿行着。

媳妇始终很高兴，她觉得和这命运相关、情感接连的人在一块儿，是很幸福的，她的要求并不多。她对春儿说：“我近来很愿意学习，每天学几个字，你告诉我：保卫的这个卫字儿怎么讲？”

“保卫和保护差不多。”春儿说，“卫字更有力量。敌人侵略我们的祖国，为了保护它，我们要用一切办法一切力量打击敌人，向敌人进攻，这里面就有卫的意思了。”

“我明白了。”媳妇说，“芒种和老温是保卫祖国去了。打个比方，我们看着瓜园，也可以说是保卫吗？”

“当然也可以。”春儿说，“瓜园的敌人就是那些獾、猪、刺猬，我们就是向它们进攻的战士。”

媳妇说：“瓜园虽然小，也是你们一家人辛辛苦苦栽种来的，再说，坐在这园子里，心里是多么舒坦哪！我们不要说话了，就这样坐着吧。”

媳妇两手扳着腿，头望着天。月亮钻到一大块黑云彩里，一时露不出来了。

田大瞎子因为赖租，被区政府逮捕，又因罪恶累累，被从严法办。俗儿潜回家乡破坏防洪，被区政府处决了。冀中军民克服种种困难，按时交纳公粮。子午镇和五龙堂的运粮车队，在春儿和高四海的领导下，向着边区的大山里前进着，并将投入更艰巨的斗争。

有一天，变吉哥站在驻地最高的一个山头上，遥望平原，写下一首歌词：

我望着东方的烟霞，
我那远离的亲人的脸的颜色。
你是为敌人加给你的屈辱激怒？
还是被反抗的硝烟炮火所熏蒸？

烟尘飞起，
是敌人的马队在我的村边跑过？
我听到了孩子们的哭声。
我望见你从村庄里冲了出来，
用寨墙掩护，
向侵略者准确地射击。

太阳从你的怀抱里升起了，
它奔着我滚滚而来。
反抗日本帝国主义的斗争，
已经把平原和山地的人民联系成血肉一体。
我们的阵线像滹沱河的流水一样绵长，
也像它的流水那样冲击有力。

亲人啊，
你的影子昨夜来到我的梦中。
我珍重战斗的荣誉，
要像珍重我们十几年无间的爱情！

这是一首简单纯朴的歌词。但是，即使是这样拙笨的并没有多大才华的歌词，假使它能幸运地伴同那粗糙的纸张和油印的字迹，遗留下来，使曾经度过这段光荣岁月的人，在若干年以后，重读起来，也会感到特别地清新亲切，而不得不兴起再一次身临其境的感觉吧。它将在很多地方，超过那些单凭道听途说、臆想猜测而写成的什么巨大的著作！虽然它不一定会被后来的时隔数代的批评者所理解。

历史，究竟是凭借什么东西，才能真实地、完整地保留下来，而传之久远？在当时，我们是把很多诗文写在残毁的墙壁上，或是刻在路石悬崖上。经过多年风吹雨打，它们还存在吗？河水曾经伴奏我们的歌声，山谷曾经有歌声的回响。是的，河水和山谷是永远存在的。然而，河水也在流逝，山谷的面貌也在改变。歌声和回响，将随时代和人们心情的变化而改易。口头的传说，自然是可靠的碑碣，然而，时过境迁，添添去去，叫它完全保留当时当地和当事者的心情，也会有些困难吧？

这样，在当时当地写下的，真正记录了人的思想和情绪，意志和操守的篇章，虽然幼稚，也就是最可宝贵的了。

当然，你这其貌不扬的篇章，也希望在将来，能遇到那真正的大手笔，当他苦心孤诣地网罗旧闻的时候，你能够幸运地被投入他那智慧的锦囊，成为他那真正的足以流传不朽的巨著里的一砖一石。但是，你或者并不愿意被那些文学上的不称职的人包裹而去。这些人，他们并不想去辛勤地用斧子和凿子剥开石头，从而自己也创造一座雕像。他们惯于在别人雕成的本来朴质的石像上，进行不必要的打扮和堆砌，给它戴上大帽，穿上臃肿的衣服，登上高底靴子。使人们看来，再也不认识那座雕像了，这样，就可称为是他自己的“创作”。或者，客气一点说，是“改编”吧。

本来是一支小曲，从来就是用一支笛子吹奏的，经过他的改编，就必须动员整体的乐队，这确实是复杂化了，但是，声调完全不同了，听众只能无端地陷于嘈杂和热闹之中。

是的，你就带着本来的朴素的面貌存留下去吧！

当然，篇章的或是人的前途和命运，大体上是可以预见到的。时代分别划定了人们前进的路程。只要在康庄大路上行走，就可以每天遇到和你奔赴同一方向的旅客。

我们的整个故事，好像并没有结束。但故事里的人物，将时时出现在我们的眼前，走在我们的身边。你尽可以按照你自己的学识和见地、阅历和体会、心性和理想，去判断他们每个人在将来的遭遇和结果！

不过，有些关于李佩钟的事，我想在这里告诉读者一下。李佩钟，在我们的故事里，并不是头等重要的人物。但是，一篇故事的作者，对待他的人物，似乎不应该像旧社会戏班的班主对待他的演员，有什么重视和忽视的分别。有些细心的读者，除去关心芒种和春儿是否已经结婚，也许还关心着她的命运。李佩钟自从那年受伤之后，身体一直衰弱，同年冬季，敌人对冀中区的“扫荡”，非常残酷，一天夜里，地委机关人员被敌人冲散，李佩钟从此失踪，很长时间，杳无消息。后来就有些传言，说她被敌人俘至保定，后来又说她投降了敌人。第二年春天，铁路附近一个小村庄，在远离村庄的一眼土井里淘水的时候，打捞出一个女人的尸体。尸体已经模糊，但在水皮上面一尺多高的地方，有用手扒掘的一个小洞，小洞保存了一包文件。这是一包机密的文件，并从文件证实了死者是李佩钟。这样就可以正式判定：当她们那一队人，被敌人冲散以后，夜晚，李佩钟一个人徘徊在铁路旁边，想通过沟墙到山地里去。据同时失散的人回忆，那一夜狂风吼叫，飞沙走石，烽火遍地。李佩钟或是寻求隐蔽；或是被敌人追逐，不得已寻死；或是在荒野里奔走，失足落到这眼土井里。土井里水并不深，也许是她太疲乏了，太饥饿了，太寒冷了，她既不敢呼喊求救，也无力攀登出险，就冻死在水井里，她的生命，就这样结束了。但在死以前，她努力保存了这包文件。

作者在描述她的时候，不是用了很多讽刺的手法吗？但是，她那苗细的高高的身影，她那长长的白嫩的脸庞，她那一双真挚多情的眼睛，现在还在我脑子里流荡，愿她安息！

现在回想起来：在那样严重的年月里，残酷的环境里，不管她的性格带着多少缺点，内心里带着多少伤痛——别人不容易理解的伤痛，她究竟是决绝地从双重的封建家庭里走了出来，并在几次场合里，对她的公爹和亲生的父亲，进行了针锋相对的斗争。这也是一种难能可贵，我们不应该求全责备。她参加了神圣的抗日战争，并在战争中牺牲了她的生命。她究竟是属于中华民族优秀儿女的队伍，是抗日战争中千百万烈士中间的一个。

她的名字已经刻在她们县里的抗战烈士纪念碑上。

一至六十节写于一九五〇年七月至一九五二年七月

六十一至九十节写于一九五三年五月至一九五四年五月

一九六二年春编排章节并重写尾声

（《风云初记》，作家出版社1963年6月版）

【作品赏析】

《风云初记》是孙犁唯一的长篇小说，创作历经十余年。1950年7月到1952年7月，创作了一至六十节，1953年5月到1954年5月创作了六十一到九十节。1962年春天，病初愈，编排了章节并续写了尾声。小说叙述抗日战争风起云涌之际，中华儿女的群起抵抗以及他们个人的新生。《风云初记》的写作具有鲜明的时代色彩，又彰显着超越时代的生命光辉，生命关怀、阶级意识与性别观念构成了小说复杂的叙事意味。

抗战是孙犁内心深处的情结。中华人民共和国成立后，孙犁以别样的深情回忆抗战生活。人民的奋起与不屈不挠，人性的善与美仍然是他抗战小说的主要内涵。《风云初记》则得以在较长的篇幅中，记述了芒种、春儿历经了战争的洗礼蜕变成战士的过程。相较同时代的小说而言，个体生命的关怀是突显的。小说不仅仅叙述革命的意识在提升，还倾注更多的笔墨书写人的青春与生命的萌动。

劳作洋溢着生命的美，哪怕是在地主家。例如芒种和打杂的老温在柳树下面铡草，“切碎的草屑，从铡刀口飞起来，不久就落成大堆。一只毛腿老母鸡在草堆旁边找食，红着脸慌张地叫了几声，丢出一个热蛋，叫碎草掩埋了”。最平常不过的场景、甚至是带有“压迫性”的繁重的劳动却蕴蓄着生命的美与力量。这种美，这种力量来自对乡村生活的热爱。生命的叙事流动在工作、战争、人事纠纷中，将特殊时代的影像拉长，因而隽永。

乡村小伙儿的对空冥想也是美的，那是爱情的萌发，是生命的拔节。那露水、那庄稼、那碌碡、那健壮的小伙子是美的。这美与自然相关，又与人情相系。小伙子的爱情与梦想牢系于乡土——房屋、土地、娶亲，这是一个小长工扛起枪的主要的动力。因为和情感的萌动相关，因为和改变命运的努力相关，因而具备了打动人心灵的力量。在触及生命的深度与情感厚度上，孙犁的小说超越了同时代同题材的作品。

叙事也强调了阶级的基础：在劳动上结合、生活上关心，产生了爱情。但笔致又从此荡开，诗意地写到他们自然的吸引和身体的渴望。他们的爱如同野生植物一样有着蓬勃的生机、强韧的力量，生长在日常的动作与眼神中。例如春儿为芒种缝衣服的书写。甚至从礼俗的角度看来越轨的情爱书写也是美的，阶级作为最内里的“核”被层层包裹起来。柳子棵下的书写就是这样。在这样的叙事中，阶级固然存在，却几乎被儿女情爱所漫越。芒种与春儿的情爱并不合乎“礼”，却因合乎新时代的“法”而具有生命之美。

当另一种不合乎新时代之“法”的情爱出现的时候，春儿爱情的纯净和光辉更加鲜明。春儿在学习期间偶然撞见一对男女相会。他们在夜深人静的教室苟且，不但没有诗意的烘托，而且充满颓靡甚至恐怖的气氛。男子强调了阶级的基础，却又不简单因为同一阶级而惺惺相惜，而是贯彻着强的政治性。看似简单的男女相会剔除了“情”和“爱”，仅剩下身体的接触还则罢了，又是怎样变成一场政治阴谋的呢？那男性的教官对女学员身体的步步紧逼无异于政治上的生擒活捉，内在的原因就是“阶级本性”使然。

相形之下，春儿和芒种的情爱叙事何以纯洁，充满生命的光辉？阶级是重要的因素。即使情爱漫越了阶级，也仍然渗透了强烈的阶级观念。或者说，芒种和春儿的阶级是情爱叙事得以漫越的根本。

“十七年”小说中，阶级属性决定人生道路的现象居于主流，《风云初记》也不例外。小说深情地咏唱“家乡的土地”与“亲生的儿女”的血肉关联。“亲生的儿女”是谁？是春儿、芒种、高庆山、秋分为代表的贫苦农民。他们的阶级属性注定了他们是叙事的主角，并在叙事中成为革命的核心力量。共产党抗日的消息令他们本能地兴奋。芒种有着敏锐的阶级嗅觉，寄希望于“庆山哥回来”，才能“有出头之日”，才可能改变命运、获得爱情。因而，共产党一来，他迅即成为坚定的战士。

不独芒种，《风云初记》中的人物代表着社会各个阶级的身份。地主田大瞎子在村子里号称“大班”，掌握着财富与权力。如果说那大片的土地与高耸如同“恶山”的房产标注了他的阶级，那么阶级也决定了他与长工的剥削关系，注定了他鱼肉乡里的本质。当革命风潮席卷乡村的时候，他是反动势力，要与人民为敌的。“田大瞎子”的外号本身标记着他的属性，“那年暴动，他跟着县里的保卫团追剿农民，打伤了一只眼睛。”他的儿子田耀武——那地主阶级出身、上了洋学堂的人，自然要习练官场做派，奔走官场。田大瞎子也忙着为他铺平道路，给张荫梧写信，办酒席宴请全区的村长村副，请他们帮助投票选区长。田耀武终于加入“代表大地主、大资产阶级”的国民党阵营，这是顺理成章的事。

村东头的老蒋“从小游手好闲，专仗抱粗腿吃饭”，他是田大瞎子的走狗，一边讨食残羹冷炙，一边上蹿下跳助纣为虐。出身这样的家庭，俗儿比她的父亲更胜一筹。出卖身体，风流成性，虽然一度积极参与革命活动，但显然动机不纯，中途叛变。这一带有名的大贼高疤在阶级本性上与老蒋一家是相似的，他与俗儿的结合可谓“门当户对”，参加革命队伍之后又可耻叛变也与俗儿如出一辙。根本原因在于，阶级本性注定了他们的贪图享乐与虚荣。

李菊人是以城关绅商的身份出现的，他征引古事阻止拆城，实际上考虑的是商家店铺、房屋财产。而李佩钟作为他的女儿之所以叛逃出阶级的牢笼，一定程度上是因为她的母亲是戏子出身的偏房。尽管如此，李佩钟在家庭出身的负累之下，异常痛苦，步履维艰。当然这和她作为一个冲破两个旧家庭的知识女性的身份有关，情感上她不可能再归属于田耀武之流，又与高庆山隔着不可逾越的障碍。

同时，高翔、变吉、张教官构成的知识分子群体证明，李佩钟婚姻的痛苦仅仅是表象，更大程度上，知识分子本身才是矛盾的根源。知识分子身份决定他们不是革命的主力，敏感与多思使得他们不能获得芒种、春儿那样的明朗而单纯的快乐。即便是率先加入革命队伍的高翔，也是能讲话、有排场、重儿女情感的，相比高庆山的形象要模糊许多，文本中的叙事地位也弱得多。尽管在结尾部分，孙犁怀着知识分子的个人体验加重了相关叙事，文本整体上仍然呈现了这样的样貌。

《风云初记》一方面满怀热情书写一部分人投身社会革命，获得新生，另一方面，也观照到一部分默默无闻的人，在社会革命的风潮下被解放。特别是传统女性，依赖革命赋予的权利，获得了争取现代意义上的“人”的尊严的可能。

小说中有一个无名的女性，叙事称她为“寡妇”。穷苦的生活，严酷的礼俗，她一个人维持着艰难的生活。偶然的机会，和长工老温惺惺相惜，并有了一个孩子。恐惧之下，她把孩子交给了俗儿，初生的婴儿成了栽赃陷害的道具。在春儿的动员下，她讲出了真相，不但没有遭受想象中的灾难，而且得以与老温喜结连理。新政权的作用显而易见。仅就“寡妇”说服老温结婚而言，已然可见强大的权力支持。新政权赋予了妇女婚姻的自主权、财产的继承权，这是“寡妇”对抗旧势力、族权的有力武器。妇女对自身权力的认识显然要高于男性，因为她们有着更迫切的需求。老温则进一步想道：“我现在想的不是结婚，是怎么着辞了活去参加八路。”他的想法既是为了巩固婚姻，又从另一个侧面证明了婚姻的支持力量。这是合时代旋律的。儿女情中蕴含着宏大的叙事主题。

《风云初记》中还有一位大娘，是医生的岳母，丈夫下关东，独守空房多年。芒种受伤后，大娘与春儿共同照顾他。她做了一个梦，跟着芒种行军，找到了阔别的丈夫。大娘并不是小说的主要人物，但是作者仍然荡开一笔，写到她的生命体验。她并不怨责丈夫，也不慨叹命运，而是明确地认识到造成夫妻离散的原因，认识到要结束无望的等待，就得依靠共产党的领导。大娘已经牢牢地将革命与自我的解放联系起来。正如文本讲到的，“只有积极参加抗日的工作，参加村里的民主建设，参加劳动和生产，学习文化，求得知识，才是妇女们争取解放的道路。”春儿由此改变了自己的命运，大娘这样深陷于传统性别关系中的女性也寄希望于此，萌生向往。

革命也在彰显具有现代性的婚恋观念。变吉哥原本对妻子怀有歧见，认为“她知道的那一套，都是我们要改革的对象”。“女人”自己对于女性价值也并不认同，譬如生育，“这些肮事情，也能上画儿呀？”后来，变吉哥参加了革命，认识到了自己的价值。有趣的是，这时候，“他的女人笑着爬起来，站在他后面，看着他画，一直到夜深。”基本的性别关系并没有发生变化，那么，是什么促使妻子来到丈夫身后，观望他具有社会性的工作呢？是变吉哥作为一个人的价值实现唤醒、激励了妻子，也是妇女活动启发了妻子对公共事务的兴趣。

社会革命也打开了一个新的视界，启发现代性情爱观念的萌发。教官和妻子的到来令变吉的“女人”惊诧，两性关系竟然是可以有爱的。变吉哥也是这样。行军途中，他在反思，对妻子心生愧疚。那么，怎样实现这已然萌生的情爱？最终还要依靠翻天覆地的社会革命来达成个人生命中的现代情感与想象中的现代性的两性关系，“‘可不，’女人咂着嘴，‘我是送他去学习、去抗日。你们说的，只要打败日本，我们就能解放，就能改善生活，我没有别的指望，我就是指望那一天！’”这是叙事的终极指向。

相对于被解放的女性，以鲜明的个人意识投身社会革命的女性往往在解放与困境中面临悖论。这种悖论既缘于传统性别文化的悄然作用，又显现了个人意识与社会性、阶级性的冲撞。

春儿是热情而坚定的，她在获取枪支、判断革命的力量方面比芒种更有远见卓识。春儿的成长是迅速的，她参加妇救会，组织妇女自卫队，勇于借助政府的力量斗争田大瞎子，积极征集物资，带领妇女参加挖沟，为抗战做出自己的贡献。春儿还是不服输的，男子们挑战扔手榴弹，“春儿挺挺身子过去了”，“第三次，就超过了男子们的记录”。春儿突出的特点正在于“巾帼”对“须眉”的“不让”，而不是单纯的“服”与

"伏"，就此对标榜"无才"的"妇德"构成挑战。

悖论的是，芒种参军、入党、学习都先春儿一步，春儿最终只能望着他匆匆行军的背影，陷入无穷无尽的思念中。身份、气质完全不同的李佩钟也陷落在类似的困境中。李佩钟冲出包办婚姻的樊笼，成长为大公无私的革命者，但是她的丈夫田耀祖却是带有土豪劣绅血统的国民党军官。李佩钟非但没有说服田耀祖，反而差点牺牲在他的枪下。她的工作中又出现了一个高庆山，李佩钟并未因此走向"幸福的新生活"，而是陷入仰望中。革命女性在性别关系中落入传统文化的圈套，这是春儿和李佩钟共通的悖论。除此之外，李佩钟的困境显然更加复杂，恰似一个愈陷愈深、无法挣脱的泥淖。

李佩钟大学毕业，她的父亲是绅士李菊人，母亲唱戏出身，给李菊人做小。婆家五龙堂田家是地主。李佩钟在娘家看来是"嫁出的闺女泼出的水"，在婆家也谈不上爱情和权利。李佩钟投身革命，父亲说"她不是我的女儿，她是石头缝里爆出来的"，婆婆说"把我们田家几辈子的人都丢尽了"。她当上了抗日民主政权的县长，在领导群众中找到了人生价值，在斗争生活中找到了快乐。李佩钟带有浪漫化的理想主义色彩，并不像春儿那样单纯。她又是苍白而柔弱的，往往在繁重的工作、劳动中力不从心。"李佩钟的头发乱了，嘴唇有点儿发白，头重眼黑，脊梁上的汗珠儿发凉。两条腿不听使唤，摇摆得像拌豆腐的筷子"，类似的描写出现过数次。

文本中，李佩钟也不能获得爱情。多位论者从爱情的角度讨论李佩钟与高庆山的关系，不无道理。尽管没有直接的爱情表白，但是叙事多次讲到她与高庆山的工作交往、秋分的猜测、公公田大瞎子听到的闲言碎语，甚至母亲直截了当地质疑"听人说，你和那个姓高的支队长很要好，是吗"……而作为一个参照，尽管李佩钟几次提到高翔，但是却没有任何涉及男女关系的书写。这样，可以暂且假定李佩钟和高庆山之间存在爱情的可能性。至于她的"请客"显然"霸道"而别有用心，可以作为进一步的确证。结合李佩钟吃饭间隙对小米干饭、捞菜像捞鱼的伙食的抱怨以及"拨拨拣拣，推推让让，叫高庆山吃饱"的书写，可以将这次吃饭看作深情的体贴。而吃饭的场面，"她自己吃得很慢很少，那样小的饺子，要咬好几口，嘴张得比饺子尖儿还小一些。高庆山是一口一个，顿时吃了一头大汗”。进一步呈现了一副极不对等的性别图景。隔着久远的时空，女性甘于奉献，爱而忘我的传统意味隐隐浮出。

现代女性的群体自觉也纠结其中。李佩钟和高庆山的谈话明显带有欲望的意味。饭后是一个又一个问题的追问。李佩钟的心事是明了的，高庆山“吸了一口冷气，整了整军装”的动作则暴露了内心的难以平静。紧接着，小说就写到李佩钟对爱情的渴望。“眼望着蜡烛的火苗，女人的青春的一种苦恼，时时刻刻在心里腾起，她努力把它克服，像春雨打掉浮在天空的尘埃。”然而，李佩钟并没有进一步争取爱情，而是在组织劳动的间隙安排了高庆山与秋分的相聚。安顿好夫妻二人之后，她回家见到了母亲。母女间的对话寥寥片语，却呈现了李佩钟内心深处的秘密。母亲对女儿归宿的追问是急切的，而她坚决地表示不再去田家。当母亲问到高庆山，她沉静地说：“我自己已经饱尝婚姻问题的痛苦了，我不愿意再把这痛苦加给别人。我和他只是同志的关系。他家里有女人，很好。”她的理由是“她家里有女人”，不是不爱，也不是高庆山不接受，而且“不愿意再把痛苦加给别人”似乎恰恰证明了两个人感情的存在。就这样，因为“自己已经饱尝婚姻问题的痛苦”而不将痛苦加给别人，千方百计去成全一个农村妇女的家庭，李佩钟终于无缘于“幸福的新生活”。或许，这可以看作一种现代女性精神的体现。

最不堪追问的是：在传统的奉献与现代的牺牲之间，李佩钟的自我何在？答案只能指向结局。小说的最后一章一定程度上有后记的性质，写到李佩钟的结局，她冻死在一口井中，却保存了机密文件。那短暂的、仰视的爱情犹如“她闭着眼睛休息了一下，身上感到一种像叫亲人抚摸的轻轻的舒快”，而她真实的命运则是“睁开眼睛，从窗纸的小破口，她看见有一个很大的流星斜过天空坠落了，像泻下了一摊水银，照得全院明亮”。这样看来，奉献、牺牲的李佩钟理应是高尚、圣洁的。然而，叙事中的她却是一个错位的存在。

李佩钟身上凝聚的是隐含作者对知识分子的矛盾心理。对比分析作品的前后部分和最后一节，可以得到更明晰的认识。如果说前半部分关于李佩钟的书写体现出一个知识分子的矛盾心态，那么，后半部分索性以一位更接近作者本人的男性——变吉哥来表达知识分子的体验与诉求——当然也是矛盾的。直到1962年，孙犁大病初愈，艰难地经历了知识分子的心路历程的时候，编排章节并写作最后一节，才将变吉哥的诗、李佩钟的结局作为主要的内容来交代。“她的名字已经刻在县里的抗战烈士纪念碑上”，这是小说最后一句话，也是文学想象能给予李佩钟的全部光荣。

《风云初记》卷帙浩繁，思想的容量、文化的内涵要远远大于孙犁其他的篇章。时代性的因素起到主导性作用，超越性的关怀，对历史深情的叩问又赋予了小说更加丰富的内涵。特别是孙犁作为一个知识分子，在十余年间的不断体验、反思的心路历程是可贵的。这样一个角度对社会、历史和人的观照是真诚的，而清新、隽永的笔致已然炉火纯青。从丰富性的角度来讲，又对“荷花淀派”的风格有着提升意义。《风云初记》因而是里程碑式的作品。

荷花淀派

名家名作精读 下册

苗雨时　许振东◎主编　　贺　莹◎编著

花山文艺出版社
河北·石家庄

图书在版编目（CIP）数据

荷花淀派名家名作精读：全2册 / 苗雨时，许振东主编. —石家庄：花山文艺出版社，2017.8（2023.8 重印）
ISBN 978-7-5511-3612-9
Ⅰ.①荷… Ⅱ.①苗… ②许… Ⅲ.①中国文学—当代文学—作品综合集 Ⅳ.①I217.1
中国版本图书馆CIP数据核字(2017)第194987号

书　　名：荷花淀派名家名作精读（上下）
主　　编：苗雨时　许振东
编　　著：王　宁　贺　莹

策　　划：张采鑫
责任编辑：李　爽　梁　瑛　刘燕军
责任校对：李　鸥
封面设计：景　轩
美术编辑：胡彤亮
出版发行：花山文艺出版社（邮政编码：050061）
（河北省石家庄市友谊北大街330号）
销售热线：0311-88643299/96/17
印　　刷：北京一鑫印务有限责任公司
经　　销：新华书店
开　　本：710毫米×1020毫米　1/16
印　　张：50
字　　数：720千字
版　　次：2018年8月第1版
2023年8月第2次印刷
书　　号：ISBN 978-7-5511-3612-9
定　　价：168.00元（上下）

Contents | 目　录

目　录 Contents

Contents | 目　录

刘绍棠/作品精读

刘绍棠（1936～1997），河北通县（今北京通州区）人。“荷花淀派”的代表作家之一，“大运河乡土文学体系”创立者。1949年13岁读中学时开始发表短篇小说。1952年发表成名作、短篇小说《青枝绿叶》，被叶圣陶选入高中语文课本。1957年发表小说《田野落霞》《西苑草》及一些论文，被错划为“右派”，中断写作22年。1979年平反后发表大量作品。曾任中国作家协会副主席、中国文联委员、国际笔会中国中心会员、《中国乡土小说》丛刊主编等职。著有短篇小说集《青枝绿叶》《山楂村的歌声》《中秋节》《蛾眉》等，中篇小说《运河的桨声》《蒲柳人家》《瓜棚柳巷》《荇水荷风》《小荷才露尖尖角》等，长篇小说《春草》《地火》《狼烟》《京门脸子》《豆棚瓜架雨如丝》等，散文短论集《我与乡土文学》《我的创作生涯》等，以及《刘绍棠文集——大运河乡土文学体系》十二卷。作品题材多以京东运河（北运河）一带农村生活为题材，格调清新淳朴，乡土色彩浓郁。

青枝绿叶

一

一九五一年阴历六月，是毒热毒热的天气。

从地里收工回来，互助组①组长春果的浅花褂子，被溻得裹在身上，一双黝黑的小辫子，也热得盘在脑后。副组长宝贵跟在她身旁，嘴里含着一片谷叶子，慢慢地往回走，说："你回去劝劝永春嫂，别让她再下地，五个月的重身子，提防累出好歹来，这是你们妇女的福利问题。"春果点着头："是咧。"又回头嘱咐宝贵，"你多跟永春讨论讨论，今晚那技术学习充充实实的；紧跟着就开展比武夺魁，省着再费一道手续——又开个动员会。"宝贵说："好吧！我到河边玩一会儿就麻利回来。"说完，就学着布谷叫："赶快布谷！"奔河边去了。

李满囤老婆挺着大肚子，靠着篱笆泡烟水，满脑袋汗珠子，雨点似的落在桶里，"叮叮当当"地直响。她看清春果，笑着说："宝贵喊你哩！"春果回头看看，宝贵早不见了，只是接连着学布谷叫，满囤嫂哈哈笑起来："你听！宝贵一劲朝你喊：'光棍好苦！光棍好苦！'"春果也笑了，指着她脸说："你这贫嘴老婆！"

宝贵跟春果都刚十九岁，一根蔓上两个瓜，他俩真是脸对脸长大的。

---

① 互助组：20世纪50年代初，我国农民在个体经济的基础上自愿组成的农业生产组织，在劳动力、农具、牲畜等方面互助合作。

前年春天，一块儿入了团；起初联络几家帮工搭套，辗转组织起互助组。今年三月间，春果头个成了候补党员，宝贵也填写了申请表。春果到专署参加过互助组长座谈会，宝贵在农场学习了四十天；从那时起，组里政治技术学习才有个制度。

下晚，大月亮下，村西头河高崖上 互助组技术学习完了，比武夺魁挑战正欢热。永春嫂一旁咬着薄嘴片，眨着眼睛不言语。等大家静下来，她说："你们是家雀抬杠乱嚷嚷，春果！咱俩劈合同。"

听她这一挑战，宝贵直皱眉头，他看着春果，春果脸上一点不挂急；心里上下翻滚的，却是永春。老婆怀着五个月的孩子，还一股劲地争强，他想提出来，碍着自己是技术员，在组里大小算个头目，不好张嘴。又怕老婆顶撞他，老婆那两片薄嘴，他是服在口上，怕在心里。

永春正在为难，春果说了话："永春嫂，前晌不是跟你说啦，不许你再下地，留在家里干些零星活，你怎么不听话？"

永春嫂那薄片嘴抢过来："哟！我又不是千金之体，怎那么娇嫩！人家满囤嫂快生养啦，不是照旧下地治蚜虫！"

"你是明白人说糊涂话。"春果说，"满囤嫂从地里回来，哪回不是龇牙咧嘴！只是家里没人手，不硬强下地，地里就得乱营。单干户跟互助组，这点就瞧出不一样。"

宝贵说："就是呗！咱组眼下正耪四遍。大家稍微加点油，就能把你替换下来，你就该安生生地留在家里。身子骨儿是本钱，这工夫你跟它过不去，早晚它也跟你过不去。"

春果跟宝贵这一番话，说得永春嫂闭口无言，她暗里却用手拧永春。永春装出没关系的样子，说："她自己愿意，就依她吧！"

一个俏皮小伙子嚷起来："永春嫂！你白机灵，我瞧得清清楚楚，永春大腿快让你拧肿啦！永春，亏你五尺男子汉，也真受得下去。"说得他们夫妻俩脸涨得像红布似的。

大多数组员都说："留在家里吧！""人家春果跟宝贵那话正确。"永春嫂还想争辩，春果笑着拦她："没有你发言权啦！这是大家的决议。"宝贵说："咱组该立下这个章程。"他瞧了一下那些不发言的年轻媳妇，“省着日后再费口舌。”

夜深人静，大家回家去了。

宝贵夜晚睡在河崖上，仰着脸，瞧着天空，拉长调子，学着布谷叫：“赶快布谷！”春果刚要睡着，听见一声接连一声的“光棍好苦！光棍好苦！”在静静的夜里，声音非常清响。她爬起炕，到河边找着宝贵：“睡吧！别叫啦。”宝贵说：“叫几声怕什么！多好听。”春果一双水汪汪的眼睛盯着问他：“你心里想什么？”宝贵背过脸去，说：“想咱组哩！一个个心气这么旺盛，秋收一定超过爱国丰产计划。”春果说：“咱俩更要加油，按照区委的指示，往合作社的路上引。”宝贵抢过说：“不止哩！还要朝集体农庄引；到那时节，屋里有电灯，黑夜能演电影，耕种收割有拖拉机；闲着时，坐上农庄的汽车，到北京参观参观。”春果一串铃似的笑个不住声，她推推宝贵：“你想得真是一步登天，这得慢慢来，互助组这个地基砸结实，才能盖上高楼大厦呀！”宝贵笑着说：“有毛主席指引，有苏联的榜样，还不快当。”春果说：“互助组搞得满堂红，往上升到合作社，再到集体农庄；咱们离北京这么近便，毛主席也许抽空来看看，我想那时咱俩也不过三十上下。”宝贵说：“再过十年，你早嫁出去咧！还能老留在家里做闺女。”

春果脸红红，不言语，一个蝈蝈在邻近叫起来。

宝贵回过头说：“不早啦！你回去吧。”春果站起来说：“你也睡吧！别再‘光棍好苦！光棍好苦！’地叫，叫得人心里不踏实；不到二十岁，就担心起这些没影的事来，谁还会眼瞧着你打光棍。”说着，就顺着小道跑走了。

过了半天，宝贵想起春果那话，故意长长地叫了一声：“光棍好苦！”可是春果早睡着了。

二

花开两朵，各折一枝。

永春夫妻散会回家，永春嫂奔村南小道走，永春说：“糊涂啦！这条道绕远。”

“你明白！啰唆什么，走吧！”

永春听出老婆正在生气，便不再搭腔，低头跟在后面。夜晚，这条道最清静，只有他俩脚步“嚓嚓”的声音。永春嫂瞧着四下没人，于是雹子雨似的数落永春：“你是座泥胎？在一旁就不帮我说话。”永春笑嘻嘻地说：“你呀！三十岁的人啦，还是小孩性情，就不知道心疼点自己。”永春嫂气哼哼地一摔袖子：“甭跟我嬉皮笑脸的！”就撇开永春，自己走了。永春在后面笑着说：“嘿！好一个三十岁的娃娃！”

永春躺在炕上，心里暗暗想道：“春果跟宝贵他俩，照顾得真周到呀！咱平日干活没拿出十分劲，总觉自己是技术员，多干不上算，真是自私脑袋！都像我这种脑袋，这辈子也走不到社会主义。”他推推永春嫂，永春嫂已经睡着。他说：“喂！你说状元红旗谁头个抢上？”永春嫂迷迷糊糊地回答：“不是宝贵就是春果。”永春说：“好！你等着瞧。”

第二天清早，永春修理一下锄杠，听宝贵哨子一响，就集合下地了。这块地坐落在运河旁边，四十亩满种棒子，眼下已是暑伏时节，花红线一缕缕地绣出来，黑绿黑绿的豆秧里，开着绛紫色的小扁花；地里冒出闷闷的热气。地头，立着一个高大的木牌，牌上写着黑真真的字，那是这块地的爱国丰产计划。

春果一声令下，一群燕似的，大家扑向地里，起始就像一字长蛇阵，并排着向前；后来，宝贵领在头里，春果赶紧追上，永春透过叶子一看，照着手心唾口唾沫，握紧锄杠，跟了上去。

歇息时，宝贵跟永春平，宝贵让了，状元红旗插在永春地头。在遍地碧绿上面，一片艳红轻轻飘浮。

傍晌收工，永春回到家，坐在葫芦架下吃瓜，永春嫂一边放桌子，一边问：“状元红旗谁拿上啦？”永春装得提不起劲，说：“你猜呢？”永春嫂说：“跑不出宝贵。”永春说：“他抢着一回。”

“那两回呢？”

“那两回呀！嘿嘿！”永春绷不住脸，拍着胸脯，“咱的。”

“你？说瞎话。”永春嫂不相信。

永春急啦：“你这个人，我什么年月骗过你！”

永春嫂知是真的，也按不住高兴："你这可是太阳从西出来，别乐得驾起云，认不清东南西北，有本事天天保住！"

今天永春嫂特别喜欢，格外给永春炒了五个鸡蛋。

三

天麻麻亮，睡在房檐下的李满囤，早就醒过来。他伸起胳膊，敲着窗棂，吆喝他老婆："起！"满囤嫂披上褂子，揉着眼睛，嘟念着："谁像咱家，脸不洗饭不吃，披星戴月就下地，人家春果他们……"满囤说："你就会说泄气话，这时劳累劳累，看秋天咱那庄稼！春果他们眼下是挺欢热，鸡多不下蛋，不定搞出什么名堂！"满囤嫂还想说两句，满囤说，"走吧！亲娘总是疼亲儿，自己耕种顶牢靠。"说着，就直奔河边那五亩棉花地。

水灵灵的棉花，自从上了蚜虫，就像秋霜打过；枝上叶上，一层层的爬满蚜虫。满囤一看，登时青筋暴起，眼睛瞪得滴溜圆，提起一桶烟梗水，生牛似的奔向一垄。满囤嫂累得站在地头，扶着扁担，大口喘气。

太阳露头，地里冒白气，春果互助组也下地来了。宝贵喊叫着："满囤哥！你们两口子真卖命啊！挑灯夜战！"满囤抬起头，笑笑没言语。春果说："大嫂快坐月子啦！应该多歇歇。"满囤嫂用袄袖擦把汗，刚要说："从鸡叫……"满囤瞪她一眼，就憋了回去。

互助组歇头歇，满囤地里还不声不响治蚜虫。春果对宝贵说："满囤嫂实在够累啦！叫她过来歇歇吧！"宝贵说："满囤哥怕不高兴。"春果说："咱俩去。"

他俩刚直起腰，那边突然吵得像热窑似的。满囤蹦跳着，骂他老婆："懒骨头，我说瞧不见你，原来坐在垄里偷懒！"

满囤嫂坐在地上，嚷叫着："谁偷懒呀！打鸡叫干到现在，歇会儿都不让，你是存心想把我折磨死。"

满囤还是直劲吆喝："起来！"满囤嫂说："我就不起！"满囤说："不起也得起！"说着动手就扯，满囤嫂也打起千斤坠。

春果跟宝贵赶来了，宝贵把满囤推推搡搡拦在一边。春果说："满囤哥！你就是老煤油桶——点火就着的脾气。累得慌就歇歇，两口子还能动不动就粗脖子红脸！"

满囤说："春果大妹子，你看：棉花让蚜虫缠得打蔫，不紧着治就要完蛋；她一死要歇着，歇！秋后你拿筷子支起上膛，坐在房脊上喝西北风！"

春果说："蛤蟆跳三跳，还要歇一歇。大嫂没几天就要坐月子，真累出好歹，你的急处更大。"

满囤嫂鼻头一酸，眼圈儿一红，朝着春果诉起苦情："春果大妹子！人家永春媳妇多福气，刚五个月就不下地，我好苦呀！"眼泪"啪嗒啪嗒"落在衣襟上。

满囤蹲在一边，闷着头，一锅一锅地吸起旱烟。在浸过烟水的棉杈上，蚜虫又露出来了……

吃晌饭时，满囤嫂端上香喷喷的素汤、黄灿灿的饼子，摆在满囤面前；满囤叼着烟袋："吧嗒！吧嗒！"其实烟叶儿已经烧成灰末末了。满囤嫂说："吃饭吧！"满囤说："你说，咱的棉花怎办呀？"满囤嫂说："大热天，别急出毛病来。过晌我还跟你下地。"满囤摇摇头："甭啦！你也该歇几天了。我想跟王富家借把喷壶，使唤这个物件，快当得多。"满囤嫂说："那个小气鬼，你还去找他！春果他们有三把呢！不是张手就借来。"满囤说："王富小气也要分跟谁，跟咱不会。"吃过饭，他便去借，半晌光景，空手回来了。

满囤嫂说："我说他不借，你还偏去碰钉子。"满囤说："这家伙日子越过越旺，却变得不懂情面，咱家的东西，永远不许借他！"

晚上，满囤翻过来转过去睡不着。棉花上的蚜虫，像是钻进他的心窝里。坐起来，想去找宝贵，几次三番又躺下："春天劝咱参加互助组，咱一死不肯，说是单挑鞭满顶；人家表面不露，心里可记下哩，眼下出了难题，再去找人家帮忙，咱脸往哪搁呀！"

蚜虫在他心口窝爬呀爬，躺不是，坐不是。屋里满囤嫂说："把被子盖严实，留心房檐风。"满囤说："你怎么也没睡呀？"满囤嫂笑着说：

“我都睡醒一觉哩！”满囤抬头一看，启明星已经有些偏西，村里叫驴“吼吼”地叫，已经是半夜了。

满囤硬着头皮，来到河崖，宝贵睡得正香甜。满囤把他叫醒，宝贵说：“你还没睡！”满囤叹口气说：“火烧眉毛尖，还能安心睡觉！棉花眼看要完蛋啦！你给想个法子。”宝贵说：“俺家存着鱼藤粉，你再找点煤油，咱俩起个五更，赶紧配药。”满囤笑咧开嘴：“好咧！你安心睡，傍亮时分我来喊你。”宝贵说：“你要忙碌不过来，俺组给你拨两工。”满囤笑着说：“你真把我看扁啦！五亩棉花再整治不了，那真对不起每天三顿饱啦。兄弟！不是大哥吹牛皮，论力气你还得赶个三年五载的。”满囤那股愁闷，好像雨过天晴，他乐颠颠地回到房檐下，脊梁骨贴墙，不大一会儿就睡着了。

四

六月六，看谷秀。

满囤家河边的棉花，好像一丛丛树棵子，四外伸满枝丫，一朵朵淡粉色的花，夜里开得遍地全是。

满囤坐在地边，眼睛眯成一条线，烟袋不离嘴，眼睛不离棉花。赶着胶皮轱辘车的宝贵，路过这里，在半空打了个响鞭，满囤“机灵”清醒过来。宝贵说：“我看你都着迷啦！棉花长得不错，大嫂瓜熟落地，真是人财两旺。”满囤从嘴里拔出烟袋，笑着说：“棉花是比往年强些，心里多少凉快点。你配的药真灵验，立秋那天请你吃饺子。”宝贵说：“等大嫂养个胖娃娃，满月喝喜酒吧！”满囤说：“好咧！你套车上哪？”宝贵抓紧缰绳，把牲口拦住：“眼下挂锄啦，河西修工厂，拌三合土用白沙，我这是出车拉沙子。”满囤咂着嘴：“出一个月车，干落也是笔大钱。那些人呢？”宝贵说：“盖场房哪！秋后组里家具多啦，又摊些公份，得有个妥帖地间存放；再说三九天，组里开个会，学习政治、技术，都要占屋子。三五天就上梁，过后到工厂包上半月临时工。”

傍晌，漫天黑云下来了，小风清凉清凉地吹着，庄稼什子唰啦唰啦地响，满囤赶忙往回走，嘴里打着口哨。村里，小孩们蹦跳着，唱："大下小下，下到今儿个明儿个，淅沥沥，哗啦啦，扁豆角，架黄瓜……"满囤说："下吧！六月连阴吃饱饭，一滴雨点一粒粮食。"

大雨瓢泼似的，从傍晌到天黑，还是不止。满囤嫂躺在炕上，肚子疼得她哼哼着，对坐在旁边的满囤说："快啦！请收生员去吧！"满囤推开门，大雨就像开了锅，震耳响，道上伸手不见掌；他往前跑着，差点跟前边的人撞个满怀，一个女人"呀"了一声，满囤被人揪住。

"谁？"是个女人的声音。

"我是满囤。你是春果吧？"

春果松了手，忙问："大嫂要生养吧？我们跑来帮帮忙。"满囤说："正躺炕上哼哼哩！"刚才"呀"了一声的女人，"咯咯"笑起来，满囤听出是永春嫂的声音，心里热辣辣的："弟妹！黑更半夜大雨天，辛苦你啦！"说着，把身上的麻袋披在她俩身上，自己却顶着大雨，去请收生员。

好半天，春果跟永春嫂在外间屋，听见屋里孩子"哇哇"哭出声来。永春嫂笑着说："满囤哥！恭喜恭喜。"满囤笑了，大嘴咧得瓢似的，连说："大家同喜……"

这时雨住了，满天星斗，月亮像盏灯，照亮了院子。满囤推门一看，登时眉头皱起来，刚才那张笑脸，抹上一层青灰。春果说："雨一住，腰花存水，清早太阳一晒，就得烂掉啦。"满囤说："就是呗！种棉花顶怕夜雨脱桃。那七亩高粱站在迎风口，准吹得东倒西歪，地带又洼，垄里雨水没脚腕；又要赶紧地排水，又要忙着收拾，唉……"两手捧着脑袋，坐在锅台上叹气。

满囤嫂在屋里清醒着，有气没力地说："趁着月亮天，还不麻利下地！唉！都怨你……眼瞧着庄稼受害救不了……"

满囤从屋角拿起铁锨要走，春果拦住说："你伺候大嫂吧！"满囤站住脚，扶着铁锨，说："那地里呢……"春果说："甭愁。明天让宝贵他们去拾掇棉花，他有办法。高粱地也帮你收拾。"满囤一听，眉眼舒展开了，可是又一想，满腔高兴憋回去："春果，你知道我日子不富裕，这些人的工钱真掏不起，青黄不接，管饭都犯难……”

“不用！”春果摆着手，“写在借工账上，眼下欠工，秋收时还工。”

“好咧！”满囤笑了。

“还是互助组好哟！”屋里满囤嫂眼睛漂着泪花……

五

清早，李满囤睁开眼，从棉花地的窝棚里走出来，到河旁洗洗脸，就回家去做饭。迎面，宝贵赶着大车，小伙子们坐得满满当当：“干吗去呀？”满囤问。宝贵说：“到河西做工去，你的棉花怎样啦？”满囤说：“亏得你跟他们几个帮忙拾掇，棉桃结得压颤枝。”宝贵说：“棉花是宗细水长流的活，够你们两口子忙碌的。”满囤笑着说：“只要丰收，日子好过，累点都不怕。”宝贵一摇红缨鞭，大车过桥到河西了。

满囤家的烟囱刚冒烟，春果带着妇女们已经下地了。

半月过去，小雨淅沥淅沥下个不住。好容易盼个晴天，永春套上车，进城到医院给老婆检查胎位。春果去找宝贵：“趁着好天，咱俩也进趟城吧！”于是他俩追在车后，坐在车厢上一同去了。

满囤嫂苍白着脸，给满囤送饭，看见永春嫂坐在车上，头上打着旱伞；喊道：“他永春婶！出门上哪呀？”永春嫂笑着回答：“到医院检查去。”满囤嫂说：“你真福气哟！”永春嫂说：“都是春果摆弄我，说实在的我真害怕。”满囤嫂又问春果跟宝贵：“人家两口子检查去，你俩凑什么热闹？”宝贵眨着眼，说：“嘿！两个警卫员陪着，走起来多威势！”春果说：“听他胡扯！眼看就要秋收，进城买些家什。”满囤嫂说：“你们河边那四十亩棒子，秧子小树似的，镰刀不锋利，非得崩刃。”又低声对满囤说：“人家那棒子，一棵秧三两个歪歪着，真是聚宝盆。”

傍晚，大车回来了，车上装着笆筐席篓，还有杈把镰刀；永春嫂挤到车头，春果跟永春坐在两边车辕，宝贵好神气，骑着一头大青骡子，跟在后头。满囤嫂老远就喊：“嘿！买来这些东西。”满囤眼尖，早瞧见那头大青骡子，连跑带颠地跑过来；拉住笼头，掰开嘴岔：“嘿！六口正当年。”宝贵说：“一百六十万，贵不贵？”满囤说：“便宜。这骡子身挺四胯都好，你俩眼力不差。”满囤嫂看见骡子，叫嚷起来：“哎哟！瞧这大青骡子，真是龙种；秋上一点急甭着。”满囤问：“每家摊几石粮食？”春果说：“半点没掏，用的是那半月工钱。”

车走远了，满囤望着那头膘肥腿壮的大青骡子，露出话口：“还是人家呀……”

六

满囤整天长在地里，一点捞不着闲空；晌午回到家，从满囤嫂怀里接过肉头肉脑的胖儿子——儿子名叫双旺，取的是人财两旺的吉利——亲亲胖脸蛋，抽袋黄烟，自自在在地坐在桌旁喝起汤来。

吃到半中腰，宝贵来了，满囤赶忙让座：“尝尝！煎饼卷大葱，吃个新鲜。”宝贵说：“麻利吃吧！回头咱俩看看你那高粱去。”满囤瞪眼问：“高粱怎啦？”宝贵说：“你这家伙真偏心眼，一心扑在棉花上，就不去照看照看高粱。我打地头路过，一大群鸡正吃豆角，再往里一看，青草夺垄，野猫乱窜；你是顾脸不顾屁股。”满囤已经吃不安心，把碗一推，筷子一撂：“不吃啦！赶紧瞧瞧去。”说着，也不穿褂子，光着脊梁奔高粱地去了。

回来时，满囤眉毛锁个蛋，瓮声瓮气地对满囤嫂说：“过晌你也下地去吧！”满囤嫂说：“孩子呢？”满囤说：“搁家。”满囤嫂说：“他是五岁六岁，放他满处跑，刚刚出满月，撂在家里不是找吓着。”满囤拧着脖子喊：“你是想躲懒，拿孩子当倚仗。”满囤嫂“啪”地把筷子摔在桌上，吵起来：“胡说！老街旧坊谁不知道我勤俭，炕上地下哪样干得比你少！不是我，你能挑起这份家当！”这一叫喊，一个多月的双旺，两手一抓，咧嘴哭起来。

春果听见声音跑过来，把满囤嫂劝到她家。春果抱起孩子，对满囤说：“刚出月的娃娃，你就想摔打他，还早哩！”满囤赶忙解释：“孩子是眼珠，咱会不疼？！可也不能光顾人旺，财不旺呀！真要是那七亩高粱收不下粮食，日子还是过得紧。”春果说：“这就是自家人手少的难处，我给想想法子看吧！”满囤追着送出门，连说：“那真谢谢你哩！”

过了一顿饭的工夫，满囤嫂抱孩子回来了，脸上绷不住欢喜。满囤忙问：“春果给想了什么办法？”满囤嫂说：“把孩子搁家。”满囤说：“那不像话。”满囤嫂“扑哧”乐啦：“那真不像句人话。春果说，把孩子交给他们托儿所，秋后给老太太缝缝连连，换工互助。”满囤喜得点头：“互助组真搭帮咱家，这才是两全其美。”满囤嫂说：“参加互助组更美。”满囤说：“再瞧瞧，秋忙帮工倒合算。”满囤嫂撇撇嘴：“你又瞧上那头大青骡子跟那辆汽胶车了；人家宝贵跟春果是机灵里挑出的，撅屁股就知道你拉什么屎，能白白叫你占便宜？”满囤说：“碰碰试试，碰上是运气，碰不上拉倒。”满囤嫂说：“没脸没皮，没羞没臊。”

晚上，民兵下地护青，宝贵背枪往河边去。满囤早在路旁等候，一把拉住他：“跟你提件事。眼看收秋了，我想跟你们组帮工，你掂量掂量……”宝贵想了想，说：“行啊！只是骡马车辆都要合工，实在麻烦。”满囤说：“我也有头小驴，都甭算工。”宝贵说：“那不行，大家不能吃亏呀！”

宝贵刚走，春果背着枪又来了，满囤又跟她念叨一遍，春果说：“让大家吃亏，这话说不出口；你不用三心两意，爽快加入互助组吧！”满囤不言声，蹲在道边发愣。

二更天，春果在地当间碰见宝贵：“坐下，咱俩商量商量满囤的事。”宝贵靠她旁边，坐在豆丛下，说：“满囤真不嫌寒蠢，像这找便宜的话，也说得出口。”春果说：“满囤肚子里的小算盘，正紧着算账！话里话外，透着对互助组眼热，咱们该找他谈谈。”宝贵说：“谁去？”春果说：“咱俩呗！”

第二天下晚，春果跟宝贵去找满囤，坐在他窝棚外边，说到小半夜，宝贵困得直打哈欠。春果问满囤：“想得怎样啦？”满囤脸上挺为难，嘴张得老大，只是一个劲说：“这这……”他百年不遇有点结巴，这工夫，却当作台阶装起来。

宝贵跟春果往回走，宝贵说：“满囤这家伙心眼太杂。”春果说：

“他肚里算盘还拨着，容他算完账，自会找上门来。”

七

七月末尾。

宝贵被批准为候补共产党员，还有几个姑娘、小伙子，被吸收为青年团员。永春提议：“这是咱组一件大喜事，一定要热闹热闹。”永春嫂拖着快到月的重身子，提着柳条篮，找来香瓜和早熟的葡萄，地点在场房前头。

宝贵跟那几个新团员，穿着年节的新衣裳。春果也穿上新缝的碎花褂子，辫子插着两枝浓香的桂花，黑红的脸上挂着喜气，今天她是主席。

永春把香瓜、葡萄摆在当间，说：“吃吧！大喜兴的日子，欢喜欢喜。”春果说：“大家吃着，也甭拘束。今天给宝贵他们提提优缺点，日后他们好改正。”宝贵说：“咱是党员哩！就得严格着点。平日里的错误，瞒不过大家的眼睛，提吧！越多咱越高兴。”

春果掌握着，一直到月亮西斜才散会。春果说：“咱组今天迎来个大喜，明天动手收秋，再来个出门见喜。”

永春两口子回到家，永春说：“本想吃吃喝喝，不料想开个批评会，党员就是跟咱不同。”永春嫂瞪他一眼，说：“平时你是瞎子，咱组不是春果跟宝贵两个党员领导，会有这大成绩？”永春拍着凉洼洼的心口窝，说：“这话不错。秤锤压千斤，人小骨头重，别看春果、宝贵在组里顶年轻，领导得实在不差。瞧咱组那棒子、豆子，真是压倒往年。”永春嫂抱怨起来：“早不赶晚不赶，偏偏赶到收秋重身子，关在笼里见不着天，捞不着下地砍高粱掰棒子。”

永春笑着说：“嘿！嘴噘得都能拴头驴，不管你怎么生气，反正不让你下地。”永春嫂说：“瞧着吧！我跑到地头坐着去，也不在家闷着。”

第二天，月亮挂在东南天角上，趁着天气凉爽，互助组要下地抢割。宝贵的哨子一紧一慢地吹着，男男女女带着镰刀，小跑着到大场集合。

永春嫂提着水壶，头前来到地头，她瞧着那棒子，红澄澄的一尺多长，长在青竹竿似的秆上。她手心痒痒着，可是组长不准她拿镰刀。她抱怨起永春……

宝贵跑进场，组员已经到齐，只差还工的满囤没来。永春拉着那头大青骡子，正在套车。宝贵说："喜歌念在头里，今年咱组是五谷丰登，一定超过爱国丰产计划，等算出数目，就写信给毛主席报喜……"永春套上车，一旁接过下语："告诉毛主席，咱组是青枝绿叶，俺那组长春果、宝贵，是两朵盛开的大红花，互助组好比台阶，咱们是登着台阶一步一步朝社会主义走。有毛主席教导，咱农民是万年长青！"

春果跳上土堆，在出发前讲几句话，大家静下来……

哨子响时，满囤正跟老婆商量，满囤嫂说："爽爽快快说出来，加入吧！"满囤说："这不是玩闹，再瞧瞧。"满囤嫂用指头戳了一下他脑袋："瞧个甚？在组的家家比咱强；宝贵眼下又入了党，有春果跟他领导着，还不是年年兴旺。"满囤想了一阵，说："那就入呗！"满囤嫂说："今天就跟春果说，想加入的不少咧！咱们抢个早。"满囤点头："是咧！"满囤走出门外，满囤嫂放心不下，又追出去，连连叮咛："一定说啊！别不敢张嘴。"满囤不耐烦地说："我又不是三岁的娃娃，用得着一再嘱咐，不嫌絮叨！"

满囤到场里，春果讲话正在收尾，他心头"怦怦"直跳，沉下气来听，春果那清脆的嗓子，正说："要想年年五谷丰登，家家人财两旺，那就得听毛主席话，跟共产党走——组织起来……"

北斗星当头照着，闪着长长的白光……

（原载《中国青年报》1952年9月5日）

【作品赏析】

20世纪50年代前期，孙犁主编《天津日报·文艺周刊》，发表大量年轻作家反映乡村生活的作品，荷花淀文学流派一时蔚起。在孙犁的影响下，一批青年人自觉师法孙犁，坚持现实主义，追求浪漫主义气息和乐观精神，追求诗情画意的美学境界与清新淡雅的艺术风格，形成了著名的

"荷花淀派"。刘绍棠、从维熙、韩映山、房树民并称"荷花淀四杰"，是荷花淀派的发展与壮大的中坚力量。这批文坛新秀地处北京、天津、保定一带，创作呈现出相近的地域色彩，在创作内容、文学观念、艺术追求上也比较接近，所以他们的作品主题、语言风格、人物形象的塑造都有着相通之处，表现出鲜明的流派特质。这批青年人的早期创作大都发表在孙犁主编的《天津日报·文艺周刊》上，他们在孙犁的指点与帮助下日渐成熟，虽然这一流派在反右扩大化中遭受了重大打击，刘绍棠、从维熙被剥夺了创作权，孙犁本人长期生病，这个流派羽翼未丰便被迫沉寂下来。直到"文革"结束后，他们才重新登上了文坛，创作也出现明显分歧，但"荷花淀派"流韵悠长，还能在新时期文坛看到其潜在的影响。

刘绍棠的创作主要以其家乡通州大运河段为背景，描绘出新社会农村的真实面貌，唤起人们对生活、对时代、对祖国热爱的美好情感，作品散发着清新水乡和浓郁的乡土风情。他的代表作品《青枝绿叶》以整版篇幅发表在1952年9月5日的《中国青年报》上，一年后被编入高中语文课本。后又出版了他的第一个短篇小说集《青枝绿叶》。此时，他只有16岁，可谓少年得志。刘绍棠此时期的作品深受孙犁影响，清丽多姿的笔致描绘了京郊大运河畔的合作化运动与充满诗情画意的风土人情。后遭波折，却煅其文心，增益其能，建立了独具风采的大运河乡土文学体系，对于社会人生的认知更加深切。刘绍棠将"荷花淀派"的柔婉、清丽之美与"燕赵文化"的阳刚、雄浑之美融为一体，拓展了乡土文学的新道路。他提出了"中国气派，民族风格，地方特色，乡土题材""今昔交叉，城乡结合，自然成趣，雅俗共赏"的乡土文学理论。这是在继承孙犁文学观念的基础上的深入探索，也是荷花淀派在新时期发展的余脉。

《青枝绿叶》以刘绍棠的家乡通州为背景，讲述了大运河畔农民生产观念发生转变的心路历程。他曾在小说集《青枝绿叶》的前记中写道："这里的五篇小说，都写的是我的家乡——北运河平原上的故事。我出生在这个平原上紧紧靠着河边的一个小村庄里。运河的河水和平原的土地，哺育我长成一个充满青春活力的17岁的青年。我和我的家乡，有着一缕深深的，就像母子连心那样的情感。"不仅仅是这5篇小说，刘绍棠已经发表的12部长篇小说、30部中篇小说和上百篇短篇小说都是在写他的故乡通州大运河。刘绍棠的创作地域性十分鲜明，他一直在写自己的家乡，写家乡的新人新事，写家乡的可歌可泣的历史，写乡亲父老兄弟姐妹们的多情重义。这样深沉的对于土地的热爱，灌注于刘绍棠的创作，使他的作品富有了动人的情感力量。在家乡这片水乡田园中，他尽情地挥洒着自己的文思，深情地歌颂着土地上生活的人们。真切的情意与早慧的才情相碰撞，成就了刘绍棠的成名之作《青枝绿叶》。

《青枝绿叶》在永春和满囤两组家庭的对照中，解读了农村土地政策，力证集体生产方式的合理性。题材具有较强的政治性，作品很容易因为对生活理解的贫乏而沦于空洞的理论说教。小小年纪的刘绍棠却从生动的日常生产生活出发，以对比的手法，塑造了两个境遇相似，结果却完全不同的家庭，自然地表达了集体生产优越性的政治主题。永春一家参加了互助组，他们在互助组的帮助下，生活的各种难题都迎刃而解。妻子永春嫂怀孕五个月，还一股劲地争强，坚持下地参加劳动，甚至还要和互助组组长春果“劈合同”、比武夺魁。在互助组的劝慰下，她只得答应退出田间劳动。永春平时劳动不积极，但感到了互助组组长春果和宝贵对他们家庭的关心，进行自我反省，“春果跟宝贵他俩，照顾得真周到呀！咱平日干活没拿出十分劲，总觉自己是技术员，多干不上算，真是自私脑袋！都像我这种脑袋，这辈子也走不到社会主义。”一改平时的不出力，拿到了劳动状元红旗。加入了互助组的家庭，男人生产更加积极，妇女得到集体全面的照顾。而满囤一家则不然，满囤是一个思想禁锢，一心只想单干的旧式农民。他不肯加入互助组，认为“亲娘总是疼亲儿，自己耕种顶牢靠”，却遭遇生产生活的种种困境。满囤为棉花蚜虫愁眉不展，逼迫生产在即的妻子下地劳动，妻子挺着大肚子在地里垄头多歇了会，就被满囤骂是“懒骨头”。满囤嫂产后虚弱还要苍白着脸给满囤送饭。互助组购买了大青骡子做工，更是让满囤眼热。满囤家生活生产捉襟见肘，是互助组看到了他们难处，帮他们解决了棉花蚜虫病，帮他们雨夜整治棉花，帮他们解决看孩子的问题。在这两组家庭的一系列对比中，合作化的互助劳动的优越性得到自然的彰显，为满囤的转变提供了现实的依据。满囤的摇摆不定、犹豫不决都源自农民对于全新的生产方式的不理解与怀疑。在互助组的帮助和感召下，满囤改变了只想沾光、不肯付出的自私观念。在集体的力量面前，满囤认识到了互助组的集体生产方式相对个人单干的优越性，最终融入集体当中。满囤的形象揭示了当时农村合作化运动中面临的问题的复杂性。在社会的巨大变革面前，农民千百年来习惯的生产方式发生了天翻地覆的变化，给农民心理带来的巨大冲击。农民对于新的土地政策、新的生产方式的认同是逐步实现的，其心灵历程的复杂性在小说中得到了真实展现。

《青枝绿叶》歌颂了政治进步的典型——组长春果与副组长宝贵，符合中国当代十七年文学创作的“新人新事”的经典模式，却又突破了这种模式，与传统的“才子佳人”的农民喜闻乐见的民间模式融为一体，带有浓郁的乡土气息和浪漫色彩。从工作和政治上看，他们刚刚十九岁，虽然年纪不大，但是成熟稳重，热心于互助组的事业，对党的政策理解深入，工作方法灵活得当。他们用互助组的劳动成绩潜移默化地软化了满囤顽固思想，用充满人情味的关心感动了处处受困的满囤。把互助组内的群众当作一家人，办事细致，想得周到。对于危害互助组利益的行为，他们的警惕性非常高，既帮助满囤，又坚定地杜绝了满囤从互助组捞好处的做法。他们是新社会先进党员的典型。但是刘绍棠的人物塑造不满足于其政治先进性的描写，而赋予他们浪漫的充满人情色彩的特质。在写到这两位年轻的“领导”时，刘绍棠的笔调变得从容活泼，更加清丽摇曳多姿，充满了青春的礼赞和脉脉温情。青果和宝贵是一对志同道合的革命伙伴，同时又是默而不宣的恋人。“一根蔓上两个瓜，他俩真是脸对脸长大的”，是青梅竹马的一对进步青年。宝贵在工作中是个踏实肯干、善良聪敏的青年，但是在生活中却显得活泼跳脱，与19岁的年龄正相衬。他经常学布谷鸟的叫声，时而“赶快布谷”，时而是“光棍好苦”。这两句叫声，展示了宝贵的成熟稳重与青春活泼的综合气质，具有鲜明的个性与人情的色彩。青果听到宝贵夜晚在河崖上学布谷叫，找他聊天，在展望了互助组的发展蓝图后，青果隐晦地向宝贵倾诉了衷肠，“别再‘光棍好苦！光棍好苦！’地叫，叫得人心里不踏实。不到二十岁，就担心起这些没影的事来，谁还会眼瞧着你打光棍。”这是女孩子心事的流露与爱情的许诺，写得多么俏皮与惬意！这种许诺中带着青涩的青春味道，朴实无华，而又透着厚重的乡间泥土的味道。青果的情意在曲曲折折的话语中流露出来，还夹杂情感的安慰和小儿女的埋怨，他们的倾诉带着羞涩的暗示与浓浓的乡土风情。以布谷鸟的叫声传达着水乡小儿女的情意，婉转多姿，韵味深长。青果与宝贵的故事内含爱情与政治的双重主题，将民间的才子佳人的写作模式融入程式化的政治写作中，增加了民间性、乡土性，具有生活的情趣，淡化了小说的政治意图，增加了小说的艺术氛围。

《青枝绿叶》是刘绍棠的成名之作，由于初入文坛，笔法稍显刻板，尚不够圆融成熟，情节的安排有些失真，比如满囤嫌快要临盆的妻子干活中歇息太久，还有让妻子把刚满月的孩子放家里下地去干活，这些都有些不符合生活的真实，似有刻意衬托互助组对妇女爱护的意图。但总体来说，刘绍棠写出了农民的质朴，写出了农民对土地的热爱、对政策不理解的犹豫和迟疑，写出了农民面对爱情的勇敢和羞涩，充满了民俗风情的优美意蕴。他挖掘出了生活的“青枝绿叶”之美，虽然稚嫩，却充满了生机活力，预示其长成绿荫如盖的参天大树的未来。

摆 渡 口

一

俞青林家住在河边堤拐角，牛腿高粱秫秸的篱笆，围着三间矮矮的土房；院子里有一棵歪脖枣树，青枣子结得压颤枝。夜里下着瓢泼大雨，傍亮时分才停住；篱笆湿漉漉的，冒着一股潮气，十几只白白的鸭子，在院子里摇摇摆摆地叫着。

青林拿着根青秫秸棒，光着膀子赤着脚板，把鸭子往河里赶。太阳从东山露出头来，照得河面冒着金光，河水白漂漂地涨着，往河边洼沟里流着；一只大木船，拴在摆渡口的桩子上，在水皮上面漂浮着。

一辆载重大汽车，装满货品，从公路跑来；到了河边，跟车的小伙子朝青林喊："劳驾给喊声管船的，把船摆过去。"青林子说："甭啦，我来摆。"跟车的看不起他，假装没听清，还是直劲喊："喂！辛苦一趟，给找下管船的。"青林子笑着对跟车的说："你别把人瞧扁喽！靠河边长大的孩子，使船跟玩灯似的。"青林子跑过去解绳子，拿起篙头轻轻一点，船就离开河岸。

汽车上船，跟车的一瞧青林子：瘦瘦的细高挑，满脸的孩子气，往大处猜也不过十七八岁；于是叮咛着："小兄弟！稳重点，这是给合作社运的农具。"青林一听，把篙头从水里提出来。扒着车厢一看：新式步犁，手摇铡草机，收秋用的镰刀席篓。青林馋得吐舌头，看不够。

船顺流朝下去，跟车的急得喊：“好兄弟哩！翻船啦。”

“瞧你这大胆子。”青林说着，篙头一拄，黑红的胳臂一用劲，船斜着奔河边去，连着几回，就抛锚靠岸了。

跟车的拍着他肩膀：“小兄弟！本领真高，回来还找你。”

青林说：“你们得赶快回来，傍晚河里水流急、浪头猛，容易翻船出危险，不让摆。”

跟车的问他姓名，给了河钱，青林送到管船老张的小屋里；老张到现在还睡得死死的。

支书关山清早起拾粪，看见青林正摆船，对抱柴做饭的青林娘说：“大嫂你看！青林子多鹰鹞。”

青林娘眨着红眼圈，看了看说：“十八大小子，还是那么孩子气，白胡子盘三遭，也甭想找着媳妇。”

关山把粪筐撂下说：“青林地里顶上一条大汉子，学习更是拿着红旗，跑到头里。前程出息着哩！怎会要光棍？”

青林娘喜得眉开眼笑，朝着光膀子的青林喊：“洗脸来，该吃饭咧。”

村里，家家烟囱冒起淡白的炊烟，在半空像一团雾；清爽的风儿吹过来，烟雾渐渐飘散，露出瓦蓝瓦蓝的天空。

二

起晌，河水还是涨着，漫滩上房檐高的野麻，渐渐地被淹没；浪头在野麻上翻起觔斗。

三两只银白的水鸭子，从空中跌下来，肚皮擦着水面，一道闪似的飞走了。

青林站在堤上，朝远处瞭望，只是不见汽车的影子。管船的老张，把大船拉得靠堤，用铁索紧紧地拴在柳树上。青林说：“老张！有辆汽车还没过河呢！你等摆过去再拴船。”老张梗着脖子：“你敢情躺着说话不腰疼，船翻了你不管。让他候两天吧，水归岸再回去。”

青林还是伸着脖子张望，忽然肩膀被拍了一下，回头看，原来是支书关山，他们的互助组组长。关山说："快下地吧！大伙等你念报呢。"青林二话没说，回家扛起锄，撒腿就往地里跑。

在地里，隔着青纱帐，青林听见汽车隆隆的声音。他站起来，站在一座土岗上踮脚看，关山笑嘻嘻地逗趣："青林子！不到三更半夜，牛郎望不着织女。"青林红涨脸，急着分辩："清早您不是瞧见，有辆汽车是我摆过去的；回来时还是满载，大船上索风浪又大，真叫人替他们着急。"别的组员说："管船老张也许没回家。还是喝碗枣叶茶，歇会儿吧！"

汽车上满载着整麻袋的黄豆。上面坐着一个十六七岁的小姑娘，一只手抓着扎绳，一只手打着旱伞，随着汽车的颠簸身子来回摇摆着。两只油亮的短辫子，震动得跳起来。

跟车的一见大船上了索，跑到小屋里找管船的，屋里空空的连炕席都卷走了。跟车的急得滴溜转，瞧着半里长的河面，一团团的浪头，惊牛似的水流，脑袋直冒油。

离摆渡口不远，有两个人在树荫下歇凉。一个叫王福亮，是个"瞎摸海"，跑到河边来歇午，一下睡过劲，就懒得再下地；另一个叫李有福，是村里单干典型，外号叫"财迷李"，皱着眉头来看水。

王福亮指着那辆汽车，对李有福说："你瞧！那跟车的直转磨，咱俩敲他一下怎么样？"李有福摆着脑袋："我可不敢。大水漫天，凭咱俩这点本领，摆个大汽车，出了差错，这个罪过担不起。"王福亮挤着鼻子："不要紧，咱俩沉住气，顺流掌舵，不会出事的。"李有福心里有些活动，但说："三万块钱真不值当，提心吊胆摆过去，让老张知道，还得没屁股没脸挨顿骂。"王福亮挖苦地说："你真是傻小子，这节骨眼儿上，他们还不给个大价钱吗？"李有福说："好吧，你把他喊过来吧。"王福亮说："别忙，等他找咱来。你瞧，他来啦！"

"喂！劳驾，"跟车的走近了，像是嗓子眼发干，喝下口清泉水。连忙招呼："您给找下管船的。"

李有福站起来，一点不带瞌睡的样子，摆着手说："管船的不在，回家啦！"

"那辛苦您一趟，给找找俞青林。"

听跟车的指名点姓，李有福瞪了眼，王福亮赶忙过来，说："谁知道他上哪块地去啦！瞧你蝎子蜇着似的，俺俩给摆过去。"

"车上是国家的粮食，不是玩闹的。"

王福亮一拍胸脯说："嘿！河边住的大人孩子，使船是家常便饭。"跟车的想起俞青林早上的话，就说："那就摆吧！"

王福亮说："咱丑话说在头里，河钱得多加。这一趟半里开外，实在够累。"跟车的连连答应："行行！摆过去给六万。"王福亮装出行家的派头，吆喝："铺跳板，汽车上船。有福掌舵！"

李有福心里直敲鼓，哆哆嗦嗦地上了船。

一只青蛙"哇哇！"地叫了两声，跳到河里；霎时间，又露出头，瞪着鼓溜溜的眼睛，盯住这两个家伙……

三

大船解开铁索，就像脱缰的野马，一直顺流下去；浪头追着船屁股，紧紧地顶撞着，溅起无数的水点子。

李有福掌着舵，左拨右拨，大船却不老老实实听从摆布。王福亮用篙头一试，已经找不着河底，他心里打个寒噤；他一瞧跟车的，急得直瞪眼，心说："八成要出危险，跑吧！"找个空子，"扑通"一个猛子不见了，篙头也跟着漂走。

李有福也想跳下去，跟车的就站在他背后，不错眼地盯着，司机和那小姑娘，也站在他两旁。李有福心里跟油煎似的："唉！没打着狐狸反倒惹身臊……"他咬着嘴唇，脸色青白，黄豆粒大冷汗珠子往外冒，猛一合眼，向水里扎下；小姑娘想伸手抓住他，李有福的褂子开了花。他来个仙人脱衣，"咕噜！"沉入水底。

小姑娘身不由己，也掉到水里，跟车的急得直冒火，小姑娘却挣扎着从水里探出身子，双手扒着船帮，跟车的伸手拉上来。小姑娘苍白着脸，胸脯一起一伏。

司机铁青着脸说："甭慌！我来掌舵。"

大船像一片树叶，在河里转起圈子……

这时，小姑娘看见岸上地里有人，她扯开嗓子喊："救船来呀！汽车载着国家的粮食！"

话刚落音，一个小伙子像离弦的箭似的跑来，跟着，男男女女也追在后面……

支书关山说："鸡多不下蛋，我跟青林子下去。"说着就跳下水，一个浪头把他按下去。

跟车的瞧见是青林，喜得喊："小兄弟！把那两个坏蛋抓住。"

青林一看，王福亮李有福正靠着堤喘气，青林黑眼睛瞪得溜溜圆，凫着水奔他俩去，那两个家伙吓得往堤上爬，青林一只手抓一只脚，就往深处扯；两个"妈呀！妈呀！"叫起来。关山回头喊："青林子！放开他俩，赶紧推船来。"青林狠狠地说："过一会儿再收拾你们！"就松开手，向大船那里游去。

关山掌着舵，青林推着船，不一会儿，就到对岸了。跟车的拥抱着青林："好兄弟！多亏你跟那位老叔，国家财产才没受到损失。"司机掏出十万块钱："辛苦你俩，留着买点酒喝，压压惊。"关山立刻攥住他的手往对方的口袋里塞进去，说："同志！爱护国家财物是大伙的事，难道还该要酬劳吗？"司机心里热辣辣的，嘴唇激情地抖动着，竟说不出一句话来。

他们紧紧地握着手。

太阳已经落山，映起一片晚霞，晚霞笼罩着他们，像是满身披红。

四

小姑娘躲在一片麻地里，脱下褂子拧着水，圆圆的麻叶，挤得严严实实，把她深深地藏在里面。

汽车扇起烟，发出"嗡嗡"的声响。跟车的喊："喂！那位姑娘上车吧。"她急忙穿上衣裳走出来，瞧瞧天色，眉头皱个疙瘩："到北京太晚啦！怕找不着。"

“到北京有什么急事？”青林问。

“俺哥哥从朝鲜调回来休养，去看望看望。”小姑娘愁起来，“人生地不熟，一时半会儿怕找不着。衣裳又湿着……”

青林看去，她的裤子直滴水点。他鼓足勇气，不让脸发红，说：“住俺家吧！”

小姑娘很欢喜：“那就搅一宿咧！”

晚上，青林抱着杆枪，坐在堤上放哨。小姑娘换下湿衣裳，穿上青林娘新缝的老毛蓝裤褂；她拿着个蒲团上堤去，河风扫过来，把肥大的裤褂吹得鼓蓬蓬，身上“嗖！”的一股凉气，她赶忙坐下。青林朝她笑了笑。

白茫茫的天河，静静地躺在湛蓝的天空中，两岸无数的星星在蹦跳着。

“你叫俞青林，今年十八，青年团员是不是？”小姑娘问。

“嗯。”青林回答，“你怎么知道？”

“问大娘来着。”

“你呢？”

小姑娘一点不封建：“俺叫李春兰，今年十七咧！春三月参加青年团，东榆林庄的。”

“你家老少几口？参加互助组没？”青林大胆地往下问。

“跟爹娘嫂嫂过日子，俺家是农业生产合作社社员。”春兰眨眨眼，“你们村里，还没有吧！得慢慢来。”

青林不服气：“完秋看！俺组准改成生产合作社。这真是瓜熟落地，一点儿不是半生不熟。”

静。

忽然，村里孩子们嚷嚷：“走哇！到葡萄架底下听哭的去。”春兰问：“怎么回事？”青林说：“今天是七月七，不是牛郎织女天河相会吗？”

春兰笑了，脸红红的。

第二天清早，春兰吃完烙饼摊鸡蛋，青林送她上汽车，汽车站挤满人，春兰对青林说：“回去吧！”青林脸上挺为难，站在道上不动。春兰红着脸说："你跟大娘待人真亲热，完秋来看你们，住些日子。"

青林嘴角挂着笑，喜洋洋地回家了。

清清的河水，哗啦啦地向南流着。摆渡口的大船，载着人马车辆，船夫大声吆喝着："咳哟！……"

肥沃的土地里，冒着呛鼻的清香，传出一阵阵嘹亮的村歌。

（原载《天津日报·文艺周刊》1952年8月12日）

【作品赏析】

《摆渡口》是刘绍棠的少年之作，1952年8月12日发表在由孙犁主持的《天津日报·文艺周刊》上，《人民文学》在同年10月号转载。16岁少年的作品能够发表在影响力极大的《人民文学》上，这使他一下子成为享誉文坛的"神童"。

《摆渡口》作品展示了水乡的人情之美与风景民俗之美，充满"水"的柔美意蕴与轻盈的魅力。这个发生在大运河上的故事，许多情节的展开都与水有关，在写到"水"时，刘绍棠的文笔一下子就变得灵动起来。在他的笔下，水与人是相通的，他们一样清澈、纯洁，在阳光的折射下散发着夺目的光辉。大运河的水是美好的，"太阳从东山露出头来，照的河面冒金光，河水白漂漂地涨着""起晌，河水还是涨着，漫滩上房檐高的野麻，渐渐地被淹没；浪头在野麻上翻起觔斗。三两只银白的水鸭子，从空中跌下来，肚皮擦着水面，一道闪似的飞走了。"

水乡的景致，沉静中带着生命的动感，水乡的儿女们怀着水泽万物的大气与从容，温柔静谧；又像波涛一样内藏无限的冲劲儿，具有强悍的生命力。俞青林就是水乡儿女的典型，他年纪虽不大，但河边长大的孩子精通水性，轻轻松松就将运载合作社农具的汽车摆渡过了河。汽车回来摆渡时遭遇险情，俞青林奋勇跳水，抓住了敲诈的懒汉王福亮和财迷李有福，还解除了危机，将船平稳推达岸边。英雄少年的形象跃然纸上，他有勇有谋，心地善良，既有少年心性，又成熟稳重。当初跟车小伙子嫌他年纪太小，看不起他，俞青林不仅不恼，还说"靠河边长大的孩子，使船跟玩灯似的”，用他超凡的技艺证明了自己，展示了“水”的特质中的沉默与包容。在汽车水上遇险时，他又跑在第一个。抢救危难，不收酬谢。他的品质像水一般纯净，像水一般勇武，又像水一样柔情。俞青林见到春兰衣服湿了，会红着脸请她在自家留宿。他们的感情是朦胧而又透明的，就像流动着的水，轻柔地弹奏着动人乐章。他们是水乡的钟灵毓秀孕育出的优秀儿女，他们的情感既是羞涩的又是大胆的，他们心灵的契合类似于传统才子佳人的一见倾心，但是又充满了时代色彩，他们的情感基础建立在对社会主义新农村的共同理解之上。春兰和俞青林都参加了青年团，他们的共同话题是互助组和合作社，是在合作化运动下共同追求进步的新青年。

水乡的美景与水乡的人情融为一体，不仅表现在风土人情之美，还表现在刘绍棠对于结构的规划。全文分成四个篇章，每篇的开头与结尾都在写大运河的两岸风光或河上景色，随着剧情的发展，景色的描写在不断地发生变化，好像景色与人的情绪是相互感应、天人合一的。第一章中，俞青林惊艳亮相，十足的水上小豪侠，与他相对应的是日常的静谧安逸的乡村生活场景。第二章中，司机受骗眼看就要上渡船，所对应的是水乡暴涨的河水和结尾处人格化了的警惕的青蛙。第三章中，危险重重的渡口救援，情节紧张动人心魄，水化为即将覆舟的可怕之力；危机解除后，人们沐浴在晚霞中，水乡又归于平静。第四章中，俞青林与春兰萌生情愫，文章结尾描写了河水、土地、清香、村歌，田园牧歌似的诗意生活仍在继续。情景合一对于这篇文章来讲，不仅仅是美学境界，也是结构上的独特构思。形式与内容达到和谐统一，虽然显得一板一眼，有失从容，却也独具匠心，显出其对艺术表现力的精心追求。

地域性、个性化的语言风格，是《摆渡口》的鲜明特点。支书关山见到青林摆渡，夸他“鹰鹞”，有雄鹰展翅遨游九天的赞美之意，而青林娘却嫌他孩子气，“白胡子盘三遭，也甭想找着媳妇”。这样的对话有着朴拙原始的俚语之美，与生活息息相关，又带有想象的升腾，是生活语言的提炼，是民间诗意表达的精华。七月七，是牛郎织女天河相会的日子，文中就借用孩子之口表达了七月七的风俗，“到葡萄架下听哭去”。日常生活的民俗化描写，增添了小说的地域性色彩，增添了生活的意趣，升华了水乡的风土人情之美。

虽然对于16岁的少年来讲，《摆渡口》已属可贵之作，但由于时代和认知的局限，作品仍有可供商榷之处。比如支书关山的人物设置，他与俞青林一起跳下水抢救船只，并且拒绝收司机的钱，他的一番话语义正词严，“同志！爱护国家财物是大伙的事，难道还该要酬劳吗？”这样的表述目的在于彰显党的领导干部的大公无私、讲究原则的工作作风，但是人物塑造缺乏生动性，是观念的化身、政治的传声筒。当时主持团中央工作的胡耀邦就曾经对《摆渡口》中的人物设置提出批评，认为讲大道理的党支部书记是公式化、概念化的败笔。总体来讲，本文瑕不掩瑜，作家着力描写的俞青林，这个令人神往的水上小豪侠形象深入人心，已经可以弥补其创作的小小的不足了。

大青骡子

一

一群家雀，躲在院墙外榆树上的窝里。亮晶晶的圆眼睛，滴溜溜地望着天空，天空像一张绷得紧紧的黑帐篷，有几点雨花飘落着。

从天边的黑云层里，钻出一只山喜鹊，像夜晚的一道流星，斜投在这棵老榆树上，吓得麻雀“叽叽喳喳”一阵乱聒噪。

桑老奶奶站在榆树下，“咕！咕！”地叫鸡，十几只鸡在场里找烂高粱粒吃，桑老奶奶叫干嗓子，照旧不挪动。她生气了，捡起一根榆树枝子，便追赶起来，鸡子在秋天吃得肥囊囊的，摇摇摆摆跑得不利落，秋雨声在背后响起来。

秋雨下起来了。桑老奶奶把鸡赶进棚子，回到北屋盘腿坐在炕上，张着嘴喘气。

房檐“稀里哗啦”地流着水，在影壁旁边拧个漩子，潺潺地从阴沟流到院墙外，影壁后头那一簇矮小的洋槐，被秋雨浇得弯着腰。

忽然，有个老太太顶着锅盖，一拐一拐地跑来了。桑老奶奶脸贴着玻璃窗，看清是她的亲家婆；她赶忙喊：“亲家！快进来避雨吧！”

亲家婆跑进屋子，冷得直打寒噤，桑老奶奶从吊竿上拉下手巾，送过去：“擦擦吧！上炕暖暖，好不容易赶上这个天气，咱老姐妹俩可该唠叨唠叨啦！”说着，便从炕角拿过烟管箩。

亲家婆把烟袋拦下，深深吐口气："老姐姐！俺家正忙碌着，找不出闲空陪你坐坐，等到三九天，再扯那些陈谷子烂芝麻。俺顶雨来，是想求你一件事……"桑老奶奶笑着说："说吧！儿女亲家，还说什么求不求的。"亲家婆发愁地说："俺家的豆子还晾在地里，这场秋雨准给浇烂喽！俺想顶雨拉回来……"

"好咧！"桑老奶奶抢着答应，"等你亲家放牲口回来，俺老两口子就紧着去。"

"不是。"亲家婆连连摇着小疙瘩髻，"俺家人手足够，就是缺牲口；那头黑牤子太慢，就像屎壳郎推粪蛋，半晌拉不回一车。全家急得眼蓝，您闺女……"她脸红红，瞟瞟桑老奶奶，"您闺女就打发我来，借您家这头大青骡子。"

桑老奶奶笑着说："好吧！你亲家把牲口从河滩拉回来，就登时给您牵去。今天赶上下雨，社里不用骡子。"亲家婆站起来，满脸挂笑地说："谢谢您，过会儿我来牵。"桑老奶奶说："甭啦！让你亲家给牵去吧，泥水浆汤的，省着您再来回跑。"亲家婆笑着顶起锅盖，又一拐一拐地走了。

桑老奶奶送到外间屋，手扶着门框，朝大道上望望，雨水顺着车道沟"哗哗"地流，在甩洼坑里鼓起白沫沫。

她纳闷："老头子怎么还不回来？八成是躲在场房里闲扯呢！"她从锅台上拿起斗笠，刚想顶雨去找，这时就听见院墙外，桑贵老头正跟亲家婆说话："亲家！雨天有什么忙碌的，怎么不多坐会儿？"

"不啦！"亲家婆笑着说，"您怎么光着脊梁呀！不怕受秋寒？"

桑贵老头"嘿嘿"笑起来："咱老骨头硬朗，秋雨浇浇更结实。咱受点委屈倒不怕，可不能让傻青淋个好歹，这头大青骡子是俺社里的珍珠宝贝。"

"啊！啊……"亲家婆结结巴巴地应声着，赶忙走了。

桑老奶奶听老伴光着膀子，顾不得秋雨淋，颠颠跑出去了，一边直唠叨："你半疯啦！秋雨天脱光脊梁，大棉袄淋湿再晒，干吗这么小气……"

她走到院墙外，眼睛吓得发花。老伴笑呵呵的，抹着山羊胡子上的水珠，脊梁背上，一串串地流着雨水；那件里面儿三新的大棉袄，披在大青骡子背上。大青骡子仰着头，紧紧地站在桑贵老头旁边，皮笼头上的红缨缨，像是秋雨里一朵艳红的鸡冠花。

二

早晨，白窗纸上，刚迷迷糊糊透出窗棂，桑贵老头用腰带缠紧棉袄，把大青骡子拉出棚来，到井台饮饮，就到大场套车去了。

大青骡子拉着沉重的铁瓦车，跟车的小伙子坐在车厢上，桑贵老头摇起大鞭："嘎啦啦！"像是出门见喜的一串鞭炮，铁瓦车随着渐渐消散的声音，跑向光秃秃的野地，几只田鼠，在豆铺儿里钻着。

天气阴沉沉，铁瓦车在格巴巴的硬泥道上，一趟一趟地来回运着；豆铺儿堆得塔高塔高，桑贵老头坐在车辕上，怀抱着红缨皮鞭，头上冒出一层汗珠。

前面有辆牛车，摇摇摆摆地走着。一堆一堆的豆枝子，从车上落下来，一个女人跟在车后头，落一枝就连忙弯腰拾一枝，然后再扔在车上。

桑贵老头喊："喂！劳驾让让道，秋雨要来啦！"大青骡子听话地摇摇耳朵，放开四蹄，一霎间就追上牛车，后面的几辆汽胶车和花轱辘车，也追赶上来。

"爹！"

桑贵老头看清是闺女，笑着问："你们拉几车啦？"闺女脸上干巴着尘土，说："从鸡叫到这时分，总共拉三趟，黑牤子太慢，俺那几个小姑子，都用麻绳背呢！"桑贵老头歪头看，果然在漫天野地上，有几个黑点点。

他把铁瓦车开过去了，直奔村头大场。

"拉完了吧？老叔。"关主任站在破墙头上问。

"完啦！那几辆是瘸羊跟在后头。"

"回家吃饭去吧！"

吃完早饭，天不破晴也没落雨，桑贵老头骑着大青骡子，到河滩去了。

大青骡子绊着腿，啃着河滩上的青草，嚼着满香甜。桑贵老头叼着烟袋，靠着河边的馒头柳，听着大青骡子嚼草“沙沙”的声音，河水在他脸前“哗哗”地向南流，他慢慢合上眼皮，烟袋落在胳臂弯里。

秋雨“唰唰”地落着，馒头柳像把雨伞，雨点淋不着桑贵老头，他照旧安安生生地睡。大青骡子溜达到远处，雨落下来，它慌忙奔回跑，腿绊着跑不快，秋雨追着屁股迎着前脸地淋。大青骡子打着响鼻儿，浑身上下浇得精湿，像是抹上一层油。

大青骡子跑到柳树下，桑贵老头还没醒，它也不声不响地卧在旁边。秋雨下大了，雨点从柳叶儿的空缝里落下来，落在桑贵老头的脖颈儿里，桑贵老头“机灵”醒了，他揉揉眼，四外大雨瓢泼似的，河滩上迷迷蒙蒙。他照着大青骡子揍个耳光，笑骂着：“傻青！雨下大啦，也不把我喊醒喽！”大青骡子从地上站起来，傻不棱登直愣着眼睛。

桑贵老头想骑上去，伸手一摸，骡背上潮漉漉的，冒着稀稀的热气。他想：“河滩到村头二里多地，跑起来傻青准出一身汗，再让秋雨一淋，还能不受秋寒？这头骡子是咱社里的宝贝，可不能有个好歹……”这时，馒头柳就像筛子底儿似的，雨点冰凉冰凉地淋着。

桑贵老头按按头上的斗笠，紧紧地系起飘带，他解开光杆大棉袄，露出瘦骨嶙嶙的肋骨，秋风裹着雨点儿吹过来，登时激起鸡皮疙瘩。他把棉袄披在骡背上，自己也蹿上去，照着骡子屁股一巴掌，大青骡子跑起来，大雨紧赶着淋着桑贵老头的光脊梁。

桑贵老头“呜！呜！”地打着口哨，大青骡子像是擦着地皮儿，向村头跑着。

村头，一座旧瓜棚下，七八个小伙子挤在里边避雨，他们笑着说：“老爷爷！您是吃饱闲的吧？在雨地里消食。”桑贵老头想搭腔，只是上下牙紧磕，张不开嘴。他们生产合作社的关主任，从瓜棚里探出头，看清他是光着膀子，棉袄披在骡背上，忙说：

“咳！你真是死心眼，牲口淋淋怕什么？您这把年纪，万一受着秋寒呢？”

桑贵老头哆嗦着发紫的嘴唇，笑着说：“这场秋雨下完了，就该墒地啦！咱病几天没关系，傻青要是有个毛病，咱社里得多遭难？”

“您快回家吧！身板要紧。”关主任眼送桑贵老头走了，笑着朝大家说：“真是黄忠八十不服老。”

远远的秋雨里，传来桑贵老头清脆的口哨：“呜！呜！”大青骡子跑过溅起的泥点子，落满道旁的酸枣丛上。

三

桑贵老头把牲口拴在棚里。一根枯干的爬山虎藤儿，从棚顶上垂落下来，傻青仰着脖子，咬着干边的叶儿。桑贵老头揪下来扔在槽里：“等着！这就给你拌草。”说着，他从屋里端出满瓢香料面，合着干草，洒了半瓢清水，就搅拌起来。手指头冻得麻木了，胳臂也有些发僵。

桑老奶奶在北屋喊：“半疯子！还不穿衣裳来！”

“给牲口拌草哪！”

“不是在河滩上放半天了吗？”

桑贵老头拍着手上的尘土，撩门帘进来，说：“雨来了，傻青没吃十成饱。”说着，摘下斗笠，用手巾擦干身子，桑老奶奶给他披上一件旧棉袄。桑贵老头长出一口气，想脱鞋上炕歇歇，老伴拦住他：“别忙！把骡子给亲家牵去，回来再歇着。”

“给他家牵去？”桑贵老头脚蹬着炕沿，瞪着眼问。

“刚才亲家婆顶雨来，”桑老奶奶说，“借咱骡子去拉豆子，他家的豆子在地里淋着哩！”

“秋雨天，让牲口去挨淋——主任批准了吗？”

“哟！好严的管束。”桑老奶奶不高兴地从鼻孔里哼出声来。

“家有家规，铺有铺规，咱社里要是没个章程，不就成了一窝蜂。”桑贵老头本来是麻雷子脾气，今天却装出“政策通”的样子，给老伴解释着。

“牲口搁在咱家，咱就不许做主？”桑老奶奶叨叨着，“参加生产合作社，也不能六亲不认呀！”

桑贵老头压不住气，红涨着脸：“社里的章程，社员都得遵守，你怎么个别？再说，豆子淋了也不登时就烂，干吗偏挑这个时候？”

桑贵老头把鞋甩在地上，倚着被窝垛，瞌起眼来。

桑老奶奶气急了：“亲家婆求上门来，你就来个不搭理……”

桑贵老头不等老伴说完，半截腰插嘴说：“珠子她婆家，谁不知道是个尖头，跟咱借去大青骡子，就不套他家的黑牤子啦！牲口是咱全社二十多家的，咱不能让全社受损失！”

桑老奶奶气得直哆嗦，手指着桑贵老头嚷：“你不是红脸汉子，连个人情都不懂！”

“你才真正不懂人情！”桑贵老头坐在炕上，吆喝着。

老两口子吵得像台戏，闺女珠子闯进来，她用麻袋围着身子，戴着一顶吓唬老鸹的破斗笠，红扑涨脸地进门就喊：“娘！怎么还不把骡子送去？俺婆婆直劲叨唠。”

桑贵老头不等老伴搭腔，抢过来说：“骡子禁不住淋，找别人家借吧！”

珠子气哼哼地撩起门帘：“心里要是不愿意借，嘴上就别答应呀！”

桑贵老头板着脸：“谁答应的？”

“俺娘！”

“你娘是生产合作社主任？”桑贵老头硬邦邦地问。

珠子噎得直咽唾沫，坐在炕沿上干喘气，说不出话来。

桑老奶奶怕闺女心里难过，连忙安慰：“甭跟你爹生这股肮脏气，咱娘儿俩一条心……”闺女回过脸来，指着靠在炕角的桑贵老头，没鼻子没脸的数落：“干什么跟我身上出气……”

桑老奶奶怕他们父女俩吵起来，又劝说闺女：“你爹心不顺，跟我嚷叫半天啦！回去跟你婆婆说清楚，咱从心里愿意借骡子，就是拧不过社里的章程。”

桑贵老头插嘴说：“你娘说得不对，不是生产合作社不借，只是赶上下雨的天气，不能让牲口受委屈，雨住天晴，只要你们张嘴，咱社里没人不答应。”

闺女气得脸发青，嘶哑着说：

“我什么都明白，您参加了生产合作社，就黑眼白眼瞧不上单干户的闺女。”

桑贵老头锁着眉头，说：“你嫁出去十几年，真是一盆泼出的水，你爹妈都是六十开外的老干柴了，不是照旧下地受累，你是帮过割把豆子，还是帮过砍棵高粱？”桑贵老头咳嗽两声，瞥瞥闺女，“要不是有生产合作社，俺老头子在技术组，你娘在托儿组，就凭这土埋半截的岁数，见天能吃上香油白面？”

闺女站起来了，眼圈红红的，声音有些哆嗦：“我不是不能当家做主吗……”说着，一摔帘子跑出去。

在“哗哗”的秋雨里，传来珠子“呜呜”的哭声。桑老奶奶站起来朝外就走，桑贵老头从炕上跳下来，拉住老伴的胳臂：“你家坐着吧！我去……”

桑老奶奶站住脚，说：“你去牵骡子呀？”

“不……”桑贵老头已经跑出屋子里，他在雨地里使劲摇摇头说，“我去安慰安慰她，别让孩子太伤心……”

秋雨渐渐小了，“淅沥淅沥”地落着。影壁后头的洋槐，滴滴青地抬起头，在微微的秋风里，抖落叶子上亮晶晶的水珠。

（原载《天津日报·文艺周刊》1952年12月1日）

【作品赏析】

1952年的夏天，高中在校生刘绍棠在家乡儒林村度暑假期间，连续写出《青枝绿叶》《摆渡口》《大青骡子》三个短篇，得到了文学界的认可。《大青骡子》最初发表在孙犁主持的《天津日报·文艺周刊》上，《人民文学》1953年第4期进行了转载。

刘绍棠的《大青骡子》揭示了在新型生产关系下，农民与农村重要生产力——牲口骡子之间的情感升华，集体生产方式与传统的伦理观念之间的冲突。

农业社社员桑贵老头最金贵的就是给社里养的大青骡子，他与牲口之间的亲密情感，是桑贵老头作为农民的天性使然，但同时也被注入了个人与集体的关系的时代因素。就像臧克家的名篇《老马》所刻画的具有象征意义的老马一样，“总得叫大车装个够，它横竖不说一句话，背上的压力往肉里扣，它把头沉重地垂下！”马历来是中国农民的韧性精神的象征，是与农民具有最亲近的情感关系的动物。这种情感是千百年来的劳动方式所决定的，农民与马福祸相依，共同耕耘在悠久的土地上。到了新时期，他们也一同摆脱了被鞭打的命运，成为土地的主人。农民热爱属于自己的土地，也热爱与他们一起劳作的牲口，长久的命运相连，使农民与这些牲口之间超越了劳动者与劳动工具的关系，达到了情感的共鸣，结成了亲缘一般的关系。桑贵老头把大青骡子看得比自己还金贵，他宁可把棉袄披给大青骡子，自己光着膀子，也不肯让大青骡子淋了秋雨。桑贵老头爱惜大青骡子甚过自己，不仅基于农民与牲口之间的情感，更是因为在新农村，骡子是集体的宝贝，作为个体的社员，是合作社集体的一员，不能因为自己照顾不周而影响到整个合作社的利益。桑贵老头虽然嘴唇冻得发紫，却笑着说：“这场秋雨下完了，就该墒地啦！咱病几天没关系，傻青要是有个毛病，咱社里得多遭难？”桑贵老头对大青骡子的关爱体现了农村集体经济下，人与牲口之间传统关系的新发展，蕴含着个人对集体经济的皈依与认同。桑贵老头对大青骡子的爱升华到对集体之爱的境界，揭示了由传统家庭生产转向集体生产过程中农民的世界观的转变。

农村传统的人际关系注重礼尚往来，讲究和睦互助，但是在新的生产关系下，传统的伦理关系经受了重大的考验。父女之间的血缘亲情，姻亲之间的结两姓之好的情意，都要经受集体主义生产关系的重新审视。家庭内部与家庭之间的私人化的人际关系被打上了社会化与政治化的烙印，传统伦理关系在新型生产关系下表现出新的特征。

单干户的亲家婆想在雨天借社里的大青骡子干活，好让自己的黑牤子歇着。为了双方儿女的和睦，亲家婆刚说有难处，桑贵老伴就立刻出言相帮，表明老两口愿意出力的立场，明白亲家婆想借大青骡子后，也即刻应下了。如果不涉及个人与集体利益的冲突，桑老奶奶所秉持和坚守的是邻里的相互守望、姻亲的相互扶持的传统伦理美德。但是在社会转型期间农民关系的新定位中，这种公私不分、不讲原则的热心肠就成为社会发展的绊脚石。传统的和睦相助的亲家关系在个人与集体关系的对抗中败下阵来。桑贵老头出于对集体牲口的爱惜，不肯出借大青骡子，老两口之间争吵起来，桑老奶奶嫌老伴不懂人情，桑贵老头嫌老伴看不明白亲家婆的自私算盘。桑贵老头对于走个人主义路线的亲家，平时并无疏远之意，只是在他们想要沾集体的光谋私利时，才会如此不讲情面。桑贵老头对大青骡子可谓“有情有义”，可见他是性情中人，对姻亲的冷漠并非出自个人心性原因，而是源自在维护与损害集体利益中做出的坚定选择。

桑贵老头的和善与冷漠，前后态度的反差大，但是在态度转化之间又有其内在的合理性。他对集体主义经济的认同来自其生活改善的切身体验。他只有一个嫁出去的闺女，闺女当不得婆家的主，从不相帮家里。他们在加入合作社之后，才能依靠集体，六十多岁的“老干柴”还能过上好日子。这个道理当着回来催借牲口的闺女的面讲了出来，伤了闺女的心。作为一个父亲，桑贵老头是严苛而不通人情的，但是作为靠着合作社才过上好日子的社员，他才是真正“通人情”的。他是一个慈爱的父亲，他怕孩子伤心，追出去安慰，但他更感恩合作社，严防损害集体利益的人与事，哪怕把自己的女儿和姻亲都得罪了也在所不惜。这样一个矛盾的老人令人油然起敬。新型的人际关系给他带来了生活的苦恼，但他摸得清，看得准，在复杂的人际关系中把稳了方向，是社会道德风尚进步的标杆。

小说结构采用了倒叙和插叙的方法。第一部分讲述了亲家婆来借大青骡子。第二部分是插叙和倒叙，讲述了桑贵老头一天的劳作与对牲口的爱惜，这样再引出第三部分，桑贵老头的拒绝，才更具有说服力，桑贵老头的大公无私的精神才不显得那么不近人情，更具有现实的合理性。

农村中新的生产关系在形成，农业合作化运动日益高涨，新旧生产方式的转变必然带来新的矛盾和冲突。刘绍棠将农村中的诸多矛盾观察得细致深入，特别是对于农民人际关系的重新审视带有一定的文化反思的意味，这种写作是难能可贵的。

刘绍棠赋予每一篇作品以最合适的形式，这种自觉的艺术追求也是他能够成为“天才”的必要条件。虽然他的写作还显青涩，初入文学殿堂的步履还略显蹒跚，但其对于生活挖掘的深入，艺术追求的自觉，独特敏捷的文思都使他冲破了时代的局限，远离了千人一面的创作模式，显示出与众不同的锐利锋芒。

运河的桨声

一

中秋节夜，月亮从东南天角不声不响地爬上来，一下子把运河滩全照白了。

银杏从屋里一跳，跳出门槛，朝北屋里喊道：“娘！我到外边玩去了，您给等门哪！”

北屋，富贵奶奶跟老伴儿正叽叽喳喳地说话，银杏这一叫，她突然一惊，定了定神，忙应道：“别回来太晚了！”

银杏早已经跑出院外，在月光下，她端详了一下自己身上绿底儿小白点的新褂子，按了按辫子上的桂花，害羞地笑了。

富贵奶奶脸贴着玻璃往外看了看，院里满地是月光，没有了女儿的影子。她吁了一口气，说：“这丫头片子好容易走了，要让她知道，又是一顿吵。”

“我得走了！”富贵老头从炕沿上坐起来。

“一定要埋得深深的！”富贵奶奶神情紧张地嘱咐，“不然秋后拖拉机一犁地，就给耕出来了。”

富贵老头没言语，把屋角落那刻着字的石桩子，装进口袋里，背起就走。

“你站住！”富贵奶奶出溜下炕，追出来，又一再叮咛，“打村后背静小道儿走，别咳嗽，脚步放轻，处处是眼。”

富贵老头也不搭话，闷着头出去了。

银杏到了河滩，在一块漫长的柳丛地旁坐下，这是农业社的防风林。背后，运河的波涛响着匀适声调，银杏沉浸在说不出的兴奋里了。

他们家入社了，是昨天夜里批准的。今天清晨她去饮牲口，春宝告诉了她，她红着脸，长长地吐了口气，就急忙牵着牲口回家去了。

可是她爹的脸色却很阴沉，她想她爹一定是后悔了；这使她非常生气，为什么这么三心二意呢！

她想起写申请书的那晚上，全家都坐在院里，只有小侄儿在嫂子的怀里睡着了。她伏在小桌上，桌上放个小黑油灯，全家推她当记录，爹摆弄着老绿玉石嘴烟袋，声音低哑地，说一句停一停，等大家默默地点点头，然后才允许她写在纸上，最后，全家还都按了指印。

一整天，银杏都噘着嘴，想找碴儿顶她爹几句，可是她爹一言不发，钻进那布满蜘蛛网的土棚子里，收拾那该送进社里的家具，整晌都没出来。

等到她爹把那匹灰兔儿马也牵到社里，她才一块石头落了地，心里凉爽起来，于是她想起晚上到河滩去等春宝，胸膛里就像流着一股清凉清凉的泉水，坐不安立不安。

一支孤独的夜鸟，在运河上寒栗地叫了两声，把银杏惊醒了，月亮躲进薄云里，河滩上很暗，没一点响动。

她想自己一定是等得很久了，春宝为什么还不来呢？她很急躁，想走，又不敢走，不走，一个人孤孤单单。又等了一会儿，春宝仍然没来，她想，春宝也许开什么会去了，于是她站起身，到渡口告诉管船老张，要是春宝来了，就说银杏等了半天不见人来，走了。

从管船老张那小棚里出来，她急急地往回走，突然，她看见在不远的地方，有一个像野鸟一样轻巧的人，弯着腰，在月色下行走。

她看出是春宝。

“喂！”她低声叫。

那人直起腰，凝了凝神，走过来。

银杏严厉地质问道："你为什么这么晚才来？"

春宝摆摆手，压低声音说："别出声，看长寿老头。"

"我不看！"银杏生气了。

"看吧，好看着哩！"春宝拉着她，躲进柳丛里。

不远处，长寿老头抡着大镐，咳哟咳哟地刨着地，一挺身，把上身的夹袄脱了下来，扔在地上，照手心啐了口唾沫，又换了铁锹，吭哧吭哧地掘起来。

银杏看得眼都定住了，害怕地问春宝："他干什么呢？"

春宝轻轻地笑了出来，说："春天他入社的时候，偷偷埋了个石头界碑，眼下要扒出来，明白不明白？"

银杏再看去，长寿老头从地里拔出个白东西，吃力地放在地面上，就坐在一旁吸起烟，火亮一蹿一跳的，却看不见长寿老头的脸。

正在这时，大道上一个蹒跚的影子走来了，银杏眼尖，她拉了一下春宝，低声说："我爹！"

富贵老头在路旁坐下，用袄袖擦着脸，呼呼地喘气。

"谁？"长寿老头熄灭了烟，惊吓得从地上跳起来。

"你是谁？"富贵老头反问道，那低闷的声音里也带着意想不到的吃惊。

"我是长寿。"

长寿老头走上前来，小心地问道："你干什么来了？"

富贵老头翻着眼皮，也问道："你干什么来了？"

长寿老头眨巴眨巴眼，看清富贵老头身后的口袋，他笑着说："给管船老张送节礼去？来，我先打个秋风，尝头口儿。"

富贵老头没了法了，也不拦他，也不看他，长寿老头伸手一摸，硬邦邦、冰凉凉的，是块长石头。

"哈！"长寿老头响亮地笑了，"你这是干什么？是刨出的界石，还是去埋界碑啊？"

银杏一听，断定她爹是埋界石的，不由得气得眼都瞪圆了，就要闯出去跟她爹吵。春宝一把拉住她，说："再等等！不许跟你爹顶嘴。"银杏被春宝强拉住，胸脯一起一伏，嘴一张一合的。

长寿老头燃起一袋烟，递给富贵老头，“抽袋烟，歇口气，今晚天气真凉爽啊！”

富贵老头低着脑袋，不搭理。

“老家伙！别怕见不得人，跟你说真的吧！”长寿老头狡黠地眨着眼，“我今年春天也埋了，今天趁着夜深人静又把它扒出来。”

富贵老头突然抬起头，盯住长寿老头，问道：“你为什么扒出来？”

长寿老头爽快地说：“这是一块心病啊！社里人一说自私，你就脸红，一说跟社里两条心，你就心跳，真是受洋罪。再说咱们跟拖拉机站订了合同，秋后拖拉机一犁地，真要给耕出来，这张老脸怎么见人？”

“哪……”富贵老头结结巴巴地说，“啊……是呀！”

“别埋了，埋了过年还得刨出来。”长寿老头流露出老资格的神气，“我比你早走了一步，就先明白个道理，农业社是铁桶江山！”

“说得对！长寿爷爷。”春宝从柳丛里跳出来。

“谁？”长寿老头一声尖叫，吓得一身冷汗。

春宝顽皮地嘿嘿笑了。

“春宝，好小子！”长寿老头仍然止不住心跳。

富贵老头愣住了，赶忙闷闷地低下头去。

银杏三步两步抢上来，指着她爹，“您怎这么不怕丢脸！”

长寿老头不高兴了，沉下脸，教训银杏：“别骂你爹吧！上年纪的人，就要比你们小孩子想得多。”

“自私，落后，哼……”银杏气得直哆嗦。

春宝笑着说：“银杏，咱们给扛回去吧！”

银杏不动，从眼眶里冒出眼泪来。

春宝劝道：“给扛回去吧，反正是不埋了。”

银杏不情愿地走到她爹身旁，富贵老头虎起脸，吼道：“不用你！”

长寿老头也拦住春宝，“你俩玩去吧，我们怎么扛来的，还让我们怎么扛回去。不过有一宗得嘱咐你们俩，不许满处乱说，这不是什么光彩事！”

春宝笑道："您放心，我们一定保密，您刨了半天也够累的了，还是我们扛吧！"

长寿老头一拍大腿，大笑道："你也别抢了，我也懒得扛了，干脆扔大河里！"

说着，他弯腰扛起石界碑，大步流星地走向河边。富贵老头正拿不定主意，冷不防银杏从后面一下子夺了过去，奔向河边去了。

运河里，响亮的扑通一声，这界碑就随着浪声沉入河底去，银杏高声笑了。

二

黎明，在薄暗中红英就扫完了院子。不一会儿，太阳升起来，一缕缕早饭的炊烟，袅袅地伸向碧蓝碧蓝的天空。

今天，红英要请她爹跟全家吃饭，她的心里像初汛的春水，洋溢着幸福和骄傲。

婆婆点灶，她淘米做饭。

突然，她丈夫根旺怒气冲冲地从外面回来了，劈头对红英喊道："你看你爹做出的丢脸事！"

红英吃惊地问道："怎么啦？"

"哼！真不怕丢人！"根旺脸发紫。

红英气恼了，也喊道："你要说个明白啊！"

"你爹昨晚偷着去埋界碑，让春宝跟长寿老头撞见了，长寿老头到处传说，全村都轰动了！我到街里，张顺跟虎兴便笑我为什么不帮助老丈人去扛界碑，反倒劳累人家春宝。让我也跟着他丢脸！"说到最后，根旺气得跳起脚。

红英声音发颤地说："你到他姥家去过了吗？"

"我还去？"根旺叫道，"干脆别让他们来了！"

"那不行！"红英要哭出来。

根旺一摔帘子，进屋去了。

根旺娘白瞪着儿子，对红英说："你去请！居家过日子谁不留个后路，这有什么见不起人的。"

红英站起身，难过地到娘家去了。

街上，篱笆跟前蹲着不少人，红英感到大家的眼睛都在看她，她浑身就像起了风疙瘩。她本是个快性人，平时总要亲热地一一招呼，现在只勉强淡淡一笑，就赶忙过去了。

到娘家，进了外院，里院的门紧闭着，红英听见她娘在骂银杏："丫头家，满处嚼舌根，全不顾脸皮！"

银杏受屈地喊："您真会冤枉人，从清早起来我什么时候出去过？"

富贵奶奶气糊涂了，说道："你不是饮牲口去了！"

"牲口不是牵到社里去了！"银杏抓住了理。

富贵奶奶哑了口，沉默了一会儿，说："那一定是春宝说的，反正跑不出你们俩。"

"娘！"银杏的大哥福海拦道："春宝是党员，团支部书记，不会那样，您不能乱说。"

红英在外面说道："怎么大清早就拌嘴，快走吧！"

福海给开了门，红英进来，他皱着眉头说："你说这件事爹做得多说不过去，连我也瞒着。"

红英问道："爹呢？"

"在屋里。"

富贵奶奶拉住红英，低声说："去劝劝你爹，他是个死心窟窿，别憋闷出灾枝病叶来。"

红英说："你们快去吧！俺婆婆怕都等急了。"

一家人走空了，红英进了北屋，富贵老头蜷曲着身子，抱着头躺在炕角。

"爹！"

不言语。

"爹！"

富贵老头蠕动了一下。

“爹，起来！吃饭去吧。”

富贵老头闭着眼说：“你跟亲家娘替我赔个礼，我不去了。”

红英笑道：“请的是您嘛，您不去怎么说得过去？”

富贵老头睁开眼，“我不去嘛！”

红英知道她爹犯牛脾气了，便给他盖上一条被子，回去了。到晌午，她提了个食盒来，富贵老头还在昏沉沉地躺着，红英也没惊动他，就放在桌子上走了。

富贵老头醒来，吃过饭，心里仍然很郁闷，他想去渡口找管船老张，管船老张是个会说宽心话的人。

拐过几道篱笆，穿过一片小枣林，已经出村了。

“富贵叔！”背后有人叫。

他没听见，继续向前走。

“富贵叔，病了吗？”

富贵老头站住了脚，叫他的那个人是麻宝山，一个富裕中农，出名的看风使舵的人。

麻宝山走上前来，惋惜地说：“您昨晚为什么不在后半夜去埋呢？这让人一知道，怕再也埋不成了。”

富贵老头拧起眉头，不高兴听下去。

“来！告诉您个消息，”麻宝山拉着富贵老头坐在一个篱笆根下，神秘地说，“您知道不知道？不老松村的农业社，土地一点不分红了，叫作完全社会主义化，跟苏联的集体农庄一样了。”

富贵老头打了个冷战，问道：“当真？”

“千真万确！”麻宝山急赤白脸地说，“这是我小舅子前晌来告诉我的，今天不老松村开了大会，县委书记跟区委书记都是讲了话呢！”

“啊！”富贵老头慌了神，“那咱村是不是也快了呢？”

“我看，出不了一两天，”麻宝山说，“您想，山楂村跟不老松村两个农业社，是全县两杆大旗呀！”

“也许不会这么快吧？”富贵老头脊骨冒着凉气，自言自语地说。“今年有十五六户中农入社，刘景桂跟春枝也许不会这么莽撞。”

麻宝山叹口气，摇摇头，说：“谁知道会有什么变化呢？大家看不老松跑在前头了，一不服气，也许会轰地一下子干起来！”

富贵老头的身体像抽了筋似的软弱无力，脑袋混沌沌的，他咬着失去血色的嘴唇，哆哆嗦嗦地说：“他们要是真的这样做，我就退社！我就退社！”

他不理麻宝山，独自摇摇晃晃地，到河滩他那块心头肉的地里去了。

他一屁股坐在那还没被砍去的地界——一簇柳丛下，双手紧紧攥着土疙瘩，攥得粉碎，他的心，撕裂了似的疼痛，鼻窍紧扇着，他几乎要号出来。

土地，他的命啊！

黄昏，太阳慢沉沉落下去了。远处，传来青铜脖铃叮叮当当的声音，放羊孩子清亮的呼唤，河滩上，雪白肥大的绵羊出现了，追逐着，咩咩地叫，农业社的羊群回村了。

天凉了，富贵老头站起身，往渡口去，大路上扬起风沙。

三

夜，渐渐伸展开来了，像一张黑色宽大的布幕，严严实实地盖住了运河滩。

区委书记俞山松，黄昏才从不老松村赶来，看不清路，只得推着自行车走。山楂村在黑夜中不见了，只有渡口小棚里晃动着的那孤寂昏黄的灯光，招引着行人。河边一溜渔船上，还燃着几堆烟火。

“喂！请把船摆过来——”

“喂！请把船摆过来——”

在寂静的夜里，俞山松的声音在远处得到了回声，就像旷野上有一个人在呼喊，渐渐地微弱和遥远了。

但是，渡口小棚没响动。

俞山松心想管船的一定睡着了，于是又喊：“喂！请把船摆过来！”

“喂！请把船摆过来——”遥远的回声又消失了。

小棚仍然不理，灯光挑逗似的晃动着，秋夜很冷，俞山松还没吃饭，肚里直叫，他真是恼火了。

这时，渔船上跳下个黑影，跑到渡口小棚，跳上渡船，划过来了。

俞山松闻到他身上一股淡淡的腥气，便问道："你是哪村打鱼的？"那黑影回答道："山楂村农业社渔业组的。"俞山松笑了，说："刘景桂真是个找财的人。"那黑影惊问道："同志，您是县里还是区里来的？"

俞山松巧妙地回答道："我是过路人，你们社的名声可不小呢！"

那黑影摇摇头，"我们落后了，人家不老松村农业社听说土地已经不分红，我们社反倒要提高分红比例呢！"

"你们跟不老松村的情况不太一样。怎么，你们要提高土地分红比例？"

"嗯哪！可是我不同意。"

"你们社的领导思想有毛病吗？"

那黑影警戒地看了他一眼，抛了锚，回避道："同志，下船吧！"

俞山松跳上岸，小棚的亮光突然亮了一下子，他想一定有人，于是便走了进去，小棚的炕上，靠墙坐着个老头，正对着灯火点烟。

"老大爷，您为什么不把船摆过去呢？"

那老头也不看他，闷声闷气地说："我是摆你的嘛！"说着，他吹灭了灯，说道，"我要走了，你也走吧！"

俞山松压住怒火，说："老大爷，夜里也会有人过河，您得给摆过来呀！"

那老头冷冷地说："你看看我是管船的吗？"

俞山松知道碰上个怪脾气的老头，反倒感到可笑了。他跟在老头脚后走出棚子，看见老头的身子摇晃着，脚步很沉重，他想，这老头一定有很重的心事，从他脚下的声音可以听出来。

突然，老头脚下一溜，俞山松忙扔下车子，一把扯住他。老头一个趔趄坐在地上了，他光顾想心事，踏在滑泥上，差一步就要倒在路旁的小溪里。

俞山松把老头扶起来，问道："大爷，没摔着哪儿吧？"

老头大口喘着气，摇摇头。

“大爷，我打着手电，给您照个亮吧！”

俞山松从口袋里掏出手电筒，一道白光射出来，前面的路照明了。他一个人夜晚行路是不肯打手电的，因为电池要公家供给。

老头感激地看了看这个年轻人，问道：“同志，你这是到哪儿去呀？”

“到山楂村，您呢？”

“我就是山楂村的。”

“您是哪一家？”

“村东头富贵家，”老头说，“同志，你是找农业社的吧？”

“对了。您是社员吗？”

“是啊！”老头回答道，“你是不是从不老松来？”

“正是。”

“二十里路，怎这么晚才到？”

“在那里开完会才动身，已经太阳偏西了。”

老头放慢脚步，跟俞山松并肩走，急切地问道：“听说他们那里完全，完全……”老头选择着恰当的名词，“完全归社会主义了？”

“他们那里条件好，全体社员一致同意，从明年起，土地不分红了。”

“我们这里是不是也很快呢？”老头痛苦地问道。

俞山松心里一动，说道：“这不能比赛，要看条件。”

老头不放心地问道：“要是一争气，轰地一下子闹起来呢？”

俞山松说：“不会。”然后试探地问道，“您愿意争气吗？”

老头不言语，沉默了。

过了一会儿，老头问道：“同志，你说土地分红为什么少呢？”

俞山松反问道：“您说种地打粮食，主要是靠人力还是靠地力呢？”

老头含含糊糊地说：“两相宜呗！”

俞山松不再问下去，他抓住老头的话，反反复复地研究起来。他断定，这老头一定是个中农，但是他想不出老头的家。他从青年团县委会调任区党委书记刚刚六个月，他已经熟悉重点社所在村各家各户的情况，然而这个老头的家为什么想不起来呢？想不出他的家，就无法更正确更深刻地分析这个人。

“同志，人家的地要是好地呢？”老头又问了。

俞山松从深思中转回来，笑着追问道：“大爷，您说的是哪一家？”

老头又哑口无言了。

谁也不再说话，只听见他们的脚步声，还有俞山松的自行车那单调的车轮声。

猛地，前面树林里，一点灯火浮游过来，渐渐地，渐渐地，灯火大了，在大路上停住了。

“爹！”

一个姑娘用清脆的声音向旷野呼唤。

老头不安地咳嗽起来。

“爹——”

姑娘的声音是悠长的，焦虑的。

老头高喊道：“别叫魂了，我回来了！”

那汽灯走近了，是一个美丽的姑娘，一手提灯，一手拿着杆巡夜的红缨枪。

猛地，那姑娘叫起来：“俞书记，你来了！”

俞山松一惊，那姑娘已经跑到近前，“啊！银杏，是你。”

于是，俞山松把老头和他的家连在一起了。

四

已经入夜，满天的繁星都打盹了。

山楂村中间，一个四围满是洋槐的小院里，北屋透出明亮的灯光，动摇的人影，激烈的说话声。

这是农业社副主任春枝家，正在开党支部委员会，讨论农业社扩社后的工作问题。

大家听着支部宣教委员、农业社会计股股长赵明福的发言。他是个瘦瘦的带着一股傲气的人，眼睛里总闪着讥诮别人的光，薄嘴皮儿说话就像敲梆子。

区委书记俞山松坐在墙角落的一个扶手椅上，倾听着其他四个人的发言。

支部书记刘景桂注意地听着，沉思着；副书记春枝托着下巴，流露出不耐烦的神气；组织委员是个模范互助组组长，他听得很细心；新选进支部委员会的春宝，做着记录，不时抬头看一看赵明福，他的神情很紧张，看出是在压抑着心里的冲动。

“一句话，我们要想团结中农，就得提高土地分红比例！”

赵明福说完了，急急地吞了一口冷茶，然后安然地用目光扫着大家的面孔。

春宝迅速地抬起头，想要发言，但看了看大家的脸色，话又咽回去了，他很注意保持冷静沉着，学习刘景桂的样儿。

这时，春枝说话了：“赵明福同志，你这个意见在上次支委会研究中农入社的会上，不是没通过吗？”

赵明福啜着冷茶，并不看春枝，说道：“你难道不知道现在的情况不同了吗？”

“怎么不同呢？”

赵明福冷冷地笑道：“你当真不知道吗？富贵老头埋界碑的事，不是嚷嚷遍了？这说明中农在思想上并没入社。”

“这是中农的通病。”

“嘿！你说得真轻巧，新入社的中农都想退出呢！他们说土地分红太少。”

春枝冷笑一声，问道：“你是代表谁的利益说话的？”

赵明福唰地涨红了脸，“你怀疑我是为了自家？”

“对了。”春枝尖锐地说，“你别忘了自家是富裕中农！”

赵明福脸涨紫了，一把推翻了茶碗，喊道：“你这是污辱同志！”

“何必发火呢！”春枝静静地说，“中农绝不会退出。”

“一定会退出！”

“绝对不会！”春枝坚定地说，“他们是看出农业社有利才申请入社的，嚷嚷要提高土地分红比例，不过是想能多捞一把就多捞一把。不错，富贵老头是埋了界碑，可是你也不是不知道，长寿老头扒出了界碑，他们都是中农啊！”

这一番话，说得赵明福哑口无言，矜持的态度立刻变得有些慌张了。

“我同意春枝同志的意见，”刘景桂低沉地说，“咱们社现在是劳土四六分红，对中农跟多地户已经很有利了。我们的方向是，随着生产的增长，劳动效率的发挥和群众觉悟程度的提高，逐步而稳健地提高劳动报酬的比例。不过我们为团结新入社的中农，今年还维持原来的分红比例不动。明福同志却提议要增加土地分红比例，这就太右了。”

春宝惶恐了一会儿，下决心说：“这是投降！”

赵明福暴怒且含着敌意的眼睛，看向春宝，但却碰见了俞山松对他的注视，他便垂下了眼皮。

“县委最近那个通报你们接到了没有？”俞山松问景桂。

“接到了。”春枝说。

“拿出来念一念。”

春枝从档案夹子里拿出那份通报，俞山松说：“请老赵同志念。”

赵明福发窘地接过来，咬了咬嘴唇，停了一停，才低声地念了。

县委的通报写道：“在运河上游，牛栏山下的牛栏村农业社，因为党支部书记兼社主任的右倾思想，对社内三分之一的中农盲目退让，提高土地分红，并错误地将超产部分劳土平分，致使中农与贫农严重不团结，富农分子混入社内，挑拨离间，篡夺领导权，这个社已经陷于混乱、瘫痪状态，县委与区委决定组织紧急工作组，前往整顿……”

念着念着，赵明福的声音越发小了，手哆嗦了，春宝胜利似的说：“老赵的意见，正是这样！”

赵明福的脸苍白，软软地垂下头。

刘景桂看看大家问道：“谁还对这个问题发表意见？”

大家都没话说了。

“现在我们研究选举中农参加社务委员会的问题，”刘景桂把他的记事本又翻到新的一页，“社委会中农成分的委员，只有赵明福同志一个人，又是党员，这就不能很好团结中农，过两天就要改选了，党支部需要酝酿一下。”

“我同意！”为挽回面子，赵明福第一个点头，同时他报复似的扫了春枝一眼，“我一直有这个意见，不应该埋没人才，春枝一直是反对我。”

春宝喊道：“不能像你那么无原则！”

赵明福青筋鼓起来了，不能容忍这个年轻人粗暴的顶撞，正要反讥几句，外屋春枝娘低声说道：“你们住一住讨论吧，让我把给俞同志做的饭端进去。”

“您别忙碌了，我来端吧！”

说着，俞山松赶忙去接，春枝微笑地望着他。

这一来，好像是休息了一会儿，屋里的空气也稍微清爽一些了，刘景桂问赵明福：“你刚才是不是要发言？”

“我不想说什么了，希望春宝同志对我不要抱成见，误会我的意思。”这一霎间，赵明福考虑了一下，他把讽刺话压下去了。

跟着，大家讨论向社员群众推举哪些人，刘景桂提出推举福海，大家一致通过了。会议一直开到后半夜，月色淡了，星星稀了。

最后，刘景桂说：“俞山松同志，你谈谈吧！”

俞山松这年轻的区委书记，两眼炯炯放光，笑着说：“一下车就乱发表意见，毛主席早批判过哩！我还是别谈了。”

散会了，春枝支起窗子，一股冷气钻进来，刘景桂笑着对俞山松说：“你就住在这里吧！三更半夜也没处号房去了。”

俞山松碰到了春枝那炽热的眼光，他迟疑了一会儿，摇摇头说：“不，我住在老赵家吧。”他迅速地看了春枝一眼，春枝沮丧地低下头。

他们走出院子，春枝默默地跟着，街上冷冷清清的，俞山松突然说：“老赵，你头前走一步，我跟春枝同志谈个问题。”

人们都走了，夜风穿过洋槐疏疏密密的叶子，簌簌发响。春枝的大眼睛抱怨地望着俞山松。

俞山松笑了，说：“我要住两三天呢！看你……”

春枝默默地站着，突然，她疲倦地倒在俞山松的怀里，轻声地，像是自言自语："这一扩社，两百户人家，我真感到自己能力不够了，让我到党校去学习吧！我真得好好地学习学习了。"

"是啊！都得要学习。"俞山松拍抚着春枝。

春枝忙说："那就让我去吧！"

"应该在斗争中学习。"俞山松沉重地说，"你们社里情况更复杂了，一些党员思想也很乱，今后你得跟景桂分工去独当一面，责任就更重了。"

春枝无声地靠在他的肩上。

许久，俞山松轻声说："我还要跟赵明福谈话，我得走了。"他把春枝送到门里，吻了她一下。

五

俞山松离开春枝家，月色很白，他踏着月色慢慢地走，留心着每个角落和树影，山楂村静静的，但是他知道，山楂村并不是真正静静的村庄。

突然，他看见前面破墙后有个黑影一闪，他悄悄地跟踪追过去，那人鬼鬼祟祟地隐在暗影里，匆匆地行走。

在一家门口，那人停下来了，东张西望了一会儿，然后，"嗒嗒嗒"地敲起了门，院里没有动静，就又"嗒嗒嗒"紧急连声地敲起来。

俞山松猛地走过去，手电筒射出白光，问道："你是谁？"

那人吃了一惊，但跟着镇静地回答："我姓田，就在这个院里住。"

"怎么这么晚还没睡？"

"串门子去了。"那人始终不回脸地回答。

俞山松怕赵明福等得不高兴，便记下这家院里有一棵老虎眼的枣树，就走了。

这个院子的北屋里，高点着明灯，富农田财跟麻宝山喝着浓酽浓酽的枣叶儿茶，吸着烟，两个人面皮都是红红的，正在高谈阔论。

"宝山，只要多积肥，凭着咱们哥儿俩这两双手，赶不过社里的产量，砍我脑袋！"

田财兴奋地在炕沿上敲着烟袋，然后端起茶杯，一仰脖儿"骨碌"喝了下去，打了两个饱嗝儿。

麻宝山闷闷地吸着烟，说："是啊！咱哥儿俩是对心思的，恨的是我们那大小子，让社里迷了心，总是横三竖四的，不听话。"

田财敞开了怀，嘿嘿一阵笑道："宝山，你也太吝啬了，对他们小两口儿别克得那么紧，不然他们真要闹起分家入社，你反倒损失更大了。"

麻宝山点点头，田财又给他斟上一杯茶。

就在这时，外面那个人敲着门，不过田财没听见，他老婆正在炕头奶孩子，听见外面门响，她不想打断田财那些迷惑麻宝山的甜言蜜语，就自己出去了。

"谁呀？"田财老婆走到影壁那里，问道。

"我！"外面那人含糊地应声。

田财老婆听不出那人的声音，想回去报告田财，却听见北屋田财跟麻宝山高声大笑，她怕冲淡他们那热烈的气氛，犹豫了一下，就开了门。

门外那人矫健地一跳，跳进门槛，然后敏捷地反手插上门闩，田财老婆吓得要叫出来，那人把头上的破毡帽一揭，低声命令："别嚷！我是河西王六。"

田财老婆定了定神，心里还扑通扑通地跳，笑着说："六老板，您怎么深更半夜赶到这里，吓死人了。"

"别问了！"王六说着，径直就要奔上房去。

田财老婆一把拉住他，压低声音说："上房有人，你在仓房等一等。"

田财老婆一步闯进北屋里，胸脯紧张得一起一落，脸上一红一白，她平静了一下心情，做出笑脸，玩笑似的说："宝山大哥！半夜了，该回家陪大嫂去了。"

田财正把麻宝山说得颠三倒四入了迷，不高兴地转过脸，瞪他老婆，但他一接触他老婆那报急的眼色，就连忙顺水推舟地说："哟！都这么晚了？真是酒逢知己千杯少，话不投机半句多，不知不觉说了小半夜。"

麻宝山站起身，田财又一把攥住他的手，叮咛道："兄弟！不要三心二意，别信社里那些花言巧语，富贵老头子有流眼泪的那一天。咱哥儿俩搭帮，你多积肥，我手里还有一点儿钱，咱们劳动力又不少，非闹个平地一声雷，吓他们一跳！”

麻宝山连声答应：“是，是。”

田财不放心地嘱咐道：“一言为定！明天我就把我家的那堆粪拉到你家去。”

“是！是。”

田财把麻宝山送出门口，关上门，刚一转身，从仓房跳出个人，手里拿着把宰猪刀子，明闪闪的，站在当院。

田财吓了一身白毛汗，走上前，低声下气地问道：“六老板，您刚到？”

王六老板把尖刀子收起来，也压不住心跳地问道：“刚才那家伙是个什么人？”

“一个中农，落后的脑袋！”

进了屋，王六老板抢上一步把灯吹灭了，月光斜照进来，青幽幽的。田财小声问道：“六老板，您出事了吗？”

“是啊！我现在是有家难奔，有国难投，投靠你来了。”王六老板脱着衣裳，从身上取下东西。

外屋有响声，王六老板问道：“谁？”

“六老板，我在给你做饭。”田财老婆回答道。

“不用，我就饿一顿吧！”

田财老婆也进来了，田财胆怯地问道：“六老板，您出了什么事？”

王六老板饮牛似的连喝了几大碗茶，抹了抹嘴唇，狠狠地说：“他们没收了我的粮食，我给他们仓库点了把火，躲进青纱帐里，又劫了几个人，眼下收了秋，没处躲了。”

田财吓得腿都发抖了，哆嗦着说：“六老板，我这里也躲不了啊！山楂村是有名的鬼门关。”

“你不用害怕，我绝不连累你，眼下我是孤单一个人，等我跟国民党地下的人接上头，我就远走高飞。”说着，他从口袋里掏出一沓钞票，扔在炕上，说：“这笔钱给你！我知道你是个胆小怕事的人，可是你不要忘恩负义，想当年我在市场上拉过你，如今我遭了难，你收留我一下，日后忘不了你的好处，你要是告发了我，我反正豁出这颗脑袋去了！”他把那刀子碰得叮当响。

田财不言声，王六老板又逼问道：“你说吧！”

田财舌头都麻木了，哪里说得出话？他老婆却是个胆大贪心的人，笑着说：“六老板，您放心吧！我们是君子，不是小人，一定把您藏得严严实实的，让您平平安安地离开这里！”说着，她把炕上那一沓钞票收在怀里，王六老板又格外掏出几张给她。

这时，炕头那孩子醒了，哇哇哭起来，王六老板吓得忙抓起炕上的东西，田财老婆扑哧笑了，说道：“六老板，你真是吓得魂出窍了，你也睡吧！”

“不！我不困。”王六老板收拾起炕上的东西，说道：“我白天就躲在你们藏粮食的地窨子里，黑夜给你们打更，连你们这个吃奶的孩子也别让知道。”

田财跟随王六老板去收拾牲口棚里那地窨子，铺了厚厚的干草，扔了两条被子，拿了水壶、饭碗、便盆，王六老板又威胁了他一顿，一句话，他是个犯死罪的人，不定哪一天掉脑袋，反正是豁出命去了，要是田财敢告密，杀了他全家，烧了他房子。

田财像打摆子似的回到北屋，一头倒在炕上，身子像筛糠似的抖，他老婆摇着他，说：“别怕，他住不长。”田财钻到老婆的胳肢窝下，上牙打着下牙，说：“他豁出死，我还想活呢！咱们山楂村是天罗地网，千层篱笆也得透风，早晚会被人知道，我得被枪毙。”

田财老婆一把推开他，说：“看你这个熊劲儿！没家贼，引不进外鬼，咱们要不露了马脚，透出口风，谁也不会知道！”

田财身子仍然哆嗦着，嘴里不住哼哼哎哟地叫，第二天，他就吓得不能起炕了。

六

第二天清晨，俞山松在赵明福家吃了早饭，就到刘景桂家来了。

他故意路过昨晚引起他怀疑的那一家，这是一座蓝生生的半灰半砖的小四合院儿，枣树的枝丫伸出墙外，门楼跟影壁都描了彩。这时，从院里走出一个三十多岁的阴沉女人，一只手提着柳罐斗，一只手牵着一头高大的青骡子；一个三岁的小男孩，跟在后面扯着她的衣角，到井台去饮牲口。

那女人望了俞山松一眼，冰冷的眼光一抖动，像是害羞似的低了头，吆喝一下牲口，赶紧走了。

俞山松到刘景桂家，春枝已经在那里，他第一句就问道："你们村西头有一家姓田的，院里有一棵枣树，那是谁家？"

"富农田财家！"春枝漫不经心地回答，仍然继续整理党内与社内的文件和材料。

刘景桂却听出这突然的问话中有问题，他停了手，问道："你发现什么了？"

俞山松把昨晚见到的事情说了一遍。刘景桂沉吟了一下，说道："他一定是到麻宝山家去了，他正拉拢麻宝山呢！"

"党支部应该严密注意富农的活动！"俞山松突然转过脸，严厉地对春枝说："看你刚才那样子，对这个情况一点儿不注意，好像天下太平了！"

春枝羞愧得脸红起来。

刘景桂问道："你对赵明福有什么感觉？"

俞山松皱皱眉头，顿了顿，说："他的个人主义根子很扎实，骄傲自满情绪很浓厚！这都是因为你们支部的批评与自我批评没展开，他犯了错误，只是支委跟他谈一谈话，他口头上认了错就过去了，这是不行的！应该让全体党员批评他，让党外群众也监督他！"

刘景桂看看春枝，春枝也正看他。他满面惭愧地说："我刚才跟春枝商量了一下，准备整个党支部搞一次大的批评与自我批评，清理清理过去，由各支委带头检查。"

"应该的。"俞山松在屋里踱来踱去，"你们俩跟其他同志还不同，你们领导着党在农村的战斗堡垒，就更需要敏锐的政治警觉性，但是没有批评与自我批评，你们的思想就会上锈了。"

“我的思想已经上锈了！”刘景桂沉重地垂下头。

“我决定在你们这里住一星期。”俞山松坐下来，“我想在最后的一个晚上，给同志们做一次过渡时期阶级斗争的报告，要用你们村子的阶级斗争事实，说明这个问题！”

“这是各个党小组的反映。”春枝把一个档案夹子放在俞山松的面前。

俞山松拿起这个沉甸甸的夹子，说道：“这是不够的！”

俞山松在山楂村住下了。白天，他到各家去，到河滩田野上去，到天天坐满老头闲谈的管船老张的小棚那里去，他走遍了各个角落。夜晚，他跟景桂、春枝研究党内党外的问题，研究正在连夜激烈进行着的党内批评与自我批评，有时到半夜，有时到鸡叫，他回去刚刚合上眼，东方已经呈现鱼肚白了。

突然，一天夜晚，俞山松在根旺的陪同下，到田财家来住了，田财哼哼唧唧地开了门，面对着这两个不速之客，吓得一下子脸没了血色，舌头硬了，四肢也僵了。

田财老婆压抑住恐怖的心跳，镇静地周旋着，她故意把俞山松安置在背静的小阁楼里，那里很难听出院里的响动。这女人像一只狸猫似的，眼睛闪着寒光，隐藏着敌意，溜来溜去。

等俞山松睡下了，她嘱咐田财警戒小跨院的动静，悄悄地拿起一个饭篮，到牲口棚去了。

搬开压在洞口的篓子，地窨子里冒出一股恶浊的臭气，王六老板伸出头来，恶狠狠地喝道：“怎么这么晚才送饭来！这洞里又湿又闷，快憋死了！”

“低声！”田财老婆跳进洞里，‘共产党的区委书记来了。”

“啊！”王六老板叫了一声，抓起刀子。

田财老婆扑上前，捂住他的嘴。

“我跟他们不共戴天！”王六老板恶狠狠地咬得牙齿咯咯响，“我去宰了他，换他这条命！”

“他有手枪，你是去找死！”田财老婆嘶哑地小声说，“我们也就让你害了。”

王六老板的刀子从手里落下来了，手心是冰凉冰凉的汗，绝望和兽性在他的身体里燃烧起来了，在他面前的是一个三十多岁有着两颗诱惑人的深眼睛的女人，她的肉体强烈地吸住了他，一股女人热汗的气味从她的小褂儿里散发出来，那隆起的乳房恐怖地颤动……他像一只饥饿的狼似的扑了过去，把她死死地压在身底，她挣了几下，却并不叫，用牙齿咬他的脸，没有反抗……

回到屋里，田财老婆一头倒在炕上，呻吟起来，田财怀疑地问道：“你怎么啦？”

“喝了几口凉茶，肚子疼！”她用被子蒙住头。

“是不是他欺侮了你？”田财一腔妒火，身子挪近老婆。

“我跟他睡了，你管不着！”他老婆用脚踹开他。

俞山松在小阁楼里一直没睡，听着院里的响动，这时他听见前屋的声音，便从床上起来，他轻轻地开了门，刚要踏出脚，猛地看见正当门口有一盆闪闪的泔水，他敏锐地想到，这是报告他黑夜外出的信号。

俞山松没有声音地到院里来了，秋夜清冷清冷的，山楂村没有一点儿动静，他留心看院里的角角落落，他感到这个富农的家庭阴森森的。突然，他看见黑咕隆咚的牲口棚里，飞起一个火星，像是烟头熄灭了，他慢慢走过来。

那匹阉骡子，也像它的狡猾的主人，看见俞山松在远处，并不出声，当俞山松走近了，它就像报警似的嘶叫起来。

“谁？”田财像鬼叫一样地喊。

“我起来解手！”俞山松懊恼地回答。

田财老婆出来了，不怕羞耻地穿了一件小衣，谄媚地说：“俞同志，外面太冷，别着了凉，给你个便盆吧！”

俞山松被这个可耻的女人惊住了，他连看也不看她，冷冷地说：“不用了！”

那女人仍然半裸地站在那里不动，俞山松只得回小阁楼去了。

第二天清早，在春枝家里，刘景桂问俞山松道：“住了这一夜，你对这个富农有什么印象？”

“又阴险又无耻！”俞山松恶心地说。

他因失眠而苍白的面孔陡地泛起血红色，他狠狠地向桌上一击，说道：“一个敌人，一个狡猾的敌人！”

七

王六老板躺在地窖里，像落进陷阱的狼，手里老是攥着他那把雪亮的刀子；上面，有老鼠跑跳，沙沙作响，一个小蝎虎子从上面落下来，落在了他的身上，他惊吓得一抖腿，起了一身鸡皮疙瘩。透过通风的气眼，望见外面白花花的，枣树上的麻雀在叽叽喳喳地叫，夜还没有降临。

渐渐地，太阳落山了，暮色苍茫，夜像薄薄的轻纱，蒙盖了村庄，月亮从东山升起来了。

牲口棚的骡子让麻宝山拉走了，王六老板嗖地跳出了地窖，一阵凉风吹进牲口棚里，他猛吸了两口，打了个冷战。

北屋里，田财老婆正收拾饭篮子，田财抢过来，说道：“我去！”

田财老婆恼怒地一甩手，骂道：“你要是不放心，就跟在我屁股后头盯着！”她抢过饭篮子，到牲口棚去了。

王六老板一见田财老婆，问道：“什么饭，炒没炒鸡蛋？”

“你怎么自个儿就随便出来！”田财老婆着急地低声叫，“昨晚夜你一定是露了头，叫那姓俞的瞄上了，不是我从屋里麻溜儿出来，你就给逮走了。”

“X的！”王六老板嘴里溅着唾沫星子，“我想那小子一定睡着了，露出头透透风，抽口烟，没想到那小子突然走过来了。”

“你要多加小心！”田财老婆焦虑地嘱咐，“山楂村处处是眼睛，处处有耳朵。”

“我想让田财去打听打听，这个姓俞的小子到底为什么来？”王六老板用手遮住烟头的火光，皱着眉头深深地吸了一口。

“他到哪儿去打听！”田财老婆撇撇嘴，“在村里臭得让人捂鼻子。"

"不！你去叫他来。"

田财老婆把饭篮子放下，王六老板一步抢上来，说道："他出去你就来！"田财老婆望了他一眼，脸烧到耳根子去了。

田财等他老婆前脚进牲口棚去，他后脚就蹑手蹑脚地跟来了，紧靠在外面偷听。听到王六老板让他老婆去叫他，赶忙三步两步假装没事地奔上房去了。

"你贼溜溜的干什么呢？"田财老婆像受污辱似的问道。

"我问你，"田财心头酸溜溜的，"他跟你说了什么私情话？"

"他让我叫你去。你把我锁起来吧！不然你跑不了当王八。"田财老婆咬着牙呲呲地骂，气横横地进上房去了。

田财走进牲口棚，王六老板正吧嗒吧嗒吃着饭，他命令道："你去找赵明福，打听打听姓俞的那小子为什么到你家来？"

"我怎么跟他打听？"田财发愁地望着王六老板。

"他的锁子骨让我们掐着呢！"王六老板脸上闪过一阵得意的笑影，"共产党是不许他们的党员贪污、做买卖的，赵明福有一笔资金还押在我手里，只要给他泄露了，他就得从党里滚出去。怕他不说？哼哼！"

"我怎么跟他说？"田财也觉着腰板儿硬了。

王六老板附在他的耳朵边，眉飞色舞地说着，田财不住地点头。

田财从牲口棚里出来，紧紧裤腰带，兴冲冲地就朝外走，刚出门槛，陡地又拨回头，进了北屋，对他老婆说："你先睡吧！我出去一会儿，马上就回来。"

他老婆在黑暗中恶狠狠地瞪着他，鼻孔里哼了哼呼，等他刚走出院子，这女人就爬起身，溜进牲口棚去了。

田财急急忙忙到赵明福家去，路上，共产党员三三两两地走过去，田财不敢光明磊落地露面，就隐在一棵槐树的暗影里，等人走完了，才迅速地闪进赵明福家去了。

门没有插上，田财一直走进院里，赵明福老婆在油灯下哼哼着小曲儿，正在补一只粉红色的袜子，田财在窗根下低低叫："三妹，三妹！"

赵明福老婆是田财的远房叔伯妹子。她一抬头，从玻璃窗看见外面那张瘦猴儿脸，说道："二哥，你进来。"

"明福呢？"

"开党小组会去了！"赵明福老婆骂骂咧咧地说，"刘景桂跟春枝带头，姓俞的那区委撑腰，正鸡蛋里挑骨头地找他的碴儿呢！"

"什么时候回来？"

"得小半夜，"赵明福老婆看田财一眼，"你找他什么事儿？"

"一件重要事。"田财隐秘地回答。

"你就等等吧！"赵明福老婆继续哼着小曲儿，补那只粉红色的袜子。

田财烦躁地等着，月亮往西一步步挪动，家家都睡了，田财想他老婆不知是在北屋里，还是在牲口棚里，很不放心。

正在这时，外面门楼下的鸡笼翻了，鸡笼里的鸡吱呀吱呀叫起来，一个人瓮着声骂道："X的！你当门口摆个埋伏，安的什么心？"

"我偷汉子哪！"赵明福老婆扔下粉红色的袜子，迎出来，"你眼睛长在胯骨上了，看不见那么大的一个鸡笼。"

赵明福嘟嘟囔囔跟他老婆进屋来了，猛地，看见坐在椅子上的田财，吃了一惊，拧着眉头子，丧门神似的问道："黑更半夜你跑到我这里干什么？"

田财笑嘻嘻地站起来，说道："王六老板让我问你好。"

"什么？他X的王六老板，不认得！"赵明福仰面朝天往炕上一躺，不理田财。

"嘿！你真是贵人多忘事呀！"田财走过来，坐在炕沿上，"你在他手里还存着十五石粮食呢！"

"胡说！"赵明福从炕上鲤鱼打挺坐起来。

田财诡秘地笑了，"你为什么白白扔了这笔财呢？就是扔掉不要了，还不是有这么回事儿。"

赵明福又颓然地躺下了，他眼前浮现那个有一双黑浓眉毛跟一对发绿光的恶眼矮胖子……

那是他偷挪了社里的公款，到镇上倒卖粮食，因为田财报告了他的底细，王六老板不断给赵明福甜头吃，请他到饭棚吃饭、酒馆喝酒，逛破墙头的暗门子，赵明福害怕出头露面有危险，就暗中加入了王六老板粮行的股。实行粮食统购统销时，因为王六老板投机倒把，扰乱市场，破坏政府法令，被没收了一百多石，赵明福的十五石粮食也连同被没收了，他怕党支部知道，不敢声张，也就放下了。

“前几天我在河西遇见了王六老板，”田财扯着瞎话，“他说一定要还你的粮食，现在他破落了，没脸见你，让我给你捎个口信。”

赵明福闭着眼，心猛烈地跳着，同志们尖锐批评的声音还在耳边回响，脑海里乱哄哄静不下来；现在，田财又刺破了他最害怕暴露的隐秘，他更喘不过气来了。

“我问你，”田财小声问道，“昨天那个姓俞的区委书记，为什么到我家去，你知道不知道？”

赵明福眼也不睁，说道：“我又没钻进他的肚子里，怎么会知道他为什么到你家去？”

“你是党支部委员，怎么会不知道？”田财不相信。

“他是区委书记，也用不着跟一个小支部委员汇报工作！”

“这就奇怪了。”田财自言自语地说，“他为什么到我家去呢？还一夜没睡。”

“嘿嘿！这有什么奇怪的？”赵明福像哭似的笑了两声，“过渡时期阶级斗争，要限制、消灭富农，要彻底清除党内资产阶级思想影响，一句话，要消灭你，要清除我！”

田财浑身激起了鸡皮疙瘩，吓得忙问道：“是不是要拿我第一个开刀？”

赵明福用白眼翻了他一下，鼻孔里轻蔑地笑了笑，说道：“你别往脸上贴金了，你脸长得白，俞山松看上你了？”

田财一块石头落了地，他站起身，说了声：“明天见！”就匆匆忙忙回家去了。

王六老板在院里轻轻地踱着，外面一敲门，他赶紧躲进牲口棚里，田财老婆打着哈欠，从北屋出来，开了门，田财搜寻地上上下下看了看他老婆，问道："你刚睡？"

"是你把我敲醒了！"他老婆遮盖地说。

王六老板从牲口棚里走出来，斜了田财老婆一眼，问田财道："怎么样？"

"他说了，没什么，就是要普遍注意注意富农！"田财轻松地说。

"赵明福混得怎么样？"

"很不得意，党支部正整他。"

"好，那我们就要抓住他！"

王六老板兴奋地握紧拳头，龇着牙，压抑着，像夜猫子似的咯咯笑了。

八

古老运河的涛声，惊动了平原寂静的夜，浮云掩盖了弯弯的明月，运河上是无边的银白。从下游返回的船只，逆着运河的急流向前进，河西蜿蜒的公路上，早行的汽车已经从城市开来了。擦着运河的河面，像是秋夜流星的尾巴，从上游曳下一道淡淡的白光，那是新建不久的发电厂的灯火光辉。

公路，新建的发电厂，日夜不停的桨声，通向明天。站在运河平原的泥土上，会听见土地在震动，土地在行进！

战斗在最前列的，行进在最前列的，是共产党员。

在运河岸上的树林里，山楂村党支部大会已经开了多半夜，已经接近尾声了。

"同志们！"

三盏汽灯挂在低矮的杜梨树枝上，刘景桂站在白亮的灯光下，他的脸非常严峻，像一面浮雕。

"我们为什么在这里开会呢？这是为了让同志们回想一下过去。你们看！就是在那棵大白杨树下，一九四七年八月十五深夜，我们有五个同志，被国民党还乡团用铁丝捆绑了，扔到运河的漩涡里，今天，我们开会的同志里，有他们的妻子，也有他们的儿女！过去我们流血牺牲，是阶级斗争，今天农业社会主义改造，限制、消灭富农，也是阶级斗争啊！为什么我们麻木了呢？为什么我们没有战斗力了呢？”

这高亢的声音，在树林里回响。耸立在运河高岸上的大白杨，在夜风里像急雨似的哗啦啦响，大白杨树下的漩涡，呼啸着，拍打着河岸。

“刚才俞山松同志做的报告说得对，我们的小农自私思想使我们麻木了，使我们没有了战斗力。我们不用社会主义思想把它消灭掉，我们就简直不配称为共产党员了！赵明福同志就是最典型的代表。几天来，同志们批评得他掩盖不住了，做了个躲躲闪闪的检查，那是不深刻的，不是真心的！刚才俞山松同志把他的思想挖了根儿，刨了底儿，赵明福同志要细细想想，你已经走到瞎道上去了！”

刘景桂的声音激动得发颤了，同志们的眼睛都集中在这个意志坚强的人的身上，只有赵明福低垂着头。

“同志们给我提了不少意见，我谢谢同志们！但是还不够多，也不够严厉。过去党支委会里，对同志们的批评没有支持，对赵明福同志的错误容忍了，这责任得由我担当！对山楂村里的阶级斗争，我没有分析过，俞山松同志只住了七天，却发现了这么多问题，我这个党支部书记，却什么也没看出来，我是对不起党的。”

刘景桂哽咽了，流下了泪，他迅速地把脸闪到暗影里，抹掉了。

“同志们！从今天起，我们要提高政治警觉性，时刻清醒着，不打盹儿，那么敌人不但破坏不了我们，反倒会一个不剩地被我们消灭掉！”

刘景桂讲完了。运河高岸上的大白杨，急雨似的山响，高岸下的漩涡，呼啸着，拍打着河岸。

散会了，每个共产党员的心里，都充满沉重的战斗感，他们默默无言地离开树林，从染过同志们的鲜血的大白杨树下慢慢走过，回村去了。

“老赵同志，你在前边等等我！”俞山松热烈地、友情地喊。

“我想再到赵明福家住一夜，推心置腹地跟他再谈谈。”俞山松望着刘景桂，征求他的意见。

“不！”春枝噘起嘴，瞪他一眼，意思是让俞山松住在她家里。

刘景桂沉吟了一下，说：“你让他多想想吧！你说破嘴皮子，他的思想不做斗争，只不过是空话。”

俞山松想了想，点了点头，“明天清早临走时再嘱咐他几句吧！”

赵明福拖着沉重的腿，走进村口，在一棵酸枣树下，站着他的老婆。那妖冶的女人，梳着个香蕉头，一身淡色的裤褂儿紧贴着身，在朦胧的月光下像一条蛇。

“你们的会要开一辈子呀！”那女人抱怨着，“你不知道我一个人在家多害怕。”

“你小点声！”赵明福软软地说。

“我不是党员，他们可给我戴不了紧箍圈！”她动手拉赵明福的胳臂，“走！”

赵明福不动，说：“区委书记还要跟我谈话呢！”

“就是那个姓俞的吧？我可不让他到咱家住去了，让他到春枝家去睡，那个假道姑，跟他眉来眼去的，我比谁都看得透！”那女人喷着唾沫星子咒骂。

赵明福又急又怕，央求道：“低点声儿，别说了！”

那女人还要骂，猛地看见俞山松他们走近了，她赶忙缩了舌头。俞山松喊道：“老赵！你回去睡吧，我明天清早临走时去找你！”

“走！”那女人架着赵明福，嘴里低声骂着肮脏话，回家去了。

俞山松跟春枝回到家，门楼下的鸡叫了第二遍了。

春枝问道：“你还睡吗？”

俞山松笑道：“天快亮了，不睡了。”

靠着窗台，春枝坐在俞山松身边，望着外面，星星一个个消失了，月亮也西斜了，但是天色突然浓暗起来，这正是黎明前。

春枝沉醉在幸福里，这些日子，她没有在自己的爱人身边坐一会儿，现在，一切都是静静的，她轻轻地呼吸着，说不出话。

突然，她感到肩头沉重了，俞山松的头垂在她的肩上，呼呼地睡着了。

望着爱人清瘦的面孔，她的心疼痛起来了，她轻轻地吻着他，一动不动地支持着爱人的身子，直到东山的树林被太阳染红，俞山松才醒来，她已经浑身酸痛得直不起腰了。

吃过春枝做的丰美的早饭，俞山松到赵明福家去了，赵明福胆怯地望着他，赵明福老婆的眼睛里，充满敌意，但又不敢明显地流露出来。

俞山松让赵明福送他，他们走出山楂村。运河里，一只只运货船从上游下来，船夫们唱着高亢粗犷的歌。

猛地，俞山松激动地抓住赵明福的手，低沉地说："老赵同志，要仔细考虑党支委会跟同志们对你的批评，从错误的道上转回身来，跟同志们迈一个脚步。"

赵明福低头不语，他们陷入闷人的沉默中去了。

一群大雁，哇哇地叫，从运河高高的天空，像大进军似的飞过去了。

俞山松抬头望望远去的雁群，他的心，也像跟着这群季候鸟在蓝天下飞翔。

失了魂似的赵明福，脚步重重地踏着地面，俞山松把心收回来，望望这个僵硬的人，一股难过和急躁冲上心头。

"老赵，你是老党员，不要辜负了党的长期培养啊！"

这样深沉诚挚的声音，仍然没有打动赵明福的心，他还是麻木不仁地不说话，脸是死灰灰的。

俞山松感到无可奈何了，到渡口，他停下来，说道："赵明福同志，我们是共产党员，我的话，句句都是真诚坦白的，都是为了党，希望你多想想！"说完，他一转身，大踏步走了。

赵明福望着那远去的年轻区委书记的背影，像是从枷锁中解脱出来，他想长长出一口气，但是却吐不出来，心里像放上了一块铅。

九

俞山松走后，山楂村农业社社务委员会改选了，党支部委员会酝酿的名单，全都当选了。

当晚，召开了第一次社务会议。

赵明福那妖里妖气的老婆扭着屁股到社办公室来了，隔着窗对里边说："主任哪！他病啦，不来了。"

"什么病啊？"春枝在屋里问道。

"还没请大夫呢！"赵明福老婆走远了。

春宝一腔愤怒燃起来，嗖地追了出去。

"喂！你站住！"春宝追在后面叫。

赵明福老婆站住了，叉着腰，望着这奔跑来的青年人。

"老赵到底什么病，你要说个明白啊！"

春宝是个又漂亮又有才华的青年，山楂村人人喜爱他，赵明福老婆白瞪他一眼，哧地笑了，说："看你这么不放心，没多大的病。"

"没多大的病，为什么不来开会？"

"让他歇歇吧！这几天他够苦的了。"赵明福老婆轻佻地用指头点点春宝的鼻子，"哼！我知道，就数你对他厉害，是不是？"

春宝一巴掌拨开她的手，"别废话！回去叫他赶快来。"

刁刻的赵明福老婆恼羞成怒，她尖着嗓子喊："我该你打啦！我该你打啦！"坐在地上，踢蹬着两条腿，干号起来。

春宝气得束手无策了，喊："走！别跟我耍赖皮！"

"你骂人！"赵明福老婆扑向春宝。

春宝一闪，躲了开去，赵明福老婆一骨碌爬起来，还在撒疯泼野，这时，春枝赶来了，远远就喊道："狼嚎鬼叫的，怎么啦？"

赵明福老婆却是最怕春枝的，顿时全身就泄气了，装得受委屈似的站在一旁呜呜咽咽哭起来。

"怎么回事？"春枝走到跟前，问道。

"春宝兄弟，别生我的气了，我就是那种一阵雷的脾气。快开会去吧！"赵明福老婆说着软话，狡猾地溜了。

春宝气得呼哧呼哧地直喘气，狠狠地吐了口唾沫，骂道："臭娘儿们！累折了腰的破鞋！"

"不要骂这些脏话了！"春枝阻止他。沉默了一会儿，她对春宝说：

“这女人是有阶级立场的，她是茅坑里的蛆，使赵明福蜕化了！那时候我们斗争赵明福乱搞男女关系，却又允许他跟这个地主破鞋结婚，咳！”

会议没有赵明福参加，非常顺利地开完了，大家走出门来，山楂村刚入睡。

春宝回到家，银杏正在灯光下给他缝棉衣，他娘偎依着银杏，雀盲眼眨巴眨巴的。

灯花一爆，银杏抬起头，春宝进来了，他笑嘻嘻地对银杏说：“喂，要送你到县里去学习呢！”

“是吗？”银杏惊喜地停了手。

“后天就动身。”

“那可好了，我早就想当技术员呢！”银杏抱着婆婆的肩膀，摇晃着，婆婆疼爱地抚摸她。

春宝送她回家，银杏问道：“除了我，还有谁？”

“你爹，还有……”

“有他？”银杏睁大眼睛，“他去我不去！”

春宝装得面孔冷冷的，拉长声音说：“你不去，就另外找个人吧！只是你爹一定得去。”

银杏用受了委屈的眼色望着他，说：“他为什么这么贵重呢？哼！”

“他是老把式，再学了新技术，就是了不起的技术员呢！”

银杏无可奈何地不言语了。过了一会儿，她摇摇头，说：“他不去。”

“你劝劝他。”

“我跟他搭不上话！”

“往后你跟他都在油料作物区，还要受他领导呢！”

银杏突然生气了，一甩手，气急地说：“我真两头作难！想到新农具组，又偏偏有你，想学技术，又跟这个顽固爹在一块儿。”

春宝生气地喊道：“我怎么又招你厌烦啦！”

银杏忙抓住他的手，说：“你误会了，不是我不愿意跟你在一块儿，我是想，你会的我不会，也要我会的你不会呀！”

春宝叹了口气，“你呀！有时候像个不懂事的孩子，有时候心眼又那么重。”

银杏捂住他的嘴，央求道：“别说了，别说了！我让我姐姐去动员他，我爹听她话。哼！还不是我姐姐结了婚，不沾他了。”

过了两天，银杏跟那三个去学习的年轻人走了，富贵老头却没走，银杏从家里出来，脸气得像白菜叶子，睫毛上挂着泪珠儿，咬紧嘴唇儿没哭出来，人们断定，富贵老头一定是不去了。

送银杏他们到渡口去的时候，福海一直非常沉默，他的脸蜡黄蜡黄的，他感到，别人像是都不愿意理他了。

富贵老头一直没露脸儿。

福海从渡口回来，远远就见村中老古槐下聚了很多人，到了近前，他的眼睛没有胆量投向那里，就急急地奔家去了。

刚进院里，就听见外面爱说怪话的张顺那大嗓子喊道：“干脆请他出社，有他不多，没他不少！”

福海站住脚听，一个慢沉沉的声音说道：“犯不上跟他求爷爷告奶奶，我去！你们看看我够格不够格？”这是大个子虎兴。

大家哗哗地笑了。

“走！找景桂去！”张顺高喊，“我们不讲这个团结！”

“走！”大家呼喊着。

福海起了一身鸡皮疙瘩，踉踉跄跄地回屋去了。

黄昏，富贵老头家里，福海跟他爹低低地吼了几声，富贵老头暴躁地跳着脚，却不叫出来，不一会儿，红英抱着孩子匆匆忙忙地来了，过了不久，刘景桂跟春枝也来了，一切都非常神秘。

第二天黎明，山楂村还没醒来，富贵老头就动身到汽车站去了，送行的有红英和福海，还有景桂和春枝。

十

立冬，银杏跟富贵老头他们到县里去学习，已经一个多月了，他们不断写信来，当然得信最多的是春宝。

春宝多么想念银杏啊！这个山楂村最美丽的姑娘，吸引着多少年轻人，但是严肃而又有些骄傲的春宝，却没有追求过她，并且对她很冷淡，春宝是团支部书记，银杏是团员，她很怕他。

但是，突然在一个六月的夜晚，银杏独自从姐姐家玩回来，碰见了夜晚巡逻的春宝，他们遇在一起，站在杜梨树下，谁也不看谁，谁也不说话，长久之后，银杏抬起头，突然感到春宝的眼色冷得透骨，她哭了。

“你怎么啦？”春宝慌忙拉住她的手。

“你看不起我！”银杏哭得更凶了。

“不是，”春宝结结巴巴地说，“我爱你，只是我不愿意向你献殷勤。”

从那天起，银杏这个姑娘，成了一个懂得深思的人了，她爱着春宝，顺从春宝，她越发美丽了。

到县里去学习的临别之夜，银杏在灯下给春宝赶完冬衣，困倦得瞌睡了，针刺破了她的手指，她便吮吸一下，直到做完最后一针。

春宝思念银杏，几次想找个借口到县里去，都被自己的责任感给压下去了。

这天，他正修理马拉播种机，张顺家的小儿子跑来，喊道：“春宝叔叔，春枝姑姑叫你赶忙到办公室去呢！”

春宝心跳了，他想春枝是不是要让他到县里去，抱着这个希望，他像飞似的跑向社办公室去了。

春枝正写介绍信，一见春宝跑来，便把正在写着的信掩盖住了。

“我知道你给俞山松同志写信，我不偷看人家的秘密。”春宝笑嘻嘻地说。

“哼！你假鬼头，我给他写信会到办公室来吗？”春枝对他就像大姐似的，一点也不害臊。

春宝笑了，“你真是老经验，警惕性真高啊！”

春枝眨眨眼，问道：“我要到县农场去参加老农代表座谈会，你有什么事情吗？”

一瓢冷水泼在头上，春宝完全失望了，他难过地舐舐嘴唇，从口袋里掏出一封信，低声地说：“这是给银杏的信，还没寄出去，你给带去吧。”

春枝接过信，放在手上掂了掂，沉甸甸的，她咯咯地笑了，说道：“你写了这么长的信，算是白费了，也有你去呢！”

春宝一听，惊喜得脸上泛起光彩，忙抢过春枝手里的信，跑去了。

“明天就动身！”春枝在后面喊。

第二天，春宝跟春枝，还有老农代表长寿老头，一同坐绿色大汽车到县城去了，春宝一下车，跟春枝说了一下，就急着去看银杏。

这是城北一个大四合院，门前有一条小河，河两岸是杏林，河上有一座小桥。

春宝跑过小桥，进了门口，走近收发室的小窗口，敲着玻璃，说道：“同志，我找山楂村的银杏！”

那收发员是个死闷死闷的人，他眼也不看春宝，拉长声音说：“三点以前不会客，现在是十一点十分！”

这时，电话铃响了，便不再搭理春宝。

春宝想要等四五个钟头，又想起春枝一定会到县委会去，他怕农场有事，便沿着那条小河，走了四五里，回到农场了。

晚饭，春宝匆忙扒了几口，便急急忙忙赶到油料作物技术训练班，又向小窗口说要找山楂村的银杏。收发室的值班同志说：“他们看电影去了，刚走一会儿！”

春宝气恼地喊：“那上午你为什么不告诉我？”

那同志受了委屈地说：“上午不是我值班呀！”

春宝也不答话，就朝外走，已经走过了小桥，这个同志却是个好心肠的人，他从院里追出来，喊道：“同志！明天你也不要来，他们去参观发电厂跟农业机械厂！”

春宝垂头丧气地回来，长寿老头逗他道：“忍忍吧！七月七不远了，早去喜鹊也不给你搭这座桥。”

春宝心里正烦，长寿老头这一打趣他，暴躁起来，刚要发火，忽然想起春枝嘱咐的话，一腔火顿时灭了，正经地说：“我是有公事呢！”

长寿老头不相信，撇撇嘴，“除了看媳妇儿，谁这么急火流星的？”

“谁还蒙您！我是去找银杏爹，他们这两天就结业了，也让他参加这个座谈会。”

“什么，谁让他参加的？”长寿老头瞪起眼。

“景桂跟春枝。”

“那为什么还让我来？”长寿老头沉下脸来了。

春宝温和地解释道：“两个人参加不是交流经验更多吗？”

长寿老头赌气地往后一躺，说：“他发言我不发言！”

春宝笑着说：“您还说自己是老社员觉悟高呢！难道就这么不讲团结？再说又是出门在外，闹得不和气让人笑话。”

长寿老头不吭气。春宝继续说：“您老哥儿俩又不是因为什么大不了的事不说话，景桂跟春枝嘱咐我说，要是闹不团结，先批评您，您是老社员嘛！”

长寿老头一听景桂跟春枝这么看重他，心里感到非常舒服，翻了个身，坐起来，说：“不是我闹不团结，实在是富贵那老头子……”

春宝知道他气消了，抢过来说：“反正都应该检讨检讨自己。”

长寿老头不高兴了，说道：“春宝，你看着吧！开会的时候我一定跟富贵老头子和和气气，春枝才是公正人。”

第二天是星期日，春宝却忙碌起来了，因为他是著名的山楂村农业社的代表，所以被选为一个小组的组长。

晚上，天色已经很黑了，他从场长办公室出来，路过收发室，就听里面传来很高的拌嘴声音，他站住脚。

收发室那小鬼扯着嗓子喊：“现在过了会客时间，就不能给你找人，更不能让你进去！”

“哟！好话跟你说了六车，你却这么凶，没跟你一再说吗？这是特殊情况，你就不能通融一次吗？”

是一个姑娘急躁的、哀求的声音。

“这是制度！”那收发员小鬼叫道。

春宝听这声音好熟，他向前走了几步，正在这时，收发室的门忽地开了，一个姑娘气呼呼地出来，朝门外走了，从这苗条的身影上春宝一眼看出是银杏，他追出去。

“银杏！银杏！”

那姑娘站住了，春宝跑上前来，攥住她的手，问道：“你怎么这么晚还找我来？”

银杏的怨气全没了，她劳累地长出一口气，说：“我们天黑才从发电厂跟农业机械厂回来，我们那收发员告诉我，说你昨天找我两趟都扑了空，我怕你生气，没敢喘气就来了。你们那收发员真不懂情理，好话说尽了也不让进去，一点儿也不如我们那收发员！”

春宝笑道：“算了吧！你们那收发员也不让我进去。”

他们沿着那条小河走，天空中洒下雪花来了，银杏一点也不怕，让冰凉冰凉的雪花落在她那灼热的脸上，心里是那么愉快，她紧紧地靠着春宝，慢慢地走。

春宝在她耳边小声问道：“上了这一个多月的训练班，学习了好多东西吧？”

“太多了，太多了！”银杏激动地说，“又是技术又是政治，装得满满的。有一回还请来一位大学教授给讲课，可是听不懂，笔记也记不下来，讨论了四五次，才弄明白了，原来那是科学理论，从前听也没听说过呀！”

春宝感到银杏已经不是那个简简单单的女孩子了，他轻轻地说：“这回真实现你的愿望了，你会的我也不会了。”

银杏激动地捏着他的手，说不出话……

过了很久，春宝问道：“你爹呢，还闹情绪吗？”

“不啦！”银杏兴奋地说，“住了不到两三天，他就爱上这个训练班了，我不骗你，他的思想开通多了。”

“那就好了。”春宝点点头，“你告诉他，你们结业后让他留下，到农场来开座谈会。”

到杏林那里了，银杏恋恋不舍地看着春宝，春宝是小组负责人，不能违反农场规定的作息制度，便对银杏说：“我不送你了，明天记住给春枝打电话。”

“临回村前，我还再看你一回吗？”银杏望着春宝。

春宝笑了，说道：“不用了，我们的座谈会只开五天。”

第二天清晨，电话铃响了，收发员小鬼喊春枝去接电话。春枝拿起听筒，就听银杏焦躁地说："我爹因为有长寿老头，不肯参加，我说破了嘴皮，他就是不答应，在训练班里我又不能跟他吵嘴，你看怎么办？"

春枝皱皱眉头，沉吟了一下，说："让你爹来接电话，我跟他说说。"

过了一会儿，春枝听出那边的声音，便问道："喂！你是富贵大爷吗？"

"是啊！"富贵老头那苍老的声音传来。

"景桂问您好！"春枝亲切地喊。

"谢谢！"富贵老头很受感动地说。

"银杏告诉您了吧？社里让您留下参加农场座谈会。"

"我不参加！"富贵老头闷闷地说。

"为什么？"春枝装得很吃惊的声音，"家里一切都很好，您不用惦记。"

"不是。"富贵老头回答，"有长寿老头子，我就不用去了。"

"不能这样，"春枝严肃地说，"您参加了训练班学习，心胸一定开阔多了，不能再计较这些小事，怎么会……"春枝故意没说下去。

许久，富贵老头不答话，他在考虑是不是应该让春枝对自己失望，银杏在他背后盯着他。

"您明天就结业了，用不用我去接您？"春枝估计他考虑成熟了，问道。

"不用了，我自己去吧！"

电话里传出富贵老头不平静的声音。

十一

天色灰沉沉的，像是渐渐地迫近地面，雪一团团飘落下来，慢悠悠的，没有声音。

风号着。

大雪封了路，富贵老头在过膝的雪里，弓着腰，吃力地行走，头脑被风雪吹打，冻僵得像是失去知觉了，两条腿只是机械地迈步。

农场的座谈会今天刚开完了，富贵老头便一定要走，春枝跟春宝劝他不住，于是他就独自回来了。

风不住，雪不停，他心里真窝火。

突然，从远处森林里升起一股狼烟，横扫着一抹平的旷野，疾驰而来。

越来越大了，越来越近了，啊！是狂暴的风卷雪。

富贵老头忙蹲下身，严严实实地蒙住了嘴脸，合着眼，紧紧地蜷曲着。一霎间，暴风雪扑过来，把富贵老头掀动了，滚了几个骨碌，他四面扑，挣扎着，反抗着，好容易才在一个松林的古坟旁停住了，他靠住老古松喘气。

大风雪过去，雪花细碎了，富贵老头站起来，头昏了，迷失了方向，天黑下来。

富贵老头烦躁地走着，奇怪，却不见一个村子，天完全黑了，再也看不清前面的路，他麻木了许久，才在绝望中发现一个微弱得难以置信的灯火。

富贵老头摸着瞎走，渐渐地，摸进了一个村庄，村庄寂静无声，那道灯光，是从一个高台上的小屋里射出的。

“屋里的乡亲！”富贵老头冷得直哆嗦，向小屋招呼。

屋里灯火跳了一下，“谁呀？”一个豁朗的声音问道。

“过路人。请问这是什么村子？”

“不老松！”

“不老松！”富贵老头惊叫起来，不老松距离山楂村二十里路。

无可奈何，富贵老头敲着窗子，问道：“乡亲，我是一个远路出门的老头子，天黑了，不能走，能不能让我歇一宿？”

门开了，一个小个子的人走出来，热情地说：“您先进来暖暖！”

富贵老头僵硬地走进了屋子，眼睛被照花了。

“富贵大爷！”

从灯影里跳出一个人，富贵老头紧眨巴眼，原来是俞山松，他迷惘了，俞山松哈哈大笑起来。

“我去叫饭，你们坐吧！”

那小个子推门出去了。

富贵老头清醒过来，惊问道：“俞书记，你怎么在这里？”

俞山松笑道：“我一直住在不老松。”

一会儿，那小个子端进来一碗热气腾腾的挂面汤，还有两块烤热的枣年糕，笑嘻嘻地说：“大爷，压压饥吧！”

富贵老头感激地说不出话。俞山松站起来，说道：“我给介绍介绍，这是不老松农业社主任关山茂，这是山楂村农业社的富贵老大爷，一家人！”

他们坐在热炕上，谈起话。关山茂听富贵老头说走迷了路，大笑道：“我们村子跟您有缘，叫大风雪把您接来了，多住一天吧！等明天天晴我们要看电影，放映队已经来了。”

俞山松想要富贵老头看看不老松，脑筋动一动，于是也怂恿着说：“看看吧，后天我跟您一起回山楂村。”

富贵老头心一动，猛地想起这是不老松，他们社的土地已经不分红了，便顺水推舟地说：“看就看吧！”

第二天，是个晴朗朗的天气，富贵老头睡醒，已经遍地阳光，他昨天一路走累了，所以起得晚。

洗了脸，走到街上，扑面是冷飕飕的雪后寒风，村庄静寂寂的，路上有许多脚印，夜里却没听见脚步声，他好生奇怪。

他走着，却并不见一个人。忽然，他看见一棵枣树上钉着个牌子：“技术研究组”，便摸着进去了。

这是一个小院，朝阳一溜五间矮棚子，他推门进去，一个戴花镜的老头儿正在收拾屋子。

“老哥，你早啊！”富贵老头招呼。

那老头儿从老花镜下看他，说：“早啊！老哥你从哪儿来？”

“我是山楂村农业社的……”

“坐坐！别笑话，屋子太脏了，我正打扫呢！昨晚是学习会，学习完了，那几个姑娘跟小伙子打扑克，剥花生，也不打扫就走了。”那戴花镜老头不等富贵老头说完，就打断他的话，手忙脚乱地从泥砌的炉灶上，给富贵老头倒了一满碗开水。

富贵老头在炉灶旁坐下，仰着脸问道：“老哥，西边那三间棚子做什么的？”

“那是温室，试验新品种的。”

富贵老头站起来，惊异地说：“老哥，领我看看去吧！”

温室黑洞洞的，温度很高，那戴花镜老头点起挂在墙壁上的汽灯，屋里亮了。啊！这屋里是青色的夏天，密密茂茂的就像青纱帐似的，玉米吐缨了，谷子打苞了，像是丰收的秋天就要到来，然而，外面却是严寒的风雪天。

“老哥，庄稼快熟了！”富贵老头惊异地大声喊叫。

那戴花镜的老头儿微笑着，说道：“春耕前就熟了，我们好决定播哪些品种。”

“不见太阳行吗？”

“天暖的时候，到晌午把外面的厚草帘子搬开，让阳光照进来。”

他们从绿色的温室里出来，富贵老头啧啧不住声地赞叹，他们又重回到炉灶旁坐下，那戴花镜的老头给他点了烟。

突然，谈话转了一个大拐弯儿，富贵老头小声问道：“听说你们社的土地不分红了？”

“对了，今年完秋决定的。”

“大家乐意吗？”

那戴花镜老头乐呵呵笑道：“不乐意谁还待在社里？”

“就没一个人不乐意吗？”

“有几户三心二意的中农出社了，”那戴花镜老头讥诮地回答，“明年他们会回来的，中农啊……”

富贵老头脸发烧了，怕他再说下去，忙打断他的话，问道：“你们不老松的人呢？”

那戴花镜老头哈哈笑起来：“都下地堆雪去了。”

富贵老头又一惊奇："堆雪？"

"把雪往地里堆，免得明年春旱啊！"

"怎么没一点儿响动？"

"社主任昨夜一见出星星了，怕天亮化雪，连忙喊醒大家起五更就去堆，你看！"那戴花镜老头甩手一指旷野，"他们回来了！"

富贵老头望去，原野上，男女老幼，扛着铁锨、搭着抬筐回来了，他看见俞山松也在人群里。

这天夜里，富贵老头看了电影，第二天黎明，他和俞山松起身到山楂村去。

坐在冰排子上，俞山松笑着问富贵老头："大爷，您有什么印象啊？"

富贵老头蜷曲在老羊皮袄里，低声说："人家是走在我们前面哩！"

冰排子像脱弓的箭头，迎着金色的朝阳，在镜子似的运河河面上飞奔。

十二

冰排子在山楂村渡口停下来了，俞山松跟富贵老头跳上岸，刘景桂正在运河岸上的雪地里行走，一眼看见他们，连忙跑过来。

太阳高高升起了，运河滩是一片银白世界，闪射着刺眼的金光。

"哎呀！雪要化了，我们得赶快堆雪。"富贵老头喊道。

俞山松跟刘景桂交换了一个眼色，他俩会意地笑了，俞山松说："富贵大爷，咱们从不老松学来的经验，得让全社都信服了，才能动手。"

富贵老头焦躁地说："那雪也化净了！"

刘景桂笑着说："整个冬天又不是光下这一场雪。"

果然，到中午太阳又不见了，天空阴沉沉的，雪片像撕碎的棉花团子似的降下来。

富贵老头回到家，红英特意给买来一壶接风酒，坐在热炕上，富贵老头喝着酒，正跟大家谈着城里的见闻，突然，他一眼看见窗外又下起雪，就放下酒盅，说道："我得去找景桂，回来再吃饭。"

他下炕就穿鞋，富贵奶奶一把拉住他的胳臂，嚷道：“你着魔了！大冷的天往外跑，风一呛，刚喝的几口热酒都得吐出来。”

“我有要紧事！”富贵老头摆脱他的老伴儿，往外就走，一低头，钻进大风雪里去了。

富贵奶奶摸不着头脑，全家也都愣住了，半天，大家忘了吃饭，富贵奶奶长叹口气：“着魔了！”

外面，雪下得正紧。富贵老头赶到景桂家里，景桂老婆告诉他，刚一飞雪花儿，景桂就到办公室去了。

富贵老头折回头再到办公室，远远地，就听见办公室里人声嘈杂，他推开门，撩起棉门帘子，屋里的热气迷了他的眼，他站了站，仔细一看，角角落落坐满各生产队的队长跟小组长。富贵老头明白了，当他想到堆雪的时候，景桂也早已经想到了。

“这是哪儿来的洋办法呀？”在浓重的烟雾里，张顺挥动着胳臂喊叫，“地皮本来就冻得硬邦邦的，再加上堆雪，我看到过年开春绝对化不了，要是耽误了春种，赚的反倒够不上赔的了！”

“大冷的天气……”赵明福低低地应声。

他没说完，突然接触到景桂那严厉的眼色，赶忙垂下眼皮去了。

“张顺，你说的不对！”富贵老头大叫道：“这不是洋办法，这是人家不老松的先进经验，我跟俞书记从那里学来的。瑞雪兆丰年，多堆雪，明年就不怕春旱，七九河开，八九雁来，咱运河滩年年是正月十五元宵节开化，要是误了春种，你砍我的脑袋！”

刘景桂站起来了，说道：“富贵大叔的话蛮正确，现在我们就动手！”

“不过那颗脑袋我可赌不起！”张顺俏皮地冒出这一句，大家哗地笑了。

虎兴跳起来，兴冲冲地嚷道：“愿去的马上就动手，不愿去的回家躺在热炕头上，搂着老婆，盖三床大被子睡觉去！”

张顺火了，指着虎兴：“你别指桑骂槐的，我说不去了吗？”

虎兴怕张顺，嘟囔着说：“我没说你，我说那些怕冷的屎蛋包呢！”

“别打架啦！赶快去喊人。”景桂大喊道。他听了虎兴最后的话，望了赵明福一眼。

大家蜂拥着出了办公室，分头喊人去了，赵明福却溜回家，插上门，没去堆雪。

富贵老头匆匆忙忙地回到家，一进屋，就命令道：“走！堆雪去。”大家都惊住了，富贵老头抓起桌上的酒壶，一仰脖儿，咕咚咕咚连喝了几口，扭头又跑出门去了。

第一个跟出去的是银杏，第二个是红英……

一会儿，山楂村堆雪大队组织成了，风停了，雪却没住，大家踏着大雪，到原野上去了。

正在这时，从渡口那里，长寿老头气急败坏地跑来了。前天因为大雪封路，昨天又因为农学院那个教授跟他们举行了一次小型座谈会，所以没能回来，今天一清早，雪虽然停了，但汽车要等雪化了才开车，他们等不得，就步行回来了。

远远地，长寿老头就看见他们秋麦地黑压压一片人，走近了，看清是富贵老头指手画脚地指挥大家倒雪，一股怒气轰地冲上头，也不理身后的春枝跟春宝，就大步赶来了。

长寿老头一步抢上前，抓住富贵老头老羊皮袄的前襟，声嘶力竭地喊：“你要破坏我的秋麦地，你要把它冻死！”他用力摇晃着富贵老头的身子。

富贵老头挣扎着，喊道：“放手！你管不着，这是社里的命令！”

“胡说！”长寿老头跳着脚，向大家高声叫，“都给我住手！你们是在破坏丰收，这是犯法！”

正在紧张堆雪的人们都吓住了，看着这两个怒吼的老人。刘景桂扔下自己的挑子，跑过来，喊道：“怎么啦？怎么啦？住手！”

长寿老头并没松手，他的手抓得过紧，还在哆嗦着，他红着眼睛叫道：“这是谁下的命令？这是破坏！”

景桂平静地说：“长寿大爷，您定定神，消消气。这是从不老松学习到的经验，堆雪为了防备春旱。”

长寿老头说不出话，大口地喘气。

春枝跟春宝一见长寿老头像疯子似的跑走了，也急忙赶来，到了跟前，问了原因，景桂简单地告诉了他们，春枝笑道："长寿爷爷，您的忘性可真大，那个老教授不是告诉咱们，堆雪还能消灭病虫害吗？"

长寿老头脸陡地红了，手松软地放下来。富贵老头蔑视地挤着眼，报复地说："别假冒行家啦！这先进经验是我跟俞书记从不老松学习来的。"

长寿老头又羞又恼，大喊道："别不嫌害臊吹牛皮啦！你埋界碑是不是从不老松学习来的先进经验？"

"你埋过！我跟你学的！"富贵老头被揭了疮疤，气恼了。

大家看着这个笑话，哗哗笑了。

看他们又旧事重提，景桂跟春枝连忙劝住这两个老人，把长寿老头安慰着送回家去了。

富贵老头心里一阵子懊恼，闷了一会儿，这股懊恼消失了，充满了胜利者的骄傲，向旷野上高声喊叫："快堆啊！又防备春旱，又能消灭病虫害啊！"

十三

运河的春天到来了。

晌午，春枝从办公室出来，身子非常疲倦，而且感到很困顿。突然，青色天空中一声清亮的触动心弦的啼叫，她仰起头，啊！第一只布谷鸟已经到运河滩了。

她像从瞌睡中被惊醒似的，仰脸望着天空，布谷鸟已经飞过去了，她低下头，猛然看见自己身上穿着一件肥大的毛蓝褂子，她气恼地笑了。这褂子是她娘的，清晨景桂喊她，就匆忙穿上了，她苦恼地感到，自己在同年的姊妹中，好像苍老了，这念头刺痛了她。

但这念头一瞬间就消失了，因为油料作物实验地的问题还没解决，她吃完饭还要去找根旺。穿过一片小枣林，根旺迎面来了，她正要叫，根旺已经看见了她，但却仰着脖子爆发出一阵大笑。

“春枝，看你这打扮，就像拉扯着几个孩子似的。”

春枝懊恼地望了望他，笑道：“别说笑话了，你们那实验地选定了没有？”

根旺随随便便地回答：“选定了。”

“哪儿？”

“银杏家的园子。”

春枝惊诧地问道：“那是他们家的自留地，富贵老头同意了吗？”

“老头子学习回来，脑瓜子开了冻了，不会不同意。”

春枝皱起眉头，沉思了一会儿，说道：“你还没问过他，怎么就敢肯定呢？这园子是他的宝贝心尖子，你跟他婉转商量一下，不行就算了，不许动火。”

根旺瞪起眼，赌气地一甩胳臂，说道：“你看着吧！”就走了。

根旺家吃的是糖豆包，他端了满满一碗，给富贵老头送到园里去，富贵老头过晌请了假，忙自家的园子。

这园子有三亩，四周是很高的篱笆，篱墙外满是护墙的杨柳，中间一眼青砖井，一头叫驴拉着水车叮当响，富贵老头拿着把雪亮的瓜铲，跑到这里又跑到那里，弄得满身是泥。

“您尝尝这新鲜东西！”根旺走进园子，笑嘻嘻地喊。

富贵老头看见姑爷送来吃食，乐了，连忙跑到水眼那里洗了手，接过来。他晌午饭是囫囵吃的，现在肚里已经咕咕叫了，于是狼吞虎咽地吃起来。

根旺探问道：“这园子撒了菜籽儿没有呢？”

富贵老头笑道：“你是外行，节气还没到。”

根旺吆喝了一下偷懒的叫驴，慢吞吞地说：“可也不早了！”

“是啊！”富贵老头急躁地一点头，“可是咱们的实验地还没选定，要紧着催景桂跟春枝，不然会误事。”

根旺用树枝画着地皮，沉默了一会儿，用商量的口气问道：“您看，就用这个园子行不行？”

“什么？”富贵老头瞪了眼，刚吞进嘴里的半个豆包，骨碌咽了下去，“这园子不行，再说，菜籽儿我已经预备好了。”

根旺试图再劝劝，说道：“这园子地又肥，又有水车，能行，菜籽儿就由社里折价收了下来。”

富贵老头的脸唰地阴沉下来了，重亶地说道：“这块地没入社啊！”豆包也不愿再吃了。

根旺看出老头子根本就不愿意，心头起火，但勉强压抑住了，假装笑脸说道：“我这是一时想起，跟您随便一提。”

“得赶紧催景桂跟春枝，不然会误事！”富贵老头拉长声音说。

根旺走出园子，心里非常气闷，真想回头去跟富贵老头发一通脾气，但他终于压下了那爆竹性子，因为春枝对他的脾气一点也不迁就，批评起来又尖又硬，他不满意春枝，但是他怕她，佩服她。

正低头生气，迎面，福海挟着个算盘，匆匆忙忙地来了，根旺又升起一股希望，喊道：“福海！你到哪儿去？”

福海站住脚，笑道：“到办公室去拨算盘！”他把算盘举起来一摇，算盘珠子哗啦一阵响，他装得凄苦地摇摇头，“算啊算啊没个头儿，咱们景桂跟春枝主任真厉害，他们要把地皮榨出油，铜钱攥出绿水！总要挖潜力，脑瓜子不肯歇一歇，睡梦里还听见算盘响！”虽是这么说，他脸上流露出对景桂跟春枝深挚的敬佩。

“你们社务委员会只顾着拨算盘，可是我们的实验地还没选定，你们也不管！”

福海作为一个社务委员，关心地问道：“还没有个影子？”

“影子是有了，”根旺走过来，小声说，“我想用你们的园子，你看呢？”

“啊！”福海眼里的亮光熄了，慢声地说，“这园子是我爹的心头肉，不能动。”

根旺热烈地说：“你劝劝他。”

福海摇摇头：“我们爷儿俩为社里的事不知吵多少回了，我看，还是你去跟他说吧！”说罢，急急地走了。

根旺望着福海的背影，气恨地低声说："原来你也是个假积极！"

这一天，根旺整天都非常气愤，脸像黑锅底，连红英也不理。晚夜睡觉，红英小心地问他："你怎么了？阴沉着脸，准是跟谁吵嘴了，是不是？"

根旺干硬地叫道："还不是你那自私的娘家，一窝子小气鬼！"他一腔怒气全发泄在红英身上了。

"你说明白。"红英轻轻地摇着他。

于是根旺前前后后说了一遍，越说越火，最后气哼哼地说："你看，你哥哥原来也是个假积极！"

红英贴近他，央求地说："别生气了，我明天去说说。你一定是急赤白脸没说明白，我哥是社务委员，还能为自己的利益，不顾社吗？你总要跟我爹搞好关系啊！我终究是他们家门槛出来的人，女婿也是半个儿子。"

根旺转过脸，不去听。

第二天清早，红英没洗脸，也没梳头，就到娘家去了，路过春枝家，春枝正跟她娘拾掇她家门口那小园子。

"早啊，春枝！"红英招呼。

春枝仰起脸，笑着说："看你大清早就满处跑，什么事？"

红英走近她，低声说："我去找我哥去，为油料作物实验地的事。你知道，他又生我爹的气呢！"

"你不用去了。"春枝拦她。

"为什么？"红英迷惑地望着春枝。

春枝低低地笑道："他要同意，早就自动拿出来了。"

当天，太阳落了的时候，村中老槐树下，农业社敲钟的地方，那里离富贵老头的园子很近，长寿老头挥动着胳臂，大嚷大叫："我不怕吃亏，我愿意拿出我那二亩园子做实验地，一心为社嘛！"

其实，他是算计了两天两夜，才去找春枝的。

渐渐地，老槐树下聚拢了很多人，他的声音越发响亮，像个大喇叭。正在园里忙碌的富贵老头，从苍茫的暮色中，看见长寿老头那得意忘形的神气，胸膛冒烟，想跑过去跟他扭打，但他是个老实得发懦的人，又不敢去，气闷得也无心收拾园子了。

“我挑战，把园子入社，谁应战！”长寿老头怪声叫。

富贵老头再也忍不住了，他拿起瓜铲，红着眼奔过来。正在这时，他听到一个清脆的声音喊道：“长寿爷爷，回家吃饭去吧！您这是做什么宣传呢？”

富贵老头听出这是春枝的声音，登时，长寿老头的大喇叭哑了，人们也一声哄笑走散了。

富贵老头望着摇摇摆摆的长寿老头的后影，狠狠地把瓜铲插入地里，吐口唾沫，骂道：“老狗x的！你表功，压下我，走着瞧吧！”

十四

清明节，运河上游的山谷水库放下水来了，太阳光下，白茫茫的，但却是安静地向下流，几只水鸟飞上飞下，捕捉水里的鱼儿。

运河岸上青郁郁的杨柳，被河风吹得轻轻摇摆，鸟雀更加嬉闹地歌唱。

像婴儿吮母亲的乳头似的，一道道银流，从运河的身体流向干渴的土地里。

一条曲曲折折的水沟，分两股汊儿，东边流到油料作物区，西边流到张顺那一队的玉米地。富贵老头跟张顺都管水沟，两个人隔着一道小水汊儿，对脸儿站着。

不远处，就是富贵老头的园子，小叫驴儿拉着水车，叮叮当当地转井台，富贵奶奶折了根柳枝儿拿在手里，吆喝着牲口。

富贵老头一会儿低头看看小水汊里淙淙的流水，一会儿望望不远处自己那响着水车声的园子，脸上流露出满意的神气。张顺看他这个样子，就觉着喉咙痒痒，想说几句讽刺话。

张顺正要张嘴，突然，听到富贵老头园子里的水车，“噗”的一声响，小叫驴儿站住了，富贵老头知道水车出了毛病。

“受累！你替我看一会儿。”富贵老头对张顺匆忙说了一声，就拔腿奔自家那园子跑去了。

“我不管！”

富贵老头猛地站住脚，又慢慢地走回来，心中冒火。

张顺用铁锹把顶着下巴，幸灾乐祸地望着富贵老头。富贵老头这下子可给引着火了，隔着水汊儿，指点张顺，“你三十几岁的人，怎么连乡亲的情面都不讲？”

“算了吧！”张顺冷笑道，“全社为了丰产实验地，请你让出园子，你都不赏脸，还让我跟你讲什么情面。”

富贵老头红了脸，大叫道：“让不让是自愿的，景桂跟春枝都说过！”

“是啊！”张顺拉长声音，“我替不替你看水汊子，也得是自愿的才行。”

富贵老头瞪起眼，向前走了一步，站在水汊边，喊道：“你为什么跟我找碴儿打架？”

张顺也圆睁两眼，挽起袖子，暴雷似的嚷道：“你说得对！就是要找碴儿跟你碰一碰。社里有困难，你是一个社员，却自私打小算盘，不肯帮忙，你算什么东西！我跟你说明白了，你要再这么自私自利，就干脆出去，我们社里有你不多，没你不少！”

张顺这一番冰雹似的话，引起虎兴的怪叫：“对！”

“着哇！”长寿老头也兴高采烈地叫。

在井台上急得团团转的富贵奶奶，见老伴一动不动，正想要骂他，但一听张顺跟老伴儿的吵架，吓得舌头都直了，连小叫驴儿偷吃井台上的豆角秧她都没管。

银杏也在这块地里，听到吵的是园子问题，不好插嘴，同时也对她爹不满，索性就低着头装没听见。

富贵老头感觉出自己处在孤立被嘲弄的地位，气得身体打哆嗦，他嘶哑地叫道：“你们都欺侮我，你们都欺侮人哪！”抱着头，疯子似的奔村里跑去了。

富贵奶奶也叫喊着，拐着小脚追老伴儿去了。

在河拐弯的地方，田财跟麻宝山坐在地界的柳丛旁喝茶，欣赏着这场吵架。

等富贵老头跑得没影儿了，田财瞥了麻宝山一眼，冷笑道："你看出来没有？这是刘景桂跟春枝使的鬼儿，借张顺的嘴骂富贵老头子，他们这明明是故意排挤中农！"

麻宝山喝着茶，默默不语。

"你难道不信吗？"田财盯着麻宝山。

听田财这一问，他抬起头说道："福海不是当上了社务委员，还不是刘景桂跟春枝支持的？"

"你真糊涂！"田财用白眼斜了他一下，"刘景桂跟春枝是拿福海当傀儡，好迷惑中农，他们的心我都看透了。"

麻宝山不言语了，低着头，用手指捏着土疙瘩。

"喂！"田财靠近他耳边，压低声音，"趁这个时机你去劝劝富贵老头，让他干脆退社，参加咱们这互助组，他家有好几个劳动力呢！"

麻宝山摇摇头，"这恐怕不行，就算富贵老头愿意，福海跟银杏也不会答应。"

"你去试一试，不行就拉倒，咱们也不抱太大的希望。"田财怂恿着。

等到吃完晌午饭，麻宝山知道富贵老头不放心水车，一定在园子里，于是他就直奔富贵老头的园子去了。

果然，富贵老头趴在井台上，吭哧吭哧地修理水车。麻宝山叫道："富贵叔！"富贵老头一心扑在水车上，没听见。

"富贵叔！"麻宝山又叫。

这回富贵老头听见了，但是因为憋着一肚子气，没搭理。

麻宝山走到跟前，笑嘻嘻地说：'您的气还没消呢！"便脱下褂子，帮助富贵老头检查水车。

一会儿，水车修理完了，富贵老头就请麻宝山吸烟，麻宝山跟他坐在井台上，闷闷地坐了好久也不出声。

"富贵叔，我看张顺那小子那么蛮横不讲理，肺都要气炸了。"还是麻宝山先开了腔。

富贵老头闷闷不语，但已经被麻宝山挑拨得又燃起愤怒来了，他的肩胛骨气得一扇一扇的。

“得亏我没入社，受不着这种肮脏气。”麻宝山带着幸运的口气说。

“他们要再这么骑人脖子上拉屎，我就退社！”

突然，富贵老头像闷雷似的吐出了心头怨恨的话。

“这可真是骑人脖子上拉屎！”麻宝山愤愤不平地一边帮腔，一边拨火，“景桂和春枝跟贫农是亲骨肉，口头上跟咱们中农甜言蜜语，内心却是假的。”

富贵老头抱着头，难过地喘着气。麻宝山靠近他，亲切地说：“大叔，我劝您还是退社，参加我们的互助组。您看见没有？我们也买了新式犁杖，大家又一团和气，谁也不欺侮谁，您要肯加入，我们才欢迎呢！”

富贵老头像昏昏睡去似的，不说话。麻宝山说：“您想想吧！前前后后想一想。”说完他就站起身，悄悄离开了。

当富贵老头抬起头，睁开眼，麻宝山已经不见了，他像做了一场梦，浑身酸痛地站起来，就像着了魔似的到办公室去了。

刘景桂、春枝、春宝以及其他社务委员，连福海也在内，正在开碰头会，研究今天浇地的情况。富贵老头一脚闯进来，昏头巴脑地喊道：“我退社！”

这突如其来的一声，把大家吓了一跳。刘景桂镇静地说：“大叔，您坐下，出了什么事？”

“我退社！”富贵老头出溜在门槛上坐下了。

福海也摸不着头脑，但脸陡地红了，他吆喝道：“爹！您这是怎么回事？”

“我退社！”富贵老头头也不抬。

刘景桂搬过一把椅子，扶富贵老头坐下，问道：“大叔，您跟谁拌嘴了吧？”

“让我退社吧！”富贵老头像是哀求地小声说。

福海皱起了眉头，说道：“爹！您要是退社得全家同意了呀！”

“我退出自己那一份儿。”

突然，窗外有人喊道：“退社你就赶紧退，有你不多，没你不少！”是张顺那粗暴的声音。

“你欺侮人，你欺侮人！”富贵老头跳起脚，就要冲出屋子，福海一把拉住了他。

张顺敞着褂子，露着胸膛，一脚踏进屋子来了。

“都不要吵。”刘景桂严肃地说，“春枝你先陪富贵大叔回家去，春宝跟福海兄弟你们到地里去照管放水，张顺兄弟留下。”

会立刻散了。

刘景桂想了想，又追出去，喊回春宝，叮咛道：“到河滩时，跟大家把情况了解一下，看看是不是有人挑拨。”

张顺面对着刘景桂，坐在靠墙的一把椅子上，低着头。

“你把事情前前后后说一说。”刘景桂给张顺倒了碗水。

张顺咕咚咕咚喝了几口，抹了抹嘴，便气愤地说起来，嘴里直溅唾沫星子。最后，发泄完了，他噘着嘴说道：“我知道你会批评我破坏团结！”

“检查得对！”刘景桂笑着说，“那你怎么还跟富贵老头吵呢？”

“我忍不住气了！”张顺直冲冲地说。

刘景桂把手搭在他的肩膀上，和蔼地说：“兄弟，这是你的不对。富贵老头让不让园子，就得看人家自愿不自愿，不能强迫人家，因为这园子是社务委员会允许他自留的。你知道你这一喊叫，不光是打击了富贵老头的情绪，还给破坏分子创造了挑拨离间的借口，你难道看不出来，富贵老头背后一定有人挑拨他。这一来，中农不安心了，那些有自留地的人家也不安心了，你看影响多大？”

张顺垂着头，一句话也说不出来了，汗珠子从脑袋上一滴一滴往下掉。

“走！给富贵老头认个错去，我陪着你。”

张顺不情愿地站起来。刘景桂笑了，于是两个人一前一后跟着到富贵老头家来了。

富贵老头一向最相信春枝，回到家，对春枝连鼻涕带眼泪地诉起委屈，呜呜地哭起来了。

春枝给他端了盆水，拧了把手巾，让他擦了擦脸，安慰他说：“这是张顺的不对。他是个直肠的人，是个老煤油桶点火就着的脾气，我们一定让他检讨。您千万不能听信坏蛋分子挑拨离间的话，咱们全社都是亲骨肉，走的是一条道儿，坏蛋分子恨社会主义，看见咱们的胜利红了眼，所以想破坏咱们的团结，您不能上这个当！”

富贵老头不吱声了。

春枝问道：“大爷，告诉我，是谁背后说了坏话？”

富贵老头想张嘴，但中途又咽回去了，掩饰地说：“闺女，没谁挑拨，是大爷一时没想开，你这一点拨，心里就豁亮了。”

正在这时，院里刘景桂大声喊道：“富贵叔，张顺给您认错来了！”

他们隔着玻璃看见，张顺低着脑袋跟在刘景桂后边来了，春枝拉着富贵老头赶紧迎出来。

刘景桂一闪身，张顺向前跨了一步，低声说：“大叔，您别生气了，是我的错误。”

富贵老头惭愧得脸热了，说：“也是因为我的老脑筋，想不通。我不生你的气，你是我从小看着长大的，跟你爹一样是爆竹脾气。”

张顺点头应着：“是是。”春枝看他那尴尬样子，捂嘴笑了，说道：“张顺哥，你下地去吧！”

张顺巴不得离开富贵老头家，春枝的话解脱了他，他走出院外，一阵春风迎面吹来，真清爽啊！吹醒了混沌的头脑。

到河滩，就见那美丽的姑娘银杏，站在水汊边，手叉着腰，像是对着远远的河拐弯地方，大声叫：“谁想挑拨我们社内的团结，我们跟他进行坚决的斗争！”

张顺愉快地笑了，心里说：“这个小姑娘多坦白多泼辣啊！”

银杏看见张顺跑来了，她喊道：“张顺哥，我爹有自私思想，我向你道歉！”

张顺又兴奋又激动地回答：“银杏妹子，我已经给富贵叔认错了。我们全社要团结得像大碾盘似的，气死狗x的坏蛋挑拨分子！”

“对！”银杏清脆地高喊。

这声音，在空旷的平原上，传得远远的，远远的。

十五

夜晚，田财的孩子睡了，他也已经躺下。

王六老板从牲口棚的地窖里爬出来，他用暗号敲敲田财的窗棂，然后就在窗根下等候回声。他的头发和胡子又硬又长，站在那里毛森森的像个怪物。

田财知道又是让他黑夜去跑腿，便打出鼾声，装作睡得死死的，不回答。

王六老板又敲了几下，同时烦躁地低声吆喝：“起！”

“啊！”田财像是在睡梦中似的。

“出来！”王六老板命令。

田财硬着头皮，披上衣裳出来了。王六老板拉长脸，不高兴地说：“睡得太死啦！”田财小心赔着不是，假笑道：“白天在地里累乏了。”

“你连夜赶个路，到那几处朋友家走一趟，告诉他们四月初四晚上，在运河青燕湾见面，风雨无阻！”王六老板皱着眉头，非常简短地命令着。

田财很怕去冒险，推诿说：“明天我还得跟麻宝山播种呢！突然出门了，人家会疑心。”

“没关系！”王六老板固执地一摇头，“麻宝山来，让你老婆回他话，就说你丈母娘得了暴病，你小舅子连夜把你叫走了。”

田财还想推托，便问道：“事情是不是很急？”

“现在不用打听，到时候就知道了！”王六老板威严地一挥手，“你马上就动身吧！从渡口坐船过河，免得刘景桂他们调查出你是蹚过河的，穷追起来。”

田财回到屋里，嘱咐他老婆几句话，害怕地说：“这个病魔什么时候才能离开咱们这里呢？我真怕被调查出来，要掉脑袋。”

他老婆安慰他说："咱们藏得很严密，没人会知道。我想这趟让你去召集他那些朋友，一定是准备远走高飞了。"

田财突然趴在他老婆身上，用手掌拢住她的嘴，微细地、发颤地说："我想这次他再不走，就把他告了吧！免得吃他的挂累。"

"不行！"他老婆推开他，摇摇头，"他给咱们好多财物，要是告下来，不要说财物全没收了，你也难免要跟着蹲监狱。再说他的朋友很多，要替他报仇，把你暗害了呢？"

田财打了个冷战，让老婆这番话说个透心凉，无可奈何，只得遵照王六老板的命令出发了。

田财前脚刚出门槛，王六老板便狠狠地插上门，蹑手蹑脚地进屋来了，田财老婆在炕上咿咿地笑，他饥渴地扑上去，田财老婆闪躲着，抓他，咬他……

……

"你该剃头了。"田财老婆说。

"嗯！"王六老板枕着她的胳臂，疲倦得要睡了。

田财老婆贴近他耳朵，小声问道："告诉我，你让他找那些人有什么事？"

"我要让山楂村不能这么安安静静！"王六老板在昏睡中咬牙切齿地说。

"你为什么不这么老老实实地躲着，这多危险哪！"

"我能老老实实的嘛！"王六老板睁开眼，射出绿色恶毒的光，"我躲到哪一天才能见天日呢？我跟共产党有着深仇大恨，我豁出这条命去了。只要我有一口气，我就不能让他们安静！"

"你不能死！"田财老婆扎进他的怀里。

许久许久，王六老板在昏睡中，他像是说梦话似的问道："告诉我，田财想出卖我吗？"

田财老婆的身体哆嗦了一下，颤抖地说："没有。你为什么问这话？"

"我宰了他！"黑暗中闪着王六老板的白牙。

炕头的孩子哭了，王六老板陡地被惊醒，身上吓出一阵冷汗，连忙坐起来，摇摇晃晃像喝醉酒似的回地窖去了。

这天后半夜，落了一场小小的春雨，鸡叫时候就住了。地皮湿湿的，正好播种，麻宝山天不亮就起来了，带着儿子到田财家来，想披星戴月去抢种。

麻宝山在墙外喊了几声，田财老婆揉着眼出来了，答道："孩子他爹让他舅舅连夜叫走了，俺娘的病重。"

麻宝山吃了一惊，问道："那播种怎么办呢？"

田财老婆眼珠子一转，心想田财不在，让他们爷儿俩去播种不见得靠得住，便说："再等一天吧！"

"咦！刚下过雨，要抢种，不然地皮就干了，不能等。"麻宝山想了想，说道："那么我们先给自家的地播种吧，您去照看一下，我们套车来拉粪。"

田财老婆一想，自家没种上，也不能让麻宝山播种，说道："我不知道粪应该怎么分配。"

"这没什么，您只要记着数目就可以，田财兄弟回来再对证。"

"他不在家，我做不了主。"

"您放心，一切由我负责。"

"我不管！"田财老婆索性关了门。

麻宝山气得身子晃了两晃，低低骂了声："臭娘儿们！"

麻宝山在田财家院外徘徊着，这时，农业社的社员一队队下地去了，刘景桂特意走过来，玩笑中带着讽刺地说："你真是真心保主啊！天不亮就在门口伺候着。"

麻宝山哭丧着脸，说道："他老丈母娘得了急病，让他小舅子叫走了。"

"那赶快给自家地里播种吧！"

"他老婆不让拉粪。"麻宝山怯懦地说。

刘景桂看了看他，叹了口气，说道："你真是周瑜打黄盖，愿打愿挨。你去找福海，先借社里两车粪，不然地皮干了，再错过节气，你哭都哭不出调儿来。”

麻宝山像得了圣旨似的，立刻迈开腿奔社里的粪场跑去了，刘景桂望着他的后影，又可怜地叹了口气。

农业社调配管理肥料的是福海，麻宝山自以为有刘景桂的命令，便很大气地说：“福海兄弟！景桂让我从这里借两车粪，你给调配一下。”

福海因为昨天他爹喊叫要出社，很是扫面子，悄悄埋怨了他爹一顿，并且问出是麻宝山的鼓动，肚里憋着一股闷气，现在麻宝山大模大样地找上前来，正好发泄。他眼一瞪，冷冷地说道：“你别这么吆三喝四的，把主任的条子拿过来！”

麻宝山一看不对头，马上软了，赔笑道：“兄弟，我不是说瞎话，真是景桂答应下的。”

福海见他硬的吃不开又使软的，更是憎恶，喊道：“你给富农当肉头，却让农业社帮你的忙，就是有主任的条子，我也不借！”

麻宝山忍住火，连声说道：“好，好！我去找景桂来。”

他跑到河滩，把刘景桂找来了。福海是个非常爱面子的人，板起脸，说道：“社里的粪是有计划的，不能随便外借！”刘景桂很熟悉福海的脾气，便笑道：“他眼巴巴不能从富农朋友手里要出粪来，咱们就先救救他的急吧！”

“行吧！”福海顺水推船，但是却威严得像是他自己批准的似的。

“等田财回来，马上就还，马上就还。”麻宝山弯着腰，低声下气地对福海说。

吃晌午饭的时候，田财疲惫地回来了，他一头倒在了炕上，一直睡到太阳落了山，就赶紧到麻宝山家去了。

麻宝山刚从地里回来。田财笑嘻嘻地说：“今天让你受累了。丈母娘又犯了心口疼，他舅舅连夜跑了来，说得好邪乎，就像马上要咽气似的，把我拉走了，其实是老病重犯，死不了。”

麻宝山脸灰溜溜的，不高兴地说：“这倒没关系，可是你老婆不让我拉粪，幸亏社里借了两车，不然就眼巴巴不能播种。”

田财吃了一惊，他老婆不让拉粪倒没意见，可是招惹来社里的帮助却非常可怕，他赶忙想笼络住麻宝山，装得气愤愤地骂道："你别生气，我非揭这臭娘儿的皮！"说着，拔腿就往外走。

麻宝山一把拉住他，说道："算了，我不跟娘儿们家一般见识。现在就得还社里的粪，不然福海该不答应了。"

"好！我去装车。"田财很积极地走了。

麻宝山到田财家里，田财已经装了半车，麻宝山一看，都是最次的土肥，他忙制止道："不能还这种次粪，人家不要！"

田财一翻白眼儿，说道："他们社里的粪顶次了，还给他们这种粪咱们还吃亏呢！"

麻宝山也想把好粪留下，也就不再坚持。等装得快满了，田财却铲了几铁锨圈肥，说道："给他们出点儿利息，便宜他们了！"

大车拉到社里，福海提着盏罩灯，拿着把小铲子，上了车，三翻五铲，就露出了土疙瘩，福海气恼地跳下来，压住火，一挥手，"拉回去，换好粪来！"

"这是好粪呀！跟你们的粪一样成色。"麻宝山狡辩着。

"混蛋！你忘恩负义！"福海一把手抓住麻宝山的前胸，摇了几摇，咬着牙狠狠地说，"社里的粪都是上等成色，你要是再狡赖，我把你的脑袋打碎了！乖乖地给我换去。"

没奈何，麻宝山耷拉着脑袋又把车赶回去了。

十六

清明节过后，一个春雨的夜里，春枝开完党支部委员会回来，急急忙往家跑，密密的细雨，落在枣树鲜嫩鲜嫩的叶片儿上，满村发出簌簌的响声。

猛地，她想起每到这个季节，刘景桂都要到村庄四周巡逻，现在刘景桂到县里开人民代表大会去了，看这阴黑的夜，她预感到可能出事，而她正在例假里，腰很酸疼，不能激烈地行动，她急忙转身去叫春宝，春宝却已经跑回家去了。

她在春雨中犹豫了一会儿，决定还是要巡逻去，便回家拿起枪，披上油布，穿上胶鞋，到村外去了。

她在已经生出嫩叶的树丛中悄悄行走，突然，看见有人在田野上走动。她隐在树丛中看，见他们贼溜溜地奔跑，但是看不清有几个人，春枝弯着腰，尾随着他们。

这些家伙到了水坝那里，其中一个跳了下去，另外的放风，春枝知道他们要挖堤，让运河水淹没田野，于是她瞄准一个放风的大腿，“啪”的一枪，那家伙倒下了。

春枝匍匐追上前，迎面来了冰雹似的一阵青石子，春枝见他们跑上河堤，忙急起直追，却不防被一颗青石子打在肚子上，倒了下来，那些家伙跳下河去了。

她忍受着撕裂般的疼痛，爬到河堤那里，在那里警戒着蹲了一夜。

黎明她回来，看到村边的几个实验园子被践踏得稀巴烂了，气愤极啦，又因为跟着大家挑灯连夜抢种，受了寒，过后就下不了炕。

这天，大夫给她扎了针，正躺着静静地休息，隐约听见外屋有人说话。

“……她刚睡着……”是她娘。

“那我就过一会儿再来吧。”

春枝恍惚觉出是俞山松的声音，于是她微弱地叫：“你进来！”

果然是俞山松进来了，春枝问道：“你刚来吗？”

“嗯，刚到。”

“你坐过来！”春枝拍着炕沿。

俞山松靠近她坐下，俯下身，柔声问道：“不碍事吧？”

春枝蜡黄的脸上泛起两朵红晕，低声说道：“大夫说，坐不下症候。”

“大家都太麻痹了！”俞山松沉重地说。

“要是景桂哥在，不会这样的。”春枝眼皮儿红了。

“这不能怪你，”俞山松安慰她说，“区委会议上，表扬了你，说你总还保持着警惕性呢。”

“可是这件事不简单啊！”春枝盯着俞山松的脸。

“昨天乡里开了会，决定加强民兵巡逻哨。”俞山松压低声音，机密地说，“区委决定，对地主富农分子跟被管制的反革命分子，加强活动记录调查。”

春枝怜爱地望着他，眼里燃着火，她小声问道：“你能多住两天吗？”

“住三天，”俞山松长长地亲吻了她一下，“我到四处走走去。”

俞山松走到办公室，福海一边给各队分配追肥数目，一边拨着算盘子儿，俞山松在外面站住听。

“完了！”福海叮咛道，“各自拿着自己的条子，到老郑头那里去领豆饼跟酱渣子，别光哄他高抬秤，不然社里又得补买，预算上没这笔钱。”

等人走了，俞山松进了屋，笑道：“你真像个大管家，干剥响脆，有条有理。”

“啊！俞书记，”福海笑着站起来，“你说哪里话。”

俞山松坐下，问道：“出了这件事，大家的信心没动摇吗？”

“多少是有点儿丧气。”福海眉头锁个疙瘩，“现在春宝正跟大家开会呢！”

“不能泄气，咱们泄气就是敌人胜利了。”

“是啊！”福海激动地说，“想到春枝那么一心为社，感到自己差得远，我们家那园子，咳……”

俞山松从山楂村党支部给区委的报告里知道了这个故事，他锐利地看了福海一眼，他看出，福海的心里隐伏着矛盾与苦恼。

他跟福海一起出来，想到田野上走走，刚巧，一出门就碰见了富贵老头，他穿着油巴老棉套裤，上身是露了膀子的破夹袄，拐拐地走来了。

“大爷，您好！”俞山松笑着招呼。

“俞书记，你来了！”富贵老头亲热地走过来，拉住俞山松的手。

福海一旁不好搭话，便说道：“俞书记，过晌我再陪你。”俞山松点点头，福海走了。

俞山松跟富贵老头在一个篱笆根旁坐下，他端详着富贵老头，富贵老头腼腆地笑了。

“大爷，工作上有困难吗？”

“怎么会没有呢？”富贵老头嘿嘿地笑了，“不过痛快！”

“咱们的油料作物区一定要丰收呢！”

“大家的心气儿就像点着火似的，没问题！”

“大家对油料作物的初步技术，都能掌握吗？”

富贵老头答不上来了，他莫名其妙地望望俞山松，说道：“反正大家拼命干呗！”

俞山松不动声色地笑了一下，又问道：“丰产实验地出了这件事，争取最高产量的信心冷没冷？”

富贵老头皱了皱眉头，沉默了很久，低沉地说：“这是意想不到的事！刚才开了会，春宝给大家鼓了气，不过根旺要增加化学肥料，春宝不给，吵起来了。”

“我去看看，”俞山松站起身，攥住富贵老头的手，“大爷，我们一定要完成丰产计划，敌人想破坏我们的丰产，我们绝不能让他们达到目的！”

“绝不能让敌人达到目的！”富贵老头硬骨节的手发颤，低哑地说，“我们要对得住春枝。春枝是个好姑娘，她是知人心的，年纪轻轻的得了这么重的病，我不放心！”老头子干巴巴的眼角，掉下两颗泪。

俞山松离开富贵老头，他感到这个老头的身上，新的东西已经萌芽了，已经不完全是去年深秋夜里他碰见的那个孤独固执的老人了。

到技术组，他扑了个空，门上了锁，没有一个人，这里靠近村口，他想在村庄四周溜溜，然后到春枝家去吃饭。

他正要穿过一个茂密的小丛林，忽然听见里面有激烈的争吵声，他赶忙在一棵白杨下止了步，看出争吵的人是春宝和银杏。

“你为什么不答应增加化学肥料？”银杏气势汹汹地质问。

“根旺从前跟春枝要求过，碰了钉子，眼下趁着春枝在病里，想讹我一下子，不行！”

显然，春宝对根旺的余怒还没消失。

“社里又不是没钱！”

“钱！一个镚子儿也不能乱花，景桂哥跟春枝都这么主张，不能在我代理这几天破坏了原则！”春宝激怒得面孔都苍白了，孩子气完全消失了，他指着银杏，“你是根旺的尾巴，你们光顾自己，不管全社，你们！”

银杏看着春宝气得疯狂了似的样子，心疼了，她的口气赶紧变了，央求着说：“你别生气了，你别生气了！’

春宝呼呼喘气，不理她。

银杏拉过他的手，放在胸前，喃喃地说：“我惹你生气了是不是？我再不让你着急了，看你铁青着脸，别气出病来。”

春宝气愤地摔开她的手，银杏一阵伤心充满胸膛，她倒在春宝怀里，哀痛地哭了。

“你不能对我这样，你不能对我这样！”她的清秀的身子，可怜地抖动。

俞山松赶紧从丛林里退出来，他的心里充满一股说不出的激动。

运河平原上，一片新生的绿色的萌芽，沐浴在初春金色的阳光里！

十七

春宝跟银杏从小丛林里走出来，走到河堤那里，河堤上下，坏蛋的脚印还清晰地留在地面上。

“我要请求处分。”春宝沉痛地说，“为什么我在春雨里不去巡逻，这是可耻的逃兵！”

银杏默默地望着他，他的脸严峻得多了，谁会相信他是刚刚二十岁的青年呢！

春宝突然问道：“你们离田财家近，他们有什么动静没有？”

“没有，”银杏淡漠地说，“他们那家是蒺藜狗子，沾不得！”

从上游来的一只船上，发散着午饭炊烟的香气，一个调皮的小伙子，朝着河堤上的春宝跟银杏“呜”地打了个长长的口哨，银杏低低骂了一声，春宝脸红了。

这一来，他想起春枝嘱咐他，要把社里拖拉的账目清理了，因为在春枝病倒以前，刘景桂对赵明福工作上的拖泥带水就怀疑过，她这一病倒，就更难说了。

“我去查赵明福的账，你回家去吧！”

“对！赵明福的账不许别人打听，我们也疑心。你要想调查田财，问问他，一定会知道，他老婆常到田财家去。”银杏沿着田间的小道跑走了。

突然，她在田野的小道上站住脚，用手卷个喇叭口，喊道：“我养的那几只鸡，下了二十几个蛋了，一会儿给你送去！”

春宝甜蜜地笑了，他感到非常疲倦，想睡。

到办公室，赵明福已经提前一个钟头下班了，春宝只得硬着头皮到他家去。

赵明福正跟他老婆包饺子，他老婆一边擀皮儿，一边唠叨着，“他二舅妈送来这鲜嫩鲜嫩的肉，正好包饺子吃，我这两天受了夜寒，腰像刀割似的疼，你却不想早点儿回家帮个手，只知道吃现成的，懒骨头！”

赵明福对他这个又懒又刁的老婆怕到骨头里，不回嘴，只是闷着头包饺子。

春宝憎恶赵明福的老婆，便在他家门外站下，问道：“明福哥在家吗？”

“没在家！”赵明福老婆母夜叉似的回答。

春宝知道这女人是说瞎话，追问道：“他刚从社里回来，怎么不在家呢？”

赵明福想他老婆的话会把春宝堵回去，没想到春宝却不甘心，只得亲自搭腔：“你嫂子跟你闹着玩呢！我在家，你进来吧。”

“你出来吧！咱俩到办公室把账目清理一下。”

赵明福着了急，支吾道：“吃完饭再清理吧！”

“不去！”他老婆挑起稀溜溜的淡黄眉毛，“不理他。”

春宝见赵明福磨磨蹭蹭不出来，他气势汹汹一直走进院里，说道：“还没到下班时间，你不能随便扔下工作回来！”

赵明福红着脸，强词夺理地说：“我上午的工作全完了，难道就不许提前一会儿回家？”

“我要检查检查！”春宝固执地喊。

“你检查吧！”赵明福恼羞成怒，跳下炕，跟春宝到办公室来了。

办公室里，坐着福海，手里拿着几张收据等候报账，他以为赵明福出去小便了，所以安安静静地坐在椅子上。

一见赵明福进来了，福海忙站起身，“我报账来了。”

“你等一等！”赵明福连看也不看他。

福海很奇怪，他看了一下春宝，春宝脸上像盖上一层霜：“把账拿出来！”他催赵明福。

赵明福的手哆嗦着，稀里哗啦开了锁，拿出账簿，打开了一页，递给春宝，他的脸突然涨红，但渐渐又白了。

春宝咬着嘴唇，一页一页地掀着，陡地眉头拧起来了，生气地把账簿放在桌上。

“怎么上月还没结账？”春宝控制着情绪，把声音放平静。

赵明福在这一刹那低下了头，但突然一个念头冲了上来，春宝是个党龄比他短得多的青年，他不能容忍这种污辱，于是他猛地抬起头，眼里充满骄傲和蔑视。

“我今天就把它完全清理出来！”

春宝愤怒地喊道：“你这叫什么工作态度！每天完不成任务，却领的是满分。”

“不许你对我这么没礼貌！”赵明福蛮横不讲理地拍着桌子，“你算什么官儿，你管得着我！”

春宝气得抖了，“我代理春枝工作。我对党负责，对全社负责，我就管得着你！”

“你管我？嘿嘿！”赵明福骄横地冷笑，“连春枝都算上，你们不配！我的党龄、我的革命历史比你们长得多，现在你们得了势，就要骑在我的脖子上，我不受这个！”

福海是个老好人，忙打圆场说道：“明福，不能这么说话，春宝虽说年轻，可是他现在是领导人。”

“你少插嘴，这是党内事！”赵明福凶恶地瞪起两只眼，“我知道你会拍马屁溜沟子，自以为是社务委员，有头有脸，我把你看得一钱不值！”

福海气得出不来气，脸憋得焦黄。春宝嘴唇都失去血色了，喊道：“赵明福，你要是这样破坏党，党不饶你！”

“你不用拿党支部吓唬我，顶多不过是开除党籍，也没有死罪！”赵明福一扭身，怒气冲冲地走了。

春宝气得要昏过去，他从办公室跑出来，一直跑向春枝家。

春枝跟俞山松正在吃饭，俞山松把他在村外小丛林中遇见春宝跟银杏的事说给春枝听，春枝笑个不停，她第一次感到，俞山松是这么温柔的一个人……

正在这时，春宝闯进来了，进了门就喊了一声“春枝！”便呜呜哭起来，说不出话。

“怎么啦？怎么啦？”春枝放下筷子，拉着春宝的手，问道。

“怎么啦？”俞山松把春宝按坐在炕沿上，问。

春宝像个小孩子似的，伏在炕上哭个不住声。春枝像个姐姐，摇着他的肩膀，问道：“是不是跟谁吵嘴了？别咧着大嘴哭，告诉我是怎么回事儿？”

“赵明福……”春宝噎得胸膛发胀，坐起来，哭哭泣泣把这件事情的过程说了。

春枝越听越恼，苍白的脸气得像白菜叶子，“不能再容忍他了，他这么一而再，再而三，一点儿共产党员的气味也没有了！”她捧着胸口，激烈地咳嗽起来。

“冷静！”俞山松想了想，“我到他家去看看。”

俞山松到赵明福家里，赵明福老婆迎了出来，拉长脸说道：“同志！您明天再来吧，他气得胸口疼，不能说话。”

“不！我要跟他谈谈。”俞山松按住火，口气很婉转地说。

“不行！”赵明福老婆张开胳臂，挡住俞山松，恶狠狠地说，“杀人不过头点地，你们不能把他逼死。”

俞山松动火了，他咬了咬嘴唇，站定了盯着这个女人：“大嫂！你躲开。现在赵明福还是我们党的党员，我是区委的负责人，我有权利跟他谈话。对于他，党要比你的权力大！”说着，就一直冲进屋里去了。

赵明福老婆软软地放下胳臂，吓得不敢动了。

俞山松进了屋，赵明福躺在炕脚，严严实实地压着两床厚棉被。俞山松揭开被子，赵明福双眼死死地闭着。俞山松连声叫道：“老赵，老赵！赵明福同志，赵明福同志！”可是他眼也不睁，口也不应。

俞山松也就不再管他，便严厉地批评他目中无人，对党不满的情绪；指出他打击群众，破坏党的威信的言论、行为；并且指出，这是党的纪律不能容许的。

赵明福一直闭着眼，俞山松的喉咙说干了，他也不出声。俞山松最后说道：“赵明福同志，摆在你面前需要解决的一个问题，那就是你还想不想做一个共产党员？”说罢，他又等了一会儿，但赵明福仍然没有动静，于是失望地走了。

一直坐在窗根下偷听的赵明福老婆，等俞山松出了院里，她望着那远去的身影，吐了一口唾沫，跺了一脚，“哐啷”一声把门插上了。

十八

俞山松走后，赵明福恐怖地哭起来了，他的身体发冷，在热炕头上簌簌地发抖。

天没黑，赵明福老婆就上炕睡了 这一晚，她第一次对赵明福低声下气，特别温存。赵明福已经一天没吃饭了，她怜惜地轻声问道：“不饿吗？我给你做点吃吧。”

赵明福像是处在昏迷状态中，也没回答饿不饿，他老婆却也没去做饭，脱衣躺在他身边。

“不怕他们！谁还敢拿刀杀了你？”赵明福老婆搂住他，安慰他。

赵明福像死尸似的，手脚冰冷冰冷的，一动不动。

“依我说，”赵明福老婆灼热的身体贴紧他，“干脆退党退了社，做个自由人，自个儿干自个儿的。他二舅不是跟麻宝山搭伙，咱们也加入进去。”

赵明福还是不吭声。

“当个党员，就像戴了笼头的牲口，听着吆喝走，有什么当头？想想你，土改的时候，起五更爬半夜，风里雨里，斗地主搞农会，也是个红人。眼下过了时候，人家像伤风的鼻涕把你甩了，为什么还揪着他们的尾巴，有什么贪恋的？退出！”

赵明福战栗地哆嗦了一下。

他老婆越说越气，声音也大了，“一定退出！他们是做出圈套欺侮你。昨天他二舅跟我说，春枝还疑心是你把丰产实验园子破坏的呢！你看看，这不是硬给你造罪，一心想害死你！”

“田财他胡说！”赵明福猛地掀开被子，坐起来，“前天党支部会上春枝还说过，这个破坏事件一定是地主富农反革命分子干的，让全体党员黑夜要秘密巡逻，一点儿也没疑心我。”

他老婆一声冷笑：“春枝疑心你还能对你说？！人家他二舅是一片好心，让你防备有人暗算你。我跟你说，不许你拿他的话当礼物，到党支部说了，好给你免罪。”

赵明福侧过身，背朝着他老婆，这一夜，他似睡非睡，似醒非醒，昏昏迷迷做了许多噩梦。有时是一只狼追他，跑到悬崖，走投无路，跌了下去；有时是一个魔鬼似的人扯着他的腿，扯进一个黑漆漆的深穴里……

他出着冷汗，有时失声喊出来，心怦怦地跳。窗户外渐渐白了，他的神志清了，想到自己是山楂村党龄最长的几个党员之一，也曾经过风霜雨雪，出生入死。自从跟他这个老婆——当时的地主女儿发生不正当的关系怀了孕以后，便消沉下去了。自己耕种着自己那一块土地，还经营个小买卖，日子像火盆似的旺起来了，买了几亩河滩地，又在河西偷偷放了几处高利贷。一九五二年冬天整党，他也做了一次严格的思想检查，像是从浓雾中走出来，加入了刘景桂领导的农业社。但是不久，自私自利的思想又萌芽了，挪用公款去贩粮食，跟田财发生了暧昧的关系，远离了党和同志，渐渐地发霉，一直烂到根儿了。

想到这里，他带着悔恨、委屈、患得患失的心情哭了。

就在这时候，后院小矮墙“扑通”跳下一个人，爬到他们窗根下，轻轻敲着窗棂，低低叫道：“明福，明福！”

“谁？”赵明福老婆被惊醒。

“妹子，是我。”

赵明福老婆拖着鞋开了门，田财像一阵旋风闪进来，一直进屋，蹚洒了尿盆子。

田财坐在炕沿上，上气不接下气地说：“明福，党支部要整你是不是？你为什么不给我送个信！”

赵明福霍地坐起来，龇着牙，骂道：“要把我清洗出去了，你他 X 的！”

田财嘿嘿一阵冷笑，说道：“你定定神，对春宝说几句软话，向春枝低头认错，老老实实，恭恭敬敬，就混过去了。”

“混过去？”赵明福绝望地冷笑，“我的账目不清，逃不出他们的眼睛，贪污的事一定会被查出来。”

“我就为这事找你来的！”田财阴森森地说道，“你只承认最近星星点点的贪污，绝不能说出过去挪用公款、跟王六老板倒卖粮食的事。你要说出来，我们就会蹲监狱，你还得退赃，闹个倾家荡产，共产党也要把你清洗出去。不说呢，神不知鬼不觉，谁也不会知道。”

赵明福就像被一根腐朽的绳悬在万丈深渊上，失去知觉了。

“好，我走了。”田财又一阵旋风似的闪出去，跳过那后院小矮墙，在树丛中匍匐爬行，回到家。

清晨，刘景桂从县里赶回来，他先到河堤那里，寻找着已经模糊的脚印，他发现敌人跳到河里，又从远远的地方爬上岸来，在田野上又有几个零零落落的脚印，显然是分散着逃向山楂村或山楂村附近的村庄去了。

他见到俞山松，俞山松已经到那里调查过，也是这么判断。俞山松传达了区委的决定，就离开山楂村了。

党支部委员会在刘景桂主持下，再一次慎重地研究了赵明福的问题，会后，刘景桂领导着几个青年会计，查对账簿，彻底清理完了，发现许多可疑之处，他连夜跟赵明福谈了话。

第二天夜晚，党支部大会举行了。

开会前两个钟头，景桂跟春枝想找赵明福再谈一次话，赵明福自己却主动来了。他哭丧着脸，在靠近春枝的一把椅子上坐下。

春枝抑制不住愤怒，厉声地问道："你好好反省没有？"

"反省了……"赵明福的声音小得听不见。

"你怎样认识自己的错误呢？"

赵明福不言语了，他显得那么可怜、渺小，春枝直直地盯着他，他不敢抬头。

"景桂，会不会开除我的党籍？"过了很久，他终于恐惧地问了这句话。

"这就要看你是不是真心悔过。"

大会开始了，春枝家小院里，人们坐得黑压压的一片，但是没有说话声，没有咳嗽，没有低低的耳语，偶尔在角落里跳起烟锅的火亮，照见了一张严肃的脸。北房台阶下，摆着一张长条桌子，放着一盏煤油灯，春枝包着头，穿着她娘厚厚的棉袄，坐在一把垫软垫的椅子上，她瞥了一下旁边的春宝，记录已经准备好了。

"同志们！现在开会。"春枝铁青着脸宣布。

春枝简要地叙述了赵明福的错误事实与发展过程。

"我们山楂村全体共产党员，全体拥护党、关心党的群众同志们，必须跟他的错误思想行为进行坚决的斗争！"

赵明福慢慢地到灯前来了，连夜的失眠，他的脸腮塌了下去，脸色灰白。

"同志们，"他泥像似的站了很久，终于微弱地开口了，"这几年来，我的思想变质了，一天天地没有共产党员气味了。自私自利，自高自大，躲避着同志，跟党离远了，党以前对我的教育批评，我都是口头认错，混了过去，思想上一点儿没动，行动上一点儿没改，发展到不服从领导，打击别人，还偷用了公款，一天天陷进臭泥坑里去了……"最后，他声音颤抖地说，"同志们，我错了，请党给我处分，但我请求党不要开除我的党籍，给我一个悔过自新的机会。”他坐下来，抱紧头，哼哼唧唧地哭了。

“现在请同志们发表意见！”春枝很镇静地说。

小院里没有一点儿声音，几点烟锅的火亮也熄灭了。

运河上，夜晚行驶的船，在山楂村边慢下来。船上的姑娘小伙子嬉闹着，唱着粗犷高亢的歌，不让运河平原沉睡。

“我发表意见！”根旺在人群中站起来，“赵明福的检讨没挖根子，我不信他只贪污了这么星星点点儿。我提议开除他出党，我们党内不能留这个不干净的人！”

“对！”一个声音像暴雷似的轰起。

根旺说完，坐在前排的银杏激动地站了起来，说道：“我们青年团员，正在学习党员标准的八项条件，按照这八条检查赵明福，他都不够格儿，他不配做我们的榜样！”

“银杏是代表我们说话的！”青年们同声喊道。

跟着，一个个共产党员发言了，有的揭露出赵明福更多的错误事实和可疑问题，有的帮他挖思想根子，也有的检查了自己。但对赵明福的处分问题上，意见却分歧了，有的主张开除出党，有的主张留党察看。

“书记同志，我说几句话！”在背静的角落，一个苍老低沉的声音说。

刘景桂举起灯，大家看出是山楂村的第一个共产党员段老大，他已经六十多岁了，在护地斗争中，被地主匪徒用石灰揉瞎了两只眼，但是他仍然担任社里的养猪员。

“同志们，我是山楂村的第一个共产党员，我这不是摆老资格。由我介绍入党的有两个人，那就是刘景桂和赵明福。他们从前都是一般勇敢坚强，可是现在呢？景桂同志是我们大家热爱的领导者，赵明福却成了人人看不起的小人，这是为什么呢？”他苍老的声音高昂地喊道，“这是因为赵明福的阶级骨头变颜色了，他离开了无产阶级，到地主资产阶级那边去了！”

他难过地喘着气，大家都体会到这个老共产党员的心情。过了一会儿，他平静下来了，“我的意见是给他留党察看两年的处分，给他一个悔过自新的机会。不过要是像根旺同志怀疑的，他还在隐瞒欺骗，调查出来，就坚决清洗出去！”

赵明福浑身剧烈地一震，把嘴唇都咬破了，但是他狠了心了，没说出跟田财的密约。

夜深了，天很凉，景桂看了看小座钟，已经后半夜两点了，他站起来，说道：“同志们！天很晚了，现在我代表党支部委员会发言。”

大家屏住气，听候党组织的意见。

“刚才我们敬爱的段老大同志的意见，是跟党支部委员会的意见完全相同的。支部委员认为，赵明福的错误是农村资产阶级富农思想在党内的反映，发展下去，必将反党叛党，成为党和劳动人民的敌人。但是由于赵明福向党起誓保证悔过，党为了挽救他，建议给他留党察看两年的处分，请同志们考虑；同时建议社务委员会撤换他的会计股长职务！”

刘景桂发言完了，春枝宣布表决，全体共产党员完全赞成党支部的提议。

“现在散会！”春枝宣布。

“中国共产党万岁！”银杏那银铃般的嗓子，激动地领着大家高呼。

“毛主席万岁！”

“永远跟着共产党走！”福海心头默默对自己说的话，脱口而出地喊出来了。

这声音像奔腾呼啸的河流，像千军万马向前挺进的脚步声，大家高唱起《没有共产党就没有新中国》这支歌。

山楂村响起第一声鸡叫，天快亮了。

十九

当春枝的病好了，已经是夏天。

整整一个月，春枝关在屋里，透过玻璃窗，她看见天井里的葫芦架，已经开放白茸茸的小花，影壁后面的石榴树，长出了小青疙瘩似的果子。

尽管在她的屋里开党支部委员会，开社务委员会议，但是她仍然感到自己像是被封锁着，感到自己是个残废的人，想着想着，一股辛酸就涌上心头。田野上，飘来清亮的笑声和歌声，她的心急得像撕裂了似的疼痛！

终于大夫允许她出外走动了，她刚出门，就被初夏明澈的光线弄得目眩眼花了，她走到村外，田野是浓重的天青色，闪动着人影，她真想跑过去。

但是她已经感到累了，病后的身子非常虚弱，喘着气，肩胛骨鼓动着，她在一棵杜梨树下坐下来，闭着眼歇息。

“哎呀！春枝你好啦！”一个女人喳喳喊叫，奔跑来。

春枝睁开眼，是红英。

红英捧起春枝的脸，用她那妇人的眼光端详着，春枝羞得脸红了。

“你瘦了，可更漂亮了，什么病也不能折磨你！”

春枝轻轻地摆脱开红英，问道：“你怎么蹲在家里，难道也病了？”

红英摇摇头，轻声说道：“不是，我身上又有了。”

春枝扑哧笑了，指着红英的鼻子，“你虽然蹲在家里，比别人生产更积极呢！”

红英狡黠地眨眨眼，说道：“哼！你们结了婚，那真得一根蔓儿两个瓜，年年丰产。”

“别胡说！”

红英用指头羞她：“还瞒着盖着，你们瞒得够长的了。”

春枝不愿把玩笑开得过火了，她看见红英手里拿着一本讲玉米人工授粉的小册子，想起俞山松临走时指示，要在各生产队普遍展开技术学习，社里已经开始了，但她在病中，从没听过一次，便问红英：“你们今晚讲技术课吗？”

“我们队是昨晚讲的，今天晚上他们油料作物队讲课。”

“你们昨晚上是谁讲的，讲的是什么？”

“长寿老头跟春宝合作讲的，讲的是玉米人工授粉，我正复习呢！”

晚夜，春枝穿上厚厚的棉裤棉袄，到小学教室去听课，她悄悄地坐在一个背灯影的角落里，谁也没看见她。

没想到，走上讲台的是银杏，她羞怯地咬着嘴皮儿，眼睛看着脚面，下面有人哧哧地笑了。

“不许笑！”根旺扭过脖子，粗暴地喊。

银杏仰起头，这一霎间，她像一枝春雨过后的海棠花，声音发颤地说道：“我今天讲怎样保护芝麻荚儿，说得不周到的，根旺同志给补充。我有点害怕……”

下面哄堂大笑起来，春枝把嘴对着袖子，也咯咯地笑了，她望望台上的银杏，脸白了。

“银杏！沉住气，别怕！”坐在最前排的根旺高喊，像个导演似的。

银杏结结巴巴地讲起来了，前言不搭后语，慢慢地，她镇静下来，说话也清脆了，人们都惊奇地注视这个美丽的小姑娘。

讲课完了，春枝跟在大家后边走，大家都称赞银杏。这时，她看见在井台上，一个粗大的影子正对银杏说：“讲得好，可事先你爹还看不起你呢！”

春枝听出是根旺的声音，她走过去。

“谁？”根旺问道。

“我！”

“春枝！”根旺走过来，瞪起眼睛，“谁让你出来的？”

“大夫。”

“可是黑夜出来走动要受寒！”

春枝拍拍身上，笑着说：“你看！”

“应该慎重，过两天再出来！”根旺急躁地说，“病再重复了，得给社里带来多大损失？社里需要你工作。”

“我明天就开始工作！不，现在就开始，”春枝说，“我问你，富贵老头讲过课没有？”

根旺不耐烦地一摇头，“没有！他不想讲。”

“为什么？”

“他说讲不了。”

“嘿！这真是笑话，富贵大爷多少年老经验，又到县里学习过，农场还请他去座谈，怎么会讲不了？”

“他就是死不愿意，有什么办法？”

“一定是你没好好动员他。”

“你别冤枉人！”根旺发起脾气，“银杏可以做证，我跟他把嘴皮子都磨破了。”

春枝问道：“你跟他谈了几回？”

“两回。”

“一回多大工夫？”

“……”根旺语塞了。

春枝讽刺他：“我看你的嘴皮子不是磨破的，一定是你上火烧破的！”

第二天，春枝见过刘景桂，就到富贵老头的园子去了，富贵老头已经请了几天假，蹲在自己园子里。

“大爷！”

富贵老头正在井台上，扔下瓜铲，就跑过来：“我的好闺女，你可好了，大爷真为你日夜牵肠挂肚的不放心。”

春枝感动地拉着富贵老头的手，说道：“我知道您惦念我，大家都惦念我。”

富贵奶奶眨巴着小眼睛，也拐拐地从园子角来了，“瞧！春枝，你瘦了，可越发秀气了！”

“春枝，要结婚了是不是？”富贵老头笑呵呵地问道。

“完秋。”春枝对红英隐瞒的秘密，这时候像初汛的春水，在心里流动，脱口说出了。

“娶走不娶走？”富贵老头不放心地问道。

“娶到哪儿去呀？”春枝响亮地笑了，“他没爹没娘，四海为家。”

富贵奶奶急忙问富贵老头：“我们送点什么礼物呢？”

“越说越远了！”春枝笑着喊叫，“我是找富贵大爷谈工作的。”

富贵老头呵呵笑了，“我知道你是夜猫子进宅，无事不来。”

春枝问道：“昨晚上银杏讲课，您怎么没去听？”

“我困得厉害，睡了。”

“您对她讲的有什么意见？”

“我没听，怎么会知道她讲的什么？”富贵老头露出一副尴尬的神情。

“组里没讨论过？”

“没有，”富贵老头淡漠地说：“谁讲，谁就跟根旺商量，别人不管。”

“这不好！”春枝发了火，“为什么不听听大家的意见，为什么不跟您研究研究呢？”

“我这个老头子懂什么！”富贵老头装得冷淡地说，“自己不能看书，组里技术学习，得让别人念给自己听。”

“您有顶贵重的经验！”

富贵老头“咳”了一声，低着头不言语了。

“大爷，”春枝温和地说，“您应该讲一回。”

富贵老头像货郎鼓似的摇头，“不行，不行！嘴笨舌头沉，肚里又没货。”

“别假客气了，”春枝半玩笑半郑重地说，“大爷，您要不讲，大家都会说您藏私，我也要说您技术保守了，人家长寿爷爷已经讲过了。”

“长寿那老家伙油嘴滑舌，你大爷是个闷葫芦。”

“没关系，”春枝笑着说，“咱爷俩儿瞎子背瘸子，就像说相声似的，我给您打下手儿！”

富贵老头也笑了，用他那硬骨节的指头点点春枝的鼻子：“你这丫头真会发明，天下的聪明都让你占去了，可是咱们爷儿俩怎么说到一块儿呢？”

春枝说道：“这不是我发明的，人家春宝跟长寿爷爷已经表演过了，咱们就请春宝当导演。”

富贵老头长出一口气，笑道：“大爷就是个榆木疙瘩，也会让你点化了，就听你摆布吧！”

“大爷，一言为定！”春枝站起身，“往后您有什么意见，就跟我或是景桂说，我们有意见，也对您说，不许憋在肚里，您得赶快把园子整出来呀！不然在社里的工分就少挣啦！”

“对！对！”富贵老头连连应声。

她出了园子，跑上高高的河堤，河堤下的田野，像是无边绿色的海洋。她望见那两个老人又弯下腰，匍匐在地上，孤独地蠕动着，小叫驴儿困顿地打着响鼻儿，水车沉闷地叮当响。

二十

夏天，是运河滩最美丽的季节。

青色的天空，白茫茫的大河，一望无边的青纱帐，掩盖了村庄。

天空，苍鹰在盘旋；河上，行驶着白帆运货船，青纱帐里，有劳动的欢笑声；茂密高耸的树林中，布谷鸟不知疲倦地在歌唱。

夏天，是生命力最饱满的季节，是充满强烈希望的季节！

富贵老头一家，正在葫芦架下吃饭。银杏风卷荷叶似的吃着，一口饭还没咽下去，就站了起来。

“银杏，咱们组过晌没事啦？”富贵老头说。

“我有事！”银杏在房檐下洗脸。她要去看春宝，他那儿有很多俞山松借给他的文艺小说，她想靠着河边的大白杨，一边做鞋，一边看书。

“什么事？”

“您就别打听了！”银杏白瞪她爹一眼。

富贵老头慢悠悠地说：“福海，你们社务委员会过晌要开会是不是？”

福海慢吞吞地用筷子往嘴里拨饭，点着头，不抬眼。

富贵老头对银杏说：“你看！”

“哼！反正我不跟您卖菜去。”

“不卖，就烂在地里了！”富贵老头急得像要哭出来。

“谁让您种的？”银杏圆瞪着黑溜溜的眼睛，“院墙后种个小园，就够全家吃的。”

“银杏，”福海用哀求的口气说，“过晌你没事，就去帮帮爹，这块园子怎么处理，秋后全家再合计。”

银杏平日跟哥哥不多说话，很客气，碍着情面，不得不答应，说道："那我只管摘，让我挑着担子，东村西店地去吆喝，撒谎做买卖，我可不去！"

"好吧！依你。"富贵老头压住了火气说。

等银杏跑出院子，富贵老头忧愁地对福海说："你看，咱们的园子怎么办？豆角跟黄瓜都快老了，不赶紧卖就算白扔了。"

"过晌您不是去卖吗？"福海闷闷地说。

"那么大的园子，我一个人怎么能卖得过来？"

富贵奶奶看老伴儿火燎似的着急，自告奋勇说道："我去卖！"

"你懂什么，连秤都认不准！"富贵老头斜瞪她一眼，冷硬地说。

富贵奶奶被顶得干咽唾沫。

"让银杏她嫂去卖，怎么样？"富贵老头看看福海。

福海老婆正在屋里奶孩子，听见公公的话，拉长声音答道："我不去！"

福海赶忙进到屋里，劝道："你就卖一回吧！"

"我不去，"福海老婆阴沉着脸，"下地挣工分是自己的，卖菜得归家里。"

福海拉着她的胳臂，央求道："去吧！篮子不用装得太满了，太阳不落就能回来。"

"我就不去！"福海老婆一甩胳臂，扣着怀走出来，"银杏怕难看，我的脸皮也不是铁打的！"

富贵老头气得揪揪胡子，到土棚里挑起担子，气哼哼地到园子去了。

银杏在园里，靠着爬满豆角蔓儿的篱笆，听着树上的吉鸟叫，眼皮儿发涩，渐渐地睡着了。

突然，鼻孔里一阵钻心的痒痒，她打了个喷嚏，猛地醒了，背后，一个小孩子咯咯地笑起来。

银杏回头一看，是张顺那刚五岁的小儿子，光溜溜的身子，一丝不挂，胳臂上挎着个小篮儿，站在那里盯着她，顽皮地嘻嬉笑。

银杏看他那抹得像小花猫似的脸儿，一对乌溜溜的黑眼睛，忍不住要扑哧笑了，但马上又装出冷冰冰的面孔，说道："你跟我捣蛋，我让你爸爸揍你屁股！”

那孩子紧眨着眼皮，眼泪像房檐雨似的落下来，“银杏姑姑，不是我捣蛋，是那几个叔叔逗春宝叔叔，叫我这样干的。”

银杏笑了，连忙抱起他，“别哭，别哭，姑姑逗你玩呢！你干什么来了？”

“给我妈买黄瓜，我妈又发疟子了，想吃拌黄瓜。”说着，从竹篮里拿出两个鸡蛋。

银杏钻进黄瓜架里，挑了几条鲜嫩的大黄瓜摘下来，给那孩子，说：“拿去给你妈，你们不要在家里乱闹，让你妈静静地养病。”

“姑姑，给您这两个鸡蛋。”

银杏摆摆手，“拿回去，留给你妈吃吧！”

“不！我不拿回去。”那孩子把鸡蛋放在地面上。

银杏疼爱地望着那孩子，一阵南风吹来，瓜地里冒出一股浓香，银杏跑去摘了两个圆溜溜的甜瓜，放在他的竹篮里，叮咛说：“一个你吃，一个给你妈吃。”

富贵老头气哼哼地挑着空担子来了，正碰上那孩子挎着沉甸甸的竹篮，跑出园子。

“那一篮黄瓜跟甜瓜卖多少钱？”富贵老头板着脸，问银杏。

银杏知道她爹一定不高兴，忙解释说：“张顺嫂子病了，想吃拌黄瓜，让孩子拿着鸡蛋来买，我想同在一个社里，她病着，也吃不多，就白给了她，又顺手摘了两个甜瓜，那孩子偏把两个鸡蛋扔下了。”

富贵老头一听，把空担子一摔，骂道：“你倒会施舍。”

银杏也变了脸，喊道：“您为什么骂我，难道乡里乡亲一点情分也没有？”

“我不懂什么情分！现钱交易，我的园子不是为救济别人种的！”富贵老头大嚷大叫。

银杏也跳起脚：“我是随便乱扔了吗？我是为了尽一份人情。”

富贵老头拍着胸脯叫：“你懂得人情，我是老混蛋！”

“您就自我检讨吧！”银杏讥诮地说。

“你们爷儿俩劈雷暴闪地吵什么呀？”

青纱帐里，走出春枝，站在篱笆外问道。

银杏叨叨地说开了。春枝摆手止住她，笑着说：“你去追那孩子，把鸡蛋还给他，要回那篮子黄瓜跟甜瓜。”

银杏起初愣住了，但一接触到春枝那眼光，就明白了她的意思，拔腿便跑。

“你回来！”富贵老头急赤白脸地吆喝。

“银杏！”春枝叫道，“你别乱跑了，赶快到河滩玉米地，帮助第一生产队去人工授粉，春宝也在那里。”

“好咧！”银杏应声着，跑走了。

“你看，多急人，满园子就这么晒着。”富贵老头愁苦地对春枝说。

春枝笑着说：“富贵大爷，您也别挑着担子满世界转去了，还是帮一帮他们，落雨季就要到了，玉米人工授粉要赶时候，他们队有几个病号儿，缺人手。”

“我的园子也不能扔啊！”

“明天社里的船进城，您花个脚钱，把园子里的出产全装了去，社里写封信，县供销社会留下。”

“一准？”富贵老头喜得不相信。

“一准！”春枝静静地说。

二十一

七月，是运河平原的落雨季节。

天放晴，碧蓝碧蓝的像大海，太阳又出来了。

林间的小道，常常被雨后的小溪割断了，银杏挽着裤腿儿，赤着脚，一只手提着鞋，一只手拄着青秫棒，蹚着林间的小溪流走。

雨刚刚住了，她就跑到地里去检查芝麻花落了多少，在青纱帐里钻了很久，衣裳被玉米叶子上的雨水弄湿了，紧紧地贴在身上，现在她准备回家去。

雨后的树林太诱人了，宽大的白杨叶子在阳光下闪着晶莹的光，布谷鸟饮着树叶上的存水，然后仰起脖儿，悠长清脆地叫，黄鹂儿、山鸽子、花胡不拉鸟也从避雨的浓密枝叶中钻出来，抖动抖动翅膀，又尽情地歌唱。

银杏是一个还有些顽皮气的姑娘，她望见不远的树丛下，有一个长尾巴的花胡不拉鸟正在饮小溪流的水，便想悄悄地走过去捉住它。但当她蹑手蹑脚地走到近前，猛地扑过去时，花胡不拉鸟“扑棱”飞上树了，她的脚却深深地陷进泥里。

她吃力地从这腐叶混合着泥土的黏糊中拔出腿，已经累得“呼哧呼哧”大口地喘气。忽然，她发现树林的广大空地，在太阳的蒸发下，冒着浓浓的白气，就像飘浮在地面上的炊烟。而且，更令她惊奇的是，在白烟里有两棵高大的玉米，长着三个肥大沉亘的玉米棒子，这引起她强烈的好奇心。

“这是谁种的呢？”

“是哪个淘气的孩子吧？”

“恐怕不是。平时孩子们不到这里来呀！”

……

银杏反复地推测着，但想不出线索。

“哇！哇！”大白杨树上的乌鸦叫起来。

银杏刚一抬头，老乌鸦拉的屎落下来了，银杏赶忙躲闪，但是正巧落在玉米叶子上了。银杏恍然大悟，“啊！一定是老乌鸦嘴里落下来的玉米粒儿！”

跟着，她想这棵老玉米没人照管，却长得比丰产地的玉米还茁壮，这是为什么呢？一定是这里的土质肥了。

想到这里，她的心猛烈地跳起来了。

这两天，社务委员会正为追肥问题激烈地争论，刘景桂、春枝和春宝，反对不顾供销社的供应计划去硬买肥料，因为这样一来，供销社为了照顾旗帜社，就可能减少其他小社的肥料供应，同时社里也要花费一大笔钱，不如多用压得的绿肥。但大多数社务委员却不管别人有没有肥料，山楂村农业社却一定要买，至于多花一些钱，反正收获多了会补回来的。关于这个问题，今晚社务委员会议上就要表决了，银杏是支持刘景桂他们的意见的，可惜她不是社务委员。

现在发现了这个富厚的腐殖土，是不是可以解决这个问题呢？

她赤着脚往办公室跑，穿过树林，钻出漫长浓密的柳子地。这时一个声音喊住了她："喂！你怎么啦？"她站住脚，一看，是春宝。

"我在树林里看见两棵老玉米！"她喘着气，大声叫着。

"什么？"春宝摸不着头脑，望着她。

银杏不回答他，拉着他就往大树林跑。树林里，太阳穿过层层树叶的空隙，射在地面上，烟雾似的热气更浓了。

银杏指给春宝，"你看！那两棵老玉米！"

"哪儿？啊！看见了，真奇怪！"春宝惊讶地喊出来。

"你说，为什么这块地长出这么壮的庄稼呢？"银杏脸上是庄重的探讨研究的神气。

春宝严肃起来了，他脱了鞋，走过去，两腿立刻被陷在黏糊里，他并没拔出，两脚却在里边踩着。然后，他抓起一把黏稠黏稠的、有一股刺鼻恶臭气味的泥浆，放在鼻子下闻着，沉思着。

半天，银杏不放心了，喊道："你快出来吧！"

春宝拔出腿来，皱着眉头，想了想，又闻了闻腐烂的黏泥，然后问银杏道："你还记得不记得，农学院那个老教授讲的天然肥料腐殖质？"

"记得。"

"这种粘泥恐怕就是。"春宝又闻了闻。

"这下子就不用买肥料啦！"银杏兴奋得跳起来，"咱们赶快去告诉景桂哥。"

"别忙，咱们把它的面积量一量。"春宝沉着地说。

他们走遍整个树林，凡是冒白烟的地方，都是这样的黏泥，春宝默默地记在心里。他们在小溪里洗了脚，穿上鞋，就径直到办公室去了。

刘景桂跟春枝正在办公室里，他俩研究怎样在今晚的会上说服大多数委员。春宝推门进来，他压抑不住过度的激动，声音发抖地说："这个问题解决了！银杏在树林里发现了大片腐殖质！"

"腐殖质！"银杏也忍不住喊了一声。

景桂跟春枝惊讶地互相望了一眼，问道："腐殖质？"

"咱们到树林里去看吧！"春宝提议。

他们走进树林里，围着那两棵老玉米。

"这树林，自从一九五一年冬天政府提出育林护林号召以后，又出了一只狼，咬伤长寿家老四，此后就没人再进这树林子了。三年的树叶、鸟粪、死鸟落在地上，又混合着雨水跟泥土，就完全烂在地里，现在已经成了最好的肥料，这两棵老玉米就是证明！"

春宝根据他听老教授的报告，以及他自己钻研通俗农业科学书籍得到的知识，详细地分析着。

"你分析得对！我们今晚在社务委员会上就提出来。"刘景桂果断地决定了。

"这是一笔多大的收入啊！"春宝用手指着这宽广的大树林。银杏愉快地望着他那兴奋得放出光彩的脸。

夜晚，在社务委员会议上，春宝非常生动地讲述了这个发现，刘景桂跟春枝热烈地支持他，许多主张购买肥料的社务委员动摇了。

"我们不应该不顾兄弟社提高产量，硬要抢买肥料。现在发现了腐殖质，就完全解决这个问题了。"刘景桂说。

"我不信春宝的科学知识靠得住，我也不想得这笔意外之财。"新补选参加社务委员会的、坚决主张购买肥料的根旺，强烈地坚持自己原来的意见，"只有购买肥料，才能确实保证再增产一成！"

春枝用眼瞟瞟春宝，鼓励他再发言。

春宝沉静地站起来，红着脸说："你不信没关系，我明天可以到县农场去找那位老教授，请他化验化验，他正带着农学院的学生在那里实习。"

会议没有表决就散了。

第二天黎明，春宝背着一桶封严的黏泥出发了。刘景桂跟春枝送他到渡口，嘱咐他："快去快回，追肥的季节就要到了。"

银杏随他一直到汽车站，银杏深情地说："替我问老教授好，他教给咱们多少知识啊！"

春宝带着争取胜利的信心上了汽车，绿色的汽车开动了，沿着曲曲折折的公路，朝运河上游的县城驶去。

二十二

黄昏，银杏就跑到渡口去了，她坐在管船老张的葫芦架下，眼巴巴地望着运河上游的公路。一个黑点点出现了，渐渐听见了震动的马达声，然后大汽车近了，但是汽车在对岸只停一停，有时连停也不停就走了。

太阳下山了，晚霞消散了，运河滩一片月色，长长的公路完全模糊了。

管船老张劝银杏道："傻闺女，别等了，回家去吧！"

"大爷，您知道最后一趟车什么时候到吗？"

"就在这个时候。"

"您摆我过去吧！不，我自己摆。"银杏跳上船，拿起篙头。

"不行！我来。"管船老张不放心地跑来拦挡。

但是小船已经离岸了。

运河在即将到来的落雨季前，就开始微微涨水了，河面比从前宽，银杏镇静地撑着小船，有时篙头打不着河底，她也不害怕。等她在对岸拴了桩，背已经湿透了，夜风一吹，好凉爽啊！

远方一个灯光驶来了，她赶紧跑，但这个光亮像天空划过的流星似的过去了。

"他今晚一定不回来了。"银杏想，"再等一辆吧！"

但是又一辆汽车过去了，还是没停。

"再等一回就不等了！"银杏坐在公路边的一块石头上，自言自语地说。

好久好久，银杏瞌睡了，突然一阵隆隆响，她跳起来，站下的汽车又开走了，她揉揉眼，发现前面有一个黑影。

“喂！你是春宝吗？”她莽撞地喊。

那黑影站住了。银杏跑过去，喊道：“化验了吗？成不成啊？”

春宝跑过来，他一把抱住银杏，摇晃着她，“成功啦！成功啦！”

银杏像是疲倦了似的扒着他的肩膀，说不出话。春宝喘了一口气，说：“老教授一化验，说这种腐殖质可宝贵啦！什么碳、氮、硫、磷、钾……哎呀呀！写满了一张纸。然后又到县委会，县委书记马上就批准了。老教授说不只咱们山楂村有，可能运河滩各个村庄都有，县委指示各乡要系统调查。”

“快拿那张纸给我看看！”银杏从他的怀抱里挣脱出来，喊道。

“月亮下看不见。”

“你打起手电。”

“不！得赶快告诉景桂哥，别让他挂念了。”

他俩手拉手跑着，跳上小船，银杏拼命地撑，不大一会儿就靠了岸，也顾不得告诉正在睡觉的管船老张一声，就一直往山楂村跑。

深夜，山楂村召开了社务委员会议，春宝朗读了老教授的科学分析材料，刘景桂念了春宝带回的县委指示信。县委指示，不仅要开发使用，而且要注意保护养育。

第二天，山楂村就开始大量地追肥了。

一清早，人们就都奔这个多年寂静的树林来了，贪睡的鸟儿被惊醒，吓得昏头巴脑地从窝里挤出来，纷乱地飞上天空，笨重的喜鹊盘旋了几遭，又落在白杨枝头，不安地吱喳叫。

美丽的银杏，手提着鞋，挽起裤脚，露出饱满的小腿，跑在前头，带领着大家穿过一簇簇柳丛，衣服湿了，跑得喘了，她的脸泛起红霞，处女的坚实的胸脯，激烈地起伏。

太阳还没照进树林，树林里很昏暗，银杏高喊道：“你们看！就在那里。”

大家的眼睛，都顺着她的指头去寻找那奇迹，“哪儿？哪儿？”

“就在那里！”银杏像一只布谷鸟，跑向大白杨树。

突然，她的头像挨了重重的一击，身子摇了摇，带着哭音说道："怎么没有啦？！"

大家也全愣住了，说不出话。

"你是不是真看见过那两棵老玉米？"有人怀疑地问道。

"当然看见过！"银杏又羞愧又着急地哭了，"不知道哪个断子绝孙的给砍走了。"

大家徘徊着，叹息着。这时，春宝跟根旺气喘喘地跑来了，大喊道："大家别怀疑，偷这两棵老玉米的贼捉住了！"

"谁呀？"大家异口同声地问道。

"告诉我，是哪个该死的，我去跟他算账！"银杏气恨地喊。

春宝说道："现在大家先干活儿，一会儿景桂哥就会把他带来。"

在社办公室里，屋角落放着那两棵高大的老玉米，刘景桂跟春枝坐在椅子上，正审问那个耷拉着脑袋的田财。

"不要躲躲闪闪，打开天窗说亮话，你为什么要砍这两棵老玉米？"春枝厉声地问道。

"春枝妹子，"田财抬起头，装出受委屈的面孔，但遇到春枝那利箭似的眼光，又垂下头，"我起誓，真是清早拾粪经过树林子，看见这两棵老玉米，想给孩子砍去烧吃，没想到社里会有用。我要是说一句瞎话，你掏出我的眼珠子当泡儿踩！"

刘景桂冷冷地问道："真是这样吗？"

田财可怜地说："景桂兄弟，你的眼能看透人心，我敢在你面前说瞎话吗？"

"好吧！"刘景桂那锐利的眼光，停留在田财那油光的脸上，"就算你无心。不过这个影响很坏，因为没了这两棵老玉米，大家就会对腐殖质起怀疑，你得当众说明一下。"

田财急于摆脱这种穷追猛打，站起身，虚伪地干笑道："好，好，我检讨，我检讨。"

"我们到树林去吧！"

田财在刘景桂和春枝的中间，低着头走。

树林里，正在遍地挖着腐殖质，忙着装车，根旺一眼看见景桂他们，喊道："大家都住手，景桂哥来啦！"

大家的眼光都投向从柳丛进入树林的小道上，刘景桂跟春枝带着田财来了，大家拥上前来，挤在一起。

刘景桂只得站在小道上，拿着那两棵不幸的老玉米，说道："这两棵老玉米，是非常重要的，它证明树林里的腐殖质是上等肥料。田财把它砍走了，不管他是无心，还是有意，都起了破坏腐殖质威信的作用，现在就让他出面说明白！"

田财的脑袋耷拉得快要钻进裤裆里，嘟囔着说："是我偷砍了的，我倒不是想破坏，我是想拿回家给孩子烧吃。"

"吃了得噎嗝！"银杏狠狠地骂道。

刘景桂又说话了："咱们大家都要提高警惕性，注意破坏活动，不管他是无心，还是有意，反正都是破坏，都对人民不利！"

"你走吧！"春枝对田财说。

田财的脸姜黄，腿像面条儿一样软，一步三挪地回家去了。

于是，刘景桂跟春枝也都脱了鞋，挽起裤腿，跟大家一起投进开发腐殖质的战斗中去了。

银杏悄悄问春宝："田财是谁逮住的？"

"景桂哥，"春宝耳语道，"他每天夜里都要到各处巡逻。"

"他的警惕性真高啊！"银杏深受感动地叹了口气，含着敬爱地望着刘景桂那高大的身影。

晚上，支部委员会在刘景桂家召开了，刘景桂目光炯炯的，严肃地说："我们不能被田财蒙哄了，他是有意破坏，只是我们还没抓住真赃实据。今后我们要注意，有的支部委员黑夜不巡逻，这是要不得的麻痹作风！落雨季到了，秋收也不远了，地主、反动富农以及一切反革命分子的活动也会加多，一不小心，让敌人钻了空子，我们就会吃大亏，一年到头辛辛苦苦的劳动，就会被淹个精光，烧个精光，留下的是一把灰，一把泪！"

二十三

八月，运河平原的落雨季，到了最后也是最凶恶的阶段了。

有时，夜晚瓢泼大雨，天明，太阳升起，平原上泛着金光，冒着清香的湿气，新洗过的青纱帐，绿油油的像要滴下绿滴来。

有时，暴雨在白天突然铺天盖地急袭来了，一时天昏地暗，整个运河滩都被淹没在呼啸着的暴雨里，但是不久，暴雨过去了，又露出万里无云的晴空，野花吐着浓烈醉人的香气。

刘景桂和春枝带领着山楂村的青壮年男女，日夜住在河堤的窝棚里，时刻监视着咆哮的运河，巡视着这保卫运河滩居民的生命与丰收的河堤，警戒着破坏分子的活动。

一连三天没下雨了，这是一个喘息机会，但也是一个更危险更严重的战斗前夜，因为最后也是最凶恶的一次山洪就要到来了。

这是一场决斗！

但是必须抓紧利用这短短的喘息时间，排除窝存在青纱帐里的雨水。农业社的小水渠，哗哗地溅着水花，流进运河的支流和山楂村的大水池里。

麻宝山像昏头虫似的，在屋里跳来跳去，他的地是出名的蛤蟆坑。

“怎么有脸去求人家农业社，你那种过河拆桥的行为，把人家得罪透了！”他那个窝囊儿子，也急得跟他喊叫起来了。

麻宝山暴躁地一摆手：“你住嘴！老天爷饿不死瞎家雀，车到山前必有路。”

晚上，麻宝山找田财去了。田野上，青纱帐里蛤蟆像大合唱似的聒噪，麻宝山听得出，这是从他那蛤蟆坑地里发出的声音，他的心就像被热油煎着。

到了田财家，院里没有乘凉人的说话声，想是都已经睡了，麻宝山只得烦恼地回去，但刚走几步，又转身回来，狠命地敲门。

这急骤的敲门声，吓坏了正在北屋悄悄商量破坏活动的田财和王六老板。王六老板像一只耗子似的，慌慌张张钻回牲口棚，跳进那潮湿发霉的地窖里，心还不住地狂跳，手里握紧那把尖刀，望着黑洞洞的马棚外面。

田财装得刚从睡梦中醒来的神气，伸着懒腰，打着哈欠，问道："谁呀？这么晚还串门来，我都睡了。"

"你倒无忧无虑，我也得睡得着啊！"麻宝山在外面嚷叫。

田财塌下心来了，他开了门，麻宝山一动不动地站在门外，瞪着眼睛喊："我的地里像水洼子了，你倒想办法帮助我排水啊！"

"我有什么办法？咱们讲下的互助条件，只有种地，没有排水这一项。"田财沉下脸来了。

麻宝山气疯了，叫道："你过河拆桥，我们爷儿俩给你做了多少工啊！"

"我也没白支使你们，"田财骨碌着三角眼，"我买了肥料跟新式农具，你们做的工我给工钱！"

麻宝山一把抓住田财，狠狠地说："白眼狼！你给我们工钱。"

"明天算账，我欠不了你多少！"田财掰开麻宝山的手，"砰"的一声关了门。

麻宝山气得头蒙了，腿也软了，他朝田财的门上啐了几口唾沫，一步一挪地往家走了。

"宝山！"背后传来一个开阔的声音。

麻宝山回过头，见是刘景桂，他站住脚，默默地垂下了头。

"怎么样，需要帮助吧？"刘景桂真诚地问道。

"需要。"麻宝山的声音小得像蚊子哼哼似的。

"宝山，"刘景桂拍了拍他的肩膀，沉重地说，"你跟田财搭伙，就是跟白眼狼交朋友，你能斗得过他的鬼点子？眼下不是明明白白，庄稼快熟了，用不着你了，就翻了脸。"

麻宝山踉踉跄跄回到家，躺在炕上，心里很乱，反反复复睡不着。

麻宝山走后，王六老板又从地窖里出来了，他一听田财说到刚才跟麻宝山吵嘴，就指点着田财骂道："你他X的就会坏事！丢了麻宝山，不光是没人死牛似的给你干活，还少了一个掩护。明天给麻宝山赔礼去！"

田财被骂得说不出话。

接着他们又继续策划破坏活动的问题。

“现在河堤看守得像天罗地网，要去扒堤就是去找死，等完秋给他们放把火就是了。”田财说。

“你胆小怕死！”王六老板鄙视地说，“好吧！就不去扒河堤，你去把村东的大水池子扒个缺口，虽说淹不了多少地，村子得让水泡了。”

田财吭吭哧哧地说：“这怕也不行，水池子的堤上堤下也埋伏着民兵，不容易找到漏洞，我看还是别冒这个危险。”

“你试试，看看去嘛！”王六老板暴怒地一跺脚。

田财只好硬着头皮答应了，他怕这个魔鬼似的王六老板，他后悔留下了他。

第二天傍晌，他等麻宝山给排水队员回家烧水喝时，追到他的家里，麻宝山一见他，脸耷拉了下来，像盖上一层霜。

田财做赔罪的笑脸，低声下气地说：“昨晚上我刚睡醒，昏头巴脑说了那些没心肝的话，我知道你生气了。你走后，我清醒过来，感到真对不住你，现在我给你认错赔罪来了。”

麻宝山眼也不看他，说道：“你不用说这些甜言蜜语了，我看透了你，你是个过河拆桥的人。”

“宝山哥！我跟你发誓，”田财受屈地叫，“我要是那种黑心的人，你挖出我的心喂狗！”

麻宝山摇摇手，说道：“你也不用多说了，咱们现在就算账。”

“宝山哥，咱们等完秋再结账，”田财委婉地说，“我已经看出苗头，咱们的庄稼比社里的强得多，不能因为我这几句狗屁话伤了和气，破坏了咱们的互助组。”

这一番话，打动了麻宝山的心，他脸上的态度变了。

田财看看四外，然后弯下腰，诡秘地说：“有一天我听见根旺悄悄跟张顺说，他们要提高公积金，降低土地分红，这明明是刘景桂跟春枝怂恿他们，拿他们当传声筒。我知道他们在劝你入社；我也不是阻拦你向前发展，我是提醒你，看清脚步再下脚。”

麻宝山心猛地一跳，他看了看田财。田财亲热地说："你跟农业社的换工，问他们能不能折钱，我给你出一半吧！"

这一来，麻宝山对田财的气恨完全消散了。

晚夜，月亮藏在薄云里，山楂村沉浸在的朦朦胧胧的月色中，田财拿着把小铁锹，贼溜溜地往村东水池去了。

他的心，咚咚跳得山响，就像要不紧闭着嘴，就会跳出喉咙来。他隐在水池旁边树林的大白杨背后，剧烈地大口喘气。他望望水池子，水池子在月光下闪着白光，堤上静静的，没人走动。

田财刚要往堤上去，突然，他背靠着的白杨树哗啦啦一阵乱响，就听附近树丛中一个青年厉声喊道："谁！"田财吓得死死地抱住白杨，躲在黑影里。

"你他 X 的喊叫什么！两个山喜鹊打架。X 的！有破坏分子也让你喊跑了！"也是在不远的一个树丛里，一个人吆喝。

田财胆子都要吓破了，他身体哆嗦着，死命才镇静下来，又顺着原路，蹑手蹑脚地隐在黑影里跑出树林，像夹尾巴狗似的跑回家去了。

王六老板正跟田财老婆鬼混，田财刚进院子，他一步抢出来，问道："怎么样？顺手不顺手？"

田财已经神志不清了，断断续续地说："天罗地网，天罗地网！"就跌跌撞撞地进屋去了。

王六老板望着田财的后影，恶狠狠地低声骂道："X 的！尿蛋包。"

二十四

运河滩的落雨季过去了，平原安然地度过与运河泛滥斗争的考验。

看！金色的运河滩，谷子在秋风里摇摆着凤尾似的穗儿，扑簌簌响着的鲜红的高粱，像感到疼痛似的甩掉了爬上尖端的小螃蟹；像孪生兄弟似的大玉米棒子，长在一棵秆子上，饱满得鼓着肚的豆荚儿，躲在毛茸茸的豆叶下。

那黑绿黑绿的花生叶子，紧紧地掩藏着地底下的累累的果实；爬得满满的芝麻荚儿，咧开了嘴儿；黄金色的向日葵，发散着浓郁的香气……

谁看见谁不眼红，谁看见谁不流涎水啊！

秋风吹来，原野上的芳香飘进村庄，送进每个门户，人们呼吸着这种香气，带着微笑香甜地入睡了。

乡政府组织各村民兵，开始联合严密地护秋了。富贵老头不放心，夜晚他也拿着红缨枪，到田野上巡逻。

月亮在浮云里移动，运河滩忽明忽暗，富贵老头坐在窝棚口，像是瞌睡了似的。忽然，他听见一声轻微的响动。他睁开眼，见一个人张皇地弯腰走来，他刚要喊，那个人摇摇手，走到近前，是麻宝山。

“大叔，让我进窝棚里去。”

麻宝山钻进窝棚深处，富贵老头听见他大口喘气，上下牙咯咯打着战。

富贵老头往里爬爬，问道：“黑更半夜，你到外边来干什么？”

麻宝山口齿不清地说：“我掰了你们社里几个老玉米，揪了几个谷穗儿，让民兵盯上了。”

富贵老头勃然变了脸，说道：“你怎么也干这种见不起人的事！”

“大叔，不是。”麻宝山赶忙解释，“我们那孩子眼下又闹着要入社了，所以我夜晚掰几个拿回去比比。”

富贵老头骄傲地呵呵笑了，有兴致地说：“要是你的庄稼比不过社里，入社不入社？”

“不一定。”

“为什么呢？”

“我不能上了圈套……”麻宝山吞吞吐吐地说。

富贵老头气愤地喊：“你这叫什么话！”

“您听着，”麻宝山紧眨巴着眼，“社里是不是要改为三七分红？”

“谁说的？”富贵老头的心“咯噔”一跳。

“您听着，”麻宝山说，“社里是不是要提高公积金？”

“谁说的！”

麻宝山不回答，只顾说下去：“这么七折八扣，还能落下什么？羊肉是肥，只能闻味儿到不了嘴！”

“我问你，你这是听谁说的？”富贵老头用威胁的口气，但掩饰不了他的焦急。

“您真不知道吗？”麻宝山干笑着，“入了社的人，对社外的人事事都保密。”

“我真不知道！”富贵老头急着表白。

麻宝山小声说：“根旺跟张顺他们商量好了，社务委员会不通过，就提到社员代表大会上去，我看这是要动手整治中农了。”

富贵老头叹口气，“我怎么一点儿不知道，你听谁说的呢？”

“田财。”麻宝山机密地压低声音，“我跟张顺探口气，他嘴很严，可也能听出一点儿意思。”

富贵老头颓然地垂下头，说道：“爱怎么办就怎么办吧！我是社里的人，我就随大流了。”

“大叔，我走了！”麻宝山说着，掩紧怀，爬到窝棚口，朝四外望望，就急急地走了。

夜很凉，他打着冷战，脚步很急很碎。

“宝山哥！你站住。”

“啊！”麻宝山后脊骨飕地冒出一股冷气，起了一身鸡皮疙瘩，他惊恐地站住了。

从茂密的防风林里，闪出春宝。

“啊！”麻宝山嘴唇麻痹了，动了动，再也说不出。

春宝笑嘻嘻地走上前来，递过几个老玉米，说道：“给你带回去比吧。”

麻宝山害怕地望着春宝，不敢接。月光下，他的脸非常苍白。

春宝温和地笑道：“你在富贵大爷窝棚里说的话，我全听见了。”

麻宝山颤抖地伸出手，老玉米很沉，落在了地上。

“宝山哥，”春宝问道：“你在窝棚里说，好像田财偷听了什么？”

麻宝山喃喃地说不清。

“宝山哥，”春宝挨近他，“在你背后跟着个人，你看见没有？”

麻宝山惊慌了，摇着头，说道："我没看见，这是怎么回事啊？"

"我们发现了个鬼鬼祟祟的人，"春宝说，"你回去吧。"

麻宝山连惊带怕，趺趺撞撞地走了。

这时，树林中，田野里，走出一伙人，很快集合一起。

"他看见了没有？"银杏急着问道。

"没有。"

"他心里有鬼，说瞎话！"虎兴喊道。

"我看这家伙三更半夜出来，一定是有人指使！"张顺就要去追。

春宝一把拉住张顺，冷静地摇摇头，说道："麻宝山是个胆小怕事的人，不会。他正考虑入社不入社，黑夜跑到咱地里掰几个老玉米拿回家比。坏蛋是有的，咱们得多加注意！"

春宝他们，又分头隐蔽在田野里、树林里、坟圈里……

在清冷的初秋之夜，平原的村庄静静地沉睡着，但是有人终夜不眠，保卫着劳动果实，保卫着一年的心血。

二十五

像是一只被烧焦尾巴的老鼠，田财从青纱帐里钻出来。运河高岸上的大白杨，在夜风里像急流瀑布似的哗啦啦一阵山响，吓得田财一个跟头摔在了酸枣丛上，衣裳撕扯了，脸皮划破了，两手扎满蒺针。

他匍匐在地上，一动也不敢动，捧着胸口，害怕剧烈的心跳声音，会把他暴露出来。半晌，并没有追赶的脚步声，他才颤抖着爬了起来；突然，在不远处，夜猫子咯咯阴森地笑了，田财吓得汗毛眼儿都张开了，尿撒在了裤裆里。

他咬了咬牙，挣扎着跑回家去了。

田财家牲口棚里，王六老板蹲在一个角落正在吸烟，他的眼睛像鬼火似的闪着。田财已经不止十次地催他走了，他也害怕田财会不顾他的威胁利诱告了密，趁着青纱帐还没倒，他准备今晚就动身，田财便是去踩道的。

现在，他在烦恼地沉思，他又要去流浪了，但是，哪里是他安身立命的地方呢？

昏昏沉沉地，王六老板睡着了，他的眼角挂着两颗泪，烟头落在了地上，闪着奄奄一息的光。

这时，田财气急败坏地跑进来，王六老板像猎狗一样机警，立刻醒了，他睁开眼，瞪着呼哧呼哧喘气的田财。田财一脚踩灭了烟火头，说道：“抽完烟不想踩灭了，烧着了棚子，就要了我的命！”

王六老板压住怒火，问道：“怎么样，能走吗？”

“你小声点儿，隔墙有耳！”田财低声吆喝。

“到底能走不能走？”

“天罗地网！”田财说到这里，想到那阴森恐怖的树林，又一股透心凉。

“那就不走啦！”王六老板轻松地仰在墙上。

“你害苦了我！这十一个月，我食不甘味，睡不踏实，提心吊胆，担惊受怕。落雨季前让你走，你死赖着不动，现在可让我怎么办？”田财抱着头，跳着脚。

“你这忘恩负义的小人！”王六老板一步抢上来，抓住田财的前胸，恶狠狠地瞪着他，“想当年我王六在粮食市场上翻江倒海的时候，你给我溜须拍马，恨不得把你的娘儿们给我睡，你说，你从我手指缝儿里得了多少钱？如今我有家难奔，你却不肯搭帮一下，你个没良心的黑心贼！”

王六老板越说越气恼，声音也高了。正在上房奶孩子的田财老婆，慌忙跑了出来，那孩子却像炸窝蜂似的哭了。

“小点儿声，提防墙外有人！”

看出田财跟王六老板之间的恐怖局面，她假笑了笑，婉转地说：“六老板，您放宽心，我保您平平安安离开这里。不用跟他一般见识！他是个掉下树叶儿也怕砸破脑袋的人。”

王六老板也就顺台阶下，他松了手，说道：“弟妹！你是个有义气的人，我姓王的知恩必报。吃饭给饭钱，住店给店钱，拿着！”说着，从他那破捎马子里，掏出一沓票子，但是他犹豫了一下，抽出了半沓儿。

贪财的田财老婆，赶忙伸出手来。

王六老板拿出一支烟，点着了，用手遮住火光，深深吸了一口，然后长叹口气，说道："我不想连累你们，收完秋我就走，远走高飞！"

牲口棚里，死静死静的，上房的小崽儿还在哭。

"六老板，您歇着吧！"田财老婆柔声地劝他。

"我走，我走到哪儿去呢？哪儿去找安身的地方，监狱！"王六老板喃喃地说，他着了魔似的阴森一笑。

"六老板，天无绝人之路，老天爷保佑您。"田财老婆安慰他。

"我要烧！烧他个一干二净！"王六老板恶毒地笑了，"等收了秋，从山楂村起，我要走遍运河滩的村村庄庄，一连放他几十把火，然后我去报案。撕了龙袍也是死，打了太子也是死，反正是跑不了一个死，我为什么不闹个天翻地覆！"

田财像触了电似的哆嗦起来。

"你别怕！只要你不告密，我至死也不会说出你来。咱姓王的是不惜生死的好汉，要是出卖朋友，是驴打种的！"

他说得过于兴奋，完全疲倦了，他跳下地窖去，倒头便睡了。

田财的话的确不错，果真是隔墙有耳。刘景桂这个最警觉的人，当田财从树林里跑出，刘景桂就已经盯准了他，但是相距太远，没有追上，看着他进家了。

他靠着田财的院墙，屏住气静听，牲口棚里似乎有人谈话，但声音很小，听不清，他想听个水落石出，于是便轻轻攀缘着爬上田财家的墙头。

正在这时，他看见一个轻灵的身影，躲躲闪闪地走过来，他赶忙隐蔽在枣树枝下，那人走近了，却是春枝。春枝警戒地望望四外，也站在刘景桂站过的地方，听着院里的动静。

在墙头上，牲口棚里的说话声仍然听不清楚，也不知是谁跟谁说话。一会儿，田财跟他老婆从牲口棚里出来了，走进了北屋，刘景桂便又轻轻下来。

刘景桂落了地，吓了春枝一跳，她一摸枪，看出是刘景桂，相对点了点头，无声地笑了。

一路上，他们沉默着，很快就回到了办公室，刘景桂点着灯，说道：“我们要立刻组织一批党团员，加强对日财家的监视。”

“嗯。”春枝心情沉重地点点头，“怕就在他的身上，隐藏着一个大阴谋呢！”

“我们要打主动仗！”刘景桂握紧拳头，激动地一击桌子，“快收秋了，今年又是五谷丰登满堂红，敌人早恨得眼红了，一定要放火烧场。马上召开支部委员会！现在我们就分头去找支部委员。”

他们走出门，月色正浓，平原上吹着初秋清凉的夜风，发干巴的叶子“唰啦啦”地响。

“呜哩哩！”夜鸟啼叫着。

运河滩村村庄庄，狗沉闷地吠着，驴也在叫。

运河上没有船……

斗争的夜！

二十六

山楂村里，处处是金色的小山丘，弥漫着一股浓烈的谷香气，跟蒙蒙的水雾混合在一起。

经过几天连明带夜的战斗，庄稼已经进场了，然而，这虽然是一年劳动的尾声，但却是最紧要的关头，只有把粮食送进囤里，送到国家的粮库中，才能喘一口气。

每天夜里，村里村外的各个角落，树影后，墙拐角，静静地站着岗哨，但却并不走动。大场里，金色的小丘下，搭了窝棚，住着人，但也不出声音。

刘景桂是那么精力充沛，他每夜很少睡，总是避在暗影里，在村庄内外游动，谁也不知道他。

夜很黑，没有月亮。在村南大场里，东边窝棚住的是富贵老头，西边窝棚住的是长寿老头，他们各自守卫着本队的粮食垛，谁也不理谁。

富贵老头靠窝棚口坐着，他望望西边那窝棚，那窝棚口的火亮一跳一跳的，他知道，长寿老头子这几天熬夜，已经熬乏了，收割的时候，他吆喝喊叫，骂这个骂那个，结果他们生产队提前完成了任务。富贵老头从前恨他，现在恨不起来了，但是却产生了嫉妒，他承认长寿老头肚里有鬼点子，他斗不过他。

西窝棚口，火亮一明一灭，富贵老头知道，老头子支持不住了，用吸烟刺激困顿的头脑，他想，应该劝老头子回家歇息。但突然想到，老头子一定是在表现自己，好被选为模范工作者，领社里的一笔奖金，于是他又嫉妒起来了。

他想到不久的分红，金色的粮食，像河水似的，流进他们的门槛，流进他们的囤里。

他又想起，银杏要嫁出去了，她的粮食是要带走的，他查过账，银杏的工分比他多，他的心疼了……

渐渐地，他的眼睛模糊了，脑海里也像烟雾似的，眼前，好像还跳动着长寿老头烟窝里的火星。

突然，传来一声尖厉的号叫："着火喽！"

富贵老头跳起来，揉揉眼，西边窝棚那里，冒起一股浓烟，跟着蹿出一道血红色的火，呛人的喉咙，刺人的嗓子。

他看见长寿老头在火里跳来跳去，一面带着哭声地叫："着火喽！快来救火呀！"

富贵老头提着窝棚旁边救急的水桶，跑过去，往火里直倒下来，火焰猛地暗了，冒了一股黑烟，但跟着又凶恶地蹿出来，他也发狂地喊："快来救火呀！"

村里的狗咬起来，家家都乱了，突然，就听十字路口刘景桂那坚强嘹亮的声音喊道："各家各户不要害怕，也不要出门，咱们的救火队出动了！"

果然，春枝跟根旺率领几十个青年人，各个挑着水桶来了，于是水像瀑布似的倾泻下来，火焰登时像受了致命伤的恶兽似的，微弱了，熄灭了，场里散布着焦煳的气味，谷垛的一个小角，被烧秃了。

长寿老头的胡子烧得卷曲了，他抱着头呜呜地喊叫："都怪我，打了个盹儿，给社里造成这个损失！”他疯狂地抓着自己的胸膛。

刘景桂一把拉住他，说道：“大爷，别难过，狗X的没烧多少，他太不合算了！”

“啊！”富贵老头猛醒了似的叫道，“大家还愣着干什么，快追放火的呀！”

“大叔，放火的已经抓住了！”刘景桂冷冷地笑着说，“狗X的点着火，刚出场门口，就让春宝一枪托子把他揍倒了。”

“谁呀？！”大家惊讶地问道。

正在这时，村西头一股黑烟直起，小猪在圈里吱呀呀乱叫，就听一个女人鬼似的尖叫：“乡亲们！快来搭救我们呀！”

大家又乱了，忙跑到井台，挑着水朝村西头跑去，刘景桂冷笑一声，也跟着大家去了。

村西头，田财家的场里冒着火焰，田财老婆披散着头发，一只奶头露在没扣怀的褂子外面跳动着，她拍打着手，“瞎眼的老天爷，你是要饿死我们家！”

“别哭了！”刘景桂厉声地命令，“不是老天爷放的火，放火的人我们抓住了。”

“抓住了？！”田财老婆陡地止住了干哭，失声惊叫。

春枝应道：“是啊！你去看看吧。”

“啊！”田财老婆身子摇了两摇，没奈何，只得心惊肉跳地跟着大家走。

村政府点着灯，外面站着拿枪的人，田财老婆一推门，“啊！你……”她浑身发抖，但立刻镇静下来，骂道，“你黑夜游逛什么！家里着火了，你要让全家烧死！”

田财垂头丧气地吸着烟，疲倦地挑起眼皮，从牙缝里哼哼着说道：“别他X的作假了，你放火放晚了！”

“胡说！你疯了！”田财老婆逼近一步，尖厉地喊。

田财猛地站起来，抡圆巴掌，“啪！”的一声，揍了他老婆一个响亮的嘴巴，凶狠地骂道：“臭娘儿们！是你害了我！”说着，又用脚踹。

刘景桂一把揪住他，说道："田财！一人有罪一人当，你犯不着打老婆，还是坦白了吧！"

田财浑身像筛糠似的颤抖，他怯懦地跪下来，说道："景桂兄弟，我坦白，我是个混蛋哪！我让一个坏蛋给骗了，我后悔也晚啦！"

"是什么人？"刘景桂把他从地上拉起，问道。

田财哭道："你们跟我去抓吧！"

"在哪儿？"

"在我们家牲口棚的地窖里。"

"有枪没有？"刘景桂盯紧问道。

"没有，只有一把宰猪刀。"

大家拥着田财奔他家去，田财老婆昏倒了。

田财掌着灯，来到牲口棚里，照见牲口棚角落的一个黑窟窿，田财哆哆嗦嗦地把油灯端到洞口，火苗儿跳着，变绿了，田财低低地叫："六老板，六老板！"

"顺手吗？"里边传一个沉闷的声音。

"顺……你出来！"田财上牙磕打着下牙。

一个毛茸茸的东西爬上来，根旺一拉枪栓，"不许动！"

那家伙一愣，跟着猛地击了田财一拳，"臭X……你出卖了我！"

油灯落在了地上，摔碎了，牲口棚里一团漆黑，但立刻几道手电光射出来，张顺跟虎兴早把那家伙摔在了地上。

手电光照下，这家伙满脸毛扎扎的络腮胡子，两只眼睛发绿，闪着贼光，一身衣服沤得发霉了，发出令人恶心的臭气。

"带走！"刘景桂命令。

村政府里，俞山松和区乡公安工作人员全来了，大家退了出来，只留下景桂和春枝。

俞山松问道："田财！你怎么跟他勾结在一起的？"

田财半边脸浮肿起来，嘴角和耳根凝着血，他捂着脸，呜咽着说："他早先是还乡团里一个队长，解放后关押了他三年，政府放他出来，他做投机生意，囤积粮食，就跟我认识了。粮食统购统销时，他破坏政府法令，被没收了一百多石粮，他恨死人民政府了，去年完秋，他在他们那一带做贼放火，捉拿得紧，就跑到我这里躲避来了。”

“你为什么收留他？”

“我不想收留他，他拿起把宰猪刀子跟我拼命，又花言巧语地哄骗我老婆，我老婆财迷了心，我又怕他，就留他住下来了。”

“那么春天破坏丰产实验地，一定是你们干的了。”

“是他逼我干的！”田财哭丧着脸。

“那几个人呢？”

“有抢茶棚的富农王三，松子铺的粮食贩子刁麻子，还有一个人，我不认识，住在王三家里。”田财说完，抱着头号啕大哭起来。

俞山松转过脸，眼光正碰上那家伙的一双恶眼，那家伙坚持了一会儿，低下了眼皮。

“你说！”

那家伙眼里闪着恶毒的光，他冷笑几声，说道：“您别信他的话，就是我们俩干的，他是主谋，写信叫我来的。”

“你胡说！你胡说！”田财捧着腮帮子，跳着脚。

“你别蒙人了，”春枝走上前来，“那次我跟着你们，看见有好几个人。”

那家伙笑了笑，说道：“您没记错吧！那天夜里下雨，天很黑，恐怕您看差了。”

春枝气得涨红了脸，“你狡猾！”

“他狡猾，是还有三个人呢！”田财谄媚地作证。

俞山松一挥手，“带到区里去！”

第二天，是晴得蓝瓦瓦的天，山楂村昨夜那紧张的空气消失了，农业社在太阳光下打场，远远就听见扇车的嗡嗡声，风干了的金色的小米，像急流似的流泻下来。

刘景桂和春枝从区上回来了，离山楂村不远，他们看见野地里的一个秫秸垛后面，坐着、躺着许多人，他俩非常奇怪，便加快了脚步。

快走近了，一个人站起身，迎着走过来，是麻宝山。

“景桂，你们回来了，”麻宝山声音低得听不见，“我们都受了田财的骗。”

刘景桂看秫秸垛后面，都是那些曾经表示过要入社的中农。他温和友爱地说：“是啊！以后只听党的话，万不能信富农的谣言了。”

“一定记住！”麻宝山叹息着，“我想问你，社里是不是要把公积金提高到百分之十？”他眼睛盯着刘景桂。

“今天晚上社务委员会讨论这个问题。”

“按照党的指示呢？”麻宝山仰脸问道。

“党的指示是，必须坚持根据社员自愿，根据逐年生产发展的结果，并在确实保证社员的实际收入有一定增加的前提下，采取由少到多的方针。”

麻宝山不放心地追问道：“你的意见呢？”

刘景桂笑了，“我完全按照党的指示办事。”

这时，那群中农全围上来了，他们个个都露出喜色，像干渴的人喝了口清泉水，听着刘景桂的话。

“还有一件事要问你，”麻宝山高兴地咽了口唾沫，“明年劳股、地股是不是要改为三七分红？”

刘景桂说：“也是今晚上讨论。”

“按照党的指示呢？”一个中农抢着问道。

“党的指示，要在全体社员自觉自愿的同意下，逐渐降低土地分红的比例。”

“你的意见呢？”

“我跟党的意见一样。”

大家长出一口气，“这回我们就放心了，谢谢你，景桂！”

等刘景桂和春枝进了村口，他们又跑回秫秸垛后面，开起小会来。

二十七

又是一个中秋节！

金色的秋天，运河平原的田野是望不到边的，原野伸展着，伸展着，一直跟碧蓝碧蓝的天空连在一起了，平原上的村落。一个个像是奔跑着似的，远了，小了。

运河静静地流着，河水是透明的，清凉的，无数只运粮的帆船和小渔船行驶着，像是漂浮在河面上的白云。

瓦蓝瓦蓝的天空，高高的，高高的，一群群发肥的季候鸟，向运河告别，划过运河的河面，像一道道紫色的闪电，飞向南方去了。

中午，区委会突然把刘景桂叫去了，春枝感到非常突然，她在办公室一直等到深夜，但刘景桂仍然没有回来 她只得回家了。

春枝刚刚躺下，就听见院外有脚步声跟说话声。

“你就住在春枝家吧！明天清早咱们三个人就赶紧开会。”

“恐怕春枝难免要闹情绪哩！”

春枝听出说话的像是俞山松跟刘景桂，便赶紧穿上衣裳走出来，从渐渐远去的脚步声她知道刘景桂已经走了，她拔开门闩，俞山松正要敲门，一见春枝，他吃了一惊，问道：“你怎么没睡？！”

“你们说的话我都听见了。”

俞山松扑哧笑了：“好伶俐的耳朵！”

春枝插上门，转过身，问道：“区委会找景桂哥有什么事呀？”

“一件重大的事。”

“啊！”春枝吸了口冷气，“快告诉我。”

“你思想上要做好战斗准备。”

春枝想到一定是跟破坏分子做斗争的问题了，她立刻沉静下来，点点头。

俞山松沉了沉，说道：“我们决定让景桂同志到地委党校去学习。”

“什么？”春枝完全出乎意料，她惊讶地望着俞山松。

“让景桂去学习！”俞山松又重复了一次。

春枝不平地喊道：“为什么让他去？我更需要学习呢！”

“最需要的不是你，是景桂。”

“不！不是这样。”春枝急赤白脸地说，“景桂哥党龄长，斗争经验多，胜过我十倍呢！”

俞山松摇摇头，“往后的工作一天比一天复杂，他是领导人，不赶快学习，怎么能摆布得开？所以必须让他到地委党校去学习一年。”

春枝焦急地问道：“他走了，社里怎么办？”

俞山松紧紧攥住她的手，“沉重的担子，就落在你的肩膀上了。”

春枝几乎惊叫起来，“我怎么行啊！”但她刚要出声，就意识到不能这么说，便赶紧捂住了嘴。

俞山松爱抚地、责备地说道：“害怕了吗？”

春枝望着他，那眼光是严厉的，她轻轻地摇摇头，低低地说：“我知道自己比景桂哥差得多，可是我知道，有党……”

俞山松贴近她身边，抚摸着她，轻声说：“别害怕，不锻炼不行啊！明天景桂交代工作的时候，咱们要好好研究研究社内外跟党内外的问题。你们社里中农成分增多了，这就更需要特别注意团结中农，同时要时刻警惕阶级敌人的破坏活动。”

春枝低声喃喃地说：“我知道，我不怕！”但是她哭了。

俞山松激动地捧起她的脸，那美丽的面孔混合着痛苦和期待，她闭上眼，俞山松低下头，吻着她，他感到，春枝的身体在剧烈地战栗。

第二天晚上，刘景桂就要起程了，因为山楂村的十几只大船要连夜顺流而下，把粮食运到县城，刘景桂随同坐船走。

临行之前，刘景桂留恋不舍地到办公室去了，办公室里，点着一盏小煤油灯，春枝正静静地研究刚刚送到的一份通知，是县委会发下的工作总结提纲。

刘景桂无声地站在她的背后，默默地望着她，许久，春枝才发觉背后有一个影子，忙回过头，看见是刘景桂，她凄苦地笑了笑。

“安下心了吗？”刘景桂笑着问道。

“心是安下去了。”春枝忧愁地说，“只是害怕自己太年轻，没经验，担不起这份沉重的责任。”

“不！要有信心，党把责任放在你的肩膀上，就是信任你。”刘景桂激动地说，“春枝！你是我介绍入党的，几年来，你在党性上跟工作上进步得很快啊！只要按照县委、区委的指示，按照党支部委员会的决定，依靠群众去做，就不会出错。”

他拉过一把椅子坐下了，跟春枝亲切地谈起来。

突然，远远地许多人呼唤：“景桂哥，快走吧！要开船啦！”

在渡口，月光下站满送行的人，俞山松跟刘景桂同大家一一握手，走上了船。春枝鼻头酸了，但是她强力压抑住胸膛内的激动，轻轻地对景桂说：“景桂哥，你要常来信啊！”

“我一定不会忘！你也别忘了，把表决通过的明年生产计划寄给我一份。”

他们默默地、坚定地握了手。

春宝跳上船，景桂拉住他的手，嘱咐道：“你的责任重了，要好好帮助春枝工作。”

春宝低下头，小声说：“我怕不行……”

“怕困难？”

春宝一抬头，望着他那严厉但很慈爱的眼光，低低地，却是非常坚定地回答：“景桂哥，我知道自己工作能力差得多，但是我不怕，有党，有春枝做出的榜样让我学习，我不怕！你放心。”

刘景桂握住他的手，握住小弟弟幼嫩的一双手，紧紧地，紧紧地……

起锚了，船动了，春枝跟春宝跳下船。

十几只大船的桅灯一齐亮了，俞山松跟刘景桂站在桅杆下，雪白的桅灯照亮了运河滩，照见了运河的远方。运河里，响起一片行船的桨声。

这是运河平原前进的脚步声！

这是运河平原向社会主义前进的脚步声！

（新文艺出版社1955年10月初版，本文选用河北人民出版社1980年8月重版版本。重版作者对个别文字稍加改动，保存着作品的原貌。）

【作品赏析】

1954年的高考后，刘绍棠写出了短篇小说《中秋节》。小说在《河北文艺》上发表，受到极大好评。随后刘绍棠将该小说展开，写成一部六万多字的中篇小说《运河的桨声》。升入北大中文系后，又根据康濯的意见进行修改，1955年10月小说由新文艺出版社正式出版。作者时年18岁。这一部作品的出版,再一次向世人展示了年轻作家的文学才华。

《运河的桨声》超越了同时代农村合作化题材小说，大胆地塑造了富贵这一落后的中农形象。作为本部作品中最生动最丰满的人物形象，富贵充分反映了农业合作化过程中中农阶层的复杂的心路历程。

这部小说依然以刘绍棠的故乡通州儒林村为蓝本，展现了农业合作化运动在山楂村的进程。初级农业生产合作社是作品中重点反映的农业社会主义改造。中农富贵最担心的就是加入合作社会损害自己的利益，他是劳作好手，懂技术有土地，更愿意走单干的路子。在了解政策后，知道入社农户的土地，作股入社，可以取得土地分红，才打消了个人主义的算盘。但在得知邻村取消了分红之后，心理再一次发生了动摇。中农作为一个特殊阶层的妥协性和复杂性，在富贵的形象塑造中表现得淋漓尽致。作品将阶级上不太进步的中农的思想历程作为表现重点，与表现“社会本质”、表现社会主义新人的时代创作要求不符，也不符合文学为工农兵服务的文学立场。当时农村题材小说歌颂农业合作化运动的并非少数，但是大多描写贫农阶层正面人物和积极分子，表现农村的“新人新事”。刘绍棠却敏锐地察觉到了中农阶层在合作化运动中，思想由动摇到坚定的过程中所包含的生活的广阔性和丰富性。他细致描绘了一个阶级出身不好、思想有问题的中农的精神世界，树立了一个“中间人物”的典型。虽然刘绍棠后来做了自我批评，进行检讨，认为自己写中农太多，没有详尽地塑造先进的贫农在合作化运动中的积极表现。但是这也从侧面证明了刘绍棠对于题材挖掘的独特性和深刻性。作为一个旨在写乡土的作家来说，农村的生产变革中的重大事件必然成为其创作的材料，但是如何处理这些材料，是一味跟风，塑造“高大全”的英雄人物形象，还是深入思索，更加接近生活的真实？刘绍棠的创作在当时被认定为政治性有所缺失，对贫农描写不够，却提供给我们更真实的农村生活的画卷，还原了农民在生产方式重大转型过程中的复杂心理。

农业合作化题材的创作是符合时代的潮流的，但是在农村政策的诠释中，刘绍棠保留了自己对农村、农民的个体性认知，在阶级化的解读中融入了文化和人性的独特思索。作者对于中农富贵的批判是深刻的，但是又对其行为的心理根源进行了深入的挖掘。中农富贵不理解合作社，不愿意个人土地归为集体所有。这源自农民千百年来难以割舍的对于土地的深厚的情感。他参加了合作社，但是思想还没有转变过来，他到了自家地里，“一屁股坐在那还没被砍去的地界——一簇柳丛下，双手紧紧攥着土疙瘩，攥得粉碎，他的心，撕裂了似的疼痛，鼻窍紧扇着，他几乎要号出来。”这段描写是农民最质朴最深切的对土地爱的天性流露，我们从中读到了刘绍棠的宽容和体谅。他写出了土地和农民之间的血脉相连，农民对土地的深沉的爱和归属心理，他们不愿意放弃属于自己的土地，也不能理解土地集体所有制的政策。刘绍棠是一个真正出身农民，懂得农民的作家。他拒绝用脸谱化的创作方式来塑造一个落后的中农阶层，而是深入其骨血中，同情和理解他们与土地分离的痛苦的心灵历程。

农村传统温情的世风世俗隐藏在尖锐的阶级斗争中，两者交织起伏，共谱一曲大运河畔新农村人际关系的协奏曲。阶级斗争要求人们对于敌对势力要时刻保持警惕，但是乡村的传统伦理要求人们以仁爱的观念处世，宽厚待人。这两种观念相互冲突并相互交融，在紧张的政治斗争中，温情的传统仁爱观与你死我活的阶级斗争相互融合，还原了生活的丰富性和真实性。儿女们都瞧不上富贵，嫌他不积极拉了后腿。女婿根旺听说了富贵埋界碑的传闻后，甚至不让岳父来家里吃饭了。但是作为同辈人的根旺娘却用最朴素最包容的心态看待自己的亲家，她对儿媳妇说：“你去请！居家过日子谁不留个后路，这有什么见不起人的。”农民的处世准则是宽容厚道的，在政治的风浪面前，他们不以政治教条衡量人品，不以大帽子压人，不上纲上线，他们互相理解互相体谅，展现了运河畔农民包容的质朴情怀。刘绍棠写到了农村政治工作的艰巨性，反动势力王六老板殚精竭虑对农村生产搞破坏，他联合反动分子挖坝毁田，威逼利诱富农田财，组织反动势力烧毁粮仓。农村的阶级斗争激烈紧张，敌对势力猖狂，意图破坏社会主义农村建设，斗争丝毫不能松懈。但是作为农民普通的一员，当他们面对的不是你死我活的阶级斗争，而是身边的老乡亲的问题时，他们对于人民内部的矛盾是宽容大度的，他们以最善意的一面来看待问题，用生活的智慧来理解人和事，用运河畔人家的“水”的情怀默默地感化人心。温情世俗的处世观念与阶级斗争的政治话语融为一体，《运河的桨声》避免了对农村工作的政治图解，增添了作品的人情世俗之美。

农村传统伦理关系在新的政治格局面前受到了严峻的挑战。银杏、红英、根旺、福海面对冥顽不灵的父亲富贵，感到痛苦甚至不屑。我们在富贵身上看不到多少父亲的权威，传统关系中父亲对于子辈人生道路的引导和掌控已经完全消失不见。与时代话语同步的是青年一代，他们紧跟政治形势，拥护党的政策，具有大公无私的时代气质。他们是新社会成长起来的一代，摆脱了从旧社会沿袭而来的精神枷锁，他们的精神气质是光明的、向上的、轻快的。所以他们并不能够理解从旧社会成长起来的父亲，对其也并没有过贴心的交流。政治话语被他们运用到了亲情伦理中，他们肆意地批判父亲，从阶级上打倒父亲，传统的父子伦理关系无法束缚和制约他们。新一代青年毫无历史负担地成了农村新人，却在面对这些背负着沉重枷锁的老辈们时，忽视其苦苦挣扎的精神转变历程，认识问题、处理问题的方式简单粗暴：批判多，建设少，打倒多，扶起少。富贵一心扑在自己的菜园里，想卖蔬果挣些钱，他自己卖不动，找银杏帮忙，银杏要去河滩上看书绣花，儿子福海也不肯去，儿媳妇也说“我就不去！”“银杏怕难看，我的脸皮也不是铁打的！”富贵老头在家庭中成了众矢之的，因为政治观念的落伍，在家庭中也失去了地位和尊重。传统的家庭伦理观念在社会转型期瓦解，父子对于家庭权威的争夺不再是靠血脉关系，而是让位于政治话语了。

相比之下，农业社副主任春枝对富贵的工作比他的孩子们更加耐心，每当富贵老头思想退步的时候，都是春枝打消老人的顾虑，劝勉和开导老人。银杏嫌父亲老顽固，父女俩冲突不断，银杏说服不了富贵老头，春枝却每每能打动老人。富贵是生产技术能手，却不肯去给乡亲们讲课，因为没有人征求他的意见，他自己也落不下面子去讲。春枝包容体谅老人，用温和的方法做思想工作，从情理上打动他，夸赞老人“有顶贵重的经验”，还要给他打下手，两个人一起“表演着讲课”。春枝作为合作社的干部，深受社员的敬重，就是因为她处世稳重，以情动人，以理服人，面对斗争毫不退缩，敢闯敢干。春枝的出现打开了富贵老人孤独执拗闭塞的心灵，她设身处地为老人着想，即使老人几次落后打退堂鼓，也依然坚持带领他免其掉队。富贵老人处不好与孩子们的关系，却把春枝当作亲人看待，春枝大病初愈后来看富贵，富贵老头正在井台上，扔下瓜铲，就跑过来："我的好闺女，你可好了，大爷真为你日夜牵肠挂肚的，不放心。"富贵老人的阶级立场的左右摇摆，遭到儿女们的批判，传统的亲情伦理被政治阶级的划分打倒了，但是富贵老人却在合作社的领导干部的热心指引下，得到了情感的理解和认同。

社会主义新农村的人际关系是对于传统的人伦观念的冲击和超越，打破了血脉的局限性，是基于共同理想信念的和谐的人际关系。亲情关系由小家拓展到了大集体，这种新型的人际关系，特别是在阶级斗争中的人伦温情的描述，表现了刘绍棠对于农村的父老乡亲的温情的精神依恋。也正是农村父老乡亲的温情包容庇佑他度过了由天才落为泥土的二十年时光，给了他无尽的精神安慰，才使得他在打倒"四人帮"之后破土而出，重新焕发了文学的青春。

蒲 柳 人 家

一

七月天，中伏大晌午，热得像天上下火。何满子被爷爷拴在葡萄架的立柱上，系的是拴贼扣儿。

那一年是一九三六年。何满子六岁，剃个光葫芦头，天灵盖上留着个木梳背儿；一立夏就光屁股，晒得两道眉毛只剩下淡淡的痕影，鼻梁子裂了皮，全身上下就像刚从烟囱里爬出来，连眼珠都比立夏之前乌黑。

奶奶叫东隔壁的望日莲姑姑给何满子做了一条大红兜肚，兜肚上还用五彩细线绣了一大堆花草。人配衣裳马配鞍，何满子穿上这条花红兜肚，一定会在小伙伴们中间出人头地。可是，何满子一天也不穿。

何满子整天在运河滩上野跑，头顶着毒热的阳光，身上再裹起兜肚，一不风凉，二又窝汗，穿不了一天，就得起大半身痱子。再有，全村跟他一般大的小姑娘，谁的兜肚也没有这么花儿草儿的鲜艳，他穿在身上，男不男，女不女，小姑娘们要用手指刮破脸蛋儿，臊得他找个田鼠窝钻进去；小小子儿们也要敲起锣鼓似的叫他小丫头儿，管叫他一辈子抬不起头。

何满子不穿花红兜肚，奶奶气得咬牙切齿地骂他，手握着擀面杖要梆他，还威吓要三天不给他饭吃。原来，这条兜肚大有讲究。何满子是个娇哥儿，奶奶老是怕阎王爷打发白无常把他勾走；听说阎王爷非常重男轻女，何满子穿上花红兜肚，男扮女装，阎王爷老眼昏花的看不真切，也就起不了勾魂索命的恶念。

何满子的奶奶，人人都管她叫一丈青大娘；大高个儿，一双大脚，青铜肤色，嗓门也亮堂，骂起人来，方圆二三十里，敢说找不出能够招架几个回合的敌手。一丈青大娘骂人，就像雨打芭蕉，长短句，四六体，鼓点似的骂一天，一气呵成，也不倒嗓子。她也能打架，动起手来，别看五六十岁了，三五个大小伙子不够她打一锅的。

她家坐落在北运河岸上，门口外就是大河。有一回，一只外江大帆船打门口路过，也正是歇晌时分。一丈青大娘站在篱笆外的伞柳荫下放鸭子，一见几个纤夫赤身露体，只系着一条围腰，裤子卷起来盘在头上，便断喝一声："站住！"这几个纤夫头顶着火盆子，拉了百八十里路，顶水又逆风，还没有歇脚打尖，个顶个窝着一肚子饿火。一丈青大娘的这一声断喝，他们只当耳旁风。一丈青大娘见他们头也不抬，理也不理，气更大了，又吆喝了一声："都给我穿上裤子！"有个年轻不知好歹的纤夫，白瞪了一丈青大娘一眼，没好气地说："一大把岁数儿，什么没见过；不爱看合上眼，掉过脸去！"一丈青大娘火了起来，挽了挽袖口，手腕子上露出两只叮叮当当响的黄铜镯子，一阵风冲下河坡，阻挡在这几个纤夫的面前，手戳着他们的鼻子说："不能叫你们腌臜了我们大姑娘小媳妇的眼睛！"那个不知好歹的年轻纤夫，是个生愣儿，用手一推一丈青大娘，说："好狗不挡道！"这一下可捅了马蜂窝。一丈青大娘勃然大怒，老大一个耳刮子抡圆了扇过去；那个年轻的纤夫就像风吹乍篷，转了三转，拧了三圈儿，满脸开花，口鼻出血，一头戗倒在滚烫的白沙滩上，紧一口慢一口捯气，高一声低一声呻吟。几个纤夫见他们的伙伴挨了打，呼哨而上；只听嘎巴一声，一丈青大娘折断了一棵茶碗口粗细的河柳，带着呼呼风声挥舞起来，把这几个纤夫扫下河去，就像正月十五煮元宵，纷纷落水。一丈青大娘不依不饶，站在河边大骂不住声，还不许那几个纤夫爬上岸来；大帆船失去了纤力，掌舵的绽裂了虎口，也驾驭不住，在河上转开了磨。最后，还是船老板请出了摆渡船的柳罐斗，钉掌铺的吉老秤，老木匠郑端午，开小店的花鞋杜四，说和了两三个时辰，一丈青大娘才算开恩放行。

一丈青大娘有一双长满老茧的大手，种地、撑船、打鱼都是行家。她还会扎针、拔罐子、接生、接骨、看红伤。这个小村大人小孩有个头痛脑热，都来找她妙手回春；全村三十岁以下的人，都是她那一双粗大的手给接来了人间。

不过，别看一丈青大娘能镇八方，她可管不了何满子。何家世代单传，辈辈一棵苗，何满子的爷爷就是老生儿，他父亲也是在一丈青大娘将近四十岁时才落生的；偏是何满子不同凡响，是他母亲头一胎生下来的贵子。一丈青大娘一听见孙子呱呱坠地的啼声，喜泪如雨，又烧香又上供，又拜佛又许愿。洗三那天，亲手杀了一只羊和三只鸡，摆了个小宴；满月那天，更杀了一口猪和六只鸭，大宴乡亲。她又跑遍沿河几个村落，挨门挨户乞讨零碎布头儿，给何满子缝了一件五颜六色的百家衣；百日那天，给何满子穿上，抱出来见客，博得一片彩声。到一周岁生日，还打造了一个分量不小的包铜镀金长命锁，金光闪闪，差一点把何满子勒断了气。

何满子是一丈青大娘的心尖子，肺叶子，眼珠子，命根子。这一来，一丈青大娘可就跟儿媳妇发生了尖锐的矛盾。

何满子的父亲，十三岁到通州城里一家书铺学徒，学的是石印。他学会一笔好字，也学会一笔好画，人又长得清秀，性情十分温顺，掌柜的很中意，就把女儿许配给他。何满子的爷爷虚荣心强，好攀高枝儿，眉开眼笑地答应了这门亲事。一丈青大娘却不大乐意；她不喜欢城里人，想给儿子找个农家或船家姑娘做妻子，能帮她干活，也能支撑门户。可是，她拗不过老头子，也怕伤了儿子的心，不乐意也只得同意了。何满子的母亲不能算是小姐出身，她家那个小书铺一年也只能赚个温饱；可是，她到底是文墨小康之家出身，虽没上过学，却也熏陶得一身书香，识文断字。她又长得好看，身子单薄，言谈举止非常斯文，在一丈青大娘的眼里，就是一朵中看而无用的纸花，心里不喜爱。何满子的母亲更看不上婆婆的粗野，在乡下又住不惯，一住娘家就不想回来。等生下了何满子，何满子的父亲就想在城里另立个家。一丈青大娘是个爱面子的人，分家丢脸，可是一家子鸡吵鹅斗，也惹人笑话；老人家左右为难，偷偷掉了好几回眼泪。但是，前思后想，千里搭长棚，没有不散的筵席，到底儿点了头。不过，却有个条件，那就是儿媳妇不能把何满子带走。孩子是娘身上掉下来的肉，何满子的母亲哭得死去活来。最后，还是请来摆渡船的柳罐斗，钉掌铺的吉老秤，老木匠郑端午，开小店的花鞋杜四，说和三天三夜，婆媳俩才算讲定，何满子上学之前，留在奶奶身边；该上学了，再接到城里跟父母团聚。

何满子在奶奶身边长大，要天上的星星，奶奶也赶快搬梯子去摘。长到四五岁，就像野鸟不入笼，一天不着家，整日在河滩野跑。奶奶八样不放心，怕让狗咬了，怕让鹰抓了，怕掉在土井子里，怕给拍花子的拐走。老人家提心吊胆，就像丢了魂儿，出来进去团团转，扯着一条亮堂嗓门儿，村前村后，河滩野地，喊哑了嗓子。何满子却隐匿在柳棵子地里，深藏到芦苇丛中，潜伏在青纱帐内的豆棵下，跟奶奶捉迷藏，暗暗发笑。等到天黑回家去，奶奶抄起顶门杠子，要敲碎何满子的光葫芦头；何满子一动不动，眼皮眨也不眨，奶奶只得把顶门杠子一扔，叫了声："小祖宗儿！"回到屋里给孙子做好吃的去了。不是煮鸡蛋，就是烙白面饼。

这一天，何满子的爷爷回来了。一丈青大娘跟老头子叨唠这个，嘟哝那个，老头子阴沉着脸，哼哼哈哈，一脑门子官司；一丈青大娘气不打一处来，跟老头子叫起了苦，顺口就给何满子告了状。爷爷是个风火性儿，一怒之下，就把何满子拴在了葡萄架的立柱上，系的是拴贼扣儿，跑不了更飞不了。而且，在他面前扔下一个纸盒，盒子里有一百个方块字码，还有一块石板和一支石笔，勒令他在这一个歇晌的工夫，把这一百个字写下来。

这倒难不住何满子。可是，他有生以来头一回失去自由，心里委屈而又憋闷，两眼直呆呆，双手懒洋洋，一点儿也没有写字的兴致。

二

何满子的爷爷，官讳已不可考。但是，如果提起他的外号，北运河两岸，古北口内外，在卖力气走江湖的人们中间，那可真是叫得山响。

他的外号叫何大学问。

何大学问人高马大，膀阔腰圆，面如重枣，浓眉朗目，一副关公相貌。年轻的时候，当过义和团，会耍大刀，拳脚上也有两下子。之后，他给地主家当赶车把式，会摆弄牲口，打一手好鞭花。他这个人好说大话，自吹站在通州东门外的北运河头，抽一个响脆的鞭花，借着水音，天津海河边上都震耳朵。他又好喝酒，脾气大，爱打抱不平，为朋友敢两肋插刀，所以在哪一个地主家都待不长。于是，他就改了行，给牲口贩子赶马；一年有七八个月出入古北口，往返于塞外和通州骡马大市之间，奔走在长城内外的古驿道上。几百匹野马，在他那一杆大鞭的管束下，乖乖地像一群温驯的绵羊。沿路的偷马贼，一听见他的鞭花在山谷间回响，急忙四散奔逃，躲他远远的。所以，他不但是赶马的，还是保镖的，牲口贩子都抢着雇他。这一来，他的架子大了，不三顾茅庐，他是不出山的；至于脚钱多少，倒在其次，要的就是刘皇叔那样的礼贤下士。

他这个人，不知道钱是好的，伙友们有谁家揭不开锅，沿路上遇见老、弱、病、残，伸手就掏荷包，抓多少就给多少，也不点数儿；所以出一趟口外挣来的脚钱，到不了家就花个精光。

在这个小村，数他走的地方多，见的世面广；他又好戴高帽儿，讲排场，摆阔气。出一趟口外，本来挣不了多少钱，而且到家之前已经花得不剩分文，但是回到村来，却要装得好像腰缠万贯；跟牲口贩子借一笔驴打滚儿，也要大摆酒筵，请他的知音相好们前来聚会，听他谈讲过五关，斩六将，云山雾罩。他这个人非常富有想象力，编起故事来，有枝有叶，有文有武，生动曲折，惊险红火。于是，人们一半是戏谑，一半是尊敬，就给他送了个何大学问的外号。

自从他被尊称为何大学问以后，他也真在学问上下起功夫来了。过去，他好听书，也会说书；在荣膺这个尊称之后，当真看起书来。他腰里常常揣着个北京老二酉堂出版的唱本，投宿住店，歇脚打尖，他就把唱本掏出来，咿咿哦哦地念。遇上生字儿，不耻下问，而且舍得掏学费；谁教他一字一句，他能请这位白吃一顿酒饭。既然人称大学问，那就要打扮得斯文模样儿，于是穿起了长衫，说话也咬文嚼字。人们看见，在长城内外崇山峻岭的古驿道上，这位身穿长衫的何大学问，骑一匹光背儿马，左肩挂一只书囊，右肩扛一杆一丈八尺的大鞭，那形象是既威风凛凛又滑稽可笑。而且，路遇文庙，他都要下马，作个大揖，上一股高香。本来，孔夫子门前早已冷落，小城镇的文庙十有八九坍塌破败，只剩下断壁残垣，埋没于蓬蒿荆棘之中，成为鸟兽栖聚之地；他这一作揖，一烧香，只吓得麻雀满天飞叫，野兔望影而逃。

夜深人静睡不着觉的时候，何大学问也常常感到阵阵悲凉。自家祖宗八辈儿，穷得房无一间，地无一垄，都是睁眼瞎。自个儿跳跶了大半辈子，已经年过花甲，不过挣下三间泥棚茅舍，八亩河滩洼地；虽然被人尊称大学问，可从没进过学堂一天，斗大的字认不得三筐，而且只会念不会写。儿子天生文质，也只念了三年私塾，就不得不到书铺学徒。看来，何家要出个真正大学问，只有指望孙子何满子了。可是，掂量一下自己这点财力，供他念完小学，已经是鼓着肚子充胖；而中学大学的门槛九丈九尺高，没有白花花的银洋砌台阶，怎么能高攀得上？自己已经老迈年高，砸碎了骨头也榨不出几两油来；难道孙儿到头来也要落得个赶马或是学徒的命运？

何满子也真是聪慧灵秀，脑瓜儿记性好，爱听故事，过耳不忘；好问个字儿，过目不忘。何大学问在孙子面前假充圣人，把他的那些唱本传授给孙子；何满子就像春蚕贪吃桑叶，一册唱本不够他几天念的。何大学问惊喜过望，就想求个名师指点。正巧他在赶马路上，在一座骡马大店里，遇见一位前清的老秀才，在这座骡马大店里当账房先生，写一手魏碑好字；店里生意冷清，掌柜的打算辞退这个穷儒。何大学问脑瓜子一热，就礼聘这位老秀才到他家教专馆，讲定教一个字给一个铜板。

老秀才来到何家，就在葡萄架下开讲。他高高在上，坐一张太师椅，手拿一杆斑竹白铜锅的长杆烟袋；何满子低首俯身，坐个蒲团儿，面前一张小饭桌，就像被老秀才踩在脚下。老秀才整天板着一张阴沉沉的长脸，何满子抬头一看，只觉得头上压着一朵乌云，叫人喘不过气。老秀才又酸气冲天，开口诗云子曰，闭口之乎者也．何满子只觉得枯燥乏味，更加闷闷不乐。他本是个整天跑野马的孩子，从早到晚关在家里，难受得屁股下如坐针毡，身上像芒刺在背。念着书，一听见篱笆外柳树梢上莺啼燕啭，就想噘着嘴唇学鸟叫，念书跑了调儿；一听见门外过往行船的纤歌声，心里就七上八下，想跑出去看一看，念书走了神儿。老秀才的眼睛尖得像锥子，一见他的身子动了动，就伸出斑竹白铜锅的长杆烟袋，敲他的光葫芦头；每敲一下，就肿起一个枣子大的青包，何满子恨透了老秀才。一丈青大娘见孙子天天挨打，心疼得就像一块一块剜肉；只有何大学问认定不打不成材，非但不怪罪老秀才学规森严，而且还在旁给老秀才呐喊助威。何大学问每天招待老秀才三顿净米净面，外加一壶酒；这个局面，穷门小户怎能支撑得住？不到一个月，何大学问就闹了饥荒，拉下了斗大的亏空，只得又去赶马。

何大学问一走，何满子就像野马摘了笼头；天不亮，头顶着星星，脚蹚着露水，从家里溜出去，逃开了学。一丈青大娘早就腻歪了老秀才，先断了每天一壶酒，又撤了一天三顿净米净面。老秀才混不下去了，留下了几百个方块字码，索取了几百个铜板，愤愤而去。

这时，西隔壁那个在通州潞河中学念书的周檎，放暑假回来，何满子整天跟这位洋学生形影不离。何大学问赶马回来，一见老秀才走了，很觉得过意不去，埋怨一丈青大娘头发长，见识短；但是，一见何满子跟着周檎学会了一大堆字儿，还不花一文钱，又不禁转怒为喜了。

何大学问也不是不疼爱孙子。他每趟赶马回来，一心盼家，最大的盼头就是享受天伦之乐。他满脸胡楂，就像根根松针，最喜欢磨蹭孙子的脸蛋儿，逗得孙子吱喳乱叫，笑成一团儿，打成一团儿。而且，每趟回来，都要给孙子带回一梢马子吃食。

但是，这一趟回来，何大学问好像苍老了几岁，愁眉苦脸，垂头丧气，眉头子拧成个鸡蛋大的疙瘩。何满子叽叽喳喳欢迎爷爷，爷爷一点也不欢喜，没有抱他，也没有亲他，梢马子空空荡荡只有两层皮。

何满子对爷爷心怀不满，拿白眼珠儿翻瞪爷爷，闷坐在窗根下，小嘴噘得能挂个油瓶儿。

后来，他听见奶奶跟爷爷吵了起来："你一进家就像丧门神似的，没一点喜色，要是你嫌弃我们娘儿俩，就留在口外守你那座娘娘庙，死外丧也没人去给你收尸！"

近一两年，何满子懂了点事儿，从大人们的只言片语里，影影绰绰听说爷爷在口外还有一个相好的女人，比奶奶年轻十多岁，住在帐篷里，是个放马的。奶奶跟爷爷吵架，一骂起那个放马的女人，爷爷就不敢跟奶奶对仗了。何满子却非常想跟爷爷出一趟口，到那位年轻奶奶的帐篷里住几天；他自信，那位口外的奶奶也会像家里的奶奶一般疼爱他。疼爱他的人越多越好。

“X的，我差一点儿扔了这把老骨头，你还咒我！”这一回吵架，爷爷却不肯向奶奶低头服软儿，忍气吞声。“日本鬼子把咱们中国大卸八块啦！先在东三省立了个小宣统的伪满洲国，又在口外立了个德王的蒙疆政府，往后没有殷汝耕的公文护照，不许出口一步。这一趟，蒙疆军把我跟掌柜的扣住，硬说我们是共产党，不过是为了没收那几百匹马。掌柜的在牢房里上吊了，他们看我是个榨不出油水的穷光蛋，白吃他们的狱粮不上算，才把我放了。”

何满子听不大懂，可是他听说过殷汝耕这个名字。去年冬天，一个下大雪的日子，乡下哄传殷汝耕在通州坐了龙庭，另立国号，天怒人怨，大地穿白挂孝。寒假里周檎回来，大骂殷汝耕是儿皇帝，管殷汝耕叫石敬瑭，还给何满子讲了一段五代后唐的故事。

原来爷爷坐了牢，还险些扔了命，何满子心疼起爷爷来了。他正想进屋把爷爷哄得开了心，谁想爷爷竟把满腔怒火发泄到他身上，不但将他拴在葡萄架的立柱上，系的是拴贼扣儿，而且还硬逼他在石板上写一百个字。何满子一看见老秀才留下的这些手迹，就想起老秀才那一张阴沉沉的长脸和斑竹白铜锅的长杆烟袋，心里烦透了。

爷爷喝了一壶酒，四脚八叉躺在北房东屋土炕上，打着呼噜睡大觉，天塌了也惊不醒他；奶奶哭丧着脸，坐在外屋锅台上，拨动着一支牛拐骨捻麻绳，依然怒气不息。

现在，只有一个人能搭救何满子。但是，何满子望眼欲穿，这颗救命星却迟迟不从东边闪现出来。

三

何满子觉得，他这个家，像个鸟笼，他好比一只被关在笼子里的柳叶翠鸟；他又觉得，这个家像一只麦秆编成的蝈蝈篓儿，他好比被捉进篓里的小绿蝈蝈。

四面是柳枝篱笆，篱笆上爬满了豆角秧，豆角秧里还夹杂着喇叭花藤萝，像密封的四堵墙。墙里是一棵又一棵的杏树、桃树、山楂树、花红果子树，墙外是杨、柳、榆、槐、桑、枣、杜梨树，就好像给这四堵墙镶上两道铁框，打上两道紧箍。奶奶连巴掌大的地块也不空着，院子里还搭了几铺黄瓜架；而且不但占地，还要占天，累累连连的南瓜秧爬上了三间泥棚茅舍的屋顶，石碳子大的南瓜，横七竖八地躺在屋顶上，再长个儿，就该把屋顶压塌了。

天气越来越热，没有一丝风，小院子闷得像扣上了笼屉。虽然葡萄架绿荫如盖，何满子又赤条精光，可是还阵阵出汗；他看了看拴在脚踝上的绳索，解也解不开，挣也挣不脱，急得满头冒火星子，汗下如雨。

忽然，隔墙花影动，从东篱笆上的豆角秧和喇叭花藤萝里，露出一张俊俏的脸儿，轻轻地叫了一声："满子！"

何满子一抬头，原来是望日莲姑姑，救命星光临了。

"莲姑！"何满子一肚子委屈，好容易盼来了亲人，哇的一声哭了。

坐在外屋的一丈青大娘，听见哭声，扔下手里的牛拐骨，走了出来，问道："满子，怎么啦？"

何满子一听奶奶的口气，明明是带着心疼的意味，于是便演出了他的拿手好戏，扯着嗓子大哭起来。

篱墙外，一串脆笑，望日莲问道："干娘，满子犯了多大的家规，披枷戴锁的打算刺配沧州呀？"

何满子哭得一声更比一声高。

"那个老杀千刀的，撞了黑煞，一进门就瞧着我们娘儿俩扎眼；打算先勒死小的，再逼死老的，好接那个口外的野娘儿们来占窝儿！"

一丈青大娘破口大骂起何大学问。

北房东屋土炕上，发出一声虎啸，何大学问怒吼着冲出屋门。他光着膀子，赤着两脚，只穿一条肥大短裤，挓挲着根根松针似的胡楂，嚷嚷道："不是你这个长舌头娘儿们搬弄是非，我就舍得拴起满子来啦？"

“是我叫你拴的呀？”一丈青大娘的嗓门儿，压倒了何满子的哭声和何大学问的吼声，“我不过是叫你吓唬吓唬他，谁想你却黑心下毒手！”

“我并没有真捆满子呀！”

“唉哟，拴贼的扣儿，勒得孩子快断了气儿！”一丈青大娘拍得巴掌山响。

“我割下你这个娘儿们的长舌头！”何大学问大步走到葡萄架下，伸出一个指头，抖搂了一下那圈套圈儿、环套环儿的绳索，哗啦散开了，“瞧，这是真捆他吗？”

望日莲背着大筐跑进来，笑道：“干爹，您可真会玩花活儿。”

“这叫兵不厌诈，空绳计！”何大学问得意地哈哈笑道，“可这一来，我的花活露了馅儿，满子的贼胆子就更大了。”

“您还是进屋睡回笼觉去吧，满子陪我到河滩上打青柴。”望日莲说。

“等一等！”何大学问说，“让他奶奶给孩子做口吃的。”

“我不管！”一丈青大娘还在跟老头子赌气。

“不敢有劳王母娘娘的大驾！”何大学问叹了口气，“我给何家的这个小祖宗儿当大脚老妈子。”

“我不吃！”何满子一甩胳臂，“把挂在西屋墙上的那一串打鸟夹子给我拿来，我打鸟去。”

“得令！”何大学问高声答应，“瞧我孙子的孝心多大，给爷爷打野味，晚上下酒。”说罢，一溜小跑进屋去。

何满子从爷爷手里接过一大串打鸟夹子，牵着望日莲的手走出柴门，眼睫毛上还挂着泪珠儿，就噘起嘴学了一声布谷鸟叫：“咕咕，咕咕！”

“你也是我的小祖宗儿。”望日莲说，“来，我背着你。”

望日莲找个土坡，半蹲下身子，大筐靠在土坡上，何满子坐进去，望日莲直起腰，背着他奔河边去了。

望日莲十九岁，奶名可怜儿，是何家东隔壁杜家的童养媳。十二年前，在摆渡口开小店的花鞋杜四，从一个逃荒的饥民手里买下来，领回家，给他那个当时已经十七岁的傻儿子当童养媳妇。这个傻儿子小名叫二和尚，长得丑陋，又缺心眼儿，就会在小店里扫马粪。花鞋杜四是这个小村有名的泥腿，他的老婆豆叶黄，又是这个小村独一无二的破鞋。豆叶黄长得有几分姿色，可是心肠歹毒，一张嘴就像蛇吐芯子。可怜儿来到杜家，一年到头天蒙蒙亮就起，烧火、做饭、提水、喂猪、纺纱、织布、挖野菜、打青柴，夜晚在月光下，还要织席编篓子，一打盹儿就要挨豆叶黄的笤帚疙瘩，身上常被拧得青一块紫一块。

可怜儿十岁那年，张作霖的队伍跟吴佩孚的队伍隔着北运河开仗，炮火连天，一个炮弹炸了个大坑，把可怜儿倒栽葱埋了下去，花鞋杜四和豆叶黄也不扒她，慌慌张张跑走了。一丈青大娘心肠软，冒着硝烟把可怜儿扒了出来，可怜儿昏迷不醒，一丈青大娘把她装进大筐，背在身上就跑。一块炮弹皮子划破了一丈青大娘的鬓角，她还是不忍心扔下这个苦孩子，自个儿逃命。在青纱帐里躲藏了三天，仗打完了，回到村里，才知道二和尚被奉军抓了夫，下落不明。豆叶黄哭天叫地，一腔毒火扑到可怜儿身上，骂她是扫帚星，克夫命，又掐又咬，疼得可怜儿满地打滚儿。一丈青大娘忍无可忍，跳过篱笆，把可怜儿抢救出来。豆叶黄也不是好惹的，跟一丈青大娘对骂起来；一丈青大娘虽然口角锋利，可是豆叶黄的舌头带着毒刺儿，于是动口改了动手，把豆叶黄打得七窍出血，豆叶黄就爬到何家门口，躺下装死。花鞋杜四更不是省油的灯，手持一把宰猪的青条子赶来，要烧何家的房；一丈青大娘就拿起一把鱼叉，跟花鞋杜四交了手。正打得你死我活、难解难分之时，何大学问从口外赶马回来了，抡起大鞭，一个鞭花抽过去，把花鞋杜四抽了个皮开肉绽，差一点腰断两截。花鞋杜四岂能善罢甘休，他在官面上有路子，搬来了河防局的一个巡长，要把何大学问抓去坐牢。最后，还是有人出面说和，何大学问请了两桌酒席，答应给花鞋杜四和豆叶黄治疗养伤；但是，何大学问和一丈青大娘一定要认可怜儿当干闺女，花鞋杜四表示同意，不过将来可怜儿圆房，何大学问跟一丈青大娘得陪一笔嫁妆。两下立了文书，画了押，可怜儿当众给干爹和干娘叩了头。

一丈青大娘觉得干女儿的名字不吉利，就给她改名叫贵莲。贵莲虽然不再挨打，可是一年三百六十天，还是没有喘气的工夫。她到河滩上打青柴，何家西隔壁的周檎下了学也到河滩上打青柴，两个人十分要好，常常嬉戏打闹，周檎就管她叫望日莲；她的命相本来不贵，反倒挺喜欢这个外号，一来二去就叫开了。

运河滩上遍地开放着五颜六色的野花，顶数死不了的花朵最小，只有蚕豆粒大，血红血红的，撒在河边、路旁、柳荫下，不怕风吹雨打，不怕曝晒干旱。一连多少日子不下雨，土地龟裂，禾苗枯黄，可是小小的死不了花却更鲜红，更艳丽，叶子也更翠绿。望日莲就像那死不了花，在饥饿、虐待和劳苦中发育长大，模样儿越来越俊俏，身子越来越秀美。干爹和干娘疼她，一年也给她做一身新衣裳，她穿上新衣裳就更好看。

二和尚被奉军抓夫，一去没回头，何大学问和一丈青大娘就想给望日莲另找婆家。当面不便开口，就拜托摆渡船的柳罐斗，钉掌铺的吉老秤，老木匠郑端午，到杜家探探口气。谁想，三个人刚说明来意，豆叶黄便号啕大哭，夹枪使棒地摔了一大堆闲言碎语。花鞋杜四倒似乎通情达理，说他也不愿意耽误了儿媳的青春，只是儿子生死未卜，宁拆十座庙，不破一门婚，他主张请个算命先生，给望日莲打一打卦。也真凑巧，他的话刚落音，门外就响起算命先生的笛声，他就跑出去请了进来。当着众人的面，算命先生盘问了望日莲和二和尚的生辰八字，掐指算了又算，口中念念有词，然后断定，二和尚在外已经当了官，要像薛平贵那样，一十八载才能衣锦还乡。二和尚出去已经八年了，所以望日莲还得在寒窑苦守十个春秋，就会苦尽甘来，夫贵妻荣。

其实，花鞋杜四和豆叶黄各怀鬼胎，居心不良。花鞋杜四一肚子狗杂碎，他见望日莲出落得一朵鲜花似的，就起了乱伦的贼心。豆叶黄本来是个破鞋，花鞋杜四常年住在小店里，很少回家来睡，她就招野汉子；眼见自个儿年老色衰，缺乏吸引力，就想拿望日莲当招蜂引蝶的幌子。有一天夜晚，豆叶黄跟她的野汉子约定，半夜三更前来。正是暑伏时节，豆叶黄喊叫屋里闷热，打开前后门窗通风。半夜里，豆叶黄走出后门，叫她那个等候在篱笆根下的野汉子进去，她在外面把门。那野汉子像一只偷鸡的黄鼠狼，蹑手蹑脚而入。就在这时，前门又贼溜溜闪进一个黑影。月黑天，天阴得像锅底，两个人谁也没看见谁，一齐扑向望日莲的小西屋。

望日莲人大心大，又见豆叶黄行为不正，花鞋杜四贼眉鼠眼，每晚临睡之前，都关严窗户，顶住房门，身旁左边一把镰刀，右边一把剪子。两个恶贼扑门，望日莲惊醒，从炕上跳起来，可是还没有等她动手，这两个恶贼先厮打起来。望日莲投出了镰刀和剪子，从窗口跳出去，大喊一丈青大娘救命。一丈青大娘闻声而至，掌起灯火，只见镰刀砍在花鞋杜四腿上，剪子扎在野汉子胳臂上，两个恶贼仍然死咬住不放，滚在一起厮打。

出了这件事，一丈青大娘不依不饶了。豆叶黄理屈词穷，只得应许望日莲白天给她家干活，晚上到一丈青大娘那里去睡。

何大学问出口赶马，望日莲就跟一丈青大娘和何满子同睡在一条小炕上；何大学问赶马回来，望日莲就跟何满子到西屋去睡。那时候何满子才三岁，每晚都睡在望日莲的怀抱里，已经三年了。

望日莲虽然摆脱了花鞋杜四和豆叶黄的暗算，可是摆不脱苦重的劳动，她还要一年到头、一天到晚地干活。而且，豆叶黄因为奸计未成，要出口气，更加重了望日莲的劳苦。望日莲从来没有歇过晌，大晌午头儿，便得去打青柴。

年轻的姑娘媳妇们下地，身边都带着个孩子，倒不是为护身，而是为防嫌。所以，望日莲晌午打青柴要带着何满子。

四

望日莲的大筐里背着何满子，沿着河岸走出村口，便是一片河滩。

这片河滩方圆七八里，一条条河汊纵横交错，一片片水洼星罗棋布，一道道沙冈连绵起伏。河汊里流水潺潺，春天只有脚面深，一进雨季，水深也只过膝，宽窄三五尺，也不搭桥，可以一跃而过；河汊两岸生长着浓荫蔽日的大树，枝枝丫丫搭满大大小小的鸟窝。水洼里丛生着芦苇、野麻和蒲草，三三五五的红翅膀蜻蜓，在苇尖、麻叶和草片上歇脚；而隐藏深处的红脖水鸡儿，只有蝴蝶大小，啼唱得婉转迷人，它的窝搭在擦着水皮儿的芦苇半腰上，一听见声响，就从窝里钻进水里，十分难捉。沙冈上散布着郁郁葱葱的柳棵子地，柳荫下沙白如雪，大热天躺在白沙上，身心都感到清凉。

何满子最喜欢到河滩上玩耍。光着屁股浸入河汊，捞虾米，掏螃蟹，摸小鱼儿；钻进苇塘里，搜寻红脖水鸡儿，驱赶红蜻蜓满天飞舞，更是有趣；但是，最好玩的还是在大树下、茂草中和柳棵子地里，埋下夹子和拍网打鸟。

一到河滩上，何满子就叫望日莲把他从大筐里卸下来，欢叫着蹚过一条条河汊，跑在前面，从一片片水洼的苇丛中钻进钻出，最后一口气跑上最高的那道沙冈。

望日莲也来到了高高的沙冈上，她坐下来喘了口气，就折了两大把柳枝，编成一个遮阳的柳圈儿；她连一顶破草帽也没有。柳圈儿编成了，她把那一条粗大油黑的辫子盘绕在头上，然后再戴上柳圈儿。这时，何满子一定要采几朵火红的、金黄的、洁白的、绛紫的、天蓝的野花，插在柳圈上，想把莲姑打扮得更好看。望日莲又脱下身上那打满补丁的蓝花土布小褂儿，扔给何满子，叮咛说："给我看着！你打鸟儿别像断线的风筝，有男人来，赶紧喊我。"

何满子见她的胸脯上还七缠八绕着一块长条子破布，便说："莲姑，把这条子破布扯下来，多凉快。"

"放屁！"望日莲脸一红，"姑娘家能脱光膀子吗？"

望日莲头戴着插满野花的柳圈儿，一手提着大筐，一手握着镰刀，钻进蓬蒿茂草丛中去了。何满子坐在柳棵子地里，抱着望日莲的蓝花土布小褂儿放哨。一会儿，他就感到寂寞了，越寂寞也就越感到发困。于是，他不耐烦了，揉了揉眼，摇了摇头，清醒过来，就扒了个沙坑，把蓝花土布小褂埋起来，提着一串打鸟夹子，走下沙冈。

何满子先到草棵里捉小虫，把小虫串在夹子的支棍上，一把一把地四处埋伏起来，每处都拔几棵草盖上，伪装一下。然后，就钻进茂草中，轻柔地吹着口哨，含一片草叶学鸟叫，引诱树上的和树丛里的鸟儿下树出窝，觅食上钩儿。何满子听见这里啪的一声，那里啪的一声，乐得直想翻个跟头打几个滚儿，那是打中了。但是，有时候也噗的一声，却是打空了。受了惊的鸟儿，吓得钻入没天云，受了挫伤的羽毛在风中飘散。

他听着打中鸟儿的声音，心里默默地数着数儿；要打到二三十只，才够他和望日莲烧吃一顿。

一想到莲姑每天都吃不饱，何满子的心里就一阵阵发酸。打青柴的时候，他常常看见望日莲饿得心里发慌，脸白得像一张白菜叶子，额角上冒出一层层的虚汗，就手打着战儿摘取一颗一颗的地梨，填填肚子。何满子心疼望日莲，就到财主家的瓜田里去偷瓜；面瓜香甜柔软，很好吃，吃上几个也能饱一阵子。而且，偷瓜也是一种冒险的游戏，对何满子很有诱惑力。

他常常光顾邻村大财主董太师的瓜田。

爬过河滩上最后一道沙冈，就是董太师的瓜田。这一块瓜田二十亩，东西南北各有一座窝棚，地中央还有一座高高的瓜楼，瓜楼上站着一个拿枪的团丁；更有两条伸出血红长舌头的恶狗，在瓜田四外跑来跑去；瓜垄里，埋藏着一杆杆地枪，枪口露在土外，枪机上拴着一根绷紧的细绳。偷瓜的人不小心蹚上绳子，地枪响了，枪砂打在身上或是腿上，就要受重伤。

何满子从茂草中悄悄爬到董太师瓜田的地边，只见高高瓜楼上的那个团丁，抱着枪靠在栏杆上打呼噜，四座窝棚的看瓜人，前仰后合地打盹儿；那两条恶狗也各自找个阴凉卧下，懒得跑动了。何满子偷瓜，不但胆大，而且心细，他滴溜溜转动着黑亮黑亮的小圆眼睛，先看准了有利地形，再仔仔细细观察，分辨出哪一条瓜垄埋藏着地枪。然后，他趴下来，只靠两只臂肘爬行；临到地边，刺溜一下，像一只泥鳅，钻进了瓜垄。

钻进瓜垄的密叶下，何满子就如鱼游水，再有阵阵微风拂过，吹得瓜叶沙沙响，那就更给他帮了忙，打了掩护。他最喜欢吃甜瓜，甜瓜不但解渴，而且一直甜到心窝里。他也爱吃面瓜，面瓜不但解饿，而且吃过之后余香满口。他更喜爱西瓜，但是西瓜个儿大，还要砸破了皮，在瓜垄里不能吃，必须推出瓜田去。这个活儿很累，何满子却干得十分巧妙。他摘下一个斗大的西瓜，然后仰巴叉躺下，叉开双腿，把西瓜夹在腿裆里，两个手掌按地，屁股一颠一颠地推动那个斗大的西瓜滚动着；慢慢地，慢慢地推出了瓜田，钻进茂草中，就算胜利了。但是要出一身大汗，沾满一身的沙子。

何满子听见啪的一声又一声，已经打中了十几只鸟儿，就钻进了董太师的瓜田；先在瓜垄里吃了个肚儿圆，然后抱出三个大面瓜，到蓬蒿丛中寻找望日莲。

这一大片蓬蒿，五尺多高的大汉钻进去不见影儿，何满子钻进去，就像一粒石子投入汪洋大海。他走一走便侧耳听一听，听一听哪里有镰刀的唰唰声，再循声找去。寻找望日莲，还有一个方便，那就是望日莲喜欢一边打青柴，一边唱小曲儿，她有一条低柔的嗓子，轻轻地唱起来，悦耳动人心。这些小曲儿，都是情歌，词句都很大胆；何满子听不大懂，可是知道在家里是不能唱的。

何满子抱着三个大面瓜，在蓬蒿丛中找来找去，听不见镰刀的唰唰声，也听不见低柔的小曲声。他感到奇怪，也有点恐惧，站住了脚，支起耳朵，听了又听，仿佛听见了幽幽的哭泣声。他奓着胆子，踮着脚尖，提着身子，小步小步地向那边挨过去。

他看见了，望日莲已经割倒了一大片青柴，却不知为什么趴在了青柴上，两手抓着两大把泥土，哭得整个身子抽搐着。何满子想，望日莲一定是饿得肚肠子疼了，便高喊道："莲姑，你饿了吧？我给你送面瓜来啦！"

望日莲仰起半边脸，挂满了泪水，抽噎着说："我……不饿，你……吃吧！"

"我早就吃饱了！"何满子把三个大面瓜放在望日莲头前，腾出手来，拍了拍蝈蝈儿似的肚子，"快吃，快吃。"

"我……吃……不下去。"

"你病了吧？我找奶奶来给你扎针。"说着，何满子转身要走。

"我没病！"望日莲一把勾住他的腿腕子。

"那你为什么哭呢？"何满子迷惑地问。

"没来由，就是想哭。"望日莲坐起来，擦着眼泪。

何满子直勾勾转着眼珠儿，忽然笑了起来："我猜着啦！你是想橹叔了。"

"谁说我想他？"望日莲又扑簌簌淌下泪来，却还要嘴硬，"他算是我的什么人，我算是他的什么人？”

“你们俩……你们俩……”何满子不知如何回答，“你们俩当两口子吧！”

“今生没缘了，来世再说吧！”望日莲凄然地说。

“来世还得等多少年呢？”何满子问道。

望日莲失神地说：“眼下就死，投胎转世，再过二十年，又这么大了。”

“我不愿意你等到来世！”何满子兴致勃勃地说，“等樆叔回来，我就催他雇花轿抬你。”

“他早就该回来了。”望日莲哀怨地说，“人家今年从潞河中学堂毕了业，就要进京上大学堂了，还想得起我这个打青柴的乡下丫头？”

“他要是把你忘了，我见面就骂他！”何满子愤愤地说，“我还要拿奶奶的鱼叉扎他，顶门杠子抡他。”

“住嘴吧！”望日莲慌忙双手捂住他的嘴巴，“不许你咒他。”

“我偏咒他，偏咒他！”何满子呸呸啐起了唾沫。

“求求你，好孩子！”望日莲哀求起来，“你在这儿咒他，他在外边有个灾枝病叶，谁来服侍他呢？”

“看你的面子，我不咒了。”

“你还得说，求老天爷保佑樆叔平平安安。”

“说这个干什么呀？”

“你刚才咒了他，还得给他消灾呀！”

“老天爷，保佑我樆叔平平安安吧！”何满子带着哭声呼叫起来，“保佑我莲姑跟我樆叔成两口子吧！”

望日莲紧紧地把何满子搂在怀里，雨点似的亲他。

望日莲也真的饿了，她风卷荷叶一般吃下了三个面瓜，心情也欢悦起来，白菜叶子似的脸上泛起了娇艳的颜色，目光也明亮得像月光下的春波，喜气挂上了微蹙的秀眉，红润的嘴唇漾起微笑，何满子呆呆地凝望着她。

“你看我什么？”望日莲纳闷地问道。

“莲姑，你真好看。”

“呸！”望日莲啐他一口，“这几个月，你光学坏，往后别跟我睡了。”

“等檎叔回来，我跟他做伴去！”何满子气恼地说。

望日莲愣了下神儿，脸红了红，小声说：“那你就跟他睡一宿，再跟我睡一宿。”

“不！”何满子斩钉截铁地说，“檎叔回来了，我才不愿意跟你睡。”

“原来你对我这么狠心呀！”望日莲说，“姑姑刚才逗你玩儿，心里才舍不得你。”

“你舍不得我，咱们仨一块儿睡！”何满子说。

“滚你的！”望日莲张开巴掌，轻轻用掌心拍了何满子的光葫芦头一下，“快去收拾你那些打鸟夹子吧，别叫人家起走了。”

何满子恍然想起这桩大事，急急飞跑而去。

五

满河滩跑了一遭，何满子起回了他所有的打鸟夹子和拍网，打中了二十多只，其中还有两只肥囊囊的花胡不拉鸟，心里非常高兴。这两只肥鸟，一只孝敬爷爷下酒，一只要让莲姑吃个痛快。

他回到最高的那道沙冈上，扒出望日莲那件打满补丁的蓝花土布小褂儿，望日莲已经一趟一趟地把大捆的青柴背到了沙冈下晾晒。

望日莲头上那插满野花的柳圈儿已经散乱了，盘绕着的大辫子拖下来，沾了一头草叶，赤裸的肩头和胳臂上，划满了一道道血印子。七缠八绕在胸脯上的那块长条子破布，被汗水浸透，沾满了泥土。

“莲姑，歇一会儿，烧鸟吃！”何满子跳着脚喊道。

望日莲乏得有气无力，说：“我要去洗洗身子，你来给我看着人。”

他们来到一个僻静的河湾，这个河湾被一道沙冈环抱着，长满红皮水柳，水色澄碧，清可见底。何满子留在沙冈上，望日莲说了声：“合上眼！”何满子就把两眼紧紧地闭住。莲姑跟他说过，偷看姑娘家脱衣裳，要长枣核钉那么大的针眼。望日莲下到水边，在红皮水柳丛中掩住身子，一边脱着衣裳一边向何满子喊道：“睁开眼吧！”何满子便把眼睛睁开，向四下张望，警戒男人走来。

红皮水柳深处，传出哗啦哗啦的洗衣裳声；不大工夫，何满子看见，洗干净了的衣裳挂在了水柳枝头晒着，还有那一条长长的破布。又过了一会儿，何满子便听见一阵阵撩水声和凫水声。他又感到寂寞了：衣裳不晾干，望日莲便不能上岸，他也就像一只孤雁似的呆立着。

“莲姑，你可别凫到漩涡里去呀！”他跟望日莲搭着话，“我力气小，救不了你。”

“我用你来救呀？”望日莲在红皮水柳丛中笑着，“当年你檎叔掉在漩涡里，还是我把他救上了岸。我是他的救命恩人哩！”

“我才不信！”何满子哼道，“你跟我爷爷一样，爱吹牛打鼓，小心大风刮跑了你的舌头。”

“真不骗你。”

“你说说，我听听！”何满子从沙冈上出溜下来，坐到河湾子的水边去。

“不许下水！”望日莲吓得尖叫。

“我看不见！”何满子说，“你不快说我就下水。”

望日莲告诉何满子，她十岁的时候，跟着周檎到河滩上挖野菜，天气酷热，周檎下河凫水。谁想凫着凫着腿肚子抽了筋儿，一股急流把周檎卷进了一个水漩子里，周檎的身子就像被拧成了陀螺，一会儿沉没下去，一会儿又旋转着露出个脑瓜顶儿。周檎连喝了几口水，挣扎着大喊救命，她扑通跳下河，掐着周檎的脖子拽上了岸。后来，周檎再凫水就跟她搭伴了。

“你姑娘家跟小子一块凫水，怎不害臊呢？”何满子问道。

“那时候都小，不知道害臊。”望日莲说，“我跟他在柳棵子地里过家家玩，还拜过花堂呢！”

“原来你跟檎叔早就是两口子啦！”何满子惊喜得喊叫起来。

“别嚷！”望日莲喝道，“我好像觉得有脚步声，你快去看看，是不是有人来？”

何满子又跑上沙冈，手搭凉棚，远瞧近看。忽然，他看见从河岸的柳荫羊肠小路上，走来一个打着旱伞的人，他忙喊道："莲姑，躲起来！有人。"红皮水柳丛中，响起稀里哗啦的凫水逃跑声。何满子又跳着脚观望，只见那个打着旱伞的人，是个青年书生，穿一身白学生装，肩上背着一个方格土布的小包袱。何满子欢呼了一声："莲姑，是檎叔！"望日莲在红皮水柳丛中说："瞎话！"何满子却已经大喊着："檎叔！"飞也似的迎上前去了。

那个穿学生装的年轻人，收拢了旱伞，也喊着："小满子！"并奔跑过来。

周檎二十岁左右，清秀的高个儿，两道剑眉，一双笑眼，高鼻梁儿，嘴角上挂着微笑，满面和颜悦色，一看就知道是个文静和深沉的人。

他跑到何满子跟前，张开胳臂要把何满子抱起来，何满子急忙跳开，说："别弄脏了你的新衣裳！"

"你在这儿干什么呢？"周檎含笑问道。

何满子脑瓜一歪，眨巴着小圆眼睛，说："你猜！"

周檎假装皱着眉头，想了又想，说："猜不着。"

"跟我来！"何满子牵起他的手就跑。

这时，望日莲也从红皮水柳深处凫出来，扒着岸边的柳枝向外偷看，一眼就看见了那个日夜思念的人，心一下猛跳起来，脸一下子烧红起来。

"满子，别带你檎叔过来！"她是在跟周檎打招呼。

"你害什么臊呀！"何满子顽皮地笑道，"你们不是搭伴凫水，还拜过花堂吗？"

"没那么回事儿！"望日莲说，"周檎，你到远处站着。"

"满子，咱们躲她远远的！"周檎一指几丈外的一片柳棵子地。

他俩在柳荫下的白沙地上一坐，何满子便急着问道："檎叔，你是跟莲姑拜过花堂吗？"

周檎抚摸着他的光葫芦头，悠然神往地说："那是童年时代的游戏。"

"你们在哪儿拜的花堂呢？"何满子追问。

"就在这片柳棵子地里。"

"你们穿新衣裳吧？"何满子刨根问底儿。

“我跟你现在这个打扮差不多，她比我多穿了一件兜肚。”

“你头戴一顶插红翎子的礼帽吗？”

“我戴着一个柳圈儿。”

“莲姑蒙着红盖头吗？”

“她顶了一片荷叶。”

“十字披红吗？”

“一人身上斜挂着两个柳枝串起的花环。”

“摆天地桌吗？”

“堆了个土台。”

“烧高香吗？”

“插了三根艾蒿。”

“拜完天地，到哪儿去入洞房呀？”

“在地上划了个四方块，就算洞房。”

“吃子孙饽饽吗？”

“两片麻叶上放了几个地梨儿，就算子孙饽饽。”

“吃长寿面吗？”

“嚼甜芦根草。”

望日莲走进了柳棵子地，娇嗔地说：“你跟他胡说些什么呀！”

何满子一看，望日莲从水中走出来，俏丽的脸儿，就像雨后清晨的一朵荷花。她匆忙中忘了把那块长条子破布七缠八绕在胸脯上，洗得干干净净的蓝花土布小褂儿，紧紧箍着她那丰满的身子。

周檎眼色温柔地答道：“我常常回忆儿时的往事。”

“你为什么不在村口下船？”望日莲问道。

“我想晌午头上你一定在河滩上打青柴，就在前一个渡口上了岸，看看在河滩上能不能找见你。”

“你怎么比去年晚了半个多月才回家来？”望日莲含情脉脉地问道。

“我到北平考大学去了。”

“考中了吗？”

“还没有发榜。”

望日莲低下头去，咬了咬嘴唇，脖颈上泛起了红潮，猛地抬起头，目光火辣辣的，问道："你知道今天是什么日子吗？"

"阴历七月七。"周檎声音微微发颤地说，"所以我挑这个日子回来。"

"七月七，牛郎会织女！"何满子插嘴说，"檎叔是牛郎，莲姑是织女。"

"贫嘴！"望日莲啐道，"到那边看看有没有人来。"

"等一等！"何满子折断一根柳枝，在周檎和望日莲的四周划了个大四方块，"你们就在洞房里说话吧！"

他走出柳棵子地，爬上一棵老杜梨树，骑在大树杈子上。快起晌了，可是还热得像火烤，田野河边仍然路断行人。

在何满子的心目中，周檎是个了不起的人物，是天上的文曲星下凡。

何满子喜欢听老人们说古。他从爷爷、奶奶、摆船的柳罐斗、老木匠郑端午和钉掌铺的吉老秤口中，也从开小店的花鞋杜四那里，零星片断地听到，周檎的父亲周方舟过去在玉田县当小学教员，九年前领头闹起京东农民大暴动，暴动失败，被奉军杀害了。周檎的母亲嫁到周家后仍旧住在这个小村，丈夫一死，就带着周檎跟外祖母和舅舅柳罐斗一起生活。不久，母亲也因哀痛过度而亡，周檎就跟外祖母和舅舅相依为命。后来，他以甲等第一名考入美国教会开办的通州潞河中学，在那个学校里一直是数一数二的学生。

通州城距离这个小村三四十里，周檎孝顺外祖母，每个礼拜六都回家来，跟外祖母团聚一天，第二天下午再回去。他很穷，雇不起马车或脚驴子，夏天回家靠两腿走，走累了就下河凫水；冬天回家乘坐冰床，冰床在封冻的河面上像流星一般飞行。前年，外祖母去世了，他又像孝顺外祖母那样孝顺舅舅，仍然每个礼拜都回家。柳罐斗怕外甥荒废了学业，叫他一个月回家一趟。而一个半月的暑假，半个月的寒假，他都回家来住。他给舅舅打青柴，也帮助舅舅摆船，爷儿俩过得和和睦睦，从没有抬过杠，拌过嘴。

何满子喜欢追随周檎的身前背后，不仅是因为周檎会给他讲引人入胜的故事，教给他的字儿也比老秀才那些"赵钱孙李，周吴郑王"和"天地玄黄，宇宙洪荒”有趣得多；而且更因为周檎也像望日莲那样疼爱他。

柳罐斗跟何满子家住隔壁，也是三间蒲草盖顶的棚屋，一座四面夹着柳枝篱墙的院落。柳罐斗住在摆渡口的大船上，家里只有周檎一个人，何满子听故事和识字儿入了迷，舍不得走，有时就跟周檎一起睡。他玩了一天，跑得乏了，免不了尿炕，周檎也不声张；如果声张出去，他在小伙伴们中间，就没脸见人了。

何满子还有一个乐趣，那就是他在周檎的炕上睡着了，望日莲就要来抱他回家；躺在望日莲的怀抱里，他常常感到呼吸着一股芬芳的紫丁香气味。有一回，他被搬醒了，睁了睁眼，看见望日莲把他抱在怀里，却又跟周檎肩并肩坐在炕沿上不肯走，把她那一条粗大油黑的辫子绕在周檎的脖子上。他想笑，可是太困了，眼皮又粘在一块儿，睡着了。

现在，何满子骑在老杜梨树的树杈子上，想到这里，忍不住伸着脖子向柳棵子地里偷看了一眼。果然，望日莲又在用她那粗大油黑的辫子缠绕着周檎。何满子想，一定也要系个拴贼的扣儿。他咯的一声笑了，但是马上又捂住了嘴，怕惊散了那一对戏水的鸳鸯。而且，也不敢再看了。他想，偷看人家缠辫子，也要长针眼，比枣核钉还要大。

六

七月七的夜晚，何满子不想睡觉。

奶奶给他说过牛郎织女的故事。七月七半夜三更的时候，要有一大群喜鹊在银河上搭桥，牛郎挑着一副挑筐，前边装着儿子，后边装着女儿，来到鹊桥上，跟分别了一年的织女见面，两个人抱头大哭。小孩子眼睛亮，耳朵尖，站在葡萄架下，能看见银河鹊桥上的人影，听得见从天上传来的哭声。去年，何满子就曾偷偷站在他家的葡萄架下听哭，可是那一天下小雨，他没有听见哭声，只是洒了一身牛郎织女的眼泪。

今年这个日子，繁星满天，白茫茫的银河横躺在夜空，不一会儿下小雨了。何满子打定主意，不听见哭声不睡觉。

吃过晚饭以后，上弦月像一只金色的小船，从东南天角漂了上来。望日莲编了一只篓子，织了一张席，豆叶贳才不大情愿地说：“睡觉去吧，明天早早起来，别粘在了炕头上。”望日莲才离开杜家，来到何家。

一丈青大娘已经睡醒了一觉，听见望日莲的脚步声，在东屋打着呵欠说：“儿呀，别过了子时，你到小后院拜拜月，乞个巧吧！香烛跟针线，我都给你放在灶王爷佛龛上了。”

“娘，您睡吧，我记着。”

望日莲吱扭推开了门，何满子赶紧闭着眼睛装睡；他单等望日莲出去拜月，就溜出去听哭。

拜月乞巧的风习，虽然迷信，却很优美。那是在七夕之夜，年已及笄的姑娘，半夜时分悄悄找个僻静角落，给垂挂中天的月牙儿焚香叩拜，然后掏出一根银针，一条红线，在月色朦胧中穿引；如果一穿而中，今年必能跟自己心爱的人儿，结成美满良缘。

望日莲走进西屋，却没有上炕，她先拿起一把芭蕉扇，扇跑了叮在何满子身上的一只大花脚蚊子，尔后就呆坐在炕沿上。何满子偷眼觑着她，只见她心神不宁，又一声一声地长吁短叹，后来就双手捧着脸，一动不动了。何满子想问她为什么难过，却又不敢开口，怕望日莲不让他溜出去。

过了很久很久，望日莲像下定了决心，鼓足了勇气，一跺脚站起身来，走到外屋。外屋的灶王爷佛龛上响动了一下，一定是取走香烛和针线，到小后院去了。

事不宜迟，何满子急忙下炕，光着脚丫儿，屏住气息，从外屋前门蹭了出去。

他抬头仰望夜空，隐隐约约恍惚看见，在白茫茫的银河上，好像有一座桥影，桥影上又晃动着两个人影，那一定是牛郎跟织女已经见面了。他赶紧走到葡萄架下，左胳臂抱住立柱，右手扯着耳朵，全神贯注地听起来。

这铺葡萄架，搭在东屋窗前三步的地方。屋里，爷爷和奶奶正在酣睡。今晚上，因为周檎回来了，柳罐斗打了几条大鱼，割了一斤肉，灌了一葫芦酒，烹炒了几样下酒菜，邀集他那几位相好的老哥儿们，聚会在他那摆渡大船上，月下开怀畅饮。何大学问喝得酒气熏天，跌跌撞撞而归，走进东屋，扑到炕上倒头便睡。现在，何大学问扯着抑扬顿挫的鼾声，睡得很香。但是，他的鼾声却搅扰得何满子耳根不净，刚刚仿佛听见了天上的哭泣，却又被那不肯停息片刻的鼾声搅乱了。他真想大喝一声：“爷爷，别打呼噜啦！”可是，喊醒了爷爷，爷爷必定禁止他站在葡萄架下，怕他受了夜凉。

他感到烦躁，后来忽然想起，不如偷偷溜到周檎家小后院的葡萄架下去，远离爷爷的鼾声；而周檎是个文明人儿，睡觉一定不会打吵人的呼噜，或许能听出个究竟。

于是，他又蹑手蹑脚地溜出柴门，绕篱笆根儿，来到周檎家的小后院外；只见篱笆上有个大窟窿，便四脚落地爬了进去，而且一直爬到葡萄架下，才直起腰，按住心跳，静静地谛听。

静静的七夕之夜，夜风像淙淙的流水；流水淙淙中似有幽怨的哭声，传进他的耳朵，他一阵惊喜。但是留神听去，哭声不是从天上传来，也不是从地下冒出来；而是从周檎睡觉的后窗口，飘出来的余音袅袅。

他吓了一跳，不禁慌了神儿，这是谁在哭泣？他想赶快逃走，却又想听个明白，心里嘀咕了半天，还是留了下来，而且又爬到后窗口下。

“我……我今生跟你……注定是没缘分了！”是望日莲在嘤嘤啜泣，“我烧了三炷高香，点起两支红蜡烛，四起八拜，求月下老儿保佑我跟你……我的眼睛睁得挺大，手也没打哆嗦，红线就是穿不进针鼻里去……”

“你这是迷信思想！”周檎却低低发笑，“拜月乞巧，穿针引线，怎么能决定一个人的命运呢？月色朦胧，幽暗不明，穿不进针鼻是正常现象，不必自寻烦恼。”

“不！”望日莲痛苦地说，“我是柴草穷命，黄连苦命，天意不能嫁给你。”

“我不信天意信人意！”周檎满怀激情地说，“我一定要把你救出火坑，跟我做一对志同道合、生死与共的终身伴侣。”

“万般皆由命，半点不由人呀！”望日莲叹息着，“我的心整个儿给你了，今晚上我把身子也给你送来了；咱俩好一天，就是我一天的福气。”

“那我就更要娶你！”周檎说。

“我压根儿不想拖累你。”望日莲声音虚弱地说，“只怕我逃不出今年的厄运；等你进京上学一走，咱俩的缘分儿也就到了头。他们要糟践我，我就拼上一死，不活了。”

“花鞋杜四跟豆叶黄的野汉子，还想欺侮你吗？”周檎全身像着了火。

“这两个恶贼倒是断了念头。”望日莲打着寒噤，“眼下这两个恶贼又合了伙。有一回，他俩一块儿喝酒，我偷听了三言两语：董太师想买我做小，他们正讨价还价。”

“这个狗东西！”周檎愤怒地骂道，“殷汝耕当儿皇帝，董太师也上了劝进表，是个汉奸，我们要打倒他。”

“他有几十条枪，你一个文弱书生，怎么碰得过他呢？”望日莲苦笑着说。

“莲，你真的甘愿跟我同生共死吗？”周檎忽然庄严郑重地问道。

“从小好了这么多年，原来你信不过我！”望日莲又悲悲切切地哭起来，“我愿意跟你活在一处，当牛当马服侍你；遇到三灾八难，我替你去死。”

“好人儿！”周檎感动得喉咙哽咽了，“实话告诉你，我晚回家半个多月，不光为了考大学……”

“还干什么去了？”

“我们不少人成立了京东抗日救国会通州分会，开展抗日救国运动，将来还要建立武装。”

“你打算叫我干什么呢？”

“参加救国会，打鬼子，除汉奸。”

“我一个女人家，好比萤火虫儿，能有多大亮呢？”

“国家兴亡，匹夫有责；连小满子都应该为抗日救国出一份力。”

何满子几乎想蹦起来喊道：“我出这份力！”可是，他又听见望日莲说话了：“真要拿刀动枪，我比你胆子大，手也狠。”以下，何满子只听见他们轻声悄语，就像风拂青萍，房檐滴水。何满子真困了，他想回家，两条腿却不听话，于是就倒在窗口下睡着了。

不知过了多久，他被摇醒，但是眼皮发涩，睁也睁不开。

“满子，醒醒！”是望日莲在唤他。

“醒醒，满子！”周檎也在唤他。

他终于睁开了粘在一起的眼皮，原来他躺在周檎的小炕上；炕席雪白，屋子里充满熏蚊子的艾蒿青烟气味。望日莲的头发蓬乱，神色发慌地问道：“满子，你是撒呓挣吧？怎么跑到这儿来？”

“我到葡萄架下听哭，原来是你们俩。”

“你听见我们说的话了吗？”望日莲的神情更紧张了。

何满子点了点头，说：“莲姑，檎叔要娶你，你就答应跟他拜花堂吧！”

“好孩子，今晚上你听到的话，可不能说出去呀！”望日莲哀求地说，“你要是溜了嘴，莲姑跟檎叔就没命了。”

“原来……你们也信不过我呀！”何满子嘴一撇，委屈地哭了，“你们在河滩上钻柳棵子地，说悄悄话；你把辫子绕到檎叔脖子上……我跟别人说过吗？”

“满子，我的亲人哪！”望日莲把何满子紧贴在心窝上。

七

一去二三里，何满子跟着周檎到钉掌铺去。周檎去看望吉老秤，何满子想在钉掌铺碰见小马倌牵牛儿；牵牛儿是何满子整天在河滩野跑交上的朋友，比他大几岁。

北平到天津的砂石马路和北运河岸之间，有个交叉路口，吉老秤的钉掌铺就坐落在交叉路口上，一间门面，一架凉棚，房前屋后栽种着几百棵高大金黄的向日葵，还有四四方方一个小菜园。

吉老秤已经五十几岁，可是身体硬实得像一座石碑；从口外刚赶来的儿马蛋子，一蹶子踢到他的胸脯上，就像被跳蚤弹了一下。他的手艺高超，远近驰名，却只能混个半饥不饱。用他的话说，一辈子没吃撑着过。他脾气暴，不娶家小，不信鬼神，只好喝烈酒，闻鼻烟；喝醉了就睡觉，扯起鼾声像打雷，打起喷嚏像放炮。

歇晌，他拿一把破扫帚，打扫了房前屋后，泼洒了清水。酒葫芦空了，没有钱买，就只吃两个凉饽饽。吃完饭，他光着上身，坐在大蒲团上，只穿一条到膝盖的大裤衩子，露着毛刺刺的大肚脐眼儿，挥着一把破芭蕉扇子驱赶马蝇，把鼻烟捻进多毛的鼻孔里，于是接二连三打喷嚏，好像一门过山炮响起了隆隆炮声。

后来，他就盘膝大坐睡着了，于是，炮声停止，雷声又起。不知睡了多久，他忽然被一声巨响惊醒，睁眼一看，面前的向日葵荫下，趴着个憨头憨脑的孩子，嘴里咬着一根芦根草，正嘿嘿发笑。原来，这个孩子从他的鼻烟壶里偷出一大撮辛辣的鼻烟，全抹进了他的鼻孔。他被自己那放炮一般的喷嚏声惊醒了。

“牵牛儿，你这个小狗x的！”吉老秤自己也呵呵笑起来。

说也奇怪，他本来是个火神爷的脾气，但是跟牵牛儿却没有火性。这一老一小，交情深厚。

牵牛儿给大地主董太师家扛小活儿，他是个憨头憨脑而又蔫蔫乎乎的孩子，常常挨小管家的打骂。挂锄时节，完秋以后，他给董太师放马，晌午不许回去吃饭，只给几个馊饽饽。每天，他都赶牲口到河滩上，把牲口撒到河边，再打一大筐青草，然后就得闲了。他不喜欢说话，可是小孩子怕冷清，牲口们都很服他管，撒在河边并不乱跑，他就来到吉老秤的钉掌铺，看吉老秤给牲口钉掌。他坐在一边，也不多言少语，也不碍手碍脚，只是两眼直勾勾地盯着吉老秤的一招一式，默默记在心里。

有一回，吉老秤给一匹生马钉掌，那匹生马嗷嗷嘶鸣，腾跳扑咬，吉老秤降伏不了它，就使出了绝招儿。牵牛儿猛地蹦起来，嚷道：“您这是毁它！”他像一头小牛犊子，把吉老秤撞了个趔趄，抢过缰绳。他牵着这匹生马溜达，嘴里轻柔地吹着口哨，那匹马就像能通人性的精灵，也不踢了，也不跳了，也不扑了，也不咬了；马头亲昵地贴在牵牛儿身上，舌头舔着他的肩膀，牵牛儿也嘟嘟囔囔地像跟这匹马说知心话儿，那匹马被乖乖地牵上了桩。吉老秤就要钉掌，牵牛儿说：“秤爷，我来吧！”吉老秤一赌气把家伙扔给他，说：“钉坏了蹄脚，把你小狗x卖了也赔不起。”

牵牛儿却心里有底，不慌不忙，仔仔细细，钉得平平整整。吉老秤乐了，给他一个耳刮子，笑骂道："小狗X的，你要抢走我的饭碗子！"

刚好这天吉老秤给一个外地老客的爱马治好了足疾，那老客送他一份厚礼，有酒有肉。吉老秤又从小饭铺买了五斤大饼，就留牵牛儿吃饭。牵牛儿口羞，不好意思真吃；吉老秤就破口大骂，张手要打，牵牛儿被逼无奈，便放开肚皮吃起来。这个常年填不满肚子的苦孩子，饭量像口井，狼吞虎咽着烙饼卷肉；吉老秤快活地大笑，笑得大肚囊儿直抖动。

吃饱了食困，牵牛儿就躺在凉棚下睡着了，吉老秤坐在一边闻鼻烟，放炮似的打喷嚏也吵不醒他。就在这时，小管家来了，手提一杆懒驴愁鞭子，不问青红皂白，劈头就照牵牛儿身上抽下去，牵牛儿的脊背上顿时肿起一道紫黑的伤痕。牵牛儿打了个滚儿爬起来，懵头懵脑就奔河边跑，小管家还不罢手，追赶着还要打。吉老秤恼了，扑上前去，夺过小管家的鞭子，抓住脖领子扯回钉掌铺，说："这孩子是我请来的客人，你打他，就是抓我的脸。我吉老秤的脾性你也有个耳闻，有冤必申，有仇必报，有气必出。我要打你，你经不起我的小拇指一捅；不打你，我的气又不出。好吧，我看你是个两脚畜生，给你钉上掌，免得你假充人形。"说着，就给那小管家上了桩。小管家骂不住口，吉老秤也不理他，扒下他的皂鞋白袜儿，找了一副给瘦驴钉的掌铁，比了比小管家的脚样，拿起榔头就要动手。小管家知道吉老秤的性情古怪，说得出做得到，便扯破了嗓子哀叫："牵牛儿，快来救命呀！"牵牛儿从河边跑回来，下死劲扯住吉老秤的胳臂，说："使不得，使不得！"吉老秤说："一报还一报，你来抽他一鞭子。"牵牛儿又说："使不得，使不得。"吉老秤骂道："孬种，我来打！"小管家叫道："牵牛儿，还是你打吧！"牵牛儿说："我不打你，往后你也别打我了。"就松开绑绳，放小管家逃生。吉老秤又骂牵牛儿道："你就打他，怕他咬下你的那玩意儿来当笛儿吹？"牵牛儿说："我打他一鞭子，回去得挨他十鞭子，把我打得皮肉开花。"吉老秤说："他打你十鞭子，你就杀了他！"牵牛儿说："杀了他，官府要把我抓去砍头哩。"吉老秤说："你长着两条腿，不会逃奔他乡吗？"牵牛儿说："天下都有官府，都给有钱人办案，早晚也得给抓住。"吉老秤叹了口气，说：“是呀，天下的官府都给有钱人办案，插翅难逃，只有反！”

从此，这一老一小更心连着心。牵牛儿有空就到钉掌铺来，夏夜坐在月光下，冬天躺在热炕上，爷儿俩只是默默相对，并没有多少话说。但是，在默默中，交流着情感，温暖着孤苦的心。

何满子跟着周檎来到钉掌铺，吉老秤正没生意，在凉棚下给牵牛儿剃头。

“牵牛儿哥！”何满子撒着欢儿跑上前去。

“老秤大舅，您好！”周檎也大步走到凉棚下，给吉老秤深鞠一躬。

“檎哥儿，我的大学士外甥！”吉老秤笑眯了眼，把剃刀折了起来。

牵牛儿的头刚剃了一半，央求说：“秤爷，您给我剃完吧！”

“没兴致啦！”吉老秤一拧牵牛儿的耳朵，从凳子上提起来，“檎哥儿，咱爷儿俩屋里坐。”

周檎笑道：“您得给牵牛儿剃完头呀！”

“咱爷儿俩一两个月没见，我急着跟你说话，不急着剃头。”吉老秤一手提着凳子，一手牵着周檎的袖子，走进屋去。

牵牛儿双手捂住他的阴阳头，噘着大嘴，瞪了何满子一眼，说：“瞧你们来的这个时候儿！”

“那你走开，咱俩谁也甭搭理谁！”何满子推搡着他。

牵牛儿比何满子大好几岁，力气也比他大几倍，但是却乖乖地被推出了凉棚；可又舍不得走，就在路边的阳光下站着。

何满子翘着鼻子，两眼望天，一副傲慢神态，给周檎站岗。

钉掌铺小屋里，只听吉老秤那铁锤一般的拳头，咚地捣了一下小屋的泥墙，小屋连连摇动，屋顶上沙沙落土。

“当年我跟着你爹闹暴动……”

“嘘！轻声。”

“而今这把老骨头跟你闹抗日！”吉老秤虽然压低了声音，嗓门还是震耳。

何满子过去并不知道吉老秤参加京东农民大暴动，只听说他坐过五年牢。那是有一回，吉老秤跟花鞋杜四吵架，骂花鞋杜四：“你这条人蛆！”花鞋杜四也骂他：“你这个蹚了五年大镣的囚犯！”吉老秤大怒，要把花鞋杜四的脖子拧断，花鞋杜四吓得钻进了女茅房，让豆叶黄蹲在茅房里不出来；吉老秤从来不跟女人打逗，骂骂咧咧而去。

还有一回，是今年清明节，周檎回家来给外祖母和母亲上坟，从通州带回三个花圈。一个花圈上写着外祖母的姓氏，一个花圈上写着母亲的姓氏，一个花圈上写着他父亲的名字，还安放着他父亲的一张放大照片。周檎的父亲死在玉田，尸骨未回，是在一块青砖上刻上姓名，跟他母亲合葬的。吉老秤一见周檎父亲的照片，涕泪滂沱，哭叫一声：“党代表……”昏厥过去，被柳罐斗架走。这个场面，何满子亲眼看见，也大哭起来。

现在，这爷儿俩在钉掌铺的小屋里密谈。周檎每说一句，吉老秤就答应一声：“是喽！”何满子觉得，吉老秤跟周檎的感情，就像戏台上的孟良和焦赞对待杨宗保一样。

“满子，满子！”站在阳光下曝晒的牵牛儿，汗珠子像下雨似的从阴阳头上滴答着，“别生我气了，跟我到河边玩去。”

“我不去！”何满子的头昂得更高了。

“我给你捉一只花翎小鸟儿。”牵牛儿恳求说。

“不去！”

“我再给你用柳条编个鸟笼子。”

何满子的心动了，悄悄地瞟了牵牛儿一眼，问道：“一只花翎小鸟，再配上一个红皮水柳鸟笼子？”

“我还要给你逮一只大肚子蝈蝈儿，”牵牛儿眼里流露出希望和笑意，“再配上一只三转八棱的蝈蝈篓子。”

何满子的心高兴得直打小鼓，他坐不住了，在凉棚下打起转转。

钉掌铺小屋里，吉老秤正以震耳的喊喳声说：“我埋了一支枪……”

“低声！”

何满子忙站住了脚，向牵牛儿一挥手，说：“你走吧！我不去。”

“我背着你！”牵牛儿可怜巴巴地说。

何满子摇了摇头，说：“我不能去。”

牵牛儿说：“那就让我跟你坐一会儿。”说着，眼含着泪水向凉棚下走过来。

“站住！”何满子突然喝道，“不许你走过来。”

牵牛儿又乖乖地站住了脚，嘟嘟哝哝地说：“满子，我知道你不跟我好了。”

“牵牛儿哥，我跟你好。”何满子觉得对不起这个好朋友，眼里也噙满了泪花，“檎叔跟秤爷在屋里说话，别打扰他们爷儿俩。”

“檎哥儿，一言为定！”屋里，吉老秤跟周檎猛一击掌，纵声大笑。

周檎兴冲冲地走了出来，拍了一下何满子的肩膀，说：“满子，咱们再到你端午爷家串门去。”

“我也正想去看我干娘！”何满子笑嘻嘻地说。

他牵着周檎的衣襟儿，蹦蹦跳跳地走了。

被冷落在一旁的牵牛儿，嘴一咧哇哇大哭。

“过来吧，让我的牛儿受委屈了。”吉老秤柔情地喊道，“秤爷接着给你剃头。”

牵牛儿却犯起了牛脾气，一动不动；吉老秤奔过去，把他挟到凉棚去。牵牛儿踢蹬着两条腿，吉老秤降伏不了他，只得像给犟骡子钉掌一样，把牵牛儿上了桩；然后打开剃刀，接着剃起来。

八

殷汝耕在日寇卵翼下成立伪冀东防共自治政府以后，便在通州城内风景秀丽的西海子南岸，万寿宫大街以北，仿北平的前清王府，修造他的行政长官官邸，把西海子霸占为他的后花园；门前便是当时横穿通州城内，将通州分割为南北两城的通惠河。

老木匠郑端午是北运河两岸的活鲁班，也被强征了去做工。那些雕花的门窗，奇巧的游廊，都是他的手艺。殷汝耕一心要赶忙住进他这座儿皇帝的府第，逼迫工匠们日夜加班赶造；郑端午累过了力，又受了风寒，挣扎着一条骨瘦如柴的病身子，也得白班夜班都出工。殷汝耕自称笃信佛教，在后院又加造一座佛堂，点名叫郑端午掌作。立架那天，殷汝耕怕柁檩走了尺寸，传令郑端午上房。郑端午身子虚弱，头昏眼花，手脚颤软，刚上房就从高高的大柁上摔下来；摔得大口吐血，跌断了右腿。一块门板抬回家，只剩下小半口气息，半年下不了炕。眼下虽已死里逃生，却再也拉不动大锯，抡不动斧头，握不住锛凿，拿不住墨斗了。他便拿了一把瓜铲，在村外河边，栽种了一亩三分瓜田，日夜住在小小的瓜棚里。

儿子郑整儿和儿媳荷妞，接下了他的锛、凿、斧、锯、墨斗、罗盘。可是，他们的手艺粗糙，郑端午看不上眼，住到瓜棚去，也是为了眼不见心静。

郑整儿和荷妞，都比周檎大一岁，他们是童年的亲密伙伴。

这小两口，是一对有趣人物。

郑整儿像何满子这般大的那一年，一天正光着屁股在门口骑狗玩，他爹郑端午挑了一副挑筐，从外村回来；郑整儿打着狗迎上前去，挑筐里忽然传出哇哇的哭声，吓得他从狗背上滚了下来。他定睛一看，一个六七岁的小胖丫头坐在挑筐里，红通通的圆脸，粗眉大眼，蒜头鼻子，四方大嘴，梳着两只小鬏髻，几片荷叶遮掩着身体。郑整儿眨巴眨巴小眼睛，问道：“爹，哪儿捡来的这个胖丫头儿？”郑端午得意地笑道：“给你娶来的媳妇，叫荷妞。”郑整儿吐了吐舌头，跟荷妞扮了个鬼脸儿；荷妞扑哧乐了，脸上还挂着好几颗大泪珠儿。

荷妞到婆家，头一顿就一口气吃下三个大贴饼子，老木匠又把半大海碗菜粥倒给她，也吃得一干二净，不必涮碗。整儿娘直皱眉头，埋怨老伴儿说：“三口人还常断顿儿，又添了这个没梁的小水筲儿，等揭不开锅，孩子大人喝西北风去。”老木匠呵呵笑道：“你的见识三寸远。这个丫头五大三粗，满脸福相，将来给我生下孙儿，保管是个高我一等的好木匠。”

老木匠郑端午果然好眼力，荷妞十岁，就敢给他打下手；拉起大锯，不但有板有眼，而且有使不完的力气，可是，婆婆教她针线女红，却比赶牛上树还难，十根手指笨得就像鼓槌子；婆婆见她不堪造就，也就随她野生野长，不再跟她操心费力了。老木匠却不计较，而且逢人便夸，说老天爷赏了他这个儿媳妇，顶两个儿子使唤。

这话一点不夸大。荷妞样样压过了郑整儿，吃得比他多，个子比他高，力气比他大。青梅竹马，耳鬓厮磨，两小免不了打架。最初一两年，两个人打平手；一两年之后，看见荷妞头上肿起一个青包，郑整儿的头上准少不了两个。这几年，郑整儿更怯了阵，只敢动口，不敢动手了。

爱情，在这儿戏的欢笑与眼泪里，在木匠作的汗水交流中，不知不觉滋长起来。吃饭的时候，荷妞总让郑整儿先吃饱，剩多剩少她再一扫而光。遇到木匠生意清淡，吃喝不够，老木匠将少得可怜的食物平分四份，荷妞便将她那一份推给郑整儿。郑整儿不忍独吞，她说："我不饿。你当我平时吃那么多，都火化食了？才不是。我就像那口外的骆驼，肚子里有存项。"到十八岁，荷妞发育得胸脯丰满，两个人的嬉笑打闹就躲避老人了。老人们看在眼里，正盼望儿孙绕膝，就给他们圆了房。

洞房花烛之夜，荷妞约法三章，笑破了听窗人的肚皮。吹熄了红灯，荷妞躺在炕上，威吓郑整儿说："你得依我三件事，不然别碰我。"郑整儿嬉笑道："三百件也依你。头一件？"荷妞说："老言古语，娶来的媳妇买来的马，由人骑来由人打，我可不认这个规矩。"郑整儿说："立这个规矩的人是混账东西，咱俩不听他那一套。第二件呢？"荷妞说："娘上了年纪，眼神不济了，我的手又比脚丫子还笨，往后你得学做针线活儿。"郑整儿说："你太难为人了，我好歹是个男子汉呀！"荷妞喝道："离我远点儿！"郑整儿连忙说："我学，我学。第三件呢？"荷妞说："打明天清早起，不许你再跟大姑娘小媳妇儿贫嘴滑舌。"郑整儿是个顽皮家伙，姑娘媳妇们最爱跟他逗趣儿，他也喜欢招惹得这些山喜鹊们叽叽喳喳叫。于是，他吭吭哧哧地表示对这个条件有所保留。啪！火烧火燎一大巴掌，打在他的屁股上，疼得他哎哟一声叫出来，连说："别打，别打！我依你，我依你。"

童年，郑整儿和荷妞也常到河滩上打青柴，两个人都喜欢跟周檎搭伴。郑整儿淘气，荷妞粗鲁，周檎文秀，三个人性格不同，也就免不了闹个狗龇牙儿。

郑整儿常常嬉皮笑脸地戏弄周檎，荷妞却站在周檎那一边；每当周檎被逗得眼泪围着眼圈转的时候，荷妞便挥拳上阵，把郑整儿打跑。荷妞力气大，手脚快，青柴打得多；周檎力气小，手脚慢，青柴打得少，荷妞便把自己打得的青柴分给周檎两大抱。

他们过家家，也玩拜花堂。郑整儿喜欢当娶亲的吹鼓手，拜天地时的喜令官，入洞房时的大全福人，却让周檎跟荷妞扮演新郎和新娘。

“那怎么行呢？”周檎红着脸说，“荷妞本来是你的媳妇儿，你该跟她拜花堂。”

“过家家，又不是真的。”郑整儿一心要扮演他称心的角色，非常大方，“等长大了，你想要她，归你也行。”

“我不当他的媳妇儿！”荷妞也要挑肥拣瘦，“檎哥儿长得比我好看，力气也比我小，得给我当媳妇儿。”

“对，对！”郑整儿拍着巴掌笑倒在地上。他觉得，这么一颠倒，拜花堂的游戏更好玩了。

“我不干！”周檎认为他俩合伙捉弄他，“媳妇儿都是女的，没有男的。”

“不！”荷妞咬定说，“长得好看的，力气小的，才是媳妇。”

周檎不玩了，想走；但是郑整儿拧住他的胳臂，荷妞握起了拳头，周檎只得忍辱屈从。

于是，荷妞给周檎打扮起来。她脱下自己的小花褂儿，给周檎穿上，又扒下周檎的小白褂儿，穿在自个儿身上；周檎穿她的小花褂儿飘飘荡荡，她穿周檎的小白褂儿紧紧绷绷。然后，她自编一个柳圈戴在头上；又给周檎耳朵上夹了两朵野花，还研碎了几朵凤仙花，用花汁给周檎搽红胭脂，头上再扣一张荷叶，就算打扮齐整了。周檎挣扎着，反抗着，但是被他们降伏了，哭丧着脸任他们摆布。

郑整儿搓了一支长长的柳笛，摇头晃脑，呜哇呜哇地吹起来，逼着周檎在沙冈上转了几圈，算是坐轿行街。

然后到达婆家门口，荷妞大摇大摆迎进门去，把周檎按在插着三支艾蒿的土台前跪下。

郑整儿快活地高声叫着：

“一拜天地！”

“二拜高堂！”

“夫妻相拜，同入洞房！”

在一片柳笛呜哇呜哇声中，周檎被荷妞拖进划好的四方块里。郑整儿摘了两张麻叶，托着几颗地梨，分别送给女新郎和男新娘，模仿大全福人，捏着嗓子问道：“生不生？”

“生！”荷妞响亮地答道，“媳妇儿，你也说呀！”

“生……”周檎呜咽着说。

郑整儿又拿来两团甜芦根草，当作长寿面，请荷妞和周檎吃。

按照规矩，本来可以收场了；郑整儿偏又想出个鬼点子，还要让小两口说悄悄话儿，他在外面听窗。

“你愿意当我媳妇吗？”荷妞假装在周檎耳边打喳喳。

“我愿……不愿意！”周檎忍无可忍了。

“你为什么不愿意？”荷妞大怒。

“牛不喝水强按头，”周檎含着眼泪儿说，“强扭的瓜不甜。”

荷妞哈哈大笑，说：“不愿意也晚啦！你跟我拜了花堂，生米做成熟饭了。”

后来，周檎逃避他们，跟望日莲做伴了，也玩拜花堂；荷妞不答应，找碴儿跟望日莲打架，说望日莲抢走了她的媳妇儿。郑整儿还吓唬周檎说：“你跟望日莲拜花堂，二和尚知道了要打折你的腿；还是当荷妞的媳妇儿吧，我心甘情愿让你们入洞房。”

不过，他们一天天大起来，郑整儿也不那么大方了。周檎上了潞河中学，放假回家，来看他俩，荷妞一跟周檎亲热，郑整儿就像搬倒了醋缸。他俩成亲那一天，周檎正赶上期末大考，第二天才赶回来，荷妞笑道：“媳妇儿，你来晚了一步，我娶了别人了。”周檎打趣地说：“整儿哥言而无信，他说过心甘情愿把咱俩配成夫妻的。”郑整儿嬉笑着说：“你说过强扭的瓜不甜，哥哥我替你把这颗苦瓜一口吞下去吧！”

两个人圆房已经三年，却没有生下一男半女，整儿娘盼孙子盼得中了邪；东庙烧香，西庙拜佛，长途跋涉，叩头朝山，祈祷苍天慈悲为怀，不要让郑家断了香烟。但是，荷妞照旧月月开花不结果；她万分难过，觉得对不起公婆的养育之恩，常常暗自哭泣。郑整儿却不怪她，软言柔语，给她消愁解闷，又教她在饭桌上装呕吐，嚷叫想辣椒酸杏吃，哄骗老婆婆信以为真。老人家真当是儿媳妇有了喜，满街满巷奔告亲朋好友，说她只要抱上孙子，哪怕砸锅卖铁，典尽当光，也要请亲朋好友们吃一顿风风光光的喜酒。老人家没有等到孙子落生，就卧病不起，临咽气，拉着儿媳妇那满是硬茧的大手，脸上带着心满意足的微笑，一遍一遍地叮咛："闺女，往后你什么也别操劳，只给我照看好孙儿。"荷妞跪在炕沿下，哭成个泪人儿。

荷妞不知从哪儿打听来一个偏方，一天两口子打扮得齐齐整整，光光亮亮，带着一身小孩子的红裤绿袄，来看望一丈青大娘，开口要借何满子用一用，给他们暖窝。何大学问跟郑端午是姑表兄弟，一丈青大娘怎能不答应？不过却笑出了眼泪，骂他俩是一对儿荒唐。

这是去年的事，何满子已经五岁了。他来到郑家，每天好吃好喝，奉若子孙娘娘驾前的金童，一到晚上，就叫他睡在荷妞的被窝里，荷妞把她那像葫芦一般硕大的乳房，塞进他的嘴里，这叫开怀。然而，偏方也不灵，荷妞依然不见有喜的征兆。两年里，婆婆亡故，公公残废，拉下天圆地方的饥荒，家无隔夜之粮；但是他俩却还像童年时代，嘻嘻哈哈，无忧无虑。而且，干脆收了何满子当干儿，也不想再暖窝了。

九

长河落日圆。何满子跟周檎，在郑整儿和荷妞那里吃过晚饭，才踏着夕阳西下的霞光，沿运河边纤夫踏出的小路回村去。

夏日的傍晚，运河上的风暴像一幅瑰丽的油画。残阳如血，晚霞似火，给田野、村庄、树林、河流、青纱帐镀上了柔和的金色。荷锄而归的农民，打着鞭花的牧童，归来返去的行人，奔走于途，匆匆赶路。村中炊烟袅袅，河上飘荡着薄雾似的水气。鸟入林，鸡上窝，牛羊进圈，骡马回棚，蝈蝈在豆丛下和南瓜花上叫起来。月上柳梢头了。

何满子的胳臂上还挎着个小饭篮，那是替荷妞给老木匠郑端午送的饭；老木匠郑端午那块瓜田，正在他们回村的半路途中。

这块瓜田，从河岸上一直种到河坡下，原本只有一亩；另外那三分，是老木匠郑端午带着郑整儿和荷妞，一冬一春挑土垫出来的。老木匠郑端午不但是一位能工巧匠，而且是一名高手瓜把式；他的瓜个儿大，皮儿薄，结得多，色、香、味都是上品，很是名贵。然而，他的瓜从不丢失。老木匠郑端午从十二岁学手艺，无规矩不能成方圆，木匠这一行的规矩最讲究。他这大半辈子，手艺上从没走过尺寸，规矩上从没差过板眼。他是北运河两岸的活鲁班，但是从不目中无人，从不恶语伤人，更从不与同行结怨，损人利己。因此，他在这一方是个出名的老好人。他的瓜田本来不必看守，就是手脚最不干净的人物，也不忍心偷他一个瓜，摘他一片叶；他住在瓜棚里，是为了驱赶黑夜进犯瓜田的刺猬和狼叭狗子。白天，他一个人孤独寂闷，常常到渡口上找摆渡船的柳罐斗，或是到钉掌铺找吉老秤，一坐就是半天一晌；等回到瓜田，到瓜垄里转一遭，哪一棵秧少了一个瓜，拨一拨瓜叶，扒一扒浮土，就会找到或是扒出三两个铜板。

何满子跟着周檎来到老木匠郑端午的瓜田地边，突然站住了脚，说：“檎叔，你替我把饭篮送过去吧。”

“为什么？”周檎感到奇怪。

“我不敢过去。”何满子说，“一到瓜田，干爷就得让我吃瓜，不吃得肚儿滚圆不让我走。”

“那你就放开肚量吃吧！”周檎笑道，“瓜吃多了撑不着人，走两趟小水就泄空了。”

何满子摇头说：“干爷种瓜，是为了挣出一年的嚼谷，我怎么能糟害他老人家呢？”

“好个懂事的孩子！”周檎很感动，提着篮子走向瓜棚。瓜棚里没有人，他向四下喊道：“郑大舅，端午大舅！”

瓜田一角的沙冈上，有个女人答话：“把饭篮挂在瓜棚横梁上吧！你舅舅吩咐，叫你赶快到他船上去，他们老哥儿几个在那儿聚会。”

这是一个微微沙哑而又甜润悦耳的嗓子。

周檎知道，她是舅舅柳罐斗的情人云遮月，一位每年入夏到运河滩走村串庄唱京东大鼓的女艺人。

“满子，你自个儿敢回家吗？”周檎向瓜田地边扬手问道。

“我陪云姑奶奶坐一会儿，你走吧！”何满子跑过来，“要是我睡着了，你把我背回家去，我跟你睡。”

周檎答应一声走了，何满子就跑上瓜田一角的沙冈，在云遮月的身边仰巴叉躺下来。

柳罐斗是这个小村的头一条好汉子。他现年三十八九岁，高大魁梧，顶天立地，宽肩膀，细腰身，扇面胸脯，五官端正，一副庄严英武的神态，深沉大度的气势。何大学问很少看得起人，可就是夸柳罐斗是活赵云，赛平贵。

年轻时候，柳罐斗在董太师家扛长工，董太师的女儿爱上了他，有了身孕；董太师怎能容忍？一条白绫勒死了女儿，挂在后花园的凉亭上，说是受辱不屈，自尽全节。董太师要抓住柳罐斗，活剥了他的皮。柳罐斗拿着姐夫的一封信，投奔了打到河南的北伐军；两年后，柳罐斗练就一手百发百中的枪法回来了。董太师还想抓他五马分尸，可是那时候北平挂上了青天白日旗，有个北伐军的连副跟他是磕头把兄弟，带着一队人马前来看望他。董太师的团丁正要捆绑柳罐斗，那个连副的人马赶到，当场就把两个团丁枪毙在柳罐斗的脚下。然而，柳罐斗不但不感谢这位连副救了他的命，反而怒喝道：“你对不起咱们的蒋团长，我早就跟你割袍断义，划地绝交了！”那个连副跪倒地上，哀求着：“大哥，不是你战场上从枪林弹雨中三次救出兄弟，兄弟哪有今天高官得做，骏马得骑？你就开一开金口吧，要什么兄弟都给你。”柳罐斗说：“我要一支枪，二百发子弹。”那个连副赶忙摘下身上的驳壳枪和子弹带，还有他的坐骑好马，交给了柳罐斗。柳罐斗又喝令他摘下军帽，挂在一棵河柳枝杈上，抬手一枪，打碎了帽檐上的国民党徽，然后猛一挥手，向那个连副厉声说：“你走吧！咱俩谁也不欠谁的情，清账了。”那个连副不敢违拗，叩了个头，栖栖惶惶而去。临走，那个连副又闯进董太师的宅院，恐吓董太师，胆敢碰柳罐斗一根汗毛，他就要带兵把董太师一家杀得鸡犬不留。此后，董太师也真的不敢再跟柳罐斗找碴了。眼下，这个连副在驻防通州的冀东保安总队里当大队长，早已跟柳罐斗不相往来，但是对董太师依然起着威慑作用。

原来，柳罐斗跟这个连副都在北伐军里一位名叫蒋先云的团长手下当兵。蒋先云是个共产党员，黄埔军校第一期毕业生，英勇善战，赫赫有名。他这个团打到河南，不管是吴佩孚的队伍，还是张作霖的奉军，都被他们打得落花流水。后来，蒋先云团长阵亡，换了个国民党的团长，在团里大举清党，把那些跟蒋先云接近的官兵，杀的杀，抓的抓，遣散的遣散。柳罐斗当时已经当了排长，这个连副当时是他的排副；柳罐斗不满国民党团长的为非作歹，扯下领章军衔，愤而解甲归田，这个连副却不肯走，还补了他的缺。

柳罐斗回到家乡，京东农民大暴动已经被镇压下去，姐姐带着外甥周檎，一对孤儿寡母，跟老娘和他一起过日子。他卖了那个连副送他的坐骑好马，打造了一只大船，就在渡口摆船为生，养活一家四口。

柳罐斗人品出众，不少人给他提亲，他都一口谢绝。有一回，何大学问保媒，他还是不肯答应，一丈青大娘恼了，找上门跟他吵架："男大当婚，女大当嫁；你三十出头的人，老哥老嫂操心你的终身大事，你怎么反倒不赏老哥老嫂的脸？"柳罐斗长叹一声，说："老嫂子，兄弟不是狗咬吕洞宾。你想，我的姐姐是个苦命人，一奶同胞，手足情深，我要好好服侍她一辈子。娶个媳妇进门，就算她是个贤良女人，可是居家过日子，天长日久马勺没有不碰锅沿的。真要是三天吵架，五天拌嘴，伤了我姐姐的心，岂不是我的罪孽？"一丈青大娘听他说得有情有理，也就不为难他了。过了两年，周檎的母亲去世，一丈青大娘又给他说媒；柳罐斗心情沉痛地一声长叹，说："如今我姐姐过了世，檎哥儿更是个孤儿；我娶个媳妇进门，谁知道她是个什么脾性？真要是待我的外甥不好，我怎么对得起九泉之下的姐姐和姐夫？即便她脾性温顺，待我外甥不薄；就怕我有了亲生儿女之后，生出偏心眼儿，疼爱自个儿的，慢待了檎哥儿，无情无义，天理不容。所以，还是让我打一辈子光棍，给檎哥儿扛一辈子长工吧！"一丈青大娘听他说得伤感，也落了泪，不再勉强他了。

柳罐斗每天黎明拂晓解缆，日落西山收船，往返两岸，迎送行人。那年月，有句俗谚："车、船、店、脚、牙，无罪也该杀。"这当然是污蔑不实之词；可是，这五行人，也真是各有其刁钻之处。船夫一般都很粗野，夏天穿一条短裤，赤身露体；一言不合，张口就骂街，动手就拼命。然而，柳罐斗却与众不同。三伏大热天，头戴一顶斗笠，上身穿一件白粗布小褂，纽襻儿扣到脖颈上，下身穿着一条紫花布裤，挽着裤腿儿，只到膝头。他为人非常文明，未曾开口面带笑，说话听不见半个脏字儿。他那一条船，能运送三辆大车，站立几十位乘客，摆船的却只有他一个人；一支三丈大篙，握在手里，舞弄得十分轻巧。解开缆绳起了锚，大篙一抵河岸，大船便驯顺地直奔河心；然后他在河心一篙直刺到底，大船定住方位，在水流中不晃不转，平平稳稳向对岸靠拢。这个小村渡口，河面也有几十丈宽，他非但不手忙脚乱，而且自有板眼路数；几篙到岸，不多一篙，不少一篙。看看临近对岸码头，他抓起缆绳，扬手一抖，那粗大的缆绳便像一缕游丝，团团缠绕在水边的河柳上，尔后抛下锚去，大船就像石舫一般铸在码头上；于是，他铺上跳板，人马车辆平安下船。

几年前，农历五月初五赛船会，从通州下来一个唱京东大鼓的女艺人，艺名云遮月，住在花鞋杜四的小店里。过河时，她刚踏上柳罐斗的渡船，就对柳罐斗一见倾心。云遮月不到三十，可是沦落风尘，又染上一口烟瘾，已经是残花败柳。半夜三更，这个女艺人情不自禁，爬墙出来，跑到柳罐斗停泊大船的地方，钻进船舱，要跟柳罐斗同床共枕。柳罐斗一向洁身自爱，云遮月却是老于风情；柳罐斗婉言谢绝，云遮月死活不走。柳罐斗又气又恼，把她挟下了船，然后解缆划船躲到对岸去。

云遮月却不死心，她竟打定主意不回通州了，每天就在渡口打地摊卖艺。夜晚散了场，柳罐斗早已躲往对岸，她便隔河相望，站在一座沙冈上，向河那边的大船歌唱，唱完一段又一段。

云遮月有一条好嗓子，歌声像行云流水，动人心弦，搅扰得柳罐斗睡不着觉了。

“姑娘，你睡觉去吧！”柳罐斗从船舱里走出来，站在皎洁的月光下，“你吃的是开口饭，累哑了嗓子，那就砸了饭锅；我靠卖力气吃饭，你吵得我不能安歇，明天撑船拿不动大篙，也是断了我的生路。”

云遮月停止了歌唱，说：“你不请我到你的船舱里睡，我就唱一宿；砸了我的饭锅，断了你的生路，咱们一块饿死。”

柳罐斗觉得跟这个耍货儿真是没咒念，便开玩笑道：“我的船舱敞着门，你就过河来吧！”

云遮月二话没说，扑通跳下了河，她本不会凫水，一下河就沉了底。柳罐斗慌了神儿，赶忙下水，一个猛子，将她捞上了船。

盛情可感更难却，柳罐斗收留了她。

这个女艺人自从跟柳罐斗相好，烟也戒了，也不搽胭脂抹粉了。不多日子，竟面如满月，像一朵枯萎了的花朵，沐浴春雨，又盛开怒放起来。她从小学艺，一不会烧火做饭，二不会针线女红；可是自从跟柳罐斗相好，饭也能做了，针线活也学会了。两个人夜夜三更相会，好得如胶似漆。

一丈青大娘感到不安了，劝说柳罐斗道：“你跟这个烟花女儿打连连，败坏了自个儿的名声，背兴不背兴？”

柳罐斗正色道：“嫂子，她虽是个人下人，人品却高。”

“那你就娶了她。”

“她是一只水鸟儿，我不想把她关在笼子里。”

一丈青大娘又把云遮月找到家里去，说：“你要有心跟我罐斗兄弟好一辈子，那就嫁给他。”

云遮月凄然一笑，说：“我这一条洗不净的脏身子，怎么配当他的妻室呢？他应该娶一个好人家的黄花闺女。等他看中了谁，明媒正娶，我就跟他一刀两断，绝不藕断丝连。”

可是，柳罐斗并不想娶别的女人，他们相好几年，仍然像新婚宴尔的少年夫妻一般。为了避人耳目，不受惊扰，柳罐斗每晚收船之后，将大船撑到远离渡口的僻静河湾停泊，等候云遮月悄悄前来幽会。

何满子很喜欢听云遮月演唱京东大鼓；他爱听云遮月的歌声，也爱听唱词里的故事。今晚上，他躺在云遮月的身边，乞求地说：“云姑奶奶，您给我唱一段顶好听的。”

云遮月没有给他唱京东大鼓的曲段，却目光迷离，神不守舍，用低柔的鼻音哼唱一支摇篮曲：

风儿轻，月儿明，

树叶遮窗棂；
蛐蛐儿叫声声，
宝贝儿睡在了摇篮中……

唱着唱着，把何满子唱进了梦乡里。

等他醒来时，已经天光大亮，原来他从瓜田一角的沙冈，乔迁到周檎的小炕上。周檎临窗放了一张小饭桌，正在晨光中埋头写字。

十

这几天，周檎白天在家里给云遮月写新词，夜晚便到老木匠郑端午的瓜棚去，跟柳罐斗、何大学问、吉老秤、郑端午等人聚会。有时聚会在柳罐斗的大船上，郑整儿和荷妞就代替他们的老爹看瓜，巡风放哨的是云遮月，不用何满子；因为爷爷说他还是个黄口小儿，不能担当大任。

望日莲这几天被豆叶黄关在家里，不再到河滩上打青柴，何满子也不能跟她搭伴了。

何满子像风吹柳絮，雨打浮萍，没头没脑地这里跑跑，那里转转。找牵牛儿去玩，那个憨头憨脑的家伙，蔫蔫乎乎半天说不出一句话，就像浸了水的木鱼敲不响；他感到没意思，又像蜻蜓点水飞走了。

他走到渡口花鞋杜四的小店墙外，忽然看见河防局的巡长麻雷子，骑着一辆贼光闪亮的自行车，飞驰而来。那年月，自行车极其罕见，何满子未免少见多怪，这就吸引了他那百无聊赖中的好奇心。麻雷子骑车驶进小店外院，何满子也跟踪而至。

这个小店，坐落在距离渡口百步之外的一块空地上，四面打起半人高的土墙，土墙外栽种着连绵不断的柳棵子，柳棵子外掩上了沙坡。荆条编的大梢门，一进门是个大院，东西两溜敞棚，拴着骡马，存放车辆。满院的粪尿和草料末子，招引来一群群鸡、鸭、麻雀啄食。正面一座长棚屋，被一条过道隔成两个大通间，每个大通间都是对面两条炕，每条炕挤得下二三十人，都是贩夫、走卒、苦力；夜晚他们便三五成群，聚拢在小黑油灯下，掷骰子，押大宝，呼幺喝六，吵蛤蟆坑。穿过过道，东西两座厢房，东厢房是灶上，西厢房是花鞋杜四和三个伙计的住处；正房也是一座长棚屋，只不过隔断成一个个鸽子笼似的单间，四壁粉刷了白灰，店钱高出前院大通间十倍。租赁这些单间的都是商人、老客、纨绔子弟，他们开酒席，推牌九，打麻将，抽鸦片烟。花鞋杜四还有一只花船，给他们从通州接来妓女。

有一回，何满子看见花船靠岸，一个独眼龙，左手搓弄着两只叮当响的铁球，右手提着一条皮鞭，从船上押下几个女人。一个个黑眼窝子，目光像死鱼，脸上搽着厚厚的白粉，抹着血红的嘴唇，妖形怪状。何满子尾随进去，只见前院大通间的客人，吹口哨，挤眉眼，嘴里全是不干不净的脏话儿。一到后院，单间里的那些有钱客人，发了狂似的扑奔出来，有的一个人拉走了两个，有的两个人架走了一个。一个十五六岁的女孩子尖叫着："我有病，我有病！"那个独眼龙一把揪住她的辫子，手里的皮鞭雨点似的抽打着，何满子吓得扭头就跑。跑到墙外，他又可怜那个有病的女孩子，痛恨那个残暴的独眼龙，就找了两块碎瓦片，钻进柳棵子，隔着土墙，照那个独眼龙的后脑勺打去。何满子扔砖头，投坷垃，打瓦片，百发百中不落空。他站在渡口上，一块瓦片擦着水面掠过去，在河上留下圈套圈、环扣环的一大串涟漪，直到对岸。所以，他这两块瓦片不偏不倚都打中了独眼龙的后脑勺，登时就开了瓢儿，血流如注，痛得独眼龙抱着脑瓜子又蹦又跳，躺在地上打滚儿，爬起来转磨。何满子见闯下大祸，急忙逃之夭夭，脚上扎了六七个蒺藜狗子，也顾不得拔下来，一口气跑回了家。

小店店主花鞋杜四，是一条人蛆，一块地癞，抽大烟抽得瘦小枯干，三分不像人，七分倒像鬼。他的名声恶臭，谁沾上他就像招了鬼祟，轻则晦气十天半个月，重则便会流年不利。这两年，他入了个会道门，脖子上挂着一串念珠儿，吃起了素，开口闭口阿弥陀佛。

麻雷子跟花鞋杜四臭味相投，狼狈为奸。麻雷子在河防局当巡长，管界三十里，这个小村正在他的管界之内。他有头无脑，是条傻狗；花鞋杜四是他的眼线，又是他的耳报，更是他的狗头军师。

"杜四哥！"麻雷子的自行车直穿过道，冲入内院，"天上掉馅饼，一桩好买卖找上门来了。”

花鞋杜四从西厢房伸出脖子，龇牙一乐，说：“阿弥陀佛，夜猫子进宅！我刚点着烟灯，请你抽头一口。”

麻雷子鬼鬼祟祟地走进了西厢房。

何满子追在麻雷子的自行车后面，听见他那句话：“一桩好买卖……”忽然想起七月七夜里，他在周檎的后窗下，听见望日莲打着寒噤说：“……董太师想买我做小，他们正讨价还价。”于是，急忙收住脚，转身走出小店，钻柳棵子来到土墙外。

花鞋杜四居住的西厢房，后山正借的是院墙，也有个小窗户；何满子溜到墙根，在窗口下站立，屋里说话都听得见。

一阵呼噜呼噜的抽烟声之后，花鞋杜四急不可待地问道：“你先说说是哪一路买卖，油水大不大？”

麻雷子从嘴里拔出烟枪，说：“自治政府警察厅，下来个十万火急的公文，悬赏缉拿京东共产党头子周文彬，赏金五百块大洋，一巴掌膘的油水！”

“够肥的！”花鞋杜四咂着嘴儿，“可是，大海里捞针，到哪里去摸姓周的影儿呢？”

“在周檎身上打主意！”麻雷子一拍炕席。

“你真是长虫打架绕脖子！”花鞋杜四嘎嘎笑道，“咱们正话说捉拿周文彬，你怎么又牛头不对马嘴，拐到周檎那小哥儿身上。”

麻雷子压低了声音，嘁嘁喳喳地说：“周文彬这个共产党，原是八年前的潞河中学毕业生，跟你们村的这个周檎，算是大师兄和小师弟。头年冬天京东闹学潮，反对殷长官成立防共自治政府，主谋是周文彬，周檎也参加了。你想，他俩能不是同伙吗？”

“二遍茶，刚喝出点滋味儿。”花鞋杜四说。

麻雷子又接着说下去：“周文彬是天上的鸟儿、水里的鱼，云游四方，没有准窝儿，他们管这个叫地下活动。周檎要是他的同伙，周文彬免不了来周檎这儿落脚。你只要发现周檎家有生人来，就赶快报告我；来不及报告，那就先斩后奏，抓起来再说。”

“阿弥陀佛！”花鞋杜四的舌头打着嘟噜，“你叫我动手抓周檎那小哥儿，我惹得起他舅舅柳罐斗吗？”

“只要周檎犯了案，那就连同柳罐斗也一块儿抓起来！”麻雷子气冲冲地说，“这个家伙在我的管界之内，天不怕，地不怕，软不吃，硬不吃，是我的肉中刺。”

“阿弥陀佛，抓起他来，那更是拔了我的眼中钉！”花鞋杜四说。

麻雷子又呼噜呼噜吸了两口烟，问道：“你家那个小花妞儿，还不趁早卖个利市呀？樱桃、桑葚儿，货卖当时；等过两年花儿不红了，蕊儿不嫩了，可就卖不出好价来了。”

“董太师一不肯出大钱，二不肯给我撑腰呀！”花鞋杜四唉声叹气，“这个丫头自从认了何大学问跟一丈青当干爹干娘，我跟你嫂子再也摆布不了她，除非你助我一臂之力。”

“把何大学问也抓起来！”麻雷子说。

“你给他安个什么罪名呀？”花鞋杜四问道。

“跟周檎和柳罐斗一勺烩！”

何满子听到这里，又气又怕，急忙钻出柳棵子，就奔家里跑。

这时，已经傍晚，他看见周檎正在小院里绕着篱笆转来转去，低声吟哦，轻拍手板，琢磨着他给云遮月写的唱词。

“檎叔，檎叔！”何满子跑进来，把周檎推进屋去，“你认得一个叫周文彬的人吗？”

周檎脸色一变，忙问道：“你听谁说起这个名字？”

“我刚才在小店西厢房的后窗口下，听见麻雷子跟花鞋杜四捣鬼，他们要捉拿周文彬，能得赏金五百块大洋。”

“两条癞狗，竟想捉住一头豹子！”周檎轻蔑地冷笑一声。

“他们还想暗地里害你跟柳爷爷。”何满子着急地说，“还要把莲姑卖给董太师，连我爷爷也安个罪名抓起来。”

周檎凝神沉思，半晌才说：“满子，别害怕，狗汪汪拦不住人走路。你听到的这些话，不许再对外人说，更不许告诉你莲姑。”

夜晚，何满子在炕席上翻过来掉过去，就像烙烧饼，睡不着。梆打二更，门声吱扭，是望日莲来睡觉了。

这几天，望日莲不去打青柴，豆叶黄还叫她新做了一件花洋布小衫，一条黑洋布裤，穿在身上，又粗又黑的大辫子扎着红头绳，显得十分俏丽而秀气。豆叶黄打扮望日莲，是为了抬高望日莲的身价，在董太师那里多卖几个钱，望日莲还蒙在鼓里。她走进屋，只见何满子在炕上乱滚，还当是大花脚蚊子叮得他难受，连忙抓起芭蕉扇给何满子扇了一阵。

何满子抽抽搭搭地哭起来。

“满子，做噩梦了吗？”望日莲上了炕，轻声问道。

“没……没有。”

“那你怎么啦？”

“榆叔……不让我告诉你。”

“你榆叔有什么事瞒着我？”望日莲把何满子抱了起来，“是不是他要进京去？”

“不……不是。”

“是不是……有人给他提亲保媒？”望日莲的呼吸紧张而急促。

“也……也不是。”

“到底为什么呀？”

“我……不说。”

“满子，你这个小没良心的！”望日莲伤心地说，“你榆叔跟我变了心，你还跟他串通一气。”

“不是呀！”何满子慌忙说，“花鞋杜四跟麻雷子合伙，要赶快把你卖给董太师，榆叔怕你着急，不让我告诉你。”

“原来他见死不救呀！”望日莲气得哆嗦，“我找他去。”

“他在柳爷爷的大船上。”

望日莲跳下炕就走，何满子紧追在后面，惊醒了睡在东屋的一丈青大娘，喊也喊不住他们。

鸡叫头遍了，月明星稀，草上下满露水；望日莲牵着何满子的手，上气不接下气地一路小跑。

柳罐斗的大船，停泊在距离郑端午瓜田不远的河湾处，船上人影幢幢，声音有高有低。何满子和望日莲还没有跑到大船近前，老木匠郑端午从瓜棚里走出来，说：“你们别上船！”河坡上，云遮月也说了话：“你们来干什么？”望日莲却不顾阻拦，直奔船边。

“干爹，快救救女儿吧！”望日莲扑通跪倒在水边上，“您要不管女儿，我就脖子上挂一块大石头，跳河淹死。”

何大学问哈哈笑道：“那是麻雷子的下场！”

“莲姑娘，不必急火攻心！”吉老秤笑眯眯地说，“我保你七天之内，跟檎哥儿完婚。”

望日莲惊呆了。她抬起头，满脸泪光，睁大眼睛望望吉老秤，望望何大学问，又望望柳罐斗，最后，目光迷惘而哀怨地落在周檎身上。

周檎走下船，搀她起来，柔情地小声说：“几位老长辈同心合力成全咱俩，你回去放心睡觉吧！”

柳罐斗一直没有开口，朦胧的月光中，他站在船头，像一座古代勇士的石像。

十一

望日莲长这么大，头一天清早不起炕；豆叶黄隔着篱墙大喊大叫，一丈青大娘从屋里走出来。

“我女儿病了。”一丈青大娘笑吟吟地说，“你有什么活儿，我来替她干。”

豆叶黄眨了眨小眼睛，冷冷地说：“那怎么敢当呢？她昨晚上还好端端的，怎么一夜之间就倒卧在炕上了呢？”

“人吃五谷杂粮，难免灾枝病叶。”一丈青大娘沉下脸说，“莲丫头成年累月，整天地不识闲儿，伤了元气。”

豆叶黄无可奈何，只得回屋去。这个女人半百了，却人老心不老，一心要打扮得“娉娉袅袅十三余，豆蔻梢头二月初”。她描眉入鬓，鬓似刀裁，搽胭脂抹粉，脸上桃红李白。要想俏，女穿孝，她爱穿一身月白；三寸金莲凤头鞋，走起路来扭扭捏捏，两只长长的耳环子荡来荡去打脸。她本来长着一双巧手，却吃馋了，呆懒了；平日横草不动，竖柴不拿，油瓶倒了也不扶。望日莲不回来，没人烧火做饭，她的墙柜里正好有一位相好的送来的绿豆糕，就打开红纸包大吃起来。鸡笼里的鸡，猪圈里的猪，饿得扑笼拱圈，吱吱哇哇乱叫，她也不管。

正当她大吃绿豆糕的时候，忽然有人抬开柴门，何大学问跟一丈青大娘双双走进来。何大学问剃头刮脸，身穿长衫，一丈青大娘也梳了头，穿一件新毛蓝布褂，黄铜手镯叮叮当当分外响。老两口的神情都十分严峻。

“大妹子在家吗？”一丈青大娘高声问道。

豆叶黄连忙将一块绿豆糕直脖儿咽下去，噎得打着嗝儿，捂着胸口迎出来，说：“老姐……姐，何大……哥，屋里坐。”

她高高打起门帘，一丈青大娘和何大学问一前一后走进去。

这间小屋，不知道的只当是新婚的洞房。粉莲纸糊顶，雪白的四壁，窗棂上贴着剪纸的红喜字，墙上挂着鸳鸯戏水和美女思春的杨柳青年画，炕上铺的是细软新席，墙角码起的是两床火烧云的大红被子。

豆叶黄忙给何大学问端过来烟笸箩，递上她的翠玉石嘴长杆烟袋。这个女人好抽烟，一口牙齿熏得乌黑，使她的花容月貌大为减色。

何大学问正襟危坐，目不斜视，掏出自个儿的大脑壳烟斗和烟荷包，吧嗒吧嗒抽起来。

一丈青大娘咳嗽一声，嗽了嗽嗓子，说：“弟妹，按照咱们的乡俗礼数，挂锄时节，当爹娘的要接闺女回娘家住几天，我跟你大哥想留莲丫头住几天娘家，求你点头。”

豆叶黄虽然歹毒，可是自从吃过一丈青大娘一顿暴打，心存畏怯。她一看这个情景，不敢不答应，便顺水推船说：“老姐姐，你心疼她，难道我不疼爱她吗？那就让她叨扰你两天，只是一天要喂三遍猪，还得她管。”

院里又响起一阵咚咚脚步声，有人喊道：“杜四哥在家吗？”好大嗓门儿，是吉老秤。

豆叶黄心惊肉跳地迎出去，只见吉老秤也是一身齐整打扮，头上还顶着个红疙瘩帽盔儿。

“老秤兄弟，哪阵香风把你这位稀客刮了来？”豆叶黄年岁比吉老秤小，可是花鞋杜四比吉老秤大，所以是嫂子小叔。

“无事不登三宝殿！”吉老秤大摇大摆地闯进屋，一见何大学问和一丈青大娘，忙打了个千，“原来大哥大嫂也在这儿，巧啦！我本想见过杜四哥跟杜四嫂以后，再到府上去，这就不必我磨鞋底儿了。”

豆叶黄又递过烟笸箩和翠玉嘴儿长烟袋，说：“老秤兄弟，尝尝我的兰花烟。”

“请吧！”吉老秤从腰里摸出鼻烟壶，“四嫂子，你尝尝这个。”说着，捏了一大撮，抹进鼻孔里。

于是，就像过山炮装上了炮弹，点着了药捻子，在豆叶黄的这座香巢里，响起了震耳欲聋的连珠炮声。

“哎呀，你要把我的房子震塌啦！”豆叶黄堵住两只耳朵尖叫。

“老秤，你究竟有什么事儿？”何大学问开了腔。

炮声戛然而止，吉老秤欠了欠身子，说：“回大哥的话，我来给杜四嫂子的女儿莲姑娘保个媒。”

“我是她婆婆！”豆叶黄急忙更正。

“谁不知道二和尚肉包子打狗以后，你就把莲姑娘当成了亲生女儿！”吉老秤狡黠地眯着眼睛笑道，“有个好主儿，跟莲姑娘天生一对，地造一双。我不能不积德行善，成全这一桩美满良缘。”

“且慢！”何大学问打断他的话，“莲姑娘还是我跟你大嫂的干闺女，我们也是她的一层父母；水大漫不过船去，我们两口子不乐意，你也白搭。”

“大哥，你且听我说下去！”吉老秤当胸一抱拳。

“我不想听，你免开尊口！”豆叶黄急赤白脸。

“四嫂子，我的尊口一开，保你鸡啄米似的连连点头。”吉老秤不慌不忙地说，“我给莲姑娘提的这个亲，男方是咱们方圆几十里的一位高才人物？”

“谁？”一丈青大娘插嘴问道。

“姓周名檎！”吉老秤说，“大哥大嫂，你们两口子都是爽快人，乐意不乐意？”

何大学问乐得闭不上嘴，说：“这是高攀了，求之不得哩！”

一丈青大娘更是眉开眼笑，说：“我的心里乐开了花。”

“四嫂子，你呢？”吉老秤又问豆叶黄。

“你给我滚出去！”豆叶黄犯起刁来。

“豆叶黄，你胆敢不赏我的脸面！”吉老秤咆哮一声，一拳捣在炕上，砸塌了一大块炕坯。

豆叶黄一见吉老秤那一副金刚怒目的模样儿，吓得一屁股从炕沿上出溜到地下，哼哼唧唧地说：“我一个妇道人家做不了主，得杜四说了算。”

“我要听你的回话！”吉老秤大吼。

“嫂子依你，依你。”豆叶黄眼珠儿一转，“我去找杜四，劝他也答应这门亲事。”说罢，爬起来就奔外跑。

“你还是陪我这个香风刮来的稀客吧！”吉老秤像老鹰抓小鸡，把豆叶黄拦在怀里，“有人请杜四哥去了。”

请花鞋杜四的是老木匠郑端午。

这一天是阴历七月十五。阴历七月十五是鬼节，鬼节是黑煞日，人不下水，船不摆渡。因此，花鞋杜四的小店门前冷落车马稀，柳罐斗的大船也拴在对岸。

渡口不远处的柳荫下，花鞋杜四正跟麻雷子席地而坐，交杯换盏地喝酒。

“杜四兄弟！”老木匠郑端午走上前去，“我有件事，要跟你和弟妹求个人情，到你家去说吧！”

麻雷子正想把花鞋杜四打发走，他好独吞酒肉，忙说：“四哥，办事去吧！快去快回，我等你回来再下箸。”

花鞋杜四只得硬着头皮，跟着老木匠郑端午走了。

等花鞋杜四一走，麻雷子便自食其言，大块吃肉，大口喝酒，直喝得浑身冒油，扒下了身上的黄狗皮，露出一身黑肉。他眼花耳热，猛一抬头，只见从对岸的柳罐斗的大船上，走下了云遮月。

云遮月只穿了一件粉花葱心绿的抹胸，怀里抱着刚拆完的被子，还有两支棒槌和一块搓板，到河边去洗。

麻雷子打了个尖厉刺耳的呼哨，怪叫道：“云遮月，到河这边来洗吧！我给你打个下手。”

云遮月坐在了水边，扬起一只雪白的胳臂，笑着说：“麻巡长，我不会凫水。”

麻雷子色眯眯地说：“我有心过河帮你的忙，就怕柳罐斗不许我在你身上插一手。”

“他不在船上！”云遮月隔河抛过来一个媚眼。

“到哪儿去啦？”

“他去买纸钱，晚上祭水鬼。”

“那我真得陪陪你，免得你冷清。”麻雷子色迷心窍，说着就下河。

“麻巡长，你找死呀？”云遮月吓得惊慌摆手，“今天是鬼节，水鬼拉替身。”

“神鬼怕恶人！”麻雷子踩水泅过来，“我麻雷子是凶神恶煞，水鬼不敢惹我。”

他的话没落音，水下两只大手扯住他的两条腿，一抻到底。

麻雷子虽然一阵心慌，可是他的水性不小，沉到河底睁眼一看，原来是柳罐斗，这才知道中了计，便拼命挣扎起来。柳罐斗扼住他的喉咙，他也死抱住柳罐斗的身子不放，两个人被水下的激流冲向下游。到底麻雷子的水性比柳罐斗差得多，力气也不如柳罐斗大。斗了十几里，气力渐渐不支，柳罐斗便掐着他的脖子灌坛子。咕噜噜！咕噜噜！三番五次，麻雷子昏迷不醒，挣扎了几下，便断了气。柳罐斗拖着死尸，又游出几里，见岸边有一片浓密的水草，四下没有人影，便将麻雷子的尸体搡了进去。然后，悄悄上岸，钻进了青纱帐中。

再说花鞋杜四跟随老木匠郑端午回到家里，进门一看何大学问、一丈青大娘和吉老秤摆开了阵势，便知必有来头，马上堆起笑脸说：“各位大驾光临，我的面子不小呀！”

何大学问和一丈青大娘说：“我们来接莲丫头住娘家歇伏，弟妹答应了。”

吉老秤开门见山，说：“我来给莲姑娘保媒，四嫂子满口应允，只等你一句话定乾坤了。”

“吉老秤，你这不是拆我的家吗？”花鞋杜四炸了，“我的儿子在外当了官，一十八载衣锦荣归；我的儿媳妇是个贞节烈女，要学那苦守寒窑的王宝钏。”

“谁说你儿子当了官？”吉老秤问道。

“难道你忘了？是铁嘴小神仙算出来的。”

“陈谷子烂芝麻，我早忘得一干二净了。”

无巧不成书，门外传来笛子声。花鞋杜四像是盼来了救命星，说：“小神仙来了，我请他当着你的面再算一回。”

“你陪客，我去请！”何大学问抢先一步，走了出去。

一会儿，铁嘴小神仙进来了，问过了二和尚和望日莲的生辰八字，掐指算了又算，口中念念有词，猛然一拍大腿，说：“好卦！大吉大利。”

“是不是二和尚在外当了官儿？”花鞋杜四提醒他。

“新近升了混成旅旅长！”

“哪一年衣锦还乡？”

“一十八载。”

“怎么样？”花鞋杜四得意地笑了起来，“我那儿媳妇是不是还得等上几年，熬出个夫贵妻荣？”

“不必了！”铁嘴小神仙沉重地摇了摇头，“二和尚已经被他们的司令官招为东床佳婿，莲姑娘命小福薄，配不上旅长大人了。”

“胡说！”花鞋杜四绝望地嘶叫，“你为什么变了卦，跟两年前算的不一样？”

“谁说不一样？”

“两年前你说二和尚当了营长，他的媳妇应该等他。”

“两年前他当的是营长呀，莲姑娘的命相还算相当。如今令郎高升三级，莲姑娘的命相可就尊卑不合了。”

“放你Ｘ的屁！”花鞋杜四泼口大骂，“什么他Ｘ的铁嘴？你是红口白牙跑舌头，马勺上的苍蝇混饭吃。”

“岂有此理！我虽比不了诸葛亮，也还比得上刘伯温。”铁嘴小神仙愤然道，“杜四掌柜，我分文不取，送你一卦：这位莲姑娘命硬金石，先克公，再克婆，你不赶快把她打发走，我敢断你流年不利，必遭险凶。”说罢，跟何大学问讨了卦礼，扬长而去。

铁嘴小神仙一出门，正跟小店伙计撞个满怀，两个人都跌倒在地；小店伙计连滚带爬地进了院子，气喘吁吁地叫道：“老掌柜，大事不好！麻巡长叫水鬼拉了替身。”

“赶快救人呀！”花鞋杜四急得暴跳。

“鬼节黑煞日，谁敢下河呀？”小店伙计带着哭腔说。

“我去捞他！”花鞋杜四说，“他还欠着我十块大洋哩。”

“你不能去！”豆叶黄扑到他身上，“十块大洋只当喂了狗，你可别叫水鬼再拉走。”

何大学问拉长声音说：“老四，铁嘴小神仙送你那一卦，你可别当耳旁风呀！”

花鞋杜四咳了一声，抱着脑袋蹲在地上，口中连念：“阿弥陀佛，阿弥陀佛！”

吉老秤伸出大手，一抓他的脖领子提了起来，说：“亏得你还算个男子汉，倒不如四嫂子这个娘儿们家有见识，君子一言，响屁一声，你开个身价吧！”

花鞋杜四身上像发疟疾，嘴里像满槽牙疼，呻吟着说：“我这个儿媳妇是花钱买来的，又吃了我十二年饭，我不能白送给人家。”

吉老秤不耐烦地喝道：“放响屁！”

豆叶黄说：“三十块大洋吧。”

“住嘴！”花鞋杜四尖叫道，“五一块，少一个铜板我也不撒手。”

“杜四，你是一只饿狼！”吉老秤骂道，“给你五十块，连豆叶黄也搭上。”

花鞋杜四咬定牙关，说：“我言无二价。”

“我扒出你的狼心狗肺来！”吉老秤大吼一声，把杜四当胸一抓，顺手抄起了炕上的剪子。

“救……”花鞋杜四刚要呼救，脖子已经被吉老秤掐住，眼珠子憋得凸了出来。

“老秤兄弟，你饶了他吧！”豆叶黄苦苦哀求，“我叫他依你，全都依你就是了。”

“豆叶黄，你还怜惜这只饿狼干什么？”吉老秤说，“我宰了他，你挑个黄道吉日嫁人，赶巧了还能结个晚瓜。”

“老秤，不要莽撞！”何大学问拦住他，“老四，你也真是财狠食黑；莲丫头进你家门十二年，给你家当了十二年的牛马，是她白吃你的饭，还是你喝了她的血？咱们找个算盘来，清一清账。”

“甭……甭算了。”花鞋杜四气息奄奄地说，“三十块……就三十块吧！”

“找文房四宝来！”何大学问大喊，“咱们当面锣，对面鼓；白纸黑字，立下文书。”

“爷爷，我这就拿来！”一直隔着篱笆偷听的何满子，欢叫着跑了。

“大哥，这笔钱谁掏？”花鞋杜四不放心地问。

“我！”何大学问一拍胸膛。

“咱们现钱交易，不准赊欠。”花鞋杜四又紧叮一句。

“我拨给你两亩地！”何大学问说。

花鞋杜四两眼一阵贼亮，忙说：“大哥，你可不能反悔。”

“我何某人吐唾沫是钉儿！”何大学问慷慨激昂地说，“两亩地给我干闺女赎身，两亩地给我干闺女陪嫁，才不过花掉我半壁江山。”

何满子从周檎那里，用一个小竹篮挎来文房四宝。

花鞋杜四开小店，能写会算，亲手写了字据，跟豆叶黄按了手印，呈给何大学问；何大学问回家取来地契，扔给了花鞋杜四。

闷葫芦郑端午这才得着机会说话：“表哥，表嫂，老秤是檎哥儿的媒人，你们就把莲姑娘这个大媒赏给兄弟吧！”

“多谢了！”何大学问爽朗地大笑，“还得有劳你带着整儿跟荷妞，给我操持聘闺女、办喜事。”

十二

何家小院喜气冲天，一群群喜鹊从东西南北飞来，落在院里院外的树上，从早到晚喳喳山叫。何大学问跟一丈青大娘虽然赔出四亩地，损失了半壁江山，可是博得了全村男女老少的喝彩；老两口子心里高兴，脸上放光。

最叫老两口子感动的，是跟花鞋杜四办完交涉的当天晚上，柳罐斗忽然来了。这个顶天立地的汉子，一进屋倒头便拜，只说了一句："大哥、大嫂，兄弟一辈子报答不完你们的大恩大德！"说完便泣不成声。

柳罐斗的心情是很痛苦的。他只有三间泥棚茅舍，并无一垄土地，深感对不起外甥，更有负于九泉之下的姐姐和姐夫。

老嫂比母，小叔似儿。一丈青大娘比柳罐斗大二十来岁，见他如此礼重和伤情，心里发酸，慌忙扯起他，吵架似的嚷道："我又不是为你破费，你谢得着我吗？我是花在我那可人疼的女儿莲丫头身上。"

"也为了檎哥儿！"何大学问慢声慢气，自我陶醉地说，"常言道，门婿半个儿。从今以后，檎哥儿有我一半了。罐斗，我占了你的大便宜，你怎么不识数儿，反倒谢起我来？"

柳罐斗并不多言，挥泪转身离去。

办完交涉那天从杜家回来，望日莲感激涕零，双膝跪倒在干爹干娘面前，抱住二位老人的腿，哭着说："爹呀，娘呀！我不能剜你们身上的肉，我不要那两亩地陪嫁。"

一丈青大娘也哭了，搂住望日莲说："儿呀，谁叫娘穷家破舍呢？娘真想陪你三宅两院，十顷八顷，可是娘没有呀！"

"那就再给莲丫头两亩！"何大学问激动起来，"剩下两亩给咱们老两口子当坟地，足够了。"

"不，不！"望日莲大叫，"这怎么对得起哥哥嫂子呢！"

何大学问说："你哥哥在城里当了少掌柜，用不着土里刨食了。"

"不，不，不！"望日莲叫得声音凄厉，"我更不能对不起小满子。"

何大学问扬声高笑，说："寒门出将相，草莽出豪杰，蒲柳人家出英才。我看那小子注定是个大命人，不稀罕这两亩地。"

望日莲哭急了说："爹呀，娘呀！您再逼我多要两亩地，我就不嫁了。"

何大学问和一丈青大娘只得不再强迫，但是一定风风光光大办喜事。

门婿周檎出面劝阻了。

“大舅，大舅妈，你们待我跟她的恩情，已经山高海深，不能再铺张排场了。”

乡下礼数，没正式成婚拜堂的女婿，不能登丈人家的门，怕的是被人背后飞短流长，说是“先有后嫁”，名声上不好听。所以，周檎闯进门来，说话又扫人兴，何大学问跟一丈青大娘脸色不悦。

一丈青大娘没有好声气地说：“檎哥儿，你还没有八抬大轿把我们莲丫头搭走，我们何家的事你少管，也不该你管。”

何大学问也沉着脸说：“檎哥儿，莲丫头虽不是我的亲生女儿，可是比我的亲生女儿还要亲，婚姻本是终身大事，我不能委屈了孩子，也不能叫乡亲们戳我的脊梁骨。”

“大舅，大舅妈，你们都是知大理、明大义的人。”周檎恳切地说，“如今国难当头，眼看要当亡国奴了。这个时候，大办喜事，乡亲们更要戳断咱的脊梁骨！”

何大学问恍然大悟，连声说：“言之有理，言之有理！”

一丈青大娘仍然赌气，望日莲撒娇地说：“娘，人家说的是至理名言，您别蛮不讲理，依了他吧！”

一丈青大娘叹了口气，说：“只是委屈了你，娘过意不去。”

望日莲连忙一牵周檎的袖子，说：“还不谢谢爹娘。”

“大舅，大舅妈，我……”

“你管我叫什么？”一丈青大娘又恼了。

“爹，娘！”周檎改了口，深深鞠了一躬。

一丈青大娘笑逐颜开，说：“只要你们俩恩恩爱爱、和和美美，我跟你爹这两把老骨头，还能给你们熬出斤儿八两的油来。”

周檎跟望日莲的喜日前一天，何满子的爸爸何长安从通州赶来。

何长安在通州并没有另外安个家，而是跟岳父、岳母住在一起。他的妻子到通州后生下一个女儿，目前又要分娩。岳父年老力衰，小书铺主要靠他经营。他是个守戍之材，小书铺在他手里，并没有发达，但也没有衰落。

他为人心地善良，却又胆小柔弱，满面和气生财的笑容，一副安分守己的仪态。这两年发了福，白白胖胖的，完全是个文雅的商人，失去了农家子弟的气质。

何长安礼貌周全，每年回一趟家，不但对父母必有孝敬，而且对于吉老秤、老木匠郑端午和柳罐斗这几位父辈的友好，也都多少带来一点礼物。他虽然鄙薄花鞋杜四和豆叶黄的人品，但是念在多年乡邻的情分上，也要登门拜望，问好请安。

这一趟，也不例外。不过，馈赠的重点是望日莲。他给望日莲买了一身衣裳和两双鞋，还给买了茶壶、茶碗、茶盘，一面镜子和一只梳头匣；都是花花绿绿的喜兴颜色。

但是，对于他的到来，何大学问和一丈青大娘并不高兴，何满子也不跟他亲热。何大学问和一丈青大娘知道，他这一趟来，必定想把何满子带到城里上学，夺走他们生活中的最大乐趣。何满子也知道，爸爸将要强迫他离开爷爷和奶奶，离开望日莲姑姑，离开干爹郑整儿和干娘荷妞，离开柳罐斗、吉老秤、老木匠郑端午以及牵牛儿，离开这个可爱的小村和他整天野跑的河滩，像抓住野鸟一般把他关进笼子去。

何长安也感觉到，他的到来，不但冲淡了喜气，而且带来了阴郁。他是个玲珑剔透的人，便想打破这尴尬的气氛，猛一拍手说："你们看，有一桩天大的喜事，我竟忘了禀告。"

"什么天大的喜事？！"何大学问忙问。

"咱家的新姑爷，周檎兄弟考中了燕京大学！"何长安从身上掏出一封大红信柬，"这是录取通知书，我给捎了来。"

"这真是双喜临门，满子快去请你姑父！"何大学问果然喜形于色，"檎哥儿给咱们这个小村增了光，给咱们穷门小户争了气。董太师良田十顷，子孙成堆，连个潞河中学生还没出，他的气数尽了。"

"所以我想让满子今年赶快上学！"何长安说，"踩着他姑父的脚印步步高升。"

"对，对！"何大学问连连点头。

“再说吧！”一丈青大娘还是沉着脸，“孩子还小哩。”

周檎被何满子推推搡搡而来。

“恭喜，恭喜！”何长安连连拱手，“恭喜你洞房花烛又金榜题名，大小双登科。”说着，把燕京大学录取通知书递给周檎。

周檎看也不看一眼，就塞进裤兜里，说：“华北之大，已经安放不下一只书桌了。我是不是上学，还不一定。”

何长安又从腰里掏出一个信封，递给他说：“这是上海给你寄来的稿酬和一封信。”

“什么叫稿酬？”何满子好奇地问。

“你姑父写成的文章，印在书里，书店给的酬谢。”何长安说，“你要上进，长出息，将来也上大学，也写成文章印在书里。”他又对周檎说：“我在船上，遇到河防局新上任的尹巡长，他让我替他问你好。”

何大学问惊问道：“檎哥儿，你怎么跟这种人认识？”

“他是自己人。”周檎低低地说。

第二天是喜日，只雇了一顶四人抬的小小花轿，两名吹笛的乐手，不用锣、鼓、唢呐，花轿进门放了一挂鞭炮，虽不红火，倒也喜兴。

吉老秤和老木匠郑端午这两位大媒，一个替男家迎亲，一个替女家送亲。郑整儿当上了真正的喜令官，荷妞专管铺红毡、倒红毡。柳罐斗家的小院中央，安放了一张小桌，插上红烛高香，在郑整儿那悠扬嘹亮的口令声中，新婚夫妇拜过天地，给亲朋好友们见礼，然后双双牵着彩带，进入洞房。何满子穿上望日莲给他做的花红兜肚，奉命在炕上滚床。他滚得高兴，又翻起筋斗，竖起蜻蜓。

忽然，他听见隔着篱墙，奶奶正跟爸爸发脾气。

“铺子里离不开我，我得在关城之前赶回去。”爸爸说，“满子一定要在今年秋季上学。我把他带走，先收收心。”

“他还小，我不放心！”奶奶粗声大气，“等过两年，个儿长高一点，再上学也不晚，还免得受大学伴的欺侮。”

“娘，求求您……”爸爸低声下气地央求。

何满子一听大事不妙，跳下炕，急急如漏网之鱼，惶惶如惊弓之鸟，逃向河滩。他先躲到周檎和望日莲童年时代拜花堂的柳棵子地里，后来又藏进望日莲洗身子的河湾红皮水柳丛中。水深没顶，他不敢踩水出声，就来了个仰巴叉漂羊；几条小鱼在他身边游来游去，两只花翎小鸟蹬在红皮水柳枝上，亮晶晶的小圆眼睛瞪着他。

水边传来轻轻的脚步声，低低的说话声。

“今后，你要跟周檎保持单线联系，保障他的安全。”

“请放心，文彬兄！”

“他们要打起民团旗号，建立秘密抗日武装，你要帮他们取得合法地位。”

“文彬兄，我一定办到。”

何满子悄悄翻了个身，从柳枝空隙间偷眼看去，只见一个身穿警察制服的年轻巡长，跟一个三十来岁的长方脸高身材的人，拉了拉手，就分开了。

何满子心想这年轻的一定是尹巡长，这文彬兄又是谁呢？天渐渐黑了，他有点害怕了，但是，他又不敢回家，怕被爸爸掳走。进退两难，无依无靠，他感到孤独而委屈，伤心地哭了。一串一串的泪珠，下小雨似的滴落在水中，流进运河里去了。

暮色苍茫，河上荡漾着望日莲呼唤他的回声：“满子，小——满——子！”

“莲姑！”何满子钻出红皮水柳丛，一颗流星似的投进伫立在沙冈上的望日莲怀里，鼻涕眼泪把望日莲那红花小袄浸湿了一大片。

“好孩子，跟我回家吧！”望日莲要抱起他，背在身上。

“我不回家！”何满子打着坠儿，“我爸爸要把我带到城里去。”

“你爸爸不把你带走了。”望日莲笑道，“你姑父也不进京上学了，留在村里办个小学堂，你跟姑父念书。”

“是那个叫文彬的人让姑父留下的吗？”

“你怎么知道？”

“那个人来的时候，我在暗处看见了他。”何满子说，“姑父怎么那么听他的话呢？”

“他是你姑父的大师兄。”

“一定是周文彬！”何满子惊喜地叫道，“快带我去看看他。”

“他已经走了。”

何满子拍着光葫芦头，只恨自己没眼福。

何满子被望日莲背回家，只见奶奶和爸爸坐在家门口。奶奶一见他们，摆手说：“满子，先到你姑姑家去。”

“我才不想进咱家的门！”何满子气哼哼地说。

望日莲背他到外屋，里面静悄悄的，只有干娘荷妞在做饭。

“他们呢？”望日莲问。

荷妞小声说：“在东院商量立民团的事。”

望日莲放下何满子，给他盛了一碗小米饭和一碗鸡肉，说：“快吃吧！吃饱了赶紧睡觉；从明天起，野马戴上笼头，先跟你姑父认字儿。”

何满子说：“我不回家，跟你和姑父睡。”

望日莲面带难色，哄他说：“你跟你爸爸半年多没见了，还是回家跟你爸爸睡吧。”

“不！”何满子赌气扔了筷子，不吃饭了，“我就跟你和姑父睡。”

“让他跟你们俩睡吧！”荷妞咻咻笑道，“正好叫他给你们暖窝儿，我保你过年就抱个大胖小子。”荷妞又把她那个偏方传授给望日莲。

“呸！”望日莲啐了她一口，清脆地打了她一巴掌，灶膛里的火光映照得她满脸通红。

不过，第二年望日莲并没有抱个大胖小子，而是在卢沟桥的炮声中生下个女儿。这个女儿二十三年后大学毕业，跟由于写文章而遭遇坎坷的何满子结了婚。

这是后话，本书不表。

（原载《十月》1980年第3期）

【作品赏析】

刘绍棠年少得志，意气风发，文学事业一帆风顺之际，人生灾难忽至。1956年至1957年间，他的文学创作及文学观念遭到批判，1958年被判为“右派分子”，被迫“下乡劳改”。由一个“文坛神童”坠落在运河滩上，他回到故乡儒林村，多情重义的乡亲父老们爱护、宽容、救助刘绍棠，庇护他躲过“文革”十年动乱。1980年第3期《十月》发表了刘绍棠中篇小说《蒲柳人家》，这部小说成为刘绍棠创作的一个转折点，也是其创作成熟的标志。此时的刘绍棠已过不惑之年，离开文坛二十多年的他厚积薄发，怀着对故乡的感恩创作完成了一系列有关大运河的作品。这些被誉为乡土文学的作品继承了“荷花淀派”的清丽多姿之美，又融入了燕赵大地的厚重与刚健，建立了独具风采的大运河乡土文学体系，形成了自己的艺术风格。

刘绍棠受到故乡的庇佑，在大地母亲的怀抱中感知着运河滩人民的侠义、恩义、情义。他在《蒲柳人家》中纵情书写这些民族精神的闪光点，塑造了一批带有燕赵豪侠色彩的劳动人民，并以充满激情的笔调赞颂着他们，彰显着我们民族的强悍的生命力和光彩照人的人文精神。刘绍棠曾说：“我的所有小说，却有一个共同的总主题，那就是讴歌劳动人民的美德和恩情。”他曾受恩于人民，从打出生开始一直到“文革”，运河滩人民化解了他的七灾八难。乡亲们身上体现出来的民间朴素的道德观念深深地打动着他，他要为运河滩劳动人民立传，用生动的形象展示他们身上的“美”。

“侠义”是运河滩人民根植于深厚泥土中的传统精神，是《蒲柳人家》中流光溢彩的形象传达的人文情怀。何大学问、一丈青大娘、摆渡船的柳罐斗，钉掌铺的吉老秤，老木匠郑端午，他们扶危救困，惩恶扬善，为人仗义，急公好义，伸张正义。“侠义”精神在民间得到广泛的认可，是燕赵地域文化中具有最重要地位的词汇。自古以来，这片大地上就推崇这种人文情怀和价值观念。从“风萧萧兮易水寒”的刺秦荆轲开始，“侠义”就已经成为民间普遍认可和追求的道德观念和行为准则。燕赵民间文化崇拜侠义之士，侠义精神成为底层劳动人民骨血中流淌着的“集体无意识”的潜在追求。“侠义”的精神代代相传，在广阔的土地上落地生根，成为民间文化中普遍推崇的道德准则。及至近代，燕赵的革命英雄事迹依旧层出不穷。在刘绍棠受难期间，真正庇佑他的其实就是这种来自于民间的“侠义”情怀。刘绍棠受其恩惠反哺其身，塑造了一个个充满传奇色彩的侠客义士，他们是民族精神的彰显，是运河滩的伟大灵魂！

一丈青大娘是女中豪杰，她武艺高强，侠肝义胆，对待不知礼义、有失道德的行为绝不姑息。她见纤夫赤身露体干活，就吆喝他们穿上裤子，但是有个不知好歹的纤夭言语行为激怒了一丈青大娘，一丈青大娘一个耳刮子打得他转三圈。几个纤夫一拥而上，一丈青大娘折断一棵茶碗口粗细的河柳，挥舞起来，打得他们纷纷落水。水上女豪侠一丈青颇有梁山好汉鲁智深倒拔垂杨柳的风采，她性子粗中有细，暴躁易怒，却品行端方，武艺超群。她的大刀阔斧敢打敢拼的性格，完全不符合大家闺秀的标准，却散发着农村妇女野生野长的强悍的生命力，这种光彩照人的充满豪侠气质的女性形象，在文学史上十分罕见，充满了独特的野性的魅力。

柳罐斗的侠义表现出“侠之大者，为国为民”的情怀。他智勇双全，得知河防局巡长麻雷子与花鞋杜四狼狈为奸，想要抓住抗日的领袖周文彬，就使出计谋把麻雷子诱进水里，潜在水下展开搏斗，最终把麻雷子淹死，还借助七月十五鬼节不入水的习俗，消除人们的疑心。民间侠义情怀与家国天下合而为一，高尚的人格与民族大义相互交融，是抗战时期的新“侠义”精神的时代体现。钉马掌的吉老秤也是隐藏在民间的“豪侠”。他“已经五十几岁，可是身体硬实得像一座石碑；从口外刚赶来的儿马蛋子，蹶子踢到他的胸脯上，就像被跳蚤弹了一下”。虽然描写有些夸张，却塑造了一位孔武有力的“硬汉”形象。刘绍棠笔下老一辈英雄们不仅风骨可嘉，更是身强体健，武艺超群，符合北方人民对于力和美的追求的审美观念。吉老秤是饱经风霜的老革命，曾经跟着周檎父亲参加过京东农民大暴动，坐过五年牢。虽然现在靠钉马掌挣钱度日，却依旧豪情不减。他慷慨激昂，“当年我跟着你爹闹暴动……”周檎提醒：“嘘！轻声。”“而今这把老骨头跟你闹抗日！”吉老秤虽然压低了声音，嗓门还是震耳。何大学问、一丈青大娘、摆渡船的柳罐斗、钉掌铺的吉老秤，老木匠郑端午，刘绍棠给予他们浓墨重彩的描写。他们有勇有谋，豪侠仗义，助有情人终成眷属，掩护抗日领袖，其一言一行都充满了传奇色彩，是人民群众侠义精神的化身。《蒲柳人家》颂扬了民间孕育的豪侠精神，是对人民的歌颂，对力与美的礼赞，对民间文化的皈依。

“恩义”的观念是民间文化的重要组成，是民间朴素的伦理道德观念。恩义与侠义是一体两面的价值观念。侠义追求施恩不图报的情怀，恩义却是知恩报恩的道德体现。恩义观念历来是民间颂扬的道德品质。通过小说、戏曲、民间故事的流传，恩义的观念在民间根深蒂固，甚至在今天，“恩义”作为一种重要的道德范畴，在人际关系中仍起着举足轻重的作用。何大学问为了成全望日莲和周檎的爱情，被花鞋杜四敲诈去了“半壁江山”也毫不吝惜，“我何某人吐唾沫是钉儿！”“两亩地给我干闺女赎身，两亩地给我干闺女陪嫁，才不过花掉我半壁江山。”他“心里高兴”“脸上有光”，他行事全凭自己心意，全不在意身外之物，重义轻利、豪情万丈的侠义形象瞬间高大起来。何大学问虽不求回报，但受恩之人却不能不知义，要懂得恩义的报答。周檎的舅舅柳罐斗“只有三间泥棚茅舍，并无一垄土地，深感对不起外甥，更有负于九泉之下的姐姐和姐夫”，他无以为报，“这个顶天立地的汉子，一进屋倒头便拜，只说了一句：‘大哥、大嫂，兄弟一辈子报答不完你们的大恩大德！’说完便泣不成声。”在何大学问夫妻的劝慰下，他并不多言，挥泪转身离去。恩情深深地埋藏在柳罐斗的心里，并不需要言语和做作的表达。这种内敛、深厚的情感表达方式也属于民间恩义传达的一部分。所谓大恩不言谢，荆轲受了恩义，也只用生命来报答罢了，这种质朴木讷的恩情回报，在民间文化中占有至关重要的地位，表现了底层民众的朴实无华、铭记于心而拙于言语的品质。

《蒲柳人家》中的“情义”描写，感人至深，动人心魂。柳罐斗三十多岁不肯成亲，他人品出众，有不少给他提亲的，他却不肯答应，要照顾姐姐和外甥。姐姐去世之后，更不肯娶，怕新妇苛待了周檎，他说：“还是让我打一辈子光棍，给檎哥儿扛一辈子长工吧！”柳罐斗对外甥周檎情意深重，甚至打定了牺牲自己一辈子的打算。柳罐斗对外甥重情重义，云遮月对柳罐斗的情意也丝毫不差，风尘出身的云遮月虽然泼辣大胆，爱慕柳罐斗就勇敢追求，却在打动柳罐斗之后，只愿意做露水夫妻，“我这一条洗不净的脏身子，怎么配当他的妻室呢？他应该娶一个好人家的黄花闺女。等他看中了谁，明媒正娶，我就跟他一刀两断，绝不藕断丝连。”云遮月是个风尘之中的奇女子，她色诱麻雷子入水，为柳罐斗锄奸出力。云遮月以卑微的心理，追求着不要回报的爱情。柳罐斗也表现出水上汉子的情意，丝毫不受封建的妇女贞节观念的腐蚀，反而敬重她、爱慕她。既然云遮月不愿嫁，柳罐斗也不愿另娶，他们相好几年，宛若新婚宴尔般恩爱。他们的身份虽不高贵，一个渡船的，一个唱京东大鼓的，一个一亩薄田没有的光棍，一个当时被视为下九流的戏子，他们纯洁的爱情追求，不合宗法礼教的厮守，贫贱的露水姻缘，却彰显着最高贵的灵魂，最深重的情义。患难情人不离不弃的坚守，是底层人民最坚贞的情义的写照。

《蒲柳人家》的创作深深植根于运河滩，深入开掘了民间底层民众的精神家园，吸收其精髓，灌注其热血，写活了一丈青大娘等老一辈的形象，为他们的侠义、忠义、情义的美德立碑作传，生动展示了北方农村的古朴善良的民性。蕴藏在劳动人民中间的无与伦比的心灵美是《蒲柳人家》最令人心动和神往的，文中处处洋溢着劳动人民赤诚相见、肝胆相照的侠义情怀，朴实淳厚、纯真热忱的情义。这些世世代代受压迫、受剥削的贫苦农民，物质那么贫乏，但精神世界却闪耀着钻石般耀眼的光彩。底层劳动人民的淳厚美德，由中华民族代代传承，助我们战胜残暴和邪恶，是我们伟大民族的力量之所在。

从维熙/作品精读

从维熙，1933年出生，河北玉田人。“荷花淀派”的代表作家之一。1953年毕业于北京师范学校，1954年调《北京日报》社任编辑、记者；1955～1956年出版短篇小说集《七月雨》和《曙光升起的早晨》。1957年出版了反映农业合作化的长篇小说《南河春晓》，同年被错划为“右派”，到底层长期劳动，遭遇政治坎坷和磨难二十多年，在极其艰苦的境遇中仍坚持不懈地写作。1978年重返文坛，《大墙下的红玉兰》《远去的白帆》《风泪眼》先后获全国第一、二、四届优秀中篇小说奖；电影文学剧本《第十个弹孔》1980年获文化部优秀故事片奖；长篇小说《北国草》获北京市优秀文学奖。由于生活环境的巨变和创作题材的转移，从维熙新时期的小说创作已经与“荷花淀派”脱离。他在“文革”后率先描写“大墙”之内的监狱和劳改生活，反映极左路线造成的危害，被称之为“大墙文学”之父。

七　月　雨

一

天刚放晴，半空中飘落着碎雨花。

老福背起柳筐，刚推开秫秸拍子，牲口棚里雪毛子马扬起白脖一抖落，甩起鼻梁上的红缨缨，长叫一声，老福赶忙抽回身来，朝屋里喊："满秋，给雪毛子拌上瓢料。"

"哎！"

老福朝雪毛子瞟了一眼，雪毛子马两洼黑水似的眼珠，一眨不眨地盯着老福，老福放下柳筐，两步迈过去，拍着马脖子："傻东西，给你割草去，道儿不好走，你他 x 的在家里享福吧！"老福慢吞吞地，打缸里舀出满堂堂的一瓢料，拌在槽里。

浑身银白的小马儿，耸动着银白的脊梁，撒着欢。老福偎过马脖子，亲了一下；隔着窗户玻璃，屋里笑出声来："瞧你爹胡子快齐胸打脚面咧，还那么孩子气！"

满秋嘿嘿地笑着，挑开门帘，伸出脑袋来说："忘了告诉爹哩，今儿个下晚，开社员大会，讨论秋忙，顺便表扬爹经营牲口……"

"嗐！"老福心里笑开了花，心笑嘴不笑地说，"表扬啥？社里的事，就是咱家炕头的事！"

老福嘴唇微微颤动着，出了家门，他摆弄着手里张开的镰刀，差点让闪亮的刀刃子削着手，他“机灵”下子，笑了。

街道上雨水积成水洼，一群光脚丫的孩子正蹚水玩，豁亮的小嗓子喊着：“云彩往东刮大风，云彩往西披蓑衣，云彩往南支旱船，云彩往北发大水。”

老福扬脖一瞅，白云彩像打翻了的棉花篓，忽悠忽悠地往西涌；西天角上，一道道的红闪，像棉花囤里，喷出的一条条火舌……

老福正瞅着天，背后有个孩子声：“老福叔！得啥喜事哩，乐得锯嘴葫芦似的！”

老福回头一瞅是二林，晃摇着小镰刀说：“二林子，刚十二三就跟你老福叔画眉吊嘴的，来！非把你舌头割去不可！”

“得了！”二林往后跑两步，翻着小眼珠说，“早听我姐姐说哩，今儿个下晚要表扬你哩……”

话才说半截，二林姐姐翠兰，隔着矮寨篱，探出头来：“去！别跟老福叔要贫嘴。”随后和老福叔打招呼，“这道擦擦滑地，还上河滩割草去？”

老福看着翠兰，红红的圆脸盘，像寨篱上开放的一朵大红花，他忽然想起满秋，心像掉在蜜缸里，他满肚子话要说，一下子却忘了半截，嘴唇翕动了半天。

“……雨水打过的青草鲜凉，让咱社里雪毛子享享嘴头福！”

老福迈步想走，二林跑上来，抱着老福的腿说：“老福叔，等会儿，我拿拍网子跟你上苇塘里打鸟去！”说完，一溜烟似的没影了。等二林把拍网子拿来，老福早出了村，上了棒子地的小道儿。

二林一手提着裤子，一手拿着拍网子，边追边喊：“老福叔！老福叔！”二林小腿蹬得像风车，到老福叔跟前，盘着老福的胳膊，爷俩上了南河滩。

南河苇塘里“苇扎子”扎扎地叫唤。河滩上腿肚高的青草上满沾了水珠子，几只油青黑绿的大蜻蜓，飞落在草叶上，喝着水珠儿……

老福掰开镰刀刃子，在草地上抡开镰刀。二林上苇塘下完拍网子，回来和老福说：“我上南边哄鸟去！”影子一闪，消没在苍绿的棒子地里。

老福看看天，一滴大雨点子，掉在脑门上，忙大声嘱咐："别走远喽，天要下……"

"嗯——"二林拉着长声答应。

老福猫下腰，抡开月牙镰刀，嗖嗖地，镰刀像草丛里爬出来的长虫，跳跳蹦蹦。隔着棒子地，老福叔听二林哄鸟的声。一群鸟儿，从棒子地里飞出来，针拉线似的，投进了苇塘。密麻麻的雨点子，在它们背后响起来。

老福在雨地里甩着镰刀，浑身被浇个湿透，他在棵老叶榆下避开了雨。

雨哗哗地浇下来，南河河滩冒起湿淋淋的水汽。

老福看看草筐，还不到半筐草，心里想起雪毛子马，像块石头拉着老福的心。猛然，他一抬头，瞅见棒子地的大绿棒子，都咧开了嘴，门牙大的棒子粒儿，挣裂了青皮，噙着一缕缕的紫红胡子，在雨水里摇摆。

他心里"咯噔"一下子："让雪毛子尝尝新呗！"他刚跑过去，动手想掰，忽然一阵脸红心热，伸出去的手又缩回来。他分明地瞧见地边上的木头牌子："水峪井泉互助组……"

老福蹲在树根下，榆树上滴答下大水点子，从老福的脖颈流到腰眼。老福咬咬牙，站起来，朝四外瞟瞟，大步流星地迈到地边，掰下十来个青棒子，扔在草筐里。手刚拉着另一棵青秸，二林打棒子地小道上跑来，喘着气，滴溜圆的小眼珠，盯着老福，雨瓢泼似的浇下来。

"啊？"老福手像攮住了马蜂窝，一松手，青棒子掉在泥浆里："走，走吧！"老福擦擦雨水，声音颤嗦嗦地说，"雨灌起来了！"

二林翻着眼珠："老福叔！这不是水峪井泉的地吗？"

"这……"老福声调不自然地说，"快！快起拍网子去吧！打着鸟啦？"

二林拿回拍网子，拍网子打着一只小"苇叶儿"，它拼命撞着绳网，落下来一团团的白绒毛。

爷俩在泥水汤浆的道上走，二林一句接一句地问："老福叔！你咋掰人家的棒子？"

老福答不上话，结结巴巴地支应："缺须缺尾的孩子家，懂个啥？"

雨像瓢泼，像筛子筛，到村边上，下成小毛毛雨。

老福一眼瞧见社里的棒子地，躺倒一棵棒子，赶忙放下柳筐，把青秸扶起来，狠狠地在根下跺两脚。随后，他看见一棵不结棒子的甜棒，一抡镰刀割下来，朝二林喊：“二林！老福叔给你根甜棒！”

二林嚼甜棒，嚼得顺嘴角流甜水。老福趴二林耳朵边说：“二林子！别跟人念叨偷青的事，你老福叔，为的是咱社里的雪毛子！”

二林点点头。

二

下晚，北斗星钻出了云层，眨着眼，洒下来几缕柔弱的黄光……

二林从社办公室里跑出来，到老福家门，隔着篱笆喊：“老福叔，社里秋忙会都开完哩，等着表扬哩！”

“二林！”老福推开拍子出来说，‘你老福叔让雨水淋着了，浑身骨头节疼。”

二林小嘴噘得能拴条驴：“大伙等你等得眼蓝，好大架子！”

老福媳妇也在屋里催促着：“老爷子，去吧，把马屎马尿的褂子换换！”

“你是马前诸葛亮，啥也少不了你！”老福收起笑脸，朝屋里说。

二林眨眨眼，撒开小腿，跑向社办公室，进门就喊：“满秋哥！老福骨头节疼……”

“啊……真的？”社员们喊出声来。一个喜欢打趣的老头子说：“我看哪！‘老福’哇‘没福’，单要表扬他时闹病。”

满秋拍拍巴掌，会场安静下来。满秋说：“眼下就要忙秋，给我爹的表扬会，等秋后和秋收模范一块开，谁有啥意见？”

“没二话！”大伙一个声音。

社员们站起身来想走，满秋忙大声说：“别忙，还有点零碎事：刚才水峪井泉互助组看青的来了，说南河滩的棒子地丢青，人家顺脚印直找到咱村来了。”他顿住着话头，瞅瞅大伙，“咱社员家有余粮，会有人……”

二林打个寒噤，扬起脖子刚张嘴，话到嘴边又咽下去。翠兰在旁边瞧得一清二楚，低下头来，小声问二林："是你偷青？"

二林摇摇手，声音颤得像只小蜜蜂："不……"

"谁呀？告诉姐姐。"翠兰压低了声音，亲切地向。

二林两洼黑水似的眼睛，带着不安："是……是老福叔……"

翠兰想把事告诉满秋，会早散了，大伙谈论着丢青的事儿，离开会场。满秋刚出社办公室门槛，已经小半夜了。

远处庄稼地里一只布谷鸟叫了一两声，满秋加快脚步。

"满秋！"满秋刚走到篱笆拐角的地方，有个姑娘轻声喊。

满秋停着步，翠兰从菜园篱笆里出来，半怨半笑的口气："真慢！等你有一袋烟的工夫哩！"

"啥事！让你三更半夜在园子里挨露水打！"满秋笑着，手扶住篱笆。

翠兰脸微微一红："你爹偷青哩！"

"啥？"像瓢开水浇在满秋身上，他问，"这是真的？"

"你爹没病，谁给你爹贴膏药！"翠兰说，"二林亲眼见的，你爹掰人家棒子。"

满秋愣神了，两条浓眉皱在一起。翠兰眼光盯着满秋问："你爹犯错误咧，咋办？"

"亲爹犯错，也得按社章办事儿！"

翠兰攥住满秋的大手，心"扑通扑通"地跳着："别忘喽说服开导老人家。"

菜园子里老槐树上，一只夜猫子偷偷地笑两声飞走了，碰下来两片发黄的树叶儿，打着旋落在地上。

地上草根下，一个蛐蛐儿，轻轻地唱起秋歌。

夜深，人静……

三

满秋推开秫秸拍子，满秋娘还在院里歇凉，她嘴噙着烟袋，手摇着芭蕉叶。

“爹哩？”

“屋里挺尸呢！”满秋娘连眼毛也没抬。

满秋进屋来，老福正对着窗户亮儿扯烟，满秋喊：“爹！”

像块石头掉在棉花堆上，没一点声响。待了一会儿，老福回过头来，才知道满秋进了屋。

满秋问：“爹咋着哩？”

“让雨淋了，浑身疼！”老福声音发闷。

满秋坐在炕沿上，慢慢往话题上拉：“爹！水峪井泉互助组丢青咧！”

老福的烟袋“吧嗒”掉在炕上，他忙拿扫帚扫着烟灰，嘴里含糊地应着：“啊？丢青哩！”

满秋索性单刀直入：“二林说是爹偷的！”

“谁……谁说？”豆油灯下，老福额角滚下豆粒大的汗珠。

满秋娘在院里也搭了腔：“刚才看你拿青棒子喂雪毛子，你说是拾来的，敢情是‘偷’来的！”说着，颤动着两片薄嘴唇，进了屋。

老福本心想认错，让满秋娘说得肝火往上冲，脸涨得紫红说：“水涨船高，牲口吃棒子，肉长在它身上！”老福换口气，“也不是你爹夸口，不是你爹，苦心苦业地经营牲口，雪毛子会膘肥肉胖，滚瓜流油的？早他X的瘦骨头一把，躺在地下听蝈蝈叫去啦！”

满秋娘是脚踩两条船的人，见老头子一急，有些后悔，慢慢拉回话茬儿：“你爹说的也对，他掰了青棒子，也不是自个儿下肚子哩，肉长在社里雪毛子身上……”

“偷青是旧年月吃上顿没下顿的时候干的，眼下是新社会，社里有吃有穿，就该把旧皇历换换了！”满秋提高了声音说，“娘！别人掰咱社里棒子喂牲口，您说对不对？”

老福脸色一阵青一阵白，满秋娘给父子俩打圆场。

“啥新皇历旧皇历的，泼出去的水又收不回来。好在你爹是个明白人，响鼓不沉捶，明白人一点就过来！’满秋娘声音小得很难听见，吞吞吐吐地说，“雨过地皮湿，卖个眼前俏就行了……”

满秋打断了娘的话：“照章办事！亲爹亲娘谁也别违反社章！”

“哟！”满秋娘拉长声说，“一当社主任，连爹妈都夹不上眼哩！”满秋娘一泡泪水“哗”地一下子流到嘴边。

满秋和颜悦色的，扭过头去和爹说：“爹是明白人，社章有这一条：谁损害公众利益，开全体社员会检讨批评！”

满秋娘两只眼瞟着老福，老福打开被窝垛，嘟哝着：“得了！你爹是把没骨头的伞——支撑不开啦！”

“爹！”满秋心里有些难过，“谁不知道爹苦心经营牲口……可是自私自利是咱庄稼人祖辈传下来的家谱，一枝不动，百枝不摇，爹一挖出臭根，别人……”

满秋娘见老头子活动啦，又帮儿子说：“秋儿说的也对，明儿个……”

老福插嘴说：“比你明白！”

过半夜。老福吹了灯，躺在凉席上，摇着芭蕉扇子，耳朵听着雪毛子的嚼草声，心里笑骂着：“这狗x的，都他x的为你！”

老福瞧着窗户，渐渐合起眼皮。院里“滴答滴答”地响起雨声。

四

七月雨，哗哗地敲打着家家的屋瓦……街上汇成小水洼。

雨地里满秋披块雨布，满街喊人：“开会哩！”

家家烟筒冒起炊烟的时候，社办公室里坐了个满满堂堂，水峪的井泉也披着苇皮蓑衣，骑匹大青骡马赶来了。

老福叔蹲在炕角上，烟袋锅里的火炭儿一闪一灭……

“老福哥，”一个老头走过来，“别难受，谁没个错处，掰几个青棒子，从前不是家常饭儿……”

翠兰、二林……走过来，翠兰安慰着：“老福叔，你经管雪毛子全区都竖大拇指，这回只要能改……”

青烟一会儿遮着老福的脸，一会儿盘上老福脑门，拧成小圆圈，向四外飘散。老福在鞋帮上，狠狠磕磕烟袋锅，站起来，两片嘴唇颤动半天，大声说：“我只顾社里的雪毛子马……忘了别村……今天我抖落出千年的臭根儿……”

窗外的雨，撒着泼地灌下来，洗刷着院落的尘泥，在街道上，流成一条小水沟，哗哗地流进南河。

南河滩上，蓦地飞起一只野鹰，朝着裂缝的云彩飞去。

远方，日头正从云彩缝探出头来，闪着夺目的光彩……

（原载《天津日报·文艺周刊》1953年8月6日）

【作品赏析】

从维熙是荷花淀派的中坚力量，深受孙犁影响。他自述：“1953年我刚二十几岁的时候，受孙犁的影响走上文学道路。”他师法孙犁对于乡土的观照，对生命的观照和诗意的文学表达，“我从孙犁同志作品浓郁的乡土气息中，找到了艺术上的自我，因而孙犁同志成为我从事文学创作的启蒙老师”。研究界普遍把从维熙的创作分为两个阶段，“由20世纪50年代到现在，明显地分成了两个阶段。1955～1957年这一段，现在看来，不妨说是作者的创作‘准备期’。打倒‘四人帮’后作者的创作进入了新的阶段，或者说才真正开始”。从维熙刚刚踏上文学道路的步伐是探索的、轻快的，“准备期”阶段的从维熙创作更接近荷花淀派的风格，他所追求的是孙犁式的恬淡、诗情画意、田园牧歌式的写作，赞颂美的人生和美的时代。1953年8月6日，《七月雨》发表在孙犁主持的《天津日报·文艺周刊》上。发表《七月雨》时，他还尚是一名北京师范学校的在校生。

《七月雨》可谓练笔之作，从表面看来，文章的主题揭示的是农民的自我改造，农民面对“私”与“公”生产方式的心灵冲突，人与牲口的朴素情感和政治原则的冲突，他们最终克服了自私自利的小农意识，完成了集体主义精神的彻底转化。但是作品却在对人情美的描写中逸出了既定轨道，超越了政治主题的内涵，以对于生活的细致观察，和充满情感的笔墨，展现了乡土农民的人情之美。从维熙突破了当下流行的两极分化的写作模式，从农家日常生活的小事着手，从人情出发，削弱了政治图解，强化了乡土人情之美。在写到农村合作化运动时，大部分作家的创作都取材于“新人新事”与“旧人旧事”的冲突，“好人好事”与“坏人坏事”的斗争，这种模式的运用有助于证明农业合作化运动的正确性，在农村生活火热斗争中阐释阶级斗争的重要性。但是从维熙却在这篇文章中，避开了两极斗争，非好即坏的模式，细致地刻画了“好人”做了“坏事”的贫农老福的形象，以真诚的情感赞扬了朴素的人情、人性之美。

老福给社里养马兢兢业业，社里要开生产大会表扬他。他是一个政治觉悟高、生产积极性强的贫农，从阶级成分上来讲，他是地地道道的无产阶级。但是这样纯粹的无产阶级，竟会在受表扬的前一刻偷了邻村互助组的青棒子喂雪毛子马。老福的行为是否符合生活的真实？其行为的内在依据是什么？是否有合理性？不少研究者对此提出质疑。在文本的阅读中，我们发现，作者在文中以极大的篇幅写了老福对马的感情、他偷棒子之后的一系列表现和内心世界。老福明白自己的行为是错的，偷棒子时就犹豫不决，在被二林子发现后，他“声调不自然”“结结巴巴”，面对儿子的质问，他“额角滚下豆粒大的汗珠”，他强词狡辩时“脸色一阵青一阵白”。他了解“偷青”是恶习性，他做了错事，后悔而羞赧。如此后悔，如此矛盾，他这样一个“好人”为什么会做了“坏事”呢？一个积极入社的老贫农为什么会做出损害集体的行为呢？如果单从政治角度进行分析，就显得其行为荒谬、不合理。从写作意图分析，“偷青”的情节安排使作者有了造作之嫌，拙劣地揭示了农民由“私”到“公”的过程中的精神蜕变。但是从人情的角度来考虑，其“偷青”行为则显得合情合理，它源自农民天性里对于牲口的呵护与关爱，是传统淳朴感情的流露，是农村人情美的具体外化。在刘绍棠的作品《大青骡子》中也曾经写过农民与骡子之间的情意，它们像朋友一样，像亲人一样，农民舍不得牲口受罪，哪怕自己吃亏也没关系。老福便是如此，他自己绝不会占公家的便宜，却希望合作社的公共财产雪毛子马能吃点好的。老福和雪毛子马之间充满了温馨的情意，他给雪毛子打草去，临走看到“雪毛子两洼黑水似的眼珠，一眨不眨地盯着老福”，就笑骂似的说道：“傻东西，给你割草去，道儿不好走，你他X的在家里享福吧！”老福对雪毛子的宠溺简直就像父子关系一样，浑身银白的小马撒着欢，老福“倀过马脖子，亲了一下”，被老伴笑“胡子快齐胸打脚面咧，还那么孩子气！’一幅自然和谐、“天伦之乐”的画卷骤然显现在眼前，充满了人情之美和爱的温暖。他像爱亲人一样爱着小马雪毛子，有望“马”成龙的盲目的付出心理，为了让雪毛子吃得好，宁可自己道德有亏，背上“偷青”的骂名。老福的错误是美丽的，充满着人情的味道。我们可以设想一下，为了不让老福犯如此低级的错误，如果作者将情节设置为老福经过一番激烈的思想斗争，终于意识到集体的利益高于一切，不能因私害公。这样的情节设置是否更符合政治的真实，但却无趣了许多，教条了许多？老福对小马的情感也就廉价了，不再显得那么动人、温馨了。老福在当时未能控制住自己的行为，并非因为他自己不知道这是错误的，而是因为爱的情感战胜了是非观念，人情的力量战胜了政治的力量。“偷青”被揪出来之后，老福被儿子教导“自私自利是咱庄稼人祖辈传下来的家谱”，这种上纲上线的批判过于严厉，但是老福却愿意做个表率，主动在开会时“挖出臭根”，使社员们警醒。这是老福的集体主义观念的表现，也是他作为先进分子的基本觉悟。一时冲动犯了错误后，他又重新回归到了政治的轨道，但其人性的温情不减，他对雪毛子的埋怨中又带着亲切，“躺在凉席上，摇着芭蕉扇，耳朵听着雪毛子的嚼草声，心里笑骂着：‘这狗X的，都他X的为你！’”在这句笑骂中蕴含着无尽的情感意味，有亲密无间的埋怨，但更多的是像亲情一样的包容和疼爱。老福的“偷青”行为或许不是善的，侵害了集体的利益，但是他的情感是美的，老福及时改错纠偏，展现了农村新人的风采。

从维熙避开了概念化、符号化的写法，真实地展现了农村日常生活的人与人、人与小马之间的情意，充满了诗情画意，在美与善的冲突中，达到了真善美的统一。

夜过枣园

下了长途汽车，正巧是县城里的集市。虽然太阳已经偏西了，集市上还有买有卖。

我想到东关鱼市上，搭两个村里的熟伴回家。就在我刚刚拐过石头桥的时候，后面有个破锣似的声音喊我："前边走的是二柱吗？"

听这嗓音，甭回头，就知道是村东头铁虎子哥。他是村里的民兵大队长，有名的大嗓门，出了名的火爆脾气。我压着心里的惊喜，装没听见，继续往北走。"嘿，是二柱吗？"喊话的是个女声，声音过后，紧连着两声清脆的鞭花声，我把身子回过来，第一眼就看见铁虎又黑又红的脸膛，旁边坐着的我也认出来了，是铁虎媳妇石翠兰。

我没有寒暄别的，先打趣道："好哇！赶大集还总得两口子一块儿来，搁在家，怕让耗子拉去！"

"不！"铁虎子郑重其事地给我解释，"你忘啦，前年你嫂子到县卫生训练班来学习，今年都成治病先生了。前天，家里小虎子病咧，村里人催我接她……"

我知道铁虎子哥是心事挂脸的人，我忙收起笑脸。

哪知石翠兰一把将话茬接过去，问题就拐了弯儿。她说："看你铁虎子哥，见你面啥话不说，净说点子家务事！"

"孩子是娘连心肉，你不疼啊！"铁虎子声音很大，看看我，大概是不好意思发作，口气小下去说："知道你当先生啦！要不是社里人闹着，我才不来接你呢！”

石翠兰说：“谁的孩子都得疼啊！我背着药箱子，看到过多少个当娘的！刚才没跟你说吗？让你等会儿，人家娘背着孩子，从老远来的。咱在县医院扔下人家的，跟你回家看家的去！”

“得了！”铁虎子翻瞪两下眼珠子，知道理屈，嘟囔着，“咱们的小虎子，不是你秧儿上的瓜！”

铁虎子红头涨脸地回过头去，错乱地拍了骡子一巴掌。车很快地爬上了县城外的沙窝道。

铁虎子嘴里不断地骂着牲口。石翠兰扭过头来，问我在北京的情形，特别是问到卫生情况。铁虎子毕竟是个直性子，嘴噘了不会儿，就聊在一起了。

车，走了二十多里沙窝道，好容易上了硬干土道，铁虎子惦着儿子心切，在半天空甩着响鞭，骡子车在平坦的路上小跑起来。他还不住嘴地念道：“过了枣园，几袋烟的工夫，就到家了！唉！小虎子嘴唇烧得像热火炭似的。”

我抬头一看，可不是到了枣园了吗！六月的天气里，村子周遭的酸枣树上，挂着浅红的小酸枣，红红的，像把整个村子埋起来了。满树丛子的“福天”拉着长声叫唤着。

车钻进绿丛丛的枣树丛子。就在车刚要穿过街口的时候，从街口闯出个老头子来，要不是铁虎子连拉缰绳带吆喝，老头子或许要和牲口碰到一起了！

老头子往后退两步，摸摸后脖梗子，抬起了头：“啊？石翠兰是……你，是……快下车！快！快！”

从他那恳求的老眼和晃着的双手上去看，一定是有了什么事情。铁虎子大声地说：“老头儿，靠点边，眼看天黑了！”

就在这时，我看见石翠兰，从我身旁霍地站起来，一手拉住了铁虎子手里的缰绳，问：“赵大爷，咋回事啊？”

“翠兰！正想上区里找先生去，碰上你了，好哇！我二儿媳妇闹小肚子疼，难产……”

我心跳了一下。石翠兰跳下来，背着药箱子，跟赵老头走了。

“翠兰！”铁虎子大声地喊，“你真是疯了，家里的孩子你……”

“我一会儿就回来！”石翠兰跟着老头子，迈着急碎的步子，朝街里走去了。我忽然看见车厢上，有两只白手套，知道是翠兰丢的，便跳下车，追过去了。我怕铁虎子一人心急，便和他说：“铁虎子哥，来！把车先赶过来！”

铁虎子眉毛一拧，没有回答我的话，直朝翠兰背影喊：“兰子！你就任性地来吧！孩子也不是我一个人的，我走了啊！”说完，他真一摇晃大鞭子“驾——”我在后边急喊：“铁虎子停一下，停一下！”

他连头也不回，赶着大车，就跑下去了。车前正压得低低的阴云，也像凑热闹似的，“轰隆隆”地响起了雷声。

有雨花落下来……

铁虎子赶车赶得更欢了，这时，我看见石翠兰犹豫地回了一下头，又跟着赵老头走下去了。我跑上去，递给她白手套，我看见她脸上是那么镇静……

我们刚到赵老头家里，雨就哗哗地下了起来，石翠兰背着药箱拿着个白布包，就进了北正房。北屋里有女人哼哼的声音。

赵老头怕我一个人在厢房等得心烦，在小红炕桌子上给我沏了一壶枣叶茶，笑着对我说：“这小干枣叶，真还赛龙井呢！”

我正在想雨地里的铁虎子，听他说话，我忙转过脸来，说：“石翠兰本来是回家——”

没等我说完，老头子抢着插嘴说：“你提翠兰嘛！好话拿大车拉都拉不完哪！你知道去年冬天，村南头李胜媳妇难产，翠兰蹚着没腿的雪，连夜赶来的！”

“嗯！”我应着，身子好像坐在暴雨里的大车上。

老头子也许看出我有啥心思，把腰里掖着的小烟袋递给我，给我装了满满一锅子烟。过会儿，石翠兰冒雨从正北屋跑过来，笑着告诉老头子：“赵大爷！不是难产，可能是双胎，半夜就该生养哩！”

老头子的手颤抖着，从竹竿上拿下手巾，给翠兰擦着雨水。随后，他把点着了的灯端过来，灯苗儿在他手上颤抖跳蹦着，我看见赵老头笑得连眼角都堆满皱纹了。

老婆子也从北屋跑出来，从罐子里拿来一碗醉枣，叫我们尝枣园的特产。

夜里，我躺在赵老头的炕头上，两眼看着窗格，耳朵听着赵老头的咳嗽声和翻身的声音。

雨倒是渐渐小下去，但是，老头的咳嗽声越来越大。

“呱……呱……”传来了新生命落地的哭声，赵老头嗖下子坐起来，我也跟随着坐起来。

“真是一双啊？”老头子忍不住心里的喜欢，大声问。

“一对胖……”大概老婆子还没分辨出来是男是女，声音稍停了一会说，“一对胖小子！”

“赵老头您真有福哇！”我也忘了疲倦地说。

赵老头坐不稳了，跳到地上点上灯，来回走着。

石翠兰一掀门帘跑进来，她朝老头寒暄几句，就说：“二柱，咱走吧！小虎子还在家病着哪！”

“不行！一定都住一宿！”老头子拦着。

老太婆也从正房屋跑来拦着。等我把情况叙述清楚后，老太婆感动地拉着石翠兰的胳膊，半天说不出话来。

老头子从炕席下拿起电棒说：“你们等等，我和社主任合计合计，套车去。”

“不！不！”翠兰忙说，“别闹得家家鸡犬不宁了！”

说完，她背上药箱，我替她挟起白包儿，出了赵家门。老头子、老太婆子，紧在后边相送。

我跟石翠兰在泥水汤浆的路上走着，脚下的湿泥点子“噗叽噗叽”地溅湿了我们的裤腿。

她步子很大，我在后边跟着简直像小跑。

好容易进了村了，社办公室里还亮着灯。

石翠兰的脚步一刻没有停，直奔自己家里去了。

我在篱笆根下，又站了一会儿。等我推开我家的秫秸拍子的时候，隔壁儿铁虎子家里，传出来娇嫩的哭声。

"娘……"

"不要紧！来，娘亲亲你，明儿个就好了，娘的乖虎子！"

（原载《天津日报·文艺副刊》1954年11月4日）

【作品赏析】

从维熙在《夜过枣园》这篇文章中，用心刻画了社会主义新人——农村妇女石翠兰。虽然文章的创作模式与十七年文学流行的"新人新事"极为相似，却因为受到孙犁及荷花淀派的创作风格的整体影响，而彰显出超越时代的风采。从维熙对笔下的人物进行了美和善化的处理，尤其是女性形象，无不洋溢着自然天性的美与善，这些柔情似水、明媚温婉的女性形象为从维熙的作品增添了动人的魅力。

《夜过枣园》具有强烈的时代与政治色彩，其内容符合当时歌颂社会主义新人的政治诉求和社会诉求。通过对农村新女性的描写，表现社会主义的历史进程，讴歌新的时代，新的社会风貌，勾勒社会主义新人素质及其思想道德风貌。《夜过枣园》中的女性石翠兰既保留了传统妇女的温柔娴静的行为品质，又具有新时代妇女的追求独立价值的新风貌，是时代的先行者，具有启蒙性与政治性的双重时代特质。在五四新文化运动之后，女性在启蒙主义的感召下，认识到了自身的独立价值，她们迈出了家庭的门槛，融入社会事业的洪流中。在社会主义新农村，妇女在政治和经济地位上翻身得解放，成为自己的主人，她们接触到了更广阔的世界，经受了更多的考验和风雨，逐渐成长起来。石翠兰是新时代成长起来的独立职业女性，在政府的帮助下，学习了一技之长回报乡亲，她仁心仁术，兢兢业业，热爱自己的事业。她具有"新人新事"创作模式所勾画的优秀品质，具有大公无私的奉献精神。儿子小虎子在家生病，石翠兰跟着丈夫从县城赶夜归家时，恰遇赵老头儿媳妇难产，于是便淋雨夜赴赵老头家为其儿媳接生，然后再急赶回家照看发烧的儿子。她的选择符合了时代宣扬的集体主义精神，符合新时代价值观的行为准则。石翠兰的人物形象具有较强的政治色彩，大公无私的道德品质与时代精神达到了共鸣。从维熙的政治主题的开拓比较深入，特别是从时代职业女性的角度进行切入，使作品呈现出温柔明丽的色彩。

对于爱的主题的挖掘彰显了从维熙作品的探求深度和独特视野。石翠兰形象具备了时代性、政治性的审美标准，体现了人道主义精神的关怀，具有长远的人格魅力和普世价值。石翠兰的爱是博大的，她胸怀宽广，她爱自己的孩子，符合母爱天性的流露，同时她又可以“战胜”这种天性之爱，把更博大的爱给予她的病人，这就是医生的职业道德。若论高尚，母爱天性与医者仁心同样高尚，但是在必要的时刻进行取舍，则是对人道主义境界的更高追求。石翠兰在病人危急时刻放弃回家看护孩子，就是至善的道德准则的体现。丈夫铁虎子从村里赶马车接她回家给孩子看病，嫌她不着急，不疼自己的孩子，石翠兰说：“谁的孩子都得疼啊！我背着药箱子，看到过多少个当娘的！刚才没跟你说吗？让你等会儿，人家娘背着孩子，从老远来的。咱在县医院扔下人家的，跟你回家看家的去！”把对自己孩子的爱灌注到了所有的孩子身上，她真切懂得母爱的真谛，所以才会先把别家孩子的病看好。这就是“幼吾幼以及人之幼”的传统情怀，也是社会主义集体道德观念，更是充满了人性关爱的普世情怀。铁虎子无法理解妻子的这种观念，他甚至在妻子去救治难产妇女时，自己等也不等，赌气地赶着马车走了。他冲着妻子背影喊：“兰子！你就任性地来吧！孩子也不是我一个人的，我走了啊！”石翠兰的心情复杂，她听到丈夫的喊声时，犹豫地回了一下头，但是很快地就跟着赵老头走了。母亲的天性就在这一回头中愈发显得伟大了。母爱、信念在这一幕交缠在一起，使原本概念化的人物变得多面化、立体化，美好的情感与善的品德在夜的烘托下熠熠生辉。文末，石翠兰回到了家中，“我”听到他们家中传来娇嫩的哭声和石翠兰的温柔的劝慰：“不要紧！来，娘亲亲你，明儿个就好了，娘的乖虎子！”文章至此戛然而止，向我们展示了多么动人的母亲的形象啊！“亲亲”“乖虎子”这些充满了女性温柔意味的词汇如此感人，与石翠兰的爽利、沉稳、坚毅的个性仿佛完全不相称，却有着无尽的魔力，抚平了孩子的痛苦，也让我们闻到了母爱的芬芳，回味悠长。从维熙之所以写出如此生活化的母爱，深切的母爱，是因为他对于母亲感情至深，母亲可谓其生命的支柱，他说：“如果说我所以能走过二十年劳改生活的凄迷驿路，没有沉沦，没有颓废，没有自残，都能从我母亲性格对我的影响和雕塑上找到根源。”他把对母亲的爱投射在了石翠兰身上，这篇文章的立意和情节还显刻意与造作，但是因为有了爱的存在，便突破了“概念化”文学的桎梏，表现出大爱之美与诗意之美。

《夜过枣园》明显地表现出了荷花淀派的艺术风格，具有清新秀美、淳朴自然的“诗意美”。在夜的氛围中，刻画了像一道光芒似的划破夜空的美丽形象石翠兰，在雨的声响中，新生婴儿的哭声与之交汇相融，奏响了生命的赞歌。夜与雨这两个特殊的意象，起到了渲染气氛、烘托人物形象的作用。无论叙述语言还是人物对话，都表现出质朴、自然的语言风格。铁虎子与石翠兰的语言，简单凝练，铁虎子暴怒之下的语言“你真是疯了，家里的孩子你……”翠兰一路赶回家后抱着孩子温柔地呢喃，在语言表达中彰显出各自的性情。

从维熙的早期创作能够真诚地深入生活，挖掘生活中人性的闪光点，诗情画意的笔调勾勒了生活之美，人性之善，成为当仁不让的荷花淀派的领军人物。

远　　离

腊月初，满天飘落着雪花……

青南河变白了，河滩黑鱼泡村的半空上，大雪忽悠忽悠地，像谁撕开了九月的棉花。

“雪！娘……”井泉的五岁小闺女秋儿，扶着窗棂喊。

秋儿娘回过头来，瞧瞧秋儿，眉眼掩不住的欢喜。

“快别盼雪咧！你爹在半道上该让雪埋起来啦！”

她说着，跑到炕根下，狠狠地亲了亲秋儿的小苹果脸。她刚放下秋儿，街道上大喇叭筒儿便喊开了：“快接劳动模范回乡——井泉快进庄咧！”

喇叭筒音才落，院里有了当当的脚步声，社主任宏山的大宽嗓门，早飞进了屋里：“侄媳妇，快点，别打扮啦，接泉子去吧！”宏山冲进来，没容秋儿娘回话，拍拍身上的雪花说，“侄媳妇，快抱上秋儿迎接……”

“瞧您这忙劲儿！”井泉媳妇挺着九个月的肚子笑了。

宏山一眼瞧见井泉媳妇的肚子，忙招呼炕里的秋儿：“来！大爷抱你接你爹去！”

秋儿一张胳膊，扑在宏山怀里，宏山抱起秋儿就出了院子。冷风迎面扑来，秋儿连打了两个冷战，宏山也没在意，拿黑胡子紧拂蹭着秋儿的脸：“你爹当劳动模范，连当社长的破大爷，也跟着光荣啊！”

等宏山爷俩，都到了村口，秋儿娘才刚出家门，村口早站满了人，多少只黑眼睛啊，她脸上一红一白的，尽量放慢了脚步。

“大嫂！”一个姑娘喊着，“装得倒匀静，别走道挪寸寸啦！”

秋儿娘抬头一瞅是党支部书记青莲子，半笑着说：“青莲！你也跟我闹？”

“哈哈……”大伙笑起来。

“别笑哩！”爬到大榆树上遥望的小伙子喊起来，“快看，青南河湾子上……”

大伙都踮起脚来看，一片白茫茫的大平川上，一个黑点子，越来越大。模模糊糊地看清了是骡子车。

“那不是社里的大黑噘嘴骡子吗？！”宏山喊。随着话音，孩子们一窝蜂似的向骡子车跑去。姑娘们边跑边笑，宏山抱着秋儿跑在最后尾，紧蹬着两条老腿。

青莲子拉了秋儿娘一把：“快瞅宏山大爷，胡子打胸脯咧，还那样孩子气……”

秋儿娘两眼直盯着骡子车，让青莲一叫，嘴不应心地答应着，隔着密密麻麻的人群望去，那不是他吗？黑红脸膛，浓眉毛，稍微胖了些……猛然，吓了秋儿娘一跳，头顶榆树杈的喜鞭不知让谁点着了，噼里啪啦一阵乱响，崩下来一团团的白雪，都掉在秋儿娘脖颈里。她“机灵”下子，笑了，脸上涌起两片桃红。

老头、老太太也都笑起来。

一个老头说：“眼下泉子回来，再过几天，你养活个大胖小子，这才叫双喜……”

“说错啦！”白头发的老太太打断老头的话说，“再加上个年，这叫三喜临门哪！”

大伙正乱哄哄的，车早停在村口，泉子从车上跳下来：“叔叔大爷们都好哇？”

“好！”老头们答着话。宏山把秋儿举过了头顶嚷：“瞧你爹吧，多光荣啊，来亲亲你爹！”

秋儿嫩红的嘴圈儿，在井泉脸上停留了一会儿。姑娘们喊：“井大嫂，出来吧！”

人们四下瞅，哪儿也没有。一个眼尖的孩子指着街里：“快看！这不是背影儿？”

“啊……”大伙一阵喧哗，“把大嫂吓跑了！”

“大嫂！”“大嫂！”姑娘们挑着嗓子喊。

秋儿娘装作没听见，连颠带跑地进了家。进门就把雪白的面条儿撒在开水锅里。

她摸着胸口，还咯噔咯噔地直蹦，趁着没人，她到镜子跟前，扶上去鬓角的几根短发。她又蹲到炉火跟前，两眼直管出神，灶膛的火苗子“忽”地扑出来……她笑了。

不到一袋烟的工夫，门口乱嚷起来。宏山的银喇叭嗓儿，隔着院墙就飘了进来：“侄媳妇，接……接劳动模范来吧！”

秋儿娘拍拍褂子上沾的白面，迎出去：“大伙屋坐坐吧！”秋儿娘两眼使劲不瞅泉子。宏山两步迈上门口的石头台阶，说：“乡亲们！社员们！先让泉子吃顿安定饭，等下晚……”社员们打断了宏山的话：“对！下晚在社办公室让泉子聊聊进保定的事吧！”姑娘们也咬着耳根子逗趣：“可别让大嫂黑丝发给缠住！”

井泉嘿嘿笑两声，点头答应着。等声音静下来，他迈步进了院子，井台、枣树……都没半点变化，他瞧瞧牲口棚，多了条银马驹和两头灰驴。没等泉子发问，秋儿娘早介绍开了：“这是咱社里卖余粮添的……”

井泉忘了一切，两步跑进棚去，拍着小马脊梁说：“这小崽子！真是龙种儿！”顺手拿起槽头的刷子，刷开牲口身上的亮毛。秋儿娘瞅瞅四下没人，半笑着说：“快吃饭去吧！面条都凉啦！”

泉子拍拍浑身的白雪花，进了屋，刚坐在炕头上要吃饭，宏山又跑回来，震窗户的脚板声还在街上，话就进了屋。

“泉子！区委书记奎发给……劳动模范道贺来啦！”

院子里自行车沙啦啦一阵响，青莲子陪奎发掀门帘子进来。井泉忙跳下炕来，攥着奎发的胳膊说：“来！上炕暖和暖和，吃点吧！”

“不咧！”奎发拍拍身上的雪花，说，“看见劳动模范欢喜就欢喜饱了……大嫂该多光彩呀！”

“哟！”秋儿娘带笑地把眉头一皱。“都是宏山大爷领导得好哇！”

宏山嘿嘿地笑两声。

青莲子眨着眼皮问奎发：“今个儿你咋这闲在，踏北风披鹅毛地来……”

“嗐！”奎发打断了青莲子的话说，“……要让井泉到山后水峪村去，县委也同意咧！”

宏山嗖地从炕沿上跳下来说：“上水峪干啥？”秋儿娘也只顾听话，忘了秋儿，秋儿哇哇地哭起来。井泉掏出小烟袋装着烟说：“县委也跟俺念叨咧！咱社里人强马壮……让俺去帮水峪互助组转社……”

“你应了？”宏山急着追问。

“县委早决定了，俺自个也愿意去……”

宏山两条浓眉毛拧在一起，脖筋跳动起来：“你是咱社里的宝玉。走不了！”

奎发插嘴说：“水峪都给泉子预备好住处了，最好年前！”

“哼！”宏山旱天雷般的声音，“别借香火敬佛啦！全县有十几个社，单调泉子。”说着站起来，泉子一把没拉住，宏山一甩门帘子出去了，银喇叭似的嗓子，从院里传来，“要走就走吧！反正我是不同意，哼！”

一群家雀子吓得忽啦一下子飞起来，碰下来一团白雪，砸在宏山脑袋上，宏山连理也没理，一股风似的闯出门去了。

奎发在后边紧喊：“宏山！宏山！”青莲说：“甭喊他咧，麻雷子脾气，待会儿就该醒过来了！”井泉也对奎发说：“俺早和县委商量好了，明天收拾收拾，后天起早动身！”

“眼下快到年底了，大嫂该坐月子哩！”

“这倒不怕！”秋儿娘半低着头在旁边搭言，“我怕社里的几亩青苗地搬不到水峪去？”

“大嫂哇！真是……”青莲插嘴说，“水峪一带的互助组，盼泉子盼得眼蓝，还能让泉子哥喝西北风活着？！”奎发也开导秋儿娘说：“等开春，大嫂的胖小子也该满月咧，让泉子哥套车接来呢！”

秋儿娘一咬嘴唇笑了……

桌子上，小闹钟嘀嘀嗒嗒地乱响起来，奎发看了看钟，站起来，朝青莲说：“多开导开导社主任吧！”又扭头告诉泉子，“水峪就缺硬实干部，快叫大嫂早给整行囊吧！”

一会儿，奎发骑上自行车，消失在遮天盖地的白雪里……雪，片片斜飞着……

秋儿娘抱着秋儿坐在炕头上，也没去送奎发，两眼直棍似的瞧着玻璃窗户外打着旋子的白雪。秋儿直喊娘，她没听见。直到井泉回到屋里咳嗽一声，她才发觉过来，忙拍着秋儿：“别……别闹了，你爹屁股刚沾炕席又要走咧！”

井泉摸摸秋儿的头，朝秋儿娘紧盯了两眼，看她眼圈发潮了，便说：“瞧你都是孩子娘啦！跟没出门子的闺女一样。”

秋儿娘闪着眼泪花：“你这心，刚进家又脱缰啦！”

“亏你是个青年团员呢！”井泉心软嘴硬地说，“在节骨眼儿上拉后腿，你就凭这个争取入党啊……”

一句话说到秋儿娘心坎上，党，在她心里扎了根。她倔强地喊出来：“谁……谁是那样的女人，要走就走呗！”

井泉刚想回话，窗户外边插进个老太婆的声音：“哟！两口子唠得咋这热闹。快瞧瞧俺那老头子吧，也不知道谁惹了他，进门就吹胡子瞪眼……”

“啊！”秋儿娘急擦着红眼圈，“宏山大娘，屋里坐坐来吧！”

宏山大娘银丝头发上，蒙上一层白雪花，更白了。她偏腿坐到炕上，掏出长烟袋，就点着一锅子烟：“这老头子，不知道跟谁？唉！”

井泉拉下被窝垛上的大棉袄和秋儿娘说：“你和大娘聊聊源头吧！我开导开导老人家去！”

冷风卷起雪花，满处飞舞着，井泉紧了紧怀，大步流星地朝宏山家去了，他踏着吱吱的软雪，心里记起县委临走告诉他的话：“党员眼珠要往更远处看，要能把石头看进三尺去……’他想着，两只脚迈得更有力了。

一袋烟的工夫，井泉在宏山窗户根下停下脚。

屋里有人说话：“宏山大爷，看看远处吧，互助组转社闹得满堂红，您倒只看鼻子尖下面……”

井泉往窗跟下凑了凑。听宏山说：“那也不能整桶地撒香油，再满地抠芝麻去，把个劳动模范撒手，再想找泉子那样的……”

屋里沉静了一会儿，宏山又接着嘟哝：“泉子这孩子，真是……俺听说你还乡，喜欢得跟三岁娃子似的……唉！”

“宏山大爷，将来把大山开个隧道，让泉子常看您来！”

井泉再也忍不住，掀开门帘进去：“对咧！坐上个汽车跟您交换生产经验来呢！”

青莲子在旁边“嘻嘻”地笑起来，宏山嘴角颤动了几下又压下去了。泉子坐在宏山大爷跟前说：“您说您愿意一个人坐汽车吗？”

“你倒考起我来啦！”宏山说，“咱也知道到社会主义，各个社都坐得上汽车。”

“没准！”井泉摇摇头，“还得有坐小毛驴车的！”

“谁？”

“水峪互助组转不了社，生产不能提高，就得坐小驴车！”

宏山咽了两口吐沫，脸红了。

青莲子慢着说：“宏山大爷您就净顾咱社走得快啦！连后边的‘兄弟’都不拉一把。”

“谁不愿意拉一把咧？”宏山睁着老眼，盯着青莲。

“要是愿意，”泉子插嘴说，“您还不放我走？！再说咱社里人手齐全，领导坚强……”

宏山低着头，也悟过理儿来了，只是不好意思当面认错，就点着一锅子烟，紧吧嗒着烟嘴，半天他说：“得了！别给我上大课了，啥理儿我都懂，社员要都没意见，爱走就走吧！社员要不同意，那可……”

“好咧！”青莲笑着说，“社员准没问题，您琢磨琢磨吧，我俩走咧！”

宏山没答言。

街道上雪越下越大了。青莲子拍拍肩头上的雪，说：“宏山大爷活动点啦！咱麻利召集党团员积极分子，开个小会，和大伙研究研究！”

两个人分头喊人去了。

街上白茫茫的，几只躲在棚里的山羊“咩咩”地叫两声。

一阵风刮下来篱笆上的积雪，团团地飘落在雪地上……

掌灯时分，雪才停住，云缝里钻出几颗亮星。

社办公室坐得密密麻麻，满屋里大烟小气的，几个花白头发的老社员，念着台前的红纸黑字：欢迎欢送社劳动模范井泉子大会。

“欢迎咋还欢送啊？”性急的姑娘们早拿眼四处寻找泉子，想问个源头。

井泉从人群里站起来。一阵爆豆似的掌声。没等姑娘们发问，泉子红着脸，讲他见过省主席……末尾，他提高声调说：“眼下毛主席又公布了总路线，过几年咱们都该使上大铁马咀！”

屋里笑起来，不知哪个老头儿，喊了一句：“党指出来的道儿——都是没缝的桥！”

“对咧！”泉子接上话头，嘴角挂笑地说，“眼下四处互助组都闹转社，县委给咱社一个任务，让……咱社出人手，帮水峪互助组转社！”

“真看得起咱们社呀！”

“谁帮助去呀？”大伙问。

泉子笑得合不上嘴：“把任务放在俺的肩膀上咧！”

“哟！”老太太撇着嘴笑起来，“咱社多光彩呀！”

青莲子站起来：“天下农民都是一家子，走在前面的就该拉后边的一把。”

“对呀！”屋里乱哄哄的，井泉两眼都笑眯缝了。猛然窗户外边有个黑影一闪，像是宏山，擦窗根走远了，让风传来一阵宏山的咳嗽声。井泉尽力压着心里的不安，说：“叔叔大爷们！我明早就要走咧，俗话说‘泉有源，树有根’，我永远也忘不了咱村的青南河，忘不了到会的老少爷们儿……”

“那泉子哥……”一个孩子喊，“过年再去吧！”

老太太叼着烟袋搭腔：“我看也是，秋儿娘快坐月子咧，两口子和和乐乐过个年，再……”

“哎！社里就是咱们家，我在不在，还不是一样啊！”

“倒也是……”社员们说，“你就踏实帮‘兄弟’转社去吧！秋儿娘有我们哪！”

会散了，大伙送泉子老远，才回去。

风撕开云彩，月亮露出金黄的圆边儿来，照着井泉和青莲子的脸。快到家门时，青莲笑着说：“泉子！早些躺下吧！别跟大嫂紧唠……”

一句话倒给泉子提了醒，多少年在一个支部里啦！清早就要分离了，他又想起秋儿娘的事，便拉住青莲子的袖口：“支书！秋儿娘时刻地想入……党哩！多帮助她吧！”他把党字咬得特别真。

“嗯！春三月再见面，就许是一对党……员哩！”

泉子笑着，轻轻推开家门。

第二天清晨，村口早就站满了人。

社员们套好了大骡子车。泉子上了车，全庄老老少少都送出来。宏山也老早就起来，翻穿着老羊皮袄，挤在人群里。

泉子走过来：“宏山大爷！您多保重身子骨吧！”

宏山不知咋才好了，猛地跑到车前，从社员手里夺过鞭子：“你歇歇！我送泉子去吧！”

“宏山大爷，”青莲子走过来慢着说，“这大的风雪……”

“不怕！”宏山眼圈直转泪，“泉子要走啦！送送他，顺便到区委奎发那儿……挖挖自己的老根去！”

秋儿娘抱着秋儿，站在车辕旁边，两眼紧盯着泉子，泉子摸摸秋儿的热脸蛋儿，喊：“乡亲们！都回去吧！”

北风卷起白白的银雪屑，宏山咳嗽了一声，紧了紧翻毛皮袄，跳上了车。

“驾！”

车走动了。

背后社员们紧嘱咐，宏山大娘的话音最大：“甭惦着秋儿娘俩啦！有我们哪！”

车，越走越远了，爬过了青南河，上了大道，一会儿便埋在茫茫的雪原里……

（原载《天津日报·文艺周刊》1954年2月18日）

【作品赏析】

《远离》是从维熙的代表作，这篇小说明显可见孙犁作品影响的痕迹，从主题意蕴、人物形象塑造、艺术手法运用上来看，都可谓孙犁《荷花淀》在新中国新农村的续篇。

《荷花淀》与《远离》都是家国之爱和儿女情长缠绵交织的协奏曲，在日常生活的描述中，从普通百姓的夫妻之情入手，侧面刻画人民为了民族大义、集体利益而作出的奉献与牺牲，展示了纯美的人性、崇高的品德。《荷花淀》中水生离别了妻子赶赴大部队，投身到抗日的洪流中。《远离》则讲述了劳动模范井泉为了帮助邻村合作化运动，刚刚回家就要告别即将临盆的妻子。正面描写平淡的生活，侧面挖掘政治性主题，是两篇文章的共同特点。孙犁在诗情画意的话别中写保家卫国，在妇女们轻巧穿梭的小舟中写抗日战斗，重大的时代主题在如此平凡的事件中拓展开来，收到了举重若轻的文学效果。《远离》的处理也是如此，虽不如《荷花淀》出神入化般的精妙，却也是匠心独运，迎接丈夫回家，给丈夫下面条，夫妻雪夜诉衷肠等情意绵绵的情节，刻画了劳动模范丈夫大公无私的形象和内心不舍却深明大义的妻子形象。水生夫妻与井泉夫妻共同奏响了夫妻情意与时代主题交织的乐章，是荷花淀派新老作家一脉相承的具体呈现。

《荷花淀》与《远离》中的女性继承了传统妇女的优良品德，又展现了新时代妇女的飒爽风姿。美好的女性形象的塑造是整个荷花淀派共同的审美追求，妇女形象在这两篇文章中比男性更光彩夺目，她们既温柔多情、勤劳善良，又坚贞勇敢、勇于奉献。女人展现出胜于男人的情深义重与灵动的天性。在党的事业需要的时候，追求进步的男人选择了奔赴岗位，他们似乎并没有表现出如女人一般多的牵挂和不舍，显得毅然决然。水生在走时，对水生嫂说："家里，自然有别人照顾……家里的事，你就多做些，爹老了，小华还不顶事。""打走了鬼子，我回来谢你。"虽则情深义重，但家国大义的话语力量明显占据了主导地位，其内心的挣扎也单薄许多。女人则不然，她们以大局为重，支持丈夫，情与义的挣扎更符合人性的自然，显出女人的牺牲与高尚。得知井泉后天就要离开，秋儿娘抱着秋儿坐在炕头上，发起呆来，“两眼直棍似的瞧着玻璃窗户外打着旋子的白雪”。她埋怨丈夫刚回家心就脱缰了，丈夫却心软嘴硬地批评她“亏你是个青年团员呢？”“在节骨眼上拉后腿，你就凭这个争取入党啊……”井泉的丈夫形象在与秋儿嫂的对比中立刻暗淡了下来，夫妻之间依依不舍乃是人情，对秋儿嫂的玩笑之语却有上纲上线、扣政治大帽子之嫌。其形象远不如秋儿嫂生动丰富，缺乏人情之美，有概念化、公式化之嫌。

传统的白描手法的运用，是《荷花淀》与《远离》共同的艺术创作手法。《荷花淀》中的水生嫂听到丈夫要去大部队后的动作描写，可谓文学史上的经典，“女人的手指震动了一下，想是叫苇眉子划破了手，她把一个手指放在嘴里吮了一下”。富有深层意蕴的文字，用动作的白描刻画了水生嫂内心的激荡，语言外在的平淡舒缓与内心的波澜起伏形成了强烈的对比，这一段文字胜过千言万语，历来被读者称赞。《远离》中的秋儿娘的描写也是如此，她满怀喜悦地盼望着劳动模范的丈夫井泉的归来，为了掩饰自己的心切，她刻意放慢脚步。当大家都迎上井泉时，她却“隔着密密麻麻的人群望去，那不是他吗？黑红脸膛，浓眉毛，稍微胖了些……”她并不随人群拥上去，而是“连颠带跑地进了家门，进门就把雪白的面条儿撒在开水锅里”。秋儿娘羞涩、腼腆，既牵挂丈夫，又羞于在乡亲面前流露情意，在一连串的动作描写中，朴实内敛的农村妇女形象呼之欲出。有一段动作描写可谓精妙：“她摸着胸口，还咯噔咯噔地直蹦，趁着没人，她到镜子跟前，扶上去鬓角的几根短发。她又蹲到炉火跟前，两眼直管出神，灶膛的火苗子‘忽’地扑出来……她笑了。”这也是传统的白描写法，精炼、传神，因为跑得快，内心的激动，才会心跳加速，又偷偷地照了镜子，是女为悦己者容的天性，对着火苗子发呆笑出来，是太过欣喜。对丈夫的想念，丈夫归来的喜悦，每一个动作都暗示了内心世界的丰富性。她在众人面前欲盖弥彰，意图遮掩思念的情绪，但在独处的时刻，情绪就得到了释放，动作的内涵就更加丰富了。生动、明媚、淳朴的秋儿娘，清丽得像白洋淀上摇曳的荷花，比之孙犁笔下的水生嫂也毫不逊色。

《荷花淀》与《远离》在乡土生活中寻觅诗意，以自然美景与美的人性、人情构成情景交融的境界，赋予作品荷花般的淡雅清香。《荷花淀》开篇的夜景描述带有水乡情韵，“月亮升起来，院子里凉爽得很，干净得很，白天破好的苇眉子潮润润的，正好编席。女人坐在小院当中，手指上缠绞着柔滑修长的苇眉子。苇眉子又薄又细，在她怀里跳跃着”。静谧雅致的白洋淀，与女人的沉静之美融为一体，彰显出诗意的美感。《远离》的背景并不明确，故事发生在腊月，秋儿娘的柔情、纯净、美好与漫天的雪花达到了同质同构，情与景融，相互映衬。大雪是文章的开篇，“腊月初，满天飘落着雪花……青南河变白了，河滩黑鱼泡村的半空上，大雪忽悠忽悠地，像谁撕开了九月的棉花”。大雪陪伴着秋儿娘得知丈夫即将要走的失落思绪，全篇又以大雪结尾，“车，越走越远了，爬过了青南河，上了大道，一会儿便埋在茫茫的雪原里”，留下情意绵绵的思念与牵挂。雪寄托了秋儿娘的感情，对情节和情绪的发展都起到了至关重要的作用，营造了诗情画意的意境。

20世纪50年代中期，从维熙受到政治冲击，饱经忧患、历尽沧桑，二十年的生活苦难打磨尽了他的诗情画意。在20世纪70年代末重新拿起笔来进行创作时，他的创作就偏离了荷花淀派的明媚清丽之风，而走向了雄浑冷峻、深沉含蓄的风格。从维熙说：“20世纪70年代尾声，我已经是个走过二十年漫漫驿路的人了，尽管童心尚未完全泯灭，赤子的感情没有被严酷的生活吞噬，但由于承受生活大浪的冲击，我的文学志趣和艺术感受，都随着生活的主轴的改变，而有所变化和发展。自己当时不认识这一点，强使自己的作品，重新回归到50年代的格调上去，就显得力不从心了。”从维熙曾经试图重归荷花淀派，但是其特殊的人生经历和人生感悟，已经无法用诗情画意的笔调写出，他最终放弃了荷花淀派的笔法，在“大墙文学”中焕发了新的文学青春。从维熙后期的创作对人性的关注，远离政治却不脱离政治的文学创作观念，还是源自荷花淀一派。可见荷花淀派文学创作对时代的超越，其文学魅力的永恒！

韩映山/作品精读

韩映山（1933~1998），河北高阳人。1953年毕业于保定第一中学。1956年参加工作，历任河北省文联编辑，天津市文联编辑，保定市群众艺术馆创作员，保定市文联主席，编审。1952年开始发表作品。1972年加入中国作家协会。著有散文及小说集《水乡散记》《紫苇集》《绿荷集》《串枝红》《满淀荷花香》《明镜塘》《孙犁的人品与作品》等。

鸭　　子

一

早晨的阳光照在这个小院里。院里两只大母鸭，正在吃食。它们谁也不让谁，伸着长长的脖子，吞得小盆里的泔水“噗喽噗喽”地响，还一边“嘎嘎”地叫。吓得旁边一只大黄母鸡不敢近前。

从小北屋里，出来一个青年，叫中秋。他，长身腰，宽肩膀，浓眉大眼，四方脸。他看了会儿鸭子吃食，到西墙边拿了一枝撑船的篙轰着，向那只花脖子麻花色的鸭子说：“去吧，大花脖，吃的不少了。”

大花脖蹒跚地迈着两只杏黄色的短腿，头一低一扬，招呼着那个凸头的鸭子出来。

“你这就去吗？”娘在屋里问，“早些回来，结记着赶鸭子。”中秋答应着出来，把鸭子赶到淀沿上，鸭子“噗隆隆”地飞到水里去了。中秋像嘱咐小孩儿似的说：“别老在水里玩！傍晚我撑船赶你们。大凸头再调皮，八月十五就杀肉吃。”鸭子好像没理会，扎着猛子跑了。

淀边有一只漂在水里的小船，油光锃亮。中秋提了锚，登上小船，小船轻轻一歪。他点了一篙，小船翘着头离开岸。

这个小村，在白洋淀的东南岸。潴泷河的水流到这儿，向西一拐，注入白洋淀。村东是河套，种着满洼的高粱、棒子。人们主要靠着河套生活。闲时，淀里可以搞副业。

摆弄小船是中秋的拿手戏，他撑的小船不偏不斜不晃。你看他那一双眼睛，总瞅船头，不瞅船尾；手里的篙，随着前进的方向撑，小船前头的水，涌得哗哗响。

中秋这只小船，是他父亲亲手制造的，中秋小时受穷，全家就靠它摆脚度日。没脚摆，便到北淀摘菱角卖钱。父亲临死，把船遗留给他，嘱咐他好好珍重小船，说这是他们的“传家宝”。中秋记住父亲的遗言，小心地使用，不让小船磕着碰着，每年要刷一次油。

小船穿过一片苇塘，往东一拐来到兰芝家门口。他想去找她一块下地。两家是地邻，常在一块耕耩。

小船靠了岸，兰芝的小门锁着，她那只船也不在。邻家告诉：她去北淀摘菱角了。中秋只好自己去。他撑着小船来到河门，河门处，有一个人在打鱼，戴个大草帽。他知道这是支书李光月。

“叫吗吓住了？把网拉得那么慢。”中秋笑着问。

支书抬起头来，笑着说：“紧打鱼，慢拉网——拉快了，有鱼也得跳喽。你这是干吗去呀？”

“去看看河岸上那高粱。打了多少鱼了？”中秋近前看了看，笑了，指着篓里那条小黄瓜鱼说，“这条鱼有好几斤，可是得让它再活个百儿八十年的。”

支书也笑了，说：“打了一早上，就那么一个。谁知道为什么没鱼？”他沉下脸去，“莫非河里又要发水？鱼们等着接水头？”

“我看不会。”中秋说，“鱼知道吗？”

“这是打鱼的经验，一没鱼，河里就要来水。常说：鱼知万里江洪。你没见前两天那场大雨浇山来？我们要防备着。”

中秋撑着小船，看着前边的河岸，心里想：庄稼快要丰收了，要是再来了水……不会的，就是来了也不怕。他想着，小船入了河门，顺着河往南撑。河里水很平静，有几只青蛙，在岸边昂着头儿叫，叫成一个声音。金黄色的蜻蜓，一群群地，在空中自由地飞翔。

小船又走一段路，靠了岸。中秋跳下来，拴好船，上了河岸，来到高粱地。

高粱正晒红米，沉甸甸的大穗头，左摇右摆。那边兰芝家地里的棒子，一棵上长两三个。花红线儿在微风中飘抖。有两棵叫风吹倒了，他赶紧过去扶好。又拣着脚儿走，生怕踩了垄间种植的豆丛。

他钻进高粱地去做活儿。

二

傍晌，西北上起了风，高粱叶子哗哗地响，一低一扬，高粱秆子乱摇摆，直搅中秋的身子。

中秋急忙出了高粱地，看见西北天际，一大片黑云彩，像野马一样，四面奔驰，一会儿布满天空。他担心地跑上河岸。

“呀！”他惊叫了出来，“河里涨了水了！”

水势非常汹涌，河中心漂着一片片的白沫，水浑得像泥粥，滚滚地打着漩涡流向下边去。小船被水冲得打转转，原先拴船的地方，现在满是水了，看着将要平槽。

中秋把船靠拢岸，跳了上去，小船自己就开了。他赶紧把锚提上船，点起一篙，小船顺流下去。他要急忙告诉村里去，叫大伙儿来护险——保护一年来辛勤劳累所种植的果实。

中秋撑的小船，离开了水皮，像要飞起来。

两岸的土块，“劈劈啦啦”地塌下来。

“哗哗哗哗”——这是流水的声音。中秋细听，有人喊：“快堵！我去寻秫秸。”

“我看不行了，我去叫人！”

他顺着声音，来到近前，支书李光月正领导着三个人，慌慌张张地堵口子。

支书向他喊：“快些！帮帮忙。河岸开了！”

中秋使劲儿撑了一篙，小船靠了岸。他紧忙地拴好船，跳上岸，抓过别人的一只锨，往口子里填土。

口子越开越大，填上的土，都被水冲走了。天上又掉下雨来，支书急忙纵身一跃，跳到口子里；中秋紧跟着也下去，一面招呼那两个人："我们挡着水，你俩赶快往我们身后填土，这样水流慢些。"

支书又说："赶紧拿过我那网来堵上口子！"

雨越下越大，两只锨不顶事，放上的土，还没冲走的多。口子越开越宽，看看将有一丈多宽了。

中秋看看满洼的庄稼，又看看支书。他突地从水中跳上来说："光月叔！你也上来。"他三步两步走到船上。对于他的举动谁也不明白。只见他把小船用力一撑，左边一篙，小船横在口子里，大声招呼两个拿锨的人："快动手！往船舱里填土，把小船压沉，口子便堵住了。"

两个人看看油光放亮的小船，有点犹豫。支书说："事情只有这样了！填吧。"

小船慢慢地下沉，冒了一阵泡儿，沉入水底，堵塞住口子，中秋轻松地嘘了口气，支书微微一笑。

三

村里赶来好多人，知道了这件事，都受了很大感动。雨渐渐停了，中秋脱下湿透的衣服，拧了拧又穿上。他忽地想起淀里的鸭子还没往家赶呢。水来了，不往家赶，就会把它们冲跑的。他急忙要去赶鸭子。

有一个人说："两只鸭子值什么？这样的小船都不要了呢！算了。"

中秋说："小船不要了倒是有价值，鸭子不要了是不必要的损失呀！"

支书点点头，笑了笑。中秋顺着河沿跑下去了。

中秋跑了一段路，满心高兴，他觉得像完成了点什么任务似的。他又想起，为什么今天兰芝不和大伙儿来堵口子？人民利益她不关心吗？等开会，我给她提个意见，看她接受不。可是他又想：也许她去摘菱角还没回来哩！

他绕过河，到了淀沿上，看见翻花漩流的河水，非常担心。他想：两只鸭子多爱人，叫水冲跑了才可惜呢！

他一眼看见两只鸭子了。两个家伙正在流水中浮泳，大花脖骑在大凸头的身上，学踩蛋玩呢。

可是没了小船，怎么办呢？就只有下水了，他“扑通”跳下水去。

他的水性很好，可是今天穿着衣裳，却觉得笨得多了。

“大花脖！快家去。”

大凸头看见来了人，却招呼着大花脖，一个猛子扎下去了，很远很远才钻出来。

“你们跑吧！八月十五就杀肉吃。”中秋正生气，听见北边有个熟悉的声音喊：“快截一下，这是公家的！”像兰芝的声音。

中秋看去：有很大一群鸭子游来了，后边跟着一只小船，船上那个姑娘紧紧摇着棹，那是兰芝赶鸭子呢！

这是县农场里养的，有一百多只，管鸭子的那个人，去赶端村集，还没回来，他怎会知道，今天发了大水来。

中秋看看这一大群鸭子，心里想：这些个鸭子叫大水冲跑了，才真是可惜呢！他抛开自己的大花脖和大凸头，扭转身来赶这一群。

鸭子们见了新发来的河水，像孩子们过新年一样：拍拍翅，抖抖尾，晃晃头，伸伸嘴，光往流水大的地方凫。

中秋用尽平生的水性，和洪水搏斗。他本来堵口子时出了一身汗，现在肚里饿得难受，可是他想：这是公家的利益，便增加了很大的力量。

一个漩涡把他搅下去了，他赶紧挣扎出来，抹一把脸上的水，叫着兰芝说：“快！快往北赶！我去西截，把鸭子赶到草道上就好了，这叫顺沟捉鲇鱼——没逃。”兰芝答应了。中秋一个猛子扎到西边去，这才把鸭子赶入了草道。大花脖和大凸头，好像很愿加入“集体”，也凫着入了群。

“快上船歇歇吧！”兰芝说，“我正摘菱角，看见发了水来，冲来这一群鸭子，我急忙赶，可急坏了我，恰好遇见你——你那脸怎么那么黄？”

中秋上了兰芝的小船，也没答言。只见他身上发抖，嘴唇发青。

“怎么了？你！”兰芝的声音很像哭，她赶紧把外边的夹袄脱下来，披在中秋身上。

小船飞向村里去。

四

一盏油灯，照着满屋子的人，他们正谈论今天所发生的事。有人说，等中秋好了，要为他开大会，戴红花。

娘端着一大碗红糖姜汤，送到中秋的嘴边说："喝了吧！喝了就好了——这是闭住汗了。"

"你觉得怎样？"支书宽大粗厚的手，伸到中秋的被窝里，抚摸着他微微发汗的身体，亲切地慰问。

"不碍事！"中秋笑着说，"我刚才是想闹一觉——要不，水流再大点，我也不怕。"

逗得满屋子人都笑了，笑声传到院里，惊得两只鸭子也叫起来。中秋听得清清楚楚，那是大花脖和大凸头的声音。

（原载《天津日报·文艺周刊》1952年10月6日）

【作品赏析】

韩映山的处女作《鸭子》发表在《天津日报》时，韩映山还是保定的一名在校高中生，年仅19岁。韩映山的童年在白洋淀畔的教台村度过，家乡潋滟的水波，接天的苇荡，朴实的乡亲赋予他无尽的灵感，使他发现了生活的诗意与美。他在《〈作画〉后记》中曾说："我感到家乡的一草一木都无比亲切，感到生活里有一种诗的美的东西，时时在冲击着我，我想尽力捕捉住他们，想描绘下乡亲们那朴实忠厚的面影。渲染上淀水与庄稼的色彩，我力求把他们写得朴素、自然、亲切、感人。"孙犁以一篇充满诗情画意的《荷花淀》，将北国水乡白洋淀展现在了世人面前。孙犁作品的地域范围与韩映山的生活环境相契合，韩映山对他有自然的亲近。孙犁的作品以韩映山所熟悉的乡土俚语描写了他的家乡的水乡情韵、世态人情。水乡的画卷铺展开来，一篇篇、一卷卷地打动着韩映山的心灵。他是与孙犁交往最为密切的"荷花淀派"成员，从文品和人品上都深受孙犁的影响。正如好友刘绍棠说的："在孙犁同志的学生中，你更保持了老师的特色，一方面，是因为你和孙犁同志乡土亲深；另一方面，更因为你气质上接近老师。"写美、写光明、写人性中美好的一面，是孙犁早期作品的特色，也是荷花淀派风格的主流。受孙犁影响，韩映山的创作注重表现自然美、生活美和人情美。他认为，作家应当善于从平凡的日常生活中，发现迷人的、有趣的、富有诗意的、发人深省的东西。"气质上接近老师"则表现在他的不追赶时髦、不为政治风向所摇摆，温和的性情和对名利的淡泊。韩映山在《孙犁的作品和人品·后记》里说："从我青少年时期，从我爱好文学开始，是孙犁同志把我引上文学之途的，这是我没齿难忘的。尤其在20世纪60年代初，我贫病交加之际，他的生活寂寞之时，我们的交往是频繁的，从中我是受益匪浅的。我敬慕他的才华，更敬慕他的为人和品格。"新时期以后，荷花淀派风云流散，刘绍棠的创作更注重地域民族性的探索，从维熙的创作风格转向沉郁悲壮，房树民专注于编辑工作，韩映山却依然保持着荷花淀派的优美明朗风格，是荷花淀派在新时期的坚守者。

韩映山的早期创作朴素地描绘了水乡生活画面，塑造了一批有着奉献精神的水乡农村新人形象，他们舍己为公、具有奉献和牺牲精神，道德品格尽善尽美。虽然韩映山对生活、人物的理解还有些稚嫩，但水乡情韵扑面而来，富有鲜明的地域色彩和人性的美。《鸭子》描写了水乡常见的生活，充满生活的情趣。作者重点突出了两个意象，一个是鸭子，一个是小船。鸭子写得生气勃勃，在水乡田园中怡然自得。主人公中秋对他们像是朋友般亲昵，他把鸭子赶进白洋淀水之后，"像嘱咐小孩儿似的说：'别老在水里玩！傍晚我撑船赶你们。大凸头再调皮，八月十五就杀肉吃'"。鸭子也仿佛有了"人情"和"人性"，中秋一派天真自然的性情更是跃然纸上。中秋的小船是他父亲亲手造的，临死把船遗留给他，嘱咐他好好珍重小船。中秋谨遵遗言，不让小船磕着碰着，每年要刷一次油，小船油光锃亮。这里渲染的是美好的人伦之情，小船是人伦亲情的象征，是中秋对父亲的精神寄托。作家开篇点出了鸭子和小船对中秋的意义，这就烘托了后面中秋舍弃小船保全河岸的无私奉献精神。但是这种放弃小我的精神又不是盲目的，在放弃了小船之后，他急忙去赶鸭子。他认为"小船不要了倒是有价值，鸭子不要了是不必要的损失呀！”一个取舍有度，既大公无私，又爱惜财物的中秋的形象就此鲜明了起来。他的行事不教条不迂腐，对生活有见地，一言一行都闪动着水的灵性。他还会在气急的时候对鸭子骂脏话：“你们跑吧！八月十五就杀肉吃。”少年的莽撞性情的刻画使中秋的形象显得更加立体，在他的正气沉稳的性情中增添了青春的激情。

小说的情节构思巧妙，采用了烘托陪衬的方法，通过中秋在“一个下午”的经历，讲述了他为了集体利益而牺牲个人利益的故事。时间紧凑，情节紧张，一个接一个的冲突翩然而至，中秋刚刚才把小船沉了水，一会儿又和洪水搏斗去赶鸭子了。故事虽然简单，却写得紧张有趣，扣人心弦，中秋的形象随着情节发展变得愈发丰满。

小说注重在优美的风景与淳朴的人性的结合中追求天人合一的美学境界。跟着中秋的行踪，我们看到了水乡意趣盎然的农家小院，看到了淀水里游玩的鸭子，看到了载着亲情的小船，看到了岸边种着的高粱、棒子，看到了苇塘、菱角、打鱼人、蜻蜓、高粱地……水乡的景色因中秋的踪迹而呈现，中秋的形象也渐渐地融入水乡的景色中，达到了人景合一、天人合一的境界。诗人将深情和热爱灌注于水乡景色中，赋予它明丽的色彩，景物仿佛在作者的笔下具有了情感，与水乡的少年一起谱写了一首新农村的动人歌谣。水乡少年中秋与水乡风景达到了灵魂上的共振，他们都是那样的灵动、清澈、美好。中秋是白洋淀水磨洗的玉石，是钟灵毓秀之所在，白洋淀水是中秋的心灵家园，是其情感的萦系和生命的摇篮。人与自然达到了和谐的统一，水乡少年与白洋淀水相互依存，相互印证，二者缺一不可。人与水共，情与景融，淳朴的人性和美好的风景共同构成了韩映山的富有诗意的小说。“诗意”成就了韩映山小说的艺术高度，使韩映山成为荷花淀派的中流砥柱，在新的历史时期延续并发扬了荷花淀派的艺术风格。

作　画

一

东天边有一缕嫩红，朵朵白云也镶上了金边儿；青色的晨雾，罩着远方的村树；淀水光亮起来，透发出一股股清凉新鲜的气息。

林红红坐在岸边，手拿画笔，面对着晨景出神。她想在像夹上，捕捉住这美丽的图画。

秋风，从淀水上吹来，凉丝丝的。但林红红似乎没有觉察，她在凝神静思：这大自然的景色是多么美啊！是多么有生气啊！自己在学校里，天天跟书本打交道，却很少体验到如此生动的画面。今天，领导让下乡实地写生，自己应该怎样珍贵这段时间啊！一个月的生活假期，一定要抓紧时机，画几个人物肖像，作几幅自然景色的写生。但眼下正是秋忙季节，队长和社员们天天去劳动，不能坐下来让你一笔笔地描画。于是，她就住在生产队长奎拴的家里，决心跟人们“四同”，深入体察劳动人民的感情。她相信这样过一个时期，终究会做出成绩来的。

太阳一露面，它的光彩便耀眼辉煌，阳光在村庄、树梢、庄稼、淀水上流荡着。

林红红刚收起画具，只听背后有一个小姑娘的声音：“红姐，这么冷的天，你在这儿干吗哪？”

林红红回头一看，是房东的女孩小丫，就笑了，说：“你也起这么早啊？”

“我起来一睁眼就不见你了。”小丫说，“我娘让我叫你回家洗脸呢！我娘说，往后天凉了，别在淀水里洗了，怕你闪了脸——哟，你画画儿玩哪？真好看。”

“好看吗？”林红红笑了笑，把头上的两条大黑辫子往后一摆，说：“等我画完了送给你。”

她们往家走着，林红红问：“你哥哥哩？”

“我哥哥起来就到队部里去了。”小丫说，“你还找他画像吗？”

林红红笑了，想起给她哥哥奎拴画像的情形：这小伙子坐着，一动不动，脸上不自然极了，连出气都不匀称了，头上满是汗水。坐了没一会儿，奎拴就说：“不行，饶了我吧！比打夯挖渠还累呢！”想到这，林红红不由得笑了，她又问小丫：“你哥哥今天要干吗活哩？”

“听说高粱熟透了，准是削高粱。”小丫说。

林红红跟小丫来到房东家门口。房东大娘端着泔水正在院里喂鸡，看见她们来了，就说：“快屋里去，一大早起就到水边上，是吸收新鲜空气去啦？”大娘笑着，上前攥住林红红的手。

大娘是特别喜欢林红红的，这个刚来不几天的姑娘，说话很温和，举止很大方，生活上干净又勤俭。大娘把她当成自己的亲闺女，常常端详林红红的长相：圆圆的脸盘，亮亮的眼睛，黑黑的眉毛，红红的脸颊，两根大辫子一摆动，真是俊气。大娘觉得，这姑娘虽是城市长大的，却很容易接近，爱听大娘说个庄稼理儿，有空儿就帮大娘干零碎活儿，也学做点针线。有时候，她就给大娘读读报，讲讲自己的身世：她的爸爸是个工程师，妈妈在纺纱厂工作，她除了上学就是上学……

大娘喂完鸡，把林红红让到里屋。小丫说：“娘，我哥哥怎么还不家来呀？”

正说着，只听院子里有个小伙子喊：“娘，饭熟了呗？”

娘向林红红笑着说：“你听，俺奎拴多孩子气呀！在院里就喊起娘来。”她迎出屋门，向儿子说：“早熟了，烧住了火，正捂着锅儿哩！”

儿子奎拴，是个粗墩墩的个子，方头大脸，粗眉大眼，肩膀很宽，胸脯子很厚。担起水来膀不摇，身不晃；走起路来，震得地咚咚地响；说起话来，膛音很大。但他的脾气确实有点孩子气，在生人面前，不爱说笑，很是腼腆。

他进了外屋，跟娘说："吃了饭，俺们得去削高粱，你跟那画画儿的说说，就说没空，晚几天再画。"

娘忙向屋里努嘴，意思是：什么画画儿的，连个林红红同志也不叫。

林红红在屋里说："奎拴同志，我早知道，这几天地里忙。当然生产要紧，画画不着急。吃了饭我还想跟你们一块干活儿去哪！"

奎拴也对着里屋的门帘说："那敢情好。我们正缺帮手哩！不过，你行吗？这净是累活儿。"

林红红走出里屋，眉眼含着笑说："锻炼锻炼呗！我就是决心跟你们学学哩！"

小丫也高兴地跑出来说："我给你找个快爪镰，咱妇女们掐穗儿。"

"那就忙吃饭。"娘一拍巴掌，把笼帽端起来，腾腾的蒸气，飘满了小屋，透出一股股饽饽的香气。

一家人围着桌子吃起饭来，又说又笑。大娘赶着给林红红拨菜、拿饽饽。林红红像在自己的家里，面前的大娘，就像是自己的亲娘，心里一阵阵地热。

奎拴当着客人，吃饭也不自在，他端着碗立在一边在吃呢。

小丫说："你看我哥，吃饭也打'游击'，没个稳当劲儿。"

娘笑了说："队里事一多，他就没坐下吃过饭。一会儿拿块饽饽出去叫人，要不就端着碗去开会，他多会儿吃过热乎饭呀？"

不等娘说完，奎拴忽然想起什么，说："你们不提，我倒忘了，我得告诉二合叔，把牲口喂饱点，别让它去套磨，下晚得套车拉高粱哩！"说着，端起半碗饭汤，走出去了。

小丫在后边逗笑地说："是不？说他傻，他就越扭搭起来了。"

一家人都笑了。林红红低着头笑，不抬起来，心说："他真是忙呀，为了大伙的事……"

二

只听奎拴那粗嗓门在各家响着："大爹，吃了饭咱去削高粱啊！""二叔！带着镰，咱河套的高粱该削了。"奎拴头里叫，人们就随后跟了出来，他们对于这个新选的年轻的队长，格外拥护。这个队长，干活儿在头里，享受在后边。遇到困难和着急的事儿，他想法启发大家，从不跟人们要态度。他越这样，乡亲们就越尊敬他了，他说的话，人们都非常信服，都说："咱奎拴说的，净是上级的政策，没错儿。"要不就说："咱奎拴这孩子，是他娘受苦拉扯起来的，底根儿扎得正。"

如今队员们的干劲可足了，很快，街上就齐了人，人们争着问："奎拴，以后你得多分派俺点活儿。"

"咱削了河套这块高粱，四不齐的棒子也该砍了。咱一年的庄稼，可一粒粮食也别扔了！"

"听说今年拖拉机又来帮咱耕地，咱得早点给人家腾出地来。"

人们到了一块儿，就大声小话地谈论着。妇女们一来就凑到一块，她们谈话总是夹着一阵阵的笑，说到逗趣处，就你推我一下，我打你一巴掌。当奎拴走过她们那一群的时候，一个叫刘梳的嫂子跟他说："奎拴，给你画的那像呢，叫俺们看看。"

奎拴笑了，说："刘梳嫂，一会儿给你也画一张吧！"

刘梳嫂用手忙一捂脸说："我这个模样还配上画像？"别的妇女都笑了。她们看见那边林红红也往这里走来。林红红今天穿了件毛蓝偏襟褂子，甩着肥大的袖口，满脸笑嘻嘻地跟人们搭话。

"哟！红红，你这是穿的谁的褂子呀！"刘梳拍着巴掌呱呱地笑起来。

"是俺大娘的呗！"林红红笑了，她从来还没穿过这大偏襟褂子呢！

姑娘们也凑过来笑："红红像是演戏，装老婆挺像的！"

老大娘们也捂着嘴笑，在一边夸赞林红红："这闺女忒叫人喜欢！跟谁也说得来。"

"那天，我一个人正推碾子，林红红上来就帮我推，我还不认识人家呢！”

“你说，人家年轻轻的就会画画儿，画得可好哩，画什么像什么。”

“谁知道她有婆家了呗，叫她寻个咱村的才好呢！”

“不叫她走了。”

几位老大娘悄悄地谈论着，林红红跟别的姐妹们说笑着。她注意观察这个下地前的场面，体验人们的情趣，她想：将来可以作一幅速写画，表现劳动人民的乐观情绪……

小丫背个筐也跑来了，她给林红红找来一个爪镰。她今天头上扎了个红绸条，像是飞着一只大红蝴蝶，显得是那么鲜艳！

人们走动起来了。在路上，更是唱唱喝喝，走出村外。

太阳升到东南角，秋风暖和起来，田野里有成熟了的庄稼的气味。大道边的草尖，还有露水珠儿，人们走过，会打湿鞋袜。

上了堤坡，一望大片的河套地，红艳艳的净是高粱，像是平原上着了火。细一看，每个穗头，像是一把火炬，那色调，是任何画家也难描绘的。林红红看呆了，她立在堤坡的土牛上，长久地注视着这可爱的景色。

到了地头，奎拴给大家分好夹坌，男的在前边削，女的在后面掐穗。一片劳动的声响。

林红红跟大家投入到紧张的劳动里，她什么活儿也想学：学削、学掐穗、学捆高粱头，人们也都愿教她。到下午收工的时候，她似乎什么都入点门了。

奎拴一干活儿就脱个光膀，他一面领在头里干，一面还得照看大家。他嘱咐人们要把茬子削齐点，太尖了容易划破腿脚；他嘱咐要把削下的高粱排整齐，这样掐穗好掐，也不易丢落。他自己就是这样做的，人们从心里佩服他的活儿，把他当成榜样。

趁人们歇畔儿的时候，奎拴围着地边察看，看有没有丢下的穗，看哪个个儿捆得松。检查完了，他又抬头望望太阳。太阳偏到西山去了，在那里，不知什么时候升起一片黑云彩，云彩奔跑着，扩散着，一会儿比一会儿大。奎拴心里一惊，他立刻好像看见了闪电，听见了雷响。他赶紧巴望通村的大道，大道上，二合叔赶着车正往家拉高粱头。他又看看地里，高粱虽然都削倒了，可这穗子还没有运到家，要是一下雨，穗子就会受损失……

他跑到人们跟前，把天气情况告诉大家，让大家出主意。

人们说："把削下来的穗子都捆好，今个一定都运回家去。""可是收工就会晚了。""晚点没关系，这是自家的活儿。""大车拉也来不及。""来不及不碍事，咱们一人扛一个，就把它捎回去了。"人们说办就办，马上动起手来。那天，天黑黑的才收了工，直到把穗子都弄到场上，用席子盖好，雨才下起来。这时候，社员们在自己的屋里，劳动了一天的身子，虽然已很累了，但每人的心都很踏实。

林红红第一次亲眼看到劳动人民的智慧和那高贵的品德，她很感动。晚上，听着外面的雨声，她写下了一天的日记，旁边还勾勒了一幅图。

三

下了一夜雨。林红红跟小丫睡在一个屋里，听见东屋的奎拴一夜起来好几次。他夜里干吗去呢？是起来看天气吗？是到场上看粮食吗？

到天明，雨停了，但天还没晴。有的队员就来问干什么活儿。奎拴说："今个地里活儿干不了，下了四指雨，地板潮，下不去地。"

有的队员到地里去看，果然像队长说的那样，才知道奎拴早到地里看过了。

吃早饭的时候，小丫蹿跶着说："哥哥，今个阴天下不了地，该让红姐给你画像了。"

"阴天有阴天的事。"哥哥咧着大嘴笑了，"你这小丫头倒挺结记事儿。"

林红红梳着辫子也走出来说："真的，奎拴同志，今天能画一会儿吗？"

想起那天画像的窘态，奎拴那大脸又红涨起来，他嘿嘿嘿光笑，可又找不出理由推托。娘看见儿子那为难的样子，偷偷地笑了笑，忙替他找了个事儿说："拴，你去看看咱队里的牲口有空呗，趁着阴天我想磨点面，晌午，咱包饺子吃。"

还是娘替儿子着想，奎拴给小丫做了个鬼脸出去了。小丫可就不依娘了，扯着娘的衣袖撒娇，非要娘赔她哥哥不行。娘笑得直不起腰来，林红红也笑着说大娘偏心眼，不该给奎拴逃脱的机会。

奎拴满脸笑容地奔马棚里走，他去找饲养员二合叔。一进马棚门口，二合叔正要牵牲口去饮水。只见他一只手牵着四头驴、两头牛，另一个肩上还担着水桶，奎拴急走上前，担过水桶说："来，二合叔，我帮你去饮。"

二合叔笑着，也不推辞。

饮了牲口，奎拴就跟二合叔拉起话来，问那个黄马吃草怎样，问那头黑驴又拉过稀没有，倒把娘让问牲口套磨的事忘了。直到有套磨的人家来牵牲口的时候，他才想起来，刚要问二合叔的时候，只见刘梳嫂跑进马棚喊："二合叔！今个阴天，你得叫我使使牲口套会儿磨，俺当家的不舒服，我弄着孩子也推不了。"

"你来得正巧，就还有一头小毛驴没应出去。"二合叔说，"你要是晚来会儿呀就没了。"

刘梳嫂欢喜地拉着小毛驴走了。二合叔又嘱咐："早点卸，正是大秋，牲口忙，论理该让牲口歇歇。"

奎拴把要说的话咽回去了，他看着人们把牲口都牵走了，自己才往家走去。

那天，他跟娘他们推的磨。

四

收获的季节，一天天地过去，地里由浅绿变成金黄，一块块的庄稼成熟着、收割着。收到场上，用碌碡轧出粒儿，又用簸箕扬出糠皮土末。在这丰收的季节，农村呈现一片忙碌景象。

林红红把自己投入生活的海洋里，劳动锻炼着她，使她的感情一天天地充实起来。她的脑海里，积满了许多生动的人物形象和美丽的大自然画面。她作了几幅自己比较满意的画，她想带回学校去，向领导汇报。

想到要和这一家、这一村分别了，她实在觉得有些难舍。

这天早晨，林红红又一个人来到淀边。她又拿出画具，坐下来。

她想完成那幅日出前的风景画。

东天边确又升起一缕嫩红，但这颜色更鲜艳了，有如胭脂和樱桃的红色，她恨自己的人工颜色配不上。她又仰看天空的云朵，云朵虽然也镶上了金边儿，但那金边简直像是金黄的丝绒织成的，那么鲜亮，那么柔和。平原上的远村，虽然也有一缕轻纱似的雾，但这雾气是透明的，像是流荡的水银。

林红红一笔笔地涂着色，她想：生活里的一切事物都不是一般化的啊！即使是大自然的景物，一个早晨的风景都是千变万化、丰富多彩的！

等到太阳露面的时候，她已完成了这幅画。巧得很，小丫又啪哒啪哒地跑来了。

“红姐，你又到这儿来了。我娘叫我找你，我一猜，就知道你又来这儿了。哈，你又画画儿哪！”小丫争着看，“真好，真像俺白洋淀的景致。这回可得送给我。”

林红红说：“就是给你的，我走了，做个纪念。”

“红姐，你真的要走啊！”小丫拉着林红红的手，紧紧搂住，好像这样她就永远跑不脱似的。

林红红安慰她，说自己走了还会来的。两个人顺着淀边往家走着，小丫又天真地说：“那你光送给我这画儿，你送给我哥哥什么呀？”

林红红笑着说：“不偏不向，一人一张画儿。”

回到家，她想再找奎拴同志完成那幅肖像画，但奎拴早又到公社里去了，说是队里正在交公粮，社员们的分红预算也在核实，又听说农场的拖拉机已经开来，看先耕哪块地……总之，他越来越忙了。

林红红对这年轻的队长怀着深深的敬佩！这个人的劳动热情是那么旺盛，工作态度又是那么认真。回忆起这些日子的相处，这个朴实的小伙子的形象，又映现在她的眼前了。她再也抑制不住内心的激动，她坐在屋里，拿起画笔，一幅肖像，竟画得十分顺手，十分出色。那是一位敦厚的小伙子的形象：粗墩墩的个子，方头大脸，粗眉大眼，肩膀很宽，胸脯子很厚。右手拿一把镰刀，左手拿毛巾拭汗。在他的身后，好像还有好多社员跟上来——这分明是削高粱的那个情景。

门帘一响，小丫跑来看，不由高声喊起来："真像，真像我哥哥哟！你看他那大厚嘴唇，咧着在笑哩！"

她一喊，娘不知道发生了什么惊天动地的大事，也急忙过来问："什么呀？什么呀？快叫我看看。"娘拿过去，端详了一会儿，一拍巴掌说，"哟！真像我儿子那个傻样子！"又笑着向林红红说，"闺女，你算没白来这么多日子，都能背着画出来，可见你是记在心里了！"

（收录于小说散文集《作画》，上海文艺出版社1962年8月版）

【作品赏析】

《作画》写于1961年秋，此时的韩映山的创作进入了旺盛期。他的作品摆脱了稚嫩的学生气，接触了更广阔的社会生活，拓宽了眼界，对人生的理解日趋成熟，呈现出文本意蕴的丰富性和主题挖掘的厚重感。孙犁就对他作品的转变作出了评价，以前"作者把这一代农民的劳动和生活，思想和情绪，写得太单纯了。他只是用力'捕捉'着所谓'美'的或者有'诗意'的东西，他所注意的只是一些自然景色，或是一些劳动场面。自然景色是美丽的，劳动场面是很欢腾的，但是读过之后，那天边的晚霞很容易消逝，欢笑的声浪，也跟着工作的结束停止了。就是说，这些作品给人的感觉是清淡的，不能长久留存的"。孙犁的评价非常精准，韩映山的少年之作确实存在挖掘生活不够深刻的缺点，风景人物，美则美矣，却因现实根底不够扎实，而流于空泛。如今，他对"风景美""人情美"的理解更加深入，在美的表现中灌注自己的思想情感，白洋淀水乡染上了韩映山浓重的个人色彩，他笔下的美显得更有力量，就像孙犁对美的认知，"美永远是有内容的，有根据的，有思想的"。

《作画》截取了林红红几次作画的片段，在自然风光和画上美景的相互映照中，在水乡人民的真实生活和画卷里淳朴劳动者的相互映照中，展现了白洋淀水乡特有的魅力。在生活和艺术的关系描绘中，揭示了这样的人生哲理：艺术来源于生活，只有深入美的生活中，融入人民的生活中，才能感受到艺术的真谛。一开始林红红要求给奎拴作画，却因奎拴不配合失败了。后来她跟着奎拴参加劳动，“投入生活的海洋里，劳动锻炼着她，使她的感情一天天地充实起来”。临走前，林红红完成了白洋淀的日出风景画，奎拴的朴实形象就在她的眼前，她不需要看着本人就画出了他的肖像画。林红红的几次作画过程，也是她灵魂的升华过程，是她真正拥抱了生活，以全部的情感融入了生活，才达到的对于生活的艺术化的认知。在与劳动人民的亲密接触中，她产生了对生活的明悟，实现了与人民情感的共鸣，完成了由不谙世事的单纯学生，向真正懂得劳动人民的艺术家的转变。这也是韩映山自己对于生活与艺术关系的思索，借用林红红形象地传达了作家对于艺术的理解，指明了作家应该如何把思想感情与现实生活紧密联系起来。

在现实与艺术的交汇中，《作画》塑造了充满活力的年轻生产队长奎拴的形象。他的形象既是现实的，又是经过林红红的艺术视角的过滤的，是客观与主观，现实与艺术的共同作用的形象。奎拴形象的塑造带有强烈的林红红的主观色彩，在她的观察中，奎拴逐步地展示了他的个性与生活，林红红也一步步接近了奎拴的内心生活。与其说《作画》描述了画家的肖像画的完成经过，不如说是描绘了年轻的画家与年轻的农民之间的相互理解，相互懂得的过程。在林红红作画的最初观察中，奎拴向读者展示了自然天性的一面。她想为奎拴作画，但奎拴坐着画像时，就“一动不动，脸上不自然极了，连出气都不匀称了，头上满是汗水”。奎拴在生人面前不爱说笑，很是腼腆，让林红红盯着画的时候，他紧张羞涩并对此十分不满，称呼林红红为“那画画儿的”。奎拴在他娘面前，又显出孩子气的一面。他还没进屋，在院里就喊“娘，饭熟了呗！”宛如小儿的行为，活泼爽直的农家少年形象呼之欲出。亲密无间的母子天伦，儿子面对母亲的放松和亲昵，这幅画面充满了生活的温情。在画还未完成之前，作家就已经为我们展示了一幅羞涩、勤劳、生活中孩子气、工作中成熟稳重的水乡青年的画卷。稚气和羞涩的奎拴是可爱的，但作为生产队长的奎拴却不止如此，随后在林红红的观察中，作者刻画了奎拴的另一面，“奎拴一干活儿就脱个光膀，他一面领在头里干，一面还得照看大家”。他干起活儿来有条不紊，先给人们分好夹垄，又带头干起来，还细致地照看大家，“他嘱咐人们要把茬子削齐点，太尖了容易划破腿脚；他嘱咐要把削下的高粱排整齐，这样掐穗好掐，也不易丢落。他自己就是这样做的，人们从心里佩服他的活儿，把他当成榜样”。在生产劳动中，奎拴全心全意为大家服务，做事周详，考虑问题细致，领导能力强，得到大家的拥护。奎拴的孩子气和成熟稳重形成了鲜明的对比，但是读者读起来却觉得毫不突兀，好似他本当如此，这才是生活的真实。奎拴的形象变得丰富生动而有趣起来，既表现了农村新人的先进性，又为奎拴的生产队长的形象增添了谐趣的人情意味。

《作画》中并没有出现紧张的故事情节，几个平淡的日常生活场景的断面，就构成了精简的全篇。结构上舍弃了一般小说的起承转合的结构方法，而将内在情绪的发展内化到平淡的生活场景中。林红红的内心渐渐发生变化，情感的力量越来越激烈，这种内在情绪的激荡的力量，与外部日常生活的平淡从容共同构成了“张力”的美学效果。

作品采用的叙事视角也比较独特。它以陌生化的笔法描写了白洋淀的风景与生活。借用林红红这个外来者的视角来描写水乡的风光、火热的劳动生产、朴实勤劳的农民。林红红第一次来到白洋淀，她以一个画者的身份，观察和审视着震撼人心的风光，白洋淀的一切都带有全新的未知的魔力。风景、风情、风俗、劳动场景带给她巨大的冲击，她在纸上画着白洋淀和奎拴，但是白洋淀和奎拴又何尝不是在她这样一张干净的心灵上的纸上作画呢？他们在相互的绘画中走近了对方，理解了对方，相互刻下了对方的印记，达到了人与自然的和谐，人与人的灵魂交融。

日常生活

一

一位母亲，为什么在黎明之前就要醒来？

任大娘几乎每天都是这样，一家人还在香甜的睡梦中，她就睡不着了。有时悄悄起来摸索点零碎事儿，有时怕惊醒别人，就躺着盘算盘算，今天地里有什么活儿，家里有什么该拾掇的，米面是否该碾磨了，柴火还用不用摊晒……想起一家人没个操心的，就不由叹口气，又在心里埋怨起老头子。这个人从小是“老道学”，吃凉不管酸，倒了油瓶不扶。如今磨练得能到地里干干活儿，比过去强太多了。于是又自慰道：也不能不知足，不能要求太高啊……“咕咕哏儿——唔”——院中窝里的大公鸡又叫了。任大娘再也躺不住，就披衣坐起来。

窗纸已经发白，透过窗玻璃，可以看见天上的启明星，几片白云，也抹上了浅粉色。

任大娘照例轻轻地下了炕，轻轻地开了屋门。院子里的柴叶上，铺着一层露珠儿。大娘开开鸡窝门儿，一群挺水灵的大母鸡拥挤着跳出来，后边跟着一只金黄高脚的大公鸡，哽哽哽地叫着。

“出去拉拉屎去，要不又给我拉一院子。”任大娘用手往外轰鸡。邻家篱笆墙头上，队长田栓探出半个头说：“大娘，叫黄鼬拉的那鸡好了呗？”

任大娘笑了，说："你看，俺家栓还结记呢。早好了，要不是你，这鸡早到了黄鼬肚里去了。"

那是前几天，后半夜，任大娘的鸡招了黄鼬，鸡一叫，大娘忙起来，队长田栓也跑过来，把鸡从黄鼬嘴里夺下来，那是一只最爱下蛋的金脖鸡。大娘很是感激队长，又埋怨老头子赶黄鼬不着急，把老头子数叨了一顿，说叫他吃鸡蛋最冤。老头子还嘲笑她，为一只小鸡子，也值得惊天动地。如今那只鸡经大娘耐心摆弄，特殊优待了几天，已经快恢复原状了，只是一只腿走道还一拐一拐的。

任大娘把鸡赶出去以后，又端个小泔水盆儿到前院去喂猪，这是给队里养的"大跑猪"。为了队里多繁殖仔猪，大娘把大跑猪喂得很壮，连外村的猪都愿叫它跑。

喂完猪又到羊圈里去看羊和兔子，给它们扔上把青草，大娘看看天已大亮了，就向屋里喊她的老小子："娃旦，快起吧，起来放羊去，你听，羊叫你哩！"羊果然咩咩叫了两声。

娃旦眯眯着睡眼说："这么早就起呀？"

"老阳儿快晒屁股了，还早。"大娘说，又叫大小子，"娃牛，也起吧！起来去拾筐柴火。你看人家小八，早就拾了一筐了，一般大，人家多爱做活儿呀！"

又叫刚从中学毕业回来的二闺女："二梅，你还不起呀？人家东邻小雪，一天织一片半席，你不是刚学得入点门了吗？"任大娘又叹口气，"唉，怨我没修下个帮手，老头子不争气，天都这早晚了，还在被窝里孵着。"任大娘听听屋里仍没动响儿，就急了，放高声音说，"都不动呀，叫我按次板儿唤一个过儿。小短命鬼们，怎这么有主意呀！"

"老叨叨什么呀？"老头子没好气地说，"也不知你哪来的这么大精气神儿，天刚扑明，你就像个野鹊似的叫唤！"

任大娘也恼了，说："是呀！你个老东西，先在头里说这个！我为了谁呀，我老婆子为了谁呀？嫌我叨叨了，好，我不叨叨了，叫你们个对个的懒就筋了！"

二

任大娘虽然平日爱叨叨，但她的心肠最热，一家子老老小小，都得结记到了。平日，有点好样的，都尽着别人吃了；一年的布票，不是给闺女穿了，就是给小子穿，自己一件毛蓝褂子穿了快要十年。过起日子来，真是俭省细微，舍不得吃舍不得花，做在前头，吃在后头，凉一口剩一口的，每次吃饭，都是一碗一碗地给人们盛上。

这是说，大娘在家里是这样，对待外人，大娘也是人缘非常好。大娘平常置下的家伙用具挺齐全，又是筛子又是箩，谁借来，自己不用也得先紧着别人。大娘那时养着个小毛驴，磨面碾米，全村人都来问。她把问牲口的，一家一家排好队，都一一应下人家，老头子有时说，这驴像是公家的了。大娘就说："我愿叫人们使，我买它来，就是为了自己方便，大伙方便！"想起土改前，自家问财主家借牲口的难处，人家大骡子大马，拴在大树底下歇凉儿，也不让穷人用……大娘还会给人们用土法治病，有那左邻右舍，头疼牙痛的，大娘会针灸，会按摩，治好了，什么报酬也不要。八路军、干部们都愿住在大娘家，因为大娘比母亲还疼人。大娘在全村人的心目中，是个最善心的有用的人。

早饭烧住了火儿，大娘把屋子拾掇拾掇，把碎柴火扫进灶门，趁捂锅儿的空儿，她到门口巴望出去干活儿的一家人。要是老头子耪了几遭地，大小子背来一筐柴，闺女织成一片席，老小子把羊放饱回来，大娘就欢喜得眯眼笑了，急忙给他们打水洗手脸，替他们拍打身上的尘土，把饭晾在桌子上，把干粮紧着干活儿的吃。

一家人欢欢喜喜，吃得很高兴。

每日吃饭，任大伯愿坐在炕头里，吃完饭，把碗一推，身子靠在被摞上，合着眼养神，不管天下大事。大娘看见就笑，说："你看这老东西，多会养呀，多舒心呀！我真宾服，怎么我就没那么一会儿呀！"正说着，只听外屋有个粗嗓音说："大娘，有菜呀呗？我吃点。"

这是队长田栓。大娘笑着说："馋劲，老给俺家要菜，欠是不给你吃。不会叫你媳妇弄点呀？”

“她呀，她弄得不好吃。”田栓嘿嘿地笑着，“我就是愿吃大娘和的菜。”说着，把拌好的根达裹了厚厚的一块饼，张开大嘴吃起来。

“栓呀，吃了饭你得叫你大伯干活儿去。往后你得勤叫着他点，也不算老呢，身子骨满能干一气呢！要不，吃了喝了，光叫他蹲膘干吗！”

田栓笑着说：“大娘别不知足了，我大伯如今还赖歹呀？大娘您是过晌心太盛了。”

这时，好久不说话的任大伯睁开眼，接上去说：“哼！过成财主干吗？这会儿就是过一天说一天……”

“你就是混食呢，个榆木脑袋。”大娘斥打着说。

吃完饭，大娘安排着一家人，干活儿的干活儿，上学的上学，锅碗刷干净了，把暖壶的水灌满，这才把门带上，来到禾场上。

三

今天妇女要在场上摘高粱叶儿。

今年高粱长得格外好，一垛一垛，红山似的。那绿色的是绿豆铺儿，黄色的是黍子山，五颜六色，很是好看。

任大娘就愿跟人们集体干活儿，她觉得比一个人在家里摸索零碎事儿乐和多了，大家说说笑笑，山南海北地拉拉闲套儿，有天大的愁事也就舒心了。

今天到场里干活儿的妇女挺多，秋忙了，谁不愿多挣儿个劳动日呀？

开始干活，没个人指派，挤手夹脚的。队长田栓走过来说：“水无头不流，鸟无头不飞，你们临时选个负责人吧！”

选来选去，选到任大娘头上。任大娘也不推辞，说：“好，给我个官儿，我就得做。可先说下，你们既是封了我，可得服从我，我大小是个官儿呢！”

“呵！刚上任就端起官架子了。”人们取笑着。

她们的任务是：除了摘叶还要选种。选种很是重要的，关系着来年的收成，任大娘就格外经心。她把人们拣出的，又一穗穗地检查一遍，发现有不合格的，就扔在一边，说：“这穗是‘黑帽黑’，这样的爱掉粒，打得少。”一会儿又扔出一穗，说：“这‘黄帽黄’也不好，‘鼓槌穗’也打得少。咱多拣点‘凤凰窝’。”大娘从小务庄稼，很是懂眼。

有个叫李歪家的媳妇，干活儿总心不在焉，随随便便，任大娘说的话，她装听不见，依然把大娘说的那几种不好的穗子拣进去。任大娘气火了，突然大声喊起来：“李歪家，你是怎么回事？我老婆子说了半天，你没听见吗？”大娘指着她扔的穗子说，‘好好给我拣出来，没事。别在我面前打马虎眼。”

李歪家撇了撇嘴，鼻子哼了哼，她自知理亏，也没什么话说。

大伙也责备她：这是大地里的庄稼，是集体的利益，不能糊弄，应该认真，任大娘发火是应该的。

看看快到正午了，任大娘想到这些妇女，都有孩子要拉扯，还得做饭，就说：“咱早些收工吧！下午还早些来，别等着叫。”

任大娘等人们走了，她又把摘出的叶子归拢归拢。把选出的穗子捆成许多小个个，为的将来吊在屋梁上，易干。这时看见织席的二梅，就说：“梅呀，你去抱柴火点火吧！”

“您干吗呀？娘。”二梅说。

“你看，场上没人看着，我怕猪羊来吃，想晌午不回家了。”

“我知道做什么吃呀？”二梅撒娇地说。

“小姑奶奶，一回也不替替娘，又有糁子又有面，爱吃什么做什么。唉！平日光靠娘伺候，这么大闺女了，久后一日，过了门子，我看怎么办……”

“是不？又用着你叨叨了……”二梅把小嘴噘得像个石榴嘴儿，歪着脖儿走着，说，“我就会熬粥。”

“早起儿吃的粥，晌午还熬粥，”大娘说，“不怕叫你爹闹？大热的天，不会擀点凉面条儿吃？”

二梅答应着走了。任大娘又围着场边转了转，看有没有鸡鸭来吃粮食。走到西场边，见水坑里果然有一群鸭，正要侵犯边境。大娘一见，拿个秫秸就轰，鸭子吓得摆着大屁股跑了。

一会儿，队长田栓从地里上来，到家拿了块饽饽，一边吃着走来说：“大娘，快家去吧！家垦造了反了，娃旦跟娃牛打起来了，我大伯在一边看笑话，也不管，二梅说他们也不听。我说，我去叫你娘去啦，才好点。大娘快家去审审他们。”

“唉！栓呀，这是你看见了，我离了一会儿也不行，那你就先看会儿场，我家去一人给他们一下子。”临走，又说给队长，勤看着点水坑边，别叫鸭子再侵犯上来。

四

下午，任大娘早早就来了，大伙也陆续地来了，她们照例干上午干的活儿。

快到傍晚收工的时候，听见村边自留园里发生了矛盾。矛盾是由两个男社员表演的，嗓门格外高亢：

“你把这小道赶到我这地里来了！”

“谁不知道你种地侵边，去年你就多刨了我两垄的萝苋，我打了牙往肚里咽，忍了肚里疼，可倒好，你得寸进尺，你这不觉孽的鬼！”

“咱们拿弓量量，我一点也没多种。你是正南巴北的尖头！”

“你放屁，我这头如你那头尖？谁不知道你是有名的刀削头。”

两个人越嚷越欢。任大娘听了听，好像其中有自家的一个成员，就急忙跑了过去，果然是自家那老头子吹胡子瞪眼地，跟一个叫李歪的人干架。旁边围了一群看热闹的，也有拦架的，但拦不开。人们七嘴八舌地议论：

“什么时候了，还为这个争执？”

“退回几年嘛，这事常发生。如今再听见，就是笑话了。”

有一个中学生用学生腔的语言说：“农民的私有观念，充分表现在这里了。”

任大娘看见这个场面，真替老头子羞愧，一把拉开老头子，气得快要哭了，一边还数唠着："你个老不要脸的！为这么一星半点的地边，就抓破脸地喊叫，你就不怕丢人！你不想想，你怎么有的今日？你是那个尖巴人呀？"

"今个我就得碰碰这个尖头……"老头子还红着眼珠子喊。

任大娘把老头子拉到一边，又回来想再劝劝李歪。只见李歪歪着头，还要泥抹头，死不认可。这时队长田栓和别的干部只好拿来弓量地。结果，确是李歪多种了半弓地。干部们批评了李歪，说他种地侵边是有历史性的。李歪歪着头还狡辩，说："我这个人尖头的毛病早改了，要说我不吃亏，我还认可。"任大娘弄清是非，回来再没跟老头子闹，打算给老头子再找点活儿，看见道边上有一堆绿菜叶儿，怪嫩俊的，就说："娃旦他爹，你拿个筐把这菜叶背回去吧，摘摘洗洗，烫烫，砸上个蒜，好吃着呢！"

任大伯正没好气，便说："你个贫老婆子，大处不见小处见，外头丢个大骡子不心疼，家里丢个小鸡子你就心疼了，这么点臭烂叶子，别人扔了的，你拾。"

"呵！又嫌我贫了，我就是贫。你不拾我拾。"任大娘说。

"你拾我也不让拾。"任大伯逞起性来，上前用脚给她踢散了。

大娘一见，又是急又是恨，加上刚才的气还没消尽，也不知又联想到什么，便一下子坐在地上，抽抽搭搭地哭了。

二梅织席下了班，老不见娘回去，就来村边找，一见娘还守着菜叶哭哩，连忙把娘叫回家。

五

傍晚，天有点阴。队里拉山药的大车上来了，一辆一辆地停在街上。天气不好，山药一浇雨水怕损伤，队长们商量一下，决定今晚就分到各户。就地分红，天太黑了，需要有提灯照亮。田栓来找任大娘了："大娘！你家那提灯哩？借给队里用用。"

任大娘刚吃过晚饭，因为白天着急动火，牙也疼起来，但一听说队里借灯，就忙各处找。任大伯倔声倔气地说："队里连个灯也没有，用了也不给添油！"

"给添给添。"田栓摸准任大伯的脾气，并不计较，却哈哈哈地笑，"这回一准给添，上次是忘了。"

任大娘觉得白天给老头闹了一场，老夫老妻了，老磕牙拌嘴的干什么呀，就再不言声，心里却说："哼！要依你，白天也借不出灯来。"

田栓临走又说："大伯，今夜你还看场去吧！"

"另派别人吧！给那么两分，哄小孩儿玩呀？"

队长又止不住笑了："多给点分，去吧！别人我还不放心哩！"

大娘也帮着说："队里是看着你实在，你可就该拿搪了。"

任大伯确是实在。有一次夜里，他跟李歪看场，到夜深人静，李歪悄悄地说："任大伯，咱弄点棒子呀？"任大伯没听清，高声问："什么？你说什么？"李歪歪歪头，挤挤两只小老鼠似的眼说："弄了来，二一添做五，对半分，我去弄，你给看着人。""你放屁！我不弄。""你不弄，我可弄了。""你弄吧，我给你报告，抓起你狗x的来！"任大伯气得眼睛瞪圆了，就大声说："滚蛋，什么东西呀！别跟我做伴了。"这件事闹得社员们没有不知道的。今天队长又夸了几句大伯的耿直脾气，任大伯嘴里虽不答应去，却趁人不注意，不言不语地夹个被子，撅搭地去看场了。任大娘看着老头子脖后的那两根粗筋，笑了。

分了山药，天本来不早了，大娘却还要在油灯下做做针线活儿，或是搓搓绳儿。大娘是个不松心的人，眼也早就花了，她拿起线来，老也纫不上。娃旦放了一天羊，早就睡着了；娃牛在一边看小说、做功课。大娘又不愿耽误他们。纫了半天还是纫不上。二梅看见了就说："娘，我给你纫。"纫上了线，大娘说："梅呀！这针线活儿，往后也得学着点。""学那个干什么，以后有缝纫机！"二梅说。想起白天娘跟爹吵架的事，就问："娘，你干吗哭呀，就为那么点小烂菜呀？"

"也为那点菜，也不为那点菜。"娘出一口长气，"我是见景生情，想起早先来。这会儿你们嫌我老婆子贫了，还有你爹个老没良心的，他就不想想，民国二十八年闹大水，差一点儿没饿死。房倒屋塌，一家子逃荒，跟人家要饭，容易呀？一口一个婶子大娘，一口一个救命恩人，那年头谁给呀？净是要饭的，一个村子只不过三两家财主，门前卧着大狗，龇牙咧嘴的，专门咬要饭的。这不是，我腿上这个疤，就是叫狗咬的。”大娘说着，眼圈又红了，把裤角捋起来叫二梅看。娃牛也放下书，凑过来觑觑着眼看。大娘又接下去说，“饿得实在没法了，心里慌得不行，见人家菜窖边有一堆扔了的烂菜叶，就趴下吃起来。地主看见了，还说，‘滚，这菜叶还得喂猪呢！’……”大娘再也说不下去了，泪珠顺着脸颊流下来。二梅也湿了眼角，静静地看着母亲那慈祥多皱的脸，似乎看见每一条皱纹里，都印证着母亲一生的苦痛、艰难。她明白：为什么母亲早起晚睡，费力操心，家里外头考虑得那么周到；为什么母亲为了一把菜叶，哭得那么伤心……啊！她默默地，几十年如一日，渡过了那漫长的艰难的岁月！她那琐琐碎碎的事迹，那些平凡的日常生活，烙印着一颗伟大母亲的心……

“你爹并没受多大罪。苦年月，他跟你舅在外边卖布……要不，他如今还不醒人味儿呀？”

二梅天真地说：“那会儿有我呗？”

“你还在苇坑地里呢！”娘苦笑了，“就有你大姐，和你饿死的一个哥。我领着一个抱着一个……”

“娘，快别说了。”娃牛是个心软的孩子，泪水已经湿了枕头，他央告娘，“咱睡觉吧！明天我还起早给队里去打草喂牲口去，往后我得天天打一筐。”

孩子们睡了，母亲也收拾了活计，又端着灯，看着米面油盐，都盖好没有，怕夜间有老鼠糟害；回头又给孩子们一个一个掩好被角；在灯下，母亲端详着孩子们那睡得红扑扑的脸，多么安稳，多么幸福啊！也许今晚他们要做做梦，梦到自己童年所经历过的景象……她想，做做那样的梦也好，让他们多知道点事。

窗外，深夜的秋风透过窗孔，有些凉了。大娘想起娃他爹拿去的是个薄被子，夜里看场会着凉的。她把炕头的一个大袄抱起来，悄悄开了屋门，给老伴送去了……

天空，虽然有点阴云，但那明亮的大星，还能穿过稀薄的云层，闪射出耀眼的光亮，透视着人间……

（收录于小说集《紫苇集》，百花文艺出版社1979年7月版。）

【作品赏析】

《日常生活》作于1962年中秋，是韩映山的代表作品之一。韩映山热爱这片生他养他的故乡土地，热爱世世代代在这块土地上耕耘的善良农民。他塑造的任大娘就取材自他的母亲和岳母，他怀着深厚的感情，为农村平凡而伟大的母亲们谱写了一首颂扬的赞歌。

任大娘是农村传统妇女的典范，对家庭抱有牺牲和奉献精神，作品以质朴的笔法写了任大娘的一天，在日常而琐碎的生活中，展现了任大娘所具有的传统妇女的美德：勤劳、善良、勤俭、无私、体贴。这位母亲在黎明之前就要醒来，盘算着一天都有什么活儿。天刚发白就起床喂鸡、喂猪、喂羊、喂兔子。之后就一个个地数落睡懒觉的老伴和孩子们。她为家庭付出所有的辛劳，而不求回报，劳作一天的任大娘是家里最晚睡下的，她还要把家里最微不足道的活计都整利落了，看看米面油盐都盖好没有，给孩子们一个一个掩好被角。虽然白天刚和老伴吵架吵哭了，却担心老伴看夜场着凉，给老伴送被子去。好强、细致，操持全家吃穿住行，教育子女勤劳节俭，她几乎就是传统的“贤妻良母”的典范，热情、朴实、善良，仿佛是爱的化身。对于任大娘的描写充满了人情味，每一个人都可以在她的身上看到自己母亲的影子，得到最温柔的心灵安慰。

如此看来，任大娘是完美的母亲，但作者偏偏为她加上了一点“阴暗面”，带着许多母亲都会有的缺点：唠叨。任大娘最爱唠叨，一早叫大家起床，招致老伴腻烦，“我为了谁呀，我老婆子为了谁呀！嫌我叨叨了，好，我不叨叨了，叫你们个对个的懒就筋了”。操劳、个性爽利、口齿伶俐的任大娘一下子让我们倍感亲切。甚至因为她的唠叨，会让我们觉得任大娘的形象更近人情，更贴近生活的真实。

任大娘是农村新式妇女的典范，富有鲜明的时代精神。她是家庭的中心支柱，更是队里妇女的表率，集体的“管家”。时代新女性首先是独立的，能够走出家庭参与到社会分工中，承担起“半边天”的职责。任大娘性格外向，泼辣好强，她身体力行，积极参加社里劳动。她被选为负责人，就勇于担当，毫不忸怩，爽快麻利，“好，给我个官儿，我就得做。可先说下，你们既是封了我，可得服从我，我大小是个官儿呢！”幽默、热心，办事利索干脆的新时代妇女的独特魅力得到了彰显，翻身当家做主的妇女形象呼之欲出，多么富有活力和感染力的任大娘啊！由于经历了旧社会的苦难，对新社会、新生活无比热爱，她不仅自己为集体兢兢业业，而且也不容丈夫自私偷懒。老伴任大伯干活不积极，有懒惰习性，她让田栓干活儿叫着任大伯，“也不算老呢，身子骨满能干一气呢！要不，吃了喝了，光叫他蹲膘干吗！”她成了老伴生活道路上的领路人，不仅自己要强能干，还要带领着老伴共同进步。任大娘在与他人的相处中最能彰显大公无私的情怀，符合时代、政治所宣扬的集体主义道德品质的规范。她心肠最热，她家的牲口几乎是公家的，她啥活儿都会，心灵手巧，会治病、会针灸、会按摩、会做饭，她是全村最受敬爱的人。

任大娘深谙生活的智慧，在夫妻关系中进退有度。她秉持着儒家的重义轻利、和为贵的处世之道，也遵循道家无为而治的人生哲学。任大娘的日常生活虽然看起来平淡，却蕴含了人生的朴素哲理。作为新式妇女，她看不惯老伴的行事方式，夫妻之间的冲突不断，任大娘在该讲原则的时候，毫不退让，在可以示弱的时候就不吭声了。任老伯和李歪因为占地而吵了起来，她气得都快哭了，数唠老伴：“你个老不要脸的！为这么一星半点的地边，就抓破脸地喊叫，你就不怕丢人！你不想想，你怎么有的今日？你是那个尖巴人呀？”她处事和善大方，任老伯却不及她，她怒其不争，只讲道理，对于自己家的人也不偏袒。后来证明任老伯没有错，但他心里不痛快就把气撒在任大娘身上。任大娘让他摘点菜叶回家，他觉得就这么点臭烂叶子，嫌她贫，踢散了菜叶子。任大娘虽然被气得哭了起来，却深谙夫妻相处之道，也不算旧账，平日里没矛盾时，还会唠唠叨叨，反倒在起了冲突时，闭上了伶牙俐齿。只要不是原则问题，任大娘并不争强好胜，她隐忍克制，绝不激化矛盾。晚间队长田栓来借任大娘家的提灯，老伴说些自私的怪话，任大娘也不言语，觉得白天闹了一场，老吵架干什么，却在心里暗暗嘀咕老伴的坏话。任大娘诙谐幽默，小心思颇有童趣，正是夫妻间生活意趣的表现。任大伯虽然有些自私自利的表现，不愿意让别人占自己便宜，但在大是大非面前还是有觉悟的，坚决抵制侵占公共财产的行为。任大娘为了激励老伴，可谓费尽心机，软硬兼施，一边敲打一边捧着，“水利万物而不争”的女性包容的特质尽显无疑。任大娘向我们展示了质朴的生活美，渗透在日常生活中的是非感、道德感以及关心集体、热情待人的人情美。生活美，时代美、人情美三美合一的任大娘，带给我们美的触动和心灵的感动。作者把对故乡的爱，毫无保留地倾注在任大娘的形象中，向我们展示了农村妇女美好的一面，善良、坚强、乐观、奉献、有担当、明大义、晓利害、柔情似水又激情如火……任大娘就是我们身边的母亲，她们默默地奉献着，用心血浇灌着家庭，却从不彰显自己；她们乐观坚强，用博大的母爱，包容抚平所有苦难；她们正直，嫉恶如仇，最能做勇敢的抗争。她们的心灵最纯净、柔软，如水中摇曳的荷花，清丽卓然。她们的生命像彩虹，美得耀眼，色彩斑斓。但我们却又如此容易忽视她们，韩映山还原了一个日常生活中的母亲，让我们重新感受了母亲的平凡与伟大，带给我们心灵的悸动。

韩映山曾说：“我喜欢描写日常生活，喜欢在平凡、普通的人们身上，发现真善美。我力求把作品写得朴素、自然、亲切。”作者对生活的观察细致入微，选取了富有生活气息的细节，寄寓着自己对生活的理想和热情，用饱含激情的笔墨加以描绘，使小说充满了生活情调和人情之美。

采 菱 村

一

秋天的淀水格外清亮。大片大片的苇荡被秋风染成黄绿颜色，阳光一照，晶晶放亮。各种水鸟在苇塘里游凫，寻找吃食和嬉戏。在水禽中，水鸡儿是最灵性的，它常常浮在水皮儿上，伸着脖儿谛听、审视各种动向。当它听到天空有一种嗡嗡的声响时，便一个猛子扎进水里去，好大一会儿，才从远方露出头来。

这种嗡嗡声响，不光水鸡儿听到了，连正在苇塘边逮螃蟹的夏玉莲和辛水清也听到了。他们站在小船上，手搭凉棚，顺着嗡嗡的声音朝天上巡看，很快就看见有两架飞机低空盘旋过来，等飞到他们头顶上的时候，还能看见机上的红五星。它们为什么飞得这样低？

“准是撒传单来了！”立在船头上的夏玉莲挓挲着手儿说，“说不定又有什么好消息。”

双手扶棹的辛水清听了点头说：“对，像是有好消息的样儿，我看见那驾驶员向咱们笑呢！”

“去你的吧！你那眼那么尖？我怎么看不见呢！”玉莲轻轻笑了。

飞机飞到了他们的村庄，翅膀一歪，果然撒下一堆黑东西。随后，黑东西便变成一张张小纸片，飘飘悠悠，象断线的风筝一样落下来。他们听见村里人们一片欢呼声，大人小孩，争相抢捡。

“走，水清哥，咱们也去抢一份吧！”玉莲急急地说。

“叫它给咱这儿来一份儿！”水清摇着棹说，“它要撒下来，我保准能接住。”

玉莲笑了，弯着眉看了看水清那有点红黑的脸儿。自从十月间揪出“四人帮”以来，喜事一件接一件地传来，好像天空比过去蓝了，淀水比过去清了。水清的脸上像是被金秋的风扫去了愁云，变得红润光亮了，性格也由沉闷变得活泼了。但是，天上的阴云，并未完全散去，村子里还有“四人帮”的爪牙势力，水清的爹——辛老宽大伯还被押在监狱里……玉莲想到这里，心情又沉重起来，她看见水清也在低着头沉思，脸上的笑容也消失了。

“快摇，水清哥，你看那传单，像只大蝴蝶，朝咱这儿飞来了！”玉莲想让水清高兴，就赶紧找了个话题。

水清也看见那张传单了，就急急摇船奔了过去。玉莲站在船头，伸着双手，踮着脚尖去抓那张传单。传单像故意引逗人似的，看看快要到手了，却又一飘，飘到别处去了。水清忘了是在摇船，急忙推开棹也去抓传单，船儿一晃，玉莲没防备，一歪身子，“扑腾”掉到水里去了。水清赶紧伸手去拽她。玉莲咯咯笑着爬上船帮，红着脸，低着头，赶紧拧水湿的衣襟。水清咂着嘴儿说：“抓传单，你干吗跑到水里去？”

“你还说哩？谁叫你动作不消停点，把人家晃下水去，你倒卖乖！”玉莲噘着嘴，说话有些发抖。水清担心她冻着，要将自己的褂子脱下来，给玉莲披上。玉莲赶紧摆摆手儿说：“不行，那你也会着凉的……”

“我里边还有一件衬衣呢！”水清说着，已把外衣扒下来，“我身子棒，一点儿也不怕凉。”他把外衣扔给玉莲，玉莲接在手里，感到衣服上还有水清的体温。她微微红着脸低头看看身上的湿衣裳，紧紧贴在突起的胸脯上，她想把它抻平，可怎么也抻不平，她觉得没法儿换，就又向水清说：“咱们赶紧回家吧！你把船摇快点。”

水清明白玉莲的心思，就说：“我把船儿摇到苇塘里，你把衣裳换上，要不，你会着凉的。”

玉莲只好依着他。她也感到，叫秋风一吹，冷得实在吃不住劲儿。

水清把小船摇进苇塘里，让密密的芦苇遮掩着，叫玉莲放心地换衣裳。

“你背过脸儿去。”玉莲红着脸说。

“我这不早背过去了！”水清笑了笑说，“你们女孩子事儿就是多。”

玉莲看了看四周，又看看水清，就急急忙忙换起衣服来。

过了一刻，水清问：“换好了呗？”

“没哩。”玉莲答。

又过了一刻，水清又问：“我回过脸儿去啦！”

“等等。”玉莲忍住笑，其实她早已换好了，故意逗他呢。

水清真以为她还没换好，不敢回过头来。又过了一会儿，他听见玉莲哧哧地笑，这才大着胆子回过头去，看见玉莲穿着自己那对襟的外衣，比她原先的花褂子肥大多了，乍看，像个英俊的小伙子，只是那红润的脸盘，那像莲子一样乌黑的眼睛，那水光流滑的发辫，却依然透出姑娘妩媚的神态。

“暖和了吧？”水清看着玉莲笑。

玉莲偏一偏头，羞怯地说：“暖和多了……”她亲热地轻轻地说，“水清哥，咱们快回家吧，出来工夫长了，娘又该说了。”

“咱们不再捉一会儿螃蟹了？”

玉莲看了看舱里那几只螃蟹，说：“这几只也够吃一顿了，等晚上，咱们再捉吧！”

水清看看舱里那横脚爬叉的大螃蟹说：“你看这边三个尖脐儿的，一个圆脐的，正好仨公一母儿，活像‘四人帮’！”

玉莲笑了，催着水清快摇船。

二

回到村里，他们才知道那传单的内容是国务院发的布告，要让解放军负责收武器。凡是两派武斗时非法抢去的枪支弹药以及杀人凶器，务必尽快缴出，否则依法制裁……这消息，真是大快人心。人们竞相传阅着，交谈着，盼望着解放军快快地到来。这些年，人们吃够了武斗的苦头，一个村子，分成了两派、三派，一个家庭掰成了两半子，人跟人斗得像乌眼鸡。为派性打死打伤的，不下几十口，比战争年月死得还惨，这真是“史无前例”的大浩劫啊！

如今，人们多么盼望着，收缴了武器，根除了武斗，消解了派性，过过安生的日子啊！

水清和玉莲各要了一份传单，一边念着上边的条款一边往家走。

迎面走来了大个子申大篙，他腆胸扬脖，迈着大高腿，走路像带着一股风，见了水清他们，放高嗓门儿说：“哈哈，你们也看传单哪！这下可好了，解放军一来，把狗x的枪一收，看他们谁敢逞能！”

水清抬头看了看大篙，说：“大篙叔，您什么时候回来的？不怕黄黑狼把您抓起来？”

申大篙一伸大拇指说：“他敢。如今是咱们的天下了。这叫走马换将——他跑的那天夜里，我申大篙就回来了。”他拍拍敞着的紫铜色的胸脯说，“他狗x的有胆儿别跑哇！他跑了和尚跑不了庙，跑了黑狼还有黑鼠……”他说着，眉泉拧成个疙瘩，烦躁地又问，“怎么老宽大哥还不回来？这才是正经八百的大冤案，回头我去找县委，亲自保他出来。”

水清刚想说什么，申大篙也不听，早闯闯地走了，一边走还一边大声地喊叫：“哎！有枪的赶快交出来，别不觉孽儿！”

“我申大篙回来啦！黄黑狼跑啦！狼崽子们听着，你们有种的站出来，看看咱们谁㞞谁硬！”

……

玉莲回到家，赶紧躲进自己的屋子，把衣裳换好，把湿衣服洗了，晒在绳上。娘看见他们捉来的螃蟹，就问：“去了这半天，就逮这么点，够谁吃呀？还把衣裳都弄湿了。”

玉莲哧哧地笑，不说什么。水清掐着那个圆脐的螃蟹说：“这家伙可狡猾了，逮它的时候，它把爪子一收，口里吐沫沫装死，可是，你要一松手，它就又横行霸道起来。”他向玉莲娘说，“大婶儿，你点火吧！我去打酱油，顺便再买二两酒，今天是好日子，咱们喝两口庆贺庆贺。”

夏大婶看着水清走出去，就去抱柴点火做饭。灶火映着她的脸，显得比以前光润多了，似乎也年轻了一些。她今年五十岁出头了，从三十多岁就守寡，丈夫在1958年因公牺牲，身边只守着一个不满周岁的女儿玉莲生活。日子过得是很艰难的。有谁能理解一个女人的种种苦楚呢？封建的道德观念，旧的习惯势力，在农村像条条绳索束缚着妇女们的身心。她谨小慎微地处世，看护着女儿成长。

这些年的风风雨雨，更使这母女俩明白：若不是新社会，有党的关怀和集体的照顾，她们母女可怎么生活。她们打心眼儿里感谢党，感谢党培养的好干部辛老宽啊！在那困难时期，也是她母女俩最难熬的几年，是辛老宽拖着浮肿的双腿，领导大家度过了艰苦的岁月。辛老宽成了人们的主心骨。到了1965年，人们刚从困难时期缓过一些元气，一场少见的自然灾害——飓风挟带着冰雹，砸毁了万顷良田，接着又一场“史无前例”的大风暴，把辛老宽等许多老干部打成了“走资派”“叛徒特务”。辛老宽的老婆被活活打死了。那黄鹤良，外号叫黄黑狼的人，却纠集一伙人，扯旗放炮，把权夺了。从此，采菱村便乌云遮天，黑风四起……他们把一些正直的人，关的关，押的押。把村里的集体财产，抢掠一空，挥霍殆尽。黄鹤良成了水乡一霸，盖起了“庄园”，雇上了打手，一出门，三四个保镖围护，五六个美女陪随。上边有他的根子，下边有他的从人。他把人们用血汗种来的稻米，喂养的大鱼，成船成筐地给有权势人物送礼。被砸烂的公安、司法部门，成了他随便出入的场所。

他把辛老宽掐监入狱以后，还不死心，还要把他十几岁的儿子水清干掉。水清无处安身，只好躲藏在舅舅范一吉家。黄鹤良心黑手毒，连夜追查，把水清从草棚子里搜出来，给了一枪。黄鹤良满以为把他打死了，临走还扬言：谁敢收尸就全家抄斩……舅舅吓破了胆，躲在屋里不敢出来。这时夏家母女，趁着夜深人静，冒着生命危险来给水清收尸，原来水清还活着，只伤了他一条腿。她们把水清抬回家去，给他包扎了伤口，藏在里屋炕洞养伤，就像当年看护八路军伤员那样照顾他。第二天，黄黑狼不见尸首，挨户搜查也没发现。揪出“四人帮”，黄黑狼畏罪潜逃，水清从夏家的地洞里钻出来，重新见天日。乡亲们把这件事，当作美谈传扬着，从心里敬佩夏家母女。

水清从供销社打回了酱油，交给夏大婶，就又去剥蒜、切姜。玉莲这时坐在院里织席，她手儿灵巧地掀动苇篾子，发出刷刷的响声。水清看了一会儿问："你能织一架飞机吗？"

玉莲笑了笑说："不会。我会织一张传单，让它从空中飘下来。"

"你再织一位女孩子落在水里……"

玉莲红了脸，瞟他一眼，说："你打着织席是画画儿吗？我只能织一两个字。"

"织字也行。织什么字？"

"不告诉你，一会儿你就知道了。"

夏大婶一边洗螃蟹一边听他们对话，心里喜滋滋儿的。他们相处得很好，像是亲兄妹。可是，他们一年一年大了，闺女小子在一起，日子长了，会不会有些闲言碎语？有时，她想悄悄嘱咐嘱咐女儿，提醒她一下，可又怕伤了女儿纯洁的心。

锅里的水沸沸地开了，冒起了白色的蒸汽。水清掐住一只螃蟹，正往锅里放，忽听到一阵嘟嘟嘟的声响，不像是飞机的声音，也不像是拖拉机的响声，这是什么声音呢？

玉莲停止了编织，侧耳听了听说："这是小汽船的声音……"

"对，是汽船的声音！"

"走，咱们看看去！"说着，玉莲站起身，和水清向淀边跑去。

三

夏大婶住了火，也跟着人们来到淀边看汽船。只见岸边熙熙攘攘围了好多人，指手画脚地议论着："真快呀，飞机刚走，小汽船就来了！"

"解放军成立了收枪工作队，看哪个还敢不缴！"

"这下可好了，以前收过多少回枪，就是收不了！"

"这回也不见得能收净，他要是硬不缴呢！"

"不缴？"申大篙立在人群里，比一般人高出一头，如果把众人比作草帽，他就像草帽尖，“谁不缴试试，立即逮捕。”

人们正议论的时候，全副武装的解放军搭起跳板，排着队下船了。

申大篙迎上前去，自我介绍说：“我叫申大篙，是原先的生产大队长，被打成了‘走资派’，黄黑狼把我赶跑了。如今我回来，他又跑了。眼下这村的领导班子还散着架，没人管事，我先支应几天，等老支书出了狱，再由他管。哎，你们知道不？老支书多会儿出狱？”

收枪队的战士们摇摇头，一个带队的上点年岁的解放军说：“申大篙同志，我们只是管收枪，老支书出狱的问题，可以找公安部门去解决。”

人们笑了，申大篙也笑了，说：“行，管收枪就行，只要他们手里没了家伙，收拾他们就不费劲儿了。”他举起一只胳膊，扬一扬手说：“走，跟我先到队部，咱们好好谈谈。”回头又对玉莲说，“莲子，你给同志们烧点水，送到队部里来。”他叫过原先的大队会计阮木三，又吩咐，“你去给同志们派饭，找跟我们一个观点的户，把饭弄好点，要保证同志们的安全。”

申大篙领着解放军来到大队部。

大队部已经破烂不堪，窗玻璃被打碎了，门窗被人摘走了，屋子里的桌椅，缺胳膊少腿，一进屋，有一股子臭味。申大篙一看，墙根下有好几摊屎，不知是人屙的还是狗屙的。申大篙皱着眉头，不住地骂街。他觉得屋里实在没法待。他有心把同志们领到自己家里，可自己家里也是被造反派弄得破狼破虎，他忽然看见阮木三溜溜瞅瞅地走了进来，就说：“木三，要不叫同志们到你家去吧，这些年，仗着你那浑蛋小子，给你捞了不少油水，数你家过得还像个日子。”

阮木三没答声，脸上露出为难的样子，大概当着同志的面不好意思说什么，就把申大篙叫到一边去，悄悄说了些什么。只见申大篙生气地大声说：“那算啦！少啰唆些废话！我早知道，你是掉个树叶也怕砸破头的主儿，叫黄黑狼把你的苦胆都吓破了。快躲开这里，饭，你也别派了，我让别人派！”说完，怒冲冲地离开阮木三，向同志们说，“走，到我家去，好赖没有屎。”

解放军看到这种情形，就说：“请找把扫帚来，我们动手把屋子打扫整理一下不就行了？”

阮木三为了给自己遮脸儿，连忙说：“扫帚有，我去拿来。”说着，颠颠地跑走了，不一会儿，找来好几把扫帚，还捎来了一个大锄锨。

“啊呀！真不含糊，竟敢把你家的锨拿来了。”申大篙嘲讽地向阮木三说，“不过，要是黄黑狼杀回来，就凭你这把锨，也饶不了你呀！还有，你那个浑蛋小子，赶快把问题交代清楚，要不，我可饶不了他！”

阮木三听了，如雷轰顶，黄了脸，眼神也发起直来。

四

战士们刚把办公室收拾出个眉目，只听院里传来一个妇女的尖嗓音：“解放军同志们在哪儿呀！我来看看同志们。”

顺着声音看去，只见门口出现一位穿着一身绿色制服的女人，约莫三十多岁，白净的长巴脸，细弯的挑梢眉，流动的杏核眼，薄薄的翘嘴唇。她只一脚蹬着门槛，笑着向大篙说：“哟！我说大篙叔，您怎么叫同志们在这儿，黄黑狼个挨千刀的，算把咱村祸害苦了，你看把办公室弄得猴毛臊气，真缺了他八辈子德。”说着，用手捂住鼻子，带着鼻音说，“走，解放军同志们，到我家去，我给同志们烧水喝。从前，解放军支左，就住我们家。我是这村的妇女主任，叫辛水仙……”

申大篙哼了哼，打断她说：“水仙，你先靠边站站吧！你这妇女主任，是黄黑狼支派的，是‘帮’上的人物，回头，你要交代你的问题。”

“哟！大篙叔，您怎么这样看我，我可算不上‘帮’上的人物，虽说跟他是一个观点，可没干一点儿缺德的事儿，在路线问题上，我跟他还有过斗争哩！别人不知道，您还不知道呀，我家是三辈贫雇农，是喝苦水长大的，辛老宽还是我大伯呢……”说着，哭了起来。

申大篙见不得这个，皱着眉头，挥着手，大声说：“你给我出去，我们要谈工作！你要真想跟黄黑狼撕拉清楚，就赶快揭发，把枪交出来。”

“我是要揭发。”辛水仙抹抹泪水说，“可是，我一个女同志，哪知道枪藏在哪儿呀！”

正说着，玉莲和水清提来几个暖水瓶，还没等进屋，水仙就赶忙抢去接。玉莲白了她一眼，躲着身子不让她接，径自放到桌上。水仙又去接水清的，水清鼻子哼了哼，啐口唾沫，也不理她。水仙翘翘薄嘴唇，装作不计较，讪讪地笑笑说："怎么给同志们白水喝？我家还有茶叶呢，我去拿来。"说完，向解放军飞一下眼，扭着屁股跑出屋。

玉莲撇撇嘴，冲着她的后影啐一口说："呸！谁喝你的臭茶叶！留着给你的黄黑狼喝吧！"

那个带队的解放军忙说："不要搞派性呀，要团结一切可以团结的力量嘛！"

玉莲皱皱鼻子，说："哼，团结谁也不能团结她，吃里爬外的女妖精。"

申大篙觉得跟解放军说这些，一句半句也说不清楚，就索性不让玉莲说下去。他给同志们斟上水，简要地介绍起村子里的斗争情况，以及黄黑狼的武装势力，并让同志们提高警惕，注意安全。解放军让他提供一些线索，估计一下黄黑狼他们的枪弹数字。申大篙皱皱粗黑的眉毛说："这很难说，这几年，我在外边跑着，老支书蹲了监狱，天下就是他们的了。他们上下勾结，砸过军火库，炸过县委大楼，血洗过小柳庄。武斗最厉害的时候，据说他们还有机枪和小钢炮，这里是他们的武斗点，很可能还藏着炸药。"

战士们听着，不住地在小本上记。

在谈工作的时候，窗外有个人，探了一下头就不见了。申大篙噌地一下就蹿了出去，喝问："是谁？！"

那人缩着个脖儿，嬉笑着脸，向申大篙低头哈腰地说："我来交代问题，我要反戈一击……"

他一说，申大篙忍不住笑了。原来这人外号就叫"反戈一击"，真名叫范一吉，是水清的舅舅。五十多岁年纪，为人灵活，处世随和，见缝插针，见风使舵。从小做小买卖，在村里，大小也当过干部，但历次运动都没挨过整，人们说他是"不倒猴"，"文化大革命"中，哪派他都参加过，哪派胜了，他跟哪派，而且老是"反戈一击"。人们嘲笑他说："你究竟是什么观点呢？”他龇龇牙说：“我这观点，可不是一般的观点，是胜利者的观点。孙大圣七十二变，我范一吉会七十三变，比他多一招儿……”他能写会算，手头子很利索，又会溜舔，所以，当权者，尽管知道他有转舵的毛病，也都得用他。

今天，他一见申大篙笑了，自己来时的畏惧心情，立刻云消雾散了，向他招招手说：“大篙叔，附耳过来。”论辈数，本来他跟大篙是兄弟辈儿，可今天却给他叫起叔来。

叫得大篙有点愣怔，还没容他说什么，范一吉就说：“没权的王八小一辈——嘻嘻，我是指孩子对您的称呼。”

“有话快说，有屁快放！”申大篙很讨厌他那一副卑态。

“您过来一下，我有秘密话儿。”范一吉止住嬉笑，认真地悄悄地说，“这回，我真的要反戈一击！而且用实际行动。”

申大篙走了过去。范一吉个儿小，在申大篙眼前，好像个小孩子。他踮起脚尖，还扒不住申大篙的肩膀儿，他让申大篙猫下腰，这才说：“我知道哪儿有枪，谁家有枪。”

“那你快说！”申大篙瓮声瓮气地说。

“我已写好了一个名单。”范一吉从怀里摸出一张纸，小声说，“你们就按着这个名单去搜吧，管保没错。”

申大篙接过名单一看，立刻高兴了，说：“好小子，你什么时候写的？”

“飞机一撒传单，没等小汽船来我就写好了。”范一吉得意地说，“要没这么点阶级嗅觉和革命觉悟还行呀！”

申大篙鼻子里哼了哼，嘲笑地说：“还革命觉悟呢！将来一有风吹草动，你又要反戈一击了。”

“再也不了，永远不了。”范一吉沉着脸，发誓赌咒，“这是我最后的反戈一击了！这回我算看准了。你们看着，以后我要再‘反戈一击’，就不是人揍的！”

申大篙不愿再听他诌下去，就要回屋去，范一吉紧追一步，央求说：“你把水清叫出来，我想看看我那外甥儿。”

申大篙说："算了吧！当初他在你那儿避难，差点没要了他的小命，要不是夏大婶收养他，早玩儿完了。如此，你还有脸见他？"

"唉！我也是不得已呀！"范一吉哭丧着脸，双眉垂成八字形，"当初是当初，如今是如今，我要向外甥赔礼道歉，回头还要向我姐夫低头认罪呢！您就把他叫出来吧！"

申大篙只得走进办公室，向正在倒水的水清耳边说了几句话。水清一摇头说："我不见，他不是我舅舅。"

五

收枪工作，进行得并不顺利，参加过武斗队的人，不愿自动把枪交出来。两派的群众，对逃窜在外的黄黑狼还担着一份心，对他的帮派势力，还捏着一把汗。

这些天，申大篙忙了个团团转。他恨不能一个早上，就把所有的枪都收上来。可是，七八天过去了，收上来的净是些破枪臭子弹。他对解放军的思想工作和宣传教育不感兴趣，喜欢在电喇叭里呼喊："限三天之内，如若有枪不交，搜出来枪毙！"

三天过去了，可是交上来的还是寥寥无几，于是他再一次下最后通牒："再限两天，如再不交，一定不客气。"两天以后，他见人们还动静不大，就急得在电喇叭里骂起街来："黄黑狼的狼崽子们，你们藏着枪不交，想下小的吗？下了小的，叫你们子孙后代挨枪崩。反修队，没一个够揍的，早晚我得扒了你们的皮！"

他在电喇叭里喊得正过瘾的当儿，忽然眼前伸过一只大手，"咔"的一声，把电钮给关死了，他刚要发作，抬头一看，一位白发苍苍的老者，黑乎着眼正凝视着他。

"啊，老雁爷呀！您怎么来的？"

老雁爷用拐杖戳戳地，说："我看你喊得太不像话了，在家躺不住，就拄着拐杖来了。"

申大篙平时最尊重这位老人了，他是村里的老烈属，两个儿子都是雁翎队的，牺牲在苇荡里。合作化时期，他是社里的治鱼能手，老劳动模范。“文化大革命”，他被造反派揪出来，逼着他写材料，证明辛老宽是叛徒。他死也不写。黄黑狼把他吊起来打，打折了腿，又用绳子拴着他的腿，头朝下往井里沾，叫“沾糖葫芦”……老人没给他们写一个字。申大篙一想到这些，心里就热得不行。他回到村里，第一个就先去看他，他的一只腿落了残疾，走路不方便，申大篙就连夜给他做了一个拐杖……

他忙给老人家搬来一个坐物，扶着让他坐好，说：“老雁爷，您有事吗？”

“自然有事。”老雁爷眯缝一下眼睛说，“你呼而喊叫的，翻腾得倒挺欢。”

“唉！真急死人了！”申大篙叹口气，颤着手指卷烟末子，“过去十来天了，好枪硬是收不上来。”

“好像戏台上唱大戏，光看见你一个大花脸蹦跶。连个敲锣打鼓的都没有。”老雁爷笑一笑说，“看来，‘文化大革命’没把你整死，今天得把你累死。”

申大篙点点头，把卷好的纸烟插进嘴里，想听听老人的指教。

可是，老雁爷并不说什么，立起身，支起拐，迈步往外走。走到门口，停住步，一回头，说：“来，篙儿，给我找只船，咱们去县城！”

“干吗去？”

“去接辛老宽！”

“能行？”

“能行！”

六

夏大婶听说老雁爷和申大篙亲自去县城接水清爹，说不清自己是一种什么心情。她为水清高兴，也为受害的乡亲们高兴。水清从十二岁上就没见过他爹了，如今长到二十出头的大小伙子，当爹的见了儿子，会是怎样一种情景？这些年，老宽哥一定变老了，受的苦难一定比家里的人深重……他回来，还能支起村里这个烂摊子吗？她也想到自己，虽说给他把水清收养大了，并不想贪图什么报酬，也不打算争功摆好，她想，等老宽回来，就让水清过去跟爹住……

她思前想后，心里安静不下来。她忽然想起老宽哥在狱中，一定缺少替换的衣服，现做新的也来不及。她打开柜，索性把玉莲爹生前的两件衣服拿出来包好，叫玉莲给水清带上，嘱咐女儿跟外人别说是咱们家的，玉莲抿嘴笑笑说："这还用嘱咐，我连这么点心计都没有？"

她又把水清叫过来，给他换上件干净的衣服，嘱咐他，见了爹，先别告诉他那些辛酸的事，免得引他过于难受。水清点点头，拿起小包就要往外走。夏大婶又要去烙饼。玉莲说："哎呀，看您这个啰唆劲儿，县城里有饭铺。"

这时申大篙和老雁爷来了，催着水清赶快上船。夏大婶这才作罢。

水清看老雁爷还拄着拐，就说："老雁爷，您老腿脚不方便，甭去了吧！我跟大篙叔去就行了。"

老雁爷说："坐船碍不着腿脚，好多年不进县城了，我愿豁亮豁亮。"

申大篙说："本来我也劝老雁爷别去了，可他非去不行。他说他是代表广大社员去的……"

他们扛着棹来到村西淀沿上。

人们知道他们去县城接老支书，都赶来相送。

众人你一言我一语地嘱咐着、委托着，帮着他们出点子。

告别了众乡亲，申大篙就提起锚，上了小四舱，点起一篙，小船离开了岸边。嬉戏的鸭群嘎嘎地躲闪着，淀里涌起一道道水花。

申大篙摇着棹，老雁爷坐在船后艄，深有感慨地说："唉！想不到今天到监狱里去接人！这一辈子什么稀罕事儿都叫我赶上了。"

"老雁爷，听说抗日的时候，我爹也坐过监狱，县城解放以后，也是您摇着船接他回来的！"水清说。

"是啊！我就是想起那会儿的事来。"老雁爷看着两旁的苇荡说，"那年，也是苇子黄梢的季节，我摇着小排子船去接他。他正年轻，小伙子英挺着呢，八个月的监狱，没挫折了他的志气，出狱的第二天，就带着民兵上前线打仗去了……”

“那时是日本汉奸押了他八个月。”申大篙拨着水说，“可这次是林彪、‘四人帮’把他押了八年啊！这八年可不好过呀！听说他的脚踝骨都被镣磨烂了，狗×的，真比法西斯还残忍！”

老雁爷痛苦地低下头，沉默了一会儿，又抬起来，目光灼灼地说；“你是说，这一回，老宽会叫他们整垮？”

“我看哪，整不垮也得残废了……”申大篙说。

“我是说他的心气。”老雁爷大声说，为申大篙没理解他的话生了气。

“心气儿……”申大篙见老雁爷动了气，不敢直说了，“也许不会垮吧！”

老雁爷对申大篙的回答，很不满意，什么叫“也许不会垮”？老宽是他亲眼看着成长起来的，他就像堤头上那棵红荆树，别看它粗粗墩墩，七杈八茬，不那么起眼，也没迷人的媚态。可是它年深日久，根深叶茂，任它多么大的狂风暴雨，也摧毁不了它那坚固的躯干。他坚信，老宽的身心，绝不会垮的！

听着瑟瑟的秋风，潺潺的水声，老人家回忆着八年前的往事。

没想到，“文化大革命”中，村里好吃懒做的黄黑狼一反常态，在造反中，他冲杀在前。在武斗中，他立下了汗马功劳，被造反派的头头一眼看中，认为他有阶级觉悟，有非凡的军事才干，在火线中入了党，在斗争中掌了权。采菱村叫他一手遮了天，硬要把用血写的历史颠倒过去——把辛老宽定成叛徒、反革命分子。为了找当时的证明人，他们把老雁爷抓去，威胁利诱……他们取不了证明，便勾结公安局的造反头头，硬来绑架辛老宽。因为群众一时愤怒，起来和公安人员斗争，头一次，没把辛老宽抓走。可是，过了没两天，趁人们都去淀里割苇，公安局的人乘着小火轮，开来一个连，全副武装，像鬼子逮捕一个八路军的战斗英雄一样，五花大绑地把辛老宽押走了……

七

申大篙心急火燎，摇得小船哗哗响。经过这一段抓闹，申大篙深感问题的严重，也深感自己无能为力。过去，他当大队长的时候，虽然也念过难念的经，可从来没有像现在这么困难过。过去，凭着他的威信和魄力，他是一呼百应的。那时他有一支骨干力量，有一支阶级队伍，能替他冲锋攻坚。如今呢！他掐着指头算了算，村里几乎没什么好人了，除了“五类”分子，就是武斗队，再就是动摇分子，逍遥派算是最好的了。这些人都不是可靠力量，只能利用，不能重用。唉！等接出老支书，看看他的心气再说吧！他要是有心气，我就跟他折腾两年，他要是心灰意懒，我趁势就摔了篙子。

小船沿着壕道，傍着大堤，奔县城走着。这里的稻子，已经开始收割了，一片镰刀割稻的沙沙声，朵朵麻黄色的稻毛毛，在空中飘着。招引来许多晚归的燕子，捕捉着小虫。藏在苇地里的鸪顶和野鸭，歪着头儿窥察着动静，等小船离近了，就一个猛子扎下去，过一会儿，又露出身子……水清对这些很感兴趣，这些年，他是在地洞里度过了自己的少年时期，白天不敢见阳光，只是在夜深人静时，玉莲才轻声招呼他出来，在院里站一会儿，呼吸一下新鲜空气，看看天上的星月。夏大婶担着心、受着怕，赶紧让他回去……在地洞里，大婶和玉莲伺候他吃喝，开导他活下去，盼着将来的出头之日。这一天，总算盼到了。今天就去接父亲，不知他老人家什么模样，见了面恐怕会认不出来了。那年，父亲被捕时，是五十二岁，如今已是六十的人了，一定变得老态龙钟了。“犯人”出狱的时候，几乎都是胡子拉碴的……

小船停在了县城东关，这儿像一个小码头，沿着堤岸，停着一排排的木船，在南边一侧，停着几只绿色的小火轮，插着鲜艳的小彩旗。岸上有一个大吊车，正在收购各队的苇席，一片马达声和人的吆喝声。

“行啊！比过去红火多了。”老雁爷捻着几根鲇鱼须说，“那几年，这里停着的净是武斗船，堤头上架着机枪，一旁蹲着大狼狗，就像过去的日本宪兵队。”

街两旁的墙上，还残留着许多弹孔和带火药味的大字报。房檐上还筑有武斗工事。有的正在涂抹，有的正在拆除。新的标语，正在代替旧的口号，有的墙上写着：肃清流毒，消除派性，团结起来，共同对敌……

看着这些标语，申大篙很兴奋，把一路上有过的那种灰暗情绪一扫而光了。他向老雁爷说：“行啊！这还像个‘解放’的样儿，回去咱们也刷些新标语。”

老雁爷笑笑，没答言，他知道申大篙是个小孩子脾气，情绪很容易波动，遇见哭的就落泪，看见笑的就咧嘴。而辛老宽正好和他相反，刀搁在脖子上不发慌，火上了房不着急，过去了的事，从来不后悔。传说他年幼时到县城买了个瓦罐，用绳儿拴上背在背上。走在路上，绳儿断了，瓦罐吧喳一声摔了个粉碎，他连头都没回，照样往前走。别人问他：“你怎么也不回头看看？”他蔫乎乎地说：“看看不也是碎了？”

他们来到县委大院。看到信访科门口围着好多人，大多是告状的，吵吵嚷嚷，闹个不休。

老雁爷想：要是按秩序等着，半年也解决不了问题，不如干脆去找县委书记老郑。他想到这，给申大篙使个眼色，就直接往里走，打听县委书记老郑在哪儿住。办公室的一位俊俏的女同志热情地接待了他们。她自我介绍说，她叫周琴。她问他们是哪村的，找书记有什么事儿。申大篙要直说，老雁爷抢先说：“我们是采菱村的，跟老郑沾点亲。”

周琴抿嘴儿笑了笑，弯着黑黑的眉毛，问：“是什么亲戚？”

老雁爷顺口诌道：“是乡亲。他管我叫大伯。我要亲自跟他谈谈，有要紧事。”

“对，是要紧事，火烧着眉毛，非他解决不行。”申大篙也添油加醋地说。

周琴柔和地说：“他很忙，恐怕不一定在。不过，既然有要紧事，我就给你们去找找，你们来一趟也不容易。”

“好，多费心了。你就说他大伯找他呢！”老雁爷又加一句。

周琴点点头一笑，没再说什么，扭着身子出去了。申大篙看屋里没人，小声问老雁爷："您怎么冒充是县委书记的大伯呢？"

老雁爷忍住笑说："一点也没冒充，抗日时期，凡是革命干部、八路军，都管老人叫'大伯'。"

申大篙、水清都笑起来。

他们打量办公室的墙上，挂着一张全县水产规划图，上边有周总理对白洋淀的指示。

看着这规划宏图，申大篙又兴奋起来，他指着图上一个小点点说："这就是咱那小村，是水产的中心点儿。过去养的鱼，都喂了'狼'了，成了他们的'菜园子'，这回，老宽哥回去，咱们赶紧把鱼塘抓起来，养它几万尾……"

正说着，只见周琴领着一个瘦小干巴的老头儿进来了，那老头儿一进门就问："哪位是采菱村来的呀？"

老雁爷拄着拐站起来，说："我们是。啊，您是老郑吧！怎么您来了，也不到咱村看看您大伯大娘去呀！乡亲们可想您哩！"

老郑愣怔了一下，打量了一下老雁爷，倒是面熟的，就笑着说："大伯请坐，都请坐。"他掏出香烟，给人们递烟，又说，"我也是想念乡亲们，可是老也抽不开身子呀！你们来得正巧，我刚要给你们村打电话，让你们把辛老宽同志接回去。"

老雁爷一听正对心思，忙说："我们就是特来接辛老宽的，乡亲们都等急眼了。再不放他，可就要集合起来砸监狱了。"

周琴给大家斟上刚沏好的茶水。

老郑搔搔谢了顶的头发，笑着说："经过落实政策办公室和政法部门同志的调查，这确实是一桩冤案，辛老宽同志是一位好同志，一个坚强的共产党员。他在狱里，坚持原则，大义凛然。黄鹤良等人，纯粹是阶级报复，他与县委那个'母老虎'勾结，干了好多坏事，冤了一大批人，株连很广。眼下，正在一个个审查，一个个落实……这是历史上罕见的大浩劫哟！比这更大更冤的案子还多得很呢！所以，你们见了老辛，千万要多多安慰他，别叫他灰了心……"说到这，老郑的眼圈红了。老雁爷擤了擤鼻涕，用袖子擦擦眼睛，站起身，拐着腿，走到窗前，背过脸去，哽咽起来，过了一刻，转过身来，大声说："老郑，快把老宽交给我们，别的话，以后再说！"

他的声音，像钟一般洪亮，使在座的人，都很吃惊。

"我已经派人接他去了，他马上就能跟你们见面了。"老郑揉揉眼睛说。

水清把衣包递过去，说："这是给我爹带来替换的衣裳。"

老郑摆摆手儿说："不用了，给他们已经发了新衣服。还要准备发一批生活补助费。"他站起身，在地上踱着步，像是自言自语，"这只不过是一点点心意，同志们精神上和肉体上的创伤，还要靠自己，一点一点地舐净、治愈啊……"

八

老郑留大家吃完饭，给县法院打了个电话，就陪着老雁爷他们去接辛老宽。出了县委的大门，斜对面就是法院。老雁爷见了那高高的院墙慨叹地说："盖这房院时，还是我领着瓦工班盖的呢！想不到盖成了，倒把自己的人关了进去。"

"是啊！这是天大的讽刺，自己的专政机关，倒叫敌人专了我们的政。"老郑也叹息地说。

他们在接待室，等着见辛老宽。老郑嘱咐水清说："见了你爹，可不要哭啊！咱们要挺住点！"

申大篙也说："对！咱们谁也不许哭。"说着他的眼睛先湿了。

正说着话，通信员小赵跑来说："辛老宽同志来了！"

辛老宽身板挺直，穿着一身制服，头发新理过，脸上刮得光亮。他见了人们，笑着说："知道你们来，我特地理了发，刮了脸，你们看，我不老吧！"

"是不显老……"老雁爷也想笑笑，但嘴唇颤抖得不听使唤，那样子，倒像哭。

"水清，这就是你爹，快认认！"申大篙推着水清，自己却扭过身去，忍不住大哭起来。

水清有点陌生，又有点不好意思地扑到爹的怀里，叫了一声爹。他十二岁离开爹，八年来，爹的影子，已经在记忆中模糊了。

爹摸着水清的头，也有点陌生似的，离开村子时，他还是一个小孩子，没想到，如今已长成个大小伙子了，个头这么高了。他止住流到腮边的眼泪，笑着说："哭什么呢？这不挺好吗！天没塌下来，地也没陷下去，这不一切都挺好吗！"他看见老雁爷拄着的拐，就过去搀住老人家，说："看来，您老人家得了残疾，这腿……"

"叫他们打折了。"老雁爷擦着眼泪说，"难道你身上没落点残疾？"

辛老宽的脸颊抽搐了一下，皱了皱眉，摇了摇头，说："腿脚还行。不过，我是个好了疤瘌忘了疼的人。记吃不记打，在这儿，我倒习惯了，还想再坐它八年牢，要不是你们接我来，我还不想出去呢，我觉得出去了，还不如这里边保险……"

说得人们都苦苦地笑了。老郑擦擦眼角也凑趣，说："这倒是真的，出去了比在这里边要费心得多。"

"可不是，出去了还得叫我逮狼，弄不好，还得叫它把我咬一口。"辛老宽看见申大篙在一旁还是哭，就走过去，拍着他的肩膀儿说，"大篙，咱们商量一下，这狼还是你去逮吧！我在这儿再住几年，行不行？"

申大篙一下子止住哭，抓住辛老宽的手说："我的老宽哥呀，你别说风凉话啦，快跟我们上船走吧！"说着，拽着辛老宽，跟斗趔趄地走了。

老郑送他们上了船，临别，向他们说："你们先回去抓抓烂摊子，过些天，我们派一个工作组协助你们。"

"那敢情好！"老雁爷说。

"眼下忙得四脚朝天，人手太紧张，实在抽不出人来。"老郑搔搔脑门儿说。

"郑书记，派我去吧！"周琴要求着，"我最喜欢到水乡去生活。"

"好，你把资料整理完了再去。"老郑笑着说，"我看呀，你不是去工作，你是想体验生活、写诗。"

周琴抿抿嘴儿，弯眉笑了。

九

小船行进在午后的白洋淀水面上，没有风，阳光花花点点，闪着银光。淀水的清凉气息混合着芦苇、荷萍和鱼腥的气味，透发出来，使辛老宽像是闻到一种醇浓的酒香，沉醉在纷扰复杂的情感中。八年的监狱生活，使他与世隔绝了，种种酷刑，并没有摧折了他的意志。他思念着白洋淀，思念着乡亲们，思念着党。他相信，历史是人民谱写的，是烈士的血凝成的！一两个小丑，绝不会使乾坤倒转，河水倒流，他相信，总会有那么一天，他会回到故乡去，见到自己的亲人。他盼着这一天。可是，希望却有时又是那么渺茫，八年哪！相当于整个抗日战争哪！自己是不是能够见到东方的曙光？能够看到绿绿的淀水和那丛丛的苇荡？他渴望着，临去见马克思之前，能让他再呼吸一下故乡的空气，喝一口甘甜的淀水，死也就瞑目了。他盼望着这一天，这一天终于来了！他相信这是真的，可又像是在梦中，他害怕醒来的时候，这一切又成为幻影。

他看着这故乡的景物，这水，这苇，这荷萍，这菱草，都那么亲切！他想，大概一只鸟儿出了笼，又回到它曾经生活惯了的森林里，那种心情，也和自己一样吧！他看着那清得发蓝的淀水，不由伏下身去，用手捧着，一口一口地喝起来。一阵兴奋，加上一阵酸楚，使他流下了热泪。这个乐天性格的人，这个心胸宽广的硬汉子，在阴云重压的年代，在残酷的毒刑面前，他没皱过一下眉头，没流过一滴眼泪。可是如今，当他重见了天日，回到了故乡的怀抱里，重见了家乡的水土的时候，却止不住哭了起来。他坐在船舷上，哭得是那么痛心。同船的人也跟着他哭。

“爹，您别难受了。”水清安慰着父亲，“‘四人帮’完蛋了，您的冤案也平反了，再抓住了黄黑狼，咱们的仇也就报了。”

辛老宽止住了哭，他摸着水清的头，说：“孩子，我哭，不光是难受，也是因为高兴啊！我又见到了一别八年的亲人，见到了遭劫后的家乡，小清子，你知道爹这时的心情吗？”

是的，年轻的水清哪里体会得到久经风雨锤打、曾经与故乡人民一起战斗过来的老一辈战士的心情！辛老宽想到的，当然不只是个人的悲剧，他想到的，是历史的悲剧，是党的悲剧，人民的悲剧！自己是平反了，可是，还有多少人的问题等着落实啊！

刷刷的桨声，伴着他纷繁的沉思。

船缓缓地靠近了采菱村。下晚的、金黄的阳光，在村边的树梢上荡漾。村边儿，站着一群来迎接辛老宽的人。当他们看清，坐在船头的，果然是辛老宽的时候，不由得都呼唤起来："是老宽回来啦！真的是他回来啦！"

"回来了，是我回来啦！"辛老宽笑着，没等小船靠岸，他就蹚水下来了，和乡亲们握手打招呼。

大家知道辛老宽早已没了家，他的房子还塌着，一时没法住，都愿把他拉到自己家去住。

"到我家去吧！老宽，我家里宽敞。"

"到我家去吧！我们家有地方。"

水清跟爹商量，是否跟他一起先住在夏大婶家，等收拾好了房子再搬回家去。老宽想了想摇摇头，他是不想再给夏大婶添麻烦……申大篙也叫老宽到他家去住。老雁爷说："你们谁也别争，谁也别抢，我早就包下他了。我一个孤老头子，正缺个'老伴儿'。"

"好，我就当你的'老伴儿'去。"辛老宽说着，跟老雁爷去了。

群众跟随着他，问长问短。

他们正向前走的时候，只见迎面一个女人，尖声叫着跑了过来，向辛老宽说："姐夫，您回来怎么不到咱们家去呢？您这是往哪儿去呀？我听说您回来，就把饭做好啦！走吧！跟我回家吧！"说着，她推开众人，上前去拉辛老宽。

这女人就是范一吉的老婆，水清的舅妈，叫胡香，皆因她舌头长，爱说闲话，人们送她外号叫"二尺舌"。

辛老宽看看她那菜瓜脸，蛐蜒眉，薄片嘴，冷笑一声，说："咱们家？'杂面'——豆性子气。你快回你的家去吧！我已经没家了。"

“可别老纠缠过去那些事。”二尺舌用舌尖舐舐上嘴唇说，“他舅早就‘反戈一击’了，又回到了革命路线上来了，咱们又是一个观点了，再说，不管怎样，咱们也是亲戚，瓜儿连着蔓儿呢！”

“嗬，‘二尺舌’这会儿又来攀亲了。”有人拿腔捏调地说，“你们不是早就划清界限了？”

“二尺舌”向那人白瞪一眼，说：“说话要留点德，打人别打脸，揭人别揭短。划清界限，不兴又划回来？如今的事儿，要一会儿说一会儿。谁也没长着前后眼，谁知道上边有个‘四人帮’？”说着，又去拉辛老宽。申大篙早就不耐烦了，用棹拨她一下说：“你给我先靠边站会儿吧！你们的问题，还没讲清楚哩！”

“二尺舌”最怕申大篙那火性子脾气，她只好躲到一边去，噘着嘴，不知小声嘟哝几句什么话，扭回身，撅着屁股走了。

十

夏大婶没到村口迎接辛老宽。但她心里一直没有平静。自从水清拿了衣包走了以后，她想了很多。她后悔不该叫水清拿走自己丈夫的衣服。她收养水清长大成人，本来问心无愧，并无一点私心杂念。当初即使是一个路人的孩子，她也不能眼看着叫“狼”吃而不管。何况她是出于一种对老革命和革命后代的爱才下决心担这个风险的呢。可是俗话说“寡妇门前是非多”！近来，她听到了一些关于她的流言飞语，使她的思想产生了激烈的斗争和波动。她是一个心地善良而又感情格外细腻的女人，她生怕因为自己的一时不慎招来无端的烦恼，也怕因此给老宽父子带来不好的影响。

“娘，老宽大伯回来了，您怎么不去看看？”玉莲抱来一束苇篾子，放在外屋说，“看的人可多了，连‘二尺舌’也去了呢！”

娘没言语。玉莲走进屋，看着娘的面容，像是有什么心事似的。做女儿的，一时不理解当娘的那种复杂心境。

“你去看你老宽大伯了？”娘收回沉思的目光说，“他穿着什么衣服？身子骨怎么样？”

“他穿着一身新制服，身子骨蛮好。”玉莲说，“一点也不显老，还刮了脸呢！”

“啊！他没穿水清带去的衣裳？”

“没有。”

“这就好了。”娘说着，走到外屋去。女儿不明白娘说的“这就好了”这句话的意思，正要问，只见水清提个衣包进来了。

“水清哥，你爹来了，怎么不领他家来？”

“老雁爷拉他走了，他说一会儿来。”水清把衣包交给夏大婶。夏大婶赶紧把它放到柜里去。

看看天不早了，夏大婶就去做饭。玉莲说：“多放点米，叫老宽大伯来咱家吃吧！”

大清说：“不用了，我爹说，他在老雁爷家吃。”

玉莲又向水清说：“咱们还去逮螃蟹吗？这回多逮几个，叫上老雁爷、老宽大伯、大篙叔，打瓶酒，咱们在一起喝个团圆酒儿……”

“好！说去就走，我去找船。”水清高兴地说。他最愿到淀里摸鱼逮螃蟹了。

夏大婶向玉莲说：“你就是爱去疯跑，我看你这席，哪辈子才能织成。”

“夜里我加班还不行吗？”玉莲咕嘟着嘴说，“我看您好像有什么心事似的，老宽大伯回来，您怎么不高兴？”

“屁话。”娘半笑地说，“我怎么会不高兴？”

“那您为什么老是无精打采的？是舍不得叫水清哥走？要是舍不得，干脆叫老宽大伯也来咱家住吧！”

娘的脸腾地绯红了，啐了女儿一口，骂道：“死丫头，再胡说我撕你嘴！快给我滚吧！”

玉莲拉着水清往外走。娘追出来，拿了两件衣服说：“晚上秋水凉了，多套上件夹衣。”又嘱咐，“别去的工夫太长了，天黑了，蚊子多。”

水清和玉莲答应着跑走了。

十一

黄昏已经临近了，有半个太阳已没入西边的太行山里去了。天空升起了晚霞，红色的云彩，像胭脂似的，把淀水映得一片红。水清摇棹，玉莲撑篙。小船就像在柔和的红绸子上面划行。小船涌起的波纹，闪着红霓般的亮光，一圈一圈地扩散开去，一直扩散到苇塘边。

玉莲放下篙，坐在船板上，脱了鞋袜，把脚巴丫伸进水里去，搅着水玩。

水清笑着说："水凉不？"

"有点凉。可好哩！"玉莲甜甜地一笑，闪着黑眸子说，"比在家里织席美多了。这儿的天地多开阔。在家里，一坐就是一天，把腿脚都窝别麻了。"

"那怎么也比在地洞里舒服呀！"水清说，"地洞里又潮又闷，见不着日头，还不如个田鼠。我真想死了！"

"怎么样？听我的话对了吧？"玉莲说，"当初你要死了，还能有今日？还能见着这天、这水，还能见着你的老爹？"

水清苦笑了。他感激玉莲母女对他的护养和慰藉。在那风雨如磐的日子，当他感到憋闷、没有出头之日的时候，是玉莲开导了他，要他看远点，别寻短见，天不会老阴着，早晚能见着日头……话短情长，水清心里才豁亮了些，眼前也有了一线生路。如今，这一天终于盼到了，好像是来到了另一个世界。这天这么高，这云这么美，这水这么清，这人——他打量一下坐在对面的夏玉莲，是那么可亲，可爱！她的面容，抹着红红的霞光，是那样俊丽。

小船划到一片苲草地，密密的羊毛苲和红心苲，铺了一大片，像绿色的毯子。他向玉莲说："快把脚收回来吧，小心叫苲草划破了。"

他们把小船拴在一束苇秆上，就蹚水来到岸边的稻地里，螃蟹爱在那儿寻吃丢下的稻穗儿。

"你兜里鼓鼓囊囊的，装的什么？"玉莲问。

“电棒儿。”水清说，“等天黑了，用它一照明，螃蟹就来了。”

“可是，娘嘱咐不让咱们太晚了回去。”

“为了多逮点螃蟹，挂点晚也值得。”

“这大洼场，黑灯瞎火的，多害怕呀！”

“没关系，有我呢！”

……

到天黑以后，他们逮了不少大螃蟹。在往家走的时候，玉莲才发现，一个食指叫螃蟹夹破了，疼得她叫唤起来。

水清凑近她，拿起她的手，看那食指沁出了血。

“用嘴嘬嘬就不疼了。”说着，水清把她的食指放在自己嘴里，嘬了几口，问，“还疼不？”

“不疼了……”玉莲笑着夺回手，红了脸，接着说，“天不早了，咱们回家吧！这大苇塘，四下没人，多害怕呀！”

“怕什么？有我跟你做伴儿呢！”水清充起好汉来了。

玉莲忽然听见苇塘深处，有哗啦哗啦的声响，就警觉地说：“你听，好像有人蹚水！”

水清听了听，却又没有了动静，就说：“不会有人，也许是水野狸在活动。”

“水野狸能有那么大响声！”玉莲压低嗓音说，“是不是黄黑狼藏在里边？”

“不会吧？他藏在里边吃什么？还不饿干巴了他。”

“你真傻，他的亲信、爪牙不会给他送吃头儿？”玉莲说，“辛水仙那个臭娘们儿就是他的姘头，她准给他通风报信，送吃送喝。”刚说到这，里边又是一阵声响，确像是人的动作。水清机灵地从船上拿起一把鱼叉，就要钻入苇塘里去看。玉莲急忙拦阻了，小声说：“不要打草惊蛇，要果真是黄黑狼在里边，咱俩也不是他的对手，他手里有枪，还不是白送死？依我说，咱把这个情况报告给解放军，来几个人围住，他休想逃跑……”

水清想了想，觉得玉莲说得对，就悄悄地把小船划出苇塘，顺着壕道回村了。

十二

水清和玉莲回到家，刚走进小院，就听见屋里好多人在说话，显得很是红火。这个寡妇的院落，一向是冷冷清清的，很少像今天这么热闹。他们听出，屋里说话的有老雁爷、大篙叔和水清爹。玉莲一阵高兴，抢先走进屋里，欢眉笑眼地说："今天真是喜庆日子，爷爷、伯伯、叔叔们都到我们家来了。"

申大篙笑着说："今儿个这小屋成了西山的核桃——满仁（人）了。"

老雁爷咧着没牙的嘴呵呵笑，说："老宽来向你娘道谢来了，要不是他婶儿担着风险收养水清，水清早叫黄黑狼弄死了。"他看着水清走进屋，又向老宽说，"你看见这孩子腿上那伤了不？黄黑狼一枪想结果了他，幸亏天黑没打着致命处，只打在腿肚子上了。"说着，老人把水清的裤腿捋起来，让辛老宽看，只见一个弹孔，还显露着紫色的伤疤。

辛老宽一阵心酸，滴下两颗泪珠：这孩子，从小没了娘，是他用一口一口的面糊糊喂大的，十年浩劫，又叫孩子跟着他吃了挂落儿，他觉得真是对不起孩子。想到这儿，不由得摸摸水清的头说："孩子，要永远记住你大婶的养育之恩，她比你的亲生父母还要亲！亲生父母没有照管了你，反而让你吃了苦、受了害……"

"老宽哥，你可别再说这些话了，俺听着心里过意不去。"夏大婶红着眼圈儿说，"俺也没受什么累。水清没叫他们弄死，是他的命大，也是老宽哥平时做过积德的事，该不着断了根儿。想起那困难年月，俺孤儿寡母的，要不是老宽哥和队上照顾也到不了今日。"说着，夏大婶撩起衣襟儿擦眼泪。

老雁爷接着说："他婶儿说得也对，咱们是一家人不说外道话。要说'文化大革命'，最大的好处就是考较出了人，它像一面大镜子，谁是什么变的，都现了现原形。你就说范一吉吧！那是水清的亲舅，到节骨眼儿上怎么样？"

"别提他了。"申大篙说，"他表演得最欢了，有名的'反戈一击'，那天又嬉皮笑脸地向我表态，他说也这是最后一次反戈一击……"

人们听了都笑了。

夏大婶把水清他们逮来的螃蟹煮熟端上来，满屋立刻香喷喷的。申大篙拿起一个圆脐的，说："我吃这个母儿，它最坏了，横行霸道，闹得人们家破人亡！"

"咳，那几个公的也不善乎！"老雁爷说，"我牙不济了，干脆用牙帮骨咬它吧！"

申大篙把怀一解，说："狗 X 的们把我的两根肋条砸折了，直到现在还错着茬儿呢！"

左邻右舍，也都来向辛老宽诉苦。有的说，他家的孩子被逼着扛了枪，死于非命；也有的说，他老婆因为观点不同离了婚；还有的说，亲弟兄见面不说话，就像仇人……大家越说越气愤，恨不能立刻把黄黑狼抓到手，一刀一刀零拉了他。

辛老宽听着乡亲们的控诉，心像刀绞一般疼。这个一向沉稳的人，现在也坐不住了，他立起身，在地上踱着走，拳头攥得咯嘣响，怒火烧得他心窝疼。

"老宽，大篙，你们回来了，我们心里就算有了主心骨儿。"乡亲们说，"这仇、这恨可得给我们报啊！"

"当然得报！"申大篙说，"杀人的偿命，欠债的还钱，凡是作过孽的，都有一本账，他谁也跑不了！"

十三

这天夜里，辛老宽宿在老雁爷家。他躺在炕上，回想一天中的见闻和思想上的激烈斗争，怎么也睡不着。他想起了新中国成立前，给地主扛长活儿的时候，他曾经和老雁爷一起睡在马棚里，闻着马粪尿的臊气味儿，听着骡马嚼草的声音，睡得倒挺香。老雁爷爱讲故事，有时讲到半截，他就呼噜起来……后来，抗战了，他们都参加了村里的工作，老雁爷担任了农会主席，他当了"青抗先"队长，每人腰里掖个独橛，出入在地洞、苇塘和青纱帐里，睡觉就再不那么踏实了。八年抗日战争，他们没有脱衣裳睡过整宿觉，都是囫囵个儿一躺，打个盹儿就继续工作。可是，那时候，无论多么苦，多么累，谁也没有怨言，没有灰过心。同志们的心气是那么高涨，那么乐观；人跟人的关系是那么融洽，那么纯洁。有了任务，大伙抢着干，明知有危险，也在所不辞，舍生忘死地冲上前……新中国成立初期，这种劲头还保留着。到后来，一个运动接着一个运动，情形可就大不相同了。不知为什么，越整，坏人却越多起来了。就像一场场洪水发来，人们在浪涛中打扑腾，有的人被卷到水底；有的人为了爬上岸，拼命地捞一根救命的稻草；更有一种人，他是按着别人的肩膀爬上了高岸，而那个被按的人，本来喝了呛水，尚留一丝气息，被他这一按，就只能淹死在洪水中了……辛老宽认为自己就是被人按在水底而没被淹死的幸存者。如今，终于翻了上来。经过这一场磨难，他虽然没有向敌人屈服，但是思想上也有过苦闷，有过失望，甚至有过意志消沉。可是为什么老雁爷、大篙他们，急急忙忙地到监狱里去接他回来？为什么夏大婶担着风险保护下水清的性命？为什么左邻右舍向他诉说自身的遭遇和不幸？这一切都说明什么？啊！是啊，这说明，自己在人们心目中，还占着一个位置呢，这说明，人们心里有他啊！可是，他自己的心里难道就没有乡亲们了？他想到这里，再也躺不住了，不由得披衣坐了起来，想摸个火儿抽袋烟。

“怎么，没睡着？”原来老雁爷也醒着，随手递给他火柴。

“您也没睡着？”老宽问。

“唉！这十年间，我统共睡得没有一年觉。”老雁爷叹息地说，“国家在受难，人民在遭害，叫人揪心啊！怎么，你在监狱蹲了这么多年，如今见到了天日，回到自家的炕头上，怎么也睡不着呢？”

辛老宽吧咂着烟袋，苦笑着说：“是哩！说也怪，我在监狱里，倒睡得很实在。不管他们怎么折磨我，过后，我照样睡得着。他们是又生气又奇怪，骂我是‘死猪不怕开水烫’！这大概是头脑麻木了，左右这一百多斤交给他们了，任他们收拾吧！可是，现在出来，见到了亲人，躺在了亲人的身边，心里倒不好受起来。陈年八辈子的事都涌上心头来了，就像一个接一个的小浪头，拱得心坎难受。”

“嘿嘿，这样一说，出来还不如不出来呢！”老雁爷幽默地说，“要不，跟老郑要求要求，你还回到监狱里去吧！”

“他要是真答应，我就真回去。”老宽也凑趣，“我早说过，出来工作，比在监狱里要费心得多。”

“你算说对了。”老雁爷说，“这个烂摊子，不是那么容易就能拾掇好的，就像倒了一座大厦，光这碎石烂瓦、破檩糟椽，怎么个顺理？顺理完了，地基也得从新清理。这个担子，可非同小可！”老雁爷说到这，听不见老宽的回声儿。在暗夜中，借着明灭的烟火头的光亮，老人看见了辛老宽那一双炯炯的目光，目光里含着的不是畏惧，也不是犹像，而是深沉的思考。

“在年轻后生里，您看谁是棵好苗子？”辛老宽忽然提出这样一个问题。使得老雁爷一时感到突然。后来他终于理解了，老宽想得多么深远啊！于是老雁爷说：“据我冷眼观察，后生中有那么几个，最让我看中的是淀生。”

“谁叫淀生？”

“就是为拿柳庄炮楼牺牲了的老壮家的孙子。这小人跟他爷爷像脱了个影子，长相、做派、心术都像老壮，又有文化，做事也有路数儿。‘文化大革命’一开始，他当了‘保守派’，后来叫造反派冲垮了，他就洗手不干了，躲在家里看书。后来他又当了养鱼员，成天吃住在鱼塘里。有时他也找我来待会儿，从谈吐中，我看得出，这小人儿有肚量，他对林贼、‘四人帮’，早就有看法，他认为黄黑狼成不了气候儿……有工夫，你跟他聊聊，往后培养培养，说不定是个好助手呢！”

说着话，不知不觉天亮了。

十四

第二天，辛老宽围着村转了转。村庄的面貌跟八年前大不一样了，墙壁下还残存着武斗时的弹痕。有的人家院子里，还挖了战壕，房垛口上尚留着防御工事。有的人家房屋已经坍塌，门窗已被烧毁，他看到这种情景，心里一阵阵难过，这不像战争年月敌人“扫荡”以后的惨景吗？他不同意老雁爷说的：先给他把房子收拾好，把家安起来。作为一个党员，应该想到的是群众的疾苦，而不应该老是想着自己的创伤。既然群众把自己看成是他们的主心骨，自己就应该担起这副重担，组织群众，抓好生活、搞好生产，重整家园。于是他沿着小胡同去找申大篙。

申大篙的住处也已破烂不堪，院墙被造反派推倒了，房檐上长着半人高的白草，窗户台上垒着半截砖，院子坑坑洼洼，堆满了碎砖烂瓦……辛老宽在院里咳了一声，就走进屋去。申大篙正盖着个破被套睡觉，鼾声像打雷。辛老宽把他推醒，说：“好家伙，你可睡得真香啊！”

申大篙打着哈欠说：“哪香啊！刚才做梦正跟黄黑狼干仗呢，他跑我追，这个累劲儿！”

辛老宽笑了，说：“你这叫‘做梦抓狼——心里想’。”他打量一下屋子，除了炕和锅台，什么家具也没了，他问：“弟妹和侄子到哪儿去了？”申大篙说：“谁知他们到哪儿去了。昨儿夜里我跟两个民兵抓赌去了，闹得我一宿没睡觉——你知道，现在玩钱的成风，抓也不行……”

“风气不正，自然蛤蟆老鼠就都出洞了。”辛老宽坐在土炕上说，“我看，眼下顶要紧的是先把群众的生活抓一抓，其他问题，咱们得慢慢来。”

“抓生活是重要，”申大篙说，“不过现在黄黑狼还在外边跑着，有些枪支还没收完，人们不能安生，哪有心肠过日子呀？”

辛老宽想了想说：“是这样，抓不到黄黑狼，人心安生不了。不过，他是冻水的泥鳅，也翻不了什么大浪头了。我看现在人心思定，是要安安生生好好过过日子了。眼下正是秋收大忙季节，咱们要抓住这个节令，组织人们开展各种生产，老人小孩都动员起来，该修房的修房，该治鱼的治鱼，该织席的织席……眼下淀里的菱角都熟了，再不摘就要落了，过了霜降节，苇子也就该割了。工作一大摊，看看怎么安排好。反正是又要吹笛又要捏眼，可又不能胡子眉毛一把抓，乱打葫芦锤……”

申大篙没听完，就把眉头皱个疙瘩说：“依着我，先把黄黑狼狗 x 的抓到手，枪崩了他，解解根再说别的！听你这么一说，我脑子早乱成糨糊了，脚底下像缠着乱麻，踢拨不开了。”

“是乱。”辛老宽笑笑说，“要不怎么说要‘拨乱反正’呢！不光脚底下是乱麻，还有蒺藜狗儿，甚至还有地雷呢！我不是说过吗，出了监狱会更费心呢！这有什么法儿？既出来了就准备掉几斤肉吧！”

“掉肉我倒不怕，只要报了仇，解了恨，出了气，叫我下油锅，我也干！”申大篙说，“老宽哥，你就支派吧！你说咱怎干咱就怎干。”

“我也没有什么好砝码。这么多年，我与世相隔，好多情况不明，咱们抽空召开个群众会，跟大伙商量一下，帮咱出出主意……”

“你这一说我想起来了。”申大篙拍拍脑瓜门说，“昨儿夜里，老郑来电话，让你今天带着行李和粮票到县委去学习，说是要办个学习班。”

“我的天爷，怎么又办学习班呀！”辛老宽幽默地说，“一听这‘学习班’三个字，我就脑仁疼！”

申大篙哈哈笑了，说：“这不是‘四人帮’时候的学习班了，那时的‘学习班’是‘血洗班’，谁要进了‘学习班’，不掉块肉也得扒层皮；现在咱办这个班，是真正要学点政策呢！”

“是应该学习学习。”辛老宽微笑着说。“我在你这儿吃口东西，马上就去。”

恰巧，这时申大篙的妻子大桃抱着一束苇篾子从外边进来，大篙就向她说：“你快给老宽哥弄点吃喝，他要去学习。”

大桃长得矬粗短胖，和大篙的细高挑身材正好相反，他俩站在一起，人们爱开玩笑说，一个像电线杆，一个像大瓮。但两口子脾气挺相投。大桃从小受苦，是大篙用四十斤苤蓝干儿换来的。她心肠热，知道疼爱丈夫，又勤俭又懂事理。她见了老宽，眼里含着泪花说：“怎么刚回来又要走？这些年，没把老骨头扔在外头，好容易回来了，不好好在家养养，又去学什么习？”

“唉，你快给大哥做点吃的吧！”大篙催她说，“你看不见村里这个烂摊子？谁有闲工夫养身子？真是忙得连屁都没空放了。”

“就你会说这些下流话，不说你没本事。毛头火性子，没怎么样就棘手夹脚了。”大桃说着去和面，她知道老宽爱吃面条儿。

“擀点面条儿，再卧上两个果儿。”大篙吩咐，“叫大哥补养补养。”

“别费事了。”辛老宽拦着说，“我吃块饽饽就行了，这年头，哪有白面呀！”

“还有点杂面呢！”大桃笑着说，“知道大哥来，特为给您留着的，就算是接风面吧！”她干事麻利，不一会儿就把面和成了。她在案板上揉着面，又说，“大哥吃了饭，该到大嫂坟上去看看呀！嫂子一辈子跟着大哥不容易，闹鬼子那工夫，背着老人，趴洼钻洞，推碾拉磨，站岗放哨，照顾伤员，好容易熬了过来；新中国成立了，也没享一点福，您黑价白日地把心扑在社里，家里这一摊都留给嫂子，说起来你们也是个干部，可家里没沾一点光。归齐来，打成了个‘走资派’‘大黑帮’‘反革命分子’，这冤给谁诉去？”大桃说到这，眼泪扑答扑答地掉下来。

申大篙怕又引起老宽的伤心，吃不了饭，就说：“你这是不愿叫大哥吃这面了，不说点欢喜事，光提那些剜心扎肺的事干吗？如今揪出了‘四人帮’，印把子又夺了回来，该咱们出气报仇了。再把生产抓上去，好日子在后头哩！”

大桃听丈夫一说，急忙用手背擦擦眼泪，笑着说：“是该欢喜欢喜了，我是越欢喜越爱想起心酸的事，想起死去了的亲人哪！”说着，泪水又滴落了下来。申大篙咂咂嘴儿说：“你这不是用水和面呢，是用眼泪。等熟了，就咸得不能吃了。”

辛老宽苦笑着说：“你别老说弟妹了，这些年，他娘俩在家过日子也不容易，大伙不都是吃泪水和面的吗？吃点泪水，省了盐了。”说得大篙和大桃都笑了。老宽又问起他家大小子大乱。大桃说他到学校看报去了，说他整天不在家，慌着往外跑。

大桃双手擀着面，身子前后摇晃着，为了让他高兴，就笑着说：“大哥坐监八年，模样儿还不显老，还想不想操筹个屋里的人？”

大伯当着弟媳的面，不好意思谈论这些事，听大桃一说，有点脸热地说：“咳！胡子拉碴的了，还操筹什么人？过两年给水清张罗上个人儿，就行啦！”

“水清是水清，您是您。”大桃笑着说，“一个汉子，没个屋里人，就像缺了半边天，屋不像屋，院不像院。依我说，有合适的还是找个好。”

大篙又催她说：“老娘们儿家，就是爱啰唆这些事，你既是有意给大哥张罗，就痛痛快快去找，老商量个什么劲！”

“你打量这是买小猪小鸡儿哪？说买就交钱。”大桃斜大篙一眼，“说亲提媒得两头都摸透了，才能牵这根红线儿呢！谁像咱们那工夫，用四十斤苤蓝干儿就把我换了来，跟着你这杆没星的秤过了半辈子。”

大篙笑着说：“不要紧，你不愿跟着我也行，咱好成好散。不过，散了以后，你还得退给我那苤蓝干儿。”

辛老宽笑着向大篙说：“别说这背兴话了。患难夫妻最金贵，这几年，你在外边跑着，丢下她娘们儿，够寒碜的了，好容易活着过来了……”

不料想，老宽这几句话，一下又引起了大桃的辛酸，她一边切着面一边竟抽抽噎噎地哭了起来。辛老宽只好又百般劝说一番，这才止住哭。申大篙见女人伤心，心里也不好受，就去帮她烧火、添水。烧开了水，煮上面条儿，又去小笸箩里摸鸡蛋，想给老宽卧个果儿吃。大桃小声跟他说：“存着的那几个鸡蛋，昨儿才卖给供销社，换了二斤盐，一斤葱，两盒火柴。今儿头撒鸡窠，我摸了摸那个金脖蒩鼓头鸡，倒是有个蛋儿，就是离屁股门儿远点，刚才它还跳窠儿呢，也许这会儿卧下了，你去看看，要是下了，赶快拿来给大哥卧上……”

大篙没听她说完，就皱皱眉头，大声说：“哎！这可是抠着屁股门等蛋吃！算啦，就当我没说，大哥也没工夫等着吃这‘卧果儿’了。”

十五

老宽在大篙家吃完了饭，临去学习前，想去看看解放军收枪工作队，问问他们有什么困难。他走到队部，听见屋里有女人说笑的声音：“咱军和民是鱼水情，不系外。到俺家坐一会儿，我有要紧事向你们汇报……”

“有要紧事就在这儿说嘛！”

“这儿人多耳杂。”那女人说，“是一件保密的事儿。”

老宽听出，这是辛水仙的声音，论辈数，是他的本家侄女，可是，“文化大革命”中，她带着一帮造反派，斗得他最狠，叫他跪在瓷瓦碴上晒太阳，一跪几个钟头，膝盖骨疼得钻心。有那善心人曾劝她说：“水仙，老宽是你远房大伯，抬抬手儿就饶了过去……”水仙扬着尖梢眉说：“什么？你这话就没有立场！什么远房近房？他就是我亲爹也不能饶。亲不亲，线上分。”她很快就被造反头头提拔到核心里去，在被窝里入了党，担任了妇女主任，嫁给了个支左的解放军营长。因为黄黑狼需要她留在村里工作，一时还未把户口迁走。

“我们‘老头’也是三块红，”辛水仙又说，“他还是个营级干部呢，咱们是一家人！”刚说到这里，看见辛老宽走进屋来，先是一惊，脸唰地一下白了，很快就堆下笑来，上前拉住老宽的胳膊说：“大伯，您回来了。我正要去看您哩！”说着，肩头一耸，抽抽搭搭地哭着，向解放军介绍说：“这就是我那受‘四人帮’迫害的大伯辛老宽，‘文革’前的老支书！”

“我不是你大伯！”辛老宽冷笑一声说，“亲不亲，线上分嘛。我是‘叛徒’‘走资派’‘反革命’！你可是响当当的造反派呀！”

“大伯，可别纠缠过去呀！”水仙委屈地说，“我也是一时上当受骗，叫黄黑狼当枪使。我是为了党不变修、国不变色，可没一点私心杂念！”

“你还在放毒！”一个解放军说，“你和黄黑狼是什么关系？他跑到哪里去了？他的枪藏在什么地方？快快交代！”

“我奶！这我可不知道。”水仙哭天抹泪地说，“我们可没什么关系，我也是他的受害者！我要是知道他在哪儿不说，立刻‘嘎卜儿’死了……”

“别在这儿演戏了吧！”辛老宽说，“这些年，本村当户的，谁不知道谁呀？‘文化大革命’，就像一面大镜子，谁是什么变的，照得清清楚楚。”

辛水仙知道再在这儿缠磨下去，没什么好果子吃，于是赶紧找个借口，扭着腰身走了。

辛老宽跟解放军同志们了解了一下收枪的进展情况，知道这工作并不很顺利。有些人还在疑虑、观望，对政策吃不透；也有的人害怕黄黑狼还会卷土重来……辛老宽向他们介绍了一些重点人物的情况，与他们商量好进一步宣传党的政策，发动群众，检举揭发坏人坏事，尽快把枪收上来。

从队部出来，辛老宽想再去看看夏大婶和水清他们。他觉得心里有好多话还没跟她说呢，究竟想说些什么？他也不知道。是说些感激她的话？是诉诉这些年在狱中所受的苦？似乎也不完全是。

他推开夏家的门，在院里叫了声水清，水清没有答言。他又叫了声玉莲，玉莲也没应声。迎出来的却是夏大婶，她穿着深蓝色的长袖褂子，前襟上沾着一些苇皮儿，显然她正在屋里织席。

“大哥，屋里坐吧！”不知为什么，夏大婶神情有点不自然起来，她想问他吃过饭没有，可是嘴唇动了动却没说出口。

“水清他们没在家？”老宽看着她那多愁善感的面容，想走进屋去，可又有点踌躇。

“他们吃了早饭就去北淀摘菱角去了。”夏大婶说。她想再让一次老宽哥进屋坐会儿，可又没有说。

他们在院里站着。老宽满腹的话语，却一句也说不出来。夏大婶意识到什么，脸微微红了，慌忙说：“看我，老叫大哥这么站着，也不知搬个坐物。”

她说着，赶忙从屋里搬出一个小蒲墩儿，递给老宽。老宽坐在蒲墩上，看着院里窗前那架丝瓜，叶子有的黄了梢儿，长长的丝瓜垂了下来，压折了一根秫秸秆儿。

“这丝瓜长得真茂盛。”老宽说，‘就是架子该搭搭了。”

“是挺茂盛。”夏大婶说，“秋天摘过好几堡了，可就是没人收拾它。咳！天天也是瞎忙，哪还顾得上它。”

丝瓜架那边，是一架扁豆。紫色、白色的小花，间杂地开着，像是落着许多小蝴蝶。扁豆角长得也很密，绿得像玉石片儿。

“这扁豆长得也挺强。”老宽又说，“看来，这院里的土质好。”

夏大婶微微笑了，她指着那片地悄声说：“不是土质好，你不知道呢，扁豆架下边就是地洞……水清就是在那里藏着……”

心坎里像揣个热火罐，使老宽的眼睛潮湿了。他的嘴唇颤动着，向夏大婶说："他婶儿，我说出来你别恼，水清不该叫你婶儿，他应该跟你叫娘。"

夏大婶腾地脸红了，吃惊地看了看辛老宽，又细细想了想，这才理解了他的心意，慌忙摆摆手儿说："可不许那么叫。"

"你为水清，担惊受怕这么多年，他应该是你的孩子……"老宽说，"他应该孝顺你，报答你。"

"大哥，你说这话可就外道了。"夏大婶说，"我图的可不是这个，只盼着你出了狱，你们父子相见，平平安安，像一家人家……"她的眼圈红了，"要不，你为了工作，东跑西颠，费力劳神，到头来，落个家败人亡。这惨景，叫人看着多心酸啊！"她哽咽着再也说不下去了。

辛老宽还要说什么，只见门外，什么人一闪，又不见了。他站起身，看看日头，把去学习的事，告诉夏大婶。夏大婶想给他整理两件替换的衣服，可又有点顾虑。辛老宽也知道她的难处，就说："我什么也不缺，去不了几天就回来了，你放心好了。"她还想给他烙两张饼带着，也被老宽谢绝了。

他在院里转了转，拾起一根苇子把丝瓜架绑好；又看见墙根下有一副筲，他想给她担两挑儿水，也被夏大婶急忙拦阻了。她用眼睛"说"了点什么，又朝门外努努嘴，辛老宽明白了她的意思，只好叹口气，向她告别，走出院门，奔淀边走去。

淀边上停着几只船，只见有个细高挑身材的青年，扛着棹走来，向他打招呼说："老宽大伯，您是上县里去吧？走，我送您去。"

老宽打量这青年，黑红脸，俊眉秀目，一笑，有两个酒窝，像个姑娘，就问他叫什么名字。那青年笑笑说："我叫淀生。"

"噢！你就是淀生啊！"老宽高兴地说，"昨儿夜里，老雁爷还提到你，原来你就是老壮的孙子，一晃都成大小伙子了。"

"可不是，这一晃就是八九年啊！"淀生拴好棹，让老宽大伯上船坐好，他摇起双棹，说，"正好今天我去鱼种场弄鱼苗，您去学习，咱爷儿俩好好拉呱拉呱。"

“我也正想跟你好生谈谈村里的情况呢！”

淀生点点头，一边摇棹一边跟老宽大伯谈起来……

十六

水仙包好了肉饺子，打了酒，想请请解放军。可是，请了半天也没来。她有点扫兴，她觉得远不如支左那时的解放军通人情。那时候，那个白指导员，还有那个满脸红疙瘩的小王，多么叫人爱戴，整天价来她家串门儿，吃喝不分，坚决支持她们这一派的观点，公开宣布她们的大方向始终是正确的。所以，她们才胜利了，夺了“走资派”的权，建立了“红色政权”。随着“革命”的胜利，自己也入了党，还嫁了个营级干部，一家大小，三亲六故，也跟着沾光得益，有的当了工人，有的参了军，有的保送上大学，当了工农兵学员，真是时来运转，一步一层天。要不是叫黄黑狼缠住，她早一拍屁股走他 X 的——到城里当官娘子去了。没料到，“四人帮”完了蛋，黄黑狼下了野，申大篙回了村，辛老宽又出了狱……看来，黄黑狼大势已去，自己就像蹬在开春快化的薄冰上，不知迈哪只脚了，闹不好就要掉下水去。她犯起愁来，有时，她想离开这个是非之地，躲到城里去。可黄黑狼不让她走，说那样会更露馅子，不如待在村里，看风使舵，用过去一用就灵的那套“美人计”或“灌蜜汤”的手段，把解放军笼络住；向申大篙他们低头认罪，想法拉近乎，利用“坦白从宽、抗拒从严”的政策，装作态度老实滑过去。以待将来，东山再起……

她接受了黄黑狼的任务，想按部就班地去执行，不料却一招儿也不灵了。申大篙、辛老宽等人，一个个像黑脸包公似的，容不得半点“私情儿”。她以为解放军好对付，磨了半天，人家连来家坐坐都不肯。包好了的饺子没人吃，打下的酒没人喝……她越想越丧气，不由得骂起街来：“不来拉倒，没人吃，自个儿吃！要是过去，老娘还不尿你们呢！”骂完，就去灶下点火，添水煮饺子。

她吃了饺子喝了酒，天黑了，也无心去点灯，蒙上大花被子就呼噜呼噜地睡着了。

正在睡得香的时候，她听见有人说："你怎么睡觉也不插门儿？"

听声音那人像她的丈夫，可又不十分像。她以为是在做梦，就笑笑说："插上门你还能进来吗？快上来睡吧！你怎么回来也不提前来个信儿？"

"来蛋的信儿！"那人说，"我饿了，有吃的吗？"

"有好些饺子呢！"水仙迷迷糊糊地说，"你自己热热吃吧，我知道你来特为给你包的。"

"你快起来给我热！"那人压低嗓音发火了，"吃了，我还要赶路呢！"

"我喝了酒，浑身像瘫了一样！"水仙哼哼着说，"宝贝儿，你就替替我吧！等明儿醒了酒，我再好好伺候你不行吗，我的好小赵儿……"

"浑蛋！谁是你的小赵儿！"

"你是谁呀？"水仙睁开眼一看，"呀"地惊叫了一声，立刻醒了："我的奶奶，你怎么浮上来了？"

"老叫我在苇塘里猫着吗？"黄黑狼咬着牙说，"蚊子咬，瞎虻叮，又潮又冷。早该给我送吃喝了，你也不送。"

"哎呀！"水仙爬起来，悄声说，"你知道这几天解放军查得多严？那天不知听到什么风声，出动了一排人围着苇塘搜，吓得我心里像点着小蜡似的，我哪敢再跟你接头呀？"

黄黑狼点点头，要她赶紧热饺子。水仙穿上鞋，下了炕，刚要去灶下点火，又被黄黑狼制止了，他说："不用点火了，现在快半夜了，点火会叫他们疑心。给我倒碗开水，我泡着吃！"

吃着饺子，黄黑狼让水仙到门外看看。水仙出去看了看，回来时把门插上，娇媚小声地说："家里要有个地洞就好了，白天你在洞里猫着，夜里咱们还可以团圆，我给你好吃好喝……"

"那不行。"黄黑狼鼓动着腮帮子说，"夏家那个寡妇用过这一手，再用就不行了。辛老宽这一回来，我更不能待了。"

"那只有还猫在苇塘里。"水仙说，"你过去不是说过：如果'右派'上台，咱们就带着队伍到苇塘里打游击去……"

“还有蛋的队伍？个个都是屃种，现在只能是爹死娘嫁人——个人顾个人了。”黄黑狼说到这，又意识到什么，赶紧给水仙打气说，“不过，革命火种，不会就此熄灭，咱们是代表新生力量的，有一天终究会强大起来，那时，天下还是咱们的。这正是考验每个造反派战士的时侯。”

“别给我上大课了。”水仙撇撇嘴说．“快说吧！你想怎么办？”

“我想远走高飞。”黄黑狼吃完饺子，凑近水仙说，“你的大姐不是在东北一个什么厂工作吗？我想在那儿躲一躲。”

“她在长白山皮革厂，还是你给她找的工作呢，怎么倒忘了？”

“我给找工作的人多了，哪里还记得清？你把她的住址给我开好，再给我几百斤粮票，带点现款，以后再给我寄。”

黄黑狼又嘱咐她：“你留在村里，假装积极，该交代的就交代，只是别伤筋动骨就得啦。我家后院里，水缸底下，埋着一支‘德国造’，逼得你实在没法时，可把它交出来，这只‘五四式’，我要带着护身……”

水仙把头靠在黄黑狼的怀里，一边撒娇一边哭着说：“‘一日夫妻百日恩’，咱们相好一场，我舍不得叫你走。要不，豁出去了，你去自首，从此洗手不干了，不行？”

“门儿也没有！”黄黑狼说，“我手里有好几条人命，他们不会饶过我的。”他咬咬牙，又说，“我到了东北，能待就待，不能待，我就往国境线上……”

“你想逃往外国？”水仙的头在他怀里磨蹭着，“你把我带去吧，我也想过过洋人的生活……”

“现在不行，你留下还有任务。”黄黑狼说，“万一将来有机会能钻进他们的核心里去呢！如钻不进去，就做‘宣传’工作，使他们班子不和，政权不稳，人心不齐……”说到这，他闻到水仙头上一种女人的带有刺激性的气息，使他浑身一阵燥热。但是，从窗孔吹进来的秋夜寒冷的风，使他又清醒过来，他推开她，说，“快把我要的东西交给我．我要马上动身，天明以前，要赶到车站。”

水仙答应一声，就摸着黑去给他准备东西去了。

十七

满淀的菱角成熟了，紫色的菱叶，密密麻麻，铺掩了水面，远看，像无边无沿的大花毯，似乎人可以在上边走路。一股股清凉的菱叶特有的气息透发出来。在菱角地里，还间杂着白花苗和黄花菜，像是一只只小蝴蝶落在草叶上。

这片水洼，叫烧车淀，传说从前杨家将在这一带用火攻，烧了敌人无数辆战车，取得了胜利。这是最大的一个淀，足有几百亩，除了菱角，还有很多野生荷花。

申大篙按照辛老宽临去学习前的嘱咐，除了抓工作外，还要把人们的生产、生活抓一抓。因此，这天一大早，他约了玉莲、水清他们，摇个小船来淀里看地形。

玉莲以为他也是来摘菱角呢，就笑着说："大篙叔，到了菱角地，咱们赛赛，看谁摘得多，摘得快。"

"赛就赛。"大篙说，"你以为我不会摘？"他伸出手来，又说，"别看这粗手大脚的，动起来可灵巧呢！"

水清看着大篙那手笑着说："是哩，我听婶子说，你还会绣花儿呢！"

说得大篙嘿嘿直乐。

到了菱角地，玉莲真要同大篙叔比赛，大篙大笑道："你以为我真是摘菱角来了？我是来看鱼地。"他瞭望远方，指指那白茫茫的大淀说，"这是多好的箔地啊！'文化大革命'前，我们箱业组在这儿，老雁爷当组长。他最会下箔，人们称他'半船鹰'，日进千斤鱼，队里可富了。"

中大篙又把船向前摇了摇，说："要是老雁爷身体壮实该多好。他下箔就像穆桂英摆阵，鱼进得来就出不去。他还十分熟悉鱼性，什么鱼走什么路，爱在什么地方待着……"

水清想听听这方面的知识，大篙一一告诉他，说鲤鱼爱跳，黑鱼走直道，鲇鱼最狡猾，疑心大，扭扭搭搭，像个娘们儿，不轻易进箔旋，下箔的时候，就要根据不同的鱼性拐弯插箔……

看完了鱼地，玉莲还想摘一会儿菱角，大篙心里还有很多工作压着，就向玉莲说："回头把妇女组织一下，你带着大家来摘。我回去再跟老雁爷商量一下，让他推荐一个人，把箔业组成立起来，现在正是逮大鱼的好季节。"

"我跟大乱、二娃他们也都参加箔业组吧！"水清要求着。

"你们的毛儿还嫩点。"大篙往回摇着船说，"不过，锻炼锻炼也好。"

他还结记着村里给造反派办班、军队收枪、抓黄黑狼……一想起这些，他心里就像乱麻一般，撕不开，扯不清。他希望辛老宽赶快回来，也希望上级尽快派工作组来，快刀斩乱麻，把工作、生产、生活，统统搞上去。

他把船摇得飞快，涌得船头的水哗哗响，不一会儿就到了村岸。

儿子大乱立在岸边正等他，见爹回来了就说："工作组进村了，正在咱家等您哩！"

大篙一听，跳下船，也没顾得插船橛就问："他们来了几个？"

"一共来了两个，一个男的，一个女的。"大乱帮爹把船拴好，又问水清、玉莲摘了多少菱角。玉莲向舱里努努嘴儿说："那不是，没摘多大会儿就回来了，还不如昨儿摘得多哩！"

水清看大篙叔已经走远，就向大乱说："队里要成立箔业组，你参加不？"

大乱摇摇头说："我才不参加呢！怪腥气的，整天泡在水里，跟苇箔打交道。"

"那，你想干什么？"水清问，"你会下钩、下卡、打丝网、倒虾篓？"

"这些活儿，我都不愿干。"大乱用手梳梳分头说，"我想到城里当工人，按时上下班，挣工资，穿制服，将来也好找对象。"

玉莲正往篓里收菱角，听他说得挺逗哏儿，就笑着打量他。只见他的分头梳得油光光的，上身穿着的确良绿军褂子，下身是的卡的灰裤，脚上是一双新球鞋，打扮得挺神气，就问："大乱哥，你到哪个厂当工人？什么时候走？"

"走？从家里走到外头，还从外头走到家里。"大乱眯着眼笑了，

"八字还没一撇儿呢。我刚才说的，只是一种理想，今后有待努力争取实现吧。你们知道，前几年，黄黑狼、辛水仙他们掌权，把他们的七大姑八大姨，都弄着吃了商品粮，真是一人得势，猪狗上天。可咱们呢，这些'走资派'的'黑帮'狗崽子，算倒了八辈子血霉，干在家里啃山药干饼子，喝西北风。"

玉莲心想，这都是实情，大篙叔在外边跑着，他跟大婶儿在家过日子，没少受了造反派的气。

"往后就好啦！"大乱抓把菱角一边用嘴嚼着，一边向水清说，"你爹和我爹如今都杀了回来，木头疙瘩又握在咱们手里了。往后，有了名额表参个军啦，当个工人啦，还不是'老太太擤鼻涕——手拿把掐'？"说完，又向玉莲挤挤眼儿。

十八

申大篙回到家，见到了工作组的两位同志，彼此做了自我介绍。工作组组长名刘治国，粗墩个儿，浓眉大眼。另一位女同志叫周琴，在县委见过面，她那白净脸儿，两个眼睛又黑又亮，向申大篙说："我说来就来了！"他们谈了县委给他们的任务以及一些工作安排。申大篙简单介绍了一些村里的基本情况，最后说："你们来了我们欢迎，这个烂摊子我真发怵，这回我有了依靠啦！"

刘治国摆手儿说："别依靠我们，依靠的是你们自己！我们只不过起点参谋作用。"

接着给他们安排了住处，让刘治国跟老雁爷去住，周琴住在夏大婶家。

周琴爱好干净，见夏家屋院干净，非常高兴，拉着夏大婶的手，说笑不停，帮夏大婶推碌子轧苇，跟玉莲学织花编席。

吃了饭，他们找申大篙研究了一会儿工作，决定先给有问题的人办学习班，让他们交代问题，严重的要隔离反省。申大篙把有"问题"的人，列了个名单。刘治国一见，皱皱眉说："好家伙，怎么这么多？足有一个连。"

申大篙说："这还叫多？我这还是挑挑拣拣地列的呢！"

刘治国哈哈笑起来，说："这一来，全村就没几个好人了呀！"

最后，他们商定，先给辛水仙、范一吉、阮木三、阮蒺藜、李小果、黄黑鼠等人办班。

周琴问黄黑鼠是黄黑狼的什么人，申大篙告诉她，是黄黑狼的二弟，过去当过伪军。

"李小果是谁？"

"是黄黑狼的黑笔杆子，是下乡知识青年。"申大篙介绍着，见他们还要一个一个地问，就不耐烦地说，"别问啦，等把他们隔离起来，慢慢你们就都熟悉了。"

拟好了名单，申大篙让水清和大乱挨个儿把他们都通知到，找了两间屋子，把人一集中，"学习班"就这样办起来了。

申大篙把过去"造反派"给"走资派"办班的那一套，原封不动地照搬，白天把人圈在屋里，让家人送饭，黑价也不让回去。门口让民兵站上岗，戒备森严。三天两头开会"批斗"，喝令他们交代问题。可是，谁也不敢交代，都害怕申大篙那大拳头。

几天过去了，收获不大，枪支仍然收不上来。申大篙急得青筋暴跳，他想来点厉害的招儿给他们尝尝。背着工作组，他组织了个审讯会，叫几个强壮的小伙子帮助他，看他的眼色行事。

这天夜里，他等刘治国和周琴都安歇以后，就把李小果等人一个一个地叫到了审讯室，逐个审讯起来。

连着审问了十几个人，都没问出个所以然来，急得申大篙跳脚。最后问到辛水仙，这女人久经阵仗，蛮有经验，她见屋子里撅着这么多人，心里更踏实了。她摸准了申大篙的脾气，这家伙是吃顺不吃戗的，对这种人，只能是顺着毛儿抚摸。她笑着说："大篙叔，何必生这么大气呢？乡里乡亲，本村当块的，低头不见抬头见，咱们吃着一个井里的水，哪儿来的这么大仇扣儿呢？这些天，我进行了深刻的检讨，我的罪过是罄竹难书的。自己有苦没处诉，我也是上当受骗啊！当初要知道朝里有个'四人帮'，打死我也不会上这个贼船呢！咳！如今后悔也晚了，我是跳进大淀里也洗不清啊！”说完，捂着脸呜呜地哭起来，哭得好不伤心。

申大篙见不得女人的眼泪，心头的怒火，早消了一半，他不耐烦地说：“行啦，行啦，你要真有改悔之心，就好生交代，现在还不为晚。”

“我是要交代，保证一点也不保留。”水仙抽搭着说，“我从小是在苦水里泡大的，三辈都是贫雇农，长在红旗下，又入了党……”

“别提你‘入党’了吧！”一个民兵撇撇嘴说，“听了叫人牙碜！”

辛水仙毫不脸红，也不辩嘴，一字一板地说下去。她交代了他们造反派的核心成员，详详细细地拉了个名单，把所有的队员都拉了进去。当提到枪的时候，她留了个活口儿，她说似乎记得黄黑狼有一把王八盒子，如果他没带走，就是藏在什么地方了，她愿协助收枪工作队找到这支枪，愿意立功赎罪，脱胎换骨，重新做人……

申大篙听了她的交代，认为她的态度比较老实，气儿也就是消净了，他向那些撅着的人说：“看见了没有？辛水仙就是个好样板。论她的罪过，比你们都大；可论态度呢，比你们都好。这就叫坦白从宽、抗拒从严。何去何从，任你们选择。要是再不交代，就叫你们撅一宿！”

“对，也叫他们跪跪瓷瓦片儿！”一个民兵说，“我爹的磕膝盖就是跪瓷瓦跪折了……”

“好！一还一报，整狗Ｘ的！”申大篙一捋袖子说。刚要下手，只听窗外一个厚重的声音说：“慢着！”门一响，进来的却是辛老宽。他风尘仆仆，眉毛上还沾着露水。他扫了一眼那些撅着的人，说：“你们都先回家，好好反省，有什么事儿再叫你们。”

人们直起腰来，愣着神儿，一时还不敢动。

还是范一吉灵活，他第一个省过闷儿来，向辛老宽一鞠躬说：“好，好，我先回去，保证随叫随到。”

等他们走了之后，辛老宽向申大篙说：“你怎么也学起这一手儿？跟造反派的做法一模一样。”

申大篙对他放走了这些人，大为不满，说；“怎么啊？叫他们撅撅不行？当初，他们怎么整治咱们来！一报还一报，还差着远哩！”

“是呀！”一个民兵说，“他们整人的花样多得很，什么‘灌尿汤’‘压杠子’‘沾糖葫芦’‘热情帮助’‘冷静思考’[1]……真是五花八门儿。”

“是呀叫他们坐坐‘喷气式’，也尝尝滋味嘛！”申大篙说。

“咱不学他们那一套。”辛老宽沉痛地说，“那些招子，只有没有人性的法西斯匪徒才能使得出来。咱们还是多给他们做些思想工作，按政策办事，区别对待……”

“哟咳！你这是在学习班上学来的吧！”申大篙嘲讽地说，“我不听那一套！我不能白叫他们整了我，我不报仇也得解解恨！”说着，就要甩袖子走。辛老宽把他叫住了，想跟他详细谈谈……

十九

辛老宽在县里整整学习了一周。学习班一结束，他就连夜赶回来了。经过一周的学习，使他又重新开阔了眼界，擦亮了眼睛，恢复了当年的传统，增添了战斗的信心！是啊，一切都应该用党性来要求自己啊！不能为了报私仇、泄私愤而工作，更不应该背着怨气的包袱躺倒不干。干，就要干好，带领群众，医好创伤，清涤泥垢和污毒，再打地基，重建家园，造福万代……

申大篙听完，就嘟囔着说：“这些大道理，我懂。我不是报私仇，泄私恨，这是一个阶级对一个阶级的深仇大恨……我们不能好了伤疤忘了疼。想想吧，当初他们是怎样整治咱们来着？他们抓不住我，夜里把我爹从被窝里拽出去，光着身子拉耙儿，活活死在雪地里……”说到这，申大篙呜呜地大哭起来，“他老人家有什么罪啊，死那么惨……”

旁边的几个民兵听了，也攥拳捋袖子地哭着说：“我们非报这血仇不可，把他们统统枪崩了都应该！”

“对，以牙还牙，以血还血！”

人们越说气越大，有人建议把他们揪回来，接着审讯。

辛老宽理解人们的心情。十年浩劫，人们受的苦难太大了！伤痛太重

① 用火烤叫“热情帮助”，扒光了冻叫“冷静思考”。

了！怎么能用几句话就说服了人们复仇的心理，解开那仇恨的铁扣儿呢？

他等人们把牢骚发够了以后，这才说："要论仇恨，说三天三夜也完不了，每个人都有一笔血泪账。"他把怀解开，让人们看。只见那像搓板似的肋条，有两三根塌陷进去，胸脯上，伤痕累累。然后，他又捋起两个裤脚，露出脚骨，那上边也是疤痕斑斑。是啊！这是怎样的折磨啊！辛老宽从来没向人们讲过，今天，他要讲了。大家必须明白，受"四人帮"残酷迫害的不是一家一户，一村一寨，而是全党、全国各族人民。这仇恨不仅不应当忘掉，还应该记入史册，使我们的后代儿孙，永远记住"四人帮"的罪恶，记取这悲剧的教训，从这场灾难中挣脱出来，重建家园，这才是我们深远的目的。

人们看着辛老宽身上的伤痕，听着他的讲述，都沉痛地低下了头。

"黄黑狼的罪行，是要清算，帮虎吃食的人，也要把问题讲清，一点不能含糊。"辛老宽说，"可是，我们不能牛头杂碎一锅烩，要讲政策和策略，要有重点，有区别。"他把县里学习班上的文件拿出来，让他们看，又想起县委书记老郑一再嘱咐的话，说，"是要有区别，没有区别，就不叫政策。经过讲清会，把那些能团结的人，团结过来，孤立一小撮坏人。我觉着这个理儿挺对。咱们共产党的政策一向是这样。敌人也最怕咱们这一手……"

正在低着头出长气的申大篙，一听到"团结"这两个字儿，头嗡地又炸了，没等辛老宽把话说完，就一擂拳头说："团结？对这些人能讲什么团结？摸摸脑袋，哪个不够揍？不枪毙也得判刑。"他瞪着大眼珠子，盯住辛老宽，说，"你呀，你呀，盼着你出了狱，指望你领着受害的乡亲们报仇，不曾想，你受了七天训，回来倒变得心慈手软起来。今天叫他们撅了会儿，你二话不说，就把他们放了，还讲一套大道理。"他说到这，拍拍屁股，一拧脖子，大声说，"我就不团结他们，我跟他们誓不两立，有他们没我，有我没他们！"说完，闯开门，就要走。

"你回来，我还有话跟你说！"辛老宽也有点发火了。

"我不回去！我再不听你的了！"申大篙头也不回地走了。

当他带着一股冷风回到家里，妻子大桃还没睡，见他进门，风风火火，脸上好像有恼意，就问："你这是怎么了？又跟谁怄气了？"

申大篙不言声，蹲在凳子上抽闷烟。

大桃仔细看看他那脸，灯影下，他那脸像阴着天，似乎有一点小风就要下起雨来。于是，她不再问他话，便悄悄走到外屋，给丈夫端饭菜去了。

她把一盘咸菜炖小虾和两个玉米面饼子端在丈夫面前。大篙接在手里，那金黄的带着点煳嘎巴的饼子还冒着香喷喷的热气，当他刚要往嘴里送的时候，忽然又停住了，向她说："你去把老宽哥叫来，他也还没吃饭呢！"

二十

多年共事相处，辛老宽是熟悉申大篙的脾性的，别看他一时毛躁火爆，但过不了多久他会收云敛雾，自己转过弯子来的，就像伏天的风雨，来得急，散得也快。

第二天，当辛老宽和工作组研究召开社员大会，将政策向群众交底儿的时候，申大篙没表态。可是他却不言不语地召集人去了。

大会以后，又举办各种类型的"讲清会"，通过讲清问题，分清是非……培养一批积极分子，让他们分头去做"知情人"的思想工作。

在辛老宽的带动下，凡是能工作的干部和工作组的同志们，挨家串户地去做思想工作。

党的政策，就像一阵阵春风化雨，点点滴滴入人心。一些受蒙蔽的，胆小观望的，甚至帮虎吃食的人，都纷纷主动找工作组，找收枪工作队，交代问题，交出武器，检举坏人。几天来，运动进展很快，枪支弹药一天比一天收上来得多。

从工作组来了以后，玉莲协助周琴做了不少妇女工作。周琴很喜欢玉莲开朗、热情、朴实的性格。她把带来的书，借给她看，给她讲解妇女卫生方面的知识，有时也讲些爱情方面的故事。玉莲觉得周琴很大方，像个大姐姐。农村姑娘很少说出"爱情"这两个字眼，可在周琴嘴里，像说白话一样自然。玉莲听了，常常捂上脸咯咯地笑，周琴就问："你老笑什么？"

"我觉得一说这个，怪不好意思的。"玉莲红着脸说。

"这有什么不好意思？"周琴说，"爱情是人类的天性，不管男的女的，到了一定年龄，都有这个要求。自然，我说的是正当的爱情，是纯洁的爱情，不像下流痞子理解的那样。"

玉莲听到这，叹了口气说："可是在农村，人们还不敢说这两个字儿，男女相好，即便正当、纯洁，也叫人笑话哩！"

周琴点点头，深有感触地说："是呀，我们中国有几千年的封建历史，现在还有好多封建的残余束缚着我们的头脑。林彪、'四人帮'利用了人们的愚昧，大搞封建主义和法西斯主义……唉！别说啦！老宽大伯不是让咱们去做小果媳妇的工作吗？咱们现在去吧！"

玉莲织完最后一个席花儿，拍拍身上的苇皮儿，向里屋正在做活的母亲说："娘，我跟周大姐去李小果家，一会儿您安排着做饭吧！"

娘在屋里答应着，又问水清到哪儿去了，玉莲告诉娘，他可能跟大乱去找淀生去了，他们正操筹下箔逮鱼的事儿。

玉莲跟周琴一出门口，恰好碰见水清扛着一捆苇箔来了，问她们干吗去。玉莲把去小果家做工作的事告诉他，水清说："等等，我把这箔放下，也跟你们去。我爹也给我分了工作，叫我负责李小果。"

"你等等再去吧！"玉莲瞟了他一眼，又努努嘴，使个眼色。水清看看周琴，笑笑说："好，那你们先去，回头我再找淀生、大乱跟我一块去。"

等水清走了，周琴趁没人的时候，拽了一下玉莲说："嗬！还不好意思呢？"

"我？怎么啦？"玉莲闪着乌黑的眼睛问。

"刚才水清要跟咱们一块去小果家，你为什么给他努嘴使眼色？"周琴眯着眼睛问，"鬼丫头，别觉着别人都是傻子，坦白点说，你俩有爱情不？"

玉莲的脸腾地就热了，不由得打了周琴一巴掌，小声说："你也乱说，叫人多不好意思呀！"

“行啦，行啦！别装模作样儿啦！”周琴悄悄说，“我知道你们俩要好不是一天两天了，尤其是在患难中建立的感情，就更可贵。如果我是作家，就把你们的爱情，写进作品里，它是很感人的。在那暴风雨的年代，在那白色的恐怖下，在那潮湿的地洞里，命运把两颗纯洁的心，紧紧连在了一起，啊！这是多么美好，多么崇高……”她兴奋地吟诵着，真像一位诗人。忽见对面有人走来，她才赶忙收起诗情，偷偷笑着说：“咱们快走吧，叫人听见，还以为我精神不正常哩！”

二十一

李小果的媳妇叫秀兰，是个回乡知识青年。小果是从城市来插队的知青，他俩在劳动中建立了感情，两年前结了婚，生了一个小女孩，日子过得很和美。小果立志要扎根农村干革命，平时靠近组织，想成为一名党员。黄黑狼利用了他的天真和单纯，想方设法拉拢他，叫他写材料，搞报道，并诱惑他：“只要你听话，站稳阶级立场，入党是不成问题的。”小果很感激他，以为党内有这样一个靠山，前途是不可限量的。开始，他曾以党员标准来要求自己。可是，天长日久，他看到周围一些青年，作风并不怎么好，思想也不算进步，都一个个入了党，比掏小鱼还容易。有的只要黄黑狼一句话，第二天就成了党员，第三天就当了书记。尤其辛水仙，跟他睡了一宿觉就入了党。他看到这些现象，开始感到恶心，以为这是玷污了党的光荣称号，曾一度打消了入党的念头，想老老实实当个白牌，干一辈子庄稼活得了。可是，在那个年月，当个老实人是受气的，有势利眼的人用卫生球眼翻你。就连自己的亲戚朋友一提到你还没入党，面子上都觉着难堪啊！他又看到和自己一起下乡的青年，参军的、当工人的、上大学的，哪个不是堂堂的共产党员？你老实白牌有什么前途？名誉、利禄在诱惑着他，迷烟毒雾在包围着他。于是，他开始做一些违心的事，说一些违心的话，逐渐发展到说谎，写黑材料了，只要捞到“党票”，还讲什么良心？他这样给黄黑狼干了几件出色的工作之后，果然把他列入了第二批“发展对象”。可是，事不凑巧，当光荣称号还未真正落到他的头上的时候，黄黑狼完蛋了……他就像一个落了架的黄瓜一样——蔫了。这些天，他坐卧不安，六神无主，又怕又愧。当申大篙审讯他们的那个夜晚，为了防御拳打脚踢，他把过冬的棉衣都穿在身上，以为这一下完了，不判刑也得被打死。幸好辛老宽赶了回来，给他们把政策亮了底儿，眼前又有了一线光明。回到家里他背着秀兰哭了半宿。

这天，秀兰看着小果一个劲发呆，吃得很少，就心疼地说："老宽大伯不是讲得很清楚吗？犯了错误，改了就好。你怎么还是这么疑神疑鬼的呢？给你特做的豆儿饭，平时你都是吃两大碗，怎么今儿个只吃半碗呢？"

"咳！我咽不下去呀！"小果靠在被垛上出长气。

"你还害怕？"秀兰轻轻拍打着怀里的孩子问。

"比害怕还难受。"小果摸摸自己的胸口说，"这儿像压着千斤大石头。说也怪，他们不打我，不罚我，我倒觉得心里愧得慌。以前，我也耳闻着老宽大伯好，你也跟我说过，那老人坐狱冤枉，可从没接触过。如今我亲眼见过了，也亲耳听了他的讲话，知道了这些年他受的苦楚，看了他身上的伤痕，联想到他的经历、遭遇，我心里更难过了。我觉得自己的罪过太大了。我想去找找老宽大伯，要求给我处分。"说着，又哭起来。秀兰把孩子放在炕上，坐在丈夫身边，刚想再安慰安慰他，只听院里有人说："秀兰姐在家吗？我们看你来啦！"

秀兰听出是玉莲的声音，急忙隔着窗上的小玻璃一看。还有工作组的周琴，就忙答应了一声，迎出门去。

"快屋里坐。"秀兰掀着帘子笑着招呼，可是鼻子一酸，眼泪又流了下来，说，"你们工作这么忙，还抽空来看俺们。"

"俺姐夫在家吗？"玉莲往屋里走着问。

"在哩！"秀兰说，又向屋里喊，"小果，你还在屋里囚着，你看谁来啦？"

小果低闷着嗓音答应了一声，红着眼圈迎出来，见了玉莲、周琴，又赶忙背过脸儿去，用手捂着眼睛，呜呜地哭起来。

"小果同志，不要难过。"周琴说，"谁不犯错误呢？只要认识了错误，并决心改正，大家会欢迎的。你还年轻嘛。你有文化，又会技术，农村是需要像你这样的知识青年的，不要想不开。”她坐在炕沿上，打量秀兰，只见她红扑扑的脸儿，两只柔和的眼睛，透着贤惠和俊气；又看看睡在炕上的小娃娃，长得像母亲，眉泉还涂着一个红点点，胖胖的小脸蛋上抹着红胭脂，叫人真是喜欢。她想上前去亲亲，可又怕把小娃娃弄醒。她问他们恋爱经过，多会儿结的婚，有没有介绍人，且不谈运动的事。问得秀兰不好意思，红着脸，说：“农村比不得城市，哪有什么恋爱经过呀！叫俺怎么说呀！”

“如实说嘛！”周琴抿着嘴笑，“我就不信没有恋爱过程。”

“要说有，也有；要说没有，也没有。”秀兰脸更红了，她不明白这位周同志为什么对这个如此感兴趣，莫非这也属于讲清问题的范畴？

“秀兰姐，叫你讲你就讲讲嘛！”王莲推波助澜地说，她附在秀兰的耳边，悄悄地说，“周琴同志还没结婚呢，她需要这方面的经验……”

玉莲话还没说完，就挨了周琴一巴掌。三个人禁不住咯咯笑起来。她们一笑，小果也不哭了，咧咧嘴，想笑，又赶紧收住。这时周琴止住笑，向秀兰说：“今天来，我们是给你做工作的。作为妻子，丈夫犯了错误，要帮助他，体贴他，劝导他尽快回到正路上来。不能歧视他，更不应虐待他——其实我这话是多余，今天看见你们小两口，我们算放心了，用不着别人做工作，枕头风，比什么都管用，小果一定能改好。”

秀兰见周琴这么爱说爱笑的，就再也不拘束了，于是也开玩笑说：“周同志没结婚就知道这么些事，往后要是出嫁了，经验就更丰富了……”

“妙，妙，回答得妙！”玉莲拍着手说，“想不到秀兰姐的嘴也挺赶劲呢！”

周琴不由得脸也红了，正要再找话“报复”，这时只听院子里有噔噔的脚步声，隔窗一看，见是水清和大乱来了。周琴和玉莲知道他们是来做小果的工作，于是就告辞出来。秀兰一面让水清、大乱屋里坐，一面送出她们。她好像还有什么话想说，可是当着玉莲面又不愿说。玉莲也察觉到了，就故意快走几步，把周琴撇下。这时，秀兰轻轻拽一下周琴的衣角，小声说："按说，我不该传这个闲话，可我愿跟周同志汇汇报，我不知周同志知道不，这几天，村里流传着一种谣言，说辛老宽跟夏大婶搞上了，水清和玉莲也不清楚……下边还有难听的话，我说不出口。我听了，气得不行。谁不知道，夏大婶守了半辈子寡，为人正派、清白；老宽大伯更是作风光明、正大。水清和玉莲，从小一起长大，即使有点意思，这算什么？也算不上什么'不清楚'，真是舌头下边压死人。我看这纯粹是坏人造谣，既给夏大婶脸上抹了黑，又往老宽大伯身上泼粪，一箭双雕，多么恶毒呀！"

周琴听了，开始也十分气愤，认为秀兰分析得很对，这股邪风，很可能是黄黑狼的亲信造出来的。不过，她又想，造这种谣也没什么可怕，即使寡妇再嫁又有什么了不起？她把这个想法，向秀兰说了，秀兰摇摇头说："不行，恐怕夏大婶不会同意。你不知道，农村的人，封建意识可浓厚呢！像条大绳子，把人捆得出不来气儿。"

"就要挣脱这条绳索，出出这口气儿！"周琴挺着鼓鼓的胸脯说，"这是一件非常有意义的工作，我想试试看！"

秀兰低头想了想，说："要是这事儿真成了，那敢情好，两全其美，双方都有个照顾……可就怕……"

"没什么可怕的！"周琴蛮有把握地说，"这不只是两全其美，而是四全其美……"

秀兰一时不明白什么叫"四全齐美"，正要再问清楚的时候，只见辛水仙领着申大篙等人走过来，就把话收住，努努嘴让周琴走了。

二十二

自从政策深入人心以后，辛水仙感到格外被孤立，原先跟她一个观点的人，纷纷倒戈投降，揭发了黄黑狼的许多罪行。有些问题直接牵扯着她，这使辛水仙很被动。本来她想利用申大篙的报仇心理，把自己这一派的人打击得越多越好。这样结果就可能是"错误人人有份""法不责众"，然后见缝插针，浑水摸鱼，蒙混过关。可是，没想到辛老宽学习回来，却带来了“捉妖的法宝”。看样子很快要捉到她的头上，她有些惶惶不安了。怎么办？她想，实在不行，就走他的。可又一想，现在走，更露馅儿，先沉沉再说。她觉着现在到了给他们个“甜枣核”的时机了。这样，也许能给她挽回一点，稳稳神儿，再见机行事。主意打定，她就主动去找申大篙，一见面，先是哭，哭得大篙蒙头转向，他皱着眉头，不耐烦地说：“女人就是泪窝儿浅，你有问题就交代嘛，老哭个什么劲儿。”

“我哭我自己，当初没认出好坏人，上了黄黑狼的当，得罪了好多老乡亲，连我的本家大伯如今都不理我了，我也没脸活着了，我真想寻死去……”

“谁怎么你了？你想寻死！”申大篙给她搬了个坐物，安慰她说，“那天叫人们撅着，并没叫你撅着。从态度来看，你还不坏，比黄黑鼠强多了。那小子是茅坑里的石头——又臭又硬。你不要学他。再说，你跟他也不一样，他是黄黑狼的亲兄弟，是一条水沟儿的黑鱼；你呢，毕竟是贫雇农出身，又是老宽哥的叔伯侄女儿。当然喽，这几年，你的罪过也不小，叫黄黑狼拉过去了，喝了迷魂汤，走上了邪道。不过呢，光口头上说说不行，得拿出点真家伙来。”

辛水仙一听，心里甜丝丝的，觉得此刻正是下迷魂药的时候，于是一捂脸又抽抽搭搭地哭着说：“大叔你刚才这一番话，我听了就像拨云见了日头，眼前又有了一线光明。真是亲不亲，阶级分。别人不知道，大叔知道，我爷爷，我爹，受了地主一辈子欺侮，逼得下了关东，活不见人，死不见尸。我娘被逼得实在没了活路才进了那个下流的地方……唉！现在我才悔悟了，这些年叫林彪、‘四人帮’把阶级关系颠倒了，使我忘了本。我对不住大叔，也对不住我老宽大伯，更对不住党。我后悔死了。”说着，举起一只手，“啪啪”，给了自己两个嘴巴子，打完，又大哭起来。

申大篙急忙上前劝阻道：“别这样。看样子你是真想痛改前非啦！那我们欢迎。”他擦擦自己被辛水仙引导出来的眼泪，又问，“你能拿出点什么真家伙呢？”

“什么？”辛水仙破涕为笑地趴在大篙的耳朵上，悄悄说，“自然是你稀罕的贵重物儿。要是拿出个针头线脑儿，能说明我的立场改变吗？”

“莫非你还藏着枪？”申大篙瞪起大眼珠子问。

“嘘——小点声儿。”辛水仙拍打一下大篙的肩头说，“不是我藏着枪，是黄黑狼……我估计他多半还藏着枪。”

“在哪儿？快领我去拿。”

“没那么简单。”水仙拉长嗓音说，“究竟在哪儿，这得到他家去搜。”

“走，马上去！”申大篙立起身，催着辛水仙，“去晚了，怕他转移了。”

“转移不转移，我可不知道。”水仙转着眼珠儿说，“那是那年‘大联合’的时候，他怕对立面不交枪，所以就藏下了一支。我记得是藏在一个大缸底下，要是他后来转移了，可就没法儿了。”她带着大篙走出屋，又故造声势地说，“最好叫上两个民兵，我怕他家那只大狼狗，咬着人不撒嘴。”

一提大狼狗，申大篙火气又上来了，“文化大革命”中，它狗仗人势，咬伤不少人。他早就想把它砸打死哩，只是近来工作忙，顾不上收拾它，今天听辛水仙一说，就立刻叫了两个民兵，跟着他们去黄黑狼家。

黄家这座宅院，建在街中心，地势比全村所有的房基都高，还有一座二层楼。远看，像一座恶岗。院子虽然不大，但墙头挺高，围着铁丝网，门楼上两排龇牙咧嘴的兽头。门侧有一间屋子，是护院的住所。里边是两层院，外院是会客室，里院是卧室。里院有养鱼池，库房和厨房用来储存香油、花生和大米白面——大都是各界人物送来的礼物。人们传说，送来的点心，吃不了，就晒在窗台上，干了生火用。他的卧室，虽然不大，却很精致，充满各种现代化的家具：钢丝床、沙发、大立柜、鸭绒被褥。都是那些溜沟子的干小子干闺女送的。他培养了不少这种人物，帮他们入了党，招了工，参了军。

当辛水仙领着人们走到黄家门口时，忽然停住脚，往后缩着脖儿说：“我不敢进去，那大狼狗还在门洞里卧着呢！”

“你平时出入惯了，它不咬你。”一个民兵说。

“它怎么不咬，你看它，那不张开大嘴了？”水仙退着步。

她这一退步，激起了申大篙的火儿，他大踏步走上前，扯开嗓子喊："黄黑鼠，你把狗扰住，我们进去有事。"

黄黑鼠从屋里出来，不但不扰住狗，反而用嘴"撅号"起来，狗一听主子发了号令，汪汪叫着，冲申大篙扑了过来。申大篙飞起一脚，踢在了狼狗的嘴岔子上。大狼狗从来还没受过这样的打击，挨了一脚，不敢再去咬申大篙，忽而扭转头，冲着另一个民兵扑去，那个民兵躲闪不及，腿肚子被狗咬了一口，立时鲜血直流。申大篙见此情景，立时怒火烧胸，他一个箭步，蹿了过去，骑在狼狗的身上，双手掐住了它的脖子。另一个民兵随手抄起一块砖头，照着狗头猛砸。

黄黑鼠一见打他家的大狼狗，回身拿起一根扁担，照准申大篙就打了过去。申大篙伸手攥住了他的扁担，顺手一拉，把黄黑鼠拉了个嘴啃地，恰好和大狼狗亲了个嘴儿。黄黑鼠娘娘婬婬地骂起来。申大篙喝令民兵把狗砸死。

"砸死它！早该砸死它！"门口围买好多群众说，"这畜类糟害了多少人，比穆仁智还坏！"

黄黑鼠一见砸死了他家大狼狗，忽地从地上爬起来，抄起一只带尖钩的长篙，照着申大篙的头就抡去。恰巧这时辛老宽赶了来，急忙上前用胳膊一挡，只听咔嚓一声，长篙折了。黄黑鼠吃了一惊，没料到辛老宽还有这么硬的功夫。但他仍不示弱，攥住折了的篙头，又向辛老宽打来。辛老宽见他如此嚣张，不由大怒，大喝一声："抓起他来！"立刻上来两个民兵把他捆了起来。

黄黑鼠破口大骂："辛老宽，你是臭'走资派'，老子是响当当的造反派，我看你们敢把我怎么样！"

"把他押送公安局，依法处理！"辛老宽大声说，"我看看你这股邪气儿有多大！"

"送公安局我也不怕，那儿也有我们的人！"黄黑鼠挣扎着说。

"有个屁！"申大篙说。

两个民兵扭着黄黑鼠的胳膊押走了。

"登在高山看虎斗"的辛水仙，看看风波已息，这才扭着屁股走了过来，变貌失色地向申大篙、辛老宽说：“我娘哎，这小子真厉害呀！吓得我两腿直筛糠，要不是老宽大伯赶来，还不出了人命？”她上前摸摸辛老宽的胳膊，柔声问，“大伯，伤了筋骨没有？叫侄女儿给您抚拉抚拉吧！”

辛老宽收回胳膊，冷笑着说：“算了吧！造反派已经把这胳膊腿儿砸打麻木了，伤筋动骨也不觉了……”

辛水仙碰了个软钉子，正自没趣，只听申大篙向她说：“走，水仙，快领我们去搜枪！”

二十三

辛水仙领着人们搜出来黄黑狼的一支“德国造”的手枪，顿时引起了种种反响。有的说：“行呀！政策的威力就是大，连黄黑狼的嫡系部队都反戈一击了。”有的却不以为然，格棱着眼儿说：“这哪是反戈一击，这是‘狐狸撒泡尿，给点臊气味儿闻闻’。”申大篙听了这后一种议论，很不高兴，他说：“看一个人是真心悔改，还是假心悔改，主要看是不是有实际行动。人家主动献出了‘德国造’，这还不说明问题？你们不服，也献点出来呀？”问得人们张口结舌，只好叹口气，离开他。

申大篙不光认为辛水仙有悔过的表现，并且认为她是立了一功，应当在电喇叭里广播广播，举为样板，让人们向她学习。

他走到队部，恰巧辛老宽和淀生正在那儿商量什么事儿。他顺便把表扬辛水仙立功的打算给他们说了。辛老宽听了，看着淀生微微笑了笑。自从老雁爷推荐淀生以来，辛老宽通过各方面了解，也认为这个青年是一个好苗苗，就把他当骨干培养。这时淀生也看着辛老宽微笑。他们都没说话。这使正在兴头上的申大篙，像丈二金刚——摸不着头脑了，他说：“你们打什么哑谜？表扬辛水仙，是行或不行，可说句话呀！”

辛老宽推给他一把椅子，让他坐下，说：“刚才我们正议论呢！辛水仙露的这一招儿，很可能会迷惑一些人，以为她真的要立功赎罪、悔过自新了，没想到你是受她蒙蔽最深的一个……”

“我不同意你这个说法！”申大篙不等辛老宽把话说完就立起来说，“人家交出了‘德国造’，这还不够意思？还说人家是假的！这也太难了。”他气愤地打开了电匣子，拿起话筒，就要广播。

辛老宽走过去，把电匣子给他关上，拿过话筒说：“要广播也可以，等咱们把话说完，看怎么个广播法，好不好？”

申大篙出口长气，只好又坐在椅子上。

辛老宽在地上踱着步，深思着，然后说：“据群众的反映，据我冷静分析，辛水仙绝不是一个简单人物。她跟李小果、阮木三不同，也跟范一吉、阮蒺藜不同。他们有的是利用关系，有的是出于怕情儿，不得不跟着大流跑，自然他们也都有自己的私心杂念，也需要讲清问题。可辛水仙的问题，绝不只是交出一支‘德国造’就行了。自然，她交出一支枪，比不交好，也可以表扬，但别把话说绝。最重要的是，咱们心里要有个小九九儿，不能轻信这个女人。”

“看样子，你是非让人家把黄黑狼交出来才拉倒。”申大篙讥讽地说，“我劝你们胃口别太大了，我看这辈子甭妄想有人能交出黄黑狼了……”

“大篙叔，你怎么就断定没人能交出他来？”淀生微笑着也插一句。

“怎么断定，这还用明说？”申大篙用不屑回答的眼神，看了淀生一眼，“黄黑狼不是死傻子，他跑到哪儿去，连他媳妇都不知道。”

“你别看他媳妇不知道，可不见得辛水仙也不知道……”淀生不紧不慢地说。

辛老宽听了，连连点头说：“深刻，深刻。”

申大篙摇摇头，撇撇下嘴唇。

“水仙和黄黑狼的关系，就像他们常说的那话：是一棵蔓儿上的两个黑瓜，根儿断了，蔓儿连着。”淀生说，“你们不在村里的时间多，有些情况不如我清楚。水仙是老宽大伯的本家侄女，当着大伯的面，我不该说这话。水仙跟黄黑狼的关系比夫妻关系要亲密得多。这不光是指私生活说，主要是指政治上说的。黄黑狼逃走，逃到哪儿，辛水仙一定知道。因为她掌握着他的经济命脉，他的银行存折，就在水仙的手里。他贪污的粮票，也大部分在水仙手里。所以，我分析，黄黑狼迟早要跟辛水仙挂钩儿联系，这像一根线上的蚂蚱，谁离了谁也不行……”

申大篙听得入了神，搔搔头皮，把椅子挪得离淀生近了些，说：“你小子还真有点心路！说得头头是道儿，给我开了不少的窍儿，怪不得老雁爷、老宽哥拿着你当香饽饽儿。快说，你是怎么知道他们这些内幕的？”

“这，以后我再告诉你，现在保密……”淀生笑着说。

“好小子，给你叔也来这个了。”大篙伸出两个大手指头，拧住淀生的耳朵。淀生吱吱地叫起来，但就是不泄密。辛老宽拦开，说：“别逗闹了，既是秘密，就不要强迫他说了。现在咱们研究一下怎样表扬辛水仙的事儿吧！”

“还表扬她个屁！”申大篙啐口唾沫骂道，“差点没叫她个狐狸精骗了我。回头我派民兵把她抓起来，叫她交出黄黑狼！”

“怎么样，你这毛躁劲儿又来了！”辛老宽笑着说，“你总是好两杆[①]跑水，没个稳当劲儿！”

“她骗了人还表扬她？”申大篙睁大眼珠子问。

“要表扬。”辛老宽看看淀生说。淀生很快理解了辛老宽的用意，也点头说：“对，是要表扬，人家‘交出了德国造，这还不够意思’……”

申大篙听出淀生是在取笑他，就给了他一拳头，然后问辛老宽，怎么个表扬法。

“要在一定范围内表扬她。”辛老宽胸有成竹地说，“把那些‘知情人’召集到一块，当着他们的面表扬，不光表扬她，谁有悔改的表现，交代得好都要表扬。”

申大篙明白了辛老宽的意思，马上就去召集人。

表扬了辛水仙，很多人都不服气，尤其那些“知情人”，背靠背地咬她，说她交出一支“德国造”是“点点眼药水儿”，她的问题要严重得多哩，好多缶古事儿，都有她掺和，她是黄黑狼的“掌印夫人”……辛老宽听了，启发他们说：“既是你们知道她还有好多问题没交代，怎么不揭发她呢？哪怕你们提点线索也好嘛！”

---

① 两杆：指船舷。

范一吉听了，摇头晃脑地说：“姐夫，我揭发点……”

“你有话就说，不要拉亲扯故的。”辛老宽厌恶地警告他。

“好，我不叫姐夫了。我没脸再叫这个了，我帮虎吃食来，我对不起死了的大姐。可是，我要反戈一击，再揭发点辛水仙和黄黑狼的勾当儿。那次炸县委大院，血洗小柳庄，她都参加了。她和黄黑狼坐着小火轮去的，全副武装披挂，带着‘敢死队’去的。”

“对，那一次就死了五六个人，伤了二三十个。”阮蒺藜也挤挤红眼儿靠前走了几步说。自从辛老宽做了他的思想工作以后，他就不断地参加会了。

“血洗小苇庄也有辛水仙。”李小果说，“黄黑狼用枪探子扎伤了好几个妇女。枪探子一扎，然后一拧，连肉带血都带出来。我没敢看，真是比法西斯还残忍……打那以后，凡是武斗的场合我都不敢参加，我只是写写黑材料，罪过也不小。他们是用枪杀人，我这是用笔杀人，我该死！”说完，又呜呜地哭起来。

其他一些“知情人”，也纷纷地揭发了辛水仙与黄黑狼的关系和罪行，而且，都认为，辛水仙一定知道黄黑狼的下落。

散会以后，申大篙建议仍把辛水仙拘留起来，限制她的活动。辛老宽摇摇头，说：“不限制她，让她多活动活动有好处。”

“那是为什么？”申大篙问，“万一她要跑了呢？”

“她愿跑就跑嘛！”辛老宽眯眯眼儿说，“跑了姑子跑不了庙。”

“这是何苦呢！不是自找费事？”

“亏了你还是逮鱼儿能手呢！”辛老宽微笑地打着比方说，“扣大罩以前为什么先用篙头砸津儿[①]呢？”

“那是为了让鱼翻花，才知道它在哪儿……”申大篙没说完，就拍一下脑门儿，咧开大嘴笑了，连连说，“明白了，明白了……”

二十四

玉莲除了参加村里的工作，每天还要织席、解苇、润篾子。忙了一天

① 砸津儿：是用一个带木块的竹篙砸水，水响鱼动。

的活儿，才偷空儿找姑娘们玩玩，说说笑笑。可是，近来她有点异样的感觉。当她们在一起说笑的时候，好像大伙有什么秘密的事儿瞒着她。有时她走在街上，本来那儿有几个妇女正在说话，看她走近了，也就不说了。这使她很纳闷儿。她想起那天和周琴去小果家做工作，秀兰送出她们的时候，留下周琴说了一会儿话，也是背着她。看来这种种迹象，与她有关，她想，周琴一定知道其中的原因，便想问问她。

吃过晚饭，等周琴从队部回来的时候，她拉一下她的衣襟，说："周琴姐，有点事儿我想问问你。"

"什么事儿？"周琴跟她到了里屋，笑着问。

"你说，咱俩好不好？"玉莲闪着明亮的大眼睛问。

"好呀！好得就像一个人儿。"周琴拉着她的手儿说。

玉莲撇撇嘴儿，说："甭说那么好听。既是好，为什么有事儿瞒着我？"她的眼睛闪着泪光，凝视着周琴。周琴已经感觉到她指的什么事儿了。她笑了笑，用眼睛示意，让玉莲小点声，不要叫对屋的夏大婶听见。

"其实这事儿，我也没必要瞒着你。"周琴悄声说，"只是我想等工作告一段落，考虑好了再正式摊牌。依着我的性子，我早就想捅破这层窗户纸儿。那天秀兰左嘱咐右嘱咐，说这事不能太'猛'了，要看好火候儿才揭锅，不能吃夹生饭；要瓜熟蒂落、水到渠成……"

玉莲听到这儿，似乎猜到了什么，立时红了脸，但嘴里却说："你东一瓢西一勺子的，说的这是什么呀？越发叫人糊涂了。"

周琴看看筛在窗上的月光说："这样吧！今天风清气爽，有明光光的月亮地儿，咱们去摘菱角吧，顺便我把透底儿的话，一股脑儿告诉你，行不？"

"看美得你。"玉莲抿嘴笑了，说，"'七菱八落'，如今哪还有菱角呀？"

"万一能摘点呢！"周琴早就想体验体验这种生活，她觉得月下摘菱，更有诗情画意。

"就咱们两个女的，那大苇塘多害怕？"

"就咱两个才好说知心话儿呀！"周琴笑着说，"你是不是想把水清也叫着？”

“谁叫他呀！”玉莲偏偏头，说，“就咱俩吧！你要不害怕，我更不怕。”

玉莲走到对屋，跟娘说了一声，娘说：“大丫头们了，这么晚还干什么去？要遇见黄黑狼怎么办？”

“他早跑到不定什么地方去了，天这么凉了，他能老在苇塘里猫着？”周琴走过来也帮着玉莲讲情：“好大婶儿，叫我们去玩玩吧！”

“去吧，去吧，小姑奶奶们。”夏大婶笑了，又嘱咐，“穿暖和点，水上不比旱地，一到晚上水皮上凉，别待工夫长了。”又问玉莲，“怎么不见水清吃饭来？你顺便找找他。”

玉莲答应着，和周琴又走过来加添衣服。

月光透过水雾，蒙蒙地洒在大淀上，有一种浓郁的清凉的水汽透发出来。那边杨柳树下，停着一只小船儿，有两个人影在晃动。玉莲走过去，看清那是水清和大乱，就说：“是你们哪！我们正找你们哩。”

大乱向玉莲调皮地说：“你别‘们’，你是找水清哥呢！”

玉莲哧地笑了，说：“死东西，光会耍贫嘴——你们到底上哪儿去？也不吃饭，这么晚才回来，怪叫人结记的。”

大乱推推水清说：“说你哩，说你哩！‘怪叫人结记的’……”他学着玉莲的娇细的嗓音。水清打了他一拳，向玉莲说：“下完了箔，我们又到县城去了一下，在集上喝了碗老豆腐。”

“干吗又去县城？”

水清看着大乱嘻嘻笑。大乱抢着说；“有机密事儿，不能告诉你。”

“不告诉我我也知道。”玉莲撇撇嘴说，“这又是大乱的主意，光想着挖门子掏窗户去当工人……”她向他们要过篙棹，向周琴说，“走，咱们就用他们这只小船。”

“这么晚了，你们干什么去？”水清问。

“也有机密事儿呗！”周琴学着当地口音说，“光许你们有机密？”

“那我也跟你们去吧！”水清说。

“我的傻哥哥，人家姑娘们有机密事儿，你去掺和个什么劲儿！”大乱格棱着眼儿说，“真不觉闷儿！”

她们笑着上了船，刚要开船，水清又凑过来，看看四周没人，小声地向她们说：“今天我们在城里，看见水仙也去赶集了，还到邮局里去了……我真不明白，原先管她那么紧，现在忽巴拉地又这么松，叫她到处活动。”

“以后你会慢慢明白的……”周琴也小声说，又催玉莲，“快开船。”

玉莲摇起双桨，小船波溜溜地向淀里划去。

已是深秋季节，苇子黄了梢儿，芦花泛了白。月光透过水雾，照在浩渺的苇荡上，一片银色世界，像古代的城堡，气势雄伟、浑厚。

小船沿着苇边向前划行，荡起波波水纹，水纹柔和地闪着光亮。桨声惊动宿在苇塘里的水鸟扑棱棱地飞走了，蹬落的朵朵芦花，飘到她们的头上。

周琴接住一朵儿，兴奋地说：“这儿真美，多有诗意呀！”随即，她就顺口诌了起来，“月下姑娘把船摇，桨声惊动洲中鸟。蹬掉芦花朵朵飘——嗯，下一句……”

“下一句：周琴作诗我摇棹。”玉莲信口开河地说。周琴听了，咯咯笑起来，笑得前仰后合，小船也随着摇晃。她说：“这哪像诗呀！”

“你快坐稳点吧！”玉莲笑着说，“不然，掉下水去，可就真‘湿’了！”

小船又往前划了一段路，前边是一片开阔地，名叫放鸭圈。远处什么地方，有灯亮儿闪烁。周琴想起唐诗里有关渔火的描写，不由凝眸仔细观赏起来，双手抱着膝盖，口中念念有词。玉莲心里惦着“那件事儿”，巴不得叫她赶快告诉她。她望望四周，觉得这儿最静，正是说“秘密”话儿的好场所，于是向周琴说：“好周琴姐，修修好，你别作诗了，快把‘那事儿’告诉我，别老叫我在闷葫芦里装着了。”

“急什么哩！”周琴眯眼一笑，“今晚我非要作成一首真正的诗不行，要不，对不起这样的好月色、好景致。”

“那首已经不错了。”玉莲把双桨推开，任凭小船自己漂荡。她和周琴并排坐在一起，央告着说：“快说吧，噢？！”

周琴搂住她的肩膀，指着映进水里的倒影说："你看咱俩多像一对情人……这，也有诗。"

玉莲怕她又要吟诵，就赶紧用手捂住她的嘴，央求她赶快说"那个事"。

周琴拗她不过，只好把秀兰那天告诉她的传言，统统说给了玉莲。玉莲听完，羞得低下头，用双手捂住脸，好久好久，不抬头，也不说话。

"你看这事儿怎么办好？"周琴审慎地问。

"看看，催着我说了，又该你闷乎了。"周琴假装生气地说，"不言声儿拉倒，我还作我的诗。"说完就仰头望着明月，吟道，"月落乌啼霜满天，江枫渔火对愁眠。"

玉莲拉了她一下，小声说："你……叫我怎么说呀？"

"愿不愿意呀？"

"我……不知道。"

"什么叫不知道？"周琴说，"愿意就说愿意，不愿意就说不愿意，二者必居其一。"

"这，多不好意思。"玉莲又把脸捂起来。

"你还是新社会的共青团员呢！这有什么不好意思的？莫非还要学旧戏上那样：摇头不算点头算？"

"不是那个。"玉莲抬起头来，郑重地说，"要是光我们的事儿，怎么也好说，主要是俺娘他们。你知道，俺娘的思想可封建呢！她守寡到如今，行事做派，可谨慎了呢，没让人说过一个不字儿。她救护水清，完全是一片善情，看着老宽大伯，给大伙办事公道，人品好，不愿叫他断了根苗，这才冒着危险收养水清……可没想到，惹出了这些个闲言碎语……"

"世界上就有这种无缝下蛆的苍蝇。"周琴说，"我看，咱们就依着我的主意办，来个顺水推舟，敲响亮明，光明正大地把事儿办了，看他们还说什么？"

"我个人还没什么。"玉莲沉思地说，"就怕俺娘扒不下这个脸儿来。"

"试试看。"周琴说，"我豁出去了，这是件积德的事儿！要是真成了，老宽大伯这后半辈儿就享了福，大婶也就有了个依靠……"

玉莲点点头，说："这事儿光你说还不行，你最好找找大桃婶儿，她和俺娘平时最说得来，她要劝劝，俺娘兴许还乐意呢！"

"你看老宽大伯这头谁说好呢？"周琴又问。

"老雁爷就行。"玉莲说，"他们是多年的老交情了。"

看看天色不早了，玉莲怕误了明天起早儿织席，就建议回家。依着周琴还不想回去呢！

月色溶溶，桨声沙沙，伴着姑娘们的窃窃私语，回到了村岸。

二十五

水清吃完夏大婶给他留着的晚饭，还不见玉莲她们回来，就问夏大婶说："玉莲和周琴姐划着小船干什么去了，这么晚还不回来？"

夏大婶看看天上的月亮，也很纳闷儿，这俩丫头背着她"叽咕"了会儿，又跑到淀里干什么去呢？好像有什么秘密事儿似的。闺女大了，当娘的就更操心。自从周琴住在她家以后，言谈笑语里，总爱跟玉莲说些"爱情""对象"的事儿，还爱跟水清、玉莲开个玩笑。夏大婶在心里，也常常掂量这件事儿，她喜欢水清这孩子，知情识理儿，脾气好，又是她从小看着长大的，要是结成了亲，又当儿又当女婿，倒是挺美满的。可是，有谁来搭这个桥呢？莫非周琴这个机灵丫头看出点眉目，今晚找个背静地方研究这个事儿去了？可她又想了想，觉着不对，要是为这事儿，应该先跟当娘的研究，哪有先跟本人说的？她想到这，就更觉得蹊跷。

这时水清要划着船去找她们，夏大婶想了想，制止了，觉得他下了一天箔，也累了，就让他去休息。

水清刚要走，夏大婶又叫住他问："秋水凉了，老雁爷跟你们下箔，他的腿脚行吗？"

"我们知道他的腿有残疾，不叫他去，可他不放心，非跟着去不行。他去，我们不让他下水，请他坐在船上指挥指挥就行了。"

"就是坐在船上也冷。"夏大婶说，"年纪大了，他和你爹是早前落下的老寒腿，'五一大扫荡'，他们趴洼睡冰，坚持了一个多月……"

“我听说过。再加上‘文化大革命’这一折腾，身子骨就更糟了……”

夏大婶从柜里拿出两副毛裤套，说：“你把这个拿去叫他们穿上，套在里边，能防潮保暖。”

水清接过那两副毛裤套，摸了摸，又软和又厚实，高兴地说：“大婶，您想得真周到。夜里，我睡醒一觉，常听见他们哼哼；可白天，还照样工作。”水清红着眼圈儿说，“可我就不知道结记他们……”

夏大婶把毛裤套包好，又嘱咐说：‘叫他们早点穿上。对外人甭说是我做的……”

水清点点头。近来，他也渐渐懂得了人生的复杂关系……

这两位老人，穿上了水清送来的毛裤套，又知道是由夏大婶做的的时候，顿觉一股暖流，流遍全身，流进心坎。开会、打鱼、下淀，起五更，睡半夜，多苦多累也不觉。

这天夜里，当他们各自忙完了一天的工作，躺在炕上之后，怎么也睡不着。工作组的老刘，因爱人有病，已回去看家了。水清呼噜呼噜睡得挺香。月光透过窗户，洒进屋里来。院里什么地方，有蛐蛐吱吱的叫声，大淀里偶尔有大鱼跳动的声响。在这样静的夜晚，不知为什么他们还不入睡。

既然睡不着，就拉拉话儿吧！辛老宽先是谈些村里的工作安排。他打算入冬以前，把人们的房屋好好修建一下，该翻盖的翻盖，该刷磨的刷磨；修建完了房子，还要打一眼甜水井，今冬明春，积攒资金，准备修个水塔，安上管子，让人们吃上自来水。此外，他还计划扩建一下学校的教室，请木匠打些桌凳，让更多的适龄儿童上学。谈到生产，他跟老雁爷商量，除了下箔打鱼，顺便把些小鱼当鱼亩养起来，明春，再栽些苇子。鱼苇是白洋淀的发展方向。以后，还可让玉莲她们培育些珍珠蚌，让颗颗明珠，在水乡放光……

老雁爷听着他的讲述，一幅美好的图景，在他眼前闪耀。他想：这个人的心气越来越旺了，他不但没有被困难吓住，没有叫怨气和冤气缠住，反而这样快就丢掉了伤痛的包袱，扬头挺胸地迈着步子朝前走，这种精气神儿，是多么金贵啊！他想到这儿，不由仄起身，看了看他，月光照在他那饱经风霜的脸上。说也奇怪，他觉着他一点也不显老，还像十几年前他领着人们办社时的那个模样，棱角分明的脸盘上，闪着一双有神的眼睛。他像一个长辈问一个后生那样，问："宽，你今年五十几了？"

"明年就六十岁了，哪还有五十几？"老宽说。

"不到六十，就算五十几。"老雁爷说，"按说这个岁数，还不算老呢！"

"唉！怎么不算老？身上的毛病一天比一天多了，忙活一天，到晚上躺下，像散了架一样。"老宽叹息地说。

"可你的精气神儿，还不减当年。"老雁爷说，"刚才你念叨的这个规划，我听着挺带劲儿。十年劫难，国家伤了元气，人们没有了过晌儿的心火，都像混食儿一样。要是从今往后，按照你这个安排，干它十年二十年，复复元气，也许人们还能享点福。我今年七十挂零儿了，不知还能见着那样的好日子不？"

"能，保证能。"老宽安慰老人家，"七十挂零儿也不算老。我看您除了腿脚不利索，别处没一点儿毛病呢！"

"别跟我唱当当歌儿啦。"老雁爷微微笑了，说，"我是想问问你，你还想'成家'不？"

辛老宽一时没听明白，怔了一下，问："成什么家？"

老雁爷咂咂嘴，说："你怎么连'成家'这句话都不明白？'成家'就是续个老伴，成个家庭。"

辛老宽听了，没有答声，心里却扑腾扑腾地跳起来。再续个老伴，成个家庭，他不是没想过，可一考虑到种种烦难，就打消了这个念头，他不愿为这事再分心，再牵扯自己的精力。

"你怎么不说话呢？"老人家又追问一句。

辛老宽摇摇头，叹息地说："算了吧，自己这把年纪了，哪里还不好对付呢？再说，水清也这么大了，过两年，给他张罗上个人儿，我有碗粥喝也就行了……"

"你就是这么个人儿，说起大伙的事儿，你心气儿那么高；一说到自个儿的事儿，就没了远大理想——能闹碗粥喝就行了。"老雁爷意味深长地说，“没个老伴，过日子是难哪！”

辛老宽笑了笑说：“是难，不过这个事儿，光凭理想哪行呀？都这把年岁了。”

老雁爷笑着说：“我说的理想，得合乎情理，要不怎么叫理想呢！”他看看月光，已经从老宽的脸上，移到搭在他们被上的毛裤套上了。他索性捅破这层窗户纸儿，说：“有一个理想的人儿，我不知道你心里思谋过没？”

“谁呀？”辛老宽问，心里又扑腾起来。

“他夏大婶儿。”老雁爷指指身旁的水清说，“这个事儿，我可是琢磨了好多天了，就是没敢吐口儿，昨儿周琴跟我说了，正碰到我的心坎上，我高兴得不行。这可是打着灯笼也难找的好人，就凭她这个心地、为人处世，我敢说，市街上少有。别的甭说，就说对水清，担多大风险？亲戚又怎样？人家夏大婶，一不沾亲二不带故，为了什么呢？还不是觉着你是个为大伙儿办事的人，落这么个下场，于心不忍。这就叫人品金贵，你到哪儿去找这样的人儿呢？”

“这我都知道。”辛老宽感动地说，“掏句心里的话，从我这头儿，我是巴不得呢！我就怕人家夏大婶不同意，本来人家一片好心，反给人家添许多麻烦，岂不更对不住人家了？”

老雁爷想了想，觉得老宽说得有道理，这确是个细致事儿，就像浇园时垄沟里的水，要细流。

月色，像清水似的，在窗口缓缓地流动着，陪伴着知心人的侃侃叙谈……

二十六

收枪工作队完成了任务，把收上来的武器装上小汽船，向村干部告别后就开船走了。

军队一走，又给水仙去了一块心病。她觉得这一关算是熬过去了，看样子，他们是无法抓到黄黑狼了，这家伙就是有点道行，一把“德国造”

手枪，就把他们迷糊住了，要不，自己也不能这么自由。她算计着黄黑狼逃走的日期，安排着下一步的行动计划。她收到“姐姐”的来信，看来，他正急着用钱呢！两千元，这个数太大了，可不能为这个露了马脚……她左想右想，忽然想起县银行有个叫小马的，也是黄黑狼给安排的工作，两个人还“相好”过，她不会变心吧？她准备找个集日，找找她，见机行事……

申大篙到县里开了个公安会议，县公安局把黄黑狼列为大案要案之一，准备派人尽快把他捕获归案。他把会上的精神部署，回来向辛老宽做了汇报，辛老宽听完说：“最好他们现在先不要派人来，等把情况摸个差不多，咱去找他们，到时再撒网捕鱼。”

“这是为什么？”申大篙说，“军队走了，村里的邪气又有点抬头，你看不见辛水仙任活儿不干，又油头粉面地绕世界串游起来了，今儿个我看见她又进城了……”

“就怕她不串游。”辛老宽说，“先不让公安局的人来也是这个意思。”

“噢，是怕打草惊蛇。”申大篙省悟过来，又说，“那就派人盯着她点，有什么动向，好跟公安局汇报。”

辛老宽附在他的耳朵上，把几天以来淀生摸到的线索，悄悄告诉他。申大篙听了，拍一下脑门说：“八成有门儿，他多一半在哪儿猫着，我们赶紧报告公安局去抓他……”

“你这毛躁劲儿又来了。”辛老宽说，“你总把事儿看得过于简单，你当是在河沟儿里抓一条傻鲫鱼呢，手到擒来，这是条棘棘鱼，弄不好就扎手哩！”

说完微微一笑，要大篙沉住气，这可是极其机密的事，走一点风，可就鸡飞蛋打了……

申大篙点点头，说：“你当我是小孩儿呢，别看我平时毛躁，到了节骨眼儿，我还粗中有细哩！”

辛老宽说：“走，咱们先去看看修水塔、打机井的材料去……”

他们说着话儿，就奔村东走去，路过辛老宽的旧宅院，看见那一片倒塌了的砖瓦，申大篙的火气又上来了，非拉着辛老宽进去看看不行。辛老宽说："已经倒塌了，看它有什么用？"

"这都是黄黑狼干的，一个炸药包就报了销……难道你不恨，不疼？"

辛老宽没有回答。他怎么会不恨不疼呢？他也是个凡人嘛！他爱他的家，也爱他的妻儿老小。他曾为家破人亡痛哭过、悲愤过，也绝望过……可是，经过学习，他想到了国家、民族和党的命运。他认识到：眼下不是为自己的创伤疼痛呻吟的时候，而是得赶紧振作起来，带着血迹和瘢痕，铆足劲儿，替国分忧，为人民办事儿的时候；是用伤痛的腿脚和躯干，支撑烂摊的时候。他觉得，这是一个共产党员的天职和操守！他也想到战争年月，在前线受了伤，为了追击敌人，顾不了擦干身上的血迹就勇猛地冲上去了！那情景是多么动人啊！

申大篙见辛老宽不说话，也不进自己的宅院去看看，不由呵呵地笑起来。

"你笑什么哩？"辛老宽一边走一边问。

"我刚才想起老雁爷说过的一个故事。"申大篙说，"他说，过去你有一次赶集，买了个瓦罐背在背上，走在路上，拴瓦罐的绳儿断了，罐儿摔碎了，你连头儿也没回……这是真的吗？"

辛老宽笑着点点头儿说："是有这么一回事儿——不过，也多少有点夸张。我倒是想回头看来着，可又一想，看看不也是碎了吗？"

二十七

一天，水清听说上级下来了招工表，就兴冲冲地去向爹要，爹告诉他已经让给别人了，要他安心在鱼箔工作。水清听了，心里很不高兴，他说："没想到，您如今出来工作，有了权，我连这么点儿光都沾不上……"

辛老宽看了看他，见他的眼圈红了，一时把批评的话儿又咽了回去。他想这孩子跟着自己不但没沾了光，反而吃了许多挂落儿，差点没把小命搭上。是啊！如今见了天日，是应该让孩子顺心一些了……可是，别人家的孩子呢？如果大人有了权，都想让自己的孩子顺心，那不顺心的事儿谁去干呢？那不也跟"四人帮"时一个样儿，一人得道，鸡犬升天？群众会说："看看，谁有权谁捞，换汤不换药，乌鸦老鸹一般黑！"作为一个党员，一个革命干部，岂不可耻？还有什么脸自称"公仆"？他想到这儿，脸上感到一阵阵发烧，不由得向水清说："孩子！我知道你跟着爹受了委屈，当爹的对不起你……不过，你也别埋怨爹，你应该理解爹。爹是个共产党员，又是党的干部，就要想着大多数人的利益。眼下，爹出来了，像你说的，又有了权。可是，你还是得做个思想准备，往后，不但沾不上光，还得准备受委屈呢！你是个明白事理的孩子，话就说到这儿，你慢慢琢磨琢磨就懂得了。我希望你好好为人，给爹争口气！帮老雁爷，把鱼箔下好，把生产搞上去！"

水清看着爹那多皱的面容，从他那深沉的目光里，似乎明白了他的心境。于是，他悄不语地去找老雁爷下淀了。

周琴关心别人的亲事，胜于关心自己。她恨不能马上让辛、夏两家合在一起，成全了这门亲事，让他们过上美满幸福的生活。

吃完饭，周琴抢着刷完碗，向玉莲飞个眉眼，突突嘴唇，笑一笑。玉莲低着头，装看不见。周琴欢快地去找大桃婶。

大桃婶也是刚吃完饭，看着周琴那俊俏的脸上满是笑，就说："看你这么高兴，像是有什么喜事儿似的。"

周琴见屋里只大桃婶一个人，就问："大篙叔和大乱呢？"

"刚才你叔让淀生叫走了，好像有什么要紧的事儿商量。大乱吃完饭，一抹嘴儿就不知滚哪去了。准是又慌着要招工表去了……"她看周琴老是笑，就说，"有啥喜事，快说给我听听，叫我也高兴高兴。"

"大婶算猜对了，我今天来真是有喜事儿。"周琴笑不合嘴儿地说，"我想当个'红娘'，成全一家人家……"

"你甭往下说了，看我能猜着是谁家不？"大桃婶也笑眯眼地说。

"好，你猜猜看。"

大桃婶附在周琴的耳朵上，说了说。周琴拍着手儿笑道："怪呀！你怎么一下就猜着了？"

"傻闺女，这门亲事，我在心里掂量过好多回了，老想给他们牵这条红绳儿。那天老宽哥临去学习，我还试着探了探他的口气，话到了嘴头上，就是没吐出来。结果，‘红娘’这个角色，叫你给抢着当了。”

“光我一个人不行。”周琴说，“玉莲让我来搬兵求援，说你跟夏大婶，好得像一个人儿似的。你说的话，她从来是不驳回的。”

大桃婶儿思忖了一会儿，说：“要说好，我们妯娌是真好。不过，她守了这么多年寡，从来还没有‘前走一步’的心思。素常，我们说起话儿来，我也曾探过她，她总是摇头，谁知现在她是什么想法？”

“据我冷眼看，她对老宽大伯还真是有感情。”周琴悄声说，“人们对他们有议论，有的是好意，也有的是加油添醋，造谣中伤。所以我想，干脆来个顺水推舟，堵堵人们的嘴。”

大桃婶儿说：“你说得对，不如大明白日地把事儿办了，人们也就没话儿说了。这样吧，你先跟她露一露话口，她要答应了，更好；她要不答应，我再出马，这种事儿，人多了不好，她平时脸子又热。”

两个人计议已定，周琴就走出来，恰巧在队部门口，碰见了淀生，问他有什么事儿。淀生向她使个眼色，周琴就跟他进了队部，只见老雁爷、辛老宽、申大篙都在那里。淀生从口袋里拿出一封加急电报，交给周琴，说：“这是水仙的姐姐从长白山打来的，说她姐夫病危，要她火速赶去。水仙让队里看看好批她假。”

周琴看了看说：“果然不出所料，这个线索太重要了，我们得马上行动，要赶在她去之前。”

“不过，电报下款，写得不清。”老雁爷说，“我看，最好是顺蔓摸瓜，看溜儿逮鱼。”

辛老宽思谋了一会儿，说：“这样吧，把这情况，马上向公安局报告。”

淀生立刻明白了辛老宽的意思，说：“我已跟公安局说了，他们答应马上派人跟踪，最好让咱们也出个人。”

“这个差使我包了！”申大篙紧紧皮带说，“我要亲自逮他！”

“我也想跟大篙叔去。”淀生说。

周琴、老雁爷、辛老宽都点头同意，并嘱咐他们要小心慎重：“那小子，心黑手毒，说不定他身上还带着家伙。”

他们把诸事研究停妥，就分头行动起来。

辛水仙通过银行小马的后门儿，果然把款取出来了。恰巧这时接到姐姐的加急电报，她一猜就知道是老黄出的点子，就坡跑，借此良机，走他 x 的，省得老在家里受这个窝别气。她想到这儿，心里不由又担心干部们不准她假。“不准假，我也硬走！”她咬咬牙，心里打定了主意，过了这个村，没这个店，就这一锤子买卖了。她对着镜子，梳理了一下头发，定了定神儿，就去找辛老宽。一见辛老宽，就抽抽搭搭地哭着说：“大伯呀！您看见电报了，这可怎么办哪！我姐夫快死了……”

辛老宽装着吃惊的样子，叹道：“哎呀，怎么好好的，得了这么重的病？”

“前些天来信，说是肚里长了个毒瘤，谁知这么快就不行了？呜呜呜呜。”水仙一把鼻涕一把泪地说，“大伯，你知道，从小我爹妈死得早，就留下俺姐妹俩，俺姐夫这一死，俺姐还怎么过呀，呜呜呜，老天杀人不长眼呀！”

辛老宽说：“咳！真是怪可怜的……”又看了一下电报说，“这上边写着叫你去一下……可是……”

辛水仙见他露了活动的意思，就赶紧止住哭，撒着娇说：“我的好大伯，你就让我看看去吧！虽说我叫您生了气，怎么着也是当家子呀！您看着我姐姐的面子，也得让我去一趟呀！您就关照一下您侄女儿吧！”

辛老宽犹豫了一会儿，说：“按说，我不该准你这个假，可又觉着你可怜，去看看吧！特殊情况嘛！不过，别住的日子太长了啊。”

“保证长不了。”辛水仙爽快地说，“我把姐夫的后事料理清了，马上就回来，顶多十天。”说着又凑近辛老宽，摸摸他的衣服亲密地说：“大伯，看您穿得多寒苦，听说那边皮货便宜，要是对付，我给大伯捎件皮袄回来。”

辛老宽笑笑，摇摇头，催她赶紧走了。

二十八

周琴把工作安排妥当以后，就回到夏家，她想趁此机会，把那事儿跟夏大婶挑明，看她是什么态度。她一进院，玉莲就从屋里迎出来，拽一下她衣角，叫她先到自己屋里来。周琴不知她有什么机密，就悄悄跟她到了东里间，玉莲朝对屋努努嘴儿，小声说："俺娘正难过呢，眼都哭肿了。"

"为了什么？"周琴也小声问。

"那会儿，范一吉的老婆'二尺舌'，忽地跑到俺家来，不知跟俺娘胡吣了些什么，她走了以后，俺娘就哭起来，我劝了她半天，才好点了。"玉莲气愤地说，"'二尺舌'惯爱扯老婆舌头，谁有势巴结谁。黄黑狼横行霸道的时候，狗舔屁股似的巴结他。水清哥是她亲外甥，硬推出来不管。如今，又见老宽大伯行了，就又拼命巴结，送礼买好儿，还想让水清跟着他家去。水清高低不去，老宽大伯当面批评了她几句，把送的礼给退了。她恼羞成怒，对俺家也嫉恨起来，便造谣生事，我猜，人们那些传言，多半是她造的。"

周琴听了，同意玉莲的分析，她早听说过"二尺舌"这个人物。拘留辛水仙的时候，她曾经老实过一阵，不知为什么现在她又活跃起来，并直接找到夏家来传闲话。她思忖，现在怎样去劝说夏大婶呢？她又问玉莲："你没问问，大婶净听了哪些闲话？"

"问了，她没细说，她只哭天抹泪地说'这辈子活着不容易'，还说，'以后别叫水清到咱家来了'……"玉莲闪着黑亮的眼睛说，"'二尺舌'说的话，我只听到一句，什么'人家亲到哪儿，近到哪儿，怎么人家也是他的本家侄女儿……'这是不是指的叫水仙走？"

周琴听完，点点头，还想再问什么，只听对屋夏大婶在叫她，说有话跟她说。周琴答应一声，一个人走了过来，见夏大婶坐在炕上，正用手绢擦眼泪。周琴坐在她身旁，拉着夏大婶的手儿安慰说："刚才玉莲都告诉我了，我看大婶别为这个难过生气，谁不知她'二尺舌'舌头长，要是短了能配叫'二尺舌'？"她想逗夏大婶笑笑。

夏大婶笑不上来，叹了口气，说："真是应了那句话：'人善被人欺，马善被人骑。'俺娘俩，素日，沾不着谁，惹不着谁，连个蚂蚁都没踩着过，更甭说得罪着人，可偏偏有人暗里使坏，无缝下蛆，这还能叫人活吗？”

“这有什么奇怪的，世间专有下蛆的苍蝇。”周琴说，“咱们不能听见苍蝇嗡嗡，就说没法活了，咱们不光要活着，还要想法活得更好！”

“咳！闺女，你年轻，又赶上了好时候，你没有体尝到俺这一辈子的难处……”夏大婶想到伤心处，又哭泣起来，“自从没了她爹，这日子是怎么熬过来的……前不是，后不是，左不是，右不是，吃水没人挑，磨面没人推，拉扯着莲儿，起五更睡半夜，纺点线，织片席，赚个仨瓜俩枣儿，勉强活着。要不是老宽哥他们收留俺娘儿俩入了社，哪有今日……后来，黄黑狼把老宽哥掐监入狱，留下了个孩子，没人管，俺看着可怜，这才收养了他，俺没一点儿别的心啊！谁知有人竟把俺的好心当成歹意，胡吣出那些话来……”说完，又抽搭起来。

周琴觉得是点明的时候了，索性说：“大婶儿，今天您既然说到这儿，索性我也把心里话倒给您。那些闲话，传得不是一天半天了。我开始听了，也是生气，后来一想，又觉得没什么了不起，老话说：‘寡妇门前是非多’。如今虽然是新社会了，可封建残余还挺厉害，您就是多么小心谨慎也不行，专有人鸡蛋里挑骨头。所以，我爽性动员动员大婶，挣开捆着你的封建绳子，偏要光明正大地‘向前走’一步，堵堵人们的嘴，看谁还说什么……”

夏大婶没听完，脸就红到了耳根那儿，急忙背过脸去，连连说：“别说了，别说了，俺可不，俺可不……”

周琴扳过她的脸来说：“您怎么不呢？这是正大光明、合情合理的事儿。刚才，您也说过，他是个好人……”

“可不行……”夏大婶不知为什么又哭起来，颤着声音说，“那不更由了别人说的……”

“由就由，怕什么？”周琴有点着急起来，“您怎这么前怕狼后怕虎的？太封建了！”

“俺就是封建……俺可从来没想过这个……”说着，又哭，再说什么她也不答言了，只是哭，哭。

周琴一下傻了眼，她正在发愁为难的当儿，门儿一响，大桃婶走了进来，向周琴一使眼色，周琴赶忙躲出来，去找玉莲说话去了。

过了不到一顿饭的工夫，大桃婶便出来找周琴，向她说：“说妥了，准备着吃喜糖吧！”

“真的？”周琴眉飞色舞地问。

“哄你是小狗子。”大桃婶笑眉笑眼地一竖大拇指说，“别看你识文断字儿，可不如俺有经验，谈这个事儿，要是女人家老哭，就是愿意；汉们家老笑，也就同意了，你只管记住！”

二十九

周琴虽然没当好红娘，但也很高兴。这头夏大婶答应了，她还得再跟老宽大伯商量一下，看什么时候把事儿办了。她走到老雁爷家，家里锁着门。她又找到队部，队部也没人。他们到哪儿去了？她忽然想起，老宽大伯正为修水塔、盖学校、分配房基地奔波，他准是到学校去了。走到村东，只见一群孩子正围着老宽大伯说笑呢，有的拉着他的手，有的抱着他的腿，有的趴在他的肩上。他们正问他：“爷爷，什么时候盖成新教室，坐上新凳子，用上新桌子……”

老宽大伯乐呵呵地回答：“明年开春，行不行？先盖教室，后打桌凳。”

“好！好！明年住新教室了！”孩子们欢蹦着，又问，“自来水好喝不？淀水甜，还是自来水儿甜？是不是家家都安水龙头？”

“当然是家家都安啦！到用水时，一拧开关，水就哗哗地流出来啦，跟淀水一样甜，还卫生。”老宽大伯答。

“就像城市一样儿？”一个女孩子闪着黑葡萄似的眼睛说，“俺跟俺娘到姨家去，她们不光有自来水，还有电视机，做饭烧的是气儿……”

“往后，城里有什么，咱们也有什么，才好哩！”

“那是定准的。咱这一带就发现了油田，打井的叔叔们都安好架子了。”

周琴听到这里，不由微微笑了。她体味到了天真孩子们的向往和老一辈创业者的心境。她想再进一步听下去，以便将来自己在练习写作时，把此时此景写进作品里……她正这样思索的时候，辛老宽笑着出了校门，差点与周琴碰个满怀，他兴奋地说："你还真有两下子，怎么找到这儿来了。"

"还说呢，我这两下子比大桃婶差远了。"顺便，她把她们说亲的事儿，告诉他，问他有什么意见。辛老宽听了，嘿嘿光乐，半天说不出一句话。过了一会儿说："那天夜里，老雁爷跟我提过了，我是觉着，这把子年纪了，还续什么弦？再说，水清也大了，过几年，给他操筹个人儿就行了，谁知你们心肠都这么热。这让我还怎么说呢？嘿嘿嘿。"

"光嘿嘿乐，您到底愿意不？"周琴故意逗。

"你们看着好，就行吧！"辛老宽又嘿嘿乐起来。

周琴又跟他商量什么时候登记、办喜事儿。辛老宽说："抻抻再说吧！现在工作虽说刚有了点眉目，可黄黑狼还没抓住，好多事儿还撕拉不清呢！"

周琴蹙着双眉说："叫您一说，这辈子就结不成婚了，那工作，一摊接一摊，没个撕拉清。让您成家，为的就是更好地工作，您怎么倒拿捏起来？"

辛老宽又是一阵嘿嘿乐，说："傻闺女，你把这事儿看得也别太简单呀！你看，我如今连个窝儿也还没有呢！娶过人家来，叫人家在露天地儿住？"

这一下把周琴给问住了，真的，原先怎么就没想到这一步？她拍拍自己的脑门儿，思虑着办法。这时水清和玉莲正在找他们回家吃饭。玉莲笑着要接老宽大伯到她家去吃。老宽大伯怎的也不去。周琴说："去吧！去吧！早晚还不是在一个锅里拉马勺？"

辛老宽拗不过，被她们拉去了。夏大婶一见他来了，立时羞得抬不起头来，什么话也说不出口。周琴向水清、玉莲使个眼色，他们都悄悄躲开，来到东里间。

吃着饭，周琴忽然灵机一动，想起什么，高兴地说："对！就这么办，这太好啦！"

水清、玉莲不知她说的什么，都奇怪地看着她。

尾　声

十天以后，一个晴朗的早晨，淀水格外明净、碧绿，映着天上的红霞，映着南飞的雁群，映着金黄的芦苇，映着青灰色的房屋，映着岸边的桅船，也映着渔民们的笑脸。村子的上空，随着袅袅的炊烟，飘出一股股香味——人们都在吃好的，有的包饺子，有的炖大鱼，有的烙白面饼，似乎在过节日。

其实，今天什么节日也不是，是因为申大篙和淀生带来了好消息。

就像一个多月以前那样，天空飞机撒传单，水上解放军乘着小汽船来收枪，人们欢天喜地，传送着喜讯儿。

申大篙也像一个多月以前那样，挺胸扬脖，迈着大高腿，高喉咙大嗓门，在街头巷尾给人们讲述着逮捕黄黑狼和辛水仙的经过。尽管他已经讲过好几遍了，但人们仍然愿意听，而且都像粉碎“四人帮”时那样，把这事当作本村一大喜事来庆贺。

这几天周琴在为辛老宽和夏大婶的喜事奔走。她把老雁爷、申大篙、淀生、大桃婶以及李小果的爱人秀兰找来，一起商量了一下，让他们帮忙操筹，赶做了两套被褥衣服。趁着今天这喜庆日子把事办了。她和秀兰在夏大婶的门上贴了副红对联，又在新糊的窗纸上，贴上几对红窗花儿，上午催着他们到公社登了记，准备晚上就过门成亲……

水清和玉莲，为了给人们喝喜酒时弄点鱼吃，他俩带上网和鱼叉，摇着小船，来到了苇塘边。

他们一边逮鱼一边对话：“周琴姐真有意思，偏偏会出主意。”水清说，“叫俺爹来个倒插门儿。”

“这怕什么？”玉莲摇着棹笑着说，“如今正提倡女娶男哩。”

“这多不好意思……”

“有什么不好意思的？这样，你家又省了盖房又省了置买东西，一切都现成，到哪儿去找这个便宜？”玉莲瞟着他笑了。

水清也笑了。他叉上一条鲤鱼，扔进舱里。鲤鱼在舱里活蹦乱跳起来，发出扑噜扑噜的响声。

小船划到一个僻静处，玉莲停下棹，想说什么，还没说，又红了脸。过了一会儿，她问水清说："水清哥，你说，以后，俺跟你爹叫什么呀？"

"这还用问，也叫爹呗！"

"那你跟俺娘哩？"

"就也叫娘呗！"

"俺跟你呢？"

"还叫哥……"水清说着脸也红了，口吃着说，"要不，什么也别叫了……"

"总得有个称呼呀！"

"那就'你呀我呀'地称呼吧！"

"咯咯咯咯"，玉莲发出银铃般的笑声，惊得苇塘边的野鸭、鸪顶、红冠、水鸡，扑棱扑棱地飞起来——飞到很远很远的地方去了。

（原载《十月》1982年第5期）

【作品赏析】

荷花淀派经历"文革"的重创、历史的风流云散，出现了长达二十年的创作空白。新时期后，荷花淀派作家们的写作风格发生了巨大变化，只有韩映山对荷花淀派艺术是坚守的，刘绍棠曾称韩映山"作为'荷花淀'风格的孙犁传人，韩映山是最有资格的一个"。韩映山不仅坚持了孙犁诗化小说的风格，也坚守了荷花淀派的"风骨"意识，尤其是对现实生活的书写和美学倾向上，始终坚持书写那些充满时代热情、健康向上且给人以美的熏陶的作品。

《采菱村》充满着一种乐观的精神氛围和引人向上的勇气，是荷花淀派作家坚持追求真善美、坚持"人格与文格统一"的精神外化。1980年，韩映山在《绿荷集》后记中这样写道："文学是人学，它应该像人生那样丰富、多彩。它应该在鞭挞假丑恶的同时，宣扬真善美，给人以道德力量，鼓舞人类前进。它的功力应该是寓于潜移默化之中，陶冶人的灵魂。"

“文革”之后，带着伤痕的作家们拿起笔来控诉十年的浩劫，字字泣血，声泪俱下。他们痛苦的心灵发出受伤的凄厉号叫，这种题材的文学作品被称为“伤痕文学”及“反思文学”。从维熙的“大墙文学”也可纳入此类，是“向稿纸喷血”的文学，饱含了他对政治、历史、人生的探索与反思，偏离了荷花淀派的创作风格，呈现雄浑悲壮之美。韩映山虽然在“文革”期间遭到冲击，但生活还算平稳，加之他深受孙犁文品与人品的影响，性情恬淡、喜爱静美，对真善美的文学的追求，使他的作品能够在新时期历久弥香，继续保持荷花淀派的风采。《采菱村》的水乡村民们终于盼来了粉碎“四人帮”，新生活的血脉在重新复苏。韩映山没有回避历史的苦难，文章描述了村支书辛老宽的八年牢狱之灾与满身伤痕，儿子水清的死里逃生，乡亲们武斗中的流血丧命。但在新的时代面前，他们不执着于仇恨，不沉湎于舔舐历史的伤口，而以一种乐观的精神投入肃清流毒、发展生产中，迎接新生活的到来。1990年，韩映山在《关于“荷花淀”文学流派》一文中，又重申了“歌颂真善美、鞭挞假丑恶”这一创作宗旨，并且认为“如果违背这一宗旨，就是对荷派艺术的亵渎”。这就是韩映山的文学选择，在“鞭挞假恶丑”的同时，还要给人以前进的力量，颂扬人性的美好，生活的希望。《采菱村》是揭露“四人帮”罪行的作品，但他不写残酷的斗争，不展示血淋淋的场面。不过分渲染人们心灵上的“伤痕”，旨在揭示真理终将战胜谬误，公正终将战胜邪恶，光明终将战胜黑暗，新生事物终将战胜腐朽事物的生活逻辑，给人以道义上的力量，让人们对新生活充满希望。

韩映山描绘粉碎“四人帮”后的白洋淀，清婉明丽，充满生机：“春风毕竟是春风，何况白洋淀又来了喜水，水中植物又在萌生。菱角、浮萍、苲草、鸡头，都露出了水面。荷淀里，不会没有莲荷，它会出淤泥而不染，一阵春雨之后，便会钻出水面，铺展开肥大的荷叶，挺出高高的箭秆，开出芬芳的花朵，亭亭玉立于淀面之上。”莲荷是白洋淀人们的不屈精神的象征，永远追求希望和新生，是韩映山的人生观念的传达，他在后期的创作中一直坚守着对于真善美追求的信仰，是当之无愧的“荷花淀派”文学最忠诚的传人。

《采菱村》讴歌了历尽苦难而不屈的正义灵魂，讴歌了侠义善良的人性，同甘共苦的爱情。破除了“四人帮”，迎来了新的历史时期，作者慷慨陈词痛斥“四人帮”的倒行逆施，情感激越却失之节制。他多次在文中或独抒胸臆，或借用作品人物之口表达政治情感。第九节中，辛老宽路过自己被炸塌的旧宅院，卢大篱非拉他进去看，问他，难道你不恨？辛老宽的内心独白就颇具政治宣讲的色彩：“可是，经过学习，他想到了国家、民族和党的命运。他认识到：眼下不是为自己创伤疼痛呻吟的时候，而是赶紧振作起来，带着血迹和瘢痕，铆足劲儿，替国分忧，为人民办事儿的时候；是用伤痛的腿脚和躯干，支撑烂摊的时候。他觉得，这是一个共产党员的天职和操守！”这段描写刻画了辛老宽的拒绝回顾伤痛，勇往直前的工作作风。但是在人物塑造中，不免带有概念化的解读，在批判政治的话语中也容易流于政治化的批判，这是“文革”后20世纪80年代初期作品的通病。幸而韩映山一向更注重从生活的细节中自然地流露“倾向性”，把作品深深地扎根在自己的生活当中，从时代的、人民的审美视角出发，复归于理想社会中对人性的探求，这是荷花淀派创作的精魂。韩映山认为：“艺术的生命在于真实。这主要看作品的生活细节真实和作家的感情的真诚。虚伪造作是欺骗不了广大读者的。作品能否存在，不在于几个评论家捧场，它要经受广大群众的鉴别和时间的考验。有的作品出世时，并不大引起人们的注意，但时间越久远，越能发光放彩。”所以，韩映山不拘泥于对“文革”的政治性批判，而是更加注重对民间底层历经苦难的人民的精神世界的挖掘，展现他们的纯洁高贵的精神品质。

劳动人民的精神世界既像不可转移的磐石般坚韧，又像清丽的出水荷花般袅娜。辛老宽历尽磨难而不忘初心，入狱八载而信念毫不动摇，是中华民族的精神脊梁。他回村后，不顾个人的遭际，不报个人的恩德，以天下安危为己任，带领群众投入了新的战斗，引领困在黑暗中的农民走向光明。这个形象正气凛然，给人以昂扬奋进的激情和力量，同时也强调了他性格的另一面，即感情的细腻和爱情表达的稚拙，带有一定的喜剧的效果。他去夏大婶家，“他觉得心里有好多话还没跟她说呢，究竟想说些什么，他也不知道。是说些感激她的话？是诉诉这些年在狱中所受的苦？似乎也不完全是”。这是辛老宽对夏大婶潜藏的道不明的情感，或有感恩，或有敬佩，或有爱慕，他自己也弄不清楚。夏大婶见他来了，“不知为什么，夏大婶神情有点不自然起来。她想问他吃过饭没有，可是嘴唇动了动却没有说出口”。一个不知道想要说什么，一个想说客套话却说不出来，二人像没头没脑的愣头青，一点也不像经历风雨考验的老同志。说起院子里扁豆架下水清的藏身地洞，老宽这样一个有工作和生活经验的老同志，竟然说出有失思量，容易引起歧义的话语：“他婶儿，我说出来你别恼，水清不该叫你婶儿，他应该跟你叫娘。”一对没经过自由恋爱的“老派”男女的第二春爱情，被作者写得极有分寸，充满了生活的情趣。静谧的小院里，一架丝瓜、一架扁豆、隐藏在扁豆架下的地洞、深蓝色长袖褂子上沾着苇皮的夏大婶，想一诉衷肠的辛老宽，此情此景，可以消融多少苦痛，带来多少希望的力量啊！

夏大婶重情重义、温婉善良，平日里，如传统妇女一般温顺贞静，但在大是大非面前，她竟然可以迸发出男人都佩服的豪侠的胆气。《采菱村》中，她或许不是着墨最多的，却是最为璀璨夺目的形象，闪耀着人性的光辉。她是人间大爱的化身，无私的情怀、人性的关爱、高尚的人格，是千万农村妇女的美好心灵的缩影。她有着忠肝义胆的英雄豪情，她重情重义，村里只有她敢为水清“收尸”，收留水清长大。在辛老宽向她道谢时，她拒绝挟恩图报，丝毫不居功，反而认为是水清命大，辛老宽平日积德的福报。“想起那困难年月，俺孤儿寡母的，要不是老宽哥和队上照顾也到不了今日。”甚至为了表明自己的不图回报，处处避嫌。老宽回村，乡亲们都去迎接，只有她不去，还后悔思虑不周，不该叫水清带走自己丈夫早年的衣服给辛老宽替换。施恩不图报的中华民族的传统美德在夏大婶身上得到了最好的彰显，她的品格高洁，可谓“格超梅之上，品在竹之间；德馨心必正，质雅品自高”。她不懂得政治，不懂得斗争，只是觉得好人不应当落难，受到辛老宽的恩情理应偿还，天经地义。她认定的民间“因果报应”观念，虽然缺乏政治的情怀，却更加朴素、动人、深刻。比起辛老宽偶尔还要讲一讲政治，夏大婶的形象更符合生活的真实性，她的生活智慧、淡泊的人生观、侠义的情怀都来自脚下的热土，她的形象自然而然地散发着民间和底层的魅力，毫不矫饰，合乎自然，合乎人性。

夏大婶的避嫌除了施恩不图报，还源自思想上的禁锢。她谨守着的卑微的作为寡妇的自觉，生怕寡妇门前是非多，让人家说闲话。她虽心性刚强，却又负着沉重的封建观念的包袱，战战兢兢不敢反抗。从三十多岁开始守寡，夏大婶隐忍顺从，谨小慎微。封建的道德观念、旧的习惯势力，“像条条绳索束缚着妇女的身心”，她默默忍受着，拉扯女儿玉莲艰难度日。她心思重，行事多思多虑，辛老宽回村之后，她就更加处处小心，“她是一个心地善良而又感情格外细腻的女人，她生怕因为自己的一时不慎招来无端的烦恼，也怕因此给老宽父子带来不好的影响”。“可是俗话说‘寡妇门前是非多’！近来，她听到了一些关于她的流言飞语”。辛老宽单独来访，她本来想给辛老宽整理两件替换的衣服，可又有点顾虑。辛老宽帮她把院里的丝瓜绑好，还想给她挑两担水，被她拒绝了，示意辛老宽隔墙有耳。这是千百年来的妇女的精神枷锁和民间的陋俗带给夏大婶的心灵创伤，她不敢为自己争取合理的幸福，畏惧乡亲的善意或恶意的揣测。但是她最终勇敢地冲破了这些枷锁，迎来了情投意合的崭新的婚姻生活。

在复杂的社会生活中，人的性格不可能是单一的，夏大婶便是如此。她承载着封建思想的重负、传承着传统女性的温柔、发扬着民间文化的豪侠仗义，这些特质相互交织，相互冲突，融为一体，使夏大婶的形象更为立体多面，性格特征鲜明，展现出明媚多姿的水乡风韵。夏大婶是韩映山新时期之后创作的文学形象，与抗战时期的白洋淀上的英勇抗敌、儿女情长的水生嫂们，与中华人民共和国成立后的勤劳无私、絮絮叨叨的任大娘，这些女性形象一道构筑了白洋淀水乡的独特风景，在淀水的波光闪映中，她们的形象将永远鲜活明丽，具有动人的魅力！

房树民/作品精读

房树民，1935年出生，河北通县（今北京通州区）人。1956年毕业于河北省立通县师范学校。历任《中国青年报》文艺部编辑、副主任、主任，作家出版社副总编辑、编审。1952年开始发表作品。1982年加入中国作家协会。著有短篇小说集《诞生》《九月的田野》《樱桃园村》《雪打灯》，长篇报告文学《向秀丽》（合作）、《为了六十一个阶级弟兄》（合作）等。

引　力

今天是中秋节，在田间工作着的合作社的人们收工收得很早，大家列着长长的队，唱着歌回来了。按照风俗习惯，谁家的老老小小不对着月亮过个团圆节呢。这时霞色已经在群山顶上化去，徐徐的小风在田野上吹起来了，路边的野草嗖嗖地响，熟透的种子纷纷落在地下。蒸气裹着炊烟在村头上缭绕，淡淡地飘散开了，带着一种特别的香味。天，慢慢黑了下来。

有一个小菜园子靠着村头。园子里长满了野蒿子、野草，秋虫钻在里边低幽幽地叫着。一架晚黄瓜叫伏天的大雨砸倒在地下了，压根儿没有人管它。那大脑袋的小黄瓜可是命苦，由于缺水，还没落花就先卷了一个细巴溜溜的弯儿。此外园子里就找不到别的菜吃了。靠右首有一眼小井，蛤蟆在里头扑扑腾腾地瞎跳。园子边上还有几棵苹果树，苹果熟了，喷香喷香的，老远香味就扎你的鼻子。可是苹果还没有人来摘。这家的男主人说了，今年的大秋真叫特别，手把着大钱都雇不着短工，谁还有工夫顾着来摘苹果？女主人的肚子一天大似一天，是头一回生孩子，她整天忧忧郁郁地担着心。虽然瞅着眼皮子底下的活儿着急，可也没有什么法子了。家里还有一个人，就是她的娘家老爹。这老爷子今年六十七岁，是春天时因为不同意入社和家里人窝了一肚子的气由运河东岸搬来的，搬来之后就帮助女儿家干活，说是这样一来可以省心，自此就不想回家去了。女婿听了这一番话，又看了老丈人的身子还挺硬朗，心下特别高兴。他想有这样一个老头儿来帮忙，一春八夏就可以少雇几个短工了。这老爷子初来时也确实死心塌地，像真把家忘了似的。最近这两个月，老爷子耳闻了不少家里的光景，心头可就大有转变，一天价也看不见他一点笑容。他吃完饭就去干活儿，没精打采的；到了晚上，一个劲地抽烟，把烟袋荷包抽空了才倒在厢房里去睡。两口子背地里说，这老爷子的神魂是叫什么给引走了。像这样的老爷子，莫说看着你的苹果熟了，就是油瓶子倒了他也不给你扶起来呢。他们都不知道老爷子整天净想什么。

前几天，老爷子的小孙孙小荃子又来了一趟，又给他爷爷送来了一包好吃的东西，并且告诉了爷爷一些家里的和村子里的事情。末后老爷子还赶着问了小荃子一些新鲜问题。于是老爷子的心就变得更加阴沉了。他还照平常一样的干活儿吃饭，吃饭干活儿，可是他连一句话也不跟女儿女婿说了。到了晚上，他抽了一荷包烟就又装了一荷包，屋子里、院子里到处都散布着他的烟味。末后他大声咳嗽起来，女儿急忙到园子里给他摘来几个苹果，他闻闻就又把它们放在原处。等到天色完全黑下来了，人们已经入睡，他便沿着村边小路向着运河边上慢慢走去。女儿惊慌极了。丈夫这时正在忙着垛场，她也不敢惹他的脾气，只好自己用被子裹着肚子站在村边瞭望老爷子去的方向。好久好久，在远处的黑暗里，一个跳动着的烟火慢慢地拐回来了，她才放心。她想："哎，这老爷子不是想家了吧？是不是呢？他怎么一句话也不跟谁说呢……"

在素日的夜晚里这是个静悄悄的小村庄，在中秋节的夜晚它却变得热闹起来了。月亮还没有出来，东方的远山顶上微微地染上了一点金黄颜色，孩子们手里拿着月饼，在村子里闹起来了。这怎能使苹果树的女主人心安？她的丈夫和老爷子还在地里干活儿，虽然天黑了，他们还没有回来。她只好裹着被子自己出来看一看熟透了的苹果，唯恐孩子们摸进园子来使苹果遭殃。可巧就有一个人站在园子外边的苹果树底下，开头她很气恼，慢慢她才看清这是老爷子，就向他走去。她用腿拨弄着蒿子，使它们发出响动，大概是故意想让老爷子听见她来了，可是老爷子并没有回头。他像木头似的直立着死死盯住运河那边。她叹口气想道："这老爷子晌午喝了不少的酒，这酒气儿越发把他搅得心神不定了。说不定什么时辰就站在这儿了呢。哎，逢到过团圆节，人倒是也爱想家。别看春天老爷子跟儿子、儿媳妇吵得热窑似的，说是从此不跟他们过活了。可是一见了圆圆的月亮，人的心就软了。唉，月亮都要出来了，这狠心贼还不张罗回来。人家东邻西舍都有个热热闹闹的，唯独……”想着想着就流下一串泪来。

“爸爸，爸爸，”她说，“他还在地里吗？你是自个儿早回来的吗？”

老爷子没有回头，他倔强的山羊胡子在微微的凉风里一动不动，他的身子也没有动弹。这时候老爷子的心像是吊起来似的左摆右摆不定。他的眼睛对着面前的小路现出深沉的渴望的光。这蜿蜒的小路直通到运河边上，已经印上过他的无数个脚印了。可是现在这条小路对他更像有了引力似的，加倍新鲜了似的，他的思想和希望都放在这条小路上了。一旦小路上有一个黑点慢慢移来，都会引起他的心脏剧烈地跳动。黑点慢慢走近了，他的心也慢慢地冷却了。他用沉重的低音问着这个推着小车走来的卖菜的人：“有一个小孩过来了吗？他是七岁的小孩，他有这么高，眼睛挺亮的……”

卖菜人告诉他没看见这样的一个孩子时，他深深地嘘出一口气，失望地继续看着远方，眼睛周围被泪水模糊了。

“爸爸，爸爸，你是想家了吗？爸爸……”女儿扶着苹果树问道。

老爷子没有答她的话，仍旧站住不动，死死地盯住远方。女儿叹息着想，没错儿，这老爷子准是吃酒吃得多了，才使他这样神魂不定的。又待了一小会儿，她的肚子实在受不住凉风，就自己回去了。丈夫还是没有回来，那号子人是为了在这有月亮的夜里多抢收一把庄稼，牺牲了什么全都可以的。

又有一个小黑点在路上出现了，顿时又引起了老爷子的心弦跳动。那小黑点是跳跃着来的，几乎使他兴奋到了极点，他的心也跳得更加激烈。那越来越近的小点儿在他的眼睛里终于被证实了是他的小孙孙时，他连喘气也都停住。他不由自主地向前移动了，可是他又立刻站住。他抹了眼睛周围的泪痕。他一动不动地站在小路边上。

“爷爷！爷爷！”

那穿着新蓝布小袄的孩子飞跑过来，那明珠一样的眼睛一眼就认出了是他，于是一下就抱住了他的胳膊。小孩子“嘿吃嘿吃”地喘着气，脖子上流着几滴汗水，笑着够着爷爷的脖子。过了一会儿，小孩子惊奇了。爷爷的脸上怎么不见笑容？爷爷怎么不照往常一样把他抱起来了呢？亲他了呢？他的圆圆的眼睛一眨不眨地看着爷爷的脸。

“小茎子，告诉爷爷，是谁叫你来的？”老爷子用沉重的声音忽然问道。

“爷爷，”小茎子用眼睛盯住爷爷冷淡的脸，“是我妈叫我来接您的，爷爷。”

“唔。告诉爷爷，真是你妈叫你来的吗？”

“真的，真是我妈叫我来的，爷爷。”

“唔。”

“走吧，回家去吧，爷爷。”小茎子生怕爷爷不相信他说的话，急得哭着说，“那天我不是早告诉您了吗？爷爷，我爸我妈不是叫您回家去吗？您怎么还不回家去呢？爷爷！今天一放学我就要来接您呢，我妈不叫我来，她说我爸要来接您，还要来看看我姑姑。后晌我爸又叫社里叫去了，我爸没空儿了，我妈就叫我来了，让我接您回家过节，爷爷，走吧，爷爷……”

老爷子听着小茎子说，感动得发颤。一边用手掌给小茎子擦着眼泪，一边用颤抖的胳膊把小茎子搂紧了，还亲了好几下小茎子的脸蛋。小茎子闻见了爷爷的酒味，觉出了爷爷不匀整的呼吸，看见爷爷的眼睛也潮湿了，他自己就停住了哭泣。

“爷爷，你哭了吗，爷爷？”

“爷爷还像小茎子似的，哭吗？”

老爷子背过脸去放下了小茎子，擦了眼泪。然后走到苹果树边想要去摘苹果。他的女儿在听见小茎子的声音的时候就慌里慌张地出来了，蹲在黄瓜秧边听了这么一阵子了。这时候她才皱着眉毛站起来说：“你的爹妈都好吗，小茎子？”

“都好哇，姑姑，”小茎子爽利地说，“姑姑，我爸说要来看您呢。”

“唉，姑姑越过……”她原要说“越过越赶不上你们了”，可是她又机灵地咽了回去，她瞟了老爷子一眼说，“你们合作社的庄稼收完了吗？”

“都收完了，姑姑。”

“庄稼长得好吗？”她的眼睛睁得很难看，摇着头问小茎子。

“您是问谷穗长多长呀，姑姑？”小茎于转着天真的黑眼珠，两只手张开，比出一个长度。

“嗯哪，嗯哪。”她急忙止住他。她趁着老爷子正在摘苹果的空子，爬在小茎子的耳边说，“回头爷爷给你摘了苹果，麻溜儿就走吧。别净来搅爷爷的心，唔？听见没有？”

“爷爷，爷爷，”小茎子低声啜泣起来了，“你不跟我回家去了吗，爷爷？”

“别哭，别哭。”老爷子在苹果树底下说。

月亮从东山顶上露出来了，是一个通红的巨大的圆球，大地也被染上了一层淡淡的红色。老爷子兜着几个熟透的金色苹果来了。他的女儿一声不响地看着他把苹果给了小茎子。这时老爷子沉默起来，半天，他才看了女儿一眼，深深地嘘了一口气，柔和地对她说：“你回家去吧，留神受了风啊。我要回家去了。我不能净在这儿住下去，我又不是老扛活儿的。”说到这里老爷子气得哆嗦起来，可是他又压抑下去。他用手扶着小茎子的肩膀说，“咱们走吧，小茎子。”

“爸爸，爸爸，”他的女儿惊叫着追出园子，“你真要走啦？爸爸！”

“走。”老爷子用沉重的声音决断地说。

小茎子像是生怕爷爷会跑了似的，抱住爷爷的胳膊不放，拽着他快走。前面也正像有个什么东西吸引着老爷子似的，他的步子一步一步迈得很快。女儿知道爸爸的倔强性格，只要他打定了什么主意，万难一时转过弯来。这时她便哭出声来了，无可奈何地抱住十个月的重身子回去了。她说：“这么一瞧，多早晚儿也是自个儿的一窝子显得知疼知热。唉，人家社里顺儿他妈是在区里卫生医院坐下的月子，三天两头这个去瞧那个去看。我那狠心贼却是整天只顾拼着命地抢收庄稼，老爷子这么一走，有那么一天，还有谁服侍我这带着身子的人呢？”说着说着心头一酸，就又流下了眼泪。

月光照得大地汪着水似的清澈澄明，四面八方万籁无声。秋虫在草里幽幽地叫，倒像更给这秋夜增添了冷静似的。祖孙二人在田间小路上走着，他们都不说话。小荃子一直没有撒开爷爷的胳膊，用另一只手拿着苹果在吃。小圆眼睛一刻也没离开过爷爷的脸。他想：爷爷在想什么呢？他是不是不喜欢我小荃子啦？那老爷子却是不管别人，只顾低头看着小路，又冷不丁抬起头来看看眼前模糊不清的村落，常常由肺腑里往外嘘气，弄得活泼的小荃子也不再照平常跟爷爷在一起时那样有说有笑了。

“爷爷，爷爷，”小荃子叫道，“快点走吧，你怎么越走越慢了呢，爷爷？”

“唔。”

“爷爷，你喝酒了吗？”

“唔。”老爷子嘘了一口气，沉思了一会儿才说，“告诉爷爷，今天家里过节了吗？”

“过节了，爷爷，”小荃子仰起脖子说，“吃的肉。昨天爸爸拎来这么大的一块肉呀，是社里杀的猪，家家都吃肉。我妈还给你留下一大碗肉呢。爷爷，你也吃肉了吗？”

“唔。”

“爷爷，爸爸还买了这么大一包月饼呢，爷爷。”

“唔。”沉默了一会儿，他又问，“爸爸跟妈提过爷爷吗？”

“提。”

“说爷爷什么话？”

“嗯——嗯——”小荃子望着爷爷的脸想了半天也想不起来，末后才说，“我想也想不起来了，爷爷。先头我用碗给您送来好吃的，不是我妈叫我给您送来的吗？”

“唔。”老爷子又嘘了一口气。

“爷爷，爷爷，”小荃子忽然想起来，“爷爷，今天晌午爸爸还跟妈说您了呢。”

“唔？唔？唔？”

"爸爸说完秋盖新房子，也不知要问爷爷什么，还说爷爷会干什么，社里还要用爷爷呢。"

老爷子的心窝突突地跳起来，步子几乎停下了。他用深陷的亮亮的眼睛看着孙孙的脸儿，他的身上像是背负着一百块沉重的石头，这时"咕咚"地卸下了顶大的一块似的。心里一阵火辣辣的灼热，感到轻松了不少。他感动得一劲下泪，想道："只要没人记着我闹的那回糊涂气儿就好了，我种了一辈子的地，是个老把式，社里总会有我的活儿干吧？"

现在他们已经搭着摆渡渡过了水流平稳的运河，整整走出了五华里。一个村庄的轮廓在明亮的月光底下十分清楚地显现出来了。他的心跳得什么似的，他的眼睛死死地盯住了它。一个多么亲爱的村庄啊，他的心虽然没有离开过它，可是他的身影已经离开它有半年之久了。当他回忆起在那午夜时分独自走到运河边上向它眺望时，不禁心里一阵难过，但是他现在是真的把双脚踏在这块故土上了。这时他抱起小荃子来，在他的脸蛋上亲了好几下。步子放得慢了，并且连连地深深嘘起气来。

"爷爷，你怎么净流眼泪呢，爷爷？"

"爷爷还像小荃子似的，哭吗？"老爷子急忙把头扭开了。"苹果呢？吃吧，告诉爷爷甜吗？"

"甜。"小荃子咬开一口苹果，用手背抹开了嘴角上的甜水说，"爷爷，你看庄头上那大谷垛，是社里的。"

"唔。"老爷子的眼神顿时朝着小荃子指的方向看去。

"爷爷呀爷爷，爷爷！"小荃子叫起来，"你倒快走呀，你看村边上，爷爷，那是我妈抱着小莲子站在那儿迎着咱们呢。"

老爷子一下停住了脚步，他的心都要蹦出来了。他不知怎么好了。这时小荃子死劲地抱住爷爷的胳膊叫着他妈，村头上的妇人抱着孩子走过来了。老爷子一阵一阵地心热，忽然间来了一身劲，大着步子往前迈了。

"爸爸，爸爸，您的身骨儿还这么硬朗的，"小荃子妈笑呵呵地迎上来道，"爸爸，您好啊！"

老爷子噎住了。小荃子妈这时候亲热地向他问这问那，问妹妹的身子怎么样了，还问他们有入社的念头没有，老爷子一概没有回答她。他只顾在月光之下察看着她的脸色，直到他在她的脸上找不出来一点记恨往事的痕迹的时候，他的眼泪一下涌了上来。小荃子妈懂得这时候老爷子的心境，就想法把他的念头岔开，急忙吩咐小荃子好好领着爷爷回家，说是爹爹在院子里都把桌子摆好了，等着大家呢。她又看着老爷子正在注视着她怀里的小莲子，就把两岁的小莲子送过去了。那胖小子刚放在他的怀里，两颗圆圆的乌亮的眼珠不知是在陌生的脸上寻着什么，忽然“哇”的一声哭了起来。小荃子妈忙在后边逗他，小荃子也忙把一个金色大苹果塞到他弟弟的手里说：“这是爷爷，别跟爷爷生分了。嘿，莲，莲，红的，是爷爷给的，叫爷，叫爷。”

老爷子用脸颊靠着小莲的脸蛋，感到了温暖。他开始迈开大步子，走在小荃子妈和小荃子的前边，尽量绕过有人的地方，往家来了。村子里的一切他还都是那么熟悉，可是眼下却又是那么新鲜无比。来到家门口上了，月光之下他看见了一堆剥了皮的粗大榆木，他的心又热了起来，多少年来就该翻盖的房子啊，就要翻盖了。这时候月亮升得正直，大地上洒满清辉，忽然从院子里爆发出好些人的快乐的谈笑的声音，老爷子变得无所顾忌，他是主人，抱住自己的孙儿骄傲地进去了。

（原载《天津日报·文艺周刊》1955年8月25日）

【作品赏析】

房树民的小说创作多以运河农村为背景，描写青年和老一代农民，在社会主义农村建设发展中，经历的生产方式和精神的巨大变革。这些小说师法孙犁，具有鲜明的地域特色，呈现出大运河的水乡风韵。文章写得清新灵动，风格婉约，充满了诗情画意。房树民的一批有特色、有影响的小说，大多发表在孙犁主持的《天津日报·文艺周刊》上，从1952年开始到20世纪60年代初，《文艺周刊》都可见到房树民作品的身影。与刘绍棠和从维熙的被迫离开文坛相比，韩映山与房树民的“荷花淀派”韵味的创作持续时间更长久，是荷花淀派遭遇重大变故、零落流散之际的重要坚守者。

房树民是荷花淀派的另类，他在荷花淀派中座次排在“后列”，隐于刘绍棠、从维熙、韩映山的光辉之中，显得不甚出众。其实，仔细考察作品，我们会发现房树民的文学气质是荷花淀流派中最独特的，既不同于荷花淀派的明确的诗化的现实主义的创作风格，也不同于“十七年文学”的革命现实主义的创作倾向，显示出强烈的主观化的创作倾向。他的作品强调内心世界的波澜，主观意识的流动，在写作手法上既吸收传统文学的“白描”手法的技巧，也有意识地追寻表达方式的多样化。这种创作方式是对追求文学的“普及”效果的文艺政策的某种背离，是整个“十七年文学”创作都比较“稀缺”的创作方式。胡风曾提出过“主观战斗精神”的文艺观念，在他影响下的文学流派的创作大都注重作家的主观能动性，注重笔下人物的内心世界的丰富性的展示。房树民在20世纪50年代初期的文学创作中也表现出了这样的倾向，与孙犁笔法的简洁、精炼、言有尽而意无穷不同，他的创作旦然彰显荷韵风姿，清丽雅致，却又显得复杂多变，呈现出独特的异质性。其作于1954年的《一天夜里》、作于1955年的《花花轿子房》《引力》等名篇都表现出明显的主观倾向的特点。在语言的表达上，有些地方残留着“主观”意味过浓而导致的语言繁冗的“后遗症”。但是自1956年之后，或许因为时代政治的原因，或许是其创作观念的自然变化，房树民的创作与荷花淀派达到了合流，语言变得精简有力，创作呈现出含蓄蕴藉的美学风格。

《引力》发表于1955年8月25日的《天津日报·文艺周刊》，讲述了一个落后的老爷子因不愿意入社，同家里人闹了矛盾，搬来女儿家里，为不入社的女儿女婿家帮工。后来，老爷子对入社的认识发生了变化，内心思虑更多，对家中思念却不好开口，正值中秋之夜，孙子来接老爷子回家，他们共同走向回家的路。本文的主题旨在揭示老式农民面对集体主义生产方式，由不理解到积极入社的认知转变。歌颂党的农村新政策，是“十七年时期”农村小说的一个重要主题。但是房树民的题材处理方式显得与众不同，他没有重点去写老爷子思想转变的历程，揭示集体主义经济的优越性，而是将重点集中在老爷子的思家之情，他的沉默寡言的情状，以及处理家庭关系的小心翼翼，怕被集体抛弃的忧虑，反而将政治主题，对老式农民的个人主义的批判，对集体主义经济的颂扬，都做了背景式的处理。对于老爷子的政治思想变化，作者着墨比较少，“这老爷子初来时也确实死心塌地，像真把家忘了似的。最近这两个月，老爷子耳闻了不少家里的光景，心头可就大有转变，一天价也看不见他一点笑容”。这是全篇为数不多的对于老爷子政治思想倾向转变的直接描写。这在创作容易偏向政治化、概念化的时代是非常难得的。作家基本放弃了对政治的直接解读，而是把重点放在家庭亲情关系的写作上，老爷子对家庭的回归，自然也就意味着老爷子对集体经济的回归。‘十七年文学”的创作基本模式是新人新事与旧人旧事的冲突，这篇文章乍一看，也符合这样的模式。但是仔细分析，就会发现，这篇文章写的不是冲突，而是包容，是基于人情人性基础上的老人的悔恨与回归、年轻人的容纳与尊重。这是人性的赞歌，是对农村温情的伦理关系的颂扬。这与荷花淀派的人情美与人性美的歌颂是殊途同归的，都表现出人道主义的关怀。

老爷子的形象在当代“十七年文学”中显得特立独行，农民的形象在大多数作家的笔下都是积极的、乐观的、豪爽的，而本文的老爷子却是多愁善感、自怨自艾的形象。他心思重，眼泪多，其内心世界敏感而细腻，呈现出鲜明的个性色彩。文章注重围绕着亲情伦理关系对老爷子的心理的波动进行描写，老爷子在认识到自己的错误行为之后，就盼望着家里人能接他回去，整天郁郁寡欢。中秋之夜，老爷子想家，他站在苹果树底下，一直望着运河边的小路。“这时候老爷子的心像是吊起来似的左摆右摆不定。他的眼睛对着面前的小路现出深沉的渴望的光。这蜿蜒的小路，直通到运河边上，已经印上过他无数个脚印了。可是现在这条小路对他更像有了引力似的，加倍新鲜了似的，他的思想和希望都放在这条小路上了。一旦小路上有一个黑点慢慢移来，都会引起他的心脏剧烈地跳动。黑点慢慢走近了，他的心也慢慢地冷却了。”这段描写把老爷子的患得患失的心理刻画得淋漓尽致，这样的心理描写还很多，大多比较细腻，强调个人的感受，带有很强的主观色彩。比如听到孙子说社里还有用得着自己的地方后，“老爷子的心窝突突地跳起来，步子几乎停下了。他用深陷的亮亮的眼睛看着孙孙的脸儿，他的身上像是背负着一百块沉重的石头，这时‘咕咚’地卸下了顶大的一块似的。心里一阵阵火辣辣的灼热，感到轻松了不少”。老爷子的矛盾、波动、脆弱的心理，使他的气质变得阴郁、孤僻，与当代文学作品中的刚健、直爽、质朴的农民形象完全不同。他的性情更像是五四时代浪漫主义风格作品中多思多虑的知识分子，充满了困惑和迷茫，对外界过于敏感，心思细腻。当代“十七年文学”中的农民形象塑造，容易被时代共性打磨掉个性性情，他们往往千人一面，即使形象略显复杂一些，也不过是在“高大全”的形象中带有某些个性的色彩。像老爷子这样，从精神气质到塑造方式都完全不同的农民，是十分罕见的。房树民笔下的老爷子政治气息淡薄，文中也看不到流行的公私矛盾冲突的创作模式，在他的心理活动的描写中，我们也读不到常见的自我反省、自我改造的政治宣言似的独白。老爷子的形象是当代文学史农民中的另类，具有独特的审美价值。虽然在当时是被忽视的，但在现在看来，这一形象打破了成规，具有创新性和突破性，值得重新审视。

《引力》是心理小说，刻意淡化了老爷子与家庭冲突的故事情节，放弃外在的戏剧性的冲突，转向内在的心理冲突的描写。全篇从老爷子与家人的关系入手，描写重新回归家庭的忐忑不安的心路历程。较长篇幅的细致入微的心理描写，是当年文学中比较少见的创作方式。他的所有的心理活动都围绕着“我”字，外界的事物都被他的主观情绪染上了个性的色彩。比如题目所强调的“引力”，回家之路就由客观存在变成了具有感情色彩的事物，与主人公达成某种情感的共鸣，具有了“引力”。当时的作家受到中国传统小说的影响，多用白描的手法来描摹景物、动作，客观地展现外在世界，暗示内心的波动。最为经典的一幕就是孙犁作品《荷花淀》中的水生嫂在听到丈夫要去打仗的消息后，被苇眉子划破了手。我们惊叹于这种充满中国古老东方情调的节制的写作，为充满诗情画意的笔法而折服。这样的写作方式因其吻合了传统的文化审美心理，符合当代文学对于现实主义创作的追求，而受到了当代作家的追捧。房树民的创作反其道而行之，倾向于情绪的大段的描写，强调主人公的主观感受，心理的直接呈现具有冲击力和感染力，往往带有感伤的情调和浪漫的色彩。这与孙犁为代表所采用的白描写法截然不同，也与20世纪五六十年代小说的创作主流不相吻合。房树民的创作有些现代白话小说起步初期的文字意蕴，带着浓郁的西方笔法和欧化的味道。欧化的长句式、多种修辞手法的运用、复杂内心世界的展现，都使房树民的小说显出与众不同的气质。房树民的创作虽然属于荷花淀派，但由于其对文学的独特尝试，而具有了更为多元和复杂的内涵。

总体来说，房树民的荷花淀派气质还是非常明确的，其抒情的笔法虽然不及其他作家那么轻快明丽，却也摇曳多姿。人性美与人情美的颂扬，是房树民作品的主旨。家人对老爷子的孝敬和包容，爷爷与孙子之间的天伦之情，女儿对父亲心思的暗自揣度和关心，这些情感的力量是推动老爷子走上回家之路的动力。房树民20世纪50年代初期的作品在追寻荷花淀派风格的同时，开辟了一条新的荷香小径，曲折分叉虽多，却坚守了荷花淀派对真善美的探寻，对诗情画意的美学境界的追求，为荷花淀派创作注入了新鲜的活力。

罗老八和女儿

一

高大的罗老八打菜园回来，罗八婶皱着眉头说：“哎，这个小汗褟怎么湿的！吃了晚饭，你抗山去了吧？你呀，你……”罗老八容不得啰唆，把紫铜色大手一挥，道：“我上队里菜园去了！”

罗八婶心思：“老犟鬼，菜园迷了他的心窍！”想是想，却伸手去帮老头子脱那贴在身上的湿汗褟。试探着问：“明天又是逢五，按例歇假吗？”

“歇。”罗老八的嗓音粗重，干脆，黑胡子里露出笑意：“明天捞鱼去。”

“老家伙！”罗八婶这才放心地笑了笑，“打光屁股起就上河滩捞鱼，捞鱼，活到六十多了，还捞不够！”

罗老八仰头看看满天星，问：“黑珠子呢？”

“我让她到河滩给你看鱼流去了。”

“去这么晚？”

“她带着队里妇女耘了一天地，晚晌她还不去玩一会儿！”

“嘿！”罗老八眼睛闪亮地笑了笑。老婆子觉得犟老头的眼神挺神秘。

从河滩的白沙地上，一股热扑扑的潮气呛到村里来。罗八婶在当院里点起一把干蒿，熏蚊子。夜静了，河边水磨的隆隆声闸住了；露水打湿了小园里草蝈蝈的翅膀，它也停住了叫声。忽然来了一阵风，桃树叶子上的露珠子洒在罗老八的宽脊梁上，他深吸了一口气。心思："正好，夜露大，河里的鱼爱肥呀，我明天……"想着，他往磨棚走去，老婆子知道他的心意，就说："甩网没在磨棚里，几个窟窿眼儿我补好了，挂在屋里大梁上。"

罗老八说："我去把它准备停当，明儿东天挑哨我好走。"

说着，罗老八转过身。这时，"嘭嘭嘭！嘭嘭嘭！"门楼里大门响得震人耳朵。

罗八婶生气地喊道："谁，黑珠子？"

"妈，我呀！"

"野玩意儿！"罗八婶骂道，"门不要啦！粗手大脚的，踩着你爹影子走！"

罗老八却挑挑浓眉毛，黑胡子里笑了笑，转回头来给女儿开门。他是个豪爽人，他也乐得女儿有个刚强爽朗劲。要是往上说，罗老八的父亲也是一样的血统。1899年，罗老八的父亲罗黑塔由山东兖州参加义和团北上来杀洋毛子，不幸失败，从此就沦落到运河滩。那时，罗黑塔把老妻和三岁的小儿子罗小八由兖州接来，就在运河滩当纤夫落了户。黑塔素性情刚倔，在一次穷人暴动中，地主联合县衙门抓住他，在黑夜里一把大火把他烧成了灰。黑塔的儿子罗小八茁壮地长起来了。小八十五岁就给地主杨高环当小半伙，二十三岁上杨高环骂他彪形大汉吃饭多，小八想：三年的工钱没给我一个子，倒咬我吃了你的饭，好，我还你，我还你！叉开五指，兜头兜脸还给老杨一顿大巴掌，直把老杨打得阳魂接上了阴魂，扭头跑到西山窑洞扛煤去了。1949年，一个黑胡子大汉威风凛凛地来到村边，见人就问："劳驾，带我去找杨高环！"那人说："杨高环早就被枪崩了！"这大汉狠狠喘口气，嘎嘎乐几声。人们从这个直性子开朗人的胡子缝里，认出了这是当年的罗小八啊！罗老八领着老婆子和一个眉眼俊秀的小姑娘，对村里人说："解放了，罗黑塔的后代回来了……"每逢提起罗家的刚直爽快性格，罗老八怎能不由地心里乐哩！

罗老八打开了大门闩。

是个四体匀称的姑娘嗖地一下闪进来。油蒿子着得噼噼响，借着红色的火苗，看清了女儿家身子苗条修长，但又绝不同于一般秀气的姑娘多少露出点柔弱，不，她是在柔和里透着刚劲。她的眼珠儿水灵灵，滴溜转，把那瓜子脸点缀得分外好看。

“河里的鱼流好吗？”罗老八问。

“可好啦，爸爸！黄瓜鱼、小麦穗、黑背鲤子，不少，上游一定有大雨。”

“我明天一早准去！”罗老八乐得“嗤”一声划根火柴点着烟，喷了一口：“黑珠子，到河边看看鱼流，就这么晚才回来吗？”

虽是在暗里，黑珠子还是看见罗老八的眼光好像锥子尖，她挺不住，脸怪烧的。可是她笑了，也露出和父亲一样的白牙齿，偏过脸去没说话。

罗老八却说：“你女儿家的事，我当爸爸的没权管。可我心里有话就要说。马三月这孩子嘴甜办事软，你可看准！”

“别管啦！”黑珠子喘着气，说了一句。

“我怎么就不能问问？”罗老八惊奇起来。

“您别把人看扁！”黑珠子说，“是个人，总得变变！”

罗八婶看父女俩要顶牛，就用青蒲草把蒿子火压住，拍拍屁股站起来说：“自己事自己管去。得，该进屋歇着了……”

谁也没想到，在这一天已经该结尾的时候，仍有一场风波等着。这就是黑珠子把下午开的队会的内容，向罗老八透露了一点。她在木盆里洗着脚丫时，说：“爸爸，告诉您个新闻。”

“说吧。”罗老八站住。

“队委会要把您从菜园调到西瓜地。”

罗老八身子一颤歪，像是谁打了他一闷棍！他把烟杆子从嘴里拔出来，慢慢走到黑珠子身边，头上几串汗珠滚下来，胡子哆嗦着：“黑珠子，这是谁说的？”

“队里决定的。”黑珠子直话直说。可她看出罗老八的脸色不对，探问道，“怎么着，要干什么呀爸爸？”

罗老八的怒火终于爆发了！甩一下烟袋，烟袋失手，把桃树上的青桃子噼里啪啦地揍下好几个，他捶着吭吭响的胸脯嚷道："哪一号的敢踢我罗老八出菜园门，我有处找他说理！不行！"

罗八婶吓得直哆嗦，扑过来搂住高大的罗老八。

黑珠子拿亮闪闪的眼睛盯住罗老八，她的声音又尖又厉害："爸爸！要反天啦！"

"闭住你的嘴！"罗老八浑身打抖，愤怒地喊着。

"怎么的？"黑珠子穿好鞋，冲着罗老八走过来，"跟队里有意见吗？"

"意见还是天大的哩！"罗老八嚷着，"开出几条罪状，说出我在菜园里干的缺德事，我就低下脑瓜子来！"

黑珠子盯了半天罗老八，眼睛眨了眨，她的嘴唇鼓突鼓突地嗤一声笑了："爸爸！坐下吧！也不听人讲完！瓜地里的西瓜蛋子拳头大了，队里讨论要个人去。我是副队长，我不能提名吗？我说：菜园里收拾得差不多了，调我爹去！北院里的铁球说：哎呀，日里夜里，那活儿太辛苦，老骨头架怕顶不住。我说：铁球，要提别的理由还凑合，要提骨头架，是骡子是马，随便拉出你们小伙子哪一个，敢跟我爹摔摔跤去……"

"得啦！"罗八婶止住她，"还提摔跤！清明那天，他把铁球一个四脚朝天，扔得人家三天爬不起炕……"

罗老八眼珠儿闪亮地笑了，默默地拾起地上的铜烟袋，鞋底朝上，卡卡磕烟灰，甩了甩手："不早了，睡觉去！"

罗八婶心疼地拣起掉在地下的青桃子，掐了黑珠子一把，说："野玩意儿！黑更半夜，你还惹他一顿喊叫！"

黑珠子嘎嘎笑着跑到西厢房睡去了。

二

小鸡一打鸣，黑珠子爬起来。黎明前的冷气裹住她，她打了个抖，背后的那根长辫子一甩悠。嗬，好凉快！

上房里的罗八婶听见了当院有响动，用刚睡醒的低嗓音问：“黑珠子！你又起来了？”

“嗯哪。”

“这么早你又野跑什么去？”

“人家……”黑珠子想了想，大胆地说，“躺不住，就起来呗！您痛快捅几下我爸爸，东天要挑哨，捞鱼也该去了！”

“娘那鬼！他比你走得还早！”罗八婶话里一肚子气，“老骨头，没拿网就走了，甩网还在梁上吊着！”

“那是又到菜园去了！”

“说话不算数呗，老东西！”罗八婶嘟囔着，“我把花椒大料都打瓶里倒出来啦，他又变卦不去捞鱼……”

黑珠子光着小脚丫，呱叽呱叽地跑出村庄，一直跑到河滩上。湿漉漉的泥滑的小路上，沾满一溜她的脚印子。她记准了岸边的那块青石头，昨天就是坐在那里……现在她又登上去，也不知因为跑得冲，还是怎回事，喘得鼓胸脯直起伏。青春的力量，开始在十八岁的姑娘身上冒芽了。她用大眼睛四处扫了扫——没动静，就气得咬咬牙。从飘着一层水汽的河湾处的小树林里，悄悄地传来一声口哨。黑珠子心动了动，可是她没走过去。

“黑珠子——”不打口哨了，从小树林，传来了轻轻的叫声。

黑珠子走到小树林的旁边，一个青年从林里迎出来，抓住黑珠子的手，说：“黑珠子，我比你来得早啊，嘀，你的手怎么怪凉的！”

“马三月！”黑珠子撤回手，不再像往日那样叫他“三月”，而是冷淡地直呼他的姓名，说：“昨晚分手时，约好的在大青石上等，你干吗让我着急呀，你干吗失信呀！”

马三月长得很端正，嘴角弯弯地笑了，眼睛里流露着热情，他靠近黑珠子，拉扯自己的白汗衫，笑着说：“你看我穿了这么件白的，过来过去的人，老远就能瞧见我。”

“呸，五尺汉子，你怕谁看！”

“你知道，”马三月不好意思地撩了一下自己的头发，“目前恐怕就有人说我……”

“说你什么？”

“说我……”

“说你什么？你说呀！”

“我……”

“去吧，”黑珠子低头笑了，又仰起头直爽地说，“三月，告诉你，咱们还小，现在还谈不到那个问题！”

马三月失望地垂下手，抬起眼睛看看黑珠子：“我知道啦，”他说，“我知道你爸爸瞧不起我。”

黑珠子马上接过来：“你怎么说这没意思的话，你干什么都是让人家指点着干的吗？我爸爸怎样，他的自由。他没圈过我，我也不是没脑筋的三岁孩子！”

“那是你自己不愿意和我接近了吗？”

“你指的什么？”黑珠子问他。

马三月看着黑珠子美丽的眼睛，不言语。

黑珠子紧绷的嘴，露出一排白牙齿，笑了笑。她自己先坐下了，又碰了碰马三月说：“你怕到河边去，得，屁股底下垫把草，咱们就坐地下。昨晚我讲的咱队几个模范人物的事儿，你说怎样？墙报委员，你看上墙报够不够格？”

“当然够！”马三月兴奋地从裤兜里掏出一卷纸，“你看，我把稿写好了，又用美术字写了标题，写得不好看。”

“快手呀，”黑珠子高兴地看看马三月的眼睛，“开了夜车吗？别熬红了眼睛。”

“没啥，”马三月把眼睛揉了揉，他的眼里闪着笑，笑笑说，“你昨晚介绍了这几个模范人物的事迹，我就感动得睡不着，干脆爬起来，就写了。”

黑珠子说：“干脆吗？我就喜欢这样的！”

马三月笑了笑。

黑珠子热情地展开纸卷，在薄明中，她看清了稿子上用彩笔装饰得很秀雅，她把几个标题都看过了，最后眼睛盯在这个标题上：罗老八看菜园成绩伟大。

“我不同意‘伟大’两字，”黑珠子说，“这样没边没沿地安字眼，看不出个根据！”

“怎么啦？”马三月惊奇地看看黑珠子。

“罗老八是个普通贫农社员，干得好应该的呗。”黑珠子面对面地对马三月说：“就算菜园子里干得不错，也离‘伟大’两字远着啦。痛快抹掉！”

“行，”马三月立刻同意了，“那我想想，再换个标题。管保这期模范人物的墙报，按时贴出来。”

黑珠子点点头。今天马三月的这股工作热情，使单纯率真的黑珠子感到很兴奋，她心里热乎乎的，激动地说：“三月，就该这么干哪，这也是向模范学习呗。不光是写到纸上，说到嘴上，还得看自个儿怎样工作哩。你说是不？”

“当然。”马三月点个头。

“要这样，那你进步可就快啦。三月，你要一个劲地这样使劲，我乐意介绍你入团。”

“真的吗？”

“长这么大我讲过白话没有？”

“嗯哪，我争取……”

“可你要狠狠看你的缺点，”黑珠子直爽地指出，“少说话，多干事。还有一点儿，我有意见！”

“你快说。”马三月抬起眼睛。

“是个小伙子，就得像个男子汉，办事不兴缩头缩脑，遇事腰杆得硬！”

“我改！”马三月点个头，“行，我都改！”

渐渐，东山顶上吐出一条红云，红光把河水也染红了。河水起着小波，粼粼流动。云色染到黑珠子的脸上，她的细眉毛颤动着，眼睛眯缝着，可是从眼缝里，还能看出眼珠闪着亮光。马三月望着黑珠子的秀眼，抑制不住热情，说：“黑珠子，凡是你讲的，我都同意。你帮助我入团，我一定跟你一起大踏步前进。”

“这才是五尺汉子的话！”黑珠子一把拉起马三月的手，攥得怪紧。她看见马三月直皱眉，笑问道，“我把你握疼了吧？”

“不疼！”马三月咬咬牙，摇着头。“黑珠子，只要你不嫌我落后……”

黑珠子诚恳地说：“你怎么又说这话？我多会儿嫌过？谁比谁短了什么呀？只要一心跟党朝前走，不往后开小差，那就不敢保谁比谁差！”

马三月感动地把黑珠子热乎乎的手攥在自己的手里，一会儿，他的眼睛越出小树林，瞅见河边有个人走来，他拉住黑珠子的手，轻声嘘气地说：“坏啦！快点，往里爬几步！”

“什么？”黑珠子一眼盯住那背着一大捆青苇子的人，“是我爸爸，你胆小什么？”

马三月摇摇头说：“也不知为什么，我说不出来……”

黑珠子不觉挑了挑眉毛，眼光在马三月脸上停了一会儿，把手抽回来，淡淡地说了声：“我先走了！”

三

黑珠子迎上罗老八，她站住，问：“爸爸，没去打鱼吗？”

罗老八抬起胡子点点头。又问黑珠子：“怎么的，你喘个什么劲？”

“我来玩玩！”黑珠子心里动一动，照实说了。“您起大五更，打苇子去啦，咱家小园篱笆该枷了吗？”

“嘿”罗老八笑一声。

罗老八挺直身子，只有他这副壮骨架，才能经得住这大捆青苇子的重荷。他低头揉了一袋烟，用白牙齿咬住，说：“拿着取灯（火柴）盒！我的手湿，给我点个火！”

黑珠子给罗老八点着了烟袋。罗老八喷口烟：“得！没你事儿，玩你的去！”

“您干吗走那股小道？”

“我上西瓜地！”

黑珠子想了想："我看这到底是干什么！"就说，"爸爸，我也去，把苇子扔到我肩上！"

"压弯你！"

"没那事！"黑珠子弯弯腰，又直凛凛地一挺，把大捆苇子扛了起来。

罗老八咬住烟袋杆，胡子里露出满意的微笑，心思："有把骨头！"父女俩来到西瓜地。太阳在东山头上冒嘴了，把一地的西瓜蛋子镀了金。罗老八心里热乎乎的，眼睛闪光，胡子哆嗦，他在前边踩道，说："留神！留神！"

"什么呀？"

"西瓜蛋子！"罗老八温和地低声说，"娇物，一个也别碰破皮！"

"我两只眼睛瞧着呢！"黑珠子说。

"行啦，撂下苇子！"罗老八丢下镰刀，卷起袖子，"就这儿，来搭窝棚吧！"

黑珠子看着罗老八的神气，大声说："爸爸，谁叫您今天上任的？队长还要跟您聊聊呢！"

罗老八慌了神："怎么啦？这个差事不是我的？"

"是倒是，"黑珠子告诉罗老八，"还没正式通知！"

罗老八放心地嘎嘎笑几声："反正一样！该干的，就不能等人支使。去，把道边上的几根大椽子扛过来！"

太阳升高时，窝棚搭成了。罗老八趁空把菜园的事料理清，夹个铺盖卷就住进了西瓜地。

连着有几天怪闷热。罗老八每天戴顶大草帽，迈晌压着西瓜蔓。他在地头看见一个碎瓜蛋，白子儿撒在地上，西瓜瓤没了，可由瓜皮里看得出嫩瓤吐了红。罗老八瞅着瞅着，崩起青筋的脑门儿上就冒出一头大汗珠，吧嗒吧嗒地摔到地上。

"王——八——蛋！"

他骂着，亮闪闪的眼睛一下看见坟丘上有个洞。他扭头奔到窝棚里，拿大木桶到河沿提了水，嘿哧嘿哧地直喘，足足地灌到洞里，灌得洞里咕嘟咕嘟冒白泡……

“爸爸！饭来啦！”那天，黑珠子绕过高粱地，给罗老八送饭来了。

罗老八瞪瞪眼，举起瓜铲朝她一摇！

“嗬！”黑珠子想，“他是要打……”

黑珠子把篮子撂下地，刚直起腰，突然看见罗老八把一个红家伙抡了一道圈，像是天上打了一道闪，“叭”！摔在地下了！黑珠子奔过去，哎呀！罗老八摔死了一条老苍獾！

“来，尝尝我罗老八的西瓜好吃不好吃！”罗老八两只胳膊张大叉开，露出白牙齿说：“黑珠子，拿回去剥皮，给五保户大扑瘫绷褥子！”

黑珠子笑得弯下腰，两手捂住嘴笑：“爸爸，看您的手里吧，还拿着什么……”

罗老八惊慌地看看手，他的右手里还紧掐着一只獾耳朵哩！

“我抡得太猛了！”罗老八笑着把獾耳朵甩到了远远的大河套。

“快吃，爸爸。”黑珠子把饭篮递给罗老八，“我还得赶快回去，起晌我要出发！”

“上哪儿？”罗老八问。

“上游连着下了三天三夜大雨，咱们去几个青年打堤！”

“嗬！”罗老八把一片扁豆搁在嘴里，也不嚼，咕噔咽了，问道，“大水能冲下来吗？”

“不要紧！”黑珠子说：“上游的水库把水围住了。”

“不行！”罗老八摇摇头，不安地站起来，“你走吧，我到河边看看去，不能让水舔上岸！”

黑珠子提起篮子就朝村里跑，罗老八皱皱眉，站住脚，喊住黑珠子：“黑珠子，谁带人马？”

“我！干什么？”

罗老八照直问：“都谁去？马三月去不去？”他知道黑珠子跟马三月有点意思，他很关心，他希望，跟黑珠子相好的是个响脆人。

黑珠子扭回头，说：“爸爸，他正准备画墙报，这回不能离开！”

罗老八嘿嘿一笑，自己到河边去了。

没有料到，在黑珠子带人到上游打堤去的第七天，晌午，公社广播站播出一条惊人的消息，就是今天后晌有一场倾盆大雨，请各队做好防汛准备。黑珠子带着社员在上游打堤已经完工，闻讯后连晌里奔赶回来。下了摆渡船，路过西瓜地，她来看看罗老八。罗老八把黑珠子脸上的一颗黑泥点子扒去，问道："在河滩上，又跟谁闹得这么蝎虎？"

黑珠子闪着白牙笑了笑，笑得嘴边冒出个小酒窝。

"累呗？"

"不累呀，爸爸！"

"怎么瘦了？"

"热的呗。"黑珠子笑着说。她的眼睛忽闪忽闪怪有神，关切地问，"爸爸，大雨来以前，瓜地上多安两个人呗？"

"不要！"罗老八连连挥着紫铜色大手，"支书、队长刚才也来过了，你们都放心！靠河边的那一点，我早拿黑泥打了墙。有罗老八，一个瓜蛋子也丢不了！"

黑珠子招呼人往堤下口子跑去了。

太阳让西北涌上来的灰云包起来，阳光一会儿就把灰云烧个红。又从西山顶上冲上一团大黑云，阳光刺破它，从云眼里把几道强光射在大地上，好像天上戳下来几把剑！罗老八浑身都是力气！他听见远处树林里有了雨脚声……"瓜地上靠住了，我罗老八的一把力气投到堤上去！"他想着，扛起大铁锹，就往堤上跑。在昏黑的对面，一个白东西刺眼地闪了闪。罗老八看准了，吆喝："马三月！"

"啊！"马三月正扛着钓竿，慌慌张张地用手捂住头，往村里跑。

罗老八觉得管管马三月是他的责任，无论如何，他，管得着！他站直高大的身体，因为太冲动了，他嗓音发劈地喊："回来！人家上堤，你往村里跑个什么！"

但马三月已埋到白蒙蒙的风雨里了……

接着，更大的雷雨到来了……

罗老八抬头看看天，胡子哆哆嗦嗦地笑了笑，顺手从脸上捋下一把水。哗哗的大雨越下越大了，庄稼发出吵人的闹声。罗老八站在河堤上，甩泥垫土。忽然，河边上有人叫："西瓜！"

罗老八心一动，头发涨，飞奔过来，他不相信水能冲进西瓜地。

"水冲进来没有？"他拿眼扫了扫，问一个河边捞虾的小孩。

"没有！"小孩说，"有个浪花溅上来，漂走地头一个西瓜！"

罗老八眼睛突地瞪大：

"什么？"

"漂走一个西瓜！"

罗老八果然看见浪里有个白皮西瓜在旋转，他甩掉草帽，扑腾扎个猛子！激流大浪把罗老八从河底翻上，卷下，他"扑扑"喷了两口水，一个斜凫刺上去，怀里抱住了西瓜蛋。

傍晚，雨过风平，星子满天。罗老八跟一些社员在瓜地的窝棚下山南海北地聊闲天，是谁吹着苇笛子，更把野地里搞得热热闹闹。只有黑珠子，好像有什么心事，她嘴唇倔强地闭住，没说，没笑。罗老八闪亮的眼睛看见高粱地里有个人影，他喷口烟，对黑珠子说："去吧，玩玩去吧！"

黑珠子身上火一样地发起烧来，她喘着，靠在苇棚架上，因为她的哆嗦，苇叶沙沙直响。

"黑珠子！"高粱地里那人小声叫了。

黑珠子瞟了罗老八一眼，转过身，大步朝高粱地走去。

"黑珠子，"马三月迎上来，笑道，"今天下午护堤时，一定又有英雄好汉。我听说，你爹就为了一个小西瓜……"

黑珠子决绝地把马三月的话头截住："照直说，你是不是又想了解这个材料？"

"你猜对了，"马三月和颜悦色地笑着，"这种热爱集体一草一木的高贵品德，真感动人。我想让你谈谈详细情况，准备这期墙报……"

"贴到墙上干什么？"黑珠子盯着马三月的脸问。

马三月奇怪地睁大眼睛："不是为了让人学习吗？"说着不知怎的，心里有点发虚。

"不用贴到墙上，大伙早就知道谁办了什么事了！"

黑珠子紧闭嘴唇，把眼睛从马三月的身上移开，坚决地扭过身子，自己走了。

（原载《天津日报·文艺周刊》1962年8月30日）

【作品赏析】

房树民的创作在1956年后，发生了较大的变化，风格趋向平实沉稳，从心理的挖掘转向了对农村生活的原始的强力的挖掘。作品展示了运河岸边的新时代农民的精神世界，带有鲜明的民族特色和地域特征。

文章对党的农村土地政策的解读，对进步农民的刻画带有鲜明的时代色彩。罗老八是本文的主人公，他具有中国贫农的一切优良品质，爱党爱国，爱集体，兢兢业业，大公无私，是“十七年文学”中大力颂扬的新时代农民的典范。罗老八看管菜园，精心呵护，被派去看管瓜园，以为是自己没看管好菜园，而被调得职，火爆的脾气一触即发。但在弄明白瓜园更苦更累，更难看管之后就欣然接受。这种一切以集体的利益为中心，不惧劳苦的精神，是集体主义经济的核心观念。罗老八提前“上任”，一清早就收拾窝棚，把集体的工作当成自己的事情，尽心竭力，甚至为了一个没长成的、被冲走的西瓜而跳进了滚滚的河水中。这样的情节设定与当时的政治要求完全同步，宣扬了集体主义精神。但是情节是否存在夸张和不合理之处呢？作家是否为了证明农民对集体经济的热爱就设置了这样不合生活逻辑的情节呢？其创作是否犯了教条主义、公式化的错误呢？罗老八的人物设定是否过于追求高大全，而产生脸谱化的效果呢？

带着这样的问题，重新审视罗老八的人物形象，我们发现，罗老八不仅是个行动符合时代规定、具有各种优良的品质的老农民，还具有鲜明的个性特点，是社会主义农民共性与个性的统一。其形象既具有普遍性，又具有特殊性。作家为罗老八做了全方位的素描，其形象立体生动，特点突出。如果没有塑造出罗老八的鲜明个性，其行为就变得突兀不可理解，甚至有符号化的嫌疑。作者极力刻画了他的充满个性化的人情色彩，罗老八虽然年纪大了，但是身强体健，摔起跤来，年轻人都敌不过他。他自信、自尊、心眼儿实，脾气暴躁，几次事情都是还没弄明白，就先发起火来。姑娘黑珠子刚告诉他，“队委会要把您从菜园调到西瓜地”。他的急脾气就显露出来了，“罗老八身子一颤歪，像是谁打了他一闷棍！他把烟杆子从嘴里拔出来，慢慢走到黑珠子身边，头上几串汗珠滚下来，胡子哆嗦着”。问明是队里决定的，“罗老八的怒火终于爆发了！甩一下烟袋，烟袋失手，把桃树上的青桃子噼里啪啦地凑下好几个，他捶着吭吭响的胸脯嚷道：‘哪一号的敢踢我罗老八出菜园门，我有处找他说理！不行！’”不问青红皂白，先发一顿火，脾气急，但是心眼儿实，明白是社里对他委以“难”任后，他就一声不吭了，对这样的安排非常自豪和满意。这样的情节安排就丰富了罗老八的人物形象，为其光辉无私的集体主义精神的花环上染上了个性的色彩，更具魅力。罗老八性格颇似梁山好汉鲁智深，力气大、性子直、脾气鲁莽，但又粗中有细。在瓜棚抓獾的一幕描写中，“突然看见罗老八把一个红家伙抡了一道圈，像是天上打了一道闪，‘叭’！摔在地下了！”“我抡得太猛了！”罗老八笑着把獾耳朵甩到了远远的大河套。这个场景彰显了力量的美感和豪侠之气，写得酣畅淋漓，充满了张扬的生命力，形象光彩照人。在对罗老八的性格的全面考察中，跳河救瓜的情节放到罗老八身上，就显得真实可信了。他遇事不细思量，爱冲动，把集体的利益本能地放在第一位，他在救堤前刚向支书保证了一个瓜蛋子也丢不了，结果就看到了大水冲走了小西瓜。他的集体主义观念、暴躁急切的性情、重诺守信的信念，即刻使他头脑一涨，就跳进了水里。其救瓜的行为不仅合乎集体主义精神的要求，更是基于人物自身性格的自然发展的结果。

房树民对农村中亲情关系进行了独立思索，展示了农村的理想化的新型伦理关系。在“十七年文学”中，农村青年一代是社会主义集体经济的代言人，他们掌握着时代和政治的话语，承担着老一代农民的领路人的责任。在众多的经典文学作品中，都描写了农村新人与旧人之间的冲突，旧人在新人的带领下，走上了社会主义道路。但是在这篇文章中，作者从亲情伦理的角度重新考察了农村新旧两代人的关系，描绘了一幅和谐的亲情画面。罗老八父女秉性相投，二人皆爽利性子，风风火火。他们基于美好的误会有过冲突，父女相互支持工作，相互关心，懂得彼此。女儿夸小伙子力气都赶不上父亲，为他申请看瓜的累活儿苦活儿，罗老八不仅不生气，还顿时就消了火，展现了父女共同的生活追求和高尚的道德情操。女儿帮父亲扛苇子，父亲欣赏女儿“有把力气”，以女儿勤劳能干为荣。他们在瓜园里一起为抓獾而欢笑。女儿连续七天打堤回来，“罗老八把黑珠子脸上的一颗黑泥点子扒去，问道：‘在河滩上，又跟谁闹的这么蝎虎？’黑珠子闪着白牙笑了笑，笑得嘴边冒出个小酒窝。‘累呗？’‘不累呀，爸爸！’‘怎么瘦了？’‘热的呗。’黑珠子笑着说。”在父女简洁的对话中，父亲心疼却支持女儿，女儿为了不让父亲担心的避重就轻的回答，充满了温情的爱，冲淡了政治的气息，获得一种超越时空的人类情感的共鸣。罗老八与女儿的关系打破了封建专制家长制，建立了新型的互相尊重、互相关爱的伦理关系。在传统的父女关系中，父亲作为家庭的权威一言九鼎，特别是对女儿的婚事有决定权，多少儿女婚姻的悲剧，都源自家长的棒打鸳鸯。但是罗老八尊重女儿，即使认为女儿的选择是错误的，也仅仅是提醒女儿，“你女儿家的事，我当爸爸的没权管。可我心里有话就要说。马三月这孩子嘴甜办事软，你可看准！”他既不干预反对，也不一味附和女儿，大大方方地提出自己的意见，虽然遭到女儿顶撞，却在之后把提携马三月当作自己的职责。罗老八尊重女儿的选择，不指手画脚，尊重女儿作为独立个体的选择，哪怕马三月犯了错误，也不多言，一切相信女儿的慧眼。这是一个暴躁到对女儿摔烟嘴的父亲，这也是一个默默注视着女儿的温柔父亲，看似矛盾的性格却在罗老八身上获得了有机的统一。罗老八与女儿的关系是理想型的，建立在共同的信仰和追求之上，保持着各自的独立与自由，相互扶持却不相互干预，关心体贴却不拘泥于孝道，充满着人情的温馨。

房树民在20世纪60年代的创作更加成熟，创作风格上浪漫性稍减，长篇大段的细腻的心理描写几乎不见了，文风更加凝练朴实，避开政治风云的描写而着意文化性格和人性情感的描摹刻画，他的语言功底增强，早期文字的稚涩之感一扫而空，有雨过天晴之后的澄净天空的通透美感。可惜房树民后来主要从事文学编辑工作，未能全力施展文学才华，否则一定有更大的成就。

冉淮舟/作品精读

冉淮舟，1937年出生，河北高阳人。1961年毕业于南开大学中文系。曾任天津文联《新港》月刊编辑，《天津文艺》编委、编辑部副主任，铁道兵文化部创作组创作员，解放军艺术学院文学系教师。1953年开始发表作品。1982年加入中国作家协会。著有长篇小说《不容进犯》，长篇报告文学《留给后世的故事》《灿烂与迷茫》《兴邦大业》《北方有战火》《中国少年抗战记》（以上均为合作）《冒险的乐趣》《笑慰人生》《天堂的钥匙不在上帝手中》等，中篇小说《小侦察员》，散文集《彩云》《农村絮语》《那年那月》等，评论《论孙犁的文学道路》《魏巍创作论》（合作）《屋下碎语》等。

家　乡　梦

我时常做梦，都是关于家乡的梦。

家乡的一切，都能引起我深深的思念。你看，那朝霞燃起的地方，那艳红艳红的片片霞光，是不是乡亲们微笑的脸庞呢？也许是他们清晨走向田野扬起的风尘？我仿佛听到了他们的脚步，也听到了他们的愉快的歌声。那是一支支在家乡广泛传唱的小曲，由村姑们唱出，是那么朴素、亲切、清脆、悠扬。倾耳细听，不由你不怀念起家乡的土地，和在田地里辛勤劳作的乡亲。

于是，在我的心里便起了探望家乡的念头。

恰好，今年七月，有机会顺路回家一趟。下了火车，因为汽车第二天早晨才开，我便来到一个中学里。一个名叫蓝云的姑娘，在这个学校学习，她是我的邻居。她今年高中毕业，我想她不久就要投考大学了，特来看看她。她听说我要回家，并且已经买好了第二天早晨的汽车票，便笑了，说：“真巧，我买的也是那趟车的票，一块走吧！”

我很纳闷儿，过不了几天，就要考大学了，她倒要回家？她看着我莫名其妙的样子，便说：“我不想考大学了。”

“为什么？”我问。

她对答得很是干脆：“我愿意回到咱们家乡去。”

关于蓝云的童年，我还清楚地记得。在夏日的傍晚，孩子们挑菜、割草回来，一拥进村的时候，人们便说了：“看蓝云，人最小，菜可挑得比谁都多。”

听到这样的夸赞，蓝云便不好意思地扭着头跑回家去。

隔着案墙，我还常听到人们这样教育自家的孩子：“看人家蓝云，多出息。才几岁，就知道体贴人。娘做饭，她帮着烧火；爹下地，她提着水壶……”

现在，蓝云决心回家建设家乡。

这一夜，我又做了一个梦，还是关于家乡的梦。

天刚放亮，蓝云便把我从梦境中叫醒了。我虽然知道离开车的时候还早，也并不埋怨蓝云破碎了我的乡梦。因为，归心似箭，一幅现实的家乡的图画，就要历历呈现在眼前了，我便对蓝云说：“我做了一个梦，是关于家乡的梦。”

蓝云听了，拍手笑道：“哎哟，真巧呢，我也做了一个梦，也是关于咱们家乡的梦。”停顿了一下，她又说，“不知怎么回事，我常常做梦，都是关于咱们家乡的梦。”

原来，思念家乡，并不只是我的心情才那么强烈的啊！

当东方霞光燃烧起来，我们已坐在车里往家乡驰去。打开窗，一阵凉风扑到脸上，真美，好香啊！向外望去，看到路边的田里，一群群的姑娘媳妇，蒙着白色的羊肚手巾，在锄地哩！我直愣着眼神，满眼都是碧绿的庄稼的海洋，不觉便赞美几句：“今年天旱，这里的庄稼却长得这么好……”

蓝云说：“这比起咱们家乡来，差远了！”

我们在县城下了车，再往东走，一直是在青纱帐里穿行，离我们村大概还有五里左右的时候，便登上了堤坡，那便是冀中平原上有名的千里堤。我跑到堤坡上，四下一望，到处是一片葱绿，蓬勃旺盛。路两旁还栽着树秧子，一人多高。庄稼的尽处，是一片树林。我记得过去这里是一片果木林，我小时候，在这里拾过风落儿。但是抗日战争期间，遭受了日本鬼子的砍烧，后来又经过一次大水淹泡，果木树都半死不活的了，没剩下几棵，人们也没有栽培的心气，于是便成了一片荒凉的白沙地，就是耩种上庄稼，因为经常犯风，长得也很不景气，说黄不黄，说绿不绿的，模样儿很憔悴。偶尔，在一棵树桩下边，一只野兔惊起，也不知道它搜寻到什么吃食没有？在这里，我曾经听到过多少叹息声啊！而现在竟是这样新奇：丝绒一样的草地，横竖成行的果木树。有我认识的桃树、杏树、梨树、桑树、沙果树……也有我不认识的，蓝云便对我一一讲说，好像她从来也没有离开过乡土一样。完了还问我："怎么样，家乡变了吧？"

我说："全变了。"

我们走下堤坡，蓝云便咯咯地笑了，说："这园林建造起来也不容易，是乡亲们一滴汗水、一滴汗水换来的呀！"她又就近指给我身旁的一棵树说，"这是一棵苹果树。那年，我从河滩移到夹道的窗台根儿下，后来爷爷又把它移到这里。你看，如今这么大了。"

原来这里竟有这么多的故事。

看吧，那一排排的果木树，是多么整齐，都仿佛在向人们述说着什么。尽管大部分还不到开花结果的年纪，但从那郁郁葱葱的样子，能让人想象到一定会结出累累满树的果实。

是的，家乡，在你的每一寸土地上，原来都蕴藏着如此巨大的力量，难怪离开你的人们，总是深深地怀念着你！何只我的家乡是这样呢？在祖国的大地上，到处都是风光绮丽，歌声响遍的啊！

蓝云告诉我，她回来就是要学习果木管理技术的。她觉得家乡很有前途。我问她："那么，你说家乡的前途到底是什么样子呢？"

蓝云想了一下，说："这也很难一下子说出来。就拿夜间做的那个梦说吧，本来春天花开得很好，果子挂得也密，可是后来生了虫子。爷爷急得睡不着觉，我也急得像热锅上的蚂蚁……"她停下来了，我便急着问："后来怎么样了？"

蓝云笑了，继续说："当然是把虫子治了，大丰收了……"

突然，一阵歌声打断了我们的谈话：

家乡啊！
谁都不愿离开，
是因为你很富足？

不，因为你还贫穷，
我们才用双手，
建设你富饶的未来！
……

蓝云的眼睛闪着亮光，倾听着歌声，说："你听见了吗？这就是我们的决心，美好前途的保证！"

晚霞消散时，我们进了村。

夜间，我又做了一个梦，当然还是关于家乡的梦。只不过这个梦境，要比过去的优美许多倍。不是吗，只要你醒来，窗外便是家乡的一片神美真切的图景了……

（原载《天津日报·文艺周刊》1962年10月4日）

【作品赏析】

冉淮舟是荷花淀派后期创作的重要成员。他1961年毕业于南开大学中文系。在校期间，他便开始研究孙犁，后来把研究文章《论孙犁的文学道路》投到了《新港》编辑部，并在毕业后成为《新港》杂志的编辑。冉淮舟与孙犁交往密切，书信往来频繁，冉淮舟在回忆孙犁的文章中提道："到《新港》编辑部工作以后，和孙犁的接触越来越频繁，因为他身体不好，正在养病，我帮他做了一些作品的搜集、抄录、编排、校对的工作……他一共给我写了一百二十七封信，一封未失，他写了序言，已经出版，书名《幸存的信件（给淮舟的信）》。我写给孙犁的信，'文化大革命'中丢失一些，但他也保存下一百二十封，并写了题记，也已出版，书名《津门书简》。"冉淮舟研究孙犁著作，做了大量的文字搜集和整理的工作，他发现了孙犁早年的作品《琴和箫》，促成了此文的再次问世，终使蒙尘的明珠重新进入人们的视野中。

《家乡梦》文章不长，两千余字，却短小精悍，写出了立志回到家乡投入农村科技生产中的青年一代的伟大抱负。以"我"的视角塑造了放弃考大学的勤劳、善良的姑娘蓝云。她熟悉家乡的土地与果树，对家乡有着热情的自豪感，别的地方的庄稼比家乡的“差远了”。她对每棵树的来历一清二楚，如数家珍地向“我”介绍一排排果树，充满了改造家乡的豪情。蓝云的人物形象比较单纯，清且浅，比较符合人物的性格和年龄。但是也确实存在对人物形象理解不够深刻的缺点，创作停留在生活的表面，没有进行深入的挖掘。文章的主旨是“梦”，作品写了许多个梦，我的家乡梦，蓝云的家乡梦，蓝云的果树梦，全篇笼罩着梦境的浪漫之感，纯真感情的飘逸之感。在梦境与现实的交织中，升华了蓝云与我对家乡的热爱，在踏上家乡的土地，摸到家乡的果树的时候，他们的梦境就落到了实地，对家乡的归宿感化为强大的造福家乡的动力。冉淮舟的早期作品确实存在某些政治化的倾向，比如写于1963年的《山地情思》中的县委书记的政治寄语，但总的来说，还是比较注重从普通的生活中发现美与真意。《家乡梦》虽然有缥缈之感，不够厚重，却也呈现出与众不同的魅力来，人物刻画充满轻灵美感，比板起面孔的政治性说教，要生动得多。这篇小说从侧面表现了荷花淀派对于诗情画意的追求和人性美的表现，冉淮舟的创作倾向通过这篇作品可见一斑。

《家乡梦》采用了散文化抒情的笔法，情感充沛，有较强的感染力。作为叙事文学，小说往往注重情节的完整性，追求结构的精妙，但是作品淡化了故事情节，结构有散文的特点，比较散漫，任性而至，在梦与现实的几次闪回中，强化了家乡美与家乡梦的主题。散文化的创作手法也是孙犁的许多小说中所擅长运用的，抒情的笔致摇曳多姿，冉淮舟的早期作品成就虽不算突出，却也表现出鲜明的“荷花淀派”特征。

冉淮舟后来进入了解放军艺术学院，其创作转向了军事历史题材的创作，取得了较大的成就，艺术风格也渐渐地脱去了清荷之香，愈发浑厚老辣。

贾大山/作品精读

贾大山（1942～1997），河北正定人。1964年中学毕业，曾任正定县文化馆馆员、正定县文化局局长、河北省作家协会副主席。1971年开始发表作品。短篇小说《取经》1978年获全国首届优秀短篇小说奖。1998年花山文艺出版社出版《贾大山短篇小说集》，2014年花山文艺出版社出版《贾大山文学作品全集》。

花　市

今天城里逢集，街上还很安静的时候，花市上就摆满了一片花草。紫竹、刺梅、石榴、绣球、倒挂金钟、四季海棠，真是花团锦簇，千丽百俏，半条街飘满了清淡的花香。

一个小小的县城里，为什么出现了这么多卖花的人？有人说，栽培花卉不但可以供人观赏，美化环境，而且许多花卉具有药用、食用和其他用途，可以增加社会财富；也有人说农民们见钱眼开，只要能赚钱，什么生意都想做一做；还有一种简单的，但是富有哲理的说法，那就是："如今买花的人多了，卖花的人自然也就多了。"

"老大爷，你买了这盆三叶梅吧，这花便宜，好活，你看它开得多么鲜艳！"

花市东头，一个卖花的乡下姑娘在和一个看花的乡下老头谈生意。这个姑娘集集来卖花，经常赶集的人都认识她，但不知道她叫什么名字。姑娘不过二十一二岁，生得细眉细眼，爱笑，薄薄的嘴唇很会谈生意。

那老头蹲在她的花摊前面，摇摇头，对那盆开满粉红色零星小花的三叶梅表示不感兴趣。

姑娘又说："那就买了这盆兰花吧，古人说，它是'香祖'……"

"那一盆多少钱？"老头抬起下巴朝花车儿上一指，打断她的话。

那是一盆令箭荷花。在今天的花市上，这是独一份儿。葱翠的令箭似的叶状枝上，四朵花竞相开放，那花朵大，花瓣儿层层叠叠，光洁鲜亮，一层紫红，一层桃红，一层粉红，花丝弯曲嫩黄，阳光一照，整个花朵就像薄薄的彩色玻璃做的一样。

姑娘说："老大爷，那是令箭荷花！"

"我要的就是令箭荷花！"

"它贵。"

"有价儿没有？"

姑娘听他口气很大，把他仔细打量了一遍。老头瘦瘦的，大约六十多岁，白布褂子，紫花裤子，敞着怀，露着黑黑的结实的胸脯，不像是养种花草的人。

姑娘问："老大爷，你是哪村的？'

"严村的。"

"哪村？"

"严村，城北的严村。"

"晓得晓得。"一个看花的小伙子打趣说，"严村，好地方啊，那里的人们身上不缺'胡萝卜素'……"

看花的人们一齐笑了，姑娘笑得弯下腰去。严村是个苦地方，多少年来，那里的人们每年分的口粮只能吃七八个月，不足部分，就用胡萝卜接济。这一带人们教育自己不爱做活儿的姑娘时，总是这么说："懒吧，懒吧，捉不住针，拿不起线，长大了看到哪里找个婆家。拙手笨脚没人要，就把你娶到严村吃胡萝卜去！"这个卖花的姑娘，小时候一定也受到过大人的这种警告吧。

在人们的笑声中，老头红了脸，好像受了莫大的羞辱。他一横眉，冲着姑娘说："笑！你是来做买卖的，是来笑的？"

姑娘一点也不急，反倒觉得这个老头很可爱，依然笑着说："老大爷，如今村里怎样啊？"

"不怎样！"

"去年，工值多少？"

老头没有回答，看看买花的人多起来了，就又指着那盆令箭荷花说：

"多少钱，有价儿没有？"

“十五。”姑娘止住笑说。

“多少？”人们睁大眼睛。

“十五。”姑娘重复道。

“坑人哩！”老头站起身。

“太贵了，太贵了。”人们也说。

姑娘看看众人，又笑了说：“是贵。这东西不能吃，不能喝，一块钱一盆也不便宜。可是老大爷，人各一爱，自己心爱的东西，讲什么贵贱呀？想便宜买胡萝卜去，十五块钱买一大车，一冬天吃不完。你又不买，偏偏想来挨坑，那怨谁呢？”

姑娘的巧嘴儿又把人们逗笑了。老头也咧着大嘴笑了说：“不买不买，太贵太贵。”

“你给多少？”姑娘赶了一句。

“十块钱。”老头鼓鼓肚子。

“再添两块，十二块钱叫你搬走！”姑娘最后表示慷慨。

老头用手捻着胡子，斜着眼珠望着那盆令箭荷花，牙疼似的咂起嘴唇儿。

人们说：“姑娘，自家出产的，让他两块吧！”

“老头，买了吧，值！”

“十块，多一分钱也不买。”老头坚定地说。

“十二，少一分钱也不卖。”姑娘也不相让。

“不卖，你留着自己欣赏吧！”老头白了姑娘一眼，终于走了，但他不住地回头望一望那盆令箭荷花。

上午十点钟，集上热闹起来了，花市上也站满了人。那些卖花的、看花的，和猪市、兔市、木器市上一样，大半是头上戴草帽或扎手巾的乡下人。原来乡下人除了吃饭穿衣，他们的生活中也是需要一点花香的。

姑娘的生意很好，转眼工夫，就卖了许多花。她正忙着，听见人群里有人嚷道：“姑娘，拿来，买了！”抬头一看，那老头又回来了，脸上红红的，好像刚刚喝了酒。

“十二。”姑娘说。

“给你！”老头忍痛说，“你说得对，人各一爱。我只当耽误了八天工，只当闺女少包了半垄棉花，只当又割资本主义尾巴呢，割了我两只老母鸡！”

姑娘笑了笑，把那盆令箭荷花搬到他跟前去。正要付钱，一个眉目清秀的干部打扮的年轻人挤上来：“多少钱多少钱？”

“十二。”姑娘答。

“我买我买！”年轻干部去掏钱包。

“我买了我买了！”老头胳膊一奓，急忙护住那盆花。

年轻干部手里摇着黑色纸扇，上下看了老头一眼，似笑非笑地说：“老头，你晓得这是什么花？”

“令箭荷花！”

“原产哪里？”

“原产……原产姑娘家里！”

年轻干部哈哈大笑。笑罢，用扇子照老头的肩上拍了两拍，说：“墨西哥。让给我吧，老头。”

“我买的东西，为什么让给你？”

“唉，你买它做什么！”

“你买它做什么？”

“我看。”

年轻干部笑了一下，弯腰去搬那盆花。老头大手一伸，急忙捉住他的手，向后一扔，也给他笑了一下：“我也看。”

人群里爆发了一片笑声。姑娘没有笑，手拿着一块小花手绢，在怀里扇着风，冷冷地注视着年轻干部的行动。年轻干部无可奈何，用扇子挡着嘴，对老头唧咕了几句什么。老头立刻冷着脸说：“不行不行，明天也是我的生日，我也爱花！”

“你这个人真难说话！这么贵，你吃它喝它？”

“咦，我不吃它喝它，你那个上级吃它喝它？”

人们听得明白，就又笑起来了。年轻干部不知出于一种什么心理，陡地变了脸色说：“你是哪个村的？”

“严村的。”

“你们村的支书是谁？”

老头眨眨眼睛，向众人说：“你们看这个人怪不怪，我买一盆花，他问我们村的支书是谁做什么？”

这一回，人们没有笑，乡下人自有乡下人的经验，他们望着年轻干部的脸色，猜测着他的身份、来历，纷纷说：“老头，让给他吧，与人方便自己方便。”

“是啊，让给他吧，只当是学雷锋哩……”

老头听人劝说，心里好像活动了一点。他望着那盆令箭荷花，用手捻着胡子，又咂起嘴唇儿。年轻干部冷冷一笑，乘势说：“就是嘛，你们乡下人，还缺花看吗？高粱花、棒子花、打破碗碗花，野花野草遍地都是。姑娘，我出十三块钱买了！”

说着，把钱送到姑娘脸前。

姑娘不接他的钱，手拿着小花手绢，依然那么扇着，冷冷地盯着他。他还想说什么，那老头一跳脚，从怀里掏出一把崭新的票子，扯着嗓子嚷道：“你要那么说，我出十四块钱！”

“我出十五块钱！”

“我出……”

“你这个人真是自不量力！”姑娘好像生了很大的气，瞪了老头一眼说，“你干一天活儿，挣几个钱，充什么大肚汉子呢！十五不要，十四不要，十二也不要了，看在你来得早，凭你那票子新鲜，依你，十块钱搬走吧！记住，原产墨西哥，免得叫人再拿扇子拍你！”

“多少多少？”年轻干部睁大眼睛。

“十块钱，我们谈好了的。”姑娘轻轻一笑，对他倒很和气。

老头愣了一下，呵呵地笑了，赶快付了钱，搬起那盆令箭荷花就走。年轻干部气得脸色苍白，月扇子指着姑娘的脸，一时不知说什么好：“你你……”

“我叫蒋小玉，南关的，我们支书叫蒋大河，还问我们治保主任是谁吗？”

人们明白姑娘的心思，一齐仰着脖子大笑起来。在笑声中，人们都去摸自己的钱包，都想买姑娘一盆花，姑娘就忙起来了。她笑微微地站在百花丛中，也像一枝花，像一枝挺秀淡雅的兰花吧？

（原载《河北文学》1981年第11期）

【作品赏析】

从本篇起，收入的皆为早期创作受到孙犁创作影响的作家作品。他们与孙犁交往密切，初入文坛便受到孙犁的指点与扶持，早期艺术风格的形成直接受到孙犁的影响，后来他们逐渐形成了属于自己的艺术风格，与荷花淀派的创作风格渐行渐远。故本书收入这些作家早期具有“荷花淀派”艺术风格的作品，旨在探寻荷花淀派在新时期的影响力与活力，探讨荷花淀派在全新的社会环境下的发展的多种可能。通过对这些作家作品的研究，我们跨越了时间与地域的局限，在更宽广的艺术河流中，寻找荷花淀派长远的艺术生命力。我们在对贾大山、铁凝、莫言、贾平凹的作品解读中，寻找到了荷花淀派的清新余脉，也在他们的艺术探寻中，看到了荷花淀派向现代性、多元化，女性主义、先锋性、魔幻现实主义等艺术道路转化的可能性。在新的时代中如何继续汲取荷花淀派留给我们的宝贵文学遗产，我们或许可以在这些新时期的作品中找到一些线索和答案。

贾大山的作品扎根于冀中平原，流淌着生生不息的乡土精神。他的笔触伸向了自己所熟悉的底层民众灵魂的深处，其作品既重视社会批判性，透露着对社会的反思，又表现出荷花淀派的对人性的观照和诗意的书写的特点。有评论家把他看作“山药蛋派”与“荷花淀派”的传人与弟子，并认为“要说贾大山初期的创作像‘赵’（赵树理），晚近的创作像‘孙’（孙犁），大约不是无稽之谈”。贾大山曾与人说，好多人说他的小说风格接近于山药蛋派，但他自己觉得他的小说风格更接近于荷花淀派。他更喜欢孙犁的作品，他从孙犁的作品中汲取了更多的营养。孙犁与贾大山的交往充满谐趣，他为贾大山做了一首顺口溜：“小说爱看贾大山，平淡之中有奇观，可惜作品发表少，一年只见五六篇。”并对贾大山的创作给予很高的评价："他的作品是一方净土，未受污染的生活反映，也是作家一片慈悲之心向他的善男信女施洒甘霖。"贾大山与孙犁在认识生活的角度和眼光、美学趣味和艺术追求等方面都有相似之处。《花市》中那优美的人性，那盛开的令箭荷花，如兰花般的卖花女都表现出荷花淀派的鲜明特征。

《花市》展示了新社会人们对生活之美的追求，以及与之相应的对"美"的灵魂的赞歌。看花的乡下老头，来自出了名的苦地方严村，被人打趣身上不缺胡萝卜素，他别的花都瞧不上眼，偏偏看上了价高的令箭荷花，他和卖花姑娘为价钱而争执，一个"十块，多一分钱也不买"，一个"十二，少一分钱也不卖"，老头走了又回，最终咬牙要买下荷花。贫困无法遮蔽对美的欣赏的眼睛，他真正懂得荷花之美，宁可"只当耽误了八天工，只当闺女少包了半垄棉花"。美是精神境界的追求，自然之美是由自然事物现出一种愉快的动人的外在和谐而引人入胜的结果。老头醉心于荷花之美，宁可为这愉快的精神享受付出相当大的代价，因为他说"人各一爱"，虽然不舍，但是"美"是无法用价格来衡量的。从贫乏的物质生活中解脱出来，追求精神的愉悦和满足，这本身就是一种超越了世俗生活的高尚境界。老头的选择让我们肃然起敬，在他的身上，我们看到了新社会时期人们对无功利性的"美"的追求，精神世界的焕然一新。

卖花姑娘让我们在物欲横流的时代中重新见到了出水芙蓉般的纯真，兰花般高洁典雅的灵魂。她与老头为了两块钱争执不下，在与老头的"唇枪舌剑"中取得了胜利。她性格泼辣爽利，做起生意来头头是道，老头嫌她要价十五块坑人，她笑着讲道理，略带机锋地还回去："是贵。这东西不能吃，不能喝，一块钱一盆也不便宜。可是老大爷，人各一爱，自已心爱的东西，讲什么贵贱呀？想便宜买胡萝卜去，十五块钱买一大车，一冬天吃不完。你又不买，偏偏想来挨坑，那怨谁呢？"卖花姑娘对待真正爱花之人，含笑以对，但对讲价者也毫不客气，风趣幽默，爱打趣人，小姑娘的俏皮在伶牙俐齿中显露无遗。随着人心的移动，世道的转换，有老头这般贫困仍倾心于美者，也有丑陋低俗的买花人亵渎清新的花香。年轻干部打算加价买下令箭荷花，借花献佛，讨好领导，老头不退让，他就拉起大旗，仗势欺人，一副丑恶官僚的扭曲嘴脸。卖花姑娘虽看不惯年轻干部，却并不板起脸孔，做出一副正义凛然的模样讲大道理，只是貌似老实地一五一十地回答村里各个领导的名字，看似天真的做派，却是最犀利的回击，气得年轻干部“脸色苍白”。卖花姑娘用明贬实帮的话语“讥讽”老头：“你这个人真是不自量力！”“看在你来得早，凭你那票子新鲜，依你，十块钱搬走吧！记住，原产墨西哥，免得叫人再拿扇子拍你！”卖花姑娘的狭促和古灵精怪，在幽默的讽刺中展现得淋漓尽致。她为人活泼有趣，带着乡野大地的无尽生机，又携带着燕赵豪侠的侠义之风，似那花的精灵，轻灵纯洁！

贾大山善于从平淡的生活中发现闪光的金子，对简单的生活场景进行深入的挖掘，在平凡的人与事中，发现生活的真意。他属于“苦吟”一派，他曾对铁凝说他的褥子底下经常压着几篇稿子，高兴了就对着褥子想想，想好了抽出来再改。贾大山甚至可以背诵自己的小说，可见他用心之深，打磨之精。他对自己的创作要求严格得近于苛刻，其小说大都很简短，他惜墨如金，作品数量不多，但几乎字字珠玑，精炼到了极点，去掉无用的粉饰和夸张的卖弄，用最真切的语言做最简洁的表述。《花市》中，人物的对话极其精炼，毫不矫揉造作，就像是生活中的口语的照搬，没有修饰，没有形容，是对生活的白描与再现，却在字里行间现出各个人物的性情，简洁、传神，留有余味。来自严村的买花老头被人笑话“不缺胡萝卜素”，他与卖花姑娘的几句对话中就表现出了羞恼、懒得搭讪、嫌贵心疼钱、气愤的种种复杂的心理波动。“在人们的笑声中，老头红了脸，好像受了莫大羞辱。他一横眉，冲着姑娘说：‘笑！你是来做买卖的，是来笑的？’姑娘一点也不急，反倒觉得这个老头很可爱，依然笑着说：‘老大爷！如今村里怎样啊？’‘不怎样！’‘去年，工值多少?’老头没有回答，看看买花的人多起来了，就又指着那盆令箭荷花说：‘多少钱，有价儿没有？’‘十五。’姑娘止住笑说。‘多少？’人们睁大眼睛。‘十五。’姑娘重复道。‘坑人哩！’老头站起身。”此番语言精炼到不可增删一字的地步，简洁的文风追求与孙犁所代表的“荷花淀派”如出一辙。

贾大山不想学得太像谁，但其淡泊的心性、追求生活的真意与美的真谛，都与孙犁极为相近．他们的作品从文学的创作观念、风格，到具体的人物塑造、白描手法等运用，显出同构的合流的气质，达到了某种统一。贾大山又是独一无二的，较之孙犁，在温柔敦厚、诗情画意外，他显然还多了一份儿对现实社会冷峻的反思和犀利感，就像习近平总书记在《忆大山》一文中所评："作为一名作家，大山有着洞察社会人生的深邃目光和独特视角。他率真善良、恩怨分明、才华横溢、析理透彻。对人们反映强烈的一些社会问题，他往往有自己精辟独到、合情合理的意见和建议。"

铁 凝/作品精读

铁凝，1957年生于北京，祖籍河北赵县。曾任河北省作家协会主席、中国作家协会副主席，现任中国文联主席、中国作家协会主席。1975年开始发表文学作品，作品曾多次荣获包括鲁迅文学奖在内的国家级文学奖。著有长篇小说《玫瑰门》《无雨之城》《大浴女》《笨花》、中篇小说《没有纽扣的红衬衫》《麦秸垛》《对面》《永远有多远》、短篇小说《哦，香雪》《六月的话题》等。

哦，香雪

如果不是有人发明了火车，如果不是有人把铁轨铺进深山，你怎么也不会发现台儿沟这个小村。它和它的十几户乡亲，一心一意掩藏在大山那深深的皱褶里，从春到夏，从秋到冬，默默地接受着大山任意给予的温存和粗暴。

然而，两根纤细、闪亮的铁轨延伸过来了。它勇敢地盘旋在山腰，又悄悄地试探着前进，弯弯曲曲，曲曲弯弯，终于绕到台儿沟脚下，然后钻进幽暗的隧道，冲向又一道山梁，朝着神秘的远方奔去。

不久，这条线正式营运，人们挤在村口，看见那绿色的长龙一路呼啸，挟带着来自山外的陌生、新鲜的清风，擦着台儿沟贫弱的脊背匆匆而过。它走得那样急忙，连车轮辗轧钢轨时发出的声音好像都在说：不停不停，不停不停！是啊，它有什么理由在台儿沟站脚呢，台儿沟有人要出远门吗？山外有人来台儿沟探亲访友吗？还是这里有石油储存，有金矿埋藏？台儿沟，无论从哪方面讲，都不具备挽住火车在它身边留步的力量。

可是，记不清从什么时候起，列车时刻表上，还是多了“台儿沟”这一站。也许乘车的旅客提出过要求，他们中有哪位说话算数的人和台儿沟沾亲；也许是那个快乐的男乘务员发现台儿沟有一群十七八岁的漂亮姑娘，每逢列车疾驶而过，她们就成帮搭伙地站在村口，翘起下巴，贪婪、专注地仰望着火车。有人朝车厢指点，不时能听见她们由于互相捶打而发出的一两声娇嗔的尖叫。也许什么都不为，就因为台儿沟太小了，小得叫人心疼，就是钢筋铁骨的巨龙在它面前也不能昂首阔步，也不能不停下来。总之，台儿沟上了列车时刻表，每晚七点钟，由首都方向开往山西的这列火车在这里停留一分钟。

这短暂的一分钟，搅乱了台儿沟以往的宁静。从前，台儿沟人历来是吃过晚饭就钻被窝，他们仿佛是在同一时刻听到了大山无声的命令。于是，台儿沟那一小片石头房子在同一时刻忽然完全静止了，静得那样深沉、真切，好像在默默地向大山诉说自己的虔诚。如今，台儿沟的姑娘们刚把晚饭端上桌就慌了神，她们心不在焉地胡乱吃几口，扔下碗就开始梳妆打扮。她们洗净蒙受了一天的黄土、风尘，露出粗糙、红润的面色，把头发梳得乌亮，然后就比赛着穿出最好的衣裳。有人换上过年时才穿的新鞋，有人还悄悄往脸上涂点胭脂，尽管火车到站时已经天黑，她们还是按照自己的心思，刻意斟酌着服饰和容貌。然后，她们就朝村口，朝火车经过的地方跑去。香雪总是第一个出门，隔壁的凤娇第二个就跟了出来。

七点钟，火车喘息着向台儿沟滑过来，接着一阵空哐乱响，车身震颤一下，才停住不动了。姑娘们心跳着涌上前去，像看电影一样，挨着窗口观望。只有香雪躲在后边，双手紧紧捂着耳朵。看火车，她跑在最前边；火车来了，她却缩到最后去了。她有点害怕它那巨大的车头，车头那么雄壮地喷吐着白雾，仿佛一口气就能把台儿沟吸进肚里。它那撼天动地的轰鸣也叫她感到恐惧。在它跟前，她简直像一叶没根的小草。

“香雪，过来呀，看！”凤娇拉过香雪向一个妇女头上指，她指的是那个妇女头上别着的那一排金圈圈。

“怎么我看不见？”香雪微微眯着眼睛。

“就是靠里边那个，那个大圆脸。看，还有手表哪，比指甲盖还小哩！”凤娇又有了新发现。

香雪不言不语地点着头，她终于看见了妇女头上的金圈圈和她腕上比指甲盖还要小的手表。但她也很快就发现了别的。“皮书包！”她指着行李架上一只普通的棕色人造革学生书包。就是那种连小城市都随处可见的学生书包。

尽管姑娘们对香雪的发现总是不感兴趣，但她们还是围了上来。

“哟，我的妈呀！你踩着我脚啦！”凤娇一声尖叫，埋怨着挤上来的一位姑娘。她老是爱一惊一乍的。

“你咋呼什么呀，是想叫那个小白脸和你搭话了吧？”被埋怨的姑娘也不示弱。

“我撕了你的嘴！”凤娇骂着，眼睛却不由自主地朝第三节车厢的车门望去。

那个白白净净的年轻乘务员真下车来了。他身材高大，头发乌黑，说一口漂亮的北京话。也许因为这点，姑娘们私下里都叫他“北京话”。“北京话”双手抱住胳膊肘，和她们站得不远不近地说：“喂，我说小姑娘们，别扒窗户，危险！”

“哟，我们小，你就老了吗？”大胆的凤娇回敬了一句。

姑娘们一阵大笑，不知谁还把凤娇往前一搡，弄得她差点撞在他身上。这一来反倒更壮了凤娇的胆：“喂，你们老待在车上不头晕？”她又问。

“房顶子上那个大刀片似的，那是干什么用的？”又一个姑娘问。她指的是车厢里的电扇。

“烧水在哪儿？”

“开到没路的地方怎么办？”

“你们城市里一天吃几顿饭？”香雪也紧跟在姑娘们后边小声问了一句。

“真没治！”“北京话”陷在姑娘们的包围圈里，不知所措地嘟囔着。

快开车了，她们才让出一条路，放他走。他一边看表，一边朝车门跑去，跑到门口，又扭头对她们说：“下次吧，下次告诉你们！”他的两条长腿灵巧地向上一跨就上了车，接着一阵叽里哐啷，绿色的车门就在姑娘们面前沉重地合上了。列车一头扎进黑暗，把她们撇在冰冷的铁轨旁边。很久，她们还能感觉到它那越来越轻的震颤。

一切又恢复了寂静，静得叫人惆怅。姑娘们走回家去，路上总要为一点小事争论不休：“谁知道别在头上的金圈圈是几个？”

“八个。”

“九个。”

“不是！”

“就是！”

“凤娇你说哪？”

“她呀，还在想‘北京话’哪！”有人开起了凤娇的玩笑。

“去你的，谁说谁就想。”凤娇说着捏了一下香雪的手，意思是叫香雪帮腔。

香雪没说话，慌得脸都红了。她才一七岁，还没学会怎样在这种事上给人家帮腔。

“他的脸多白呀！”那个姑娘还在逗凤娇。

“白？还不是在那大绿屋里捂的。叫他到咱台儿沟住几天试试。”有人在黑影里说。

“可不，城里人就靠捂。要论白，叫他们和咱香雪比比。咱们香雪，天生一副好皮子，再照火车上那些闺女的样儿，把头发烫成弯弯绕，啧啧！‘真没治’！凤娇姐，你说是不是？”

凤娇不接茬儿，松开了香雪的手。好像姑娘们真在贬低她的什么人一样，她心里真有点替他抱不平呢。不知怎么的，她认定他的脸绝不是捂白的，那是天生。

香雪又悄悄把手送到凤娇手心里，她示意凤娇握住她的手，仿佛请求凤娇的宽恕，仿佛是她使凤娇受了委屈。

“凤娇，你哑巴啦？”还是那个姑娘。

“谁哑巴啦！谁像你们，专看人家脸黑脸白。你们喜欢，你们可跟上人家走啊！”凤娇的嘴很硬。

“我们不配！”

“你担保人家没有相好的？”

……

不管在路上吵得怎样厉害，分手时大家还是十分友好的，因为一个叫人兴奋的念头又在她们心中升起：明天，火车还要经过，她们还会有一个美妙的一分钟。和它相比，闹点小别扭还算回事吗？

哦，五彩缤纷的一分钟，你饱含着台儿沟的姑娘们多少喜怒哀乐！

日久天长，这五彩缤纷的一分钟，竟变得更加五彩缤纷起来，就在这个一分钟里，她们开始挎上装满核桃、鸡蛋、大枣的长方形柳条篮子，站在车窗下，抓紧时间跟旅客和和气气地做买卖。她们踮着脚尖，双臂伸得直直的，把整筐的鸡蛋、红枣举上窗口，换回台儿沟少见的挂面、火柴，以及属于姑娘们自己的发卡、香皂。有时，有人还会冒着回家挨骂的风险，换回花色繁多的纱巾和能松能紧的尼龙袜。

凤娇好像是大家有意分配给那个“北京话”的，每次都是她提着篮子去找他。她和他做买卖故意磨磨蹭蹭，车快开时才把整篮的鸡蛋塞给他。要是他先把鸡蛋拿走，下次见面时再付钱，那就更够意思了。如果他给她捎回一捆挂面、两条纱巾，凤娇就一定抽出一斤挂面还给他。她觉得，只有这样才对得起和他的交往，她愿意这种交往和一般的做买卖有所区别。有时她也想起姑娘们的话：“你担保人家没有相好的？”其实，有没有相好的不关凤娇的事，她又没想过跟他走。可她愿意对他好，难道非得是相好的才能这么做吗？

香雪平时话不多，胆子又小，但做起买卖却是姑娘中最顺利的一个。旅客们爱买她的货，因为她是那么信任地瞧着你，那洁如水晶的眼睛告诉你，站在车窗下的这个女孩子还不知道什么叫受骗。她还不知道怎么讲价钱，只说：“你看着给吧。”你望着她那洁静得仿佛一分钟前才诞生的面孔，望着她那柔软得宛若红缎子似的嘴唇，心中会升起一种美好的感情。你不忍心跟这样的小姑娘耍滑头，在她面前，再爱计较的人也会变得慷慨大度。

有时她也抓空儿向他们打听外面的事，打听北京的大学要不要台儿沟人，打听什么叫“配乐诗朗诵”（那是她偶然在同桌的一本书上看到的）。有一回她向一位戴眼镜的中年妇女打听能自动开关的铅笔盒，还问到它的价钱。谁知没等人家回话，车已经开动了。她追着它跑了好远，当秋风和车轮的呼啸一同在她耳边鸣响时，她才停下脚步意识到，自己的行为是多么可笑啊。

火车眨眼间就无影无踪了。姑娘们围住香雪，当她们知道她追火车的原因后，便觉得好笑起来。

“傻丫头！”

“值不当的！”

她们像长者那样拍着她的肩膀。

“就怪我磨蹭，问慢了。”香雪可不认为这是一件值不当的事，她只是埋怨自己没抓紧时间。

“咳，你问什么不行呀！”凤娇替香雪挎起篮子说。

“谁叫咱们香雪是学生呢。”也有人替香雪分辩。

也许就因为香雪是学生吧，是台儿沟唯一考上初中的人。

台儿沟没有学校，香雪每天上学要到十五里以外的公社。尽管不爱说话是她的天性，但和台儿沟的姐妹们总是有话可说的。公社中学可就没那么多姐妹了，虽然女同学不少，但她们的言谈举止，一个眼神，一声轻轻的笑，好像都是为了叫香雪意识到，她是小地方来的，穷地方来的。她们故意一遍又一遍地问她：“你们那儿一天吃几顿饭？”她不明白她们的用意，每次都认真地回答：“两顿。”然后又友好地瞧着她们反问道：“你们呢？”

“三顿！”她们每次都理直气壮地回答。之后，又对香雪在这方面的迟钝感到说不出的怜悯和气恼。

“你上学怎么不带铅笔盒呀？”她们又问。

“那不是吗。”香雪指指桌角。

其实，她们早知道桌角那只小木盒就是香雪的铅笔盒，但她们还是做出吃惊的样子。每到这时，香雪的同桌就把自己那个宽大的泡沫塑料铅笔盒摆弄得哒哒乱响。这是一个可以自动合上的铅笔盒，很久以后，香雪才知道它所以能自动合上，是因为铅笔盒里包藏着一块不大不小的吸铁石。香雪的小木盒，尽管那是当木匠的父亲为她考上中学特意制作的，它在台儿沟还是独一无二的呢。可在这儿，和同桌的铅笔盒一比，为什么显得那样笨拙、陈旧？它在一阵哒哒声中有几分羞涩地畏缩在桌角上。

香雪的心再也不能平静了，她好像忽然明白了同学们对于她的再三盘问，明白了台儿沟是多么贫穷。她第一次意识到这是不光彩的，因为贫穷，同学们才敢一遍又一遍地盘问她。她盯住同桌那个铅笔盒，猜测它来自遥远的大城市，猜测它的价钱肯定非同寻常。三十个鸡蛋换得来吗？还是四十个、五十个？这时她的心又忽地一沉：怎么想起这些了？娘攒下鸡蛋，不是为了叫她乱打主意啊！可是，为什么那诱人的哒哒声老是在耳边响个没完？

深秋，山风渐渐凛冽了，天也黑得越来越早。但香雪和她的姐妹们对于七点钟的火车，是照等不误的。她们可以穿起花棉袄了，凤娇头上别起了淡粉色的有机玻璃发卡，有些姑娘的辫梢还缠上了夹丝橡皮筋。那是她们用鸡蛋、核桃从火车上换来的。她们仿照火车上那些城里姑娘的样子把自己武装起来，整齐地排列在铁路旁，像是等待欢迎远方的贵宾，又像是准备着接受检阅。

火车停了，发出一阵沉重的叹息，像是在抱怨台儿沟的寒冷。今天，它对台儿沟表现了少有的冷漠：车窗全部紧闭着，旅客在昏黄的灯光下喝茶、看报，没有人向窗外瞥一眼。那些眼熟的、常跑这条线的人们，似乎也忘记了台儿沟的姑娘。

凤娇照例跑到第三节车厢去找她的“北京话”，香雪系紧头上的紫红色线围巾，把臂弯里的篮子换了换手，也顺着车身不停地跑着。她尽量高高地踮起脚尖，希望车厢里的人能看见她的脸。车上一直没有人发现她，她却在一张堆满食品的小桌上，发现了渴望已久的东西。它的出现，使她再也不想往前走了，她放下篮子，心跳着，双手紧紧扒住窗框，认清了那真是一个铅笔盒，一个装有吸铁石的自动铅笔盒。它和她离得那样近，如果不是隔着玻璃，她一伸手就可以摸到。

一位中年女乘务员走过来拉开了香雪。香雪挎起篮子站在远处继续观察。当她断定它属于靠窗那位女学生模样的姑娘时，就果断地跑过去敲起了玻璃。女学生转过脸来，看见香雪臂弯里的篮子，抱歉地冲她摆了摆手，并没有打开车窗的意思。不知怎么的她就朝车门跑去，当她在门口站定时，还一把扒住了扶手。如果说跑的时候她还有点犹豫，那么从车厢里送出来的一阵阵温馨的、火车特有的气息却坚定了她的信心，她学着“北京话”的样子，轻巧地跃上了踏板。她打算以最快的速度跑进车厢，以最快的速度用鸡蛋换回铅笔盒。也许，她所以能够在几秒钟内就决定上车，正是因为她拥有那么多鸡蛋吧，那是四十个。

香雪终于站在火车上了。她挽紧篮子，小心地朝车厢迈出了第一步。这时，车身忽然悸动了一下，接着，车门被人关上了。当她意识到眼前发生了什么事时，列车已经缓缓地向台儿沟告别了。香雪扑在车门上，看见凤娇的脸在车下一晃。看来这不是梦，一切都是真的，她确实离开姐妹们，站在这既熟悉、又陌生的火车上了。她拍打着玻璃，冲凤娇叫喊："凤娇！我怎么办呀，我可怎么办呀！"

列车无情地载着香雪一路飞奔，台儿沟刹那间就被抛在后面了。下一站叫西山口，西山口离台儿沟三十里。

三十里，对于火车、汽车真的不算什么，西山口在旅客们的闲聊之中就到了。这里上车的人不少，下车的只有一位旅客，那就是香雪。她胳膊上少了那只篮子，她把它塞到那个女学生座位下面了。

在车上，当她红着脸告诉女学生，想用鸡蛋和她换铅笔盒时，女学生不知怎么的也红了脸。她一定要把铅笔盒送给香雪，还说她住在学校吃食堂，鸡蛋带回去也没法吃。她怕香雪不信，又指了指胸前的校徽，上面果真有"矿冶学院"几个字。香雪却觉着她在哄她，难道除了学校她就没家吗？香雪一面摆弄着铅笔盒，一面想着主意。台儿沟再穷，她也从没白拿过别人的东西。就在火车停顿前发出的几秒钟的震颤里，香雪还是猛然把篮子塞到女学生的座位下面，迅速离开了。

车上，旅客们曾劝她在西山口住一夜再回台儿沟。热情的"北京话"还告诉她，他爱人有个亲戚就住在站上。香雪并没有住，更不打算去找"北京话"的什么亲戚，他的话倒使她感到了委屈，她替凤娇委屈，替台儿沟委屈。她只是一心一意地想：赶快走回去，明天理直气壮地去上学，理直气壮地打开书包，把"它"摆在桌上。车上的人既不了解火车的呼啸曾经怎样叫她像只受惊的小鹿那样不知所措，更不了解山里的女孩在大山和黑夜面前到底有多大本事。

列车很快就从西山口车站消失了，留给她的又是一片空旷。一阵寒风扑来，吸吮着她单薄的身体，她把滑到肩上的围巾紧裹在头上，缩起身子在铁轨上坐了下来。香雪感受过各种各样的害怕，小时候她怕头发，身上沾着一根头发择不下来，她会急得哭起来；长大了她怕晚上一个人到院子里去，怕毛毛虫，怕被人胳肢（凤娇最爱和她来这一手）。现在她害怕这陌生的西山口，害怕四周黑幽幽的大山，害怕叫人心跳的寂静，当风吹响近处的小树林时，她又害怕小树林发出的窸窸窣窣的声音。三十里，一路走回去，该路过多少大大小小的林子啊！

一轮满月升起来了，照亮了寂静的山谷，灰白的小路，照亮了秋日的败草，粗糙的树干，还有一丛丛荆棘、怪石，还有漫山遍野那树的队伍，还有香雪手中那只闪闪发光的小盒子。

她这才想到把它举起来仔细端详。她想，为什么坐了一路火车，竟没有拿出来好好看看？现在，在皎洁的月光下，她才看清了它是淡绿色的，盒盖上有两朵洁白的马蹄莲。她小心地把它打开，又学着同桌的样子轻轻一拍盒盖，“哒”的一声，它便合得严严实实。她又打开盒盖，觉得应该立刻装点东西进去。她从兜里摸出一个盛擦脸油的小盒放进去，又合上了盖子。只有这时，她才觉得这铅笔盒真属于她了，真的。她又想到了明天，明天上学时，她多么盼望她们会再三盘问她啊！

她站了起来，忽然感到心里很满意，风也柔和了许多。她发现月亮是这样明净。群山被月光笼罩着，像母亲庄严、神圣的胸脯；那秋风吹干的一树树核桃叶，卷起来像一树树金铃铛，她第一次听清它们在夜晚，在风的怂恿下“豁啷啷”地唱歌。她不再害怕了，在枕木上跨着大步，一直朝前走去。大山原来是这样的！月亮原来是这样的！核桃树原来是这样的！香雪走着，就像第一次认出养育她成人的山谷。台儿沟呢？不知怎么的，她加快了脚步。她急着见到它，就像从来没见过它那样觉得新奇。台儿沟一定会是“这样的”：那时台儿沟的姑娘不再央求别人，也用不着回答人家的再三盘问。火车上的漂亮小伙子都会求上门来，火车也会停得久一些，也许三分、四分，也许十分、八分。它会向台儿沟打开所有的门窗，要是再碰上今晚这种情况，谁都能从从容容地下车。

今晚台儿沟发生了什么事？对了，火车拉走了香雪，为什么现在她像闹着玩儿似的去回忆呢？四十个鸡蛋也没有了，娘会怎么说呢？爹不是盼望每天都有人家娶媳妇、聘闺女吗？那时他才有干不完的活儿，他才能光着红铜似的脊梁，不分昼夜地打出那些躺柜、碗橱、板箱，挣回香雪的学费。想到这儿，香雪站住了，月光好像也黯淡下来，脚下的枕木变成一片模糊。回去怎么说？她环视群山，群山沉默着；她又朝着近处的杨树林张望，杨树林窸窸窣窣地响着，并不真心告诉她应该怎么做。是哪儿来的流水声？她寻找着，发现离铁轨几米远的地方，有一道浅浅的小溪。她走下铁轨，在小溪旁边蹲了下来。她想起小时候有一回和凤娇在河边洗衣裳，碰见一个换芝麻糖的老头。凤娇劝香雪拿一件旧汗褂换几块糖吃，还教她对娘说，那件衣裳不小心叫河水给冲走了。香雪很想吃芝麻糖，可她到底没换。她还记得，那老头真心实意地等了她半天呢。为什么她会想起这件小事？也许现在应该骗娘吧，因为芝麻糖怎么也不能和铅笔盒的重要性相比。她要告诉娘，这是一个宝盒子，谁用上它，就能一切顺心如意，就能上大学、坐上火车到处跑，就能要什么有什么，就再也不会被人盘问她们每天吃几顿饭了。娘会相信的，因为香雪从来不骗人。

小溪的歌唱高昂起来了，它欢腾着向前奔跑，撞击着水中的石块，不时溅起一朵小小的浪花。香雪也要赶路了，她捧起溪水洗了把脸，又用沾着水的手抿光被风吹乱的头发。水很凉，但她觉得很精神。她告别了小溪，又回到了长长的铁路上。

前边又是什么？是隧道，它愣在那里，就像大山的一只黑眼睛。香雪又站住了，但她没有返回去，她想到怀里的铅笔盒，想到同学们惊羡的目光，那些目光好像就在隧道里闪烁。她弯腰拔下一根枯草，将草茎插在小辫里。娘告诉她，这样可以“避邪”。然后她就朝隧道跑去。确切地说，是冲去。

香雪越走越热了，她解下围巾，把它搭在脖子上。她走出了多少里？不知道。尽管草丛里的“纺织娘”“油葫芦”总在鸣叫着提醒她。台儿沟在哪儿？她向前望去，她看见迎面有一颗颗黑点在铁轨上蠕动。再近一些她才看清，那是人，是迎着她走过来的人群。第一个是凤娇，凤娇身后是台儿沟的姐妹们。

香雪想快点跑过去，但腿为什么变得异常沉重？她站在枕木上，回头望着笔直的铁轨，铁轨在月亮的照耀下泛着清淡的光，它冷静地记载着香雪的路程。她忽然觉得心头一紧，不知怎么的就哭了起来，那是欢乐的泪水，满足的泪水。面对严峻而又温厚的大山，她心中升起一种从未有过的骄傲。她用手背抹净眼泪，拿下插在辫子里的那根草棍儿，然后举起铅笔盒，迎着对面的人群跑去。

山谷里突然爆发了姑娘们欢乐的呐喊。她们叫着香雪的名字，声音是那样奔放、热烈；她们笑着，笑得是那样不加掩饰、无所顾忌。古老的群山终于被感动得战栗了，它发出宽亮低沉的回音，和她们共同欢呼着。

哦，香雪！香雪！

（原载《青年文学》1982年第5期）

【作品赏析】

铁凝于20世纪60年代初跟随父母生活在河北保定，她的早期创作带有明显的孙犁影响的痕迹，被视为“荷花淀派”写作的延续。铁凝多次讲述孙犁对她的影响：“引我去探究文学的本质、去领悟小说审美层面的魅力，去琢磨语言在千锤百炼之后所呈现的润泽、力量和神异奇彩的，是孙犁和他的小说。”铁凝很小就接触到了孙犁的作品，对孙犁作品《村歌》中的双眉铭记于心。青少年时，已尽读孙犁的书，甚至可以背诵中篇小说《铁木前传》。可见，当时孙犁作品在铁凝心目中的崇高地位。孙犁对铁凝有知遇之恩，1980年，铁凝创作了短篇小说《灶火的故事》，引起河北小说届的争鸣，铁凝把这篇小说寄给了孙犁。孙犁将这篇小说发表在《天津日报》文艺增刊上，并给铁凝回信说：“我很喜欢你的这个人物。”孙犁对这部小说的肯定，使铁凝坚定了创作方向。1982年，铁凝的《哦，香雪》发表于《青年文学》上，铁凝把这篇作品寄给了孙犁。孙犁给铁凝写了回信，并将回信公开发表，对这篇小说大加赞赏。他写道：“在灯下一口气读完你的小说《哦，香雪》，心中有说不出的愉快。”“这篇小说从头到尾都是诗，它是一泻千里的，始终一致的。这是一首纯净的诗，即是清泉。它所经过的地方，也都是纯净的境界。”“读完以后，我就退到一个角落，抽了一支烟。我想，过去，读过什么作品以后，有这种纯净的感觉呢？我第一个想到的，竟是苏东坡的《赤壁赋》。”孙犁对铁凝的赏识可见一斑，甚至谦逊地表示自己不如后辈：“是的，我也写过一些女孩子，我哪里有你写得好！”孙犁对铁凝的提携可谓文坛的一段佳话，老少作家跨越了年龄差异的沟壑，达到了艺术观念和审美层面的共鸣。

对美好人性、人类共通情感的书写是《哦，香雪》与荷花淀派创作的共同追求。虽然在不同的时代下，美好人性的内涵和表现略有不同。出生在大山深处的香雪，勇敢地踏上火车，用满满一篮子四十颗鸡蛋，换到一个带磁铁的漂亮文具盒。故事非常简单，但是铁凝却把香雪这样一个清澈、透明，带着对外在世界渴望的大山中的女孩子写活了。我们进入了香雪的内心，读懂了她对台儿沟车站一分钟一停的热望。她登上火车的经历是一次传奇的探险，她终于完成了自我的挑战和满足，看似平凡的小事，却对她有着莫大的象征意义。香雪所代表的是时代变革时期，一个闭塞乡村的女孩子对外界物质文明和未知生活的渴望。这种情感是人类共通的美好情感，也是带有强烈的时代色彩的情感。或许有越来越多的走出大山的香雪们，她们在经历了物质和欲望的洗礼后变得不再美好和单纯，但是现在，充满了生机的香雪，满怀热望的香雪，是多么美好动人的形象！1985年，在美国纽约的一个作家座谈会上，铁凝被美国青年要求讲述香雪的故事。铁凝极简单地讲述了故事：“这是一个关于女孩子和火车的故事，我写一群从未出过大山的女孩子，每天晚上是怎样像等待情人一样地等待他们村口只停一分钟的一列火车。”这样简单的讲述却引来满堂的喝彩。因为在如此简单的情节中，人们感到了一种情感的力量，这种力量不仅仅是香雪的渴望，更是个人与人类共通的情感，它可以超越时代和空间，引起长远的共鸣，带来永久的震撼。铁凝抓住了人类心灵共通的微妙的情感，她带着对乡村女孩香雪的爱，对她的生命进行了深层次的把握和剖析，展现了作家的思想的深度和对人类共通情感的感知。铁凝对香雪的认知超越了地域与时间的限制，创造了超时空的纯净境界，获得了生命的力量。在对社会现实的自然观照中，铁凝表达了追求文明的理想，在理想与现实的结合上，创造的美的艺术境界。

不直接描写重大历史题材，展现历史风云变化，而从日常生活中发现真意与诗意之美，是铁凝与荷花淀派共同的创作观念。孙犁的日常美学观念，影响了荷花淀派的整体创作，他不愿意直接书写战争年代的暴烈与残酷。“《荷花淀》所写的，就是这一时代，我的家乡，家家户户的平常的事，它不是传奇故事，我是按照生活的顺序写下来的，事先并没有什么情节安排。”孙犁的作品没有跌宕起伏的故事情节，没有宏大场面的战事描写，却能够在日常生活的侧影中表现出生活的真谛，展示出超越时代的美感。铁凝的作品也表现出这样的特点，《哦，香雪》选定了一个极其普通的题材，在看似平常的小事和不大的境界中深入挖掘下去，揭示那野性的美好心灵，与它所沟通着的时代，以及与它们所沟通的人类共通的神圣情感。文中有一个细节，香雪走了三十里路，终于要到家的时候，一路的跳跃的思想终归沉静下来，“香雪想快点跑过去，但脚为什么变得异常沉重？她站在枕木上，回头望着笔直的铁轨，铁轨在月亮的照耀下泛着清淡的光，它冷静地记载着香雪的路程”。她的自尊与自卑，果敢与惊惧，对外面世界的不舍和大山带给她的骄傲，都在这一刻汇涌而来。作家向读者展示的不仅仅是香雪的一次“历险”，更是净化灵魂的一场法会。在一段小小的离别之后，她在台儿沟找到了皈依感，得到了心灵的升腾。铁凝将日常生活的感悟，深化为对生活与生命的整体把握，在哲理之思的洗礼中，奉献出香雪这个能触动人类深层情感的人物形象。

在孙犁文品与人品的感化中，铁凝早期作品呈现出与荷花淀派的同质同构的特征。由于时代环境的差异和独特的个性，铁凝的创作在继承了孙犁的创作精神的同时，又建立了独属于自己的艺术王国。铁凝继承了孙犁的人道主义立场，非急功近利的文学创作理念，对作品艺术性的追求，并且勇于革新，她继续关注日常生活的美好，但是又突破了“审美洁癖”，不惮于表现生活中暴力与残酷的一面。铁凝听从孙犁的意见，在农村的土地上深入开掘人性的题材，却也不止于农村题材，不止于表现人性美与人情美，她的视野更加开阔，挖掘更深刻。铁凝的创作蕴含了对荷花淀派的继承与超越，是新的时代语境下和荷花淀派的一曲变奏，既有诗情画意的婉转悠扬，又夹以深邃复杂的凝重之声。

莫 言/作品精读

莫言，1955年出生，山东高密人。1976年参军。1981年在《莲池》发表第一篇小说《春夜雨霏霏》。1984年考入解放军艺术学院文学系。1991年在北京师范大学鲁迅文学院创作研究生班获文艺学硕士学位。中篇小说《红高粱》2000年入选《亚洲周刊》评选的“20世纪中文小说100强”。2011年，长篇小说《蛙》获得第八届茅盾文学奖。2012年获得诺贝尔文学奖。代表作品有长篇小说《红高粱家族》《酒国》《檀香刑》《生死疲劳》，中短篇小说集《透明的红萝卜》《爆炸》等。

民间音乐

古历四月里一个温暖和煦的黄昏，马桑镇上，到处都被夕阳涂抹上一层沉重而浓郁的紫红色。镇中心茉莉花酒店的店东兼厨师兼招待花茉莉就着一碟子鸡杂碎喝了二两气味香醇的黄米酒，就着两块臭豆腐吃了一碗捞面条，然后，端起一个泡了浓茶的保温杯，提着折叠椅，爬上了高高的河堤。八隆河从小镇的面前汩汩流过。登上河堤，整个马桑镇尽收眼底，数百家青灰瓦顶连成一片，一条青麻石铺成的街道从镇中心穿过；镇子后边，县里投资兴建的榨糖厂、帆布厂正在紧张施工，红砖墙建筑物四围竖着高高的脚手架；三里之外，新勘测的八隆公路正在修筑，履带拖拉机牵着沉重的压路机隆隆地开过，震动得大地微微颤抖。

正是槐花盛开的季节，八隆河堤上密匝匝的槐树枝头一片雪白，浓郁的花香竟使人感到胸口微微发闷。花茉莉慢慢地啜着茶叶，穿着拖鞋的脚来回悠荡着，两只稍稍斜视的眼睛妩媚地睇睃着河堤下的马桑镇与镇子外边广袤的原野上郁郁葱葱的庄稼。

黄昏悄悄逝去，天空变成了淡淡的蓝白色，月光清澈明亮，八隆河上升腾起氤氲的薄雾。这时候，花茉莉的邻居，开茶馆兼卖酒菜的瘸腿方六、饭铺“掌柜”黄眼也提着马扎子爬上河堤来。后来，又来了一个小卖部“经理”麻子杜双和全镇闻名的泼皮无赖三斜。

堤上聚堆而坐的五个人，是这小小马桑镇上的风云人物，除了三斜以他的好吃懒做、喜造流言蜚语被全镇人另眼相看外，其余四人则都凭着一技之长或一得之便在最近两三年里先后领证办起了商业和饮食服务业，从此，马桑镇有了有史以来的第一个“商业中心”，这个中心为小镇单调枯燥的生活增添了不少乐趣和谈话资料。

由于基本上各干一行，所以这四个买卖人之间并无竞争，因而一直心平气和，买卖都做得顺手顺心，彼此之间和睦融洽。自从春暖花开以来，每晚上到这河堤上坐一会儿是他们固定的节目。泼皮三斜硬掺和进来凑热闹多半是为了花茉莉富有魅力的斜眼和丰满浑圆的腰肢。他在这儿不受欢迎，花茉莉根本不睬他，经常像轰狗一样叱他，他也死皮赖脸地不肯离去。

四个买卖人各自谈了一套生意经，三斜也有一搭无一搭地瞎吹了一些不着边际的鬼话，不觉已是晚上九点多钟。河堤上已略有凉意，秃顶的黄眼连连打着呵欠，花茉莉已经将折叠椅收拾起来，准备走下河堤，这时，三斜神秘地说：“花大姐，慢着点走，您看，有一个什么东西从那边来了。”

花茉莉轻蔑地将嘴唇噘了一下，只顾走她的。她向来不相信从三斜这张臭嘴里能有什么真话吐露出来。然而，一向以忠厚老实著称的麻子杜双也说：“是有什么东西走来了。”黄眼搭起眼罩望了一会儿说：“我看不像是人。”瘸腿方六说：“像个驴驹子。”

走过来的模糊影子还很远，看不清楚，只听到一种有节奏的“笃笃”声隐约传来。

五个人沉默地等待着，月光照耀着他们和满堤开着花的槐树，地上投下了一片朦胧的、扭曲的、斑驳陆离的影子。

“笃笃”声愈来愈清晰了。

“不是驴驹，是个人。”方六说。

花茉莉放下折叠椅，双手抱着肩头，目不转睛地盯着渐渐走近的黑影。

一直等到那黑影走到面前时，他们才看清这是个孱弱的男子汉。他浑身上下横披竖挂着好些布袋，那些布袋有细长的、有扁平的、有一头大一头小的，全不知道里边装着一些什么玩意儿。他手里持着一根长长的竹竿，背上还背着一个小铺盖卷。

三斜划着一根火柴，照亮了来人那张清癯苍白的脸和两只大大的然而却是黯淡无光的眼睛。

“我是瞎子。面前的大叔、大哥、大婶子、大嫂子们，可能行个方便，找间空屋留我住一宿？”

五个人谁也没有吭气。他们先是用目光把小瞎子上上下下打量一遍，然后又彼此把目光投射到其他四个轮廓不清的脸上。

“瞎子，老子倒是想行行善，积点德讨个老婆，可惜家中只有一张三条半腿的床。”三斜嘲弄地说。

“那自然只好作罢。”瞎子心平气和地说，他的声音深沉凝重，每一个字都像是从胸腔里发出来的。

“黄掌柜，”瘸子方六道，“你家二闺女才出嫁，不是有间闲房吗？”

“哎哟我的六哥呐，你难道忘了我的三闺女已经十五岁，她姐前脚出门，她后脚就搬进去了……还是麻子老弟家里宽敞，新盖了三间大瓦房。”

“我家宽敞不假，只是今日才去县里进了一批货，摆得没鼻子没眼，连插脚的地方也没有啊……方六哥，你家……”

“快甭提俺家，老爷子就差点没睡到狗窝里去了……”方六着急地嚷起来。

“既然如此，就不打扰了。多谢诸位乡亲。”小瞎子挥动竹竿探路，昂然向前走去。

“你们这些臭买卖主，就是会油嘴滑舌，这会儿要是来一个粉嫩的——像花大姐一样的女人找宿，有十个也被你们抢走了，三爷我……”

“滚你娘个X！”没等三斜说完，花茉莉就将保温杯里的残茶十分准确地泼到他的脸上。然后，她将折叠椅夹在胳肢窝里，几步赶上去，拉住小瞎子的竹竿，平静地说：“跟我来吧，慢着点走，这是下堤的路。”

“谢谢大嫂。”

“叫我大姐吧，他们都这样叫。”

“谢大姐。”

“不必。”

花茉莉再没说什么，小心翼翼地牵着小瞎子走下河堤，转到麻石铺成的街上。站在堤上的四个人听到了花茉莉的开门关门声，看到了从花茉莉住室的苹果绿窗帘里边突然透出了漂亮而柔和的光线。花茉莉晃动的身影投射到薄如蝉翼的窗帘上。

河堤上，三个买卖人互相打量着，交换着迷惘的目光，他们好像要说点什么，但终究什么也没有说，彼此点点头，便连连打着呵欠，走回家去睡觉。他们都已过中年，对某些事情十分敏感而机警，但对某些事情的反应却迟钝起来，花茉莉把一个小瞎汉领回家去寄宿，在他们看来虽然有点不可思议但又毕竟是顺理成章，因为他们的家中虽然完全可以安排下一个小瞎子，但比起花茉莉家来就窄巴得多了。花茉莉一人独住了六间宽敞明亮的瓦房，安排三五个小瞎子都绰绰有余。因此，当小瞎子蹒跚着跟在花茉莉身后走下大堤时，三个人竟不约而同地舒出了一口如释重负的长气。

唯有泼皮无赖三斜被这件事大大震惊了。花茉莉的举动如同电火雷鸣猛击了他的头顶。他大张着嘴巴，两眼发直，像木桩子一样楔在那儿。一直等到三个买卖主也摇摇摆摆地走下河堤时，他才真正明白过来。在三斜眼里，这可是一件非同小可的事情，他心里充满醋意与若干邪恶的念头，他的眼睛贪婪地盯着花茉莉映在窗帘上的倩影与小瞎子那一动不动的身影，嘴里咕咕噜噜地吐出一连串肮脏的字眼。

现在该来向读者介绍一下花茉莉其人了。如果仅从外表上看，那么这个花茉莉留给我们的印象仅仅是一个妩媚而带着几分佻薄的女人。她的那对稍斜的眼睛使她的脸显得生动而活泼，娇艳而湿润的双唇往往使人产生很多美妙的联想。然而，无数经验告诉我们，仅仅以外貌来判断一个人的内心世界，往往要犯许多严重的错误。人们都要在生活中认识人的灵魂，也认识自己的灵魂。

花茉莉不久前曾以自己的离婚案轰动了，震撼了整个马桑镇。那些日子里，镇上的人们都在一种亢奋的、跃跃欲试的情绪中生活，谁也猜不透花茉莉为什么要跟比自己无论各方面都要优越的、面目清秀、年轻有为、在县政府当副科长的丈夫离婚。人们起初怀疑这是那个小白脸副科长另有新欢，可后来得知小白脸副科长对花茉莉一往情深，花茉莉提出离婚时，他的眼泡都哭肿了。镇上那些消息灵通人士虽想千方百计地打听到一些男女隐私桃色新闻一类的东西，但到底是徒劳无功。据说，花茉莉提出离婚的唯一理由是因为“副科长像皇帝爱妃子一样爱着她”。这句话太深奥了，其中包含的学问马桑镇上没有什么人能说清楚。泼皮三斜在那些日子里则充分发挥了他的想象力，把茉莉花酒店女老板描绘成了民间传说中的武则天一样淫荡的女人，并抱着这种一厢情愿的幻想，到茉莉花酒店里去伸鼻子，但每次除了挨顿臭骂之外，并无别的收获。

花茉莉一开灯，就被小瞎子那不凡的相貌触动了灵魂。他有着一个苍白凸出的前额，使那两只没有光彩的眼睛显得幽邃静穆；他有着两扇大得出奇的耳郭，那两扇耳轮具有无限蓬勃的生命力，敏感而灵性，以至于每一个细微的声响都会使它们轻轻颤动。

花茉莉在吃喝上从不亏待自己，她给小瞎子准备的夜餐也是丰富无比，有香嫩的小烧鸡和焦黄的炸河虾，还有一碟子麻酱拌黄瓜条，饭是那种细如银丝的精粉挂面。吃饭之前，花茉莉倒了一杯黄酒递给小瞎子。

“你喝了这杯黄酒吧。”

“大姐，我从来不喝酒。”

“不要紧，这酒能活血舒筋，度数很低。”

小瞎子沉思片刻，端起酒来一饮而尽。然后便开始吃饭。小瞎子食欲很好，他大嚼大咽，没有半点矫揉造作，随便中透出几分潇洒的气派来。花茉莉目不转睛地盯着他，她的心中一时充满了甜蜜的柔情。

花茉莉把小瞎子安置在东套间里，自己睡在西套间。临睡前，她坐在床上沉思了约有一刻钟，然后“啪”一声拉灭灯。

这时，河堤上的三斜才一路歪斜地滚下堤去。

第二天，马桑镇上正逢集日。早晨，温暖的紫红朝霞里掺着几抹玫瑰色的光辉。一大早，麻石街上就人流如蚁，高高低低的叫卖声不绝于耳。瘸子方六、秃子黄眼和麻子杜双的买卖都早已开张，黄眼在饭铺门前支上了油条锅，一股股香气弥漫在清晨的麻石街上，撩动着人们的食欲。然而，往日买卖兴隆的茉莉花酒店却大门紧闭，悄然无声。在以往的集日里，花茉莉是十分活跃的，她把清脆的嗓子一亮，半条街都能听到，今日里缺了她这声音，麻石街上就显得有些冷冷清清。炸着油条的黄眼，提壶续水的方六，以及正在给顾客称着盐巴的杜双都不时地将疑问的目光向茉莉花酒店投去。他们都显得心事重重，焦虑不安，一种莫名其妙的情绪噬啮着他们的神经。

三斜肿着眼泡在集市转了一遭。在黄眼铺子前，他顺手牵走了一根油条，然后诡诈地笑笑，附在黄眼耳朵上说了一通鬼话。黄眼呆呆地瞪着眼，把油条煳在锅里。三斜看着他的呆相，趁便又抓了一把油条，溜走了。在方六茶馆里，杜双小店里，他又故伎重演，获得了物质与精神上的双丰收后，便跑到不知哪个角落里去了，麻石街上一整天没看到他的影子。

一个惊人的消息在小镇上迅速传开。不等集市散场，全镇人都知道了花茉莉昨天夜里将一个小瞎子领到家里留宿。据说，花茉莉与小瞎子睡在一张床上，花茉莉搂着小瞎子“吧唧吧唧”的亲嘴声，站在八隆河大堤都听得清清楚楚……

已经开始有一些女人鬼鬼祟祟地将脸贴在茉莉花酒店的门缝上向店里张望。但花茉莉家是六间房分两排，前三间是酒店的操作间、柜台、客座，后排三间是花茉莉的住室。两排房子用两道高墙连起来，形成了一个十分严密的二合院。因此，趴在酒店大门缝上往里张望，看到的只是一些板凳桌子，院子里的情景被墙壁和后门遮掩得严严实实。不死心的女人又绕到院墙外边去找机会，但院墙很高，青天白日扒人家墙头又毫无道理，因而，只有蹲在墙根听些动静。院子里传出辘轳绞水的“吱呦”声和涮洗衣服的“咕唧”声。

整整一天，茉莉花酒店大门紧闭，花茉莉一直没有露面。黄昏时分，流言蜚语更加泛滥开来，马桑镇上的人们精神上遭受着空前的折磨。一个男人住在一个女人家里，人们并不十分认为这是一件多么大的丑闻，折磨他们的主要是这件谜一般的事情所撩动起来的强烈好奇心。试想，一个风姿绰约的女人，把一个肮脏邋遢的小瞎子留在家中已经一天一夜，这件事该有多么样的荒诞不经。

后来，有几个聪明的人恍然大悟地爬上了八隆河大堤往花茉莉院子里张望，他们看到，在苍茫的暮色中，花茉莉步伐轻松地收着晾晒的衣服，那个小瞎子踪影不见。

当然，对这席卷全镇的流言蜚语，也有不少人持怀疑批判态度，他们并不相信在花茉莉和小瞎子之间会发生暧昧的事情。像花茉莉这样一个心高性傲的女人，一般的男子都被她瞧不起，难以设想一个猥琐的小瞎子竟会在短短的时间里唤起她心中的温情。然而，他们也无法否认，茉莉花小酒店里也许正在酝酿着一件不平凡的事情，这种预感强烈地攫住了人们的心。

晚风徐徐吹动，夜幕悄然降临。花茉莉当然不会再来八隆河堤上放风，但大堤上却汇集了几十个关心着茉莉花酒店的人。昨晚上的四个人都在，他们已经数十次地讲述昨晚的经历，甚至为一些细节譬如小瞎子身上布袋的数目和形状、小瞎子个头的高低以及手中竹竿的长度争论得面红耳赤。人们终于听腻了他们的故事，便一齐沉默起来。这天晚上半阴半晴，天空浮游着一块块奇形怪状的云团。月亮忽而钻进云团，忽而又从云团里钻出来。大堤上时而明朗，时而晦暗，大堤上的人们时而明白，时而糊涂。不时有栖鸟在枝头"扑棱"几声。槐花香也愈加浓烈。堤上的人们仿佛沉入了一个悠长的大梦之中。

时间飞快地流逝着，不觉已是半夜光景。堤上的人们身上发冷，眼皮沉重，已经有人开始往堤下走去。就在这时候，花茉莉住室的房门打开了。两个人影，一高一低——苗条丰满的花茉莉和小巧玲珑的小瞎子走到院子里来，花茉莉摆好了她平常坐的折叠椅，招呼着小瞎子坐上去，自己则坐在一把低矮的小凳上，双肘支颐，面对着小瞎子。人们都大睁开惊愕的眼睛，注视着两个男女。大堤上异常安静，连一直喋喋不休的三斜也闭住了嘴巴。八隆河清脆细微的流水声从人们耳畔流过，间或有几只青蛙"嘎嘎"叫几声，然后又是寂静。突然，从院子里响起了一种马桑镇居民多少年没听过的声音，这是小瞎子在吹箫！那最初吹出的几声像是一个少妇深沉而轻软的叹息，接着，叹息声变成了委婉曲折的呜咽，呜咽声像八隆河水与天上的流云一样舒展从容，这声音逐渐低落，仿佛沉入了悲哀的无边大海……忽而，凄楚婉转一变又为悲壮苍凉，声音也愈来愈大，仿佛有滔滔洪水奔涌而来，堤上人的感情在音乐的波浪中起伏。这时，瘸子方六仰着脸，眼睛似闭非闭；黄眼把头低垂着，"呼哧呼哧"喘着粗气；麻子杜双手捂着眼睛；三斜的眼睛睁得比平时大了一倍……箫声愈加苍凉，竟有穿云裂石之声。这声音有力地拨动着最纤细最柔和的人心之弦，使人们沉浸在一种迷离恍惚的感觉之中。

箫声停止了，袅袅余音萦回不绝。人们怀着一种甜蜜的惆怅，悄悄地走下堤去，消失在小镇的四面八方。

第二天，淅淅沥沥地下起雨来，人们无法下地干活，便不约而同地聚拢到小镇的“商业中心”消磨时光。而一大清早，茉莉花酒店就店门大开，花茉莉容光焕发地当垆卖酒，柜台里摆着几十只油汪汪的烧鸡和几十盘深红色的油氽花生米，小酒店里香气扑鼻，几十个座位很快就坐满了。人们多半怀着鬼胎，买上两毛钱的酒和二两花生米慢慢啜着，嚼着，眼睛却瞥着花茉莉。花茉莉仿佛全无觉察，毫不吝啬地将她的满面笑容奉献给每一个注视着她的人。

终于，有个人熬不住了，他走上前去，吞吞吐吐地说：“花大姐……”

“怎么？来只烧鸡？”

“不，不……”

“怕你老婆罚你跪是不？男子汉大丈夫，连只小烧鸡都不敢吃，窝囊！那些票子放久了要发霉的！”

“来只就来只！花大姐，别把人看扁了。”

“好！这才是男子汉的气魄。”

花茉莉夹过一只鸡往小台秤上一放，麻利地约约斤两，随口报出钱数：“二斤七两，四块零五分，五分钱饶你，给四块钱。”

那人付了钱，却不拿鸡离开，他很硬气地说道：“花大姐，听说你家来了个吹箫的，能不能请出来让俺们见识见识？”

“花大姐，把你的可心人小宝贝请出来让爷们儿看看，捂在被窝里也会发霉的。”不知什么时候钻进酒店的三斜阴阳怪气地说。

花茉莉满脸通红，两道细眉竖了起来，这是她被激怒的象征。人们生怕她冲出柜台把三斜用刀劈了，便一齐好言劝解，花茉莉这才渐渐平静下来。

那买鸡汉子又说：“花大姐，俺们被他的箫声给迷住了，你让他给乡亲们吹一段，咱请他吃顿烧鸡。”

花茉莉慢腾腾地用毛巾擦净油腻的手，意味深长地点点头，便向后屋走去。好大一会儿，她才牵着小瞎子的手，穿过飘落着细雨的小院，来到酒客们面前。

三斜惊异地发现，小瞎子已经完全不是前天晚上那副埋汰样子了。他浑身上下的衣服洗得干干净净，熨得平平展展，头发梳理得蓬松而不紊乱，好像还涂了一层薄薄的发蜡。

马桑镇上的人从来没有见过如此体面的瞎子。

小瞎子优雅地对着众人鞠了一躬，用悦耳的男中音说："我是半路眼瞎，学习民乐是瞎眼之后开始的，时间还不长，勉强会几个曲子，不像样。不过乡亲们一片盛情难却，我也就不避谫陋，甘愿献丑。只是那洞箫要在月夜呜咽，方显得意境幽远，情景交融。白天吹箫，当然也可，但意趣就差多了。幸而本人还可拉几下二胡，就以此谢乡亲们一片真情吧！"

这一番话说得温文尔雅，更显得小瞎子来历不凡。早有人搬过来一只方凳，小瞎子端坐下来，调了调弦，屏住呼吸默想片刻，便以极其舒缓的动作运起弓来，曲子轻松明丽，细腻多情，仿佛春暖花开的三月里柔媚的轻风吹拂着人们的脸庞。年轻的可以从曲子里想象到缱绻缠绵的温存，年老的可以从曲子里回忆起如梦如烟的往事，总之是有一股甜蜜的感觉在人们心中融化。人们忘了天，忘了地，忘了一切烦恼与忧愁。花茉莉俯身在柜台上，双手捧着腮，眼睛迷离着，面色如桃花般鲜艳。后来，小瞎子眼前幻化出枯树寒鸦，古寺疏钟，平沙落雁，残月似弓，那曲子也就悲怆起来，马桑镇的听众们突然想起苍茫的深秋原野与在秋风中瑟瑟发抖的槐树枯枝……小瞎子的二胡又拉出了几个波澜起伏的旋律之后，人们的思维就会被音乐俘虏，他们的心随着小瞎子的手指与马尾弓子跳跃……

一曲终了，小瞎子端坐不动，微闭着黯淡无光的眼睛，额头白得像纸一样，两只大得出奇的耳朵神经质地抖动着。每一个人的眼睛都潮湿起来，花茉莉则将两滴泪珠挂在长长的睫毛上，她面色苍白，凝目痴望着麻石街上的蒙蒙细雨。

当小瞎子的二胡拉响时，方六茶馆、黄眼饭铺、杜双小卖部里的顾客就像铁屑寻找磁石一样跑进了酒店。窄窄的麻石街上阒无人迹。雨丝落到麻石板上，溅起小小的银色水珠。偶尔有几只羽毛蓬松的家燕掠着水汪飞过去。间或一阵风起，八隆河堤上开始凋谢的槐花瓣儿纷纷跌落在街道上。方六、黄眼、杜双都寂寞地坐在门口，目光呆滞地瞅着挤满人的酒店，谁也猜不透他们心里想的是什么。

自从下雨那天小瞎子再次大展奇才后，镇上那些污言秽语便销声匿迹了。连那些好奇心极重、专以搬弄口舌为乐的娘儿们也不去议论小瞎子与花茉莉之间是否有风流韵事。因为这些娘儿们在最近的日子里也都有幸聆听了小瞎子魅力无穷的音乐，小瞎子魔鬼般地拨动着她们的柔情，使她们一个个眼泪汪汪，如怨如慕。一句话，小瞎子已经成了马桑镇上一个神秘莫测、高不可攀的人物，人们欣赏畸形与缺陷的邪恶感情已经不知不觉地被净化了。

在这些日子里，八隆公路的路胎已被隆隆的压路机压得十分坚硬，铺敷路面的工程开始了。一批从农村临时抽调的铺路工进驻了马桑镇，马桑镇上，整天都可听到镇后公路上铺路工粗犷的笑骂声，空气中弥漫着熔化沥青的刺鼻臭味。到了晚上，铺路工们把整个镇子吵得鸡飞狗叫，喧嚷异常。这帮子铺路工多半是正处在精力过剩阶段的毛头小伙，腰旦又有票子，于是在晚饭后便成群结队地在街上瞎逛，善于做买卖的“商业中心”的主人们，便一改黑天关门的旧俗，把主要精力放到做夜市上来。花茉莉当然不会错过这赚钱的良机，她买卖不错，小酒店每晚上都满座，每天烧二十只鸡，一忽儿就被抢光。

在夜市乍开的一段时间里，“商业中心”的其他三家主儿生意也是不错的。方六、黄眼也开始兼营酒菜，酒的质量与菜的味道也不比茉莉花酒店差，因此，每天晚上他们的客座上也几乎是满的。后来，局面却发生了根本性的变化。原因是在一天晚上，俏丽的茉莉花酒店主人正在明亮的柜台里做着买卖的时候，从幽静的后院里石破天惊般地响起了琵琶声。小瞎子独坐梧桐树下，推拉吟揉，划拨扣扫，奏出了银瓶乍裂，铁骑突出，珠落玉盘，间关莺语般的乐章。从此，茉莉花酒店的生意空前兴隆，花茉莉不得不在后院拉起大灯泡，露天摆起桌子，或者干脆打地摊，以容纳热心的听众兼酒徒。而小瞎子也施展开了他的十八般武艺，将他的洞箫、横笛、琵琶、二胡、唢呐通通从布袋里拿出来，轮番演奏，每夜都要闹腾到十二点才睡。几十个有一点音乐细胞的小伙子，就连中午休息那一点时间也要跑到茉莉花酒店来，听小瞎子讲几段乐理，讲几个譬如《阳春白雪》《大浪淘沙》之类的古曲。

与此同时，茉莉花酒店的营业额直线上升，麻子杜双小卖部积压日久的三百瓶白酒被花茉莉连箱搬过，也不过维持了半个月光景，杜双赶紧又去县城进了五百瓶白酒，又被茉莉花一下趸了过来。顾客们对花茉莉的烧鸡、油氽花生也是大加赞赏，花茉莉白日里马不停蹄地忙碌一天，到晚上还是供不应求。

铺路工已经在镇上住了两个月，虽然他们的工作点离小镇越来越远，很有搬迁的必要了，但他们得拖就拖，宁愿多跑点路也心甘情愿。

现在该回过头来说一说爱情这个永恒的主题了。究竟是什么原因促使花茉莉甘冒流言蜚语败坏声誉的危险收留下小瞎子的呢？这在当时确实是一个谜，只是当有一天晚上茉莉花酒店关门挂锁，花茉莉与小瞎子双双匿迹之后，马桑镇的人们才省悟到这是出于爱情的力量。

像花茉莉这样一个泼辣漂亮决不肯依附别人的女人，常常会突如其来地做出一些连她自己都会感到吃惊的决定。当然，这些决定更令旁观者瞠目结舌。譬如她与前夫的离婚就是这样。那天晚上，当她领着小瞎子走下河堤时，是否就爱上了他呢？这个问题谁也说不清。不过根据常理分析，促使她那样做的恐怕主要是同情心和恻隐心；假如这个分析是对的，那么这种同情、恻隐之心是怎样发展、何时发展成为爱情的呢？这个问题我想就不必解释了。反正，她被一种力量彻底改造了确是无疑的。从前的花茉莉是令人望而生畏的，她风流刻薄，伶牙俐齿，工于心计，常常想出一些刁钻古怪的主意整治那些得罪了她的人。连她的笑容，也是令人不寒而栗的。自从小瞎子进店之后，花茉莉的笑容才真正带出了女人的温情，她微微斜视的眼睛里消失了嘲弄人的意味，连说话的调门也经常降低一个八度。对待顾客是这样，而她对待小瞎子的态度，更是能把三斜之流的人物折磨得精神错乱。当一天的紧张劳动结束后，她常常和小瞎子在院子里对面而坐，眼睛紧盯着他，半天也不说一句话。小瞎子的脸尤其是那两只充满感情色彩的大耳朵使她心旌摇荡。小瞎子对花茉莉来说，好像是挂在八月枝头上一颗成熟的果子，她随时都可以把它摘下来一口吞掉。然而她不愿意这样做。她更愿意看着这颗果子挂在枝头闪烁诱人的光彩，她欣赏着这颗果子并且耐心地等待着，一直等到这颗熟透的果子散发着扑鼻的清香自动向地面降落时，她再伸手把它接住。那么，现在最重要的任务就是要保护这颗果子，以免落入他人之手。

修筑八隆公路的筑路工们，终于不得不卷起铺盖搬家了。他们的施工点已距马桑镇二十华里，再这样来回跑势必大大窝工，因此，筑路队领导下了强制性命令。

筑路工走了，但开了头的马桑镇“商业中心”夜市却继续了下来。镇上劳动了一天的人们并不想吃过晚饭倒头就睡，他们需要精神上的安慰与享受，他们需要音乐。当然，从收音机里也可以听到音乐，但那与小瞎子的演奏简直不能比。虽然小瞎子能够演奏的乐曲他们都已听过，但这些曲子他们百听不厌，每听一遍都使他们感叹、唏嘘不止。对此，小瞎子开始良心不安起来，演奏前，他总是满面羞愧地说：“这怎么好意思，老是这几个曲子……我的脑子空空了，我需要补充，我要去搜集新的东西……”然而，那些他的崇拜者却安慰道：“兄弟，你别犯傻，到哪儿去？到哪儿去找花大姐这样一个女菩萨？再说，你会的这些曲子就尽够俺们享用了，好东西百听不厌。就像花大姐卖的烧酒，俺们天天喝，从来没烦过，每一次喝都那么上劲，一口下去，浑身舒坦，你这些曲子呀，嗨嗨，就跟花大姐的烧酒一样……”当听到酒徒们把自己的音乐与花大姐的烧酒相提并论时，小瞎子的脸变得十分难看，他的两扇大耳朵扭动着，仿佛两个生命在痛苦地呻吟。那晚上的演奏也极不成功，拉出的曲子像掺了沙子的米饭难以入口一样难以入耳。

时间飞驰前进，不觉已是农历八月尽头。秋风把成熟的气息从田野里吹来，马桑镇四周的旷野上，青翠的绿色已逐渐被苍褐的黄色代替。八隆河堤上的槐叶滴零零地打着旋飘落，飘落在河中便起起伏伏地顺水流去。自从那次失败的演出之后，小瞎子仿佛添了心事，他的饭量大减，有时还呆坐着发愣。花茉莉施出全副本领为他改善伙食。为了替他解闷，还经常拉着他的手到八隆河堤上散步。当她和他漫步大堤时，镇上的一些娘儿们就指指点点地说："瞧啊，这是多么般配的一对！小瞎子胜过副科长一百倍哩……"听到这些议论，花茉莉总是心满意足地笑着，脸上浮现出痴迷迷的神情；但小瞎子却往往变得惶惶不安起来，赶紧找上个借口让花茉莉领他回家。

九月初头，马桑镇后县里兴建的榨糖厂、帆布厂厂房建成，不几天，就有成群的卡车满载着机器沿着新修的八隆公路开来，随着机器的到来，大群的工人也来了。这对于马桑镇"商业中心"来说，无疑是一个重大的喜讯。还有更加惊人的消息呢，据说，马桑镇周围的地层下，蕴藏着丰富的石油，不久就要派钻井队来开采，只要这里变成大油田，那小小的马桑镇，很可能就是未来的马桑市的前身……对于这些，花茉莉做出了快速反应，她到县木器厂订购了一批桌椅，又购了一批砖瓦木料，准备在院子里盖一个简易大餐厅，进一步扩大经营规模，她还托人去上海给瞎子买花呢西服黑皮鞋——这是为小瞎子晚上演奏准备的礼服。最后，她请镇上最有名的书法家写了一块"茉莉花音乐酒家"的匾额，高高地挂在了瓦檐之下。宏伟的计划使花茉莉生动的面孔闪烁着魅人的光彩。她毫无保留地把自己的计划说给小瞎子听，语言中已经不分你我，一概以我们称之。小瞎子对花茉莉的计划感到惊叹不已，认为这个女人确实不简单。而听到自己将在这个安乐窝里永远充当乐师时，他的脸上出现了踌躇不快的神情。花茉莉推他一把，娇嗔道："瞧你这个人，又犯哪家子愁！你说，你还有什么事不顺心……"

关于马桑镇光辉前景的传说，自然也在方、黄、杜三人心中激起了波澜，他们看到花茉莉一系列轰轰烈烈的举动，尤其是看到那块"茉莉花音乐酒家"的大匾额，心里酸溜溜的不是滋味。他们自信本事都不在花茉莉之下，而花茉莉能够如此猖獗，挤得他们生意萧条，实在是借助了小瞎子的力量。至此，他们不由地都后悔当初没把小瞎子领回家中，而让花茉莉捡了个便宜。据麻子杜双计算，四个月来，花茉莉少说也净赚了三千元，而小瞎子仅仅是吃点鸡杂碎。这小瞎子简直就是棵摇钱树，而一旦马桑镇上机器轰鸣起来，这棵摇钱树更将大显神通，这个女人不久就会成为十万元户主的。

这天下午，方、黄、杜聚在茶馆里谈论这件事情。方六建议三人一起去跟花茉莉公开谈判。杜双起初犹豫不决，生怕得罪了花茉莉无法处理积压白酒，但又一想，去探探口风，伺机行事，料也无妨，也免得得罪方、黄，于是就答应了。

三人商议停当，便跨过麻石街，走进了“茉莉花音乐酒家”。正是农忙季节，店里没有顾客。花茉莉正在灶上忙着，为晚上的营业做准备。一看到方、黄、杜到，她连忙停下活儿相迎。她一边敬烟一边问：“三位掌柜屈驾光临，小店增辉哪！不知三位老哥哥有啥吩咐！”

“花大姐，”方六捻着老鼠胡子说，“你这四个月，可是大发了！”

“那也比不上您呐，方掌柜！”

“嘻嘻，花大姐挤对人喽，俺这三家捆在一起也没有您粗呐！”

“花大姐，”黄眼道，“您这全沾了小瞎子的光哟！”

“此话不假。”花茉莉撇撇嘴，挑战似的说。

“花大姐，您看是不是这样，让小瞎子在咱们四家轮流坐庄，要不，您这边丝竹一响，俺那边空了店堂。”方六说。

“什么？哈哈哈……真是好主意，亏你们想得出，想把人从我这挖走？明告你们吧，没门儿！”

“花大姐，说实话难听——这小瞎子可是咱四个人一块发现的，你不能独占花魁哪！”

“放屁！”花茉莉柳眉倒竖，骂了一声，“想起那天晚上，你们三个人支支吾吾，一个个滑得赛过泥鳅，生怕他腌臜了你们那臭店，连个宿都不留。是我把他领回家中，热酒热饭招待。这会儿看他有用处了，又想来争，怎么好意思张你们那张臭嘴！呸！”

“花大姐，说话别那么难听。俗话说，‘有饭大家吃，有钱大家赚’，好说好商量，撕破了脸子你也不好看。”

“你能怎么着我姑奶奶？”

“花大姐，你与小瞎子非亲非故，留他长住家中，有伤风化。再说，现如今是社会主义，不兴剥削劳动力，你让小瞎子为你赚钱，却分文不给他，这明明就是剥削，法律不允许……”

“你怎么知道我跟他非亲非故？”

“难道你真想嫁给他不成？”

“我就是要嫁给他！我马上就去跟他登记结婚。他是我的男人，我们两口子开个夫妻店，不算剥削了吧？你们还有什么屁放？”

“我每月出一百元雇他！”

“我出二百！”

“滚你们的蛋吧，一千我也不卖！”

花茉莉干净利索地骂走了方、黄、杜，独自一人站在店堂里生气。她万没想到，三个老滑头竟想把熟透的果子摘走。是时候了，该跟小瞎子挑明了。

她顾不得干活儿了，一把撕下围裙，推开了虚掩着的后门。

她愣住了。

小瞎子直挺挺地站在门外，像哲学家一样苦思冥想，明净光洁的额头上竟出现了一道深深的皱纹。

他那两只耳朵、两只洞察秋毫之末的耳朵，在可怕地扭动着。

好戏就要开场。

“你全听到了？”

小瞎子点点头。

花茉莉一下子把他紧紧搂在怀里，用火热的双唇亲吻着那两只大耳朵，嘴里喃喃地说着：“我的好人儿，果子熟了，该摘了……”

小瞎子坚决地从花茉莉怀里挣脱出来，他的嘴唇哆嗦着，呜呜咽咽地哭起来。

“好人儿，你把我的心哭碎了，”花茉莉掏出手绢揩着他的泪水，“咱们结婚吧……”

“不、不、不！”小瞎子猛地昂起头，斩钉截铁地说。

“为什么？！”

“不知道……”

“难道我配不上你？难道我有什么地方对不起你？我的小瞎子……你看不见我，你可以伸手摸摸我，从头顶摸到脚后跟，你摸我身上可有半个疤？可有半个麻？自从你进了我的家门，你可曾受了半点委屈？我是一个女人，我想男人，但我不愿想那些乌七八糟的男人，我天天找啊，寻啊，终于，你像个梦一样的来了，第一眼看到你，我就想，这就是我的男人，我的亲人，你是老天给我的宝贝……我早就想把一切都给了你，可是我又怕强扭的瓜不甜，我怕浇水多了反把小芽芽淹死，我等啊等啊，一点一点地爱着你，可你，竟是这般绝情……”花茉莉哽咽起来。

“花大姐，你很美——这我早就听出来了，不是你配不上我，而是我配不上你。你对我的一片深情，我永远刻在心上，可是……我该走了……我一定要走了……我这就走……”

小瞎子摸摸索索地收拾行李去了。花茉莉跟进屋，看着他把大小口袋披挂上身，心里疼痛难忍，眼前一黑，便晕了过去。

等花茉莉醒来时，小瞎子已经走了。

当天晚上，茉莉花音乐酒家一片漆黑。借着朦胧的月光，人们看到酒家大门上挂着一把大铁锁，谁也不知道发生了什么事。三斜在人堆里神秘地说，傍黑时，他亲眼看见小瞎子沿着河堤向西走了，不久，又看到花茉莉沿着河堤向西追去。追上了没有呢？不知道。最后结局呢？

……

八隆公路从马桑镇后一直向东延伸着，新铺敷的路面像镜子一样泛着光。如果从马桑镇后沿着公路一直往东走出四十里，我们就会重新见到那帮子铺路工，马桑镇的老朋友。他们的沥青锅依然散发着刺鼻的臭气，他们劳动时粗鲁的笑骂依然是那么优美动听。

这天中午，十月的太阳毫不留情地抚摸着大地，抚摸着躺在八隆公路道沟里休息的铺路工们。西南风懒洋洋地吹过来，卷起一股股弥漫的尘土，气氛沉闷得令人窒息。忽然，一个嘶哑的嗓子哼起了一支曲子，这支曲子是那样耳熟，那样撩人心弦。过了一会儿，几十个嗓子一起哼起来。又过了一会儿，所有的嗓子一齐哼起来。在金灿灿的阳光下，他们哼了一支曲子又哼另一支曲子。这些曲子有的高亢，有的低沉，有的阴郁，有的明朗。这就是民间的音乐吗？这民间音乐不断膨胀着，到后来，声音已仿佛不是出自铺路工之口，而是来自无比深厚凝重的莽莽大地。

（原载《莲池》1983年第5期）

【作品赏析】

莫言于1976年参军入伍，在离河北保定不远的狼牙山下的部队当兵，时年21岁。1981年，在“荷花淀派”风味浓厚的保定《莲池》杂志第5期上发表了小说《春夜雨霏霏》。他说：“这个刊物发现了我，培养了我，而且有一个老编辑还亲自陪着我到白洋淀去体验生活。”这是莫言文学生涯中的里程碑。可以说，莫言的小说创作，就是从这里起步的。《民间音乐》发表于1983年的《莲池》杂志上，孙犁随后写了题为《读小说札记》的短文。在这篇短文中，孙犁评点了当时文艺界的几部新生代作品，第一节即对莫言的小说《民间音乐》作了中肯的评价。孙犁是文艺界第一位慧眼识英，发现了莫言创作才华的评论家，对莫言有着知遇之恩。因此，对于孙犁，莫言不仅敬佩其为人为文，还有着深深的感激之情。孙犁逝世之后，莫言说：“中国只有一个孙犁。他既是位大儒，又是一位大隐。按照孙犁的革命资历，他如果稍能入世一点，早就是个大文官了；不，他后半生偏偏远离官场，恪守文人的清高与清贫。这是文坛上的一声绝响，让我们后来人高山仰止。”从中不难看出莫言对孙犁的了解之深，对其高洁情怀的推崇。

《民间音乐》揭示了永恒的艺术之美与世俗占有欲之间的冲突，民间的、自由的人生方式与商业化、物欲化的人生观念的冲突。通过小瞎子带有超越世俗性的、谪仙似的人物形象，展现了艺术之美与人性之美。在他演奏的空灵的民间音乐中，美的享受、音乐的力量，洗涤和净化了被污浊所掩盖了的人类心灵。小说意境开阔辽远，充满了诗意的哲思和想象的升腾，具有荷花淀派小说赞美人性、抒写心灵的特点，也与其诗情画意的风格不谋而合。

孙犁对此篇小说的内容概括寥寥不过百字，却抓住了其精髓。“他写一个小瞎子，好乐器，天黑到达一个小镇，为一女店主收留。女店主想利用他的音乐天才，作为店堂一种生财之道。小瞎子不愿意，很悲哀，一个人又向远方走去了。”几个关键词汇“好乐器”“收留”“利用”“生财”“悲哀”的撷取，十分精辟。小瞎子的到来给小镇提供了不少桃色的谈资，流言蜚语泛滥开来，夜间人们都在关注着花茉莉和小瞎子的动静时，一阵箫声响起，涤荡了夜色中龌龊的心灵。“这声音有力地拨动着最纤细最柔和的人心之弦，使人们沉浸在一种迷离恍惚的感觉之中。”第二天人们一清早就集中到了茉莉花酒店，只为再听小瞎子的一段箫声。小瞎子正式亮相，他一改初到镇子上的埋汰，气质不凡、谈吐文雅，因白天不适合吹箫，改为大家拉二胡，一曲终了，每一个人的眼睛都潮湿起来。镇上人的恶意的揣测在音乐无穷的魅力中化解了，“人们欣赏畸形与缺陷的邪恶情感已经不知不觉地被净化了”。这两段音乐场景的描写为我们展现了永恒的艺术之境，作者对极致之美的渲染不遗余力，在音乐之美与心灵之美中间架起了一座桥梁。对美的欣赏是高尚脱俗的，但是对美的占有却源自欲望的侵蚀。第三次演奏，就充满了这种不和谐的声调。小瞎子对于音乐的追求永不止步，想要搜集更新的东西，但是镇上的人们却认为现在的音乐已够享用，就像烧酒一样，上劲！这就是对艺术的世俗占有和生理性的享受，他们欣赏音乐，却不懂得音乐的殿堂有更深远的东西值得探求。对艺术本身的无限追求与有限的享受之间就产生了冲突。小瞎子与花茉莉的冲突也源自艺术与物质层面的冲突，还有自由的追求与爱欲的占有之间的冲突。花茉莉收留了小瞎子，就得到了小瞎子给她带来的商业利润，她的酒家开得最红火，遭到了其他人的觊觎。她崇拜爱慕小瞎子，看小瞎子就像看八月枝头上一颗成熟的果子，“她愿意看这颗果子挂在枝头闪烁诱人的光彩，她欣赏着这颗果子并且耐心地等待着，一直等到这颗熟透的果子散发着扑鼻的清香自动向地面降落时，她再伸手把它接住”。她爱小瞎子的音乐，把小瞎子当作果子一样等着采摘，这是对小瞎子赤裸裸的占有欲望，虽然这种欲望是基于爱情与倾慕，但是却与小瞎子对音乐的朝圣般的追寻是相悖的，他是一个永远在民间寻找音乐的艺人，他属于音乐，却不属于任何人。

孙犁评价《民间音乐》，认为其“主题有些艺术至上的味道，小说的气氛，还是不同一般的，小瞎子的形象，有些飘飘欲仙的空灵之感”。诚然，小瞎子象征源自民间的艺术青鸟，来往于大地与艺术的天堂，是美的化身，具有超越红尘世俗的意味。小瞎子对音乐大道的追寻就带着“艺术至上”的味道，超越了把音乐等同感官享受的认知，超越了音乐与商业化的关联，超越了世俗生活对艺术自由的束缚。

《民间音乐》突破了传统的叙事模式，从而具有形式探索的实验的意味。孙犁这样评价：“小说的写法，有些欧化，基本上还是现实主义的。”小说叙事视角是多变的，是多种叙事声音的杂糅，呈现出多声部的特点。小说基本以花茉莉为中心，展开情节，第三人称视角最为多见。但是有一部分刻意地使用了全知全觉的“说书人”的叙事视角，造成突兀陌生的叙述效果，使读者从故事情景中脱离出来，与故事人物产生距离，与小说中的人物造成审视的关系，达到间离的效果。“现在该来向读者介绍一下花茉莉其人了。如果仅从外表看，那么这个花茉莉留给我们的印象仅仅是一个妩媚而带着几分佻薄的女人。”视角的跳跃，使读者脱离了沉迷的阅读情绪，继而对已经熟悉的情节产生疏离。这是一种叙事的实验，是作者刻意对传统叙事习惯的消解。在情节需要的时候，作者还加入了好吃懒做、喜造流言蜚语的三斜的视角。他是镇子中恶的根源，是一切是非的造就者。在他的视角中，作者为我们展示了肮脏下流的精神世界，与小瞎子的高贵心灵形成鲜明的对比。小瞎子是小说中的灵魂人物，一直是作为“被看者”与“被叙述者”而出现的，作家没有对他使用第一人称视角的描写，让小瞎子进行心灵独白，虽然那样更容易让我们接近真实的小瞎子。作品借助各种叙事视角的切入，在多维度的塑造中，使小瞎子的形象一步步丰满起来，但是这个形象却并不贴近我们，因为他是神秘的，是不可被直接描述的，这种“飘飘欲仙”形象的生成和叙事视角不无关联。作品突破了传统的叙事模式，进行了多种尝试，或许这就是孙犁所说的“有些欧化”的原因，这种有意识的叙事的改革，走出了先锋文学实验的第一步，为其塑造后来的“红高粱”家族系列奠定了基础。

莫言早期的作品确实呈现出荷花淀派的清丽、婉转和柔美的特质，但是他最终摆脱了模仿的路子，自创一种新的格局。他从最初的“先锋派”文学的主力，走向高密东北乡独特的美学境地，再到后来获得诺贝尔文学奖的认可，莫言致力于乡土题材的深入挖掘，其文学的视野广阔，一直身处中国文学探索和创造的前沿。莫言的创作道路或许可以给“荷花淀派”的发展提供许多可供想象的空间。

贾平凹/作品精读

贾平凹，1952年出生，陕西丹凤人。1975年毕业于西北大学中文系。1974年开始发表作品。著有长篇小说《高老庄》《废都》《怀念狼》《秦腔》《古炉》《带灯》《山本》，中短篇小说集《制造声音》，纪实文学《我是农民》等。《满月儿》获1978年全国首届优秀短篇小说奖，《腊月·正月》获1984年全国优秀中篇小说奖，《浮躁》获1987年美国美孚飞马文学奖，《废都》获1997年法国费米娜文学奖，《贾平凹长篇散文精选》获第三届鲁迅文学奖，《秦腔》获第七届茅盾文学奖。

满　月　儿

去年夏天，我在乡下老家养病，末了的日子里到姨家去，正好是农历六月六。这一天，农民都讲究把皮毛丝绸拿出来晒日头，据说这样虫就不蛀。姨家的大杂院前，杨树上拴了一道一道铁丝，晒着皮袄、毛袜、柞绸被子、狗毛毡子，使人眼花缭乱。正欣赏着，就听见有“咯咯咯”的笑声，绕过杨树一看，原来是一个十七八的姑娘和一个老婆婆在拽被面。两人一松一拉，那洗后未干的被面就平展开来。姑娘很调皮，用力太大，把老婆婆一个劲儿拽着往前走，那老婆婆就骂道：“这死女子！让娘夸你力大哩？轻点，轻一点！”

那姑娘只是笑，并不让步，把娘一直拽了过来。

“没正经！”娘生气了，使劲一拽，那姑娘只管笑，没留神让被面脱手了，娘一个后趔趄，快要倒下去，姑娘箭步上前拉住，娘儿俩就势儿坐在地上。姑娘又“咯咯”笑起来，娘狠狠地在她眉心一点，自己也逗笑了。突然，娘捂了女儿嘴，拿手指指东边窗子，姑娘便轻手轻脚地走到窗前，不小心，撞翻跌烂了窗台一页瓦。她一跳跳出二尺地来，叫道：“出来晒晒日头吧，别尽坐着发了霉了！”

这时候，姨发现了我，喜欢得沏了茶出来，让我在门前荫凉地坐了。我瞧见那姑娘还在那儿笑，就招呼她来喝喝茶，她立即过来了。她娘笑着用手戳脸羞她，她说：“不该喝吗？我还要叫她大姐哩！”

“这好派风，见人熟！”姨说，“我这外甥女是农学院的‘秀才’，你要叫老师哩！”

我便笑着问她刚才在窗口看什么，她说：“那里边住着一个宝贝蛋儿！”

姨告诉我：这是月儿，屋里住的那是她姐姐，叫满儿，是大队科研站的，正在屋里搞试验哩；搞试验的时候，全家人连她娘也不许惊动的。

“人家嘛，是全家的重点，要保证重点呢！”月儿说。

“那你呢？”我问。

“咱是万人嫌！哼，我真怀疑，我是不是娘从哪儿要来的？”

大家都笑了，月儿她笑得最响！

月儿开始翻我带的网兜了，她拿出了两本书来，看看里边尽是外国字，就问：“这是哪国字呢？”

“英文。”

“你看得懂吗？”

姨说：“人家一看一上午，坐在那儿纹丝不动，头晕都不晕。”月儿高兴了，说她姐姐也有这样的书，只是没有这么厚；她顶爱听姐姐念那书了，但姐姐偏不让她听。

可是，我刚给她念了半页，她却跑走了；大场上，一个小伙踩着碌碡碾芦苇眉，她跳上去，一边踩得碌碡“呼噜噜”滚，一边“咯咯咯”地笑。

晚上，我正在灯下一边熬着中药，一边看外文书，突然听见门被轻轻敲了一下，就没动静了，我以为是风吹的，但是，又是轻轻两下，接着就有人问：“陆老师，你睡了吗？”

“谁呀？”我拉开了门，是一个二十四五的姑娘倚在门框上，当我看她的时候，她脸微微一红，就低下头摩挲起那长辫子，说：“我叫满儿，住在斜对门的。这么晚了，打搅你了？”

我高兴了，赶忙让她进来坐。一挑门帘，她轻轻闪进来，连个声儿也没有，就稳稳地坐在炕沿上不动了。

“真不像是姊妹俩儿！”我想起了月儿，说。

“一个人一个脾性嘛。”她轻轻一笑。“下午我听她说你来了，还带了外文书，我喜得……陆老师，你住多长时间呢？”

“十天左右吧。”

“其实还可以长些。”她说，突然看见了药罐，“你有病吗？”

我告诉她我患有慢性胃溃疡，这次主要是来疗养的。她眉心就一直打个疙瘩，末了说：“明天我给胜文写个信吧，他是我同学，现在是赤脚医生，他治这病有个偏方，灵验得很。本来我要求你一件事，但是你却病了……”

她说着，就坐在药罐前，拿筷子搅药。

“是学外语吗？”

筷子不动了，她抬起头问：“你怎么知道了？”

“月儿说的。”

她扑哧笑了：“陆老师，原来只说咱农民嘛，学那些个外文干啥用呀？可搞起科研后，才知道多重要哩！自己就开始自学，可惜没个老师，费了好大的劲，才认得几个单词。”

“那我教你吧。”

她高兴得笑出声来。原来她笑得也是这么动人呀！她靠近灯前，用发夹挑了一下灯芯，我们便立即开始教学了。她从口袋里掏出一个单儿来，上边是“小麦、燕麦、分蘖、开花、授粉”，说她正搞小麦、燕麦远缘杂交，就先学会这几个单词吧。我教过三遍，她就开始默写，刚写好“授粉”单词，药罐就“咕嘟嘟”滚开了，她“呀”的一声就去取罐子，却“啊啊”地惊叫着，刚把罐子放到桌上，就把手搁嘴上直吹气。我忙看时，中指已烧起一个水泡来。我慌了，她却从头上拔下一根长发来，用针引过，挑破水泡，说：“不要紧，让它慢慢往出流水。你看我‘授粉’写得对吗？”

她写得完全正确，而且那字母清晰、流利，就像她人一样苗条、温柔、漂亮。

临走，她向我约法三章：

一、每天晚上教她两个小时外文。

二、隔天晚上考试前一天的成绩。

三、每天三次中药由她煎熬。

从此，每天早上我还在炕上躺着，就听见满儿在斜对门的屋里念英文了。她学得很快，几乎每天晚上的考试，成绩都是优秀。晚上十点左右，月儿回来了，她在大队农田基建队里，每天没有早回来过；一回来，就来我这儿，立即便满房子是她的笑声了。她话题总不离他们基建队，我已经很熟悉他们那些未见面的战友了。我知道李三虎是个顽皮的家伙，他会一眨眼工夫就蹿上五丈高的白杨树梢上，而且一个猛子扎下河湾，好大一阵都不露出水面；基建队扛木头，挖河泥什么的，他是第一个少不了的。我知道张用是个憨头，他不喜欢和她们姑娘家在一块干活，她们就说他“封建分子”。可有一次她和他抬石头，他却总是偷偷把绳拉到自己跟前，她偏嫌他是小看女同志，和他吵，他竟委屈得抹眼泪水儿。我还知道韩芳儿说话最尖刻，她月儿谁都不怕，就怕芳儿，因为芳儿当众给她起了个外号“笑呱呱鸡”，搞得现在人人都这样叫她！

当月儿这么又说又笑的时候，那满儿不知什么时候拿了本书进自己的房里去了。她娘就在上屋骂开了：“月儿！没黑没明，你笑不死！”

她就问我：“陆老师，笑也是错吗？”

娘又在上屋骂：“我像你这么大，一天啥事没干？哪有你这么笑的？！”

月儿就说：“你那时想笑笑不起来；你没笑过，就嫉恨别人笑！”

“这死女子！”娘说，“你还小哩？十八的人啦，也该生个心啦！”

“年纪大了就不准笑了吗？”

娘噎住了，过了会儿说：“你也该学学你姐的样……”

“我学不会。她学外语有用，我用不着。就是用得着，我也坐不住，你不是说我是属猴的吗？”

我说：“月儿，你也可以给你姐做个帮手嘛！”

她想了想，说：“对。可不知人家稀罕不稀罕。”

我便到厨房给药罐添水，回来要给她再说什么时，却见她一头歪在我的炕上睡着了。

我就势拉了门，到满儿的房里来了。这里可真是个试验室了：盆盆罐罐、筐筐袋袋，装的全是各类种子，上边一律贴着型号：“丰产1号”“丰产10号”“东风206”“争光38号”；那墙上则挂满了各种试验比较图、观察记录本、历年时令变化表。本来就很小的屋子，被挤得那张简单的床铺只好安在屋角了。满儿正坐在灯下，用放大镜看几样麦种；我发觉窗纸上贴着一幅“布谷飞过麦海”的窗花，那布谷的红嘴儿叫着，似乎使人能听到那悦耳的丰收的序歌。

“又搞出什么新品种了？”

“你快来看看！”她欢喜地叫着，“你给它起个名儿吧。”

我走近一看，原来是一把奇怪的麦粒：那颗粒儿比一般麦粒儿长一倍，两头尖尖的，泛着淡绿色。这是什么麦粒呀？她说这就是她们搞了三年多的远缘杂交新品种。我惊呼起来，掂着麦种在手里，只觉得沉甸甸的，它里面包的面粉比一般麦粒多一倍呀！哪里是面粉呢？它是满儿她们的心血啊！我不禁叫道：“就叫它‘胜利麦’吧！”

“不，”她轻轻笑了，“这还不能算胜利了，它还有很多明显的不足：一是粒儿不饱，再是颗粒间差大，还有个儿太高，我们还要向理想的高度攀登，就叫它‘攀登麦’吧。”

好名字！我问起下一步怎么个攀登法，她说他们准备以这“攀登麦”为基础，再和别的良种麦杂交，到那时出了新成果，一定要叫它“胜利麦”！近几天，外地给他们寄来了好多良种麦，明年就分片杂交试种。但是，为了多方面杂交比较，他们决定到后山队采集一些高寒优良麦种，只是人手抽不过来，去后山又得走三十里路。我高兴地说：“月儿说，她可以给你做帮手。”

“我常怨她单纯，慌三慌四的。”

“那我俩去吧，我也可以看看后山是什么地方。你们这儿麦早收清了，那儿才刚收，差异为什么这么大？”

第二天早，我和月儿过了清影河，赶到了后山。后山果真麦子正收到紧张处，我问月儿为什么山下山上这么大差异，她又反问说：“那我为什么就爱笑呢？”

“谁知道你为什么呢？”一时把我问傻了。

“那你去问我姐姐吧。”她笑着说，“要问我吗？我可以告诉你：修田为什么土层不能乱？筑坝为什么是拱形？破石头怎样认纹路？打炮眼怎样套八字锤？”

征得后山大队同意，我们就在麦田里选种。终于发现有五株小麦秆儿高出一般麦来，那穗儿又粗又长，颗粒饱满。我们就像拣宝贝似的掐下穗来。日头在脚下端了的时候，开始往回走，月儿就一路摆弄着麦穗，又笑开了，说她姐姐一定会高兴的，再也不会说她是只会笑的傻姑娘了。

我问："你姐姐爱你吗？"

"爱，也不爱。"她说，"人家爱……爱科研。"

"为什么爱科研呢？"

"她说她有个理想。"

"什么理想呢？"

"她说他们科研站要为实现农业现代化做出贡献，两年内最少拿出四项新成果！"

我心里一震，要说出什么，却不知怎么说。抬头看着天空，天空晴得万里无云，清潭一般的蓝。天空有多高呢？路两旁的生产队大场里，是一座麦堆，一座麦堆，人们在那里装粮，时不时传来过秤员那长长的报数声……

这当儿，我们来到清影河上，月儿让我从桥上走，她偏脱了鞋从水里走。见我好久不言语了，下河时，突然问道："陆老师，什么叫恋爱？"

我惊奇了：她怎么问起这个？

她冲着我就"咯咯咯"地笑了，凑近耳朵悄声细气地说："我姐姐一定爱上什么人了，她的信天天都有！我查对了，有一种笔体的信来得最多。"

我被逗乐了："这本来是应该的呀，再说，来信多的就是在恋爱吗？"

"她天天在盼信，盼得可慌哩！"

说完，她就笑着向前跑去了。那河水在身下溅着。河风刮起她的红衫子，就像河中开了一朵荷花儿。我喊她慢点慢点，她跑得更欢了。突然一个趔趄，倒在水里了；赶忙爬起来，但立即又扑在水里了。原来她手中的麦穗儿被水冲走了，她没命地去抓。我害怕出事，大喊大叫要她别管了，她不理我，终于抓住了，但是只剩下了一穗，其余的都被卷进河底去了。

她从河里爬起来，浑身精湿，坐在岸边哭起来了。我劝说幸好还有一穗嘛；再说，光哭就能把麦穗儿哭回来吗？她不哭了，却一定要我坐下，自己又跑到河沿乱石堆去，揪揪这块石头，翻翻那块石头，一会儿逮来五只大螃蟹，站在我面前时，“咯咯咯”地又笑了：“陆老师，我不是干姐姐那号事的料子。我将功补过，逮了这几个螃蟹烧给姐姐吃！”

夜里，我已经躺下了，突然听见门外有哭声。谁怎么啦？我穿起衣服出来看时，院里没有人，走出院外，就在月儿和她娘拽布的地方，坐着一个人：月光下抽动着肩膀，哭得好伤心。走近一看，竟是月儿！原来姐姐知道她白天在河里丢失麦种的事后，对她发了火，那火大极了，她从来没见过，而且把那几个螃蟹一下子扔出几丈远！

“她老早就怨我没理想，没心机，她这次是存心和我过不去！”月儿愤愤地说。

“她对你还有什么过不去的事？她还不是为了种子？”我说。

“种子就那么金贵？明年试种不了，后年不会种吗？”

“那就错一年啊！如果明年试验成功了，早推广一年，那就要增产多少粮食啊！”

月儿不言语了，倒在我怀里说：“陆老师，我以后再不笑了，你监督吧！”

“又傻开了！”我笑着说，“为什么不笑呢？姐姐不是叫你整天哭丧个脸，是要你生心，也有个理想啊！”

“那我现在怎么办呢？”

“走，向姐姐赔不是去。”

我们走进满儿的房里，灯亮着，人却不在。桌面上是一沓来信的信封，那信已用铁夹夹在一处，挂在了墙上。月儿一看那第一页上的字迹，就叫着说：“陆老师，又是那一个来信了！”

“哪一个？”

“你念吧。我还嫌臊哩！”

她笑得要死，坐在一边翻报纸，却竖起耳朵听我念：

“满儿：接到你的信，我高兴透了，我在床上连翻了三个筋斗，叫着你的名字，哎呀，天知道我做了些什么！现在，请接受我的祝贺：举起茶杯来，干杯！”

月儿“呀呀”地叫起来，赶忙用手捂耳朵：“丑死了！丑死了！”

我继续念下去：

“算起来，毕业已经六七年了，我做了些什么呢？医疗技术上提高得太慢了，可你，培育了‘丰产1号’后，又和你的战友培育了‘攀登麦’！说句笑话吧，昨儿夜我做了个梦，那‘攀登麦’经过杂交，又培育出了一个新品种，那麦粒儿比普通的要大两倍，已经在全国推广了。哈，那麦浪滚滚，我坐在那麦穗上，怎么跳，怎么蹦，也掉不下来！

“满儿，在我们团支部大会上，我念了你的信，大家提出一定要支持你们的试验，尽快使‘攀登麦’成功。我们集中力量挑选了这一袋最好的麦种给你寄去，让它和‘攀登麦’杂交吧。还需要帮什么忙，尽快告知，我们尽一切力量，做你的帮手。因为这不是你个人的事，而是一场革命啊！

“再：随信寄去偏方药单，一日一剂，五剂一个疗程，共需三个疗程……”

我大声地念着，突然觉得手上有热乎乎的东西，抬头一看，月儿不知什么时候站在我的身边，两眼盯着信，那眼泪正从眼眶里扑扑簌簌地往下掉……

“你怎么啦？”我赶忙问。

“姐姐是我的姐姐吧？可我……”

我紧紧搂住了月儿！我感觉到一个天真少女的一颗纯洁、美好的心在跳动，跳得那样的厉害！

“陆老师，”她又问道，“我笨不？”

“不呀。”

“我坐得下来吗？”

“能呀。”

“那你教我测量知识吧，队里搞人造平原，要我参加规划，可我不敢上场……”

我说我不懂测量，她就要我到城里后给她捎买几本有关测量方面的参考书籍。我答应了。我看见她又“咯咯咯”地笑了。那满脸的泪珠儿全笑溅了，像荷花瓣上的露水珠儿一样。这时，我们听见门外有脚步声。月儿说姐姐回来了。果然，一会儿，我就听见了轻轻的背诵英语单词的声音。

满儿回来说，刚才大队党支部书记叫她去，通知她到省里去参加一个科技交流大会。明日一早就要动身了。

鸡叫三遍的时候，我和月儿送满儿搭上了汽车。这以后几天，月儿每天起得很早，就在院子里背梯形地、扇形地、圆形地、三角地的测量公式。我隔窗看见她就站在井台葡萄架下，一边掐着葡萄叶，一边低声地念。当大家都起床了，就见她用扫帚扫出一堆撕成碎末的葡萄叶去。晚上回来，就到我房子来让我出各种地形的题让她算。她竟比满儿还要聪明，每次算完以后还要给我讲解一番。但是，当她每次从我房子满意而走时，那“咯咯咯”的笑声就在满院子响开了。

我该回校了。那天，姨和月儿娘把我送到村口，却没见月儿。她娘说，她上工去了，派人去叫她，还没见回来。我只好怏怏地向车站走去，只说见不上她了，可快到车站时，她却满头大汗地跑来了。

“陆老师，你能永远不走就好了。你可以督促我学得快些。”她说。

“我放假了，一定再来！回城后，马上把有关测量知识的书寄来。”我说。突然想起了什么，我从网兜掏出那几本外文书让她转交给满儿。她高兴地说：“好，这回你送我们书，到明年，我和姐姐就送你‘胜利麦’！”

正好，到省城后，我竟与满儿在电车上相遇了，她正抱着一本《英汉对照小丛书》看。我问起会上的事，她说关于远缘杂交，外地提供了好多经验，对她的启发很大，她决心回去后，加紧工夫试验。我说：“啥时候能成功呢？”她说：“这怎么回答呢？一年不行，再干一年！困难可能不少。”但是，她用英语告诉我，“Sure to be successful！”

（原载《上海文学》1978年第3期）

【作品赏析】

1981年，陕西青年作家贾平凹的散文《一棵小桃树》发表在《天津日报·文艺周刊》上。贾平凹只是初入文坛的新人，身在津门的孙犁与他并不相识，读到贾平凹的散文《一棵小桃树》后，孙犁很快写了一篇文章与读者分享他愉快的阅读感受。“我不愿意说，他在探索什么，或突破了什么。我只是说，此调不弹久矣，过去很多名家，是这样弹奏过来的，它是心之声，也是意之向往。是散文的一种非常好的音响。”从此以后，孙犁密切关注着贾平凹的创作，只要发现贾平凹的文章就拿来读。1982年孙犁写了评论文章《再谈贾平凹的散文》，他在文中说，“说句真诚的话，读贾平凹的散文，对我来说，的确是一种享受。”“我读着贾平凹的散文，就像离开了大城市，又从容漫步在山野乡村的小道上了。”“为了寻求一种安宁的身心的机会，不期然而然的，我遇到了贾平凹的散文。”一位德高望重的老作家，这样关注一位素不相识的青年作家的作品，给予高度评价，给予热心扶植，令贾平凹极为感动。一段相差40年岁月的忘年交的惺惺相惜，一段享誉文坛的佳话就此开始书写。

短篇小说《满月儿》发表于《上海文学》1978年第3期，同年获全国首届优秀短篇小说奖。贾平凹没有像同时代作家或空洞地讴歌时代与政治，或表现历史的“伤痕”，而是在抒写“美”，乡村社会的积极向上的风貌之美，流动在农民身上的心性之美。贾平凹发现了这种美，并以满腔的热情用心歌颂了人性人情中最美的一面，饱含对女性美的咏叹。

满儿与月儿姐妹俩的形象与孙犁笔下的美好、灵动的女孩子一样，都是美的化身，时代的精灵。姐姐满儿文静沉稳并且好学，在农科站刻苦钻研育种；妹妹月儿天真活泼，最是爱笑，单纯得无忧无虑，她不甘落后于姐姐，勤奋学习测量土地的技术。姐妹俩的一颦一笑都充满了生活的诗意，月儿颇有《聊斋志异》中婴宁的风姿，她们有着少女的不谙世事的天真，烦恼忧愁仿佛从不打心中过，心灵轻盈而不为外物所扰。“我”初次见到月儿，月儿便说个不停，毫无生疏感。“月儿开始翻我带的网兜了，她拿出了两本书来，看看里边尽是外国字，就问：‘这是哪国字呢？’‘英文。’‘你看得懂吗？’”当得知看得懂后，月儿高兴了，说她姐姐也有这样的书，只是没有这么厚；她顶爱听姐姐念那书了，但姐姐偏不让她听。可是，我刚给她念了半页，她却跑走了；大场上，一个小伙踩着碌碡碾芦苇眉，她跳上去，一边踩得碌碡“呼噜噜”滚，一边“咯咯咯”地笑。富有生机活力，带着小女儿心性的天真自然的女孩子形象呼之欲出。贾平凹写了月儿的很多次笑，每一次都笑得富有感染力，充满了自然纯真的美感。当作者写到月儿时，笔法就像民间乐器喇叭，轻快欢畅，在写到满儿时，笔调就像夜里的笛声一样，轻柔舒缓。相比月儿，姐姐满儿则稳重得多，妹妹若是自然天性的表现，姐姐的社会性则表现得更为强烈，她处事大方，为人沉稳，对人关心体贴，照顾周详。妹妹行事常常随心而动，天真自然却也毛毛躁躁，满儿则三思而后动，更肯为他人着想。贾平凹所刻画的是理想女性的一体两面，姐妹俩都是美的理想的化身。满儿对“我”的拜访是在晚上，她文静多思，敲门的方法是轻轻敲一下，再轻轻敲两下。进门的时候，“她轻轻闪进来，连个声儿也没有，就稳稳地坐在炕沿上不动了”。看到“我”在熬药，就止住了看书的话头，询问“我”的病情，为我熬起药来。这样一个娴静沉稳的姑娘，仿佛大家闺秀行止有度。但是实际上，她却是充满了闯劲和干劲的时代农村新人，她对知识的渴求，对培育良种的执着，都表现出新时期农村女性的光彩照人的魅力。

贾平凹文坛起步时的创作风格，深受孙犁影响。贾平凹曾说：“当我还在乡下，是十多岁孩子的时候，读到的文学作品又深深喜欢，以至于影响我走上文学路的就是孙犁先生的《白洋淀纪事》。”他的这篇《满月儿》就是最好的写照，不论从人物的塑造上还是写作手法和风格上，作品都折射出受孙犁影响的色彩，带有浓郁的“荷花淀派”的气息。

满月儿两姐妹的形象会让我们不自主地想起孙犁在《山地回忆》中塑造的女孩子“妞儿”的形象。月儿的伶牙俐齿，天真自然，与《山地回忆》中的妞儿与“我”河边争吵时的泼辣、直爽，二者形象暗暗吻合，都写活了女孩子的爽直的情态。“我”去帮老伯家卖枣，妞儿早起晚睡，给他们做好的吃。家里挣了钱，妞儿买了织布机学织布。她的体贴周到和聪明勤劳，对生活有追求有盘算，和满儿多么像啊！《满月儿》与孙犁作品《山地回忆》的相似之处还有很多，比如第一人称的“我”的视角的运用。通过近距离的观察，写出满月儿姐妹和女孩子“妞儿”的秉性，这种写法比较容易带有主观的情感色彩，塑造的人物形象更加直观感人。还有对于生活场景的裁剪与截取，《山地回忆》与《满月儿》都注重在片段的琐碎的日常生活中，选取最动人、最能表现人情的日常场景，准确地把握人物性格，不枝不蔓，精准得当。两篇文章对于短篇小说结构的规划也是十分相似的，不约而同地选取了“诗眼”，以某个重要的线索和事物来贯穿全文，使作品材料看似散乱却有精魂统领全文。《山地回忆》的“诗眼”和线索就是袜子，初识时女孩子的戏语，“我问你为什么不穿袜子，脚不冷吗？也是卫生吗？”以袜子开始的军民之情，到后来女孩子为“我”做袜子，关于织布的言说，以及“我们”卖了枣给她买了织布机，最终“我”在黄河中丢失了袜子。一切的故事情节都围绕着袜子展开，故事显得精炼而集中。《满月儿》的线索就是“育种”，满儿向“我”学习英文，就是为了了解科技知识，满儿与月儿的冲突则是因为月儿丢了麦穗种，月儿偷读满儿的信，被姐姐的培育良种的理想和情怀所打动，心性成熟起来。育种是文章的内在脉络，串联起了月儿青春的笑声和满儿的进步懂事。文章的结构摇曳生姿，既有主干脉络，又有横生逸出的妙笔生花，匠心独运却有自然随性之美。虽然与孙犁的作品有许多相似点，贾平凹的创作的独特魅力，还是不容忽视的。满儿与月儿姐妹的形象如此别致生动，可以纳入当代文学的经典形象之列，永远都具有打动人心的力量。

贾平凹的《满月儿》比起《山地回忆》来还显得有些稚嫩，毕竟写作《山地回忆》时，孙犁的创作风格趋于成熟老辣，形成了稳定的审美艺术风格。当时贾平凹的文学刚刚起步，还处在探索时期。后来，贾平凹的创作风格日渐宽广，自成一家，创造了不少令人过目不忘的典型形象，多元化文学观念的兼收并蓄，对传统文化和文学用现代意识予以扬弃和重构，形成了中国当代文学特立独行的一道艺术风景。

后　记

孙犁是“荷花淀派”的灵魂。早在20世纪40年代，他的创作风格已然形成。白洋淀水乡的背景，清新、淡远的笔致在解放区文学中是独特的，更重要的是，在政治性与“离政治远一点”之间，孙犁的写作呈现出“革命”情怀与五四启蒙主义精神的张力。孙犁的写作具有超越时代的艺术之美，在中华人民共和国成立以后吸引了一些同好者。加之他主持《天津日报》的文艺副刊，不遗余力地培植新人，形成了荷花淀派。孙犁本人在20世纪50年代的写作秉承并发展了“荷花淀派”风格，炉火纯青；晚年写作以散文为主，沉郁、冷凝。

本书上册着意编选孙犁“荷花淀派”风格显著的作品，注重飞扬、流动的艺术之美，热烈、隽永的抒情以及人性之美的发掘与关怀。入选的20篇小说中，早期作品有《芦苇》《女人们（三篇）》《走出以后》《琴和箫》《丈夫》，“荷花淀派”风格已露端倪。《荷花淀》《芦花荡》《嘱咐》是荷花淀派的经典作品，最具神韵，与《钟》《“藏”》《纪念》《光荣》《蒿儿梁》构成孙犁在解放区旺盛期的创作。中华人民共和国成立初期，《吴召儿》《山地回忆》在追忆中展现战争年代的生活，委婉绵长。《秋千》《村歌》《铁木前传》《风云初记》则综合了更复杂的情感，是“荷花淀派”风格的丰富、发展与沉淀。晚年作品中，只选入了《亡人逸事》，千字小文的深情与灵动、质朴与隽永乃是“荷花淀派”风格的灵光再现。

孙犁作品看似清浅，实则精深。在有限的篇幅中赏析，实难尽意。思虑再三，确定原则有三。其一，以文本为中心，注重生命体悟与艺术阐释。孙犁首先是一位“革命”作家，同时还是一个五四新文化滋养下的文人。前者的因素在作品中是显而易见的，而生命的忧思与冥想，青春的感怀与伤情，知识分子的体悟与思考也是不容忽视的。是艺术的美整合了彼此的冲撞，弥合了二者的裂隙。其二，注重联系历史语境。遮蔽话语场单纯对作品自说自话不仅是不恰当的，还容易发生错误。例如，忽视“友人”的故事不能理解《琴和箫》的复杂，对土改中的经历与见闻置之不理不能读懂《秋千》和《村歌》，不注意孙犁遭遇“恶女人”的自述则不能充分认识《山地回忆》中“回忆”的过滤功能，如此等等，无一不证明重视语境的必要性。因而，赏析尽可能在有限的篇幅内提供一个大略的背景。其三，注重文本之间的互文性。任何一个文本的创作都不是孤立的，而是复杂纠结地酝酿自作者的经验与感悟。互文性文本的阅读可以打开更广阔的视界，又饶有趣味。例如《琴和箫》之与《芦花荡》，《蒿儿梁》之与《走出以后》。赏析文字中有时也涉及未被选入的文本，意在引导读者在孙犁整体的作品体系中理解作品。

本书下册主要收录的是在20世纪五六十年代，孙犁主持《天津日报·文艺周刊》时期，受到孙犁指点，文学风格向孙犁靠近的青年作家作品。在20世纪50年代，风头正健的是有神童之美誉的刘绍棠，和意气风发的从维熙。他们的作品风格清新明丽，有孙犁之风。刘绍棠避世二十年，重返文坛时，风格已经发生了巨大的变化，转向了乡土文学的建设，清丽之感减退，取而代之的是泥土的厚重气息。除其早期的作品外，还选择了刘绍棠新时期重返文坛的重要作品《蒲柳人家》，虽然已有风格之变迁，但其对美的颂扬、民间的叙事立场，依然可见荷花淀派的风姿，更添民间文化的深厚底蕴。从维熙的创作转型更彻底，故本书只选择其20世纪50年代的作品，其余未收。

当刘绍棠和从维熙被迫辍笔之时，担负起荷花淀派重担的是韩映山、房树民、冉淮舟等作家。韩映山的文风与孙犁最为相近，并且风格也更为稳定，所以，本书除20世纪五六十年代的早期作品外，还收录了韩映山在新时期的中篇小说《采菱村》，作为荷花淀派在新时期发展的佐证。房树民与冉淮舟的作品共收录三篇。荷花淀派的最重要的成员基本囊括在内，通过这些作品可见荷花淀派的发展历程和流脉。

贾大山、铁凝、莫言、贾平凹的早期创作深受孙犁影响，表现出明显的荷花淀派的创作特征；特别是对铁凝、莫言、贾平凹来讲，孙犁对他们有着知遇之恩，在孙犁的慧眼识英下，他们蜚声文坛，成为当代文学史上占有重要地位的作家。这些作家作品的收录，选择了他们早期的与孙犁风格相近的创作，旨在揭示荷花淀派在我们当下丰富的文化生活发展中的各种可能性，寻求荷花淀派的恒久的艺术魅力。

刘绍棠、从维熙、韩映山、房树民、冉淮舟作为荷花淀派的成员，他们与荷花淀派的领袖孙犁的艺术水准的差距还是存在的。艺术之笔还未经过深刻的磨砺，无法达到孙犁圆融的艺术之境，难免带有时代的局限性。在这些作品的解读中，尽量以包容的眼光理性地看待作品中不够成熟之处，挖掘作家作品的闪光点，不以今日之是而非昨日之是，在与同时代作品的横向对比中，力求发现作家作品的艺术性和超越时代的艺术魅力。

本书的选题与编撰体例由花山文艺出版社社长、总编辑张采鑫先生策划拟定。在本书编著过程中，河北省教育厅人文社会科学研究重大课题攻关项目“京畿文学与文化研究”课题组的苗雨时、许振东两位教授进行了多方面的精心指导；苗雨时先生为本书撰写了“综论”性质的序言，全面论述了“荷花淀派”代表作家的艺术特色和创作成就；花山文艺出版社的编辑、设计、校对人员付出了辛勤的劳动，他们对文学的热爱与情怀令人钦佩。书稿即将付梓之际，正是即将接受专家和读者考评之时。因编著者能力有限，疏漏之处在所难免，恳请方家、读者不吝赐教。

编　者

2018年6月